吉本隆明全集
4

1952–1957

晶文社

吉本隆明全集4　目次

Ⅲ

凡例

一、本全集は、著者の書いたものを断簡零墨にいたるまですべて収録の対象とし、ほぼ発表年代順に巻を構成した。

一、一つの巻に複数の著作が収録される場合、詩と散文は部立てを別とした。散文は、長編の著作や作家論、書評、あとがき類など形がそろうものは、さらに部立てを別にしたが、おおむね主題や長短の別にかかわらず、発表年代順に配列した。

一、巻ごとに、収録された著作の発表年代を表示した。

一、語ったものをもとに手を加えたものも、書いたものに準じて収録の対象としたが、構成者や聞き手の名前が表示されているものは収録しなかった。

一、原則として、講演、談話、インタヴュー、対談は収録の対象としなかったが、一部のものは収録した。

一、収録作品は、『吉本隆明全著作集』に収められた著作については『全著作集』を底本とし、そのうち『吉本隆明全集撰』に再録されたもの、あるいはのちに改稿がなされた著作は、『全集撰』あるいは最新の刊本を底本とした。また『全著作集』以後に刊行された著作については最新の刊本を底本とした。それぞれ他の刊本および初出を必要に応じて校合し本文を定めた。また単行本に未収録のものは初出によった。

一、漢字については、原則として新字体を用いた。芥川龍之介など一部の人名について旧字に統一したものもあるが、人名その他の固有名詞は当時の表記を底本ごとに踏襲した。また一般的には誤字、誤用であっても、著者特有の用字、特有の誤用とみなされる場合は、改めなかったものもある。

一、仮名遣いについては、原則として底本を尊重したが、新仮名遣いのなかにまれに旧仮名遣いが混用されるような場合、詩以外の著作では新仮名遣いに統一した。

一、新聞・雑誌・書籍名の引用符は、二重鉤括弧『　』で統一したが、作品名などの表示は底本ごとの表記を踏襲した。

一、独立した引用文は、引用符の一重鉤括弧「　」を外し前後一行空けの形にして統一した。

吉本隆明全集4

1952
|
1957

表紙カバー＝「佃んべえ」より

本扉＝「都市はなぜ都市であるか」より

I

固有時との対話

メカニカルに組成されたわたしの感覚には湿気を嫌ふ冬の風のしたが適してゐた　そしてわたしの無償な時間の劇は物象の微かな役割に荷はれながら確かに歩みはじめるのである…………と信じられた　〈1950.12〉

吉本隆明

固有時との対話

街々の建築のかげで風はとつぜん生理のやうにおちていつた　その時わたしたちの睡りはおなじ方法で空洞のほうへおちた　数かぎりもなく循環したあとで風は路上に枯葉や塵埃をつみかさねた　わたしたちはその上に睡つた

わたしたちは不幸をことさらに掻き立てるために
自らの睡りをさまさうとした
風はわたしたちのおこなひを知つてゐるだらう

風はわたしたちの意識の継続をたすけようとして　わたしたちの空洞のなかをみたした　わたしたちは風景のなかに在る自らを見知られないために風を寂かに睡らせようとした

〈風は何処からきたか？〉

何処からといふ不器用な問ひのなかには　わたしたちの悔恨が跡をひいてゐた　わたしたちはその問ひによつて記憶のなかのすべてを目覚ましてきたのだから

〈風は過去のほうからきた〉
建築は風が立つたとき揺動するやうに思はれた　その影はいくつもの素材に分離しながら濃淡をひいた　建築の内部には錘鉛を垂らした空洞があり　そこを過ぎてゆく時間はいちやうに暗かつた

わたしたちは建築にまつはる時間を　まるで巨大な石工の掌を視るやうに驚嘆した　果てしないものの形態と黙示とをたしかに感ずるのだつた

〈風よ〉

風よ　おまへだけは……

わたしたちが感じたすべてのものを留繫してゐた

＊
＊
＊

ひとりでに物象の影はとまつた〈建築・路上・葉をふり落したあとの街路樹の枝〉そうしてゆるやかな網目をうごかしはじめた　網目のうへでわたしたちは寂かに停止した自らの思念をあの時間のなかで凝視してゐた〈あ・そのとき神はゐない〉わたしたちは太古の砂上や振子玉のついた寺院の甍のしたで建築の設計に余念なかつた時のやうに明るさにみたされてゐた

わたしたちは〈光と影とを購はう〉と呼びながらこんな真昼間の路上をゆかう　そしてとりわけ直線や平面にくぎられた物象の影をたいへん高貴なものに考へながらひとびとのはいりたがらない寂かな路をゆかう　何にもましてわたしたちは神の不在な時間と場所を愛してきたのだから

〈神は何処へいつた　こんな真昼間〉

ひとびとは忙しげにまるで機械のやうに歩みさり決してこころに空洞を容れる時間をもたなかつた　だから過剰になつた建築の影がひとびとのうしろがはに廻る夕べでなければ神はこころに忍びこまなかつた

わたしたちの思念は平穏に　そして覚醒はまるで睡りのやうに冴えてゐた

わたしは慣はしによつて歩むことを知つてゐた　しばしば慣はしによつて安息することも知つてゐた　わたしに影がさしかかるときわたしの時間は擦乱した　風は街路樹の響きのなかをわたつて澄んだ　わたしの樹々で鳥は鳴かず　わたしの眼はすべての光を手ぐりよせようともしないでさしてまとまりのない街々の飾り窓を視てゐた　視界のおくのほうにいつまでも孤独な塵まみれの凹凸があつた

わたしは誰からも赦されてゐない技法を覚えてゐて建築の導く線と線とを結びつけたり　面と面とをこしらへたりした　わたしの視覚のおくに孤独が住みついてゐてまるで光束のやうに風景のなかを移動した

〈明日わたしはうたふことができるかどうか〉

予感されないままに　わたしは自らの願ひを規定した

わたしは独りのときすべての形態に静寂をみつけだした　それからすべての形態はその場処に自らを睡らせるやうに思はれた　とりわけ…雲が睡入るさまはわたしをよろこばせた　建築のあひだや運河のうへで雲はその形態のまま睡入つてしまふやうに思はれた

わたしはその静寂の時をとめた　雲は形態を自らの場処にとめる　すると静寂はわたしの意識をとめてしまふやうであつた　忘却といふものをみんなが過去の方向に考へてゐるやうにわたしはそれを未来のほうへ考へてゐた　だから未来はすべて空洞のなかに入りこむやうに感じられた

〈わたしの遇ひにゆくものたちよ
それは忘却をまねきよせないためにすべて過去の方に在らねばならない〉

来歴の知れないわたしの記憶のひとつひとつにもし哀歓の意味を与へようと思ふならば　わたしの魂の被つてゐる様々の外殻を剝離してゆけばよかつたはづだ

けれどわたしがX軸の方向から街々へはいつてゆくと　記憶はあたかもY軸の方向から蘇つてくるのであつた　それで脳髄はいつも確かな像を結ぶにはいたらなかつた　忘却という手易い未来にしたがふためにわたしは上昇または下降の方向としてZ軸のほうへ歩み去つたとひとびとは考へてくれてよい　そしてひとびとがわたしの記憶に悲惨や祝福をみつけようと願ふならば　わたしの歩み去つたあとに様々の雲の形態または建築の影をとどめるがよい

わたしは既に生存にむかつて何の痕跡を残すことなく　自らの時間のなかで意識における誤謬の修正に忙しかつたのだ

時は物の形態に影をしづかにおいて過ぎていつた　わたしは影から影にひとつのしつかりした形態を探してあるいたのである　おう　形態のなかに時はもとのままのあのむごたらしい孤独　幼年の日の孤独をつつんだまま立ち現はれるかどうか　わたしは既に忍辱によつてなれきつてゐたので　ただ衰弱した魂が索してゐたのである　あのむごたらしい孤独　幼年の日の孤独がいまはどのやうな形態によつて立ち現はれるかを　あたかも建築と建築のあひだにふと意外にしづかな路上や　その果ての樹列を見つけ出して街々のなかの暗い谷間を感じたりすることがあるように　もしかしてわたしのあの幼い日の孤独が意外な寂けさで立ち現はれるのを願つてゐたのだ

物の影はすべてうしろがはに倒れ去る　わたしは知つてゐる　知つてゐる　影はどこへゆくか　たくさんの光をはじいているフランシス水車のやうに影はどこへ自らを持ち運ぶか　わたしはよろめきながら埋れきつた観念のそこを掻きわけてはひ出してくる　まさしく影のある処から　砂のやうに把みさらさらと落下しまたはしわを寄せるやうにも思はれる時の形態を　影を構成するものを　たとへば孤独といふ呼び名で代用することもわたしはゆるしてゐたのだ　何故なら必ず抽象することに慣れてしまつたこころは　むごたらしいといふことのかはりに過ぎてゆくといふ言葉を用ひれば　あの時と孤独の流れとを繋ぎあはせることができたから
かくてわたしはいつも未来といふものが無いかのやうに　街々の角を曲つたものである　ただ

空洞のやうな個処へゆかうとしてゐるのだと自らに言ひきかせながら　誰もわたしに驚愕を強ひなかつたし　孤独は充分に塡められてゐて余剰を思はせなかつた　其処此処に並んだ建築のあひだ　幼年の日の路上で　わたしはいまや抽象された不安をもつて　自らの影に訣れねばならなかつた

わたしの知らうとしたことは時計器にはかかはらない時間のむかふからやつてくるはづであつた　しかも視ることの出来ない形態で　決してわたしを需ほすやうにはやつてこないはづであつた

わたしのこころは乾いて風や光の移動すら感覚しようとはしなかつた　多彩ないろが流転する場処でこころは渇えて　たつたひとつの当為を索めてゐた　限りない生存の不幸をいやすためにわたしは何を感じなければならなかつたか　そしてわたしに感じさせるためにそれは何処からやつてこなければならなかつたか　わたしは徒らに時の流れをひき延すことで　わたしの渇えをまたひき延してきたにすぎなかつた

既に物を解きあかす諸作を喪つてしまつたひとびとの群れにわたしは秘かに加はらうとしてゐた　わたしの時はいつも同じ形態で　同じ光や影の量で　おとづれてきた

わたしは自らの影を腐葉土のやうに埋れさせた　判ずる術もないがわたしの埋められた影はいまもそのまま且つての諸作で　光の集積層の底に横つてゐるだらう　記憶によつてではなく何か哀しみを帯びた諸作を繰返すごとに　わたしの埋れた影がまがふかたなくわたしの現在を決

定するように思はれた……

わたしは決して幸せを含んだ思ひに出遇ふとは考へてゐなかつたけれど　いつかわたしのこころが物象に影響されなくなつた時　何もかも包摂したひとつの睡りに就き得るだらうと予感してゐた

まつたくわたしはこんな予感をあてにして生存してゐたと　わたしを知らないひとびとは考へたかも知れない　わたしはあてでもあるかのやうに視えたにちがひないのだから　ほんたうにあてでもあるかのやうに急ぎ足で　あてでもあるかのやうに暗鬱であつたのだから

〈わたしは酸えた日差しのしたで　ひとりのひとに遇はうとしてゐた〉

わたしは街々のうへにいつぱい覆はれた暗い空にむかつて　やがて自らのとほり路になるはずの空洞を索しもとめた　空洞はわたしの過剰と静寂とを決定するはづであつた　わたしには何よりもそれが必要であつたから　わたしはあふれ出る風の騒ぎや雲の動きを覚えようとしなかつた　季節はいまこころの何処を過ぎようとしてゐるのか　そして生存の高処で何がわたしに信号しようとしてゐるのか　わたしは知らうとはしなかつた

長い時間わたしはどれほど沈黙のなかに自らの残された純潔を秘さうとしてきたか　しかもわたしはそれを秘しながらひとつの暗蔭な季節を過ぎてたと信じてゐた　〈結局〉とわたしは考へる　〈わたしはむしろ生存の与件よりも虚無の与件をたづねてゐたのではなかつたか！〉　且

てわたしはわたしの精神のなかにある建築を使役することが出来なかつた　わたしはむしろ形態あるものの亡びてしまつたあとに　それを自らの記念碑として保存しようとするだけであつた　しかもそれを保存することで　わたしはわたしの生存に何を寄与しようとするのかわからなかつた　あるひはわたしの寄与しようとしたものが悪意のうちにかこまれて消え去つたといふことでわたしはひとびとに判らせることを諦めてしまつたのかも知れない　わたしの建築はそのときから与件のない空洞にすぎなくなつた　わたしはいまそれを暗い空にむかつて索さうとしてゐた　扶壁・窓々・円柱・むなしく石材に刻まれた飾窓・まるで無人のすでに亡びさつた生存の象徴のやうに　としつきわたしは孤独とか寂寥とかひとびとが漠然と呼びならはしてゐるものの実体としてそれを守つてきたのではなかつたか

つひに何の主題もない生存へわたしを追ひこんだもののすべてをわたしは　わたしの精神のなかにある建築に負はせた　ひとびとはいつか巨大な建築のふとした窓と窓の間に赤錆びた風抜きを見つけ出すだらう

わたしはわたしの沈黙が通ふみちを長い長い間　索してゐた
わたしは荒涼とした共通を探してゐた

＊
＊
＊

《追憶によつて現在を忘却に導かうとすることは衰弱した魂のやりがちのことであつた　わたしは砂礫の山積みされた海べで〈どこから　どこから　おれはきたか〉といふ歌曲の一節によつてわたしのうち克ち難い苦悩の来歴をたしかめようとしたのだ　むしろたしかめるといふよ

りも歌曲のもつてゐる時間のなかにまぎれこもうとしたのだ
砂礫の山積みはたしか築岸工事に用ひるためのものであつたらう　あたりに人影もなく　赤い工事用のカンテラがほうりなげてあつた……　〈昔は！〉とわたしは思つたものだ　昔はどうにもあつかひかねる情感の過剰のためによくこの海べをおとづれたものだがと…　ああ〈昔は〉といふことばがどんなにみすぼらしいものであるかを考へるとわたしは羞恥を覚えざるを得ないのだ　わたしの魂の衰弱にむかつて　またいまはいくらか狡猾さによつて無感覚になつてゐるわたしのこころに対して…

わたしはその頃　わが家のまへのアスファルト路が夏になると溶けてしまふのを視てゐたものだ　そうして貨物自動車が通つた跡には歯形のやうなタイヤの痕跡が深く食ひこんでそれからしばらく経つた頃　道路工夫が白と黒のわく木を立てて補修にやつてきた　彼等がわたしの追憶に残していつたものはやはり赤いカンテラなのだ…

わたしは知つてゐる　それから以後何処と何処で赤いカンテラに出遇つたか！　そうして不思議なことにその赤いカンテラの形態も道路工夫たちの衣服も〈若しかするとその貌も〉少しも変つてゐないことであつた　そうして彼等のツルハシの一打ちがほんの少ししかアスファルトをえぐらないこともまつたくおなじであつた

何といふ記憶！　固定されてしまつた記憶はまがふかたなく現在の苦悩の形態の象徴に外ならないことを知つたとき　わたしは別にいまある場所を逃れようとは思はなくなつたのである》

且てわたしにとつて孤独といふのはひとびとへの善意とそれを逆行させようとする反作用との別名に外ならなかつた　けれどわたしは自らの隔離を自明の前提として生存の条件を考へるように習はされた　だから孤独とは喜怒哀楽のやうな言はばにんげんの一次感覚の喪失のうへに成立つわたし自らの生存そのものに外ならなかつた

おう　ここに至つてわたしは何を惜むべきであらう

ただひとつわたし自身の生理を守りながら暗い時圏が過ぎるのを待つのみであつた　ひとびとはわたしがわたしの部屋にもあの時間の圏内にも何の痕跡も残さなかつたといふことを注視するがいい

自らを嚙む蛇の嫌悪といふ言葉でいまはその思考を外らしてしまふより外ない　何故ならその時間の圏内でのわたしの思考はすでに生理のやうに収着して剝離しないものだから　ひとびとはわたしの表現することのなかつた沈黙を感じ得ないとするならば　或はわたしの魂の惨苦を語りきかせることは無意味なのだ

そんなとき人間の形態〈わたしの形態〉はいつも極限の像で立ち現はれた　魂は秘蹟をおほひつくしているとまことしやかに語る思想家たちに告げなければならぬ　あたかも秘蹟を露出させるかのやうに明らかに発光する人間の極限の相《すがた》があることを　こんなことを言つてゐるわたしを革命や善悪の歌で切断してはなるまい　あたかもひとびとが物を喰はざるを得ないように

その時わたしの孤独はたくさんの聖霊を喰はざるを得なかつたのだから　わたしは匂ひのない路上の無限を歩んだ　匂ひが時間の素質に外ならないと知つたときわたしはこの路上の寂寥を誰とも交換することを願はなかつた

〈そうして自らが費した徒労の時間をいつまでも重たく感じたことのために　残されたわたしの生存はひとつの影にすぎなくなつたのか！〉

長い生存の内側を逆行したときたとへ微小な出来ごとに過ぎないとしても　且て一度でも自らを自らの手で葬つたことのある者は　あの長い冬の物象をむかへるために　感覚を殺ぎ　哀歓を忘れ　幾重にも外殻をかぶつてしまつたわたしの魂の準備を決して嗤ふまい　そうしてわたしはあたかも何ごとも起らなかつたやうにはじめてひとつの屈折を曲つていつた　この生存が限りなく長いことをわたしはひとつの美と感じなければならなかつた　それは何といふ異様な美しさだつたらう　はじめに水のやうに触感された生は　しだいに屈折を加へていつた　わたしは自らのうちに自らを計量しながらつまり完全に覚醒しながら歩まねばならなかつた

孤独のなかに忍辱することは容易であつた　けれどすべての物象がわたしの眼に重量と質とを喪つてしまひそれに従つてわたし自らも感度を磨滅せしめてゆくということを怖れてゐた　生存の与件がすべて消えうせた後にんげんは何によつて自らの理由を充たすか　わたしは知りたかつた　わたしにとつて理由がなくなつたとき新しい再生の意味がはじめられねばならなかつたから　わたしの行為は習慣に従ひわたしの思考は主題を与へられなかつた

如何なるものも自らの理由によつて存在することはない　しかもわたしはわたし自らの理由によつて存在しなければならない　生存がまたとない機会であると告げるべき理由をわたしはもつてゐなかつた　しかも既に生存してゐることを訂正するためにわたしの存在は余りに重く感じられた　わたしの魂はすべての物象のなかに風のやうに滲みとほつてしまひ　わたしの影もまた風の影のうちに一致した　わたしはただありふれた真昼と夜とを幾何学の曲線のやうに過ぎてゆくだけであつた　ひとびとが実証と仮証とをうまく取ちがへてゐるその地点を！

〈愛するものすべては眠つてしまひ　憎しみはいつまでも覚醒してゐた〉

わたしはただその覚醒に形態を与へようと願つた

羞恥がわたしの何処かに空洞となつて住つてゐた　ひとびとはきつと理解するだらう　わたしが言ふべくして秘めてきた沢山の言葉がいまは沈黙の建築をつくりあげてゐるのを　光に織られた面と面との影はまるで時々のわたしの羞恥の截面であつたし　差しこんでくる光束はわたしの沈黙の計数を量るやうに思はれた　しかも決してわたし自らにも狃れようとしないその沈黙の集積を時は果してどうするか　不明がわたし自らのすべてをとざしてゐた

わたしはただわたしの形態がまことに抽象されて　もはやひとびとの倫理のむかふ側へ影をおとすとき　自らの条件が充たされたと感ずるのであつた

独りで凍えさうな空を視てゐるといつも何処かへ還りたいとおもつた　ひとびとが電灯のまは

りに形成してゐる住家がきつとひとつ以上の不幸を秘してゐるものであるのを知つてゐたのでいづれかひとつの住家に還らうとは決して思はなかつた　すると何処かへといふのは漠然とわたしの願望を象徴するものであつたらしい　しかも願望の指さす不定をではなくまさしく願望そのものの不定を象徴するものであつた

わたしが了解してゐたのはただわたしのやうなものにもなほひとつの回帰についての願望が必要だといふことであつた　言ひかへればわたしの長い間歩むできた路上がやがて何処かへ還りつくといふことのある佗しげな感覚をわたしが宿命のやうに思ひなしてゐるといふことであつた　一体いつごろからわたしは還りゆく感覚を知りはじめたか　しかもその感覚がわたしの生存にどのやうな与件を加へ得たか！

〈わたしは過去と感じてゐるものが遠い小さな風景のやうに視えるといふことで　歩んできた路の屈折の少いことを嘆くべきであらうか　誰もが過去を時間から成立つてゐる風景として考へざるを得ないといふことが　どんなにわたしたちの生存を単調なものに視せたか知れない〉

わたしが依然として望んでゐたことは　過去と感じてゐる時間軸の方向に　ひとつの切断を言はば暗黒の領域を形成するといふことであつたらしい　それゆえわたしが何処かへ還りたいと思ふことのうちには　わたし自らを埋没したい願望が含まれてゐなければならなかつた

あはれなことにわたしは最初わたしの生存をうち消すために無益な試みをしてきた　その痕跡はわたしのうちに如何なることも形態に則してなされてはならないといふ確信を与へた　その

時からわたしの思考が限界を超えて歩みたいと願ひはじめたと言へる　しかもひとびとが為してしまつたことをあらためて異様に為したことのため　またひとびとが決して為さなかつたことをためらひもなく為したことのため　わたしはたくさんの傷手を感じなければならなかつた

＊　＊　＊

時刻がくると影の圏がしだいに光の圏を侵していつた　そればかりか街々の路上や建築のうへで風の集積層が厚みを増してゆくのであつた　わたしはただ自然のそのやうな作用を視てゐるだけでよかつたのかどうか　滑らかな建築の蔭にあつてわたしのなかを過ぎてゆく欠如があつた

つぎつぎに降りそそいでくる光束は　寂かな重みを加へて　わたしはその底にありながら何か遠い過去のほうからの続きといつたような感覚に捉へられてゐた　しばしばわたしの歩むだ軌道の外で喧燥や色彩がふりまかれてゐたとしても　わたしは単光のうちがはを守つてきたのではなかつたか　とつぜんわたしには且ての日の悲しみや追憶のいたましさやむごたらしかつた孤独やらの暗示が　ひとつの匂ひのやうに通りすぎてゆくのを感じなければならなかつた　おう　まさしくわたしがわたし自らの単純な軌道を祝福するために　現在は何びともしなくなつた微小な過去の出来ごとの追憶を追はねばならない　ひとびとが必要としなくなつた時　わたしはそのものを愛してきたのだから　この世の惨苦にならされた眼はいつも悲しいわけではない　ただひとびとの幸せをふくんで語られる言葉にふと仮証を見つけ出すときだけ限りなく悲しく思はれた

風と光と影の量をわたしは自らの獲てきた風景の三要素と考へてきたのでわたしの構成した思考の起点としていつもそれらの相対的な増減を用ひねばならないと思つた　それゆえ時刻がくるとひとびとが追想のうちに沈んでしまふ習性を　影の圏の増大や　光の集積層の厚みの増加や　風の乾燥にともなふ現在への執着の稀少化によつて説明してゐたのである　わたし自らにとつても追憶のうちにある孤独や悲しみはとりもなほさずわたしの存在の純化された象徴に外ならないと思はれた

わたしは不思議といふ不思議に習はされてゐたしまた解きあかすことも出来た　だから突然とか超絶とかいふ言ひ方でそれを告知されることを願はなかつた　ただわたしたちは現在でも不思議といふことをわたしたちのこころの内部で感ずることが出来た　そしてあの解きうるものにちがひない現象が　こころに与へた余剰といふものを不思議と呼び習はしてきた

だから触覚のあるひとびとが空のしたですべての物象が削がれてゐると感じたとしてもそれはその通りであつた　けれど昨日と明日とがすでにわたしたちの生存のまはりに構成されて在ると知つたとき　そして昨日と明日とに何か意味を附与することで生存の徴しとしたいと願つたとき　あきらかにそこに不思議といふ呼び名を与へねばならない何かが現はれた　何故ならいたるところの空のしたで　わたしたちの生存は時を限定したいと感じてゐたに相違ないしまた時は決してわたしたちによつて限定されないものに思はれたから　その限定にかけられたわたしたちの欲望がもしかしてわたしたちのこころに余剰を呼び覚すかも知れなかつたから

わたしたちは自らの足が刻んでゆく領域さへ何らかの計量を加へることで限定しようとした

そして奇怪なことにその結果が意想外であることを怖れるやうにしてきた　誰もがこの生存の領域が単調である〈事実は単調そのものなのだが〉ことを忌んだのだが　それも意想外のことが決して起らないことを前提としてゐるやうに思はれた

もはやわたしたちの空のしたには何ものも残されなくなることを悲しみながら　しかもわたしたちはすべてのものを限定したい欲望のうへに生存を刻みこんでいつた

わたしの時間のなかで孤独はいちばん小さな与件にすぎなかつた　わたしはひとびとに反して複雑な現在といふものの映像を抱いてあの過去を再現しようと思つてゐた　それによつてわたしが自らのうちに加へたと感じてゐる複雑さがどのやうな本質をもつものであるかを知りうるはづであつた

言ひかへるとわたしは自らの固有時といふものの恒数をあきらかにしたかつた　この恒数こそわたしの生存への最小与件に外ならないと思はれたし　それによつてわたしの宿命の測度を知ることが出来る筈であつた　わたしは自らの生存が何らかの目的に到達するための過程であるとは考へなかつたのでわたし自らの宿命は決して変革され得るものではないと信じてゐた　わたしはただ何かを加へうるだけだ　しかもわたしは何かを加へるために生きてゐるのではなく　わたしの生存が過去と感じてゐる方向へ抗ふことで何かを加へてゐるにちがひないと考へてゐた

かくしてわたしには現実とは無意識に生きる場であつたし時間とはそれに意識的に抗ふ何もの

かであつた　わたしは現実から獲取したもので何らか形あるものはすべて信じなかつた　わたしはただわたしの膨脹を信じてゐたのだ　そうして膨脹を確めるために忍耐づよく時間に抗はねばならなかつた

〈ああ　いつかわたしはこの忍耐を放棄するだらう
そのときわたしは愛よりもむしろ寛容によつてわたし自らの睡りを赦すであらう〉

こころは限りなく乾くことを願つた　極度に高く退いた空の相から　わたしはわたしの宿命の時刻を撰択した　風の感覚と建築に差しこむ光とそれが構成してゐる影がいちやうに乾き切つてゐることでわたしは充されてしまつた　わたしのこのうへなく愛したものは風景の視線ではなく　風景を間接的にさへしてしまふ乾いた感覚だつたから　果てしなくゆく路上でやはり風と光と影だけを感じた

わたしを時折苦しめたことはわたしの生存がどのやうな純度の感覚に支配されてゐるかと言ふことであつた　言ひかへるとわたしはわたし自らが感じてゐる風と光と影とを計量したかつたのだ　風の量が過剰にわたるときわたしの宿命はどうであるか　光の量に相反する影の量がわたしのアムールをどれだけ支配するだらうかと　言はばわたしにとつてわたしの生存を規定したい欲望が極度であつた

わたしをとりまいてゐる風景の量がすべてわたしの生存にとつて必要でないならば　いや　その風景の幾分かを間引きすることが不都合でないならばわたし自らの視覚を殺すことによつて

それを為すべきであつた　しかもわたしがより少く視ることがより多く感ずることであるならばそれを為すべきであつた　わたしは感ずる者であることがわたしのすべてを形造ることに役立つてきたと考へてゐたから

わたしは風と光と影との感覚によつてひとびとのすべての想ひを分類することも出来たであらう　且ての日画家たちが視覚のうちに自らを殺して悔ひなかつたやうに　わたしは風と光と影との感覚のうちにわたしの魂を殺して悔ひることがなかつた　わたしの生存にはゆるされたことがたつたひとつ存在してゐた

ひとびとはあらゆる場所を占めてゐた　そして境界は彼等のイデアによつて明らかに引かれていた　若しかしてわたしの占める場所が無かつたとしたら　わたしはこの生存から追はれねばならなかつたらうか

〈投射してくる真昼間の光束よ〉

〈わたしがたいそう手慣れて感じてゐる風や建築の感覚よ〉

わたしはわたしが索めてゐるのにあの類がみつからないといふことのために　それらを理由もなく喪はなければならなかつたのか！


否！　まつたくそれは理由のないことに思はれる　若し場処を占めることが出来なければ　わたしは時間を占めるだらう　幸ひなことに時間は類によつて占めることはできない　つまり面をもつことができない　わたしは見出すだらう　すべての境界があえなく崩れてしまふやうな

生存の場処にわたしが生存してゐることを　其処でわたしは夢みることも哀愁に誘はれて立ち去ることも　またひとびとによつて繋れることもない　刻々とわたしは確かに歩み去るだけだ

若しもわたしが疲労した果てに　わたし自らの使命を告げることをひとびとが赦してくれるならば……それを語るだらう　すべての規画されたものによつて　ひとびともわたし自らも罰することをしないことだと！

わたしは限界を超えて感ずるだらう　視えない不幸を視るだらう　けれどわたしは知らない　わたしはやがてどのやうな形態を自らの感じたものに与へうるか　あの太古の石切り工たちが繰返した手つきで　わたしは限りなく働くだらう

わたしたちの行手を決定してゐたものは且てわたしたちのうちにあつた　けれど最早　暗い時間だけがまるで生物の死を見定めるやうにわたしを視てゐるだけであつた

〈時間よ〉わたしがそれににんげんの形態を賦与しようと願つてきた時間よ　わたしはその条件を充すために　自らを独りで歩ませなければならないであらう　わたしは習慣性に心情を狃されることで間接的に現実の危機を感覚してゐた　わたしは現実の風景に対応するわたしの精神が存在してゐないことを　どんなに愕いたことか　わたしの不在な現実が確かに存在してゐた

わたしはほんたうは怖ろしかつたのだ　世界のどこかにわたしを拒絶する風景が在るのではな

いか　わたしの拒絶する風景があるやうに……といふことが　そうして様々な精神の段階に生存してゐる者が　決して自らの孤立をひとに解らせようとしないことが如何にも異様に感じられた　わたしは昔ながらのしかもわたしだけに見知られた時間のなかを　この季節にたどりついてゐた

＊　＊　＊

とつぜんあらゆるものは意味をやめる　あらゆるものは病んだ空の赤い雲のやうにあきらかに自らを恥しめて浮動する　わたしはこれを寂寥と名づけて生存の断層のごとく思つてきた　わたしが時間の意味を知りはじめてから幾年になるか　わたしのなかに　とつぜん停止するものがある

〈愛するひとたちよ〉

わたしこそすべてのひとびとのうちもつとも寂寥の底にあつたものだ　いまわたしの頭冠にあらゆる名称をつけることをやめよ

わたしは知つてゐる　何ごとかわたしの卑んできたことを時はひとびとの手をかりて致さうとしてゐる　もつとも陥落に充ちた路を骸骨のやうに痩せた流人に歩行させ　自らはあざ嗤はうとしてゐる時間よ　わたしは明らかにおまへの企みに遠ざかり　ひとりして寂寥の場処を占める　わたしの夕べには依然として病んだ空の赤い雲がある　わたしは知つてゐる　わたしのうちに不安が不幸の形態として存在してゐることを

〈愛するひとたちよ〉

わたしが自らの閉ぢられた寂寥を時のほうへ投げつけるとき　わたしを愛することをやめてしまふのか　わたしの寂寥がもはやいつも不安に侵されねばならなかつたとき　おまへはわたしの影を遠ざからうとするのか　わたしの不安のなかにおまへの優しさは映らなかつた　すでに陥落に充ちたむごたらしい時が　わたしのすべてをうばつてゐた

明らかにわたしの寂寥はわたしの魂のかかはらない場処に移動しようとしてゐた　わたしははげしく瞋らねばならない理由を寂寥の形態で感じてゐた

少数の読者のための註

詩〈固有時との対話〉は一九五〇年に書かれたもので、一九五〇年―一九五二年の間に形成された詩の最初の部分をなしてゐる。この間ぼくは二三の私的な交換を除いて、詩人たちと独立に歩んでゐた。ぼくは時がぼくに与へてくれるにちがひないと信じてゐたほとんどすべてを与えられなかつたが、ぼくが自ら獲得しようと計量したことの幾らかは獲取し得たと信じられた。少数の読者がこの無償なモノローグめいた時間との対話のなかにあるたつたひとつの客観的な意味――つまり詩のなかに導入された批評または批評のなかに導入された詩――を感知してくれるならば、ぼくは小さな光栄をこの作品に賦与し得たことになるだらう。そして日本現代詩の方法的不遇の一形態に則して歩むことを必然の課題として強ひられねばならなかつたぼくの精神はその光栄を無二のことと感ずるに相違ない。ぼくはいつも批評家を自らの胎内にもつた詩人を尊重してきたのだ。

ぼくの〈固有時との対話〉が如何にして〈歴史的現実との対話〉のほうへ移行したかは、この作品につづく〈転位〉によつて明らかにされなければならない。ここではただ一九五〇年においてぼくは精神の内閉的な危機において現実の危機を写像しつつあつたことを註しておきたいと思ふ。

一九五二年五月　　作者

附記

この作品のうちの二三の節は一篇の詩として大岡山文学八十七号（一九五〇年十一月発行）に発表された。なほ上梓にあたつてそのすべてを負つてゐる畏友奥野健男氏および坂本敬親氏につつしんで感謝の意を表したい。

転位のための十篇

吉本隆明

深尾修に

転位のための十篇

火の秋の物語

——あるユウラシヤ人に——

ユウジン　その未知なひと
いまは秋でくらくもえてゐる風景がある
きみのむねの鼓動がそれをしつてゐるであらうとしんずる根拠がある
きみは廃人の眼をしてユウラシヤの文明をよこぎる
きみはいたるところで銃床を土につけてたちどまる
きみは敗れさるかもしれない兵士たちのひとりだ

じつにきみのあしおとは昏いではないか
きみのせおつてゐる風景は苛酷ではないか
空をよぎるのは候鳥のたぐひではない
鋪路（ペイヴメント）をあゆむのはにんげんばかりではない
ユウジン　きみはソドムの地の最後のひととして
あらゆる風景をみつづけなければならない
そしてゴモラの地の不幸を記憶しなければならない
きみの眼がみたものをきみの女にうませねばならない

きみの死がきみに安息をもたらすことはたしかだが
それはくらい告知でわたしを傷つけるであらう
告知はそれをうけとる者のかはからいつも無限の重荷である
この重荷をすてさるために
くろずんだ運河のほとりや
かつこうのわるいビルデイングのうら路を
わたしがあゆんでゐると仮定せよ
その季節は秋である
くらくもえてゐる風景のなかにきた秋である
わたしは愛のかけらすらなくしてしまつた
それでもやはり左右の足を交互にふんであゆまねばならないか

ユウジン　きみはこたえよ
こう廃した土地で悲惨な死をうけとるまへにきみはこたへよ
世界はやがておろかな賭けごとのをはつた賭博場のやうに
焼けただれてしづかになる
きみはおろかであると信じたことのために死ぬであらう
きみの眼はちひさないばらにひつかかつてかはく
きみの眼は太陽とそのひかりを拒否しつづける
きみの眼はけつして眠らない
ユウジン　これはわたしの火の秋の物語である

分裂病者

不安な季節が秋になる
そうしてきみのもうひとりのきみはけつしてかへつてこない
きみははやく錯覚からさめよ
きみはまだきみが女の愛をうしなつたのだとおもつてゐる

おう　きみの喪失の感覚は
全世界的なものだ
きみはそのちひさな腕でひとりの女をではなく
ほんたうは屈辱にしづんだ風景を抱くことができるか
きみは火山のやうに噴きだす全世界の革命と
それをとりまくおもたい気圧や温度を
ひとつの加担のうちにとらへることができるか

きみのもうひとりのきみはけつしてかへつてこない
かれはきみからもち逃げした

日づけのついた擬牧歌のノートと
女たちの愛ややさしさと
睡ることの安息と
秩序や神にたいする是認のこころと
狡猾なからくりのおもしろさと
ひものついた安楽と
ほとんど過去の記憶のぜんぶを

なじめなくなつたきみの風景が秋になる
きみはアジアのはてのわいせつな都会で
ほとんどあらゆる屈辱の花が女たちの慾望のあひだからひらき
街路をあゆむのを幻影のやうにみてゐる
きみは妄想と孤独とが被害となつておとづれるのをしつてゐる
きみの葬列がまへとうしろからやつてくるのを感ずる
きみは廃人の眼で
どんな憎悪のメトロポオルをも散策する
きみはちひさな恢復とちひさな信頼をひつようとしてゐると
医師どもが告げるとしても
信じなくていい
きみの喪失の感覚は
全世界的なものだ

にんげんのおほきな雪崩にのつてやがて冬がくる
きみの救済と治癒とはそれをささえることにかかつてゐる

きみのもうひとりのきみはけつしてかへつてこない
きみはかれが衝げき器のヴオルテイジによつてかへると信ずるか
おう　それを信じまい
きみの落下ときみの内閉とは全世界的なものだ
不安な秋を不安な小鳥たちがわたる
小鳥たちの無言はきみの無言をうつしてゐる
小鳥たちが悽惨な空にちらばるとき
きみの精神も悽惨な未来へちらばる
あはれな不安な季節め
きみが患者としてあゆむ地球は
アジアのはてに牢獄と瘋てん病院をこしらへてゐる

默契

おまへのちひさな敗北は
塵芥をながしてゐるうすくらい晨の運河べりで
生活の窮乏や愛のあせた女の背信を
一瞬の泥水のやうにのみくだし
みじめな浮浪人のこころになる
たつたそれだけのことだ
けれどおまへは傷つくにちがひない
それがおまへやおまへの晨をいつそうくらくする
それがおまへの反逆の根つこになりうる
それが絶望の種子をいたるところにうえる
そんな脆いにんげんのこころに
そうしておまへがにんげんにたいして感じてゐるみじめさはほんたうだ
あらゆる正義や反逆の根つこが
あまりたしかでないといふことで
おまへの感じてゐる疑惑や傷手はほんたうだ

地球といふこのおほきな舞台で
富や安定が正義をつくりあげる
ちひさな屈辱がおほきな反抗にかはる
その手品はそれぞれ正当に存在してゐる
けれど手品師はけつしてじぶんの仕掛けに傷ついてみない
おまへは考へることをやめるな
ほとんどあらゆる正義のうつくしさが
公準から見はなされてひさしいといふこと
わたしやおまへがひとつの幸せから遠ざかるとき
幸せのはうもわたしやおまへから遠ざかる意志をもつてゐること
絶対とか神とかが
一瞬を永遠にすりかへようとする手品にすぎず
手品師の悲哀や絶望や貪慾が
そのからくりをささへてゐるのだといふこと

おう　だから
おまへもわたしもあまり巧妙でない手品師のひとりだ
そうしてじぶんの演ずる手品の仕掛について
卑怯なパントマイムの俳優の仲間だ
うしろめたい謎がいつも生存の断崖でうかがつてゐる
にんげんの黙契の醜怪な貌が

あらゆる風景のうしろがはにゐる
おまへがおまへのちひさな敗北につまづく晨
わたしはコムプレックスを病んでゐる
それがわたしたちの屈辱の季節といふものだ

どこにもあまりたしかな理由はないとかんがへるおまへと
どこにも価する苦悩はないとしんずるわたしと
とにかくうすくらい飢餓のなかから
それぞれの反抗を結びつけて
あゆみはじめねばならない
おまへはおまへのちひさな敗北を
どこか女たちの畑のなかに排せつする
するとまるでおまへの敗北に歪んだやうな
たんぽぽや菫の花がひらく
おまへはその一九五〇年代の春をたいせつにしなければならぬ
わたしはあらゆる黙契をほじくりかへす
地殻をとりまいてゐる靄のやうなふんゐきをはがしてあるく
おう　そしてほとんどたしかに
おまへがいちれつの屈辱の花を育ててゐる
そんな風景がいつしよに露出してくる

絶望から苛酷へ

ぼくたちは肉体をなくして意志だけで生きてゐる
ぼくたちは亡霊として十一月の墓地からでてくる
ぼくたちの空は遠くまで無言だ
ぼくたちの空のしたは遠くまで苛酷だ
うたふことのできないぼくたちの秋よ
うたふことを変へてゆくぼくたちのこころよ
ぼくたちが生きてゐることだけでぼくたちの同胞はくらい
ぼくたちが死なないことだけでぼくたちの地球は絶望的な場処だ
そうしてぼくたちは生きてゐる理由をなくしてゐることだけで
同胞と運命をつないでゐる

ぼくたちは愛をうしなつたときぼくたちの肉体をうしなつた
ぼくたちが近親憎悪を感じたとき
同胞はぼくたちの肉体を墓地に埋めた
おう　いちまいの風だけが

ぼくたちの肉体に秋から冬への衣裳を着せかける
ぼくたちの肉体は風と相姦する
ふごのやうに
からすの啼きかはす墓地から
ぼくたちは亡霊となつてでてくる
ぼくたちの衣裳は苛酷にかはつてゐる
ぼくたちの視る風景はくろずんでゐる

屈辱のはんぶんはぼくたちの土地から生れてそこにある
屈辱のあとのはんぶんはダビデの子から遺伝してそこにある
ぼくたちはいまもむかしのやうに労働を強ひられ
鎖をたちきるために反逆をかくまつてゐる
ぼくたちの空はやがて語りはじめ
ぼくたちの空のしたはやがて抗争するだらう
ぼくたちの都市は波うち際までせまり
ぼくたちの工場地帯は海にむかつて炭煙をはき出す
そうして生きてきたことがぼくたちを変へなかつたやうに
海はその色と運搬をつづける
ぼくたちの屈辱はみのり　はじけ　枯れる
つぎにぼくたちはあかるい街々で死ぬだらう

おう　未来のむげん都市と生産地帯から
ぼくたちの屈辱とぼくたちの絶望は発掘されるか
そのときあかるさがにんげんを変へ
ぼくたちの遺伝子はぼくたちの屈辱を忘れる
ぼくたちの絶望は意味を拒絶される
反逆と加担とのちがひによつて
ぼくたちの屍はむちうたれるだらう

ふたたび死のちかくにゐる季節よ
ぼくたちの分離性の意志が塵埃にまみれて生きてゐる
労働は無言であり刑罰である
未来のことがなにひとつ視えないとき
ぼくたちの労働はしひられた墓掘りである
ぼくたちの疲労のほかにぼくたちをたしかめる手段はない
苛酷はまるで呼吸のやうに切迫する
遠くまで世界はぼくたちを檻禁してゐる

（未完）

その秋のために

まるい空がきれいに澄んでゐる
鳥が散弾のやうにぼくのはうへ落下し
いく粒かの不安にかはる
ぼくは拒絶された思想となつて
この澄んだ空をかき擦さう
同胞はまだ生活の苦しさのためぼくを容れない
そうしてふたつの腕でわりのあはない困窮をうけとめてゐる
もしもぼくがおとづれてゆけば
異邦の禁制の思想のやうにものおぢしてむかへる
まるで猥画をとり出すときのやうにして
ぼくはなぜぼくの思想をひろげてみせねばならないか
ぼくのあいする同胞とそのみじめな忍従の遺伝よ
きみたちはいつぱいの抹茶をぼくに施せ
ぼくはいくらかのせんべいをふところからとり出し
無言のまま聴かうではないか

この不安な秋がぼくたちに響かせるすべての音を
きみたちはからになつた食器のかちあふ音をきく
ぼくはいまも廻転してゐる重たい地球のとどろきをきく
それからぼくたちは訣れよう
ぼくたちのあひだは無事だつたのだ

そうしてぼくはいたるところで拒絶されたとおなじだ
破局のまへの苦しさがどんなにぼくたちを結びつけたとしても
ぼくたちの離散はおほく利害に依存してゐる
不安な秋のすきま風がぼくのこころをとほりぬける
ぼくは腕と足とをうごかして糧をかせぐ
ぼくのこころと肉体の消耗所は
とりもなほさず秩序の生産工場だ
この仕事場からみえるあらゆる風と炭煙のゆくへは
ほとんどぼくを不可解な不安のはうへつれてゆく
ここからはにんげんの地平線がみえない
ビルデイングやシヨーウヰンドがみえない
おう　しかもぼくはなにも夢みはしない

ぼくを気やすい隣人とかんがへてゐる働き人よ
ぼくはきみたちに近親憎悪を感じてゐるのだ

ぼくは秩序の敵であるとおなじにきみたちの敵だ
きみたちはぼくの抗争にうすら嗤ひをむくい
疲労したもの腰でドラム罐をころがしてゐる
きみたちの家庭でぼくは馬鹿の標本になり
ピンで留められる
ぼくはきみたちの標本箱のなかで死ぬわけにはいかない
ぼくは同胞のあひだで苦しい孤立をつづける
ぼくのあいする同胞とそのみじめな忍従の遺伝よ
ぼくを温愛でねむらせようとしても無駄だ
きみたちのすべてに肯定をもとめても無駄だ
ぼくは拒絶された思想としてその意味のために生きよう
うすぐらい秩序の階段を底までくだる
刑罰がをはるところでぼくは睡る
破局の予兆がきつとぼくを起しにくるから

ちひさな群への挨拶

あたたかい風とあたたかい家とはたいせつだ
冬は背中からぼくをこごえさせるから
冬の真むかうへでてゆくために
ぼくはちひさな微温をたちきる
をはりのない鎖　そのなかのひとつひとつの貌をわすれる
ぼくが街路へほうりだされたために
地球の脳髄は弛緩してしまふ
ぼくの苦しみぬいたことを繁殖させないために
冬は女たちを遠ざける
ぼくは何処までゆかうとも
第四級の風てん病院をでられない

ちひさなやさしい群よ
昨日までかなしかつた
昨日までうれしかつたひとびとよ

冬はふたつの極からぼくたちを緊めあげる
そうしてまだ生れないぼくたちの子供をけつして生れないやうにする
こわれやすい神経をもつたぼくの仲間よ
フロストの皮膜のしたで睡れ
そのあひだにぼくは立去らう
ぼくたちの味方は破れ
戦火が乾いた風にのつてやつてきさうだから
ちひさなやさしい群よ
苛酷なゆめとやさしいゆめが断ちきれるとき
ぼくは何をしたらう
ぼくの脳髄はおもたく　ぼくの肩は疲れてゐるから
記憶といふ記憶はうつちやらなくてはいけない
みんなのやさしさといつしよに

ぼくはでてゆく
冬の圧力の真むかうへ
ひとりつきりで耐えられないから
たくさんのひとと手をつなぐといふのは嘘だから
ひとりつきりで抗争できないから
たくさんのひとと手をつなぐといふのは卑怯だから
ぼくはでてゆく

すべての時刻がむかうかはに加担しても
ぼくたちがしはらつたものを
ずつと以前のぶんまでとりかへすために
すでにいらなくなつたものにそれを思ひしらせるために
ちひさなやさしい群よ
みんなは思ひ出のひとつひとつだ
ぼくはでてゆく
嫌悪のひとつひとつに出遇ふために
ぼくはでてゆく
無数の敵のどまん中へ
ぼくは疲れてゐる
がぼくの瞋りは無尽蔵だ

ぼくの孤独はほとんど極限《リミット》に耐えられる
ぼくの肉体はほとんど苛酷に耐えられる
ぼくがたふれたらひとつの直接性がたふれる
もたれあふことをきらつた反抗がたふれる
ぼくがたふれたら同胞はぼくの屍体を
湿つた忍従の穴へ埋めるにきまつてゐる
ぼくがたふれたら収奪者は勢ひをもりかへす

だから　ちひさなやさしい群よ
みんなのひとつひとつの貌よ
さやうなら

廃人の歌

ぼくのこころは板のうへで晩餐をとるのがむつかしい　夕ぐれ時の街で　ぼくの考へてゐることが何であるかを知るために　全世界は休止せよ　ぼくの休暇はもう数刻でをはる　ぼくはそれを考へてゐる　明日は不眠のまま労働にでかける　ぼくはぼくのこころがゐないあひだに　世界のほうぼうで起ることがゆるせないのだ　だから夜はほとんど眠らない　眠るものたちは赦すものたちだ　神はそんな者たちを愛撫する　そして愛撫するものはひよつとすると神ばかりではない　きみの女も雇主も　破局をこのまないものは　神経にいくらかの慈悲を垂れるにちがひない　幸せはそんなところにころがつてゐる

たれがじぶんを無惨と思はないで生きえたか　ぼくはいまもごうまんな廃人であるから　ぼくの眼はぼくのこころのなかにおちこみ　そこで不眠をうつたえる　生活は苦しくなるばかりだが　ぼくはまだとく名の背信者である　ぼくが真実を口にすると　ほとんど全世界を凍らせるだらうといふ妄想によつて　ぼくは廃人であるさうだ　おうこの夕ぐれ時の街の風景は　無数の休暇でたてこんでゐる　街は喧噪と無関心によつてぼくの友である　苦悩の広場はぼくがひとりで地ならしをして　ちようどぼくがはいるにふさはしいビルディングを建てよう　大工と大工の子の神話はいらない　不毛の国の花々　ぼくの愛した女たち　お訣れだ

ぼくの足どりはたしかで　銀行のうら路　よごれた運河のほとりを散策する　ぼくは秩序の密室をしつてゐるのに　沈黙をまもつてゐるのがゆいつのとりえである患者ださうだ　ようするにぼくをおそれるものは　ぼくから去るがいい　生れてきたことが刑罰であるぼくの仲間でぼくの好きな奴は三人はゐる　刑罰は重いが　どうやら不可抗の抗訴をすすめるための　休暇はかせげる

死者へ瀕死者から

広場と濠ばたと街路で
銃眼に射ぬかれた死者よ
風のやうにまきあがつた塵埃につつまれて屍をよこたへた
死者よ
腐敗した都会の五月の風とおほきなフイナンツの生きた手足が
いつものはれあがつた空のしたできみたちを死におくつたのである
きみたちは死霊となつて
いまも街角で視ることができる
貨車（ワゴン）のうへの装甲車や砲が
なんの礼儀もなく疾走してゆくのを
またをはることのない群衆の帽子が
ひとつひとつビルデイングのなかに消えてゆくのを
またそのとき教会堂の鐘が鳴り
天候旗が
晴ときどき曇りの信号をあげてゐるのを

大戦のあとでじぶんの意志をつくりあげ
女たちの愛のかはりに　反逆の思想をえらんだ
ゆめは迅速で
非議はするどく
なけなしの微温をつきやぶつて
きみたちはいつてしまつた
いまも秩序のおとしあなのあひだで
きみたちは永遠に抗争する者だ
うす汚れた風がきみたちの霊を訪問する
そのあとからちんばをひいたぼくの思想がおとづれる
きみたちの霊を眠らせないために
いまもぼくたちの都会は奴隷的で
理由もなく飢えるものと
インフエリオリテイ・コムプレックスを病むものと
分裂症的愛憎にからみあふものと
あらゆる偽まんのうへで
戦争をチヤンスのようにうかがふものとが
あひかはらずはき溜めのやうに生きてゐる
おう　そしてぼくは
瀕死者であるのに死者たちの安息をもたない

奴隷的な街の腰のあたりで
運河が汚物をうかべてゐる
銀行が虫様突起のやうに
ひとびとの秘された惨苦をつきさしてゐる
あらゆるものへの袂別を
脳髄が示唆するときでも
ぼくの不幸は風景に鎖のやうにつながれてゐる

めをさませ　死者たちよ
きみたちの憤死はいまもそのままぼくの憤死だ
午後の日ざしや街路樹の葉のかげから
魔術師のやうに明日の予感がやつてくるが
ぼくはほとんど未来といふやつに絶望だけしかみない
絶望と抗ふためにふたたび加担せよ
ぼくたちの時代に　墓地は惨嗟をあいしてゐない
巨大なひとつのむくろと　むすうの蘇生をのぞんでゐる

一九五二年五月の悲歌

崩れかかつた世界のあつちこちの窓わくから
薄あをい空を視てゐる
円けいの荷重を感じてゐる　むすうの
にんげんの眼
信ずることにおいて過剰でありすぎたのか
ぼくの眼に訣別がくる
にんげんの秩序と愛への　むすうの
訣別がくる

銃口は発しやするな
壁や踏みあらされた稗畑を破かいするな
その引金に手をかけるものが秩序であるとき
ぼくはなほちひさな歌をうたへる
ぼくはなほ悲歌をささげることができる
ぼくのゆいつであつた愛や

ぼくをそだててくれた秩序と狡智にむかつて
そうして太陽は五月のあひだを
火焔をつれてめぐり
そのしたで無数の窓のなかのぼくの窓が
黒布をたれてぼくの悲しみを証してゐる

訣別はどこにはじまつたのか
どこにかたちをあらはしたのか
そのとき五月の空は鮮やかに　ビルデイングのうへで
血と蒙塵と湿つた風とを噴きあげ　ぼくは
みづからに赦さうとした愛の惰性を憎んだ

萌えでる五月の街路樹よ
陰えいを匂ひでわける微かな風よ
屈折したペイヴメントのうへでぼくの予感が視る
箱詰めにあつたぼくの死とぼくの生とを
埋もれてゆくにんげんとにんげんの苦悩とを
生きのこるものとその寂しげな象徴とを
もしぼくたちが機械のひとつであるとじぶんを考へうれば
ぼくたちの文明はしごく平安なのだ
銀行の扉がひらき　有価証券の額面が四散する

フイナンツカピタリズムの再生と膨脹
ぼくにあたへられたふたつの眼が
たしかに視るべきものを視てゐる

鉄鎖をたち切らうとする五月よ
煤けた花々のさく季節よ
美しいことのなかつたぼくたちの時代の言葉で
祈禱や呪咀をとなへることをやめよう
季節はふたいろの風から
ちひさな夕星を生んでゐる
ぼくのしらないひとたちがアジアのどこかで
銃床と星とを繫ぎあはせる
あの伝承の地平線で
非道の殺戮をはびこらせるな
ぼくはそれをかんがへるとき
疾走するかげのやうに　ひとびとの言葉のなかで語らうとするのだ

〈夕べがひとびとの頭のうへでひらく
　睡りがおちてきさうに空が烟つてゐる
　哀れな地球ではいつせいに晩餐がはじめられる
　黄色なひかりに埋もれて　ぼくはひとつの仮定をたてる

明日ぼくのうへにやつてくる荒涼とその救済について
たれかのために唱ふだらう　ぼくのちひさな歌について
荒廃した未来へあゆみよる　ぼくのわづかな歩行について
それはしづかな怯懦でもあるのか
ぼくは死に　ぼくの優しさがそれをかんがへてゐる

とぢられたぼくの眼は永遠を約束されないけれど
むすうの星がぼくの精神のゐないあひだに生れ
ぼくのゐないあひだに薄れる
それだけがぼくの夕べと夜との説話だ
ゆるされた明るい可能だ〉

絶望がむかふからかたい気圏をこしらへてくる
ぼくのとほい友たちは銃口を擬して
時刻をまもつてゐる
をはることのない暗憺をぼくはかれらのために憎む
未来と過去とを鎖のやうにつないでゐる歴史を憎む
重荷がぼくたちの肩から　未来の肩にうつされる
そのときのぼくたちの安堵を憎む
鉄鎖のなかにきた五月よ
ちがつた方向からしづかな風をよこしてゐる五月よ

ぼくは強ひられた路上に　ぼくの影があゆむのを知つてゐる

星のうた　落下のうた　夕べの風のうた
ぼくはぼくの仲間たちに何を告げよう
かれらのゆく路にかれらの草が騒いでゐる
希望をとりかへにぼくをおとづれようとするな
いつもある者は死にあるものは生きてゐる
つまりいつさいの狡智の繁栄するところで
さびしげなことをしようとするな

鉄鎖につながれた五月よ
おもたい積載量をのせてめぐつてきた地球のうへの季節よ
草と虫と花々のうへに
陽が照り　影が転移する
ぼくはむすうの訣別をそのうへに流す

審判

苛酷がきざみこまれた路のうへに
九月の病んだ太陽がうつる
蟻のやうにちひさなぼくたちの嫌悪が
あなぐらのそこに這ひこんでゆく
黄昏れのはうへ　むすうのあなぐらのはうへ
ぼくたちの危惧とぼくたちの破局のはうへ
太陽は落ちてゆくように視える

はじめにぼくたちの路上が　羞恥が　ちひさな愛が
つぎにぼくたちの意志が
かげになる
ぼくたちのさてつした魂は役割をへる
あの悔恨に肉づけすることにつかひ果したこころを
あなぐらのそこに埋没させようとする
しづかに睡るのかあきらかに死ぬのか知らない

ぼくたちのつけくはへた風景は破壊されるのかどうか知らない
ぼくたちの根拠はしだいに荒廃し
ぼくたちの愛と非議と抗争とはみしらぬ星のしたに繋がれる

おう　ぼくたちの牢獄
風が温度と気圧とをかへ
戦火と乾いた夜が風景とその視線をかへ
ぼくたちの不幸な感情が女たちのこころをかへ
夕べごとに板のうへで晩餐がひらかれる
いつせいに寂しいぼくたちの地球よ
ぼくたちはいんめつされた証拠のために
盗賊と殺人者の罪状を負はなければならない
いんめつされた証拠を書きあらためるため
ぼくたちの不在をひつようとするものがゐる
そこに奪はれたものと奪はれないものとを
空しくわけようとするぼくたちの眼が繋がれてゐる

ぼくたちは九月の地球を愛するか
おう　ぼくたちはそれを愛する
ぼくたちは砲火と貨車（ワゴン）のうへの装甲車をこのむか
おう　ぼくたちはそれをこのまない

ぼくたちは記憶と屈辱とになれることができるか
おう　ぼくたちはそれになれることができない
ゆくところのないぼくたちの信号よ
とまどふひとびとの優しいこころよ
ぼくたちの路上はいまも見なれてゐてしかも未知だ
どんな可能もぼくたちの視てゐる風景のほかからやつてこない
どんな可能もぼくたちの生を絶ちきることなしにおとづれることはない
ぼくたちはそこで刺し殺さねばならぬ
架空のうたと架空の謀議と
たしかなぼくたちの破局とを
ぼくたちはそこで嗤はねばならぬ
フイナンツの焦慮とその行方とを

おう　さびしいぼくたちの法廷
九月の太陽は無言だ
まるでぼくたちの無言のやうに
すべての小鳥たち　すべての空のいろも無言だ
ぼくたちはぼくたちの病理を言葉にかへない
ぼくたちはぼくたちの病理を審判にゆだねる
なぜ　美しいものと醜いものとがわけられないか
なぜ　未来の条件のまへに現在を捨てきれないか

なぜ　愛憎をコムプレックスによつておしつぶすか
なぜ　本能に荒涼たるくびきをかけるか
おう　その威厳と法服とを歴史のたどられたプロセスからかりるだらう
ぼくたちの法定者よ
ぼくたちを裁くために噬ふべき立法によるな
ぼくたちを裁くためにけちくさい倫理をもちひるな

ぼくたちはじぶんの無力に伝播性がなく
いつもひとりで窓をこじあけ
九月の空と太陽をみようとするのを知つてゐる
習慣以上のとがつた仕種で
世界のあらゆる異質の思想をののしらうとかまへてゐる
ぼくたちの苛酷な夢のはやさを知つてゐる
ぼくたちのこころはうけいれられないとき
小鳥のやうなはやさでとび去り
そのときぼくたちをとりまいてゐる微温を
つき破つてしまふのを知つてゐる

ぼくたちはすべての審判に〈否〉とこたへるかもしれない
そうして牢獄の夜が
どんな破局の晨にかはらうとも

ぼくたちはそれに関しないと主張するかも知れない
ぼくたちは支配者からびた一文もうけとらず
もっぱら荒涼や戦火を喰べて生きてきたと主張するかもしれない

註

この詩集にあつめられた作品のうち、火の秋の物語は大岡山文学八十八号に、一九五二年五月の悲歌はガリ版詩誌斜面（これはぼくの敬愛する大岡山文学の同人がつくつていた）の第二号に、分裂病者は近代文学一九五三年五月号に、それぞれ既発表のものである。詩集の刊行にゆきとどいた神経と善意とを惜みなく与へられた奥野健男氏安竹了和氏坂本敬親氏をはじめ、敬愛する友人諸氏につつしんで感謝する。

Ⅱ

蹉跌の季節

それはいま
はじまる季節であり
世界の支配者たちが
ぼくたちの生産する惨苦に
投資してゐる
苦痛な砲火が
空にうちあげられて
資本にかはる
危ない時刻が
ぼくたちの杞憂を未来へ架橋してゐる
ぼくたちはぼくたちの屈辱をかたらつて
相姦する
ぼくたちの反抗は
このましくない恐慌に脅迫されて
日蔭の花のやうに

繁殖する
のぞみ　うたがひ
ちひさな足音でやつてくる
ぼくたちの愛憎よ
ぼくたちはそれを反転して
非情の旗をかかげたい

ぼくたちは貧民であり
悲惨の名を騙り
またいくぶんかは地球の脳髄でもある
予言するひとびとは　ぼくたちの
脳漿をかいくぐつて来たまへ
ぼくたちはいつたいどうなるかについて
予言したまへ
季節はせい惨な眼をして
きみたちの饒舌をきいてくれよう
きみたちが沈黙したあとで
ぼくたちは抗争するだけだ

その季節は枯れ
隣人たちは背をそむけ

兄弟たちは反目する
ぼくたちの思想は
疑惑にいぢめられて
七転八倒する
ぼくたちの飼つてゐる小鳥が
ぼくたちの咽喉を塞ぐ
ちひさな愛憐が
すみやかにとりすがらうとする
革命を教唆した
ブハーリン風の苛酷さが
極刑に処せられる

おう　ぼくたちの不服従のまはりで
むすうの蹉跌が反復する

昏い冬

風がくろい街角を吹くとき
恐慌《クリシス》の予告をしてあるく
くらい　くらい　冬
自殺しそこなつたぼくたちの希望よ
まだぼくたちはそれにすがつて
生きてゆく義務をもつてゐる
絶望のほうが
はるかに近くみえるとき
樹木の葉が枯れておちるとき
ぼくたちはいつたいどの方向へ
あるいてゐるのか
銀行はいつもぼくたちのうしろで扉を開き
鉄鋼カルテルはぼくたちの安定を
保証してゐる
けれど

きみも　ぼくも
くろい異端
くらい冬の不帰の客だ

責任がぼくたちに苛酷さをくわへ
ぼくたちは殺意をいだいて
ひとびとのこころをつきぬける
けれどぼくたちの殺すべきものは
ぼくたちの関係のなかにしかない

絶望がぼくたちを凍えさせ
ぼくたちはふたたびめくることのない
季節をめくつてゐるような気がする
そのときいつも
陥落がぼくたちに同情をよせ
通貨がぼくたちを嗤つてゐる

ぼくたちは老いぼれないのに
ぼくたちの皮膚はかはくのである

ぼくが罪を忘れないうちに

ぼくはかきとめておかう　世界が
毒をのんで苦もんしてゐる季節に
ぼくが犯した罪のことを　ふつうよりも
すこしやさしく　きみが
ぼくを非難できるような　言葉で

ぼくは軒端に巣をつくらうとした
ぼくの小鳥を傷つけた
失愛におののいて　少女の
婚礼の日の約束をすてた
それから　少量の発作がきて
世界はふかい海の底のやうにみえた
おお　そこまでは馬鹿げた
きのふの思ひ出だ

それから　さきが罪だ
ぼくは　ぼくの屈辱を
同胞の屈辱にむすびつけた
ぼくは　ぼくの冷酷なこころに
論理をあたえた　論理は
ひとりでにうちからそとへ
とびたつものだ

無数のぼくの敵よ　ぼくの苛酷な
論理にくみふせられないやうに
きみの富を　きみの
名誉を　きみの狡猾な
子分と　やさしい妻や娘を　そうして
きみの支配する秩序をまもるがいい
きみの春のあひだに
ぼくの春はかき消え
ひよつとすると　植物のやうな
廃疾が　ぼくにとどめを刺すかもしれない
ぼくが罪を忘れないうちに　ぼくの
すべてのたたかいは　をはるかもしれない

涙が涸れる

けふから　ぼくらは泣かない
きのふまでのように　もう世界は
うつくしくもなくなつたから　そうして
針のやうなことばをあつめて　悲惨な
出来ごとを生活のなかからみつけ
つき刺す
ぼくらの生活があるかぎり　一本の針を
引出しからつかみだすように　心の傷から
ひとつの倫理を　つまり
役立ちうる武器をつかみだす
しめつぽい貧民街の朽ちかかつた軒端を
ひとりであるいは少女と
とほり過ぎるとき　ぼくらは
残酷に　ぼくらの武器を
かくしてゐる

胸のあひだからは　涙のかはりに
バラ色の私鉄の切符が
くちやくちやになつてあらはれ
ぼくらはぼくらに　または少女に
それを視せて　とほくまで
ゆくんだと告げるのである

とほくまでゆくんだ　ぼくらの好きな人々よ
嫉みと嫉みとをからみ合はせても
窮迫したぼくらの生活からは　名高い
恋の物語はうまれない
ぼくらはきみによつて
きみはぼくらによつて　ただ
屈辱を組織できるだけだ
それをしなければならぬ

抗訴

世界が昏くなると　ちいさな
坂道からみえる下宿屋の窓にあかりが
ともる　貧しい変質者の
貧しいくらしも　燃えつきる
ことはないのだ
世界にむかつてなされる
くぐもり声の　もどかしい抗訴も
をはることはないのだ
坂道のそばに咲くあじさゐの花
そこから洞窟のやうにおくふかくつながる
露路　わけのわからぬ仕事場から
変質者は窓へ
昇つてゆくだらう　そうしてはじめて
ぽつんと
疲れた　とか

ねむい　とか
抑圧された父系の遺伝にぞくする
言葉を　つぶやくだらう
わたしはねがう
世界ぢゆうがこの夜　かれの
つぶやきに耳をかたむけることを　かれの
破瓜病をいやすために
抑圧をやめることを　かれに
二十円くらいの晩餐をあてがつて恥ぢない
ものたちをつき倒すことを

破滅的な時代へ与へる歌

Ⅰ

北からの
風が木の葉をちらし　靴音の下
のほうで　つめたい季節がながれる　きみと
ぼくとは　くらい泡の
やうな眼ざしをかはし　そのとき　自由な
枝の高みから　木の葉をふり落してゐる
やうな　二羽の小鳥に
なりたいともおもふ

けれど民衆をえらんだ
ものは　高みへゆけない　過去とか
未来とかいふ言葉に　魂の
惨劇の記憶をむすびつけ　すりきれた靴音

の底で　季節をせきとめる
けつきよく
魂の物語はをはり　ぼくたちは
木の葉のやうに　吹き
とばされるのだ

Ⅱ

離群病者《シゾフレニスト》
とならないために　ぼくは
じぶんの傷口から眼をそむけ　きみは
皮膚の外側で　それを
ふるひおとす　このいぢけた
破滅的な季節　きみと
ぼくとは語りあつてはならぬか
語りあへば
世界は昏くなるばかりか
もう温かい会話はとだへ　なしとげ
られない約束は　民衆の手
にわたされてゐる

ぼくたちは
おどろくべき思想をつぶやきながら　それを
しなかつた男の印象を
のこすかもしれぬ

Ⅲ

季節よ　めぐれ
破滅とは礼にかなつた死を
死にそこないの秩序にあたへる儀式だ
もしきみが　忍耐づよく首を
たれて　葬列についていつたら
やさしい人になれる
もしきみが
死にそこなひに　斧
をふりあげたら
むすうの金切声がおこる

きみよ
ぼくたちが
ねむれば　昏い季節はをはり

世界はもとのままだ

Ⅳ

風のなか
に　北からの風をききわけるとき
ぼくたちは未来へ　死者
よりもふかくめざめてゐる　靴音の下
のほうで　墓標がながされ
ちひさな渦のさきに　木の葉の
やうに吹きよせられる　きみと
ぼくとは
隔てられた世界のなかで
生者の視線を　さがし
もとめる

約束をしやう　ひとりで
ゐたら　ぼくたちは死んでゐる
だらうと　もし
みんなとゐたら
生きてゐるだらうと

少年期

くろい地下道へはいつてゆくように
少年の日の挿話へはいつてゆくと
語りかけるのは
見しらぬ駄菓子屋のおかみであり
三銭の屑せんべいに固着した
記憶である
幼友達は盗みをはたらき
橋のたもとでもの思ひにふけり
びいどろの石あてに賭けた
明日の約束をわすれた
世界は異常な掟てがあり　私刑《リンチ》があり
仲間外れにされたものは風に吹きさらされた
かれらはやがて
団結し　首長をえらび　利権をまもり
近親をいつくしむ

仲間外れにされたものは
そむき　愛と憎しみをおぼえ
魂の惨劇にたえる
みえない関係が
みえはじめたとき
かれらは深く訣別している

不服従こそは少年の日の記憶を解放する
と語りかけるとき
ぼくは掟てにしたがつて追放されるのである

きみの影を救うために

きみはいくつかの　物語の
ない街々をゆききして　ひよいとかわいた
通路の端から　孤独な貌をつきだす
そのとき　きみは窮迫した浮浪人だ
きみがたつている運河べりからは
すてられた少女と
やりきれない近親が
投身する　きみはきみが
まつたくこの世界とくひちがふのを
感じたとき　きみの
影をつき落したのだ

きみは塵芥のやうに　運河の底から　きみの
影を救ひあげる　ちぢみあがつた風
のなか　おどおどとしたビルの仕事場

鉄さびをかぶつたプラタナスの路　きみは
きみがゆくところで
責任のない猿ぐつわをかまされ
遺棄されたにんげんとして自由だ
きみの孤独
なりはひのかげのない所得《サラリィ》
モッブに似た言動　すなはちきみは
死人だ

一匹の魚を皿の真中で
つきくずしてゐるとき　きみは
生者の視線を耐えねばならぬ
きみがゆくところで
恐怖以外の表情できみをみつめる
少女と出遇はねばならぬ

異数の世界へおりてゆく

異数の世界へおりてゆく　かれは名残り
をしげである
のこされた世界の少女と
ささいな生活の秘密をわかちあはなかつたこと
なほ欲望のひとかけらが
ゆたかなパンの香りや　他人の
へりくだつた敬礼
にかはるときの快感をしらなかつたことに

けれど
その世界と世界との袂れは
簡単だつた　くらい魂が焼けただれた
首都の瓦礫のうへで支配者にむかつて
いやいやをし
ぼろぼろな戦災少年が

すばやくかれの財布をかすめとつて逃げた
そのときかれの世界もかすめとられたのである

無関係にうちたてられたビルデイングと
ビルデイングのあひだ
をあみめのやうにわたる風も　たのしげな
群衆　そのなかのあかるい少女
も　かれの
こころを掻き鳴らすことはできない
生きた肉体　ふりそそぐやうな愛撫
もかれの魂を決定することができない
生きる理由をなくしたとき
生き　死にちかく
死ぬ理由をもとめてえられない
かれのこころは
いちはやく異数の世界へおりていつたが
かれの肉体は　十年
派手な群衆のなかを歩いたのである

秘事にかこまれて胸を
ながれるのはなしとげられないかもしれないゆめ

飢えてうらうちのない情事
消されてゆく愛
かれは紙のうへに書かれるものを恥ぢてのち
未来へ出で立つ

挽歌

——服部達を惜しむ——

きみは証せ
或る死が　或る時ちいさな希望
かもしれない理由を
よせあう頬と喰べるパンが
なくなつたのではない
洗つた髪が脱けおちたのでもない
駈けつけた電話口が拒んだのでもない
しずかな　しずかな死が希望
かもしれない理由を

きみの失踪は昨日
揺れるこころできめられた　きみは
ほんとの虚栄とほんとの絶望のあいだで
ほんとの涙と
うその弔辞を拒んで去つた

肌ざむいきみの衣裳に
夕陽は　やさしく消え
風は　きみの魂を
背丈けよりもひくく眠らせた

きみは
時代が　眠りを拒み　毒死を惜んで
ちいさなノートの余白に
のこした約束をみつけられなかつたか
戦火にさらされ
戦火によつて死にそこなつたものに
無償の死は
いつもあこがれだつた　きみは
おぼえているか
かつてわれらの最後のイメージが
硝煙と業火のなかで描かれたことを

きみの
荒涼とした論理には
はにかんだ空白があつた　いまそれは
ひとすぢの真昼の夢のように

われらの
たたかうべき果てに合流する

少女

えんじゅの並木路で　背をおさえつける
秋の陽なかで
少女はいつわたしとゆき遇うか
わたしには彼女たちがみえるのに　彼女たちには
きっとわたしがみえない
すべての明るいものは盲目とおなじに
世界をみることができない
なにか昏いものが傍をとおり過ぎるとき
彼女たちは過去の憎悪の記憶かとおもい
裏ぎられた生活かともおもう
けれど　それは
わたしだ
生れおちた優しさでなら出遇えるかもしれぬと
いくらかはためらい
もっとはげしくうち消して

とおり過ぎるわたしだ

小さな秤でははかれない
彼女たちのこころと　すべてたたかいを
過ぎゆくものの肉体と　抱く手を　零細を
たべて苛酷にならない夢を
彼女たちは世界がみんな希望だとおもつているものを
絶望だということができない

わたしと彼女たちは
ひき剝される　なぜなら世界は
少量の幸せを彼女たちにあたえ　まるで
求愛の贈物のように　それがすべてだそれが
みんなだとうそぶくから　そして
わたしはライバルのように
世界を憎しむというから

悲歌

きみは一九五三年秋
追われて巷の雑沓のなかにきえた
かれは一九五〇年夏
傷ついて戦列からはなれた

平和のなかのたたかいの死者よ
昨日と今日の澄んだ空のした
黒い帯のようにながれる群集がふと
路にたちどまつて
じぶんといつしよに衰えてきた時と人間を
運命のかたちでおもつたとき
きみたちは其処にいなかつた

すでに昨日の昨日
酷吏ににた冬の風に追いまくられ

あたりにただよう憎悪や疑惑をさむいなあ
とかんじながら
ひとりひとりひき剝されて
眼にみえない街へ
とおざかつていつた

理解はいつも侮蔑の眼ざしににている
無関心はいつもとざされた幸せのようにとおざかる
たとえひとりが薄く架けられた慕情の橋のこちら側で
還らないかもしれない出発を見送つたとしても
きみたちはふりむかなかつた
あの世界の愛は
きみたちを追うにひとしい
ことばもなく　おこないもなく
うずくまつたところで宿泊し
妄想をはらいのけるほどの仕種をして
時は過ぎていつた

きみたちは生きた
いくぶんか墓地ににた蔭の世界で
花のさかない雨のペイヴメントで

ちからのない微笑ににた陽のかげの下で
ふと風にふかれる枯草の夢のなかで
うとまれた記憶のさびしさで
あざむかれた傷口の
ざくろのような裂け目をなでて
きみたちは生きた
どうしたらにんげんを信じられるかを
じぶんに問いながら
はてしない繰言のように迫る
疑惑とむかいあつて
壁よりもふかい孤独の壁
屋根よりもおおう侮蔑の屋根の下で

けれどけれど
平和のなかのたたかいの死者よ
束の間にかわるものは　きみたちの骨を
碑にすることができなかつた
うそざむい文字によつてさえ　きみたちの
名を録することはできなかつた
あざむかれたあとで茫然とみている
群集の平安をくぐり捨て

小さないさかいとくらしの底にしずみ
ひとつの孤独　ひとつの妄想
あやふく耐えられた愛などをくみたてて
時代をここからあそこへ
うつすことに加わらねばならなかつた

反祈禱歌

地獄にも墓地にもかかわりなかつた　もちろん
花環のひとつもなく　弔辞にまつわる
涙もなかつた
むかし失策をした戦士がしたように
つぎつぎにうかんだ思想と夢とに訣れて
ただ茫然と生きるために死んだのだ

一九五三年きみは
戦士だつた　一九五五年いまきみは
浮浪人だ
かれをすてこれをとるか
これをすてかれをとるか
世界の掟てにそむいてきみは
かれもこれもすてた
おもく垂れさがつたきみのまぶたには

まつたく異つた世界の涙がたまる
疲れきつた手足には
鉛のような過去がきしむ
街は夢にみた街
草のうえに廃油をまき捨てに
よろよろしたきみの影が
小さなくぐり扉からでてくる　それが
きみの憧れのすがただ

疑惑はそれ澄んだ空のなか
平和はいまもだえ苦しんでいる
きみときみのまだ遇わない少女のこころで
花飾りのない契約のなかで
これ以上おちつこない価値のなかで

頭のうえだけ高くいれば
ひとびとは黙りこくつたくろい塊にみえる
足のさきだけ下にいれば
ひとびとは見あげられた塔のように不安そうだ
闘いついだ者たちは追われて
ひとりひとり首都の雑沓のなかに

よれよれの背をみせて消えてゆく
ひとびとは花咲かない荒野のように
きみを見送る
きみはかれらを蔑み
かれらはきみを捨てる
きみは袂れが
なにを意味するかをしらない　けれど
この道を暗殺者がとおり　つぎに
革命者がとおり
いまは汚辱にまみれたみすぼらしい夢が
とおるのをしるのだ

見たまえ
筒のような風のまにまに　幻の
道と街がつづく
きみはひとつの形をした運命のように
いじけはてたひとびとの魂を肩にのせ
その街に住みつく
街はおおよそ闘われた掟のはてにあり
首長も敗者　宿泊者もそうだ
うたがいぶかい天候と

とめどない激怒のほかには
しずかすぎる物事が
きみのそばをとおり過ぎる
群集も少女も信じられないと
ひとがいえば
きみはかれを招くことができよう
反抗も夢も空しいと
ひとが告げれば
きみはこの街は別だということができよう
生はむなしく死はしたしいと
傷ついた戦士がいえば
それはきみじしんの影だ

けれどうす汚れた飢えが
かなたの街から運ばれてくるとき
きみの運命はきめられる
街が暗黒にかがやくのはその時だ
世界は祈禱をあげている
貧民は平和によつてあいされないが
平和をあいせよと

戦いの手記

たたかいの手記に魅せられたら　きみも
語れ
献身が束の間にさびしい離反でむくいられ
たたかいに敗れた者たちが　くらい貌に
ほつと微笑をうかべて
たち去つた日を
たたかいの手記が販れるなら　きみも
販れ
まことに飢えたもののために
なにもできないうちに
怪しい戦士に謀られて　巷に
追はれた恨みを
たたかいの手記がたたかいなら　きみは
沈黙せよ
勇気はいつも辛くて　うめきに似ていたから

きみの孤独な陣地に
春がめぐつてくるまで

かつて
幾たびもきた春ごとに　きみは
うしなつた　無下なたのしい愛を
ちいさな秤にかけてみた少女のこころを
力をかたむけて結びついた戦士を
きみはうしなつた
時計のように正確にきざむ
魂のなかの　未来への
階程を
きみは不服従の戦士だつたのに
いま　右手にはヨオロツパの辞典
炸裂する魂はかくされていない
いま　左手にくらい日本の孤独
明日の天候と今日の食糧と
無名のいさかいの種子が
おしこまれている
きみは不服従の同志なのに
生きのこつて平和にむつれている戦士に

魂の砲火をひらく

きみは
服従をにくみ　敵対し　孤立する
勝利する日をみずから怖れているひとびとの
おびえた貌に
やさしいことばではない　熔鉄のような
真赤な悪罵をあびせかけながら　きみも
また老いさらばえる

明日になつたら

明日になつたら
辛い夢のなかに
棘がひつかかつていないかどうかを
たしかめよ
きみはすでに
罪人の罪よりもすこし重く
罪人の衣裳よりもすこしみすぼらしく
あまたの時を過ぎたのだから

もしも　夢みた世界が
こないうちに
ちいさな恋のいさかいで倒れたら
きみと少女の骨を
戦士がとおる路に
晒せ

あまたの若い戦士たちは
まことともうそともわからぬうちに
すでに孤独な未来へ
ゆくのだから

もしも　大事のまえに
ちいさな事がまちぶせていたら　その
ひとつひとつに花燭をともし
あたりの悪かつたものに
微笑を　耐えられずに死んだものに
花飾りを
ほどこせ
きみはすでに
罪を世界におい
安息を戦士たちの肩から
盗んでいるのだから

明日になつたら
辛い夢のなかに辛い夢をきずき
孤独な戦士よりも孤独な未来へ
きみもゆけ

すでに戦士たちはためらい
きみは待たれているから

日没

陽は沈む
いや　陽はまだ沈まぬ
ちいさなビルディングと
おおきなビルディングのあいだで
わたしの足が蔭をまたぐ
きようは月曜日
すべての群集を充たしている街で
わたしの街は
そこにない

わたしの街は戦いのなか
炎と炎のきえぬまに
たいせつなゆめとちいさな髪の少女たちをつれて
煙のように崩れおちた
そして男でもない女でもない

蠟のような焼死者が
わたしの運命にむかつて
よびかけた
〈おまえの大事のゆめは去んだ
　はやくこの街を過ぎてゆけ
　煙と火照りがしみとおると
　おまえの眼はつぶれてしまう〉

それから　わたしの運命は
充血した窓から
わたしのこころを探した
廃墟の晨と夕べにむかつてざんげした
〈わたしこそは戦いだ　名残りだ
　大事のゆめを喪つて
　生きながらえた余計者だ〉

そよ風が
ちいさな暗い百合の花を
わたしのざんげに投げ入れた
廃墟の商人がそれを販りはじめた
たいせつな　たいせつな

民話をくみたてるように
わたしの街は蘇えつた
二月の節分に豆が撒かれ
七月の祭礼に笛が鳴つた

そして
わたしの少女たちは
わたしの知らぬ物語のなかで母親になつて
かえつてきた
わたしの知らぬ少女たちの時間と
少女たちの知らぬわたしの時間が
くらい戦いのつづき物語《もの》だ
わたしはそれを読もうとする
わたしはそれを読むまいとする
あの　グッド・オールド・デイズ〈なつかしく
やさしかつた　日々よ〉

陽は沈む
いや　陽はまことに沈む
ちいさいビルデイングと
おおきいビルデイングのあいだで

わたしのこころが苦痛をまたぐ
きようは月曜日
すべての群集がかえつてしまつた街で
わたしの街は
そこにある

崩壊と再生

きみが住みつくと
街々に告知がはりめぐらされる
きみの友は　きみを
告発しないまえの密使だ
きみの近親は　まだ
崩壊しないまえのきみのかげだ
きみの見知らぬひとは
ひそひそと買物などしている声だ

きみに
殺意がわいたらおしまいだ
としつているように　すべての
遠くは近くなり
近くは遠くなり
未来のかわりに過去があつたり

罪のかわりに恋があつたりする

きみが優しければ　すべてが
優しいと信じないように
不実な友には
紙屑のような訣れの言葉を
どす暗い近親には
臓腑に喰いつくような憎悪を
貧民には断ちきられた
くるしい愛を
死者には黒いリボンのついた
一かごの果物を

それから
世界の病巣には美しい打撃を
あたえねばならぬ

贋アヴァンギャルド

きみの冷酷は
少年のときの玩具のなかに仕掛けてある
きみは発条《バネ》をこわしてから悪んでいる少年にあたえ
世界を指図する
少年は憤怒にあおざめてきみに反抗する
きみの寂しさはそれに似ている
きみは土足で
少女たちの遊びの輪を蹴ちらしてあるき
ある日　とつぜん一人の少女が好きになる
きみが負つている悔恨はそれに似ている

きみが首長になると世界は暗くなる
きみが喋言ると少年は壁のなかにとじこもり
少女たちは厳粛になる
きみが革命というと

世界は全部玩具になる

恋唄

ひとひとを嚙みあわせる曲芸師が
舞台にのせようとしてもおれは信じない
殺害はいつも舞台裏でおこなわれ
奈落をとおつて墓地に埋葬される　けれど
おれを殺した男は舞台のうえで見得をきる
おれが殺した男は観客のなかで愉しくやつている

おれは舞台裏で
じつと奈落の底を見守つている　けれど
おれを苦しめた男は舞台のうえで倒れた演技をしてみせる
おれが苦しめた男は観客のなかで父と母とのように悲しく老いる

昨日のおれの愛は
今日は無言の非議と飢えにかわるのだ
そして世界はいつまでだつておれの心の惨劇を映さない

殺逆と砲火を映している
たとえ無数のひとが眼をこらしても
おれの惨劇は視えないのだ
おれが手をふり上げて訴えても
たれも聴えない
おれが独りぽつちで語りつづけても
たれも録することができない

おれが愛することを忘れたら舞台にのせてくれ
おれが讃辞と富とを獲たら捨ててくれ
もしも　おれが呼んだら花輪をもつて遺言をきいてくれ
もしも　おれが死んだら世界は和解してくれ
もしも　おれが革命といつたらみんな武器をとつてくれ

恋唄

理由もなくかなしかつたときみは愛することを知るのだ
夕ぐれにきて夕ぐれに帰つてゆく人のために
きみは足枷になつた運命をにくむのだ
その日のうちに
もし優しさが別の優しさにかわり明日のことが思いしられなかつたら
きみは受肉を信ずるのだ　恋はいつか
他人の血のなかで浅黄いろの屍衣のように安らかになる
きみは炉辺で死にうるか
その人の肩から世界は膨大な黄昏となつて見え
願いにみちた声から
落日はしたたりおちる
行きたまえ
きみはその人のためにおくれ
その人のために全てのものより先にいそぐ
戦われるものがすべてだ

希望からは涙が
肉体からは緊張がつたえられ　きみは力のかぎり
救いのない世界から立ち上る

二月革命

二月酷寒には革命を組織する
何といつても労働者と農民には癲癇もちがいるし
インテリゲンチヤには偏執狂がいて
おれたちの革命を支持する

紫色の晴天から雪がふる
雪のなかでおれたちは妻子や恋人と辛い訣れをする
いまは狂者の薄明　狂者の薄暮だ
おれたちは狂者の掟てにしたがつて
放火したビルディングにありつたけの火砲をぶちこむ

日本の正常な労働者・農民諸君
インテリゲンチヤ諸君
光輝ある前衛党の諸君
おれたちに抵抗する分子は反革命である　もしも

この霏霏として舞い落ちる雪
重たい火砲をひきずつて進撃するおれたち
が視えない諸君は反革命である

おれたちが首うな垂れて
とぼとぼビルディングの間を歩いているだけだ
とあざ嗤う分子は反革命である
おれたちがしみつたれた鞄をぶらさげて
明日の食糧に戦慄しに出かけるだけだ
と宣伝する諸君は反革命である

首都へ

一陣の昏い夢のように　白けきつた首都へ
はぐらかされるかもしれない希望へ
たどりつこう　奇妙な敵の首をしめ
ちつともいんぎんを通じさせないうちに
闘いきれたらとおもう
われわれに一人の死者さえなく　かえつて
死者となつたほうがよかつた
と思えるほど苦しみを感じながら
勝利をおさめられたらとおもう
鉄さびをかぶつた街路樹に　水撒車が
忘れていつた水を撒いてやり　たくさんの
世界の苦闘が憩うように
少女たちもそこで
たわむれているといい

奇妙な幕間に忘れていた　闘うときに
こころの傷手はつよい武器になり
われわれの敵をずたずたに引裂く　もしも
われわれに疲れきつた恩赦があれば
われわれもまた引裂かれる

首都はいま
半ばふりそそぐ陽だまりのなかにあり
ちよつと
首をつき出せば其処へ出られる
ような気がする　だがわれわれは一陣の
まだ昏い夢なのだ

われわれが闘おうといつたとき
逃亡した戦士よ
われわれは傷つきかれらは生き残つた
怪しくゆがんだ空のさびしい雲が
倒れる間際にみえた
われわれが
黒わくに飾られた戦士なら　逃亡した兵士と
生残つた将軍がいうだろう

――かれらはよく闘つたが死んじまつちやあね――
われわれが
とつくに廃疾の戦士なら
未熟な兵士と居据つた将軍がいうだろう
――魂をなくして街路に亡国の小唄をうたい　わずかに乞食をしている――

おお　敗北の記念すべき時はめぐつてきた
むかしの戦士はいま何処だ　かれらを
査問に呼べ　かれらにわれわれの傷あとを
証させよ
かれらが平和を招待してカクテルを交しているとき
われわれは魂のなかにくろい火砲をひきずつている

われわれは倒さねばならぬ
死んじまつた人間の苦悩と夢とで
半端もののカピタルと漫画のようなトオテムとを
しずかな真昼ま
魚のように愛人同志の眼ざしがとびはね
昨日のようにさりげない今日
魂のなかの砲門をいつせいに
ひらかねばならぬ

恋唄

九月はしるべのなかつた恋のあとの月
すこし革められた風と街路樹のかたちによつて
こころよ　こころもまた向きを変えねばなるまい

あらゆることは勘定したよりもすこし不遇に
予想したよりもすこし苦しくなる
わたしが恋をしたら
世界は掌にさすようにすべてを打明け
幸せとか不幸とかいう言葉をつかわずに
ただひどく濃密ににじりよつてきた
圧しつぶそうとしながら世界はありつたけ
その醜悪な貌をみせてくれた

おう　わたしは独りでに死のちかくまで行つてしまつた
いつもの街路でゆき遇うのに

きみがまつたく別の世界のように視えたものだ
言葉や眼ざしや非難も
ここまでは届かなかつたものだ

あつちからこつちへ非難を運搬して
きみが口説を販つているあいだ
わたしは何遍も手斧をふりあげて世界を殺そうとしていた
あつちとこつちを闘わせて
きみが客銭を集めているとき
わたしはどうしてもひとりの人間さえ倒しかねていた

惨劇にはきつと被害者と加害者の名前が録されるのに
恋にはきつとちりばめられた祝辞があるのに
つまりわたしはこの世界のからくりがみたいばつかりに
惨劇からはじまつてやつと恋におわる
きみに視えない街を歩いてきたのだ
かんがえてもみたまえ
わたしはすこしは非難に鍛えられてきたので
いま世界とたたかうこともできるのである

Ⅲ

アラゴンへの一視点

1　前註

前註1　これは一九三九年――一九四四年、つまり第二次大戦期のルヰ・アラゴンの詩と人間像の問題及びそれをめぐる現実の諸問題について書かれた小さな批評である。資料として依存したのは主に詩集『悲痛』『エルザの眼』『グレヴァン博物館』『フランスの喇叭』及びアラゴンが自己の人間像への理解を傾けて編輯した『殉難者の証人』（白井・那須訳）である。それと共に僕はこの小論が一九五二年の日本で書かれているという事実を殊更に書留めておく必要を感ずる。最近半年間に採られてきた金融措置を詳細に検討するならば、日本が経済的に属領資本主義国の典型的な様相を呈しながら放縦と収縮とを無計画に繰返していることが容易に理解される。また若し僕たちがそれを疑問の一つとして撰ぶならば詩人ハーバート・リイドの言う「大陸において協定破棄を口実にして民主諸国家の支持の下に朝鮮に侵入した」国の産業的基地として辛うじて経済的破局を縫い合わせているのである。アラゴンの言う文化の民衆的基礎の実体がどうであるかについては沈黙するより外はない。天皇を道徳的中心であると称することを民衆に強制しようと試みかねない恐るべき哲学者が文化の行政を掌握している風土において僕たちがいま文化の社会的基礎を語ることは全く無意味だからである。要するに悪しき徴候に代る希望は何処にも存在していない。最近の日本におけるルヰ・アラゴンの紹介が殆んど全て政治的乃至は啓蒙的意図の下になされていることは正当でなければならない。何故ならばこのような意図の根柢には第二次大戦期のフランスの現実的な様相と現在の日本におけるそれとが深いアナロジイを有するという紹介者たちの洞察が当然存在していなければならないからである。そしてこの洞察は正しい。僕がこの批評を書く理由も正しくそこにあるのだ。けれど何故沢山の紹介者たちのあとでこの覚書程度にすぎない短い批評を試みるかと言えば、僕が彼らの現実洞察に対して若干の疑義と異点とをもっているからである。

前註2　さて1で述べたように現在僕たちを取まく情勢のなかに悪しき徴候に代る希望は存在していない。然し僕がほんとうに注意したいと考えることは、これらの情勢は若し観察しようとつとめないならば、或は観察することを拒絶するならば何も観察されないという認識上の問題についてである。そして僕たちは単に精神における茫漠とした不安や重圧または生活環境における個々の不如意として現実の構造を感受するに過ぎなくなる。つまりここで（前註2で）僕が言いたいことは、

（1）現実の構造とその中での人間の認識との関係は、生起する事実と理解尺度との関係ではないということ。

（2）現実というものが眼の前にある何物かとして人間に認識されるものではなく、認識しようとする精神にだけ認識されるものであること。

僕はこのふたつのことが啓蒙的な意味に解釈されても不服には思わない。つまり僕がアラゴンの紹介者たちに感じている疑義の根本的な個処であると解釈されても……。それ故僕は現実に対する自分の立場を設定できないならば、それは現実に対する洞察の鍵を持たないことと同じであると解したい。僕たちは現実からの茫漠とした受感を論理的に解くために必ず自分の方法を創造する必要があるし、又それを余儀なくされるものだ。ここまできて現代の現実の構造を倫理的に受感することを僕たちの思想に強制するものが何であるかを理解するのはさして困難ではない。そして文学や社会学の歴史的な洞察から理解の契機を見出そうとする試みは恐らく失敗するだろう。問題はもっと手近かな処に有るように思わ

れる。現代では人間の精神は完全に現実に従属しているので、僕たちの思想に倫理的な衣裳を強制するものは単に政治的経済的権力的諸条件であるに過ぎないのである。

前註3　何故僕たちが一九五〇年代の日本で第二次大戦期のフランスの『殉難者の証人』を想起しなければならないかについて、僕はそれ程過大な理由を見出すことは出来ない。この点については日本の熱烈な紹介者である進歩的な仏文学者文学批評家諸氏は、現在の日本と大戦期におけるフランスとの時間的風土的差異を無視して感性の封建的な秩序のなかで、アラゴンを読者に与えた文化史的意図を自己の現代の現実に対する批判を提示することによって明らかにすべきであると信ずる。諸氏が啓蒙的意図を蔵して紹介した限り、それは当然なされるべきである。僕がルヰ・アラゴンの紹介がそれ程過大な意味をもつものでないと考えている理由はここで不完全ながら示してある。若し現存する日本の支配秩序が戦争と結合するものであるならば、僕たちは現在（一九五二年）英雄や起床ラッパ（?）が感性の封建的な風土のなかで想起されることを承認するわけにはゆかない。若しここで僕がヨオロッパの文化史的な運動やその制作品が日本に移植される際には相当の時差をもって行われるものだという通例を承認するならば一切は氷解するかも知れない。そして僕はむきになって紹介者たちを批判する必要はない。むしろ感謝すべきであろう。それでもいい。

前註4　参考にした文献

Aragon: Le Crève-Cœur. Les Yeux d'Elsa. Le Musée Grévin. La Diane Française
Aragon: par Claude Roy
Aragon between wars: by Waldo Frank
Aragon Resistance leader: by Peter C. Phodes
白井浩司、那須国男訳　殉難者の証人
大島博光訳　フランスの起床ラッパ

金子光晴訳　アラゴン詩集
世界抵抗詩選刊行会訳　祖国のなかの異国にて
渡辺　淳訳　文化と人間
安東次男著　抵抗期の詩人

2　共産主義的人間像をめぐって

一九一七年、第一次大戦を忌避してスヰスのチュリッヒに集まっていた各国の詩人美術家たちによってダダイズムの運動が創始された。この運動はその基礎にさしたる積極的な契機をもっていたわけではなく、従って直ちに変貌し解体すべき運命をもっていたと言えるが、詩や絵画の言わば「光栄ある領域」をありふれた社会現象のひとつにまで引ずり下ろした点で、極めて重要な意味をもつものであったと言わなければならない。この運動が芸術史に遺した足跡が極めて小さなものであったのに対比して、芸術概念の変革のために果した役割とその根柢にある社会的な基盤はゆるがせに出来ないものをもっている。ダダイズムの運動は大凡次のような現実的な基礎の下に発生したと考えられる。

（Ⅰ）第一次大戦（一九一四年――一九一八年）が潜在的に用意しつつあったのはアメリカ資本主義の決定的な支配体制とロシヤ革命の成遂とであった。この二つの相反する事実が実はヨオロッパ資本主義の決定的な衰退と、その世界支配体制の喪失という事実によってあがなわれたことは注目せられなければならない。ダダイズムの運動はこのヨオロッパの社会的衰微を予感していたプチブルジョワジイの現実的な自動作用の一面として理解される必要がある。彼らはブルジョワ支配秩序への上昇感性によって「芸術の本質」という言いふるされた光栄を守るには余りにリアリストの眼をもちすぎていたけれど、大戦によって決定的に疲労したプロレタリアートの倫理的な現実を直視するためには余りにプチブルジヨワジイであり過ぎた。このことは彼らが解体に際してコミニズム、アナキズム（アナルコ・サンジカリズム）へ下降する者とブルジョワ芸術の装飾性と効用性のなかに上昇するものとに分裂したことによっても理解することが出来る。

（Ⅱ）ダダイズムの運動は芸術の社会現象化をもたらしたけれど決して芸術の社会化運動でもなければ芸術的革命でもなかった。少くとも本質的にはプチブルジョワジイのエゴイズムの運動に外ならなかった。彼らは第一次大戦の意味を倫理的に理解することが出来なかったためにやがてダダ的な現実のかわりに超現実を擦りかえねばならなかったのである。結局ダダイズム運動の現実的な基礎はブルジョワ支配秩序の大戦による強化とプロレタリアートの現実的な倫理性に圧搾されたプチブルジョワ意識の身振りとして理解されなければならない。

ルキ・アラゴンはダダイズム運動の渦中にあった、彼は当時の自身について次のように語っている。「私は一九一四年――一八年の大戦を通じて戦争について一語も書かずに過して来たと自負する詩人である。そのゆえにポール・フォルからギョオム・アポリネエルにいたるまで三色旗を謳歌した詩人たちの堕落に対して私はじぶんの高潔をみずから誇ることが出来た。私はそのような私のまわりの世界に反抗した。そうしてこのような反抗はきわめて自然にダダのなかにそのはけぐちを見出したのであった。」（「一九三五年国際革命作家会議へのメッセージ」大島訳）アラゴンのメッセージのこの短かい一節から受取ることの出来る要旨は次の三つである。

（1）アラゴンは一九一四年――一八年の大戦を通じて戦争について一語も書かずに過して来たこと。

（2）それ故ポール・フォルからギョオム・アポリネエルにいたるまで三色旗を謳歌した詩人を堕落であると考えたこと。

（3）このような周囲の世界に反抗する心理がきわめて自然にダダのなかにそのはけぐちを見出したとアラゴンは考えていること。

このメッセージが既に忠実なコミニズムの詩人であった彼によって発せられたものであることを検討すると極めて注目すべきものがある。若し一九三九年——四四年第二次大戦期のアラゴンの詩について三つの箇条を設定して見るとすれば、恐らく前掲の箇条を転倒すればよいであろう。ここで転倒したのはアラゴン自身であったか或は現実のほうであったかという問題は第一次大戦と第二次大戦との社会的経済的性格の相異と、アラゴンにおけるコミニズムの問題の検討に僕たちを導かなければならない。先にも述べたようにダダイスト達が第一次大戦の倫理的な意味を理解しなかったということは、彼らの身振りや熱狂や新奇なアレゴリイのなかに一片の倫理的な陰影すら無かったことにおいて決定的であった。

喪失した現実のなかでの精神のオオトマチズムはやがてダダのかわりに超現実を用意したのであるが、彼らの意識心理が大戦及び戦後の倫理的な現実に対抗するために生理心理学によって武装せられなければならなかったことは注目に価する。社会的には彼らにとって生理心理的現実だけが唯一の自由地帯であった。彼らが若し認識しようと思うならば「欲しようと欲しまいと卑劣なヴェルサイユ条約の支配下における戦後の人間」であり、また彼らの「目の前でドイツ革命はクレマンソオの機関銃によって粉砕されつつあった」のである。当時のアラゴンはワルドオ・フランクの言を信ずるならば「アナキストであり革命的ロマンチック」であったし、トリスタン・ツァラに従属しながらフランス文化の根源に従属していた。当時のアラゴンの詩については僕は資料の関係上、クロオド・ロワの編輯した『アラゴン詩集』によってわずかに一端をうかがうより致し方がない。例えば次のような。

Casino des lumières crues

Un soir des plages à la mode on joue un air
Qui fait prendre aux petits chevaux un train d'enfer

Et la fille se pâme et murmure Weber
Moi je prononce Wèbre et regarde la mer

(Feu de joie 1917—19)

きらきら日のさすカジノ
仔馬たちにすさまじい贅沢させてうきうきしている
流行づくめの海浜のある夕べ
娘がめまいをおこしてウエバーとつぶやく
ぼくは　ぼくはウエブルとやって海をみつめる

（「歓喜の火」一九一七—一九年）

別に革命的ロマンチックでも何でもない。現代詩が技法的にも発想的にもこの詩のなかの意識の素朴な断落操作から得るものがないとすれば現在では風俗詩的意味しかもっていないであろう。反訳する必要がないためもう一つこの時期のアラゴンの詩を掲げて見よう。ギョオム・アポリネエルの『カリグラム』を想起しながら次の詩を眺めればよい。

Persiennes

Persienne Persienne Persienne
Persienne persienne persienne
persienne persienne persienne persienne
persienne persienne persienne persienne

persienne persienne
Persienne Persienne Persienne
Persienne?

(Le mouvement perpétuel 1920—1924)

要するにシュールレアリストであったアラゴンは全く一人のシュールレアリストであった。「鎧扉」のなかにどんな意味を見つけても何にもならないが、ただ彼のこの時期の発想が感覚的であるよりも意志的であることは注意されなければならない。ワルドオ・フランクが言っているトリスタン・ツァラに従いながら同時にフランス文化の根源に従属していたという指摘は、このアラゴンの意志的な衣裳を指しているのかも知れない。後に彼が倫理的現実の前で転身するに際して、彼自身の眼が何ら本質的な転換を必要としなかった所以である。

一九二〇年代の戦後アメリカ資本主義の畸型的な膨脹とヨオロッパ資本主義の脆弱な体制とは、既に二九年の世界恐慌を予測せしめるに充分であった。一九二五年フランスの支配勢力はモロッコ戦争を開始した。支配階級がアカデミシャンの支持の下に開始したこの植民地戦争は、文明と文化との優越性の上に眠って衰弱した現実喪失の自転を繰返していたアラゴンやその一派をひどく動揺せしめた。

一九二九年ニューヨオクの株式市場の大暴落によって口火を切られた世界恐慌は、近代と現代との分水嶺を形成する時期として極めて重要な意味をもつものであった。この恐慌は、ヨオロッパにおいては、ファシズム擡頭の本質的な原因であったし、極東においては日本のファシズムと金融資本による大陸侵略の直接の導火線をもたらすものであった。現実の構造に倫理的衣裳が被せられ近代精神の由緒ある歴史的命脈が切断されたのはこの時期からであり、僕たちが近代と現代とを実質的にわけようとするならば、この時期によってしなければならない。人間の精神が完全に現実の条件に従属する時が来た。現在に至るまで無数に繰返えされたオプティミストたちの近代奪回の文化的思想的試みが決して成功しない所以は、既に本質的に過ぎ去ったものを、ただ現実の特殊条件によって覆われたものとして考察しているに過ぎないからである。

本質的にノン・モラリストであったシュールレアリストたちはここで「彼らの現実」からの上昇の道か或は下降の道を撰ばざるを得なくなった。このことは彼らの鋭敏な現実に対する感受態度に即して考えられなければならない。この事情は世界史的な視野のうえで考えられる文学上の問題であった。アラゴンの問題は、ハーバート・リイドの問題でありスティヴン・スペンダーの問題であったのであり、日本における「赤と黒」の詩人達の問題であったのである。

動揺していたアラゴンはこの時コミニズムへの下降を用意していた。一九三〇年アラゴンはソヴェトを訪れた。フランスへ帰ったとき彼はシュールレアリストではなくコミニストであった。アラゴンは語っている。

ソヴェトから帰ってきた私は、もはや『パリの農夫』の作者ではなく、『赤色戦線』の作者であった。そうだ、人間にとって、詩人にとって為すべき最も緊急にして価値ある仕事は、ソヴェトの、この新しい世界の栄光を讃美し、絶叫することであった。私にはそう思われた。そして作家にとっては、声明書や宣言を発表するだけでは充分でなく、さらにその技術を、技術の本質そのものをこの新しい世界への奉仕に役立てねばならぬ。私はすでにこのことをも理解していた。……(大島訳)

ここで僕たちはアラゴンの眼と発想が少しも転身していないことに注意しなければならない。アラゴンがロシヤ革命の成遂とソヴェトの建設の進展に人類の未来への希望を感受したことは当時のヨオロッパの金融資本支配秩序と、そのなかにおける人間の運命の累積された荷重を対比して見るときに極めてはっきりと理解される。これは例えばアラゴンが敬意を表していた作家アンドレ・ジイドがソヴェトの建設に予感した人類の未来への希望と同じものであった。そしてアラゴンの視察したソヴェトの現実もジイドの視察したソヴェトの現実も恐らくは同一であった。唯彼らの眼が異っていた。本来的意味でリアリストであったアラゴンの眼は現実の事実に密着しながら流動することが出来た。だがジイドの下降的な眼は現実の中核につき刺って動くことが出来なかった。ここには恐らく「共産主義的人間像」の性格学の問題が存在している。

コミニズムにおける現実の規定のなかに上昇的なものも下降的なものも存在しないように、コミニズム社会が規定する人間の意識には上昇感性も下降感性も必要ではない。何故かと言うとコミニズム社会においては人間精神は何ら倫理的な指向性を必要としないからである。つまりオーギュスト・コントの所謂社会の神学的段階以来人間史の現実の秩序が人間に馴致させた精神の上昇指向性と、その秩序感性への反逆としての精神の下降性とはコミニズム社会が実現されたとき消滅せられねばならないからである。だがこの問題はここでは余り遠くまでゆきたくない。僕はただここでシュールレアリスト・アラゴンがコミニストへ転身するに当って彼の本質的な眼は転化する必要がなかったし、また転化していないことを指摘すればよい。ここでは一九三四年ソヴェト訪問によって書かれた詩集『ウラァ・ルラル』から一篇を引用してみよう。

ナディエディンスクの二十七人の受刑者の譚詩《バラード》

アルカンゲルスクからアラルの海まで
土匪や宗長たちを率べて
残忍な提督コルチャックは
ウラルの支配者におさまつてゐた

彼の夫人ヴィアセムスキイは
けふ豪勢な狩をやつた
死人や手負をつくつて
すくなからず御満悦だつた

それは老人や若者たち
けれどみんな赤軍のパルチザンだつた
なかでナディエディンスクの二十七人は
銃火を交へて捕へられた

大きな散開が用意された
こんな典型は
こんな至高の瞬間は
歴史にもなかつたことだ

けれど彼らが死につくとき
若者も老人も　男も女も
悲しみをかこつ者はなく
いちやうに未来のほうを瞶めてゐた

二十七人のパルチザンは
つぎからつぎに首を吊られた
兵士も労働者も農民もゐた
最年少者は十四歳だつた

身をよじらせはしたけれど　苦しみのあまり
お祈りなんぞ並べはしなかつた
おお　死者の製造人どもよ
おまへらは決して強者ではない

既にわれらの丘に染められた血は
刃の錆の予兆である
おまへらは墓穴から別れの挨拶をするやうになる
銃弾はおまへらの外套を夢みてゐる

彼らは勇気にみちた二十七人だつた
彼らの眼はきらきら輝き
彼らの髪の毛は以前のやうに風になびいて
青空のことを語つてゐた

首を吊られた者たちの怖ろしい絶叫が

仲間たちを加担させた
白軍は沮喪を感じ
鴉どもがやつらをついばんだ

さやうなら　暗い空よ　重苦しかつた日よ
コルチャックはもうゐない　レエニンだ
勝利をはくした赤軍の兵士たちが
路ばたで子供たちに語りかける

兵士は子供たちにもつと勉強したまへと言ひ
技術や機械について語る
子供たちは眼をはりつめる
青い青い青い青い青い青い青い青い

（『ウラァ・ルラル』一九三三年―三四年）

訳は下手で残念であるが、このバラード形式の詩は実に巧みな技術によって支えられている。試みに終りの二節を引用してみると、

Adieu ciel noir jours étouffants
Koltchak n'est plus voici Lénine
Les soldats rouges triomphants
Parlent dans la rue aux enfants

Ils leur disent d'apprendre mieux
Et la technique et les machines
Et les enfants ouvrent des yeux
Bleus bleus bleus bleus bleus bleus bleus

この詩は手法においても発想においてもシュールレアリスト・アラゴンのものである。重苦しい封建的な支配秩序から革命勢力の勝利のうえに横たわる明るい未来――アラゴンがソヴェトにおいて受感したのは斯のような現実に外ならなかった。事実これらの現実を視察するために、シュールレアリスト・アラゴンの眼は必要であり且つ充分であったと言わなければならない。「ボルシェヴィキの太陽の下の大地と大地に光栄あれ、ボルシェヴィキに光栄あれ」（大島訳）というアラゴンについて、現在誤謬なく語ることは難かしい。思想と現実とに動かされた人間を前にして、僕たちはいつも必ず誤解への道を歩みたがるからだ。昂奮も覚める、空想も覚める、けれども人間がほんとうにつかまえた思想は決して覚めはしない。恐らくそこには資質と思想とのからみ合った根が出来るからだ。アラゴンの転身をほんとうに理解するために、僕たちは当時のヨオロッパの現実と、その文明史的荷重の考察にまで立帰らなければならないであろう。僕はここでしばらくアラゴンから遠ざからなければならない。

十九世紀の後半においてヨオロッパ文明の経済社会的な基礎に決定的な批判を加えたのはマルクスをはじめとする多くの革命思想家たちであった。彼らの現実の支配秩序とそのなかにおける人間の運命に対する理解はいつも次のような型によって考察されている。

（1）現代（十九世紀）社会における一切の支配秩序は資本主義的生産方式のうえにその基礎をおいている。言いかえるとプロレタリアートの経済的搾取のうえに成立している。若し文明というものが生産と技術との進化や拡大する多様性によって下部構造を支えられた物質の秩序であるならば、第一に注目せられなければならないのはプロレタリアートの搾取された労働価値のうち、つまり余剰価値のうち不変資本に転化する部分である。どうしてかというと不変資本部分の拡大と膨脹とが生産方式の現実的な基礎であり、従ってこの部分が資本制社会の拡大に最も寄与していることは明らかであるから、その様相を追究することによって生産された財がプロレタリアートの経済的な宿命に関与している実相が理解されるに相違ないからである。彼らはこの追究から次のように結論せざるを得ない。即ちプロレタリアートの経済的な解放はこの拡大し多様化した余剰価値の転化過程を解きほぐしそれを社会政策的に修理することによっては不可能である。若し資本制経済体制の成立が人類の生産交通史の必然的な過程として現存することを承認するならば余剰価値の均等化言いかえるとその不変資本への転化を計画化し不変資本への転化部分を公共化するより外はない。これは現実的には現存する社会の革命的な転覆を意味する。

（2）資本主義社会の支配秩序はどのような様相の下に存在しているかと言うと、それは教権と政権と金融産業資本との連合である。

教権は教会を中心とするこれの擁護者と理論的代弁者及び様々の儀式として支配階級と結合している。政権はこれを維持する者によって国家という代名詞の蔭に彼らの支配秩序を確立している。然し国家なるものが発生史的に考察して架空の秩序に過ぎず常に支配階級に有利な法制によって支えられた過渡的な機関にすぎないことは明らかである。金融産業資本は政権及び教権と結合しその経済的基礎を掌握している。しかも拡大し多様化する生産様式の未来を考えるならば彼らは殆んど真の支配者であり、教権や政権はその下に従属せざるを得ない。この傾向は文明の発達と共に増々明らかになるであろう。

（3）資本主義社会秩序の下における被支配者階級の運命はどうであるか。教権やその理論的代弁者たちは、彼らに現実の様々の桎梏や苦痛はそれを精神内部の問題に転化し超克しうるものであることを説く。（この場合代弁者たちの潜在的な根拠は人間の中にひそむ神への上昇感性である。）人間の精神史はそれが心理的に又生理的に可能であることを立証している。（だが代弁者たちはそれが現実の秩序が人間の意識に強制したものであることを知らないふりをする。）そして人類史の支配秩序は人間の感性の秩序をそのように馴致し遺伝せしめている。「神」「聖霊」「罪」「悔い改め」これらはキリスト教の発見した精神の衛生学であり、彼らは被支配者階級を治療するのにいつもそれを用いようとする。政権は被支配者階級のなかに習性化されている感性の上昇指向性を掌握している。被支配者階級のうち政権の支配秩序を忠実に順奉し精励する者はやがて自らが支配者階級を結合する（キリスト教の用語ではあげられるという）ことによって現実的な貧困苦悩から脱しうるものであることを暗示する。これらを現実的に表現しているのが、資本主義生産機構のなかの人間の運命である。

十九世紀の革命家たちはすべてこの資本主義支配秩序の生理学及び心理学を人間学的に洞察している。革命家たちは被支配者階級に呼びかける。現存する社会秩序は少しも絶対的なものではなく過渡的なものに過ぎないことは歴史に照して実証される。現存する支配秩序が諸君の肉体的精神的労働力の搾取によってのみ存在していることは明らかである。諸君は実践的にこの支配秩序を転覆することによって自らが現実の秩序を支配しなければならない。また精神の課題としては次のように意識の転倒を行う必要がある。つまり人間性の内部というような架空な幻想のなかで、自らを修練することによって人間の得られる解決は高々生理学乃至は心理学的解決である。人間はそれによって精神の熟練工になることが出来る。だが遺憾なことに精神から社会現実への通路は絶対にない。だから人間は自らが超克したと信じている精神の課題の外側で、不合理で、でたらめな支配秩序が人間に現実的な桎梏や苦痛を与えることを止めないとするならば、それに対して如何に生きようとするのであるか。それ故諸君は現実から与えられた桎梏は現実を変革することによって現実に投げ返さなければならない。若しそのあとで精神の課題が残存するものであるならば、それこそ精神の課題として解くべきであると………。

彼ら革命家たちがキリスト教文明に視たものは殆んど絶対専制的に人類の歴史を支配してきた秩序の定型であった。そしてキリスト教の教義がそこで果してきた役割は、人間精神のなかに上昇指向の意識を移植せしめたということであった。彼らが人類史の支配秩序が絶対的な定型をもつものでないことを洞察したとき、人間精神の秩序もまた絶対的な定型をもつものではなく高々秩序の定型に馴致されたものに過ぎないことを見出したのは故ないことではない。それ故彼らが現実の社会的経済的基礎を変革しようとするとき、被支配者階級の精神のうちにある感性の上昇指向性を変革せねばならないことを立証したのは正しいと言わなければならない。

十九世紀の後半において反革命的な思想から同じくキリスト教文明の上部構造に対して決定的な批判を加えたのは優れた文明批評家フリードリッヒ・ニーチェであった。ニーチェの批判は現代の本質的な課題につながるものとして検討される必要がある。ニーチェによればキリスト教及びキリスト教文明(彼はこのことで十九世紀社会の上部構造を考えている)は次のような点で人類史の桎梏であり堕落である。

(1)キリスト教は発生史的にみてユダヤにおける神権と支配権に対する反逆である。キリスト自身が最大限の悪意によって糾弾したものはユダヤの律法や神儀及びこれの擁護者であった。キリストのこれらに対する非難は言わば次のように要約される。彼らの擁護し順奉する秩序や格式は実は神の真義でも人間の真義でもない。単なる格式と形骸であるに過ぎない。彼らは形骸を擁護することに汲々として神の義と人間の魂の課題とを紛失した。彼らから神と人間の義を奪回しなければならない。キリストが彼らに見たものは例外なく外は潔くして内は汚れに充ちた支配階級の堕落であった。だがニーチェによれば格式と秩序のなかにしか真に実体的なものは生れない。キリストの非難する学者パリサイ人こそ真に実体的なものの擁護者であり具現者である。さてここでニーチェの文献学者としての洞察を過少に評価すると、ニーチェの非難した本質的な問題を紛失してしまうから絶えず一流の古典学者であったニーチェを念頭においている必要があろう。ニーチェはそれが証拠にキリスト及びキリスト教義を非難する。キリストはユダヤの律法や神儀のかわりに何を理想として人に与えたか。「神の国」「神の義」「聖霊」……殆んど現実とは何の関わりもない架空の理想像である。神の義を求めるために人間は心を貧しくしてそれを求めなければならないと説くが、総じてこれらは当時の現実における健全な感性を倒転してひとびとに上昇感性を与えたものである。それは貧しき者は幸いであるという現実的な矛盾を含むものである。

仮りに現実がすべて人間のために桎梏であっても、少しも影響をうけないところに理想像を設定するのはデカダンス以外の何ものでもない。何故に現実に対して現実的な解決を意慾することから人間の精神をはぐらかしてしまったのか。ニーチェによれば、斯かるキリスト教義とそれを上部構造におくキリスト教文明によって人類は堕落したのである。ニーチェが最も痛烈に非難したのはキリスト及びパウロであった。このことは彼の批判的根柢が如何に確かであったかと言うことと共に、彼の古典学者としての洞察を評価せしめるに充分である。殊にニーチェにとってギリシア人でありながら「キリストわれにありて生く」と言い「われ若し誇るべくんばわが弱きところにつきて誇らん」というパウロの上昇的な感性が我慢ならなかった。

僕たちはここでキリスト教及びその文明の上部構造に対するニーチェの非難が『ドイツ・イデオロギー』におけるマルクス、エンゲルスの批判や『神と国家』におけるバクーニンの批判と全く同一であることに注意しなければならない。

ニーチェを浪漫的に理解しようとするニーチェ学者の迷蒙を拒絶すれば、この事情ははっきりしてくる。だが問題はその先にある。

（2）ニーチェによれば十九世紀における社会主義者革命家たちは実はキリスト教及びキリスト教文明の正統な後継者である。言わばその悪しき秩序のなかの子である。彼らは現実に追つめられた者に憎悪と復讐を教える。

それを理論づけ集合して現実の秩序の転覆を示唆する。彼らは秩序のなかに生きることの雄々しさを理解しようとしない。ここでニーチェが理想主義者または神学思想家として発言しているのではなく、充分リアリストであることは注意しなければならない。ニーチェがここで触れているのは革命の心理学である。革命の心理のなかにエルサレムにおけるイエスと同型の心理像を見たのである。ニーチェは革命思想を理解するに際し極めて倫理的にそれを理解した。この視点は風土と歴史との生理学及び心理学に通暁していたニーチェにとっては極めて自然であったが社会思想への視点としては現実の重量を理解しないという非難を免れない。革命思想はニーチェの表現によれば「女性的」であった。ここでニーチェの反動性を非難することもその思想の立脚点を反論することもさして困難ではない。ルカッチに「ニーチェ論」がある由だが、それをやっているだろう。けれども問題はそこにはない。次のような点にある。

（a）ニーチェがキリスト教及びその文明の上部構造に対して見たものは、多くの革命思想家たちが見たものと同一でありその見方も殆んど変らない。しかもニーチェが革命思想のなかに見たものはキリスト教及びその文明の馴致した感性の指向性であること。

（b）しかも現代において本来反倫理的（つまり科学的）であるべき革命思想がきわめて倫理的な相貌であらわれてきている。つまり正しくニーチェの指摘した通りの相貌で。

さてここまでたどって来て問題は極めて困難なものとしてあらわれてくる。そのひとつは、ソロンの改革以前から綿々として存在しているプロレタリアートの運命とそれが現代の現実の秩序のなかで存在すべき人間像とその文明史的意味でありまたそのひとつは現代においてコミニズムがもっている思想史的意味と現実に存在している様相との間にある文明史的矛盾とである。僕がここでその問題をたどってゆくことは容易であるが、恐らく他人を納得させることは出来ないであろうから、ただここではアラゴンが『殉難者の証人』のなかで造型している共産主義的人間像を、別の言葉で言うとアラゴンの抱いている人間像の典型を理解しようとするに当って、大凡以上あげたような文明史的な背景を考慮しておくことが有益であることを指摘しておくにとどめようと思う。

一九四二年の初め頃特殊な使者がアラゴンのもとにシャトオブリアンの処刑事件の詳細を内容とする手紙と記録とをもたらした。アラゴンはその資料にもとづいて『殉難者の証人』を編んだ。ドイツ軍によって不法に処刑されたコミニスト達の手記とその情況をもとにアラゴン自身が自らの人間的理解をかたむけて編輯したものであると言える。ここでアラゴンは理由のない処刑死という異常な事実をまえにしてコミニスト達の態度がどうであったかを記録することによって人間の死が果して何と交換されるとき肯定されるべきかの問題を読者に提示しているように思われる。アラゴンは交換すべき価値をもつものを死と交換する人々の群に「共産主義的人間像」を視ようとしている。ここで注意しなければならないことは死がすべての人間にとって等価であると言うことだ。それ故アラゴンは「死よりも重たいもの」を自覚している人間のなかに「共産主義的人間像」を視ようとしているのだと言える。

アラゴンは書いている。「彼等は誰かのようにドイツのユニホームを着て自由になりドイツ人が統制している新聞や諸機関に協力して自由になることも出来たであろう。彼らはそれを望まなかった。彼等は死に送られたのである。世界にはこう云う人たちがいる。そして神を信じず教会を憎み、その迫害を受けている人々でさえも猛獣のまえに投げ出され、責苦のうちにも歌いやめなかったキリスト教徒たちの犠牲心の美しさ高貴さ偉大さを認めようとしないほどには宗教否定の荒々しさに陥らないものである。諸君はコミニズムを憎悪しても好いがこれらの人々を尊敬しないわけにはゆかない。聴かれよ！」（白井・那須訳）ここで若し「猛獣」のかわりに「ナチ」を「キリスト教徒」の代りに「コミニスト」を然るべく置きかえると「諸君はキリスト教を憎悪しても好いがこれらの人々を尊敬しないわけにはゆかない。聴かれよ！」という結論を得ることも出来よう。アラゴンのコミニズムとキリスト教の対置の仕方にはこのような置換えを許すものがあるからである。宜しい！　僕はキリスト教とその支配秩序を拒否する。その支配感性を拒絶する。だが僕は神のために殉難した人々を尊敬しないわけにはゆかないだろうか！　僕は決してそうは思わないのである。読者はしばらく僕の言葉を聴かれるべきである。『殉難者の証人』にあらわれているアラゴンの思想を理解するために大変辛いことだが人間の処刑死という異常な事実を知ることで僕たちが受ける衝激を文章を構成している思想から切離さなければならない。何故ならば人間の不当な死という強烈な倫理的な事実は現実的な事実であって、それとそれを感受する者との間に思想の介在する余地はないからである。

少くともこのような強烈な事実に対して僕たちは沈黙するより外何もなし得ないからである。表現という手段はその性質によってこのような事実の重量に耐えうることは出来ないしまた表現された以上はそれを表現した者の思想を模倣するものである。それだからここで僕たちが『殉難者の証人』を全くアラゴンの思想として受取ることによって、事実そのものの衝激を切離すことと、それを事実そのものとして受取ることによって、表現から感受されるアラゴンの思想を切離すこととは、先づアラゴンの思想を問題にするかぎり同じ結果を与えるに相違ない。アラゴンは人々に知らしめるという恐らくはたったひとつの理由によってコミニストたちの死の記録を編んだ。ここでアラゴンが是認している死の観念について、僕たちは容易に是認するわけにはゆかない。僕たちは死の思想についてヨオロッパと異った心理学を伝承してきたし、僕たちの現実の秩序への反逆はこの伝統的な死の思想への反逆を含まねばならないからである。今日支配階級と結合したキリスト教から殉難という事実は起るはずがないから且てのキリスト教の殉難史をつぐものはコミニストの殉難史である。

これが『殉難者の証人』を貫くアラゴンの思想である。然しこれが歴史の弁証法的発展過程においてたどるべき思想の運命に対する視方であろうか。僕はそうは思わないのである。これはアラゴンの思想であるに過ぎない。アラゴンにおけるコミニズムと人間像への理解の矛盾であるに過ぎない。例えば

「だが僕には宗教がないので死の瞑想に陥ったわけではありません。僕は肥料土となるために樹から落ちる一枚の樹の葉にいささか自分が似てはいやしまいかと思います。肥料土の質は樹の葉の質によります。僕は自分のすべての希望を託すフランスの青年について語りたいと思います」（白井・那須訳）というジャック・ドクウルの手記に対して、アラゴンは附け加えるべき何ものがあろうかと書いている。その通りだ。附け加えるべき何ものがあろうか。だがアラゴンがここで附け加えるべき何ものがあろうかと述べているのはジャック・ドクウルのこの手記を倫理的に受取っての上での発言である。即ちアラゴンはこれ以上の倫理的な発言は存在し得ようか……と言っているのである。然し僕が附け加えるべき何ものがあろうか、と考えるのはそのためではない。ジャック・ドクウルのこの手記から僕たちに落ちてくるのは処刑死という厳烈な事実と、それを前にしてこのような手記を記した人間がいるという事実である。だから倫理的な感懐でそれに上塗りする必要がどこにあろうか……と言いたいのである。ここでこのような受感の差異は決定的である。そしてこのことは僕がアラゴンの抱いている人間像の典型に対して批判したい根本的な点である。

現代の現実に対して何故現代人の思想が倫理的な陰を負わざるを得ないかについて、僕たちの見出す根拠は極めて単純である。それは言わば現代では人間の精神がすぐ隣りに生命の切断者としての現実の秩序や機構を感受しているからである。戦後のヨオロッパの文学やその根柢にある思想が異常なまでに倫理的な陰を負っているのはその受感のあらわれに外ならない。人間の精神は生命の切断者である現実の秩序や機構に対して倫理的な立場でしか対応することは出来ない。何故かと言えば生命とは人間の一番重たい事実でありそれの切断とは一番重たい倫理的な事実であるから。

僕たちは戦後ヨオロッパ文学の主流に対して文学史的伝統から理解の契機を見つけようとしても無駄である。これらは文学技法上の革命でも何でもなく、現実が人間の精神に強いた恐怖に対して彼らの受感性が正当に倫理的に対応しているに過ぎないのだから。彼らの文学のなかに絶望や不安の影を見出すのは彼らが生命の切断者としての現実の秩序や機構に対して生命を守る個的な生命者という殆んど裸身の孤独な場処しかもち得ないからである。

ここにおいてコミニズムの思想は現実の秩序や機構に抗し得る唯一の思想として登場せねばならなかった。何故ならばコミニズムのみが連帯性とスィステムとをその生命としてもち得る唯一の思想だからである。僕は現在コミニズムの思想が倫理的相貌をもってつまり正しくフリードリッヒ・ニーチェの指摘した通りの相貌を以て登場している理由をこれ以外に見出すことは出来ない。それ故アラゴンの「共産主義的人間像」の歪みを指摘するにあたって恐らく僕はワグネルの音楽と思想に対してニーチェが指摘した通りの言葉を用いればよいであろう。アラゴンは現実の倫理的な重圧に対して人間像を異常にゆがめて理解せざるを得なかった。彼においてコミニズムのもつ反倫理的な使命は古い感性の倫理性と結合してあらわれざるを得なかった。アラゴンの『殉難者の証人』が戦争という単純で悪質な倫理的現実のなかで編まれたものであることを考慮しても、キリスト教の感性秩序のなかで殉難者が想起されているという事実は指摘しておかねばならない。

3　ルキ・アラゴンの詩をめぐって

第二次大戦期のアラゴンの詩は『悲痛詩篇』(Le Crève-Cœur)『エルザの眼』(Les Yeux d'Elsa)『グレヴァン博物館』(Le Musée Grévin)『フランスの喇叭』(La Diane Française) のなかに主として収録されている。はじめに僕がここで触れるのは此の四つの詩集だけであることを断っておかなくてはならない。『悲痛』は一九三九年―四〇年頃、第二次大戦の初期に書かれたものである。アラゴンは少くとも一九三五年『ウラァ・ルラル』を書いて以後沈黙していたと考えられているから、僕がここで論ずべきアラゴンにとっては第一詩集と考えて差支えない。アラゴンにとって言わば戦争が彼の詩を触発した。このことは彼の資質と考え合わせて、抗戦期のアラゴンの詩を論ずる場合に、重要な意味をもたなくてはならない。僕が現在手にすることの出来る『ウラァ・ルラル』のなかの一二の詩を『悲痛』のなかの詩と比較することによってもこの意味は明らかになってくる。『ウラァ・ルラル』と『悲痛』とは何処に本質的な差異があるかと言えば、それは後者が倫理的な感性によって覆い被せられているということであり、二つの詩集が共に倫理的な主題を歌っているにもかかわらずはっきりと指摘される差異である。

だが僕がここでもまた関心をもつのは本質的に変らないアラゴンの眼である。それは戦争という単純な現実のまえで決して途惑いする必要のないリアリストの眼であると言える。

このことは戦争という倫理的な現実が彼の詩を触発したということで、彼の詩が覆われている倫理的な衣裳とは別にして考えられなければならない問題である。彼の眼は現実の表層をあまねく削り取ってゆくことの出来る眼であった。それ故アラゴンのこの時期の詩が大構えで古風な感性をもっていたとしても、それを『ウラァ・ルラル』からの後退であると決定するわけにはいかない。後退したのは彼ではない。現実のほうである。現実の構造が後退したのである。彼の眼は現実そのものに抵抗し得る種類の眼ではなかった。彼は現実を承認することによって詩を触発し、それによって現実の風景に抵抗していった。

アラゴンにおける『悲痛』の発想の場処はそこにあると言わなければならない。『悲痛』のなかで最も優れた詩は矢張り「リラと薔薇」であった。この作品がフィガロ紙に掲載された前後の事情についてペーター・C・フォード氏は次のように書いている。「然しアラゴンにとって沈黙は思慮深いということよりもむしろ卑怯を意味した。彼は詩人にとって必要なことは無言でいることではなく自らを表現する新しい方法を見つけ出すことであると主張する。然し彼は殆んど独りで考えそのように行動していた。休戦後のリヨンで発刊されていたフィガロ紙がアラゴンのこの時期における最も力強い詩のひとつである『リラと薔薇』を入手し、それを彼の許可なしに公表したことから、彼の位置はまえよりも危険にさらされた」と。詩「リラと薔薇」はフランドルのリラの花とアンジェの薔薇に託して喪われたフランスへの悲しみを叙した詩である。例えば次のような、

Je n'oublierai jamais les jardins de la France
Semblables aux missels des siècles disparus
Ni le trouble des soirs l'énigme du silence
Les roses tout le long du chemin parcouru
Le démenti des fleurs au vent de la panique
Aux soldats qui passaient sur l'aile de la peur
Aux vélos délirants aux canons ironiques
Au pitoyable accoutrement des faux campeurs

わたしはゆめ忘れまい　喪われた幾世紀もの
祈禱文ににた　フランスの地の花園を
夕ぐれごとの苦悩を　なぞめいた沈黙を
すぎてゆく路をおしなべて咲くバラたちのことを
恐怖の翼にのって進軍する兵士たちや
狂気じみた自転車や　皮肉な大砲や
あわれな服装《なり》をした避難民や　恐怖の嵐
それらすべてを拒絶するバラたちのことを

この有名な詩「リラと薔薇」に表現されているところはP・C・フォードの言う当時のアラゴンの状態に即して考えると、アラゴンにとってぎりぎりの抵抗の地点であったことがよくわかる。そして彼が沈潜していた精神の場処は意外なほど古風な抒情の世界であり且て彼のものであった意識の乾燥も意想の強さも形をあらわしてはいない。アラゴンの使用している語法の現代性を除外したら僕たちの受取るものが技術の卓抜さだけであることは注意されなければならない。このことは「リラと薔薇」が当時のフランスの現状に照して極めて重要な意義をもっていたということと明瞭に区別して考えられなければならない。アラゴンの詩をユーゴーの「罰」と比較することで肯定的に理解する批評家(ピエール・デエ)があるとしても、アラゴンの詩がユーゴーに対比される所以のものを彼の詩の脆弱点として理解することも出来るわけである。第二次大戦期の日本の抵抗詩人はどのようであったかを理解するために、ここに同じく「花」を主題にした秋山清の作品を対比して見よう。

白い花

アッツの酷寒は
私らの想像の向うにある
アッツの悪天候は
私らの想像の更に向うにある
ツンドラに
みじかい春がきて
草が萌え

ヒメエゾコザクラの花がさき
その五弁の白に見いって
妻や子や
故郷の思いを
春はひそめていた
やがて十倍の敵に突入し
兵として
心おきなく戦いつくしたと
私はかたくそう思う
君の名を誰も知らない
私は十一月になって君のことを知った
君の区民葬の日であった（昭和十九年）

アッツ島への米軍の上陸に抗して全滅した日本軍の一兵士を想った詩である。読者はアラゴンの「リラと薔薇」に比してこの「ヒメエゾコザクラ」が貧弱で読むに耐えぬと言って済ます事は出来ない。何故ならばこの単純な詩の手法の中に感受される秋山の当時の感性はアラゴン程に「古風」ではないからだ。そして「リラと薔薇」とこの「ヒメエゾコザクラ」を対比させる事に依って、更に当時のフランスの暗い谷間と、それよりもずっと暗く深かった日本の谷間とを対比させることによって、僕たちが学び得るものは殆んど無限である。僕たちは現代の現実に照して根柢からそれを検討すべきであるかも知れない。何故ならば現在横行しているのは、はったりと威勢ばかりよい議論だけだからだ。だが僕は詩の問題に移ろう。日本語とフランス語との性格の相違を考慮に入れたとしても、若しアラゴンのような感性で詩が作られたとしたら、それは必ず感性の封建的秩序のなかで、あの悲劇的な戦争を謳歌することに終らざるを得なかったであろう。ここには日本の現代詩が現在でもまだ負わされている宿命的な特殊性がある。恐らくこのことは日本の現代詩の社会的基盤の分析によってのみ明らかにされる問題である。現代において日本の詩人が詩の下部構造である社会的現実の耐え難い封建性に抵抗するならば、それは必ず意識をとおして古風な感性への反逆となって表現せられざるを得ない。このことは詩の手法のうえに韻律への抵抗となってあらわれる筈である。「白い花」における秋山の抵抗の仕方は日本現代詩の抵抗として正しかったのである。アラゴンの詩の読者が訳者たちの日本現代詩の問題に対する無理解に支えられてただ詩的に表現された内容とその環境だけを感受するならば誤解以外の多くを得られまいということを僕は指摘しなければならない。また若しヨオロッパと日本との社会史的な落差を無視するならば、ここに掲げた秋山の詩を戦争肯定と曲解したり何処にも抵抗を感じなかったりすることも出来る。要するに僕たちは、はったりや美辞を警戒すればよい。戦争という巨大で悪質な倫理的な現実のなかで人間の運命が如何になり如何に生きねばならないかの問題は威勢のいいサロン・アカデミズムの問題としては存在し得ないのだから。英雄的だの何のと壮言するだけが能ではないのである。アラゴンは『悲痛』のなかの詩「サンタ・エスピナ」で次のように歌っている。

Je me souviens d'un air pareil à l'air du large
D'un air pareil au cri des oiseaux migrateurs
Un air dont le sanglot semble porter en marge
La revanche de sel des mers sur leurs dompteurs
……
Je veux croire qu'il est encore des musiques

Au cœur mystérieux du pays que voilà
Les muets parleront et les paralytiques
Marcheront un beau jour au son de la cobla

わたしは想いおこす　大海の響きのようなしらべを
候鳥の叫びのようなしらべを　征服者たちへの
汐の海の復讐を　岸辺にうちかえすような
そのをえつのしらべを
（中略）
わたしは信じたい　その国の秘されたこころのなかに
いまだ歌曲《しらべ》は　途絶えないであるということを
そこでは沈黙する者たちが語り　麻痺者たちが
ある美しい日に　コブラのしらべのほうへ行進してゆくことを

『悲痛』が完成されたのは一九四〇年九月、アラゴンがカルカソンヌに滞在していた時であった。この時期のアラゴンの詩は引用した短い節からも看て取れるように手法も難解ではなく、『エルザの眼』に視られるような音韻と言葉の意味とが意識的に交響しあうという効果はない。殆んど調子の高い単純な肯定韻によって詩が造型されている。恐らくこの時期のアラゴンは自身の感性すら回復していなかったと言えるかも知れない。このことは逆にアラゴンの抗戦期の詩のうちで『悲痛』が最も当時のフランスの情勢のなかで効用性をもっていたかも知れないという想像を可能にする。勿論僕たちが現代詩のうえに考えたい多様な機能はここで充たされない。併し『ウラァ・ルラル』と『エルザの眼』との断層が現実的に何であったかを知るために『悲痛詩篇』のもつ意義は大切である。アラゴンが三色旗を謳歌することとプロレタリアートの運命のために唱うことが同じである地点で第二次大戦の性格がアラゴン的に規定されたのである。このことはファシズムの擡頭を第一次大戦後の世界資本主義体制の一般的危機の一環として理解する限り極めて陰影をもつものと言わなければならない。

一九四〇年末アラゴンはニースに移り、リヴィエラに一九四二年十一月まで定住した。この時期に詩集『エルザの眼』はまとめられた。詩はスヰスに送られ一九四一年末に出版された。

アラゴンはこの時期に最も危険であり、また多様な活動をつづけた。一九四一年五月国民作家同盟創立のためパリへおもむき、十一月ニースにかへった。『N・R・F』一九四一年十月号でロシェルがアラゴンの活動を非難した。この頃「人類博物館事件」が起り、アラゴンはこの処刑事件を訴える詩を『現代スヰス』に発表した。

彼のこの頃の偽名のひとつ「瞋れるフランスの子」(François la colère) によっても彼の活動と意志とが明らかに看て取れる。十二月にはガブリエル・ペリの殉難があり、シャトオブリアンにおける二十七人事件が起った。これらの事情についてはアラゴンの『殉難者の証人』に詳しい。一九四二年春アラゴンは『ブロセリアント』『テキストのなかのフランス語で』を書きはじめた。これは一九四三年スヰスで出版された。

詩集『エルザの眼』が『悲痛』に比べてはっきり持っている特色は次のように要約される。

(1) 発想が『悲痛』に比べると即物的になり、且つ意志的になっていること。僕たちの側からは詩の構造が客観的に措定されているという印象をうける。

(2) 語法も技法も共に複雑であり難解になってきていること。

表題の詩「エルザの眼」や「夜」のなかの諸詩篇、及び詩集中の最も優れた詩「エルザへの讃歌《カンティーク》」において明らかなように僕たちはもう音韻から直接的に内容を感受するというわけにはいかない。

心理的な言い方が許されるならば、それは韻が内容を引ずり戻したり、語法が韻を殺したりする。この交響的な作用についてはアラゴンの韻律にたいする自覚があった。（安東著『抵抗期の詩人』）恐らくアラゴンは行動の現実性を獲得すると共に、発想自体を変改せねばならなかった。それは言わば感性のなかに導入された批判性として発想と語法とに改変を強いるものであった。僕たちはそれをたどるために韻律の解析が必要なのであるが、これはアラゴン自身の序文〈Arma virumque cano〉だけで充分であろう。例えば「ダンケルクの夜」のなかの次の節を「リラと薔薇」「サンタ・エスピナ」の該当する節と比較することによってもそれが看取される。

Les soldats ont creusé des trous grandeur nature
Et semblent essayer l'ombre des sépultures

Visages de cailloux Postures de déments
Leur sommeil a toujours l'air d'un pressentiment

Les parfums du printemps le sable les ignore
Voici mourir le Mai dans les dunes du Nord

兵士たちは身をかくすくらいの穴をほる
まるでそれは墓地の蔭に眠るかのようだ

つぶてのような貌　錯乱した身ぶり

彼らの睡りは永遠に予感をはらんでいる
砂は春の匂いをしらない　ここ
北仏の砂丘のかげで五月は死に絶える

この時期のアラゴンの詩はシュールレアリスト・アラゴンの復活であった。「エルザへの讃歌」は抗戦期のアラゴンの詩のなかでも最も優れた詩であるがこの詩で彼は自己の蓄積した技術を実に豊富に適用して見せている。言わばそれは戦争のなかに沈んだ「ウラァ・ルラル」であり、技法のなかにのめり込んだ「パリの農夫」の眼であった。『グレヴァン博物館』や『フランスの喇叭』が僕たちに与えるものが現実の重さであるとすれば『エルザの眼』が僕たちに与えるものは技法による内容の重さである。アラゴンの抗戦期における詩の構造はこの詩集で基礎づけを了えそれからは余り遠くへは行っていない。アラゴンの詩が現在問題にされているのは必ず倫理的評価によってつまり抵抗詩の機能としてではあるが、厳密に言えばアラゴンの詩のもっている倫理的な重要さは、技法上の問題として現代詩に与える意味と分離して考えられなくてはならない。そして技法的な意味でアラゴンの詩が現代詩に与える問題があるとすれば、『エルザの眼』を除いては考えられない。それ以外の抗戦期の詩は殆んど何の問題も現代詩の技法上に与えるものではないと言える。この意味で『エルザの眼』が占める位置は重要なものである。

若し現代詩の技術的な問題に即して、アラゴンの詩の倫理的な意味と技法的な意味とが一致せねばならないとしたらそれは且て僕が触れたことのあるように、詩人における意識の批判性ということに帰せられねばならない。

そして表現的には詩の韻律の問題としてあらわれる筈である。僕はここで『エルザの眼』の韻律とアラゴンの意識内部にある批判機能との関連を詳細に分析して対応せしめなければならないけれど、この問題は独立した主題として後にゆずらなければならない。それ故ここでは先に述べた心理的な言い方で満足しなければならない。

現代詩が何故に批判的な機能を要請せられざるを得ないかと言えば現代の現実の構造自体が倫理的だからであるが、この点をアラゴンの抗戦期の詩の倫理的な意味に即して考える場合、ただひとつゆるがせに出来ない問題が生じてくる。それは結局詩と現実そのものとの問題だ。僕たちは抵抗詩人アラゴンに直面して何を問題にしようとしているのかと言うことだ。それは言いかえると、詩の問題か詩人の実践の問題か或は戦争期における現実そのものの倫理的構造の問題であるかという提示に帰着される。そして僕が最も重要だと考えているのは最後の問題なのである。僕たちは決して詩と現実とが地続きであると誤解するわけにはゆかない。詩は決して武器となり得ないし、そのような倫理的機能を問題にする限り、詩は実践のもつ倫理的な機能に及ばないのである。アラゴンの詩が現実を動かしたというような発言は、現実の何たるかを知らない詩的な政治青年の発言に過ぎないだろう。アラゴンの詩が倫理的機能において読まれる限り、同時に現実そのものの倫理的意味を、詩の背景から感獲するという労をさかないならば、恐らくは何処かで詩と現実そのものとを倒錯せざるを得ない。

一九四二年十一月十一日枢軸軍はフランス非占領地帯へ進駐した。アラゴンは身を隠した。一九四三年一月フランスが往時の活力を回復したことを確信してアラゴンはリヨンへかえった。五月リヨンからサン・ドナの村に移った。『グレヴァン博物館』はこの年の八九月頃書かれたものである。「哀愁の魚たち」（Les poissons noirs）の結びでアラゴンは言っている。

然し彼らによってのみ国民蜂起やわが民衆の英雄主義やわが殉難者たちの流された血が充たされ、それによって空は移り世界が革まることが信じられる。それとわれわれは終にグレヴァン博物館を立ち去るのだと信ずる。
われわれは常にグレヴァン博物館のなかにいる。他の館にいる。ただそれだけだ。だがわれわれはやはりグレヴァン博物館のなかにいるのである。
これは絶望の理由ではない
お！　わたしのフランスよ　わたしはおまえの眼を注視しているのだから

アラゴンが「グレヴァン博物館」によって象徴しようとしたものはひとつの卑劣な現実であった。僕たちの視ている現実とアラゴンの視ている現実とが隔っていると信じてはなるまい。何故ならば現実とは眼のまえにある何かではなく若し僕たちが視ようとしないならばすべては視えないし視ようとすれば僕たちはいまも「グレヴァン博物館」のなかにいるのだから、結局僕たちは決して理解したがらない人に語ることも無縁の人に語ることも同じことであると信じなければならない。すると僕は現実を語る際のアラゴンの哀惜の眼が不思議に感じられるということを書留めておかなくてはならない。僕たちの抗わねばならない現実の構造は中世的な感性の秩序のなかで僕たちを眠らせようとしているのだから。
アラゴンは「グレヴァン博物館Ⅶ」で次のように歌う。

J'écris dans cette nuit profonde et criminelle
Où j'entends respirer les soldats étrangers
Et les trains s'étrangler au loin dans les tunnels
Dont Dieu sait si jamais ils pourront déplonger

わたしは書く　この罪にみちた深い夜のなかで

そこに異邦の兵士たちの息づかいがきこえ
列車がはるかのトンネルで縊死するのがきこえる
そのさき彼らがどうなるか神が知っている

『フランスの喇叭』が『グレヴァン博物館』と地続きであることは直ちに理解される。ここではアラゴンの詩の技法の問題よりも彼の直面している現実のほうが重たい。僕たちはもう僕たちのラヴァルが誰でありヘロデ王が誰であるかを考えたほうがよい。アラゴンの詩は詩であることを自ら捨てて、僕たちにそれを考えることを強いるようだ。僕はそう思う。僕のこころのなかで、現実が僕たちに与えている苦痛と人間史の累積された苦痛とがはっきりと現われてくるのを感じる。詩も芸術も所詮は何だろう、と僕が言ったって、とがめてはいけない。

僕たちは何れ死ぬだろうし、僕たちの苦痛だけは遺伝するだろう。その遺伝が断絶するためにいつか現実がそこで転倒するより外ない。『フランスの喇叭』のうちもっとも優れた詩は、散文詩の形態で書かれた「おおわたしの祖国の黄昏のときに大地をめぐらした沼沼よ……」に始まる長詩であるが、この詩のなかでアラゴンはフランスの歴史を年代的に追いながら、終に最後の叙事詩が英雄たちのためにではなく、弱者のために創造されねばならないし、またそれが最後であらねばならないと歌っている。僕はかかる念願が膨大な人類史の遺伝となって、幾世紀も継承されてきた様を考える。この重さはどうにもならない、僕たちにある遺伝と考える外には……。

ここで『フランスの喇叭』にあらわれたアラゴンの問題をひとつだけ注意しておかねばならない。それはアラゴンの詩のなかに『殉難者の証人』と同じ問題がはっきりとあらわれていることである。ペギの言う「アラゴンのミスティク」とは異った意味でそこにはアラゴンのミスティクが存在している。例えば『フランスの喇叭』のうち優れた詩を次の二つの系列にわけることが出来る。

(1)フランスの喇叭への序曲　四万人の哀歌　百の村落の壮丁　未完のままの六つの壁掛け　薔薇と木犀草　クリスマスの薔薇　苦難のなかで歌ったもののバラード
(2)わたしは、その人を識らない　幸せな愛はなくなっている　鏡の前のエルザ　すべての女たちのなかのひとりを

この二つの系列はアラゴンのなかで同在しているし、矛盾していないかに視える。それを批判するためにアラゴンにおける古風な感性とコミニズムとの同在を彼の詩の構造にまで立入って分析しなければならないけれど、いまはその意力はない。それよりも文明史的な課題に転化してしまった方がいい。

先にも少しく触れたように、この問題は現代の倫理的な宿命を負ったすべての思想、就中コミニズムにおける人間性の問題に本質的に関連してくるであろう。僕はここでその先を展開してもよい。一方ではそれが何になるだろうと考える。何故かと言うと僕の思想が決して現実を動かすことが出来ないに決っている以上は、このような問題に対する批評という機能の空しさが目立って感じられるからである。所詮は批評の問題はここまでであり、僕たちはその先、現実という多様な構造体のなかへ自らを試みに出かけるより仕方がない。

アラゴンは「フランスの喇叭への序曲」のなかで次のように歌っている。

L'homme où est l'homme l'homme L'homme
Floué roué troué meurtri
Avec le mépris pour patrie
Marqué comme un bétail et comme
Un bétail à la boucherie

Où est l'amour l'amour L'amour
Séparé déchiré rompu
Il a lutté tant qu'il a pu
Tant qu'il a pu combattre pour
Écarter ces mains corrompues

Voici s'abattre les rapaces
Fumant d'un monstrueux repas
Les traîtres les saluent bien bas
Place Il te faut laisser l'espace
Au sang mal séché de leurs pas

La rose de feu des martyrs
Et la grande pitié des camps
Le pire les meilleurs traquant
Ne rien sentir et consentir
Jusqu'à quand Français jusqu'à quand

そこでかすめ盗られ　車裂きにされ　穴をあけられ　殺される
人間よ　人間　人間　人間よ

祖国への蔑みのため
家畜のように焼印をおされ家畜の
ように屠殺場へおくられる

そこで別離され　引裂かれ　挫かれる
愛　愛　愛よ
それは闘った　できうるかぎりは
それはできうるかぎりは闘った
あの腐った手どもをふりきるために

奇怪な餌食にまみれた
肉食鳥が襲いかかる
裏切者がかれらのまえに平伏する
まだ血も乾かない彼らの足もとの
空隙に坐らなければならない

殉難者たちの火の薔薇
巨きな痛恨にみちた幕舎のうち
悪逆の者が善きひとびとを追つめる
こんなとき　フランス人よ
何も感ぜず　また赦しておくというのか

ここでアラゴンの喇叭がひとびとを動かしたと信じてはなるまい。現実がアラゴンを動かす。そして現実がひとびとを動かす。この図式は決して変らない。アラゴンは識らせただけだ。若しひとびとが現実を視ようとしなければ、どんな悲惨な現実といえども視えるわけがない。そのために識らなければならない現実をアラゴンは識らせる。アラゴンがここで凝さなければならなかった技法は、そのまま詩というものの宿命であり、限界である。だから彼は「殉難者の証人」の前で自らの詩が軽いことを告白する。この告白は正直で正しい。若し現代詩が現代の現実そのものと運命を共にするものであるならば、詩は今後限りなく倫理的価重の如何によって評価されるに至るであろう。そしてその限りでは詩は現実の重量のまえに壊えざるを得ないであろう。詩は所詮手すさびである。最後に同時期の日本現代詩の光栄と悲劇を記憶するために、金子光晴の詩「業火」の一節を掲げて見よう。

こわれた砲車や鉄片で
足もふんごめぬ焼原に
つぶれた頭
とろけた手足

窯のなかに並んで
火のまわった壺　人の胴
もえつきたみあかし
灰になった神

みわたすかぎりの瓦礫
そこここに猶
燃えのこる紫のほのほ
みどりのほのほ

業火にふれて
石に化った卵を
孵ることのない叡智を
むなしく杖で叩くものは誰?

（昭和十九年七月十五日）

この表現はアラゴンに比して少しも実践的ではない。それは日本の抵抗詩人の宿命である。日本の詩人は未だ未だこれを繰返すに違いない。そして少数の詩人が文明批評家たる自恃において現実の構造に挑戦するだろう。だがその時彼は最早詩人で無くならなければならない。これが僕の書き留めておきたいもうひとつの日本現代詩の悲劇である。さてアラゴンの抗戦期の詩について僕が通り過ぎる道程は終った。アラゴンは勝利の現実を眼の前に視たわけではない。何故ならばアラゴンは現在もなお「新しい悲痛」で歌っているのだから。

現代への発言　詩

現代の現実の危機的な様相をまえにして詩人が歌ったり音韻に乗じたりすることに抵抗を感じているとすれば、それは詩人が無意識のうちに現実の〈批評〉の構造を感知しているが故である。斯かる詩人の生み出す詩に期待せねばならない。

現在コミニズムの詩人たちの一部に歌われている一種の〈歌〉は、彼等の所謂ボルシェビズム革命の近きにあるという予感を彼等が感知しているからに外ならない。言わば彼等は〈批評〉の場から〈肯定〉の場への転機が近いということを自らに信ぜしめようとする。だがわたしによれば現代の現実に対する彼等の認識が脆弱であることを糊塗するための衣裳としてしか、〈歌〉は最早や成立し得ない筈なのである。

わたしが現在最大の詩の敵と考えているのは、人間の感性の欠如感覚や脆弱点に喰入って存在している詩であり、また斯かる特殊世界に生息している詩人である。そしてこれらの詩及び詩人の社会的現実の背景は資本主義的消費社会そのものである。

現代の詩人にとって自我の問題は近代精神の系譜によってではなく、原始社会制度における且ての人間の自我の問題として解かれねばならないであろう。即ち孤立せしめられた人間としてではなく原則的な現実の場における人間として取扱われるべきであろう。

詩人は如何なる社会制度のもとでも必ず存在するものと思われる。然し何故に存在せねばならないかの理由は現在すでに完全になくなっている。

現代における真の詩人は必然的に反詩人的である。

現代における詩人の不幸は、必ず詩の方法の不幸として現われる。

日本の現代詩は詩の美学について伝統をもっていない。言いかえれば日本の詩史は詩の発生すべき若干の社会的根底をもっていたろうが、完全な根底をもってはいなかった。それ故もし伝統として依るべき処を求めるならば新古今集を以て終了した短詩型の伝統的美学に依る外はない。しかも現代詩は正しくこの美学に反逆することによってしか存在の理由をもたない。

日本の現代詩人は恐らく自らのうちに伝統の美学とそれに対する反逆を抱いて今後も出現するだろう。言いかえれば自らのうちに全詩史を包摂することなしに、日本の現代詩人は存在し得ない。

労働組合運動の初歩的な段階から

1

組合員各位へ

組合長　吉本隆明

わたしに与えられた主題は執行部の主張について書けということですが、執行部は方針として有能な執行委員が各々能力のある部門で自由な独創的な活動を行へるような機構をとつていますから、細部についてわたしが何も云う必要はないと考えます。それ故わたしはこゝで現執行部のもつている大ざつぱな性格をあきらかにして、組合員各位が執行部にたいしていだいている期待や危惧や無関心や反感などにお答えすればいいに相違ないと考えました。

まず第一に申上げたいことは現執行部は大部分の委員が比較的に社歴も浅く経験も手腕もゆたかであるという自信はありません。それ故いろいろな場合に誤りも失敗をおかすかも知れないと思います。けれど窮極において現執行部は労働者の立場を捨てたり裏切つたりすることは決して無いということを信じて下さつて結構だと思います。組合の代表としての現執行部はあくまでも会社側と対等であるという資格と権利において行動いたします。この点についてはどんな反感や障害があつても致し方がないと思つています。

第二に組合運動に余り関心のない組合員や、幹部に任せておけばいいと考えている組合員の方に申し上げます。

関心がないことにも種類があり程度もあつて一言で片づけられませんが、労働者には誇りをもつて生活し、自分を高め、自分たちの労働条件や生活条件を向上させることを要求する権利があります。だが残念なことに人間は誰でも切実な体験のないことには関心をもつことが出来ないものです。だから現執行部はそれらの組合員の方が昂然と眉をあげて現執行部の誤りやだらしなさを非難して呉れるようになつたらどんなに嬉しいだらうと考えている事だけを申上げます。現在会社は封建的な組織から前期資本主義的な組織へうつらうとする過途期にあります。このやうな発展は個々の重役や組合員の意志にかかわりなくすすんでゆくものであります。若し会社側がいつまでも惰眠をむさぼつていれば、日本の経済社会から落伍するだけですし、組合側がいまでも旧態の安易さに頼らうとすれば、機構に圧迫されて次第に自分たちの権利を失つてゆくだけです。昔ながらの家族的な雇傭関係を夢みている組合員も、近代性のある雇傭関係を描いている組合員も、労働者が主動権を握る現代的機構を望んでいる組合員も、会社の現状と将来に対する正確な判断のうえに立つて執行部とともにお互いの生活労働条件の向上をめざして闘つて下さることを心からお願い致します。

2

昭和二十八年五月三十日

組合員各位へ

五月二十五日会社側は我々の要求に対して回答案を示してきました。それに依りますと、賞与支給率（基本給＋加俸金）の二倍（基本率一・五成績率〇・五）、作業時間の調正、作業手当支給に就いては、全面的な拒否回答を寄せ、何れも我々の要求とは遥かに隔つたものであることが、明らかになつてきました。従つて我々は、此れより本格的な交渉段階に入ることを、各位に報告いたし、併せて二〜三の点について各位の関心を喚起致したいと思います。各位は我々の賞与要求率が（基本給＋加俸金）の二・八倍に相当しそれがどんなに切実な生計費の実体から算出されたものであるかをよく知つています。又我々の作業時間の調正と作業手当支給の要求が、どんなに困難な作業条件から割出されたものであるかも知つています。会社側の今回の回答と我々の要求との隔たりは、単に金額の差額にあるのではなくそこには薄暗い感情的な雇用概念と明るい理性的な労働概念とのぬき差しならない隔たりが横たわつています。協議会の席上で示される会社委員の馬鹿馬鹿しい発言のいくつかに就いて、此処で紹介する余裕はありませんが、我々が切実な要求を持つて会社側と交渉すると云うことは、同時に会社側の雇用概念を啓蒙してゆくことをも意味しています。此の事は誠に煩わしく又遺憾に耐えないことでありますが、我々の要求を単なる不平不満としか考えられない頭や労働者の高い誇りを感情に依つて自由に左右出来ると考へる頭は、どうしても啓発する必要があります。即ち各位は我々が組合運動のほんの初歩的な段階から歩み始めながら、しかも我々の生活労働条件の向上を克ちとつてゆかなければならないと云う困難な立場に置かれている事を充分に知つて下さる事を希望致します。組合は今回の要求を克ちとる為、いよいよ困難な交渉段階に入つて参ります。我々は各位の代弁者としての責任に於いて、堂々たる態度を持してゆきます。各位も又、自らを辱かしめざらんことを。

東洋インキ青戸労働組合
組　合　長　吉本隆明

3　理念的な課題として

労働協約更新の交渉、事業部の盆踊興行など、最近の組合の動きに鑑みて、今回は多少風変りなアッピールを提出して、若い組合員諸氏の理念的な課題に訴えることが必要であると考える。

われわれは、われわれの労働環境の中にある特殊性―封建性というものをじかに体で受けとめ、そこから広い視野と、明るい労働理念へ前進する契機を把みとる事が大切である。「東洋インキの特殊性」などという言葉が組合員の間ですら公言された事があつたが、申すまでもなくその様なものは存在しないのであり、単に「東洋インキの後進性」と云う事を弁解がましく言ひ換えたものに過ぎない。われわれは、「後進性」を「特殊性」と云ひ換ることで、われわれを取りまいている封建的な労働環境をつき破る努力を回避してはならない。だがわれわれは、依然として困難な生活条件のなかにあり、一方では忍耐強い労働の繰返しから来る精神的な沈滞に絶えず満されてゐる。この問題は、原則としては社会的に解決されるより外にないのであるが、尚われわれはその苦痛や、絶望感に裏づけられた明るい未来への展望を抱かねばならないことを訴へたいと思う。われわれが生活環境と、労働環境からくる苦痛や絶望感を体で実感するとき、少くともそれは広い視野と展望を把みとる機会に立たされてゐると言うことが出来る。われわれはその機会を、諦め、感傷逃避の連続によって失ひ、「東洋インキの後進性」の中で卑屈な居睡りをすべきではない。

われわれ労働者の健全な理念は、絶えず人格主義的俗物と、感傷主義的俗物とによつて侵されてゐるのであり、組合機関を単なる親睦機関にすり代えることによつて、労働組合の第一義の課題を回避しようとする動きは常に存在してゐるのである。

われわれが、われわれの生活条件、労働条件を改善する可能性は、ほんとうは、以上のような問題を克服する可能性のうへに立つて、はじめて考へられるものであることが、明瞭に把握されてゐなければならないだろう。われわれは、若く清新な組合員が、どんな虚無感や絶望感のなかからでも、なお立ち上る気力を、秘し持つてゐることを確信する。

4 「山麓の人々」の上演によせて

この劇の上演は、闘争中にもかゝわらず、熱心に参加された日本製薬労組の方々と、われわれの文化部との協力によつて行はれるものである。お互に、闘争あるいは残業といった条件によつて、全部そろつて練習したことは殆んどないと云つてよい位であつた。けれどわれわれは別にそれを苦にしない。大切なことはわれわれのおかれた情況のなかで、何かを成し遂げることであるから、練習や舞台、すべての上演準備は、めんどうであつたが、愉しいことも少しぐらいはあつた。

5 前執行部に代つて

A もろさと強さ

賃上要求が組合員の皆さんの納得がゆくまで押すことが出来ないまゝで、われわれは辞任してしまつたことをお詫びしなければならない。こんどの闘争は、われわれの生活を守る闘いであつたと同時に「息のつまるほど有難い」会社の家族主義的なぎまんとわれわれ労働者の独立心とか自主性とかの闘いでもあつた。われわれは中途で、矛をおさめることになつたが、会社の家族主義が如何にかくされた脅迫と金の力で支えられているかをはつきりと知ることができた。又、われわれの強さというものも、もろさと背中あわせのものであつたことを深く考えてみなければならないのではないだろうか。

B ね返りについて

会社が職能をとほしてやつた、悪質な切くずしに乗つて脱落した組合員もあつた。会社のやる切くずしは全て共通で、それは「そんなことをするとおまへのためにならんぞ」ということに尽きる。しかしそれで動揺した組合員の気持は決して共通ではない。第一には、この際忠勤ぶりを示して自分だけはよくなろうという乞食根性である。第二には、本当に生活が苦しくて、自分や家族のことを考えて脅迫に心ならずも動かされた者である。第三にはかねてから組合幹部の運動方針に反感をもつていて、一石二鳥をねらつた者である。われ〳〵は第一の連中とだけは、今後とも激しい闘いをつづけなければならない。第二、第三の人たちは、今後とも組合員全部で守つてやらなければならない。われわれは労働者という大きな立場にたつたとき、みんな共通であり、結び合へるものなのだ。

C　青戸細胞の批判について

われ〳〵が、スト決議に破れて辞任した翌々日、日本共産党青戸細胞はビラを配布した。皆さんのなかには、それを見た人がいるだろう。われ〳〵もそれを見た。そのビラに書かれてあることは、大道において正しく、且つ労働者を守ろうとする熱意にあふれたものであつた。皆さんもそう思うだろう。しかしその中で、われわれ前執行部が「ストだけが闘争の全てだと思つた」とか「一部をみて全体をみない」とか書かれてあつたが、それは誤りである。

青戸細胞諸君は、すくなくとも、一中産企業労働組合の闘争を批判しようと思うならば、単に表面的な洞察によるのではなく、雇用関係の内部構造と段階がどこにあるかという点まで追求した上で、批判する熱意が必要であろう。だが何れにせよ、われ〳〵の組合が、友誼団体と結びついたり、外部から絶えず批判をうけたりすることは良いことである。

D　われ〳〵の得た教訓

われ〳〵は今度の闘争で、上部団体、外部団体と結びつかねばならないことを肝に銘じて知らされた。われ〳〵は社交クラブではない。真の労働組合組織と結びつくことが必要であると思う。それからわれ〴〵は日常闘争というものがどんなに必要であるかも知らされた。地味な活動をねばりつよく続けることが大切である。そして、組合の事業と言へば、マージャンと旅行と酒宴であつた昔の名残りを、徐々に克服してゆかなければならない。

日本の現代詩史論をどうかくか

素直にいって、ぼくは現代の日本の詩とか詩人とかにそれほど関心をもっていない。けれど、まるでそれと逆だといえるほど、日本の現代詩や現代詩人にたいして、詩史論的な関心をつよくもっている。どういう点についてか。それは、詩意識と現実の社会秩序がふれあうときの、そのふれあい方、またたがいにかかわりあい、うごかしあう方式というようなことを中心とした日本の現代詩の変せんについてである。ぼくはぼくなりに、現代詩の詩史論的な布石をうつつもりで、おおざっぱな考察を、この小論でつきとおしてみようとおもう。

日本の現代詩はつぎの三期にわけて考えることができる。

第一期、一九二〇年代後半から一九三〇年代末まで。第二期、一九四〇年代はじめから一九五〇年頃まで。第三期、一九五〇年頃からはじまり、または、はじまろうとしている。つまり、現在（いま）の日本の詩は、ちょうど第二期から第三期にうつろうとしていると考えられる。

第一期の現代詩のいちばんたいせつな特徴は、きわめてつよく、かつひろいはんいにわたるプロレタリア詩運動が起ったことであるが、それよりややまえに（大正十三年か十四年ごろ、つまり一九二四〜五年ごろ）、相川俊孝　竹内勝太郎　高群逸枝　宮沢賢治　高橋新吉　萩原恭次郎　などの詩業が提出されていて、これらの詩人の詩意識のうちには、日本の近代詩にはなかった新しい要素が、かくじつに用意されていたのである。相川や竹内は、日本の詩のことばのうちがわに論理性をつめこむことによって、高橋や萩原や高群は、かれらの現実にたいするはげしい接触のしかたを、詩のなかに方法的に固定させることによって、宮沢は、詩の方法と様式とを、あたらしくひろげることによって、それぞれ、近代詩から現代詩へうつりかわる第一期の担い手となった。また、つづいておこったプロレタリア詩運動は、この時期の、日本の社会秩序からほうり出されたプロレタリア大衆の、秩序にたいする反抗、怒号、悲しみ、諦め、を詩のなかにすくいあげ、それを訴えたのである。中野重治、小熊秀雄は、この訴えを方法化することに成功した。このような、第一期の現代詩の特長は、ちょうど日本の社会秩序が、第三期資本制のなかに、つきすすみつつあったという状況によって完全にうらづけることができるであろう。日本の資本制第三期の特徴は、第一次大戦後の政治経済的な膨脹と混乱が、収拾され、安定恐慌の時期にはいったということ、および、これにともなって、貧困化したプロレタリア階級が、この秩序の安定化の方向にたいして、かつてないはげしい組織的な反抗をおこなったという、ふたつによってあらわされる。

相川や竹内の詩にうかがえる、詩意識に論理性をあたえようとする強い欲求は、この安定化し、論理的な西欧市民社会秩序の構造が擬似的になり立つかにみえたこの時期の日本の秩序意識の背景がなくては、決しておこりえなかったはずである。詩人の詩意識の構造は、もしその詩人が秩序を肯定するならば、その秩序の構造を完全にまねるものである。高橋や萩原の詩にみられる、現実へのつよい接触感と、現実にたいする奇妙な非倫理性とのまじりあいは、おなじく安定恐慌化した第三期の秩序が、それをなり立たせたのである。日本の近代詩以後のすべての時期にそうであるように、かれらのダダイズムやシュルレアリズムなど西欧の同時代の詩の移入のしかたは、でたらめきわまるもので、かれらの詩の外側をよそおっているだけだ。この時期のプロレタリア詩を全体としてみると、殆んど、近代詩の既成の方法を放てきして、秩序からほうりだされたプロレタリア大衆の、現実意識に殉じた感がある。そして、まさにそのことによって、植木枝盛にはじまる民俗詩型の詩意識を、現代詩の第一期にうけついだのであった。第一期の現代詩は、一九三六年ごろ、日本のファシズムと金融資本の圧力がつよくなるとともに、崩壊のきざしをみせ、第二次大戦の勃発といっしょに終ってしまう。この崩壊の、いちばんたいせつなモメントは、社会的には、日本の社会秩序が論理的な構造をもたなかったこと、詩史的には、この期の現代詩人が、その詩意識に、論理性を完全にみちびきえなかったことに帰せられる。相川や竹内の系列につらなる詩意識は、秩序のつよい圧力を心理的にくりこんで、その論理化にたいする欲求をうしない逃亡と防禦に根ざす、「四季」派の抒情詩のなかに上昇した。高橋や萩原の系列にぞくする詩意識は、おなじように秩序の圧力をうけて、その「現実への強い接触感」と「現実にたいする奇妙な非倫理性」とに分裂した。前者からファシズムの詩人とコミュニズムの詩人をうみ出し、後者が「詩と詩論」系統の詩人にうけ継がれたことは周知である。第一期の現代詩は、このようにして、秩序をどのように詩意識にくりこむかによって、抒情詩型、意識詩型、民俗詩型の三つに分裂することになった。このうち、第二期へうつりかわるまで存続しえたのは、抒情詩型の詩意識だけであり、それ以外は、危険な意識として、ファシズムの弾圧によって壊滅した。

現代詩の第二期は、潜在的には、第二次大戦中にはじまるといえるが、特長としては、戦後「荒地」グループの出現と、プロレタリア詩のこの時期の変せんによってはじまると考えられる。「荒地」グループは、「詩と詩論」系統の詩意識が、日本の敗戦革命の挫折と、政治社会経済状勢の混乱や疲へいを、受感したとき、それによって出現した。かれらは、日本の近代詩史上、はじめて、ほんとうの意味での思想を詩のなかにみちびいた。かれらの詩の方法が一種の古典主義にかたむき、かれらの詩の主題が、いちじるしく倫理的であることは、そのまま、かれらの出現の意味を保証している。かれらの詩が、戦争あるいは戦場の体験というような、極限情況のなかでうたわれるとき、不思議にいきいきとしてくるのは、それがほんとうは、敗戦革命の挫折にゆがんだ戦後インテリゲンチャの意識を象徴的につたえ、そのうしろにある混乱し疲へいした敗戦日本の秩序意識を反映しえているからであった。「荒地」グループは、その極限情況の体験が、現代の日本の社会情況のなかで、実感しえるあいだ、その存在の意味をうしなうことはないとおもわれるが、すでに、敗戦革命は完敗し、よみがえった日本の戦後資本制が、安定恐慌期にはいろうとしている現在、あきらかに転換をしいられている。かれらのもとめる極限情況の実感は、もはや、現実からうしなわれてゆくだけである。かれらは、その倫理的な衣裳をかなぐりすてて、市民的なトリヴィヤルな日常性を方法化してみせるか、あるいは、秩序への抵抗意識を詩のなかに固定して、「参加」の意企をしめすか、あるいは、その倫理性を内閉させて観念的な上昇をとげるか、とにかく、早晩、日本の現実の情況が、かれらに選択を強いるものとおもわれる。第二期のプロレタリア詩運動にも、おなじようなきざしがみえている。戦後、敗戦革命がなしとげられるかにみえたあいだ、かつてない意欲と高まりで、ひろい大衆の詩意識をまとめ組織化することに成功したが、農地改革のぎまん性が、じっさいの矛盾をひきおこし、弾圧が露骨になったころから、第二期のプロレタリア詩運動は、高鳴るうたごえから、しだいに、抵抗と追撃の詩にかわっていった。いいかえると、第二期のプロレタリア詩の詩意識は、秩序がそれに加担しているという幻影からさめて、秩序が、しだいにそれを疎外するほうへすすみつつあることに気づいたのである。いま、日本のプロレタリア詩運動は、第二期から、第三期へうつりつつあるということを、はっきりと把むことがたいせつである。戦後の日本資本制が、混乱と疲へいをごまかして、安定恐慌期にはいり、ふたたび、日本のプロレタリア階級が、完全に秩序からほうり出されつつあるというじじつを、ふまえないかぎり、第三期のプロレタリア詩運動は、その楽天的指導者とともに壊滅するうれいをもっているものだ。

現代詩の、第三期の特長は、谷川俊太郎　中村稔　山本太郎　大岡信　中江俊夫　など、詩意識のなかに、実存的な関心も、社会的な関心も、もたない詩人たちの出現によって、もっとも、するどく象徴することができる。これらの詩人たちは、安定恐慌化した現在の日本資本制の、ごまかしの安定感のうえに詩意識の基礎をすえ、もうれつなはやさですすむ、階級分化の過程でみずからは、安泰であると錯覚している階級の、秩序意識を、詩意識のなかへくりこんでいる。これらの詩人の詩意識のうごきや変化は、おそらく、もっとも鋭敏に、再建資本制のうごきを、反映するものと考えられ、もっとも注目すべき新世代の詩人であると云うことができよう。このような第三期のきざしは「荒地」グループの詩意識の分裂にもあらわれ『詩と詩論』第一集には、極限情況を、ひきはずされたこのグループの詩人たちのとまどいがあらわれはじめている。おなじようなきざしは、第三期のプロレタリア詩運動にもあらわれている。第二期で、秩序にたいする抵抗と、追撃とを、詩意識の中心においたこの派の主動的な詩人たちは、第三期にはいり、現在の社会状勢を反映して、微妙な変化をみせている。それは、サークル詩を現代詩として位置づけると称して「列島」の主動的詩人、関根弘、木島始などが、方法上で意識的にとっている立場によくあらわれている。かれらは、再建支配階級から、完全にほうり出された現在のプロレタリア階級の、くらい、苦難を予想される生活の現実を、つきつめようとせず、これらの大衆が一面的に反映している安息感、楽天意識に方向をあたえようと試みている。かれらは、そのイデオロギー的な立場にもかかわらず、現在の日本の社会構造をつかみとるだけの綜合的な詩意識も、プロレタリア階級が、秩序からうけとっている生活意識を、分析する力も、もっていない。

いずれにせよ、第三期の現代詩が、さきにあげた、戦後資本制の安定意識を基盤にもつ新たな世代と、「荒地」グループに代表される詩意識と、「列島」グループに代表される詩意識の、消長や混合のうちに、その方向をきめてゆくことは確実である。

第二期から第三期へとうつりつつある現在の、日本の現代詩を、すこし視かたを、ずらして考えてみよう。現代詩の詩意識は、基本的には、現実の秩序にたいして、抒情詩型、意識詩型、民俗詩型という三つの型を、とると云うことができる。この視かたから、現代詩を分析する場合、すくなくとも、ふたつのモメントを考えにいれることが、ひつようである。そのひとつは、現実の秩序の構造のうつり変りが、この基本的な型を、どのように変形させるかということであり、ふたつ目は、詩人が、どのように、自己の宿命的な詩意識の型に、反逆する位置で、詩の発想をするか、ということである。一九五四年版『詩学年鑑』にあつめられた、五三年度代表作品、七三篇によって、この考察をすすめてみると、七三篇のうち基本的な詩意識の型は、次のように分類される。

抒情詩型　五一
意識詩型　一八
民俗詩型　四

抒情詩型の例を、谷川俊太郎の詩「四行詩」（『櫂』三号）にとろう。

（1）

ふと言葉が駈けて行ってしまう
樹々や空や太陽から私の孤独が帰ってくる
人の心に私は棲めない
私は風景の中へ中へとはにかむ

（以下略）

谷川の詩意識は、現代詩の第一期における「四季」派の系列にあるといえる。この種の詩人の出現した詩史的な意味については、さきにのべたからここではふれないが、こういう、社会的な関心も、実存的な関心も、現実とエゴとのぶつかりあいもうすれた、一見古風にみえる詩の発想が、現代詩の第三期において、影響力をもちうるゆえんは、谷川の詩意識を、内実的にささえている論理性であり、これが、谷川の詩を、第一期の「四季」派から区別するモメントであるとおもわれる。現実の秩序が、このような抒情詩型の詩意識に、重圧をくわえるとき、論理性をうしなって逃亡するか、あるいは、倫理性をもつにいたるか、どちらかであり、これら安定型の詩人が、今後注目せられるゆえんである。
意識詩型の詩として、関根弘の詩、「君はもどってくる」(『新日本文学』五三年十一月号)をとろう。

風が吹くと
部屋が泪をいっぱいためる。
ガラスの子供が
部屋のお池に集まる。
セルロイドの風車がまわる。
夢がなびく。
レコオドがとまる。
時計が目を醒ます。
鋸が鼠をひく。
鉋が猫をけずる。
金鎚が犬をたたく。
君は部屋から消え失せる。
池の下には空があり
空の下には雨があり
雨の下には部屋がある。
部屋のなかには
部屋から消えた君がいる。

(以下略)

この関根の詩には、『列島』七号の詩論「詩とはなにか」の論旨とおなじような、日本の詩や現実の社会構造、またそれを反映した日本の詩意識の構造にたいする、本質的な無智が集中してあらわれている。かれは、いっぱんに芸術の意識が、その時代、その秩序の直接の制約、のなかにあるものだという、芸術社会学の、プリミティヴな前提さえも理解していない。この作品は、「詩とはなにか」という、かれの詩論の出しかた自体がナンセンスであろう。ただ「詩」などというものは、どこにも存在しないのだ。「革命とは現実を超えることを意味する。現実の超え方は、僕等の日常の夢の中に暗示がある」などと、他愛ない断定をくわえたのちに、シュルレアリズムの方法を、第三期のプロレタリア詩運動のなかに、みちびき入れようとする試みが、この関根の詩と詩論のなかにあらわれている。「君はもどってくる」は、現代詩の第一期における「詩と詩論」系の発想型にぞくしているが、むしろ、プロレタリア詩の側から、この発想型をとらえているため、逃亡、発散にいたらずに、一種のリアリティに達してはいる。だが、関根の試みは、日本の再建資本制が、安定恐慌期にはいったという、現在の現実に抵抗しているのではなく、かえってその安定意識に乗ぜられて、かれの詩意識が、それを忠実になぞっていることを証明しているのだ。

関根はいま、敗戦革命が完全に失敗し、日本の資本制秩序が再建の基礎をかため、プロレタリア大衆が、ふたたび長い苦難にあえぐことが歴々としている現在、どういう根拠から、アラゴンやエリュアールが(おおそしてマヤコフスキーが!)たどった過程と逆に、プロレタリア詩運動のなかに、シュルレアリズムの方法をみちびき入れようとするのか。

民俗詩型の例として、野間宏の詩、「雪はおおう」(『人民文学』)をとろう。

(前略)
降りつぐ雪よ、銀行屋たちの言い渡した

軒並の破産宣告のなかを白く暗く降りつぐ雪よ
お前は製品の単価を値切る発註係よりもなおも無情で狡猾らしい
材料屋は泣いたぞ　地金まけした太い手をだして　みんなとも倒れだと
おお　それにもかかわらず　借金取りどもの足をとめることもせず
ただ白い色で汚れた何者かの罪業をかくそうとする
金文字で勝利をかざった戦争屋どもの罪業をおおうとする　（以下略）

『星座の痛み』という典型的な抒情詩型から出発して、第一期のプロレタリア詩に典型をみられる民俗詩型の詩意識のほうへ下降しようとする野間の詩は、現在でも、いくらかの抒情詩型を混合している。そして、このような野間の資質をべつにして、詩史的な意味をかんがえれば、日本の現秩序を、疎外された大衆の側から、方法的につかまえようとする適確な認識がこの野間の詩のなかにあるといえる。第三期のプロレタリア詩運動は、関根などに代表される詩意識と、野間などに代表される詩意識とに引きさかれた状態にあるが、このこと自体、日本の現秩序が、プロレタリア詩運動にあたえている反映であると、かんがえることができよう。サークル詩のなかに、これとはべつに、民俗詩型から抒情詩型へと、直結している類型の詩が、あらわれはじめているが、これも、おなじように、秩序が詩意識にあたえている圧力と、プロレタリア詩の詩史的な制約との問題として、とらえられる可能性をもっている。

ぼくたちが、日本の近代詩史をかんがえる場合、湯浅半月にはじまり、藤村　有明　泣菫　白秋　露風　朔太郎　拓次　達治　という抒情詩型の詩意識の系列を主流とする考え方に、なされてきたが、これは、きわめて誇張された詩の概念をみちびくものと思われる。事実は、植木枝盛にはじまり、透谷　藤村　啄木　光太郎　プロレタリア詩運動　という民俗詩型の詩意識の系列に、詩の主流があったわけで、これらの民俗詩型の底辺には、明治三十一年、日本の秩序が、マンチェスター型の膨脹をしめしつつあったとき書かれた、横山源之助の『日本の下層社会』に活写されている民衆の生活が、おおきく横たわっていたのである。横山の『日本の下層社会』は、日本の近代社会思想史上たったひとつの不朽の古典であるが、日本の近代詩史論をものする場合、これは詩の思想的原型となりうる性格をもっている。

現代詩の今後の動向も、本質的には、詩人が、秩序の思想的な原型をもとめ、それを創造してゆく過程のなかに横たわっている。

たとえば現代詩の第三期における、思想的な原型は、一方に、日本共産党の新綱領があり、一方に、日本製のT・E・ヒューム　伊藤整の「組織と人間」がある、などと云ったたぐいの空騒ぎなどは、とんでもないことであり、詩人は、かならず独りの眼で現代の現実社会を、その秩序構造の日本型を、ふかく洞察し、そこから、汲みとらなければなるまい。

マチウ書試論
――反逆の倫理――

1

マチウ書の作者は、メシア・ジェジュをヘブライ聖書のなかのたくさんの予約から、つくりあげている。この予約は、もともと予約としてあったわけではなく、作者がヘブライ聖書を予約としてひきしぼることによって、原始キリスト教の象徴的な教祖であるメシア・ジェジュの人物をつくりあげたと考えることができる。だから当然史観というべき性質のものであり、ジェジュはマチウ書の作者の史観が凝集してつくりあげた象徴的人物に外ならないと言える。マチウ書にあらわれた史観は、原始キリスト教の教義ときりはなすことができないが、おなじように当時のイスラエル民族がぶつかっていた混乱や危機というものと、きりはなすこともできない。教義、現実の危機、象徴的教祖ジェジュの性格、これらのあいだの強い結びつきのなかに原始キリスト教の思想的な特徴が鋭くあらわれている。マチウの作者が、ジェジュをあたかも実在の人物であるかのように描き出したという点だけからみれば、マチウ書はいまではほとんど読むにたえない幼稚な、仮構の書であるかも知れないが、ジェジュに象徴されるひとつの、強い思想の意味をとり出してくるとすると、いまでもそれを無視することはできないものである。マチウ書の仮構は、その発想を逆むきにたどることによって、容易にそのメカニスムをさらけ出してしまうが、マチウ書のもっている思想の意味は、まるでひとりの人物が実在するように、たしかな、生々しい実感で、生きていると感じられる。

もともと、マチウ書は、第二世紀につくられたもので、ユダヤ教と原始キリスト教を、ただしく結びつける原典は、ヘブライ聖書、ジャンのアポカリプス、ポオル書簡のいくつか、であって、これも現在あるものにいたるまでに、たくさんの補正がくわえられていると信じられている。だいいちに、ジャンのアポカリプスは、ユダヤ教に属する原典で、この系列は、たとえば、エサイ書、ダニエル書、ザカリ書、ジャンのアポカリプスとなるべきものだ。したがって、まことに奇異な感じがするが、ポオルは、メシア・ジェジュを、実在の人物として考えていなかった。ポオルにあらわれたジェジュは、メシアとしてのジェジュであり、もとより、メシア宗としての原始キリスト教の、象徴的な教祖である。

このような見解をうらづけるためには、いまある新約書の配列をつくりかえ、神学者たちが、ジェジユを実在の人物であるかのように考えるために、見ぬふりをしてきた矛盾を、ひとつひとつほりかえしてゆかなければならないはずである。だが、意識的に配列したと思われる新約書の、福音伝、使徒伝、ポオル書簡、ジャンのアポカリプス、は互いに有機的なつながりをもっていて、みたところ矛盾だらけにおもわれるにもかかわらず、その矛盾をつきつめていくと、言いようのない泥沼のなかにひきずりこまれてしまう。矛盾のいとぐちは至るところにころがっている。がその矛盾はほかの矛盾によって、強く保護されているのである。このような矛盾のつながりのなかには、本質的な意味で、原始キリスト教のたえてきた風雪の強さがあるのだろう。資料の改ざんと附加とに、これほどたくさんの、かくれた天才と、宗教的な情熱とを、かけてきたキリスト教の歴史をかんがえると、それだけ大へん暗い感じがする。マチウ書が、人類最大のひょうせつ書であって、ここで、うたれている原始キリスト教の芝居が、どんなに大きなものであるかについて、ことさらに述べる任ではないが、マチウ書の、じつに暗い印象だけは、語るまいとしても語らざるを得ないだろう。ひとつの暗い影がとおり、その影はひとりの実在の人物が地上をとおり過ぎる影ではない。ひとつの思想の意味が、ぼくたちの心情を、とおり過ぎる影である。

アルトゥル・ドレウスは、その著『キリスト神話』のなかで、後期ユダヤのメシア観についてつぎのように書いている。

ラビの徒即ちユダヤの教法学者達は、メシアについての二つの観念を有っていた。その一つによれば、メシアは、ダヴィデ王の後裔として、また強大な神の英雄として、ユダヤ人を現下の奴隷的屈辱の状態から解放し、約束された世界帝国を創建し、人間全体の審判を行うものだというのである。これがユダヤ人のメシア観であり、その理想はダヴィデ王であった。また他の観念に従えば、彼メシアは、ガリラヤにおける十支族を糾合してエルサレムに向って進軍し、アルミルムの引率するゴッグ及びマゴックとの闘争において、イロベアムの罪、即ちイスラエル人がユダヤ人と分離した罪の故に陣歿するのだというのである。（原田瓊生訳）

マチウ書に描かれているジェジュは、このふたつのメシア観から、すこしも外れてはいない。ヘブライ書、ジャンのアポカリプス、およびマチウ書の物語の直接の原型であるマルク書を、当時の伝承や風習とおもわれるものと、注意ぶかく対照し、考えあわせることによって、原始キリスト教の象徴であるジェジュは、どのようにつくられたか、ドレウスはあきらかにしようとしている。

ジェジュがダヴィド王の子孫であるという系図は、メシア観のひとつからつくりあげられた。二章の二一・二三にある、ジェジュがガリレ地方にしりぞき、ナザレト村に住んだというのは、他のメシア観からつくりあげられた。エロド王に迫害の意志があるのをさっして、ジョセフとマリがジェジュをつれてエジプトに逃げたとき、エロド王は、大いに怒ってベトレム地方の二歳以下の男の子を、ことごとく殺したという物語は、ヘブライ聖書のなかの、エジプトからの脱出記一の十五・十六にある、「エジプト王は、シフラおよびプアという名のヘブライの産婆に語り、言う。おまえたちがヘブライの女たちを出産させるとき、下半身を見て、もし男の子であれば、それを殺し、もし女の子であれば生かしておけ。」というところからつくりあげたものと思われている。ジェジュをベトレム生れとしたことについて、マチウの作者は、「おまえユダの地のベトレムよ。おまえはユダの主だった村々のなかで、たしかに、小さいものではない。おまえからひとりの長が生れでて、わたしの民衆イスラエルを養うだろうから。」というところからヒントをえたことを、あきらかにしているが、ミケ書五の一には、「おまえエフラタのベトレムよ。ユダ群村のなかの小さなものよ。おまえからわたしのためにイスラエルを支配するものが生れでるだろう。」とあり、引用するにしても、マチウの作者の引用には、主観がはいっているのか、異本がたくさんあったのか、どちらかである。

概してマチウの作者が、ジェジュを創作するやりかたは幼稚であり、ヘブライ聖書と、ジャンのアポカリプスを、こまかく検討して、そのなかの言葉を、当時のメシア観にあうように集め、一人の人間の出生と経歴と死をくみたてていったという、単純なことしかしていない。時間と空間についての観念は、ほとんどないと言ってよい。生半可に進歩的な神学者のように、処女妊娠とか、出生譚とか、復活とかは伝説であるが、ジェジュの伝道や処刑は事実であったというのは、まったくくだらない見解であり、マチウ書のなかで、処女妊娠ということより確かであると思われるところはどこにもないと言ってよいだろう。それゆえ、ウルトラ・モンタンのように、処女妊娠も復活もまるのみに信ずるために、理神論のたすけをかりるか、またはジェジュの実在性を拒否するか、どちらかである。

また、ジェジュは、マリとローマの兵士との間の私生児であったので、ジョセフこそいい面の皮だなどとかんぐって、リアリストぶる必要もない。すべてはヘブライ聖書の予約にのっとってつくられた架空の人物である。

ひとびとがここにつまずくのは、マチウ書をはじめ、福音書が、神話として読まれるためには、あまりにも意識的につくられているからである。言わばマチウ書は、神話的条件からも、伝記的条件からも失格している。この失格の意味のなかに、原始キリスト教の異様な特徴があると言えるだろう。マチウの作者が、意識的にかんがえていたことは、ヘブライ聖書にあらわれている後期ユダヤ教のメシア観を、ひとりの人物の意味のなかに集成して、それによってユダヤ教の母屋に、原始キリスト教をすえるということであった。この詐術は史上最大の詐術にはちがいないが、ユダヤ教が原始キリスト教との深刻な闘争にまけてからは、たしかに成功したのであり、ヘブライ聖書と、ジャンのアポカリプスは、あたかもキリスト教の遺産であるかのように変えられてしまった。原始キリスト教はひとりの架空の教祖をつくりあげることによって、イスラエル民族の史書であり、神話の書である、ヘブライ聖書にとどめを刺し、その思想的な流れを、教義のなかにそそぎこんだのである。こういう詐術をささえたのは、ユダヤ教にたいする敵意と憎悪感であるが、かれらはその生理的とも言える憎悪感を、思想の型にまで普遍化し、ヘブライ聖書の特異な解釈として、それを定着させた。現在、原始キリスト教の思想の型とかんがえられているものは、ほとんどこの生理的な憎悪感として分解することができるもので、教義としてあるのは、ヘブライ聖書と、ユダヤ教典からのひょうせつである。マチウ書は、これをつきつめることによってひょうせつと深刻な憎悪感の倫理化という、ふたつの臓器にふわけすることができることを立証している。

マチウ書のなかで、バプチスト・ジャンはエリとの類推から、設定されている。列王第二書一の八に、「かれらはかれにこたえていう。それは毛をまとった人で、腰には皮の帯をしめていた。そこで、アカジアはいう。それはチシビ人エリである。」とあるのとおなじように、ジャンは、らくだの毛をまとい、腰には皮の帯をしめて、ばったと野蜜をくうのである。そしてメシアの出現を予告して、悔い改めよという説教をする。パリサイ派、サドカイ派、が洗礼をうけにくると、いきなり、まむしの血族よ、と罵る。即ちジャンが、ヘブライ聖書のエリに類推してつくられた、原始キリスト教の思想的なかいらいであることを立証している。マチウの作者の描くところによれば、洗礼をうけにヨルダン河にやってきたジェジュにたいして、ジャンは、がらりと態度を変え、「わたしこそあなたによって洗礼をうける必要があるのに、あなたがわたしのところへやってこられるとは。」と妙にみえすいたことを言う。ジェジュは、卑下慢ぶりをしめして、「いまはそのままでいい。われわれは正しいことを、なしとげるのは当然なことだから。」とこたえて、ジャンから洗礼をうけるのである。こういう、ささいな対話でも、作者の意識的な企図をうかがうに充分だ。いまでは、この程度の心理的な伏線を対話のなかにつきまぜることで、作者のイデオロギーを表象させれば、どんな幼稚な文学者でも、あざ嗤うだろうが、第二世紀か第三世紀ごろに、こういう作為にみちた会話を、つくりあげざるをえなかった作者の動機にまで想いをめぐらすと、その背後には、血なまぐさい現実と、苛酷な思想的な抗争がさわいでいるのが推察され、マチウ作者が、けっしてそこらの文学者なみの、みみっちい精神であったとは言えない。マチウの作者が、物語の直接の原本としてもっていたのは、ほぼ現在のマルク書とおなじものであろうが、マルク書がここをかんたんに、「そのころに、ジェジュはガリレから、ナザレトにきて、ヨルダン河のなかでジャンから洗礼をうけた。」と書いているだけだから、このところはマチウの作者の想像力の産物にちがいない。こういう想像力の型は、マチウ書のなかで、どのようにはたらいているか。

ガリレの海辺で、ピエルとアンデレにたいして、ジェジュはつぎのように言うことになっている。「わたしに随行せよ。そうすればわたしはおまえたちを人間の漁師（ひとをすなどるもの）にするだろう。」つづいてすぐマチウ書はかいている。「ただちにかれらは、あみをすててかれにしたがう。」これは、列王第一書十九の十九・二〇が原本になっているが、そこではエリはエリゼのところにちかづき、マントをかれのうえに投げかけると、エリゼは牛をすててエリのうしろに駈けていっていう。「わたしの父母を抱擁させて下さい。それからあなたに随行しましょう。」

作者のジャンとジェジュにたいする、最初のイメージは、ヘブライ聖書のエリから与えられた。ジャンに、エリとおなじ衣裳をまとわせ、ジェジュの弟子獲得の物語を、エリのエリゼにたいする出会いからとってくる。ところで、マチウの作者は、エリとエリゼとの素朴な、神話的な物語を、人間の漁師にしようという、意味ありげな言葉でつくりかえてしまうのである。列王第一書では、エリは黙って、マントをエリゼのうえに投げかけるだけだ。エリゼは父母にわかれをしてから随行しようと言う。マチウ書では、まるでその作為は逆だ、ピエルとアンデレは、人間の漁師にしようと言うジェジュの言葉にたいし、いきなりあみをほおり出して随行する。このふたつを比較することによって、マチウ書のなかでなんべんも繰返される想像力の型をつかみとることができる。いわば、文章を構成するためにとられる、意識作用のゆるやかな推移を、とつぜん、ひきはずすことによって、作者は、読者にたいし、ジェジュの非凡な印象を強いるのである。マチウの作者がきわめて重要なものとして、とりあげているジェジュの奇蹟物語が、まったくこの想像力の型として、ふわけすることができることがあきらかである。以下にそれをやってみよう。

いまでは、山上の垂訓とよばれているロギアのあとで、さいしょのジェジュの奇蹟がえがかれている。マチウ書の、重要な原本のひとつであるエサイ書に、神ヤウエが、「そのとき、盲人の眼はひらきつんぼの耳はあく。そのとき、ちんばは牝鹿のようにとびはね、そしておしの舌はよろこびをひびかせるだろう。」と告げるところがあって、マチウの作者は、これをメシアの人物構成のたいせつな要素のひとつであると考えたのである。

マチウ書のさいしょの奇蹟は、そばにきたレプラ患者が、「主よ。あなたはもし欲するなら、わたしを清浄にしうる。」というのにたいし、ジェジュが手をのばして触れて、「わたしの意志だ、清浄になれ。」というと、レプラはたちどころに清浄になるという話である。

マチウの作者は、レプラというものを、列王第二書五からとってきたので、エリゼがナアマンに七度ヨルダン河に沐浴すれば清浄になる、というのにたいし、ナアマンは、怒ってエリゼは神ヤウエの名においてて自分の患部のうえで手をうごかして、レプラをなおすのではないのか、それならダマスの河アパナとパルパルはイスラエルのすべての河よりまさっているではないか、と言って立去るが、部下に予言者のいうことはきくべきであるといましめられて、ヨルダン河に七度沐浴したら幼児のような清浄な肉体にかえったという個所がそれである。マチウの作者は、ジェジュをたかめるために、神ヤウエの名において、という列王第二書の挿話を、わたしの意志において、と書きあらため、患部のうえで手をうごかすというのを、手を触れる、というように改ざんする。あきらかに、ヘブライ聖書のなかで、神話の条件を具えている挿話がマチウ書では馬鹿話にかわってしまう。これは作者が意識的に、発想の動機をそこにおいたからだ。こういう例はいくらでもある。マチウ書の奇蹟の超自然性というのは、その馬鹿話にぬけめなく意識の梯子が、とりはずしてあるからで、素朴な神話が、超人の行為にかわってしまうと同時に、愚にもつかない馬鹿話におちこむのは、そのためである。マチウ書十四の、五つのパンと二匹の魚をさいて五千人に与え、なお十二籠もあまったというのもそれだ。たしかにエジプトよりの脱出記十六から思いついたのである。

またその直ぐあとで、「夜の四時ごろ、ジェジュは海のうえをあるいて、かれら（弟子たち）の方へいった。」と、頬かぶりしたような調子で書いているが、これは、おなじく、脱出記十四の二一、「モイズは海のうえに手をのばすと、エテルネルは終夜はげしく吹く東風で、海を退かせた。それは海を陸地にし、水はきれつを生じた。」とあるところから、ヒントを得て書かれた。脱出記のこの挿話は素朴な神話としての条件をもっていて、読者はすこしも苦渋を感じないのだが、ここでモイズが神エテルネルの力で、かきわけた水のあいだを、まるでいい思いつきをしたと言わんばかりに、あるいていったマチウの作者の意識のあとを、注意ぶかくたどってみることは、たいせつであると、思われる。作者は、その意識のなかで、あきらかに、モイズが水をかきわけてイスラエルの子孫をあるかせたように、脱出記のかきわけた水のさけ目を、ジェジュに歩かせたのである。そして、そのあとで、水のさけ目をふさいで、何くわぬ顔をして、「夜の四時ごろ、ジェジュは海のうえをあるいて、かれらの方へいった。」と書いたわけである。

ここまできて、作者の意識のなかで、ジェジュの、超自然的な奇蹟の過程は成就したことになる。だが、ここでマチウ書が提出している問題は、充分に解かれなければならない。ルナンをはじめ、たくさんの神学者たちは、ジェジュの奇蹟物語で、ことごとくつまずいていると言っても、言いすぎではない。ジェジュの奇蹟について、ルナンは、医学の未明状態にあった当時のユダヤでおこなわれていた、精神的な療法の一種とかんがえる。したがって、海のうえをあるく、という奇蹟は、当然ジェジュの精神的権威を象徴するものでなくてはならない。このような、一見すると合理的であるようにおもわれる解釈をうちたてるには、ジェジュの実在性という危険な仮定が、ぜひとも必要である。ところで神学者ルナンが意企したのは、合理的な分析のはてに、事物と思想との実相をあきらかに照し出してくるということではなくて、どうしたら人間のゆるやかな判断力の進歩を、信仰のディアレクティクとして取入れることができるか、ということであった。

ルナンは、当然ジェジュの実在性を主軸として、「香水の匂い」のする叙述でそれをやってのけたのである。すくなくともここで、因果の支点をまず批判精神のうえにおいて展開される論理と、信仰のうえにおいて展開される論理とは、転倒した評価を生まねばならないはずである。神学者はあちらがわへあゆんでゆき、それを引きとめることは難かしい。マチウ書のなかのジェジュの奇蹟物語がひきおこす問題は、まったく別である。それは、ただ物語を構成する上での、技術の問題に過ぎなかったのである。ここに教義をうちたてるために是非とも依存しなければならないヘブライ聖書という原典がある。そしてそこには、遠い民族の指導者たちの事蹟が、神話的な叙述で描かれている。その幾つかの場面を、どのような表現で、ひとりの人物の物語のなかにおりこんでくるか。これがマチウ書の作者がジェジュの奇蹟を描くさいに、直面した問題のすべてであり、従ってメシア・ジェジュの奇蹟の提出する問題のすべてであった。マチウの作者の手腕のメカニスムは、いままで引用し、分析してきたとおりである。この問題が、神秘主義思想の問題であったり、合理的な解釈を社会史的にうらづける必要のある問題であったりするためには、マチウ書のジェジュはあまりに血と肉とが稀薄すぎるのである。マチウの作者がメシア・ジェジュを描くさいにひつようであるとかんがえた点は、第一にその人物が、超人的な能力をもっているものとして描くこと、第二にその人物が、アポカリプスの系列に属する予言書の、予言を実現するにふさわしい行為をする物語をつくること、などであり、このさいヘブライ聖書にあらわれたイスラエル民族の指導者たちの事蹟は、そのままジェジュの物語のなかに、ひき写されねばならなかったのである。

それゆえ、ひき写しの技術の問題に、たかだか作者の思想的な立場からくる創作意識の問題をくわえることによって、マチウ書の奇蹟物語のメカニスムが、すべてあきらかになってくるとすればぼくたちはことさらにジェジュの奇蹟に意味をつけたがる、どんな思想にもゆきつくはずがない。ぼくはむしろ、マチウの作者の造型力の問題という、たかが文学的な技術の問題にゆきつくだけだ。史上屈指の思想家であるほどには、すぐれた文学者であるとは言えなかったマチウ書の作者によってジェジュはどのように造型されていったのであろうか。

たとえば次のような個処に、マチウの作者がジェジュの性格構成のためにのこしておいた手法のあとをたどることができる。マチウ書十二の四六に、「ジェジュが、群衆にかたりかけているおり、かれの母と兄弟とが、かれと話そうとして外にたっていた。誰かがかれにいう。おまえの母と兄弟とが外にいる。そしておまえと話したいと願っている。だがジェジュは、それをかれに言ったものにこたえていう。わたしの母とは誰か。わたしの兄弟とは誰か。」そしてジェジュは弟子どもをさして、自分の母や兄弟とはこれらの者であるという個処がある。ある研究者は、ここにジェジュが家族感情を欠いていた点をみつけ出し、パラノイアの徴候をよみとった。つまり、よくある狂信者の偏執から、思想における、孤独と過剰な自意識を、かならず訪問する（プシュウドエディプス）コムプレックスに至るまでの、すべての異常な精神の徴候のうしろがわに人間の共通な盲点をみつけ出そうとする研究者にとっては、この異様な言葉から家族感情の無視や否定をよみとることは自然であるかも知れないという訳である。勿論この場合にもジェジュの実在性という危険な前提がひつようである。何となれば、若しある物語の主人公が、家族感情を欠いているということならば、それがパラノイアの徴候であろうが、なかろうが、何の意味も持ちえないだろうし、そのさい問題となりうるのは、その主人公が、作者の思想とどのようにつながっているかということだけだろうから。そこで、ぼくはたとえば、マチウ書の主人公ジェジュが家族感情を欠いているように描かれているとき、そこに作者の思想の徴候をよみとるべきではあるまいか、と考えるのである。マチウ書の物語の直接の原型であるマルク書には、やはりほとんどおなじ表現で、ジェジュが母と兄弟とを拒絶したことがかかれているし、その少しまえには、「ジェジュの親類は、ことの起りをきいて、かれを捕えようとしてやってきた。かれらは、かれは気が狂っている。といってである。」という個処がある。作者でさえ気狂いであると言っている主人公に、パラノイアの徴候をみつけたとて何になろう。人間心理のあらゆる異常さと、緊張とに、これほど通じていた作者が、すべて承知のうえで書いているとすれば、尚更のことである。たとえば、これら一連の挿話の原型を、ザカリ書十三の三、「もしなおも予言しようとするものは誰も、その生みの父と母とは、かれに言うだろう。おまえは生きてはならぬ。おまえはエテルネル（ヤウエ）の名において虚偽をかたるから。そして、かれの生みの父と母とは、かれが予言しているとき、刺し殺すだろう。」という個処や、詩篇六九の九、「わたしは、わたしの兄弟には疎遠のひととなり、わたしの母の子には未知のひととなる。」という個処に、もとめるとすればどうか。マチウの作者は、ジェジュの性格構成の原本をもっていたことになり、したがって作者のつきあたっていた問題は、作家が作品をつくりあげる場合につきあたる問題とけっしてちがったものではない。作者は、ヘブライ聖書のなかの、おまえは神の名において虚偽をかたるからという理由で、その骨肉の父母が、予言者をさし殺すというところから、親類が、ジェジュを気狂いだといって捕えにくる物語をつくり、わたしの兄弟には疎遠のひととなり、母の子には未知のひととなるという言葉から、わたしの母とは誰かわたしの兄弟とは誰か、というジェジュの言葉を、思いついたことになる。ジェジュがパラノイアであるとか、ないとかは、何の意味もなさない。むしろパラノイアの徴候は、主人公に、ヘブライ聖書から近親コムプレックスをぬき出してきて、おしかぶせた作者の側にあり、また強いては、原始キリスト教の思想の型のなかになければならない。従って、この個処は、マチウ書十のロギア、つまり原始キリスト教の戦術論をあきらかにした個処と、密接に関連させながら、よまれねばならないと思われる。すなわち、秩序からの重圧、父子や肉親の裏切り、そして苛酷な思想的抗争、のなかで、原始キリスト教が身にそなえた憎悪感と、うちひしがれた心理とが、わが母とは誰か、わが兄弟とは誰か、というような言葉を、思想的にうらづけたのである。マチウの作者によって造型されたジェジュの性格には、苛酷さとアガペ的な愛との分裂、教義的な隣人愛と人間性憎悪との分裂、人間心理の暗さを嗅ぎまわる異常に鋭敏な感覚などが、よくあらわれているが、それは原始キリスト教が絶望的な現実のなかで本能的にそだてきたものの象徴にほかならないと言うことができる。ジェジュは、たしかにヘブライ聖書を種本にしてつくりあげた象徴的人物にちがいないが、その性格は、原始キリスト教の思想的なアンビヴァランスによってうらづけられている。言わば、ここで思想的な表現というものが到達できる最大限の力によって、象徴的な実存が、歴史的な実存へ転換する操作がおこなわれている。誰も思想だけで存在することはできない、ということが信じられるところでは、ジェジュは決して実在することはできない。ジェジュの肉体は四散して、原始キリスト教の思想的骨格のなかに溶解してしまう。ジェジュの肉体というのは決して処女から生れたものではなく、マチウ書の作者の造型力から生れたものだ。ジェジュの肉体を語る一例を引用しようか。マチウ書十三で、「故郷へもどって、かれが教会で説教したところ、それをきいたものはおどろいて言った。かれは、どこで、かかる智慧と奇蹟とにたっしたのか、かれは大工の子ではないか。かれの母は、マリではないか。ジャック、ジョセフ、シモン、ジュドは、かれの兄弟ではないのか。そして、かれの姉妹も、みなわれわれの間にいるのではないか。だから、かれは、何処でこれほどまでになったのか。そして、かれは、かれらにとって、さてつの機会となった。しかし、ジェジュは、かれらにいう。予言者は、故郷や家では、軽蔑されるのだと。そして、かれはかれらの不信によって、ここでは、多くの奇蹟はなさなかった。」という描写が、長いロギアのあとで、ぽつんと孤立しておこなわれているが、この一見すると何でもないような挿話は、ジェジュの肉体を、つまり実在性を、メンタルにささえているじつに確かな描写であると言うことができる。作者の造型力が、架空の教祖への執着によって高鳴ったのである。作者は、自己愛と緊張症とのいりまじった夢想家的なジェジュが、現実のささいな場面にあしをすくわれてつまずくさまをかんがえる。そこには、マチウの作者の、にがい実感がこめられている。人間心理の異様な病理につうじていた、この原始キリスト教最大の思想家は、ここではじめて、愚劣なこじつけを離れて、思想となってばらばらになったジェジュの肉体をくみあわせる。人はたれでも、故郷とか家とかでは、ひとつの生理的、心理的な単位にすぎない。そこでは、いつも已れを、血のつながる生物のひとりとしてしか視ることのできない肉親や血族がいる。已れの卓越性を過信してやまなかったマチウ書の主人公は、むらむらと、近親憎悪がよみがえるのを感ずる。作者の手腕は、この短かい挿話のなかで、それを見事にとらえるのである。言わば、ここには、思想が投影する現実と、生理が投影する現実とのあいだの断層を、あかるみに出そうとする意企があると言えるが、それは原始キリスト教が、人間の実存の条件として、はじめて自覚的にとりあげたものであった。そうして、人間の存在にまつわる永遠の課題が、ここにあるとは言えないまでも、いろいろな型の理想主義的思想がつきあたる、心理的な課題がここにあったのである。

ここから、ジェジュの性格的なアンビヴァランスと、原始キリスト教の思想的なアンビヴァランスとの、深刻なつながりをたずねあてる過程は、ごくわずかである。マチウ書の重要な原本のひとつであるエサイ書五十三につぎのように書かれている。

わたしたちが告知したものを、信じたのはたれであるか。エテルネル（ヤウエ）の腕を識ったのはたれであるか。かれはエテルネルのまえに、弱い草のように、やせた土から生える芽のように、そだつ。かれは、われわれの眼をひきつける美しさも、かがやきもない。そしてかれの様子は、ほとんど、われわれの意にかなわない。かれは、侮蔑され、遺棄される人。かれは苦しみのひと。そして悩みになれている。ひとから顔をそむけられるもののように、われわれはかれをさげすみ、われわれはいつもそうした。だがしかし、かれが負ったのは、われわれの悩みであり、かれが荷ったのは、われわれの苦しみである。そして、われわれはかれを罰せられたもの、神からうたれ、卑められたものとしてかんがえる。しかしかれはわれわれの罪のために傷つき、われわれの不正のためにうちひしがれ、われわれに平安をあたえる罰は、かれのうえにおちる。そしてわれわれがいやされるのは、かれの傷手によってである。われわれは、おのおの固有の路にしたがって、牝羊のようにさまよった。そしてエテルネルは、われわれすべての不正をかれのうえにおとした。かれは虐げられ、圧迫され、と殺場につれられる仔羊のように、毛を刈る者のまえにだまる牡羊のように、決して口をひらかない。かれは決して口をひらかない。かれは苦悩と罰とによって奪われた。そして同時代のたれが、かれが生きている人々の地上から取去られ、またわれわれの民衆の罪のために打たれたことを信じたか。かれの墓碑は悪人のあいだにおかれ、かれの墓所は富者とともにおかれる。かれは決して乱暴せず、その口にすこしも虚偽はなかったが、エテルネルはかれを苦悩によってうちひしぐことをよろこんだ……罪のための犠牲に、かれの生をゆだねたのち、かれは後代を視、またその日々を長からしめるだろう。そしてエテルネルの業は、その手のなかで栄えるだろう。かれの魂の疲労によって、かれの眼ざしはみちたりるだろう。その認識によって、わが正義の奉仕者は、多くのひとびとを正義にいたらしめるだろう。そしてかれは、かれらの不正をになうだろう。わたしがかれを偉大なひとびとに伍せしめるのはそのためである。かれは強大なものとともに、富（成果）をわかちとるだろう。何故なら、かれは、みずからを死者にゆだね、また悪人の数のなかにおかれているからである。かれは多くの人の罪をにない、罪人のためにとりなしたからである。

第二エサイ書のこの個処は、マチウの作者が、ジェジュの処刑とその直前の情況をつくり出すために、根拠として用いた個処であることは、信じまいとしても信ぜざるをえないものであるが、マチウ書のジェジュの性格的なアンビヴァランスは、ここでは、主観が投影する現実と、主体的に存在する現実との、アンビヴァランスとして、おきかえることができる。現実が強く人間の存在を圧すとき、はじめて人間は実存するという意識をもつことができる。ここで人間の存在と、実存の意識とは、するどく背反する。たとえば、侮蔑され、遺棄されるもの、苦悩するものがひとびとの罪を代償として心情のなかに荷っているという描写や、魂の疲労によって、かれの眼はみちたりるというような、被虐的な思考の型のうしろがわには、存在の危機を実存の条件として積極的にとらえようとする意識がはたらいている。原始キリスト教が、後期ユダヤの思想的な遺産から、するどく抽き出してきて、教養のなかに定着させたのはこの思考の型であった。マチウ書のジェジュは、当然この思考の型を性格的に負わされている。ジェジュの近親憎悪の描写は、近親というものが、単に存在する現実として、人間の実存意識と背反するものとしてとらえられている結果である。原始キリスト教は単に存在する現実を、人間の実存の意識と分裂させるために、倫理というものを社会的秩序と対立するものとして把握する。なんとなれば、現実的な秩序というものは、かれらにとって動かすことのできないものとして考えられたからである。ここから現実的に疎外され、侮蔑されても、心情の秩序を支配する可能性はけっしてうばわれるものではないという、一種のするどい観念的な二元論がうまれ、現実的な抑圧から逃れて、心情のなかに安定した秩序をみつけ出そうとする経路がはじまる。このような思想の型がうまれた背後には、外敵の侵入や、ローマ的な秩序からの圧制に悩んだイスラエル民族の苦しい現実的な情況があったにちがいないし、原始キリスト教が、迫害と、ユダヤ教との殺人的な思想的抗争を排除しながら、その教義をうちたてていったのも、そのような情況においてであった。よく知られているように、ユダヤ教がその律法の倫理を社会化することによって、ひとびとの現実の生活を規定していったとき、神にたいする精神の倫理は、しだいに俗化してゆくことは避けられなかった。言わば、信仰という神と人間との関係がそのまま、人間と現実との関係におきかえられてしまう。原始キリスト教は、この精神の倫理の俗化というものを、神と人間との関係と、人間と現実との間の関係との、分裂としてとらえ、そこにかれらのいう精神の王国にたいする悪しき徴候をみつけたのである。このような原始キリスト教の発想は、神、人間、現実、をつよく直結することをゆるさないような、転換期の現実的な情況のもとでしかあらわれないことは言うまでもない。かれらは、神と人間、人間と現実、のあいだの関係を、するどく、対極的に分離し、それが和解することのない関係であることを、えぐり出してくる。原始キリスト教は、ここでユダヤ教における律法の社会化された倫理を無視して、神と人間とのあいだの、いわば心情の律法とも言うべきものを撰択し、拡大していった。現実にたいする心情のメカニスムの複雑化、または倒錯というような、原始キリスト教義の心理的特徴は、その必然的な結果であり、これは、かれらが現実から迫害されることによって、身につけた心理的コムプレックスによってささえられたのである。

マチウ書十六で、作者ははじめてジェジュの死のプランをあきらかにしている。シモン・ピエルはジェジュに、あなたはメシアであり、生きた神の子だと言う。ジェジュは自分がエルサレムにゆき、長老や祭司長や律法学者から多くの苦しみをうけ、殺され、三日目に蘇生することを弟子達に語る。マチウの作者は、すでに十二の四〇で、ヨナ書のヨナの寓話をかりて、「それゆえヨナが、三日三夜大魚の腹中にあったように、人の子は三日三夜地中にあるだろう。」と注意ぶかい伏線をしいているが、作者の物語構成の技術は、けっして巧みであるとは言えない。十七章ではすぐに、モイズとエリとの亡霊が、ジェジュと対話しながら弟子たちにあらわれたと書いて、そのあとで、かがやく雲が、かれらをおおい、雲のなかから、これはわたしの愛する子であり、わたしがまったき慈愛をそそぐものだ。かれに耳をかたむけよ。とひとつの声が語る。と書いて、ジェジュがメシアであることを、メシア再臨の教義といっしょにあきらかにしている。マチウの作者は、メシア教義を、ダニエル書からジャンのアポカリプスにいたる黙示書と関連させて、マチウ書のなかにはめこんだことが判るが、ジェジュの復活物語が、どんなに粗雑なものであるとしても、それをあたかも実在の人物のように描いてきた、ジェジュの死後につけくわえるためには、アポカリプスの系列にたいする作者の特別な関心がなければならないはずである。周知のように、原始キリスト教は、ただひとつの黙示書、ジャンのアポカリプスをもっている。ところで、ジャンのアポカリプスは、ヘブライ聖書のなかの黙示書と対照させて読んでゆくと、その構成が意企的であり、複合的であり、そこから感じとられるものはマチウ書の印象と酷似している。急転して描かれているマチウ書の、ジェジュの死と復活の物語を解析してゆくまえに、ジャンのアポカリプスの性格について、触れておこうと思う。ジャンのアポカリプスのうち、もともとそのような形であったのは、大凡十四章から、十八章にわたるわずかな個処であると思う。語学の関係で、文体論的に照明をあててみせるわけにはいかないが、ほとんど、とってつけたような黙示的な幻影と、諸教会への脅迫とで、出来あがっているジャンのアポカリプスは、十四章あたりから突然みごとなイメージを、コンパクトな文体で展開しはじめる。これは十八章あたりまでつづくが、それからはまた、ちぐはぐな印象しか与えなくなる。ドレウスにならい推理の順序をしめせば、つぎのようになる。

ダニエル書にはじまる黙示書にひとつの系譜をかんがえて、ここに、ザカリ書のような部分的な黙示書とおなじ性格の外典を、ひとつ仮定する。それは当然、ユダヤ教に属すべき原典である。原始キリスト教は、その黙示的な外典に、キリスト教的な手を加える。メシアの死と再臨の教義、および、教義的な偏向になやむ諸教会への脅迫とげきれいは、キリスト教のつけくわえたものである。ヘブライ聖書のなかの黙示書、たとえばダニエル書にくらべて、ジャンのアポカリプスにおける黙示の意味が、はるかに目的意識を感じさせ、現実的な意企をしめしているのはそのためである。ジャンのアポカリプスで、メシア・ジェジュはどのように出現したか。

わたしは、わたしに語りかける声を知ろうとして、ふりかえった。ふりかえってみると、七つの黄金の燭台があり、燭台のあいだに長い法衣をまとい、胸に黄金の帯をした人の子のような者をみた。かれの頭の髪の毛は、羊毛のように、雪のように白く、かれの眼は、火焰のようであり、かれの足は、炉で焼かれたように、あかい青銅に似ていた。そして、かれの声は大きな流れの声のようであった。かれは、右の手に、七つの星をもち、その口から、鋭い両刃の剣がでて、その顔は、はげしく照りつけている太陽のようであった。わたしはそれをみたとき、死人のようにかれの足下に伏した。かれは、わたしに右の手をおいて、言う。おそれるな。わたしは最初のものであり、そして最後のものであり、生きているものだ。わたしは死んだのだが、かくて世々に生きるものだ……

このジャンのアポカリプスにでてくるメシア・ジェジュが、マチウ書のジェジュと似ても似つかぬ異形であることは、言うまでもないことだが、アポカリプスの著者はこれを、どこから考えついたのだろうか。七つの燭台というのは、ザカリ書四の二、「わたしはこたえる。わたしがみると、総黄金づくりの燭台がひとつあり、そのうえにひとつの皿と七つのランプがささえられ、燭台の頂きにあるランプには、七つの管がついている。」からヒントをえたし、また、人の子のような者の様態は、ダニエル書十の五、「わたしは眼をあげて、みた。そこには亜麻布をつけたひとりの人がいて、腰にウパズの黄金の帯をしめていた。かれの肉体は貴橄欖石のようであり、かれの顔は、いなづまのようにかがやき、かれの眼は火焰のようであり、その腕と足は、みがいた青銅のようであり、かれの音声は、群衆のようであった。」という個処が原典である。ジャンのアポカリプスで、人の子が炉で焼かれて赤くなった青銅であり、その声は大きな流れの響きのようであり、ダニエル書では、腕と足は、みがかれた青銅であり、その声は、群衆のようであったとして、そこに違った発想の原型を考えあわせることは難しい。また、エサイ書四一の四、「わたしはエテルネル（ヤウエ）だ。最初のものであり、最後のときまでおなじくあるものだ。」という個処を知っているものは、ジャンのアポカリプスの著者がエサイ書で、神ヤウエにつけられた形容を、そのままメシア・ジェジュにつけたことを知るとともに、そこに著者の意識的な努力さえ感じとることが出来るだろう。メシア宗としての原始キリスト教の懸命な教義的な努力をのぞいたら、ジャンのアポカリプスの黙示的な意味は無くなってしまい、ただヘブライ聖書のなかの黙示書の幻影をかり集めてくみたてられたいくつかの幻影の描写が、形骸として残されるだけである。それ故、ジャンのアポカリプスの読者は、つぎのような臆測をはたらかせることが自然である。マルク書、マチウ書をはじめとする福音書にえがかれているジェジュが、ヘブライ聖書のなかのイスラエル民族の指導者の人間像と物語の断片からつくられているように、ジャンのアポカリプスにあらわれるジェジュは、ダニエル書、ザカリ書をはじめとする黙示文学にあらわれたメシア像を掻きあつめてつくられていて、その構成はまったくおなじ型によっている。

原始キリスト教は、おそらく意識的に、ジャンのアポカリプスを新約書の最後においたにちがいないが、これはヘブライ聖書のなかで、黙示文学が、虜囚時代以後の比較的後期につくられたものであることに、なぞらえて配列されたとかんがえられる。常識はこの配列を拒否する。

ジャンのアポカリプスは、新約のはじめにおかれねばならない。さきにも指摘したとおり、ダニエル書、ザカリ書にでてくる黙示的な幻影は、それぞれ固有の内容と表示をもっているが、ジャンのアポカリプスにでてくる幻影が、ヘブライ聖書中の黙示書と重複していることは、人の子の様相だけについても明らかである。例えば、四章の四つの生きものは、ダニエル書七からとってきたものだし、五章の巻物は、ザカリ書五からとってきたものだ。白い馬、赤い馬、黒い馬、のでてくる六章は、ザカリ書一に該当している。

かくて、ジャンのアポカリプスにのこされているのが、マチウ書と同じ型の、原始キリスト教の思想だけであることがわかり、そこには、人間の心情の奥にひそむ恐怖に呼びかける響きを感じとることができる。ヘブライ聖書のなかで、黙示が、神意の伝達という意味でつかわれているのにたいし、ジャンのアポカリプスは、諸教会への脅迫と、メシア再臨の教義とを、人間から人間への執念ぶかい伝達の形式で、いくたびも繰返していて、読者は一種の戦慄を感じざるを得ないほどである。人間性の自然さを、これほどまでに裏がえすことのできた、イスラエル民族の特異な神話から、何を読みとったらいいのか、よくわからないが、とにかく、メシア再臨の信仰が、ユダヤ教の律法学者たちによって信ぜられ、流布されていた、そういう熱っぽい風潮のなかで、原始キリスト教の天才たちは、メシア・ジェジュの事蹟と、性格についての物語を、懸命につくりあげていったのである。マチウ書にしろ、ジャンのアポカリプスにしろ、それが、文学として一流のものであるかどうかは疑わしい。だが、作者は、すくなくとも、現実の動きを見とおすことによって、そこから観念の秩序をつくりあげることのできた、生々しい思想家であったことは確かである。

ジェジュは、一流の思想家であるほどには、文学者でないマチウ書の作者によって、アポカリプスから連れ出されて、死への最後のコースをたどることになる。

マチウ書廿一で、ジェジュはオリヴィエ山のほとりベトパゲにおいて、ザカリ書九の九、「シオンの娘よ、狂喜せよ。エルサレムの娘よ、悦びの声をあげよ。おまえの王がおまえにやってくる。かれは正義であり、且つ誇らかである。かれは謙虚であり、驢馬にのっている。驢馬にのっている。牝驢馬の子に。」になぞらえて、驢馬を徴発してくることを弟子たちに命ずる。作者はここで、ザカリ書のこの個処を、「シオンの娘に告げよ。おまえの王がおまえにやってくる。優しさにあふれ、驢馬にのっている。驢馬にのっている。牝驢馬の子に。」というように、言葉を変えて引用し、この予約を実現するために、ジェジュは、驢馬を徴発する行為を命じなければならないことを註釈している。ジェジュが驢馬にのって、エルサレムにむかうと、群衆の多くは、路にかれらの衣をひろげ、あるものは、樹の枝をきって路に撒きちらす。これは列王第二書九の十三、「すなわち、かれらはおのおの衣をとって階段のうえ、ジェヒウのしたにおき、ラッパを吹いて、ジェヒウは王であると言った。」という所からとられたものであるが、ジェヒウは王であるという言葉のかわりに、「ダヴィドの子に讃美を！　主の名においてきたものに幸あれ！　至高のところにあって讃美を！」という言葉を群衆に言わせている。「ジェジュは、神殿にはいる。そして神殿のなかで、売買するものたちを追払い、両替屋の板、鴿を売るものの椅子をひっくりかえして言う。わが家は祈りの家と呼ばれるだろうと書かれている。それなのにどうか。諸君は盗人の巣窟にしようとしている。」と、マチウ書はつづけてジェジュの異常な行為をえがいている。エジプトよりの脱出記卅二の十九・二十、「かれ（モイズ）がキャンプに近づいたとき、仔牛と、ダンスをしている人々と、をみた。モイズは、むらむらと瞋りがこみあげて、手から板を投げつけて、山のすそにうち砕いた。かれらが育てた仔牛をとって、火に焼き、粉にして、この粉を水の面にふりまき、イスラエルの子らに飲ませた。」という個処になぞらえてこのジェジュの神殿における異常な行為は作られている。従ってこれは、ジェジュの性格をも示さなければ、ジェジュの信仰の強烈さをも示さない。脱出記のモイズの物語から、意識の因果的な連鎖を無視してとられたために、読者の側から感じられる唐突さであると言える。たかだか、物語構成上の技巧の問題にすぎない個処から、ぼくたちに、どんな象徴が読みとれるだろう。メシア観によってつくりあげられた物語の主人公であるが、決して人間の思想の歴史のなかに、証拠をのこした人物ではない。
周知のように、マチウ書の廿三章には、パリサイ派の律法学者にたいするジェジュの非難という名目で、原始キリスト教のユダヤ教派にたいする批判が、ほとんど骨肉的な憎悪をこめて述べられている。非情な、メカニカルな言葉で、批判というものの極限が、はっきりと生理的とでも言いたいようなすがたであらわれている。と、読者はそのなかにつぎのような転調をきくことが出来ることを知っている。

エルサレムよ、エルサレム、予言者たちを殺し、派遣されたものを石でうち殺すものよ。牝どりがそのひなをつばさの下にあつめるように、いくたびわたしは、おまえの子らをあつめようとしたろう。だがおまえたちはそれを欲しなかったのだ！

ドレウスの『キリスト神話』によればユダヤの歴史家ヨセフスの紀元九〇年ころの著書、『古代史』のなかに、つぎのような個処がある。

それはローマの代官の前で行われたアナヌスの子イエスの拷問の件である。逾越節にエルサレムへ来たこの男は、丁度福音書のイエスが、エルサレムについて嘆声を発したと同様に、エルサレムを嘆く悲痛の叫を、街々に響き渡らせた。捕えられて、拷問に依って骨まで肉が裂け爛れても、憐憫を乞わず、また福音書のイエスと同じく、彼を苦しめる者を呪いもせず、流石の代官もこれを気狂い沙汰と考えて、ついに彼を放免した。だがそれから間もなくこの気狂いイエスは、エルサレム籠城中のローマ人に殺されてしまった。

ドレウスによれば、この引用した個処がマルク書や、マチウ書のなかの、ジェジュのたったひとつのモデルである。ぼくたちは、ジェジュをひとりの無名の狂信者のなかに見出そうとする推理の方法に習わされてきているが、これは逆かもしれぬ。ヨセフスの古代史のなかのひとりの狂信者は、恐らく、当時のユダヤにおける無数の宗教的な熱狂と、現実的な混迷とを象徴している。こういう風潮のなかで、無数にうまれた狂信者の記録から、原始キリスト教が、その教祖の実像をつくりあげるためのモデルをえらんだのかもしれない。それゆえ、ジェジュはつくりあげられたのである。ジェジュはひとりの無名の思想家の記録から、ジェジュはつくりあげられたのである。マチウ書のなかで、読むに耐えるほどの章句にぶつかったら、それは一応、原典があると疑って大過ないとおもわれるが、マチウ書廿三のおわりにちかく、とつぜんあらわれるエルサレムへの嘆きの結滞のない流露は、マチウ書のなかでは、尊重されていいものだ。もしこのエルサレムへの嘆きのうしろに、紀元九〇年ころのユダヤの歴史家に記録された、ひとりの熱狂的な思想家がいるとすればなおさらである。

マチウ書はすぐそのあとで、原始キリスト教の根本的な理念であるメシア再臨と審判の教義をのべているが、これはアポカリプスを俗化したものである。ジェジュはあと死ぬだけである。よく知られているように、ジェジュの死は、ジュドの裏切りによって媒介される。人間心理の陰惨さに通じていた原始キリスト教は、迫害からくる被害感によって、裏切りの暗い心理をよく知っていて、それをジュドという架空の人物に負わせる。ぼくは、ジェジュを裏切るジュドの心理のなかに、人間の負わされている秩序からの被害心理をよみとり、それを造型化しようとする文学者の、甘ったれた根性を信じない。ジュドという人物はユダヤ教の象徴であり、マチウの作者の真意は、まず何よりも、原始キリスト教を迫害し、秩序にうりわたしたユダヤ教という周知の公式を造型することであった。原始キリスト教と、ユダヤ教との殺人的反目と相剋とを歴史的に理解しないかぎり、マチウの作者が、ジュドという人物に負わせた役割はけっして理解できない。

ジェジュは、エサイ書五三の言葉を立証せねばならない義務があるかのように、「わたしの魂はかなしくて死にそうだ」などと言い、それから捕えられる。マチウ書の、ジェジュの処刑の描写には、エサイ書五三を心棒として、伝承の衣がきせられる。ドレウスによれば、当時、「ヘロデ王の孫に当るユダヤ王アグリッパを嘲けるために気の狂った貧乏なカラバスという名の男に、紙製の冠を被らせ、笏を持たせ、王様のようなマントを着せてアレクサンドリアの街中を練り歩いたというのである。」ついで、ドレウスは書いている。「これはきっと、フレイザーやロバートスンが忖度するように、古い祭の習わしではあるまいか。カラバスというのは、どうやらバラバスの書き誤りらしく思われる。」と。

マチウ書は、ローマのユダヤ総督が、「おまえはユダヤ人の王であるか。」と問うのにたいし、ジェジュが、「おまえの言うとおりだ。」とこたえたと書いている。つづいて、二七の一五に、「祭ごとに総督は群衆の要求するひとりの囚人を釈放する習しがあった。」と書き、「かれらは有名なバラバスというひとりの囚人をもっていた。」と書いている。マチウ書によれば、総督は群衆に、ジェジュを赦すか、バラバスを赦すかと問い、群衆はバラバスを赦せとこたえる。ジェジュは十字架にかけられる。マチウの作者はこの当時の伝承的祭礼の習わしを、そのままジェジュの処刑物語にあてはめて構成した。ジェジュとは、バラバスのことであり、バラバスとは祭礼の立役者である。

マチウの作者は、ここでも、キリスト教を迫害するユダヤ教という、手なれた公式を、憎悪をこめた発想によって、この伝承のなかへ封じこめる。ローマのユダヤ総督は、群衆のまえで手をあらって言う。「わたしは、この正義の人の血について関知しない。おまえたちのせいである。」と。人々はこたえる。「かれの血が、われわれと、われわれの子孫の責にきしてたまるものか。」

総督によって象徴されるローマ的秩序と、群衆によって象徴されるヘブライ的秩序とは、原始キリスト教の憎悪の造型によって脅迫されている。ニーチェを、かんかんに瞋らせたキリスト教的な発想の根源というものであろう。血とか、契約とかいう言葉で、あの素朴なユダヤ教の倫理、神から生活のなかへおりてきた倫理とは全くちがった陰惨な内容を象徴させたのは、原始キリスト教のソシャル・コムプレックスにほかならない。

十字架にかけられたジェジュは、息たえるにあたって、「Eli Eli lama sabachthani?」という。「わが神、わが神、おまえはなぜわたしをすてたのか。」と。詩篇二十二の「暁の鹿」の曲にのせて唱人の長にうたわせたダヴィドの詩である。マチウの作者が、死に絶えるジェジュに、詩篇のなかのダヴィドの言葉を吐かせたのは、如何にも原始キリスト教のうった、大芝居にふさわしい幕切れである。マチウ書は、ヘブライ聖書から最後の引用をえて、その主人公を死なせる。ジェジュが死にあたって暗誦していたヘブライ聖書の文句を想いおこして口にしたのだと言った類の、神学者たちの解釈は不必要である。すべて信仰によることとは悪ではあるまいかとさえ考える。それは人間の思考をでなく、思考の意味を奪うからである。ヘブライ聖書を縦横に引用し、また人物構成の素材としてこなしうるほど暗誦していたのは、ジェジュという教祖ではなく、それを創作した作者だ。

マチウ書には、ジェジュの死のあとに、復活物語がつけくわえられているが、それは当時のメシア再臨の信仰（すなわち、原始キリスト教の根本理念）にのっとって、ダニエル書六の十七から廿四にわたる獅子の穴に封じこめられたダニエルが、無傷のまま、穴から出られたという物語をヒントとしてつくられたものだ。ぼくたちはもう、ジェジュのロギアという名目で、マチウ書のなかにばら撒かれている原始キリスト教の思想的箴言にたちむかうべきであろう。

2

バプティスト・ジャンからヨルダン河で洗礼をうけたのち、ジェジュは十誡をさずけられるときのモイズ（エジプトよりの脱出記三四の二八）にならって、四十日四十夜荒野にみちびかれる。マチウ書の直接の原型であるマルク書はここを、「かくて精霊はジェジュを荒野に追いやった。そこで彼は四十日を過しサタンに試みられた。」とかいているだけだから、四章のジェジュと悪魔との問答はマチウ書に特有なものである。ジョブ記からヒントを得たとされるこのジェジュと悪魔との問答は、三福音書のうち教理的な匂いのするただひとつの個処であると言うことができる。ヘブライ的な色彩より、むしろ、ギリシア的な色彩にちかいから、後に挿入されたものかも知れないが、とにかくこの曖昧な問答は、分析してゆくと意外に重要な問題を暗示しているように思われる。

周知のように、ドストエフスキイは『カラマゾフの兄弟』のなかで、イヴァン・カラマゾフの劇詩「大審問官」の形式をかりて、ジェジュの悪魔との問答から重要な思想をみちびき出した。イヴァンの独白は、ちょうどドストエフスキイの思想を裏がわからあきらかにしているが、これをたどってゆけばつぎのようになる。マチウ書の悪魔の三つの問いのなかには、人間の未来の全歴史が完全なる一箇のものとなって凝結している上に、地上に於ける人間性の歴史的矛盾を悉く包含した三つの形態が現われている。つまり、大審問官の口をつうじて語られるこの曖昧な総括から、ドストエフスキイの考えを早急にぬき出してみると、ドストエフスキイはどうやらジェジュと悪魔との問答に、人間性のなかの、絶対と相対との絶えまない葛藤を象徴させ、そこから時代にたいする（彼のいうロシアの現実にたいする）彼の思想を描き出そうとしたように思われる。第一に、彼はこのジェジュの悪魔との問答に、キリスト教の全歴史を封じこめ、凝結させてみる。ジェジュは原始キリスト教の象徴であり、悪魔は、相対性に左右されて動く人間性の諸問題を象徴している。

ドストエフスキイによれば、原始キリスト教の重要な思想のひとつである神との直結性の意識を、人間の絶対的な内面の倫理と結びつけて考える考え方が、時代とともに、現実の秩序という恐るべき壁にぶつかって、つぎつぎに変貌し、堕落し、キリスト教が、教権というバベルの塔をきずくことによって、人間と神との間に関門のように立ちふさがったとき、マチウ書のなかの悪魔の問いは真理として実現されたことになると考える。悪魔の問いは、人間のぬき難い心理的現実を確実にふまえて立ちむかうが、ジェジュの答えは、神と直結しているという意識によって辛うじてささえられている架空の幻にすぎない。ローマ・カトリシズムは、たしかに幻をすてて、悪魔の問いの原則のうえに人間性を支配していったのであり、ジェジュの答えは、完全にふみにじられたのではないか。ドストエフスキイは、イヴァン・カラマゾフの口を藉りて、劇詩「大審問官」の舞台、十五世紀のスペイン、セヴリヤに、ジェジュは、こっそりと人知れず姿をあらわすと書いている。イヴァンは聴き手アリョーシャにいう。「人々は――不思議なことに――キリストだと直ぐに感づいてしまう。ここが僕の劇詩の中で優れた部分の一つなんだ――つまり、どうして人々がそれを感づくかというところがさ。」ここで、ドストエフスキイの言いたかったことは何か。悪魔の問いの原則のうえに、うち立てられた教権の秩序のもとでは、ジェジュに象徴される神との直結性の倫理が、しいたげられた、和解しがたい姿であらわれねばならない筈だと、ドストエフスキイは言いたかったのである。人々は、こっそりおとずれたキリストを、それと感づいてしまう。若し神との直結性の倫理が、動揺する人間性をとらえることがありうるならば、それは既に、こっそりと感づくという仕方でしかやってくるはずがない。

知ってのとおり、イヴァン・カラマゾフは、僕の劇詩の中で優れた部分の一つだと言いながら、人々がキリストを感づいてしまうという意味ありげな独白について、何ひとつ註釈をつけくわえていない。註釈は、「大審問官」の全体がやってのけていると考えられるとすれば、それを解きあかすには、このジェジュと悪魔との問答をめぐって展開されるドストエフスキイの論理を注意ぶかくたどってゆくより仕方がないのである。マチウ書のなかのジェジュと悪魔との問答の個処は、あまり信用のおけない個処のひとつであるが、ドストエフスキイが、ここから思想的ドラマを構成するにふさわしい素材をみつけ出したと考えればよいであろう。もとより、ドストエフスキイが、「大審問官」によってあきらかにしたものは、マチウ書にあらわれた原始キリスト教の思想とは何の関係もないもので、かれはここで、人間の自律性とは何か、自由とは何かという問題を、かれ自身の思想の裏をもちいて展開したのに外ならない。
飢えたジェジュにたいする悪魔の第一の試問は、「若しおまえが神の子なら、この石ころがパンになるように命ぜよ。」というのである。ジェジュはこたえる。「人間はパンだけで生きるものではなく、むしろ神の口から出るすべての言葉によって生きるだろうと記されている。」この問いも、この答えも難かしい。すくなくとも、ここに原始キリスト教の思想的な特徴をよみとろうとすることは絶望であろう。むしろ、ここにはギリシア的思考の影響の下にあった後期ユダヤ教の思想があると考えたほうがよいかも知れないと思う。ただ、この特徴のない教理問答からも、原始キリスト教の神にたいする関係をつかみ出すことが出来るだろうし、ニーチェの所謂、小さな不徳について大騒ぎをやらかす信心深い侏儒共のドラマを読むものは、先ずこのジェジュと悪魔との問答をさけて通り過ぎるわけにはいかない。ドストエフスキイによれば、この悪魔の問いはつぎのようになる。

お前は世の中へ行こうとしている。しかも自由の約束とやらを持ったきりで、空手で出かけようとしている。しかし、生来単純で粗野な人間は、その約束の意味を悟ることができないで、かえって怖れている。なぜなら、人間や人間社会にとって自由ほど堪え難いものは他にないからである！このむき出しになって焼け果てた荒野の石を見よ。もしお前がこの石を、パンに変えることが出来たら、人類は上品で従順な羊の群れのように、お前の後を追うだろう。そしてお前が手を引いてパンを呉れなくなりはせぬかと、そのことばかりを気遣って絶えず戦々兢々としておるに違いないぞ。

ドストエフスキイのこの解釈は、まるで見当はずれのように思われるが、実は、はっきりと原始キリスト教の思想的特徴をふまえたうえで、神との直結性の倫理と、人間の生きるために踏まねばならぬ現実と、の重さを比較し、その何れをとるかを撰択せねばならない。あいまいな態度は存在し得るものではないぞ。という悪魔の問いの本質をつかまえている。だが、ぼくは別の解釈の方向をたどり、原始キリスト教の思想的特徴へゆきつこうと思う。それがぼくの目的だから。

悪魔の第一の問いは、「おまえは精霊にみちびかれて荒野にきたのだという。おまえは神の愛しむ子であるそうだ。おまえの神がどんな神であるのか知らないが、おまえの行為はきっと神によって保証されているにちがいない。いまのところ、保証のあるところにしか神を認めるわけにはいかないから。おまえは、四十日、四十夜、断食して飢えている。おまえが若し神の子ならこの荒野の石ころをパンに代えて食べてはどうか。」

悪魔の第一の問いによって、マチウ書の作者が提出したかったのは、神と人間とはどのようにつながっているかということについての、原始キリスト教の見解である。

悪魔はまずそれをジェジュに問いつめるにあたって、人間が生きるために必要な条件をことさらに、眼のまえにつきつけてみせる。

マチウの作者によれば、ジェジュが荒野へきて、四十日、四十夜、断食したのは、自分が神と直結していることを信じたからである。この場合、断食というのは、原始キリスト教の修験の方法を意味しているよりも、人間が生きるために必要な条件を断ちきろうとする意志を象徴している。それ故に、ジェジュは、自分と神とが直結しているという意識の代償として、人間の現実的な条理を捨てさったのである。ジェジュは、このとき、生を現実につなぎとめることではなくて、神と己れとの直結性の意識を撰択する。若し生きることよりも、神と直結している意識のほうが重要であると言うならば、当然、悪魔の第一の問いにこたえる義務がある。何となればジェジュよ。おまえは現に飢えている意識を否定することはできないだろうから。悪魔の問いはそこを鋭く衝くことになる。ジェジュは、たしかに、四十日、四十夜、断食して飢えたのであり、飢えるということが回避できないかぎり、悪魔によればそれは人間の現実的な条理が捨てきれなかったと同然である。それならば、ジェジュの撰択——生の条件よりも神との直結性の意識をえらぶという——は、はじめから不条理ではないか。ジェジュの撰択のもっている不条理が是認されるためにはたったひとつ、荒野の石ころをパンに代えるという、人間にとって不条理であり、神にとって、条理であるところの奇蹟というものが、ぜったいに必要である。悪魔は、ジェジュに、己れの撰択の代償としてそれを要求する。

ところで、ジェジュにとっては、荒野の石ころをパンに代えるということは、神と己れとの直結性の意識を捨てよということと同じだ。何となれば、荒野の石ころをパンに代えることが、倫理的タブーとして信じられたから、四十日、四十夜、断食したのだから。言わば、悪魔の問いは、ジェジュにとって、己れが神と直結しているという意識を捨てて、しかも神と直結している証しをみせよ、ということにひとしい。これは不可能だ。不可能であることのなかに、原始キリスト教の、神と人間との関係がなければならぬ。ジェジュは、当然、この悪魔の問いを拒否する。しかも、不可能である理由をしめさなければならない。ジェジュはこたえる。

「人間はパンだけで生きるものではなく、むしろ神の口から出るすべての言葉によって生きるだろうと記されている。」と。

この答えは、たいせつであり、原始キリスト教の思想的な精髄を、非ヘブライ的ないいかたでつくしていると言っても過言ではない。だがこの答えが、悪魔の問いにたいして、何もこたえていないことはあきらかだ。ただ、きっぱりと、悪魔の問いによって象徴されている人間の生存に必要な条件と和解するつもりはないということを言い切っているようだ。悪魔の問いの意味は、人間が生を現実につないでいる限り、決して消えてしまわない。ジェジュのこたえの意味も、まったくおなじ理由で、なくならない。もし、神の口というのを、理神論的にうけとるならばだ。

ドストエフスキイが、イヴァンの劇詩、「大審問官」でとりあげたのはこの点であった。

ドストエフスキイは、このジェジュの答えによって、原始キリスト教が奇蹟と神秘とを拒絶したものであると考える。そうすると、神の口より出るすべての言葉によって生きるというのは、人間性の自律によって、言わば、自由な、しかも本質的な生の意識それ自体によって生きるということに外ならない。ドストエフスキイはここから、地上のパンと、人間性の自律という、決して和解しそうもない二つのものの対立として、マチウ書のジェジュと悪魔との問答を解釈し、それによって、革命前夜のロシアの現実について、かれがそうであると信じた見解を象徴してみせたのである。

人間はパンだけで生きるものではなく、と言ったとき、原始キリスト教は、人間が生きてゆくために欠くことのできない現実的な条件のほかに、より高次な生の意味が存在していることをほのめかしたのではない。実は、逆に、人間が生きるためにぜひとも必要な現実的な条件が、奪うことのできないものであることを認めたのである。つまり、悪魔の問いがよって立っている根拠をくつがえしたのではなく、かえって、それがくつがえし得ない強固な条理であることを認めたのである。だが、原始キリスト教の立っている条理は全く別だと、マチウの作者は言っているのだ。即ち、「むしろ神の口から出るすべての言葉によって生きるだろう。」と。

生きるとは何か、神とは何か。そして神の口から出るすべての言葉によって生きるとは、どのような、神と人間との関係を象徴しているのか。この問答には、さきにも触れたように、原始キリスト教を、後期ユダヤ教と区別するに足りるほどの思想的な特徴がないことは、ここまで追いつめてくるとはっきりするが、それでも、つぎのような考察をすすめることが出来るだろう。

後期ユダヤ教の概念によると、人間が生きることの倫理的な意味は、神からさずけられた律法によって規定されている。この規定は内面的な規定でもあり、また社会倫理的な規定でもある。神の口から出るすべての言葉によって生きるというのは、ユダヤ教の概念では神からさずけられた律法にしたがって生きるということに外ならない。それゆえ、人間が生きることの倫理的な意味は、この神からきた律法に如何にそむかないで生きうるかということにかかっている。このユダヤ教の理念は、原始キリスト教が非難するほど下らないものではない。そこには古代人がどのように自然に、信仰と社会倫理とを一致させたところで生の意味を考えたかがよくあらわされている。原始キリスト教は、ジェジュの口を藉りて、これを形式主義だとしているけれど、この非難は本質的なところを衝きえていない。マチウ書のなかで、原始キリスト教とは、神の口から出る言葉によって生きるということから、社会倫理的な意味をまったく奪い、観念化し、それを現実的な人間の生きる条件（パンによって生きるという言葉で象徴されている）と鋭く対立させる。したがって、神の口から出るすべての言葉によって生きるというのは、人間の現実的な条件とは別なところで、神の倫理を自立させ、ほとんど、人間の生きることの意味を現実的なもの一切から隔離してしまうことにちがいなかった。

原始キリスト教が、ユダヤ教にたいして憎悪を抱いたのは、ユダヤ教が律法を人間の生きることの意味と調和させ、そこに現実的な社会倫理をうちたてることで、現実と信仰とを一元化していることが癪にさわってしかたがなかったからだ。

マチウ書のジェジュは、当然、悪魔の問いをうち砕くことは出来ない。ただ原始キリスト教の観念的二元論を強調して、われわれは別の価値感にしたがって生きると、こたえただけである。ここに原始キリスト教の思想的な精髄がある。すくなくとも、現実的な秩序から圧迫され、疎外されたものが、心情のなかに逃亡しようとするとき、この原始キリスト教がこしらえ上げた思想の型をのがれることは不可能である。マチウ書以後、人間の実存の意味づけは、現実から心情のなかに移される。これは危険な誘惑である。現実の意味が弱められて受感されるとき、人はたれでも悪魔の問いにたいするジェジュのこたえが強く印象されることを知っている。たとえ神の口という言葉を用いることを嫌悪しようともだ。

当時、おのれの未開の封土で、人間の生の自然性が倫理性にとってかわられ、民族の自然神が倫理神にかえられ、現実と観念とを鋭く分離することによって、人間の実存の意識を意味づけようとする思想が生れつつあったことを、ローマ帝国の思想家たちは理解することができなかったであろう。イスラエル民族の神ヤウエが何故その自然性を喪うようになったかについて、ニーチェは内の無政府状態と外からのアッシリヤ人の圧迫という、現実的な危機意識の要素をあげているが、すくなくとも、ユダヤ教のラビ達が、人間の生の至福の状態をヤウエの恩寵とかんがえ、生の不遇の状態をヤウエの罰であるという風に結びつけたとき、神は倫理神への転換をうけ、人間の生の意味と関係づけられるに至った。

この神と人間との関係づけは、原始キリスト教によってさらに徹底せしめられた。生の至福とか、不遇とかいうのは意味をなさない。それはすべてパンによって生きるところにしか存在しないことである。若し人間がその生の意味を現実につなぐことを拒絶して、心情の世界におくならば、ヤウエの恩寵も罰も、すべて心情の世界の出来ごとであり、人間は第二エサイ書（五三）の予言者のような現実的なすがたで、神の恩寵をうけることが出来ると。原始キリスト教は、ほとんど倒錯心理との微妙なたすけあいのもとに、その教義を完成していった。すくなくとも、心情の王国を是とするかぎり、ゆきつく果てまではゆきついたのである。

悪魔はつぎにジェジュを聖なる街へはこんでゆき、神殿の頂きにおいて言う。「若しおまえが神の子なら、下のほうへ身を投げよ。なぜなら、『おまえのために天使たちに命令を与えるだろう。そしてかれらはおまえの腕をささえ、おまえの足を石に打ちあてることのないようにする。』と記されている。」と。

ジェジュは悪魔に言う。「また、主であるおまえの神を試みてはならないとも記されている。」と。ドストエフスキイは、イヴァン・カラマゾフの口を藉りて、ジェジュがここで人間の自由な信仰というものを、奇蹟にうりわたしたくなかったのであると言わせている。人間を奇蹟の奴隷にすることによって、人間の心に奴隷的な歓喜を呼びおこしたくなかったのだと。つづけて、だが人間は、はるかに下らなく出来ていて、神よりも奇跡を欲し、自由な信仰よりも奴隷的な従属を欲するように出来ている、とイヴァンのあやつり人形「大審問官」は語る。ここから、独りで走るドストエフスキイの論理は、奇蹟と神秘と教権によって、心情と現実の王国をふたつながら支配していったローマ・カトリシズムにたいする苦々しい感情につらぬかれている。またしても悪魔の試みのうえにバベルの塔をきずいたのは、ローマ・カトリシズム自身ではないかと言いたかったのである。勿論、ドストエフスキイの論理の裏では、ロシアの現実の浅瀬をわたる革命的思想家たちへの近親嫌悪が二重うつしとなって絶えず存在していたことはたしかである。悪魔の第二の問いは、第一の問いとおなじだ。何よりもこの問いには、倫理性そのものの問題が欠けている。ジェジュはこんどは、はっきりとそれを指摘する。「主であるおまえの神を試みてはならないとも記されている。」と。神殿から身を投げるという行為には、ひとかけらの倫理的な動機もない。もしジェジュが悪魔の試みのままに身を投げれば、たとえ天使にささえられて生きるとしても、神と直結している意識のなかに、人間の生の倫理的な意味をみつけようとする原始キリスト教の教義は石に砕かれてなくなってしまうだろう。これは無意味な行為だ。マチウ書は、ジェジュが死者を蘇えらせ、病者を治療し、パンをふやすというような奇蹟を熱心に描いているが、かならず信仰とひきかえに奇蹟が成立することを、忘れずに書いている。ジェジュの奇蹟物語が、注意ぶかいヘブライ聖書の引用のうえに成立っていることは既に指摘したとおりだが、奇蹟のかげに、倫理的な動機がうごいていることをつけ加えたのは、原始キリスト教の教義的な企意にかかっている筈だ。

言うまでもないことだが、原始キリスト教は、人間と神とを結びつけるユダヤ教の律法がほとんど形式的慣習におちこもうとする空隙に乗じて発生した。神と人間との距離の大きさという意識を、如何に信仰の課題として転化し、再生するかが、原始キリスト教の最大の問題であったとも言いうる。それゆえ、ドストエフスキイの解釈するとおり、原始キリスト教にとって奇蹟はひつようなものではなかった筈だ。がマチウ書の作者にとっては、一篇の教祖物語をつくりあげるために、それが必要であったのである。人間がもともと上等に出来ていないということを熟知し、それをジェジュの弟子たちに振りあてて描いてみせたのはマチウの作者そのひとでなかったか。ドストエフスキイの言い方をまねれば、ぼくたちは、ポオル、アウグスティヌ、トマス・アキナス、マイスター・エックハルト、というような悪魔の天才たちの系譜をたどることができるのである。イヴァンの詩劇「大審問官」によって、ドストエフスキイが衝いたのはここである。それは当然であると言うべきかも知れない。誰とてもそれを衝かなければ、ニーチェのいう奇妙な病的な世界、まるでロシアの小説からでも取ってきたように、社会の廃物と神経病と子供のような白痴とが密会でもしているような福音書の世界を、とおり過ぎる甲斐はなかろう。

悪魔の第三の試問はつぎのようなものである。悪魔はジェジュをきわめて高い山のうえにはこんで世界のあらゆる王国とその栄華を示していう。「もしおまえが平伏してわたしを崇拝すれば、これらのものすべてをおまえに与えるだろう。」と。ジェジュは悪魔にいう。「サタンよ退け！　なぜなら『おまえは主であるおまえの神を崇拝し、それのみに仕えよ』と記されている。」と。悪魔の見解はすでに、第一、第二の問いによってあきらかにされている。平伏して崇拝するとは、その見解に屈従するならばということである。

ところでマチウの作者はこの第三の試問で、この問答ぜんたいを、つまらない宗教問答に転落させてしまったようである。マチウの作者によれば、悪魔の見解というのは、倫理的な契機なくして奇蹟を証されたいと願うこころである。一種の功利的実証主義である。マチウの作者によれば、これは現実の栄華と一致する。現世的な秩序はいつも、功利的実証主義の手のうちにあり、それが支配するようにできあがっている。悪魔に自分を崇拝すれば、現世的栄華をおまえに与えると言わせるとき、作者のこころの底には、現世的秩序とキリスト教的秩序との対立が、鋭く自覚されてあったのである。

だが、マチウ書の悪魔は、はたして功利的実証主義というようなものであろうか。いやいやそうじゃない。作者が、第三の問答によって、悪魔の象徴する深刻な意味を回避したのである。

悪魔の見解が、第一、第二の問答のように、人間の生存にとって奪うことのできない現実的条件を鋭くつきつけて迫るとき、原始キリスト教の思想は、その観念性を露出することをやめない。このとき、悪魔の見解は現世的栄華と何のかかわりもなくなり、言わば、人間の実存をささえる条件として、原始キリスト教の観念的な倫理性と対立するであろう。ニーチェの反クリストも、ドストエフスキイの「大審問官」も、ここを起点として展開されたのである。悪魔とジェジュとの対立は、ニーチェの観点からは、自然性と倫理性との対立であろうし、ドストエフスキイによれば、地上のパンと人間の自律性との和解することのない対立であった。マチウの作者は、第三の試問によって、これを功利的実証主義と、キリスト教的倫理主義との対立におきかえたのである。ジェジュはいう。「サタンよ退け！　なぜなら『おまえは主であるおまえの神を崇拝し、それのみに仕えよ』と記されている。」と。言わば、自分は神に仕えることでいっぱいで、現世的栄華のことを心情の課題とする余裕はないというのである。稀薄になった現実感のむこうがわで、何が栄え、何が滅びようと、おのれの知ったことではないと言いたかったのかも知れないが、功利的実証主義と曲解された悪魔は、恐らく、度しがたい奴めという嘲笑をうかべてジェジュを離れ去る。以後、悪魔はキリスト教に近づこうとはしなかったけれど、キリスト教の歴史はあきらかに悪魔に近づいたのである。ドストエフスキイの言うように、キリスト教の悪魔への接近は、かれらが奇蹟と神秘とを「事実」として設定し、そのうえに教権をきずいていったときにはじまった。現世的秩序とキリスト教的秩序との和合は、史上最大の卑劣なドラマであり、ここで現世的支配権とキリスト教の偏執的苛酷さとは見事に結合した。たとえば、ぼくたちはトマスのスンマ・テオロギカにおいて精緻な論理体系による神の存在の弁証をよむことができるとともに、彼の経済学において支配権力擁護の弁証をよむことができるのである。ドストエフスキイによれば、「後で眼が醒めたから、気違いに仕えることが嫌になったのだ」ろう。何れにせよ、原始キリスト教の強烈な空想的な倫理性が俗化してゆくのは束の間のことであった。この俗化は、外から現世的権力との和合にささえられ、内からは教義の論理化によってささえられたのである。

3

マチウ書には、山上の垂訓とよびならわされているロギアをはじめとして、十四ほどの思想的な箴言が、ジェジュの福音物語のあいだにばら撒かれている。かりに、神学者たちの説にしたがって、マチウ書が、マルク書とこれらの教義的なロギアとを原型としてつくられているとすると、マチウの作者が展開した原始キリスト教の思想的な特質をさぐるには、これらのロギアをひとつひとつ解釈してゆかなければならない。ところで、いまではこれらのロギアの根幹が、ほとんどヘブライ聖書、タルムッド、ユダヤ教典から引用されたものであり、その焼き直しにすぎないことがあきらかにされている。ところどころに異様な解釈がみとめられるとき、わずかに原始キリスト教を後期ユダヤ教と区別できるだけである。マチウ書は、原始キリスト教について何を与えるか。原始キリスト教のユダヤ教にたいする独自性とは何であるか。こういう疑問をめぐって、ぼくの述べうることは少いが、マチウの作者は、あきらかにユダヤ教にたいする敵意と憎悪とをいたるところにばら撒いている。若し、教義的なひょうせつを敢てしながら、その原教派を憎悪することができるとするならば、そこには思想の生理学におけるひとつの問題がなければならぬ。ひとつの思想は、それに近似している他の思想にたいして、かならず近親憎悪を抱くという原則をみとめるならば、ぼくたちは、あの空想と緊張症とのはげしくいりくんだような架空の教祖ジェジュの性格を思い浮べ、そこに作者の共通の発想の根柢を考えることが出来るだろう。ジェジュの性格が、肉親にたいする近親憎悪の描写のなかにはっきりと露出されているように、原始キリスト教の思想的な独自性は、ユダヤ教にたいするはげしい近親憎悪の表現のなかに、もっともよくあらわれている。

よく知られているように、山上の垂訓は、つぎのような言葉ではじまる。

精神的な貧者は幸福である。天の王国はかれらに属するから！　苦しみある者は幸福である。かれらは慰められるだろうから！　柔弱なものは幸福である。かれらは地上を相続するだろうから！　正義に飢え、渇える者、それは幸福である。なぜならかれらは充ち足りるだろうから！　慈悲ぶかいものは幸福である。なぜならかれらは慈悲をえられるだろうから！　純粋な心をもつもの、それは幸福である。何故なら彼らは神の子と呼ばれるだろうから！　正義のために迫害されるもの、それは幸福である。天の王国はかれらに属するから！

この単純な対句法でくりかえされている垂訓の書きだしは鮮やかであるし、また原始キリスト教の倫理的な図式をよくあらわしているとも言える。そしてもし思い過したいとかんがえるなら、異様な病理が底のほうにちらちらとのぞかれる言葉である。たとえば、精神的な貧者が幸福であるという意味は、マチウの作者によれば、心情の最低線に立たされているものは、うしろにたえず絶望があるだけだから、まえには、心情を充足させるたくさんの可能性がのこされているとおなじだということである。これはもう、天の王国が近づきつつある。悔改めよ。というマチウ書のジェジュの最初の説教とは何のかかわりもないものだ。これは、ひとつの思想の心理的な型を象徴している言葉であって、言わば、現実における敗残の心理につうじていた原始キリスト教義のメカニスムの告白である。苦しみある者は幸福であるというのも同じことだ。もはやそれ以下の心情のレベルはないのだから、慰めはたくさんの色どりをもっておとずれる。柔弱なものはこの地上を相続する。何となれば、ふみにじる者はやがてふみにじられるというのは、イスラエル民族がその隷属の歴史をとおして骨髄にまで刻みこんだ呪文であったから。これは、危ない教義である。この教義が、やがて苦しみそのものが幸福であり、敗残と柔弱そのものが幸福であるというような心情のマゾヒズムに転化したのは当然である。このように考えてくると、純粋な心と静けさをもたらすものとが神を見、神の子と呼ばれるというような言葉は、どうしても色あせてみえる。原始キリスト教自身が、そういう神を信じてはいなかったろう。

なぜ、原始キリスト教義が、このような異様な危ない自己表現をとるようになったかを歴史的にではなく、修辞的に考えてみると、ユダヤ教の神にたいする意識というものが、人間の倫理と自然な関係で結びついていたのに反し、原始キリスト教は、人間と神との自然な結びつきというものが信じられないという意識を絶えず仲介としながら、かれらの倫理の純化を考えざるを得なかったからである。言わば、挫折と屈折とを通して神をみなければならなかったのだ。こういう思考の図式は、虜囚時代以後のヘブライ原典には、しばしばあらわれていたもので、必ずしも、原始キリスト教に独自なものではないが、何としても、原始キリスト教の挫折と屈折にたいする教義的な偏執は異状なものであって、これをかれらの独自性と認めざるをえないのである。山上の垂訓は、これらの対句のつぎに、露骨な心情のマゾヒズムを披瀝している

わたしのために、ひとが諸君を侮辱し、苦しめ、不当にもあらゆる種類の悪しざまなことを言うとき、諸君は幸いである。喜び、そして快活になるがいい。諸君の報いは、天において大きいから。何故なら諸君の以前にも、人々は予言者をそのように侮辱したものだ。

ここで、わたしのために、というのは原始キリスト教のために、ということだから、ここは、迫害と、ユダヤ教派との相剋になやむ教徒への激励とかんがえることが自然であるが、それにしても、原始キリスト教の思想の型のなかにある倒錯心理はこの表現にきて、あらわにされていると言えよう。

たとえば、対句のなかにある、柔弱なものは地上を相続するだろうという言葉は、詩篇百四十七の六からとられたものだが、ヘブライ聖書では、みごとにはまりこんで埋もれてしまうような言葉も、マチ

ウ書では、たちまち原始キリスト教の異常な自己主張を象徴するものに変ってしまう。作者の手腕といってしまえばそれまでだが、ぼくたちは、ここにあらわれた被害感覚が、どんなに陰惨な現実的な相剋と迫害によって裏うちされているかを、いやおうなしに理解させられる。迫害をうけたら喜べというのは、いったいどういう心理なのか。天においてつぐなわれるというのは、幻影をもって、現実的な迫害の代償とするということではないか。信ずることの苛酷さを、これほどまでにあばき出した例は、原始キリスト教を除いては考えられない。だいいち、第二世紀になって、こういう教徒にたいする激励や脅迫を、教義の型のなかに封じこめることは無理であったのではなかろうか。ましてこれを、ひとりの架空の教祖のロギアの如く装うことは、当然、破綻なしには行われ得ないものだ。こういう破綻は、マチウ書の構成上の破綻としてもあらわれているが、教義的な破綻としてもあらわれたのである。垂訓は、「わたしが律法や予言者を廃止するためにきたと信じないでもらいたい、わたしは廃止するためにではなく、むしろ完成するために来た。それゆえ、わたしは誠意をもって諸君に言うが、律法は、すべてが成就するまでは、そのひとかけら、ひと文字さえ消えることはないだろう。」と述べながら、その舌の根も乾かないうちに、諸君の正義が、律法学者やパリサイ派に優らなければ、天の王国に入れないと言って、律法学者や、パリサイ派にたいする反感をあおり、律法のいくつかをあげて異様なその解釈をぶちまけている。教義と、現実的な憎悪感とが混合して、支離滅裂なのである。その解釈は、大部分はつまらないとしても、一、二は触れておく必要があると思う。

諸君は、「おまえは姦通してはならない」と言われているのを知っている。然し、わたしは諸君に言う。渇望をもって女性をみるものは誰も、既にこころのなかで彼女と姦通を行ったのである。若し、右の眼が諸君にとって、さてつの原因であるならば、それをえぐり取って遠くへ打棄れ。なぜなら、諸君にとって肢体のたったひとつが無くなり、五体がゲアンに投げこまれないことは、ましなことだから。また、もし右の手が諸君にとってさてつの原因であるならば、切りとって遠くへ打棄れ。何故ならば、肢体のたったひとつが無くなり、五体がゲアンに行かないことは、ましなことだから。

この性にたいする心理的な箴言は異常なものである。渇望をもって女をみるものは既に心のなかで姦通を行ったのだという性にたいする鋭敏さは、けっして倫理的な鋭敏さではなく、病的な鋭敏さである。姦通してはならないという掟は、ユダヤ教の概念では、社会倫理的な禁制としてあるわけだが、原始キリスト教がここで問題にしているのは、姦通にたいする心理的な障害感覚であることは明らかだ。こういう障害感覚を、原始キリスト教は、迫害や秩序からの重圧感に裏うちされて絶えず体験したために、性にたいする障害感覚のなかに拡大されて表出されたのである。徹頭徹尾、自意識を倫理化しようとする原始キリスト教の倫理感覚は、人間性の自然さというものに脅迫を感じ、それにたいし戦いをしかけなければならなかったのだ。この性についてのマチウ書のロギアは、決して倫理的なものではなく、むしろ本当は倫理感の喪失以外のものではないのだが、もしこのロギアを倫理的なものとして受感するならば、人間は、原始キリスト教によって、実存の意識の全領域を脅迫されるよりほかないであろう。罪という概念を心理的に最初に導入してみせたのは原始キリスト教である。したがってマチウの作者は、このロギアを倫理的に受感することを求めているのだ。もし、ぼくたちがその受感の型を拒絶するならば、右の眼が女性にたいする渇望をおこさせる原因であるならばそれをえぐりとれというような言葉を精神病理学における一つの徴候としてしか読みとることが出来ない筈である。モオリヤックはその著『イエスの生涯』のなかで、「この新しい戒に対し千八百年後の今日なお人々は反抗し嘲笑しふりおとそうと空しい努力を続けるが、これをその肉体からもぎとることは出来ない。キリストが口を開いて語って以後、このくびきを受けいれる者のみが神をみいだすだろう。」と述べているが、空々しいというよりほかない。神学者や文学者が、ジェジュの生涯をどのように創作しようが、それは勝手であるが、人間は性的な渇望を、「その肉体からもぎとることは出来ない」のではない。逆である。人間は性的渇望を機能としてもっているのだ。ぼくたちが、このロギアに反抗し、嘲笑するのは、原始キリスト教が架空の観念から倫理と、くびきとを導入しているからである。前提としてある観念が、障害感覚と微妙にたすけあい、病的にひねられ、倒錯していて、人間性の脆弱点を嗅ぎ出して得意気にあばき立てる病的な鋭敏さと、底意地の悪さをいたるところで発揮している。

すこしあとのところで、全然誓いをしてはならない、髪の毛のたったひとすじも、諸君は白くしたり黒くしたりできないのだから、などという言葉が出てくると、ジェジュを三度否んだピエルや、ジェジュを裏切ったジュドなどという架空の人物をつくりあげ、それらの人物に、人間のいいようのないみじめさや、永遠の憎悪を集中した原始キリスト教の冷酷さを、おもい出さないわけにはいかない。人間性の暗黒さにたいする鋭敏な嗅覚と、その露出症こそは、原始キリスト教のもっとも本質的な特徴のひとつである。かれらは、人間性の弱さを、現実において克服することのかわりに、陰にこもった罪の概念と、忍従とをもちこんだ。「悪人に抵抗するな。若し右の頰を打つものがあったら、またもう一方の頰もさし出せ。」もしここに、寛容を読みとろうとするならば、原始キリスト教について何も理解していないのとおなじだ。これは寛容ではなく、底意地の悪い忍従の表情である。

「諸君は断食するとき、偽善者のように悲しい様子をするな。彼らは断食することを人に示すために、顔色をそこなうのだ。」断食して、悲しい様子をするのは偽善者ではない。自然者である。それを、頭に香油をぬり、顔を洗えと言うほうが偽善者であろう。ニーチェのように、ちいさな不徳について大騒ぎをやらかす侏儒どもといってしまえばそれまでだが、急いこんで命令しているロギアに、どれひとつとして自然さがない。

ところで、マチウ書の六の二六に、マチウ書の主旋律とはちがったうつくしい変調がある。

空の鳥をみよ。かれらは種播きもしなければ、刈入れもしないし、また穀物置場に集めもしない。そして、諸君の天の父はかれらを養うのだ。諸君はかれらよりもよほど価値あるものではなかろうか。諸君のうち誰が焦慮することによってその生命をわずかでもひきのばすことができようか。また何ゆえに諸君は衣服について思いなやむのか。野の百合はどうして生長するのかを考えてみよ。かれらは労せず、また紡ぎもしない。それゆえ、わたしは諸君に言う。サロモンでさえ、そのまったき栄華をもってしても、一本の百合の花のようにはよそおわなかったのだ。

この個処には、原始キリスト教義のせせこましい神経症には、大凡似つかわしくない解放感があるが、この解放感は、けっして空の鳥とか野の百合とかいう言葉からきたのではないことがわかる。人間の生きている意味を神とむすびつけたり、人間の精神の動きを神への乖離ということで刺戟したりするような概念が存在していないからである。むしろ原始キリスト教でないということが、このロギアを緊張から解放していると言える。ここには、古代のユダヤの空と平野がうつっている。耕すひとびとがいる。紡ぐひとびとがいる。そしてかれらの自然なこころが神と結びついている。これは空想ではなく、ユダヤ教の神と人間との関係はこのようにつかまえられていたと思える。心情のマゾヒズムとはとおいこのロギアからは、ユダヤ教の遺産を感じ、原始キリスト教の思想をみつけ出すことはできない。詩篇百四十七に、「かれ（神）は空を雲でおおい、地のために雨をそなえ山々に草をめぐませる。かれは家畜や、ないている鴉の子に食物をあたえる。」という個処があり、タルムッドには、「汝等は働きによって食物を獲ねばならぬ、鳥や森の獣物を見たことがあるか。これ等のものは、骨を折って飼料を稼がずとも、神は彼等を養い給う。従って獣物の務めは極僅かである。即ち人間につかえることである。人間はもっと高尚な勤めを知っている。それは神につかえることである。だから汝等は、唯肉体の要求のためのみに心を労してよいものか。」(ドレウス二三八頁・原田瓊生訳)という個処があるとすると、山上の垂訓中のたったひとつの安息感は、ユダヤ教から与えられたものと言ってよいだろう。詩篇やタルムッドでは、神をたたえるためになされた比喩であるが、垂訓では、神は何でもしてくれるのだから、まかせておけ。びくびくするな。というだらしないと言えば言える教訓にかえられている。この衣がえは、マチウの作者独得のものである。神とマモンとにあわせ奉仕することはできないと説いたのはマチウ書の作者であるが、原始キリスト教は、神を背理的にとらえた結果、心情の律法に固執せざるを得なくなったとき、じつは、マモンという対立物を、現実の秩序のなかに気づきはじめたのである。いわば、ユダヤ教が自然として一元的にみていたものを、原始キリスト教は、観念の秩序と、現実の秩序とのふたつに分裂させる。したがって、原始キリスト教のみた現実とは、自然な秩序としての現実ではなく、マモンとか栄華とかいう表現でとらえられた認識的な現実である。キリスト教は、忘れやすいことを忘れるために、神と富とにあわせ奉仕する歴史をたどったのだが、明日の生活について思い悩むなという教訓を、現実の秩序から疎外されたものに投げあたえることだけは、決して忘れなかったのだ。

「サロモンでさえ、そのまったき栄華をもってしても一本の百合の花のようにはよそおわなかった。」とマチウの作者が書いたとき、ヘブライ聖書とタルムッドとは巧みに、その内実を原始キリスト教の衣によってつつまれた。

ここに原始キリスト教の異常な心理的倫理学の衣がちらちらしないのは、ユダヤ教の体質が素朴だったからである。

原始キリスト教は、税吏とか、罪人とか、当時のユダヤ社会で疎外者、廃物とかんがえられていた人々を病者にたとえたりしているが、この病者という概念を、現実的なものから精神的なものへ移していったとき、正義の人をではなく、罪ある人を呼びよせるために、原始キリスト教はあるのだ、というマチウ書の言葉となってあらわれたのである。それ故、原始キリスト教が、人間をとらえる場合、それが現実的なものであれ、精神的なものであれ、欠如の自覚が必要であった。この自覚は何よりもまず、被虐倫理的に存在せねばならぬというのが、原始キリスト教の異常な倫理性の骨格である。
マチウの作者は、架空の十二弟子を伝道に派遣するときに、ジェジュが与える戦術論にはじまるロギアのなかで、この問題を、ほとんど曖昧にする余地のないほど徹底的に露出している。ジョシュ記四の四に従ってつくりあげられた十二人の架空の弟子は、先ず、列王第二書四の二九あたりにそっくりな語調で、天の王国は近くにあるという説教をなすべきことを命ぜられ、服装から、金銭の注意まで与えられる。このあたり、作者の造型力はおそるべきものと言える。この個処こそ、原始キリスト教の被害妄想と、異様なその告白にささえられた伝道戦術論の典型的な記述であり、いたるところに生々しい心理の表白に出あう。

ひとが諸君をうけいれず、また諸君の言葉をきかないときは、その家、あるいはその街を立ち去り、そして足の塵をふりおとせ。わたしは誠意をもっていうが、審判の日には、ソドムとゴモルの地のほうが、そんな街よりも厳しく取扱われないだろう。

これが、ついすこしまえの個処で、柔弱なものは幸福である、それらは地上を相続するだろう、と言った男の口から出たとは思われないだろう。教養と実践心理との矛盾である。
足の塵をふりおとせというのは、たしかに心理的な執着をたちきるときの仕種である。そして、原始キリスト教の伝道をうけ入れなかった家や街は、審判の日まで復讐の印を刻みつけられる。原始キリスト教は、ヘブライ聖書やユダヤ経典からうけ継いだ思想と、迫害や秩序から疎外されることで、現実からうけとった心理的な敗残意識のあいだを、はげしく動揺している。そして、この動揺が、静止のときに表現されると、黙ったまま、足の塵をふりおとすというように、冷たい憎悪感としてあらわれるのである。疎外するものを忘れるな。こころにたたみこんでおいていつか復讐せよということである。読者はここであらためて、原始キリスト教が社会的にうけつつあった迫害の強さを理解し、それにたいする、作者の強烈な敵意と闘争心が、心理から心理へと重たく潜在してゆくさまを実感する。作者はさらに、迫害にたいする心構えを説くのである。

それでわたしが諸君を遣すのは、牝羊を狼のなかに遣すようなものだ。それゆえ、蛇のように用心深く、鳩のように単純であれ。

ここにも被害感覚の表白がみられるが、つづいて、「人々に対して用心を怠るな。なぜならかれらは諸君を裁判所にひきわたし、かれらの教会でむち打つだろうから。」これらの言葉は、地下運動時代の原始キリスト教の心理と、潜行方式とを、ほうふつさせる。蛇のように用心深く、鳩のように単純であれという言葉は、そこに被害者の心理的な鋭敏さを発見する以外にすべのない言葉だ。惨澹たる言葉は、さらにあとにつづいている。

兄弟はその兄弟を死にわたし、父はその子を死にいたらしめるだろう。子はかれらの親たちにたいして反逆し、死なせるだろう。諸君はわたしの名のために、すべてから憎悪されよう。けれど最後まで忍耐するものは救われるだろう。

ここで、わたしの名とは原始キリスト教のことだ。ぼくたちは原始キリスト教のうけた迫害が如何に惨澹たるものであったかを想像することが出来るとともに、かれらが立っていた心理的な断崖をも実感する。ここに告白されているのは、社会的な近親憎悪であり、一切の秩序の連帯観念にたいする倒錯である。かれらは被虐心理としてしかそれを処理することが出来ないで、最後まで忍耐するものは救われるという表現のなかに、じつにはっきりとそれを託しているのがわかる。原始キリスト教が導き出した罪の概念は、このような迫害からの被害感を論理化したものである。かれらは、近親の裏切り、人間にたいする猜疑心、秩序の重圧、これらの交錯するみじめな心理状態のうちに、人間性の暗黒を支配するその教義を確立していったのである。

マチウの作者はそれをよく知っていた。そして、「ひとつの街で迫害されたときは他の街へ逃げよ。」と教えたのである。マチウ書はそのあとで、公然と、秩序にたいする敵意を近親憎悪の形で告白している。

わたしが地上に平和をもたらすためにきたと信ずるな。わたしは平和をもたらすためではなくて、剣をもたらすためにきたのだ。それゆえ、わたしは、人とその父を、娘とその母を、嫁としゅうとめを、分離させるためにきた。人の敵はその家のものである。わたしより自分の父または母を愛するものは、わたしに価しない。また、わたしより自分の息子または娘を愛するものは、わたしに価しない。

ここで、わたしというのをジェジュと考えると、ひとりのパラノイア患者を得るだけである。わたしというのは、ジェジュではなく、原始キリスト教である。そうして、読者はここに、秩序から迫害されるもの、従って秩序へ反逆するものの一般的な思考方式を読まないだろうか。ここには、現実の秩序を構成している人間の連帯感にたいする鋭い性急な対立の自覚がある。人間心理につうじていたマチウの作者が、この性急さの意味を知らなかった筈がない。そして、人間心理の一元性という制約のなかでしか、思想と実践とは結びつき得ないということを知らなかった筈がない。キリスト教は、秩序と和解したとき、この思想と実践との契機をうしなったのであり、支配権力と結びついたとき、教義の体系化と論理化とをなしとげ、自らが、がんじがらめの迫害網をつくりあげることで、マチウ書の天につばしたのである。

マチウ書のロギアは、現実の秩序からうける緊張感と疲労感とを、はげしい動揺のうちに交替させていて、原始キリスト教の受感方式をよくあらわしている。疲労する者、重荷をおうもの、という概念は、エサイ書以来の後期ユダヤ教と、原始キリスト教の好んでもちいたものであるが、その背後には、かれらに共通した宿命的な現実があったにちがいないのである。

疲れているもの、重荷をおっているものは、すべてわたしにくるがいい。わたしは諸君に安息をあたえるだろう。わたしの支配に入り、わたしの説教をうけ入れよ。何故なら、わたしはこころ優しく謙虚であり、諸君は魂の安息を見出せる。わたしの支配はやさしく、わたしの荷はかるいから。

これは、伝道をうけ入れない街々に、死人の溜りへおっこちる、と脅かしたあとで、マチウ書が述べているところであるが、わたしはこころ優しく謙虚であるというとき、原始キリスト教は、秩序から疎外されるものへの心理的な共感をつたえようとしているのだ。

二、三節まえを読んだ者には、信じようとしても信じられない言葉であるが、ほんとうは、秩序の連帯性にたいする攻撃心理が、緊張から弛緩のほうへ揺れるとき、このような表現になってあらわれるのである。原始キリスト教の支配はやさしく、その荷はかるい。なんとなれば、人間の相対性のむこうがわに、既に幻影や虚構ではない生の意味の極北をみたものは、ほんとうの優しさと安息とが、こういう冷静な形でやってこなくてはならないことを知っているだろうから、とマチウの作者は言っているのだ。

マチウ書十五で、ジェジュは律法学者、パリサイ派にむかって、「それ故、神は、『おまえの父と母とを敬え。』そして、『父母を憎むものは死に処せられるだろう。』と言った。然し諸君は、父または母にむかって、あなたに奉仕しなければならないはずのものは、神への供物である、と言うものは父または母を敬わなくてもいいと述べるではないか。このように諸君は伝承のために神の言葉を廃してしまう。」と言うのだが、この言葉が、わたしより父または母を愛するものはわたしに価しないとか、わたしは人とその父を、娘とその母を引はなすためにきたとか、自分に会いにきた肉親に、わたしの母とは誰か、わたしの兄弟とは誰か、とかいう作り話を、ザカリ書十三の三や詩篇六九の九からジェジュにつけくわえた作者によって書かれたものであることに注意することが必要であろう。それゆえ、ここで作者は、ジェジュの口を藉りて、後期ユダヤ教の形式主義を非難したのではなく、ユダヤ教の教義のなかにあらわれている相対感情を非難したのであると言える。マチウの作者は考える。「おまえの父と母とを敬え」という律法は、すくなくとも神から与えられたものとしての支配力をうしなって伝承的な習慣にまみれてしまっている。ユダヤ教は、これを実行できない人々の相対感情にたいして、せめてわが敬愛は神にささげたと弁解すれば、ゆるされるという解釈を与える。これはとりもなおさず、人間の相対性をうわぬりするのに、また相対性をもってすることに外ならない。ユダヤ教は、神の律法にたいする、人間の現実的な生の背理をさけるために、律法の解釈をゆるめるだけである。

伝承のために神の言葉を廃してしまう、という作者のユダヤ教派にたいする非難は、じつは神にたいする人間の存在の乖離という意識から、罪障感をみちびき出した原始キリスト教のユダヤ教にたいする思想的な非難にほかならないと言える。要するに、形式主義もへちまもない。ユダヤ教と言い、原始キリスト教と言い、マチウ書にあらわれた限りでは、人間の倫理的な相対性が意識された、言わば神なき古代人のあいだの宗教であった。

原始キリスト教のユダヤ教にたいする憎悪と敵意とは、思想的な近親憎悪と言うことができる。それゆえ、罪障感と憎悪をめぐるマチウ書の作者の思想的な表白が、近親にたいするコムプレックスとして展開されるとき、ぼくたちはそこに幾らかの象徴的な意味をうけとる。秩序からの迫害と、それにたいする憎悪と敵意、これとからみあって切離すことのできないユダヤ教派にたいする思想的コムプレックス、近親の連帯感情と、神への倫理的意識との背反、というような原始キリスト教の主要な関心事をめぐって、ひとすじの糸がみえる。そして、その糸は、原始キリスト教の特異な思想的性格にほかならないのである。何故に原始キリスト教は、心理的にも、思想的にも近親にたいする憎悪を示さなければならなかったか。かれらは、すくなくとも近親というものに、自己をたえず自然的なものとして評価する存在をみつけ、そこにかれらの思想の形にたいする最大の対立物の象徴を認めたのである。それゆえ、マチウ書十八において、「わたしは誠意をもって諸君に言うが、もし改心して、幼児のようにならなければ、諸君は天の王国にはいることはかなわない。それゆえ、この幼児のように謙虚さをあらわすものは誰でも、天の王国において、より大いなるものとなるだろう。」と述べ、若し、手足や眼が、さてつの原因であるならば切ったり、もぎとったりせよと、山上の垂訓とおなじ言葉をなげつけているが、幼児のようにというのが、幼児のように自然なという意味でないことは明らかだ。要するに、手足や眼を原始キリスト教にたいして持たないものを指している。天の王国というのは、ユダヤ的なメシア観からきた架空の王国にはちがいないけれど、原始キリスト教はそこに倫理的な関門をこしらえあげ、どうやら己れ自身すら通過することが困難なその関門には、批判するなかれ、己れの手足や眼でもってあゆむなかれと記したのである。原始キリスト教が、幼児のような謙虚さと、どのような敵対関係にあったかは、いままでみてきたとおりであるし、マチウ書は、すぐこの後でつぎのようにも言っている。

若し諸君の兄弟が罪を犯したら、行って君と彼だけのあいだで叱責せよ。もし彼がきみをききいれたら、きみはきみの兄弟を獲たことになる。もしかれがきみをききいれなかったら、ひとりか二人を伴ってゆけ。それは、二三人の証人の申立をつうじて事柄がすっかり正されるためである。

この妙に人間心理の裏をのみこんだような粘液質の言葉は、よほどの不感症でないかぎり、悪感をもって肌にまつわりついてくる言葉である。ひとの弱みにつけ込んで、脅迫し、きき入れなければ、二三人の子分をつれて陰性におしかけるごろつきの心理と同じ形の心理であり、これが異常な倫理感と結びついたとき、原始キリスト教は、幼児ともっとも遠い心理のうちにあったと言うことが出来る。マチウ書はつづけて言う。

それ故、二三人がわたしの名において集会する処には、わたしはともに在るのだ。
そのとき、ピエルが彼に近づいていう。主人よ。わたしの兄弟がわたしに罪を犯したとき幾度赦すべきでしょうか。七度まででしょうか。ジェジュは彼に言う。わたしは七度までとは言わぬ。むしろ七度の七十倍までだ。

独りよがりな、みっともない問答である。これが原始キリスト教がつくりあげた教祖と一番弟子の問答である。

ここで侮辱と迫害にたいして頬をこわばらせている原始キリスト教徒を想像するほうが、すくなくとも寛容をよみとろうとするよりも遥かに正しいことは確かだ。

作者は、財産をもった青年を登場させてかれに言う。

もしおまえが完全であろうと欲するなら、ゆき、おまえの所有しているものを売払って貧乏人に与えよ。そうすれば、天においておまえは財宝をうるだろう。それから出なおしてきてわたしに随行せよ。

作者は青年がこの言葉をきいて、まったく悲しげにしながら立去ったと書き、大財宝をもっていたからだと、註釈まで加えている。ほんとうは、こんな無茶苦茶なことを言う妄想狂を、悲しみながら立去ったのだろうと想像するほうがましだ。こんな男に随行したら、どんなことになるだろうと正常な人間なら考えるにちがいない。天の王国だとか、神の国だとか、まったく何ひとつ現実的な根柢のないものと引きかえに、現実を売払うものはない。ここに原始キリスト教の貧困にたいする同情を読もうとするのはまちがっている。ここで、作者は、天の王国という言葉であらわされる原始キリスト教の観念的な倫理性が、もはや鋭く現実そのものと背反するということを表象しているのだ。あらゆる社会的倫理性と連帯性にたいする思想的な敵意のはてに、原始キリスト教の天の王国がある。マチウ書は、十九章で、弟子たちにまったく同じことを言わせている。ピエルは言う。

われわれは、すべてを放棄して、おまえに随行している。われわれのために、何があるのか。ジェジュは答える。

わたしは誠意をもって諸君に言うが、すべての事物が革新され、人の子がその栄光の王座に坐るとき、わたしに随行した諸君は、同じように十二の王座に坐り、イスラエルの十二の部族を審判する。またわたしの名によって、その兄弟、姉妹、あるいは父や母または妻や子供、あるいは土地や家を棄てるものは、百倍をうけ、永遠の生命を相続するだろう。

ここで社会的倫理性と連帯性を放棄する代償として、原始キリスト教が濫発している空手形は何を意味しているか注意する必要がある。迫害や侮蔑にたいして七度の七十倍もゆるせという心理のうらには、果てしない絶望感が秘されている。いったいわれわれは何のためにかかる悲惨をうけねばならないのかと、ピエルに言わせているのである。これにたいするジェジュの答えは、相対的な情況のなかに関係づけられている人間性を動かす力はない。ただ人間の絶対感情と相対感情との無限の距離の無意味さを感じさせるだけだ。マチウの作者は、すでに疲労しているのか、本質的な問題の掲示を回避して、無意味な観念と、卑俗な現実感情とを、機械的に並列してみせるだけである。だから、かれらの約束する天の王国や永遠の生命は、認識における現実感からはなれて、読者につうじない架空の領域をさ迷うだけだ。

律法のうち何が重要であるかについて、原始キリスト教は、デュテロノム六の四と五、「きけ。イスラエルよ。われらの神エテルネルは、ゆいつのエテルネルだ。おまえのこころをつくし、魂をつくし、力をつくして、おまえの神エテルネルを愛せ。」および、レヴィテイク十九の十八、「おまえは復讐するな。またおまえはおまえの民衆の子孫たちにたいして、怨みをいだくな。おまえは自分とおなじようにおまえの隣人を愛せ。わたしはエテルネルだ。」このふたつを少しく言葉を変えてあげ、律法と予言者とは、あげてこの二つの戒律にかかっていると主張している。

こういう言葉を、ヘブライ聖書から撰んできたところには、原始キリスト教の思想的な思惑があったと考えるべきであろう。セザールに属するものはセザールにかえし、神に属するものは神にかえせ、と書いたのは、マチウ書であるが、こころをつくし、魂をつくし、力をつくしてヤウエを愛せよというところには、神に属するものが、人間にとってどういうものであったかについてのヘブライ的な倫理があきらかにされている。たしかに、この律法で、現実の秩序そのもの、あるいは、現実感そのもの、の入りこむ余地はなく、セザールに属するものは依然としてセザールに属している。神に属するものは、これと何のかかわりもない観念的な倫理感として、人間の心情から年貢をとりたてる。こういう原始キリスト教の教義的な一般論は、デュテロノムの言葉に要約されることは出来よう。しかし、復讐するな、怨みをいだくな、自分とおなじようにおまえの隣人を愛せ、という言葉を原始キリスト教が撰んだとき、かれらは神の方へ面をむけていたのではなく、生々しい現実のほうへ面をむけていたように思われる。

後期ユダヤ教と原始キリスト教が、神と人間とを結ぶ意識を支点として、かれらの倫理学をうち立てていったとき、アッシリヤ人の圧力、バビロニヤの虜囚、ローマ帝国の支配、というような屈折した現実がその背景をなしていた。原始キリスト教の、ユダヤ教旧派およびそれと結びついたローマ的秩序への反感は、マチウ書のいたるところにばらまかれている。それゆえ、復讐するな、おまえの民衆の子孫にたいして怨みをいだくな、おまえとおなじようにおまえの隣人を愛せ、というレヴィテイクの言葉を撰んだとき、原始キリスト教はまるでかれらの反対物をえらんだとおなじであり、そこには原始キリスト教発生の風土をおとずれている苛酷な現実が、教義的戒律をのりこえて迫ってくるさまを想像することが出来る。事実、教義と実践的な感情との矛盾を、原始キリスト教ほど、鋭く描きだしているものはない。現実が強いるものを、一旦うけいれるかぎり、人間はそれを観念によって再生産しうるだけだ。原始キリスト教は神を愛するといったとき、その愛に現実感が薄れていることを、ほんとうはよく知っていたろう。人間と人間とのあいだには、ひとつの関係があり、それが現実的なもののすべてである。それゆえ、神を愛するということが現実感となりうるためには、それが現実的なものすべてにたいする鋭い対立感にささえられていることが絶対に必要であった。

マチウ書の作者が、その最後のロギアにおいて提示しているのは、教義と実践的倫理とのからみ合った、ユダヤ教派にたいする比類のない攻撃的パトスであり、そこには矛盾も事実もふくめて、人間のなしうる最大の苛烈さがあらわれている。

マチウ書二三の二でジェジュは言う。

学者とパリサイ人はモイズの法壇に坐っている。それ故、かれらが諸君に言うところをあげて行いまもれ。だがかれらの業にならうな。かれらは言うが、行わないから。かれらは重要な荷物をくくって人の肩にのせるが、それを指で動かそうともしない。かれらは行うところことごとく人にみられるためにするのだ。すなわちかれらは大きな護符をみにつけ、衣服に長いふさをつけ、宴会では第一席を、教会では第一座を愛する。かれらは公共の場では挨拶されることを、そして人からラビラビと呼ばれることをこのむ。

じつにこまかいところまであげて、律法学者とパリサイ派を攻撃しているが、マチウの作者がすでに固定し、定型化した宗教的な秩序を、どんな苦々しい感情でながめているかということが、リアルに生理的に描き出されている。抑圧された思想や人間には、いつもこのように秩序が受感される。そして既にできあがった秩序の上にあぐらをかいて固定している思想や人間は、形式主義も偽善もへちまもない。ようするにわれわれは勝者であり、諸君は敗北している。諸君もわれわれと同じような方式をとらないかぎり、決して秩序から疎外されることを免れない。すくなくとも人間の構成する秩序は、けっしてこれ以上の型をとらないのだから、と言うだろう。構成された秩序を支点として展開される、思想と思想との対立の型は、どれほど幼稚に見えようとも、これ以外の型をとることはない。キリスト教と言えども、秩序と和解したとき、やはり衣服に長いふさをつけ、宴会では第一席を、教会では第一座をあいしたし、人の肩に荷物をくくって、自らは指で動かそうともしなかったのだ。マチウ書の作者が、ここで提出しているほんとうの問題は、現実の秩序のなかで、人間の存在が、どのような相対性のまえにさらされねばならないかという点にある。

ゆらいこの課題はけっして解かれたことがない。あらゆる思想家がみな見ぬふりをしてきただけであり、すくなくともマチウの作者は、幼稚で頑強なこの課題に、はげしくいどみかかったのである。キリスト教は、それ以後、マチウ書のしめした課題にたいして三つの型をとった。第一は、己れもまたそのとおり相対感情に左右されて動く果敢ない存在にすぎないと称して良心のありどころをみせるルッター型であり、第二は、マチウ書の攻撃した律法学者とパリサイ派そのままに、教会の第一座だろうが、権力との結合だろうがおかまいなしに秩序を構成してそこに居すわるトマス・アキナス型、第三は、心情のパリサイ派たることを拒絶して、積極的に秩序からの疎外者となるフランシスコ型である。人間の歴史は、その法則にしたがって秩序の構造を変えてゆくが、人間の実存を意味づけるために、ぼくたちが秩序にたいしてとりうる型はこの三つの型のうちのどれかである。

律法学者とパリサイ派にたいするマチウ書の攻撃は、エサイ書を種本にして、あとにつづいている。

偽善な律法学者とパリサイ人よ。諸君にわざわいあれ。なぜなら諸君は一人の改宗者をつくろうとして海と陸をめぐり、改宗すると諸君に倍したゲアンの子にしたてるのだ。

大凡このような調子で、罵言をかきあつめてあるが、この個処は、偽善にたいする鋭い触覚、人間の相対性にたいする悔恨に似た批判、として考えるばかりでなく、歴史的に原始キリスト教とユダヤ教との殺伐なあつれき、争闘を背景にして読みとることが必要であると思われる。たとえば、エサイ書十の一と二、「不義の法規を宣布するもの、また不公正な判決を登録するもの、にわざわいあれ。かれらは、貧民にたいして正義をこばみ、わが民衆の不幸なものの権利をうばい、未亡人からかすめ、孤児からはぎとるのだ。」などと比較してみると、エサイ書では、しっかりとした現実感と、現実にたいする観察のうえに立って、法を運用するものの、貧民や、不幸な疎外者にたいする、現実的な不義を攻撃していることがわかるが、マチウ書の攻撃は、もっぱら心情の問題にたいして、鋭くつき立てられている。原始キリスト教が、ゲアンの子としてユダヤ教派を非難している個処に、ほんとうはユダヤ教の倫理的な社会性があったのだが、かれらはユダヤ教の現実主義に偽善をみつけ、ゲアンの子をみつけ、人にみられるためにする果敢ない虚栄心をみつけることで、自らの心理的トリヴィアリズムの果敢なさをさらけ出したのである。

偽善な律法学者とパリサイ人よ。諸君にわざわいあれ。何となれば諸君は、コップと皿の外がわを潔め、そしてうちがわには、掠奪と放縦とがいっぱいである。盲目なパリサイ人よ。外がわもきれいになるように、先ずコップと皿のうちがわを潔めよ。

このロギアなど、歴史的な怨恨を考慮にいれないと、何故こんなに口ぎたなく律法学者とパリサイ派を攻撃しているのか、全く理解できない。

人間の心情と現実とのあいだには一まいの壁がある。マチウ書はそれをコップと皿によって象徴させている。現実の秩序にのっとって心情の秩序がさだまるというのが、ユダヤ教の思考の型であり、原始キリスト教はまったくそれを逆むきに考える。現実の秩序にのっとって、若し心情の秩序がさだまらないとすれば、それは原始キリスト教の攻撃するようにユダヤ教の不義のためではない。それは人間の存在にまつわる相対感情のせいであり、原始キリスト教とてもそれを避けることは出来なかったのだ、つまり、外はきれいにして、内がわで掠奪と放縦がみちているのは原始キリスト教とて同じことなのである。原始キリスト教が、いわば観念の絶対性をもって、ユダヤ教の思考方式を攻撃するとき、その攻撃自体の観念性と、自らの現実的な相対性との、二重の偽善意識にさらされなければならない。この二重の偽善意識は、かれらの性急な鋭い倫理性からやってくるもので、かれらが、罪の意識をみちびいたのは、それにおびやかされた結果である。キリスト教的な倫理が絶対的なものであるかのように考えられてきた伝説は、事実は、きわめて脆弱な歴史的相対性のなかにあって発想されたものにすぎないので、マチウ書はこれに歴史的な考察を加えることが不可能なような曖昧な文献にすぎないけれど、そのユダヤ教にたいする異常な攻撃の意味を、大きく拡大してみることによって、その事情をある程度はあきらかにすることが出来るものだ。

偽善な律法学者とパリサイ人にわざわいあれ。なんとなれば諸君は、予言者の墓を建て、正義の人の墓碑を飾りそして言う。もし、われわれが父祖のときに生きていたら、予言者の血を流すために、かれらに加担しはしなかったろうと。諸君は無意識のうちに、自分が予言者を殺したものの子孫であることを立証している。それゆえ、諸君の父祖たちの尺度を補え。蛇よ、まむしの血族よ。諸君はどうしてゲアンの懲罰を逃れられようか。

すべての悲惨と、不合理な立法と支配の味方である現代のキリスト教は、当然この言葉をうけとらなければならない。加担の因果は、秩序というものを支点としてめぐるのである。加担の意味が現実の関係のなかで、社会倫理的にとらえられなければならないのはこのときである。ここで、マチウ書が提出していることから、強いて現代的な意味を描き出してみると、加担というものは、人間の意志にかかわりなく、人間と人間との関係がそれを強いるものであるということだ。人間の意志はなるほど、撰択する自由をもっている。撰択のなかに、自由の意識がよみがえるのを感ずることができる。だが、この自由な撰択にかけられた人間の意志も、人間と人間との関係が強いる絶対性のまえでは、相対的なものにすぎない。律法学者や、パリサイ派が、もしわれわれが父祖のときに生きていたら予言者の血を流すために、かれらに加担しはしなかったろうと、言うときそれはかれらの自由な撰択の正しさを主張しているのだ。

だが、人間と人間との関係が強いる絶対的な情況のなかにあってマチウの作者は、「それなのに諸君は予言者であるわたしを迫害しているではないか。」と主張しているのである。これは、意志による人間の自由な撰択というものを、絶対的なものであるかのように誤認している律法学者やパリサイ派には通じない。関係を意識しない思想など幻にすぎないのである。それゆえ、パリサイ派は、「きみは予言者ではない。暴徒であり、破壊者だ。」とこたえればこたえられたのであり、この答えは、人間と人間との関係の絶対性という要素を含まない如何なる立場からも正しいと言うよりほかはないのだ。秩序にたいする反逆、それへの加担というものを、倫理に結びつけ得るのは、ただ関係の絶対性という視点を導入することによってのみ可能である。

現代のキリスト教は、貧民と疎外者にたいし、われわれは諸君に同情をよせ、救済をこころざし、且つそれを実践している。われわれは諸君の味方であると称することは自由である。何となれば、かれらは自由な意志によってそれを撰択することが出来るから。しかしかれらの意志にかかわらず、現実における関係の絶対性のなかで、かれらが秩序の擁護者であり、貧民と疎外者の敵に加担していることを、どうすることもできない。加担の意味は、関係の絶対性のなかで、人間の心情から自由に離れ、総体のメカニスムのなかに移されてしまう。

マチウの作者は、律法学者とパリサイ派への攻撃という形で、現実の秩序のなかで生きねばならない人間が、どんな相対性と絶対性との矛盾のなかで生きつづけているか、について語る。思想などは、決して人間の生の意味づけを保証しやしないと言っているのだ。

人間は、狡猾に秩序をぬってあるきながら、革命思想を信ずることもできるし、貧困と不合理な立法をまもることを強いられながら、革命思想を嫌悪することも出来る。自由な意志は撰択するからだ。しかし、人間の情況を決定するのは関係の絶対性だけである。ぼくたちは、この矛盾を断ちきろうとするときだけは、じぶんの発想の底をえぐり出してみる。そのとき、ぼくたちの孤独がある。孤独が自問する。革命とは何か。もし人間の生存における矛盾を断ちきれないならばだ。

マチウの作者は、その発想を秩序からの重圧と、血で血をあらったユダヤ教との相剋からつかんできたにちがいない。原始キリスト教はそれがどのような発想であれ、ユダヤ教派をたおせばよかったのだ。エサイ書五九の五に、「かれらは毒蛇の卵をかえし、また、くもの巣を織る。それらの卵を喰うものは死ぬ。そしてもし、卵が砕かれると、まむしが生れでる。」とあり、律法学者やパリサイ派にたいするマチウの作者の、「蛇よ、まむしの血族よ。」という憎悪の表現はここからヒントを得たのだが、原始キリスト教の苛烈な攻撃的パトスと、陰惨なまでの心理的憎悪感を、正当化しうるものがあったとしたら、それはただ、関係の絶対性という視点が加担するよりほかに術がないのである。

註　聖書のテキストは、La Sainte Bible par Louis Segond（nouvelle édition revue avec parallèles: Paris 58 rue de Clihy 1949: imprimé en Angleterre）を用いた。日本語訳聖書も対照したが、あの文語体の、壮厳で曖昧な一種の名訳を引用する気になれなかったのである。

蕪村詩のイデオロギイ

たとえば、つぎのような蕪村の詩

紅梅の落花燃ゆらむ馬の糞
地車のとどろとひびく牡丹かな

こういう背景には、地獄絵のような現実社会がよこたわっている、というふうに蕪村を理解しようとしたものはいない。江戸の下層町人が、文字どおり「地車をとどろとひびかせ」全町の米問屋と豪商の表戸をつきやぶって、掠奪と破壊をやったのは、この詩よりいくらかあとのことだが、蕪村詩が成立した背景には、明和元年（一七六四）の関東の農民暴動から、天明の大暴動にいたるまでの空前の百姓一揆が、一揆取締法令をおかして、おこなわれたという事実があるのを見おとすわけにはいかない。当時、町人ブルジョワジイは、高利貸付けによって、諸侯や武士階級にたいしてポテンシャルな経済的支配をなしとげていた。一方では鎖国で貿易ができない資本は、土地に投下され、農民階級もまた町人ブルジョワジイのれい属下にはいろうとしていたのである。

諸侯のとりたてる重税と、町人資本の圧力とで窮乏化した農民の子弟は、都市へ出稼ぎにゆかざるをえず、安永六年（一七七七）には、幕府から出稼ぎ禁止の法令がでるほどであった。いわば、ここに、飢饉にあえば、餓死者がるいるいと横たわり、一揆は全国におこる、というような明和から天明にいたる地獄絵のような社会状勢が出現したのである。

町人ブルジョワジイの興隆と、封建ヒエラルキイを挽回しようとする武士階級のあがきと、農民階級の窮乏化とのあいだにひそむ一七六〇―七〇年代の現実的な危機を受感することによって、当時の日本の詩は分裂するにいたった。

蕪村は、いわばこの現実的な危機を上昇的に受感することによって、諷刺的な風俗詩の創始者である柄井川柳と対極的な位置にたったのである。

春の夜や盥を捨る町はづれ
春雨や人住んで煙壁を洩る
百姓の生きて働く暑さ哉
秋風や干魚かけたる浜庇
秋風や酒肆に詩うたふ漁者樵者
月天心貧しき町を通りけり
木枯や何に世渡る家五軒
我を厭ふ隣家寒夜に鍋を鳴らす
玉霰漂母が鍋を乱れうつ

春雨とか酒肆とか玉霰とか漂母とかいう言葉に、たぶらかされなければ、はっきりするわけだが、萩原朔太郎が、せいいっぱいローマン的に解釈してみせたこれらの詩は、もし蕪村が、現実的、具体的に詩意識をうごかしてみせたら、そのまま当時の下層町人の地獄絵のような生活を活写しているはずなのである。蕪村は、それを抽象化をとおした世界として再構成している。

蕪村をたんなる現実からの逃亡者であるとするのも、ローマン的詩人であるとするのもあたっていない。蕪村の詩意識のつよさは、レアリズムを自称して、こどもだましのような象徴詩などをかいているような詩人の現実回避とは訳がちがう。「俳諧は俗語を用いて俗を離るるを尚ぶ」という離俗論は、こういう現実社会の地獄絵のなかにありながら、それを上昇的に受感することによって成立するものであった。

蕪村詩の方法の社会的な基盤は、蕪村――服部南郭が結びつく線をおもいえがくことによって、いくらかはっきりするだろう。この線は、当時、町人ブルジョワジイの支配的なイデオロギイであった国学や心学と、基本的にはおなじ性格をもちながら、国学のような復古的な、つまり原始社会秩序へのあこがれをもたず、心学のような封建的な教化主義の匂いももたないかわりに、町人インテリゲンツァの自由な意識を、封建的な官学イデオロギーと適当に妥協させることによって成立するものであった。

それゆえ蕪村詩は基本的にはふたつの性格をもっている。

ひとつは、興隆してゆく町人ブルジョワジイの新鮮な、秩序破壊的な写実的な、感性の一面であり、ひとつは、徂徠学派のイデオロギーに滲とうされ、封建支配に頭うちされて屈曲した心理主義的な衰弱の一面である。

蕪村が、自然主義詩人子規によって写実主義的に理解され、また、一方では朔太郎によって「浪漫的な青春性に富んで居る」とかんがえられ、春夫によって「天明のプレロマンティシズム」と包括されたのは、この蕪村詩のいりくんだ二面性が、西欧ローマン主義文学のようなブルジョワジイの感性の高揚面と衰退面とおなじように理解されたためである。

蕪村詩のもつ二面性を、適確に分析しつくすことは、可成り難かしいが、つぎのような考察をすすめることはできるだろう。

遅き日のつもりて遠き昔かな
春の暮家路に遠き人ばかり
行く春やおもたき琵琶の抱ごころ
春風や堤長うして家遠し

おなじ趣向の詩は、まだいくらでもみつけることができるが、これらは、あきらかに蕪村の衰弱した側面をあらわしている。この詩のなかの「遠い」とか「長い」とか「おもたい」とかいう形容詞の独特なつかい方と、その象徴性に注意すれば、それが、機能的に過去の映像に対応しており、いわば、精神の衰弱を表象することばとしてつかわれていることがわかる。蕪村は、たくまずして、自己の詩意識と、現実社会の地獄絵との距離を、これらの形容詞の独特な用法によってはかっているのだ。すぐれた詩人の詩意識は、かならずその詩人の現実意識を象徴せずにはおさまらない、というのは詩のもっているもっとも基本的な宿命的な性格であって、この事実は、社会的事件をえがけば、自己の現実把握のでたらめさをごまかせるとでもおもっているオプティミストや、超現実と情緒とをうまく調合すれば、子供だましのような象徴詩が、たちまち前衛詩にでもなるとおもっている文学青年が、いかに足掻いてもどうすることもできないのである。詩意識が変革されるためには、かならず現実意識が変革されなければならぬ。蕪村の詩を、中世から近世にかけての個性的詩人、たとえば、芭蕉や西行の詩と、もっともへだてているのは、おそらくは、この点であった。

西行や芭蕉にあっては、その詩の方法を貫くために、ほとんど全生命を社会から疎外するような生活意識を確立することが必要であった。かれらの詩が、超越的であることをねがいながら、かえって生活的な匂いが濃く、思想詩の骨格をもつにいたったのはそのためである。蕪村は、いわば町人階級のなかにあって、そこに或程度の安定した生活意識をつくりあげながら、その離俗論を方法化し、蕉風にかえれというスローガンをかかげえたのである。蕪村詩が、予想外にたくさんの実生活を主題にえらびながらかえって超越的な世界を構成している秘密は、そこにあるとおもわれる。このような事情は、蕪村詩が成立した明和から天明にかけての十八世紀後半の一時期が、日本のブルジョワジイにとって、封建階級と農民階級のそれぞれの危機を傍観しながら、割合に単純な生産機構のなかで安定した支配力をもった時期であった、ということによってあるいはそれのみによって理解される。

俳諧が中世の連歌式から、しだいに独立した詩型として完結する経過は、日本の町人ブルジョワジイの発生から階級的成立までの社会的な構造のうつりゆきに照応している。

このとき、俳諧の形式、音数律五七五は、封建的な感性と、町人ブルジョワジイの感性とが均衡するところで保たれ、この形式のなかに種々な色合で、詩人たちの内部的な秩序が封じこまれたのである。純粋詩の機能をもつにいたった蕪村詩が、それによって充分成熟した町人ブルジョワジイの支配感性を背景としていることをあきらかにしめしながら、同時に、封建的な支配感性を破壊する徴候をみせたのは、その非俳諧的な発想と、音数律の破壊、詩型の拡張の試み、などによってであったことは当然といってもよいだろう。

几董のあつめた『蕪村句集』からつぎのような作品をぬき出してみる。

夜桃林をでてあかつき嵯峨の桜人
嵯峨へ帰る人はいづこの花に暮し
更衣野路の人はつかに白し
山人は人也かんこどりは鳥なりけり
薄見つ萩やなからむ此のほとり

立去る事一里眉毛に秋の峰寒し
月光西にわたれば花影東に歩むかな

この種の詩もまた、『蕪村句集』のなかで、たくさん見出すことができる。これらの作品は、発想においても、韻においても、俳諧的な方法が崩壊してゆく徴候をあらわしているとおもわれるのである。韻の定型が破壊されているというのは、この引例がいくらか極端であるための見かけ上のことにすぎないが、いかにも彫りが浅く、それに起承と転結がなく、ほとんど長詩の一節のような不安定さがあって、これは蕪村詩のすべてに、大なり小なりつきまとっている特徴に通じるものであることがわかる。この不安定さは、形式でもちこたえきれなくなった詩意識の不安定さからくる、内部韻律の不安定さによっている。蕪村の詩意識は、これらの短詩型のなかで、完結できなくなっているのである。

この蕪村詩の非俳諧的な発想、韻の不安定、詩型の破壊というような特長は、封建制下のれい属的な感性から、すでに潜在的に経済的支配力をにぎっていた一七七〇年代の町人ブルジョワジイの成熟した感性にいたる、意識の変革過程が蕪村の内部できざしていたことを意味している。それゆえ、この特徴は、蕪村ほど鋭くはないにしても、天明俳壇の革新派であった太祇、暁台、樗良、白雄たちの詩を支配しているものであった。

すらすらと杉の日面《ひおもて》ゆく時雨　暁　台
初霜や飯の湯あまき朝日和　樗　良
ほととぎす鳴くや夜明の海が鳴る　白　雄
舟につむ植木に蝶のわかれ哉　几　董
灯火を見れば風あり夜の雪　蓼　太

鉾処々に夕風そよぐ囃子かな　太祇

ここには、元禄俳諧の単純な、つよい安定感もなければ、元禄以後の俗流俳諧の屈曲した安堵感も駄じゃれもない。すでに、定型を生命とし、そこに内部的な規律をかんじることによって詩を生みだそうとする意識がうしなわれているのである。批評家たちは平明という言葉を例外なくつかっているが、天明の詩人たちは、けっして平明をたくらんだのではない。俳諧的な形式のなかに、内部の象徴を彫りこむことができなくなったため、平明にならざるをえなかったのである。

「春風馬堤曲」、「晋我追悼曲」、「澱河の歌」など、蕪村の長詩のこころみは、このような天明俳壇の傾向を背景にして、また一方に支考一派の仮名詩の理論と実作の歴史的な蓄積をもとにして、当然なされねばならないものであったといいうる。「澱河の歌」はとにかくとして、蕪村はこれら長詩で、かなり複雑な心理的なメカニスムを投入することに成功しており、ここでこころみた内部意識の表出は、唐詩の若干をのぞいてはみられないほど精巧であり、まして日本の在来の詩の発想と方法では、不可能なものであった。もちろん、支考らの仮名詩の運動から生れた実作とは比較にならないものであることは、たとえば『風俗文選』中の支考の「猫を祭るの詩」などを、蕪村の長詩とくらべればはっきりする。

蕪村が、この長詩の試みによって当面した問題は、いわば論理的な機能をまったくもっていない日本のコトバをつかって、いかにして内部感覚を論理化するか、という問題であった。一七六〇—七〇年代の蕪村の長詩が、一九二〇年代の「四季」派の詩人のリリックに比較して、けっして古びない理由は、蕪村が当面した問題が、おおよそ、日本のコトバの機能と表現との関係について、いつもあたらしい本質的な問題であったからに外ならない。

蕪村は、当時の唯一の外来詩である唐詩の発想と語法をかりて、この問題をきりぬけようとした。「春風馬堤曲」は、この蕪村の当面した問題を、素材のまま投げだしてみせたようなものである。唐詩の絶句と、単句、連句を巧みにつなぎあわせて、ひとりの少女が、やぶ入で長柄川の堤をあるきながら、故郷へかえる、という主題をとらえ、そのなかに自己の心理的な機制を封じこめている。

馬堤曲の発想の論理性、感覚の論理化、意識の内面化、のすぐれた純一性をかんがえるとき、反射的に、日本の長歌の方法をもっては、けっしてそれが不可能であるということにおもい至らずにはいられない。第一に五七の音数律は、日本的な本能律であるため、意識の論理的な展開をゆるさない。そのうえ、感覚的というよりも情緒的平面しかゆきできない日本の詩のコトバは、蕪村がすでに自覚的に受感していた十八世紀後半の町人ブルジョワジイの新しい感性の秩序に耐えうべくもないものであった。ここに蕪村が漢語的な発想と用法とを縦横にみちびき入れざるをえない必然があった。

日本のコトバが漢語からはなれて、仮名をつくり出していったとき、言葉は社会化され、風俗に同化し、日本的な社会秩序に照応する日本的な感性の秩序を反映しえたのであるが、それによって、日本のコトバは論理的な側面を中和され、うしなったのである。したがって、変革期において、日本の詩人たちが例外なく当面した問題は、内部世界の表白に論理的に執着すれば、外部現実とのあいだに、いいようのない空隙をおぼえるし、外部現実に執着すれば、内部の論理的な表白が不可能となるという二律排反であり、そのうしろには、たえず日本の社会が論理的な構造をもつことは、不可能なのではないか、という絶望的な予感があり、もどかしさがあった。日本のコトバの論理化は、日本の社会構造の論理化なしには不可能である。現在でも、論理的な発想、いいかえれば内部世界の表象を、論理的に詩にみちびき入れようとする詩人たちの詩が、ヨオロッパの詩の日本版にすぎないか、その最上のものでも、きわめて不安定な感じをあたえるのは、この問題の本質的な解決が、コトバと現実とのあいだの深い関連を、抜本的に解決するのでなければ不可能であることを証左しているとおもえる。

蕪村の長詩の試みは、蕪村が何らかの意味で、この問題に当面したことを物語っている。馬堤曲は、「むかし〳〵しきりに思ふ慈母の恩」というようなテーマに制限されながら、よく関西町人ブルジョワジイの文化が、東遷する時期の過渡期をになうに足りるものであった。「晋我追悼曲」は、馬堤曲とちがって、唐詩の絶句をみちびき入れてはいない。

君あしたに去りぬゆふべのこゝろ千々に
何ぞはるかなる

君をおもふて岡のべに行きつ遊ぶ
をかのべ何ぞかくかなしき

蒲公の黄に薺のしろう咲きたる
見る人ぞなき

雉子のあるかひたなきに鳴くを聞けば
友ありき河をへだてて住みにき

へげのけぶりのはと打ち散れば西吹く風の
はげしくて小竹原真すげはら
のがるべきかたぞなき

友ありき河をへだてて住みにきけふは
ほろゝともなかぬ

君あしたに去りぬゆふべのこゝろ千々に
何ぞはるかなる

我が庵のあみだ仏ともし火ものせず
花もまゐらせずすご〲とイめる今宵は
ことにたふとき

だが、ここでも発想の仕方も、内部韻律のありかたも、日本の長歌や今様や和歌の発想と、根本的にちがっている。日本の詩の情緒的な平板さは、韻律のつよい屈折と、論理的な安定さによって、まったく拒絶されている。蕪村の短詩の不安定さは、俳諧的な形式のなかでこそ、不安定だが、ここでは長詩の一聯または一行のなかで、つよい安定感となってあらわれている。

近世仮名詩運動がうんだもっともすぐれた作品であるが、支考らの無用な押韻の試みや五七の基本律にまどわされなかった蕪村の自由な意識が、よくこの詩をなしえたといえる。

現実の惨苦に執着せざるをえず、田沼意次や松平定信の封建階級擁護の政策を諷刺した柄井川柳らの「俳風柳樽」の流れと、中世的な方法をまもって、社会から逃亡した良寛のあいだに位置して、蕪村の詩が日本の近世詩壇にもたらした意味は、おおよそ以上のようなものであった。

明治革命は、せめて蕪村——一茶を流れるイデオロギー線上で、主動されるべきであった、というのはこの小論のおわりに加えられるべき嘆きのひとつである。だが、明治革命の革命家である浪人、下層武士インテリゲンツァは、長歌や和歌の方法によって、三文の価値もない復古的な政治イデオロギー詩を、ふんだんに残したことは、周知のとおりである。

前世代の詩人たち

――壺井・岡本の評価について――

青木書店版『壺井繁治詩集』の解説で、小田切秀雄はつぎのようにかいている。

中日戦争から太平洋戦争にかけての壺井の詩は、そのころの日本の詩のなかですぐれたもののうちに属し、戦争にたいする日本の文学者の抵抗の姿をその美しさと限界とのままに記念碑的に定著している。反戦の立場を底にひそめつつ、俳句的な性質のつよい象徴の方法で書かれたこれらの詩は、戦争下の日本の抵抗文学の一つの代表的な達成として発表当時わたしたちを深く感動させた。

わたしたちは、戦争中の壺井の詩に小田切たちが感動したという事実に、たとえわたし（たち）が壺井の戦争詩に感動しなかったからといって、異議をさしはさむことができない。それは、小田切（たち）とわたし（たち）との戦争体験のしかたの世代的なちがいや、詩にたいする評価のちがいが、からまっているからだ。

だが、小田切が、壺井の戦争期の詩を、「戦争にたいする日本の文学者の抵抗の姿をその美しさと限界とのままに記念碑的に定著している。」と評価するとき、わたしが壺井を「うしろめたそうな戦争詩人」としてかんがえていた世代的体験に照しても、また文学史的事実としても、異議をさしはさまざるをえないのだ。もちろん、小田切がしらないで、また故意に切りすてた壺井の戦争詩、愛国詩を、わたしがしっていて、故意にもち出そうとし、それにたいして文学史的な訂正をおこなうという名目をつけるだけなら、現在、ろくでもない民主主義詩人が、正当に提起された『死の灰詩集』にたいする批判に非国民のレッテルをはったり、国民の動向などという架空のタテにかくれて貶しめたりするやりかたを、うら返すことになるだろう。

しかし、かつて平和革命論の文学的イデオローグであり、いままた平和共存論の主動的イデオローグであり、やがて平和共存論はあやまりであったと、自己批判するであろう小田切の、善良で、浅薄な、つねに政治従属的な批評の盲点が、壺井にたいして適用されたのだとするなら？　そして、こういう評価が、戦後の革命をあぶくのように敗退させ、いままた敗退に拍車をかけようとする政治的な動向につながっているとするなら？　そして、これがまさに日本人民の運命を狂わせることにつながっているとするなら？

わたしが壺井の（壺井たちの）戦争期の詩を、小田切とちがったふうに評価することも、いくらか意義あるものとしなければなるまい。

民主主義文学陣営によって、戦後やられてきた戦争期の日本の文学についての評価や、文学者の戦争責任の問題の提起の仕方、そこから派生する問題について、わたしは、かなり広範な疑問があるが、いまのところ、それを総括的に論ずるには、わたしの準備は不足している。それゆえ、素材のまま出しておいて、他日を期することにしたい。

平野謙は、『現代日本文学入門』の「戦争下の文学」の項で、つぎのようにかいている。

また、片山敏彦の『心の遍歴』（昭和十七年七月）、坂口安吾の『日本文化私観』（昭和十七年）、石川淳の『森鷗外』（昭和十六年十二月）、中野重治の『斎藤茂吉ノオト』（昭和十七年七月）、花田清輝の『自明の理』（昭和十六年七月）、小林秀雄の『無常といふ事』（昭和十七年四月）などをエッセエとしてはあげる（文学的抵抗の例としての——註）ことができよう。その他、宮本百合子のおびただしいエッセエや小熊秀雄・壺井繁治・金子光晴の詩なども芸術的抵抗派の主要なものであった。ここに太平洋戦争勃興前後のもっともかたくなな文学的抵抗の主線があった。

わたしは、平野のこの評価に半ば与しえないものだ。すくなくとも、このうち半数は、けっして抵抗として評価できないし、抵抗として評価することで、うるところは、屈曲として評価することで、うるところより、はるかに少いことは、それこそ「自明の理」である。それに、平野が芸術的抵抗をみているところに、わたしは、内部世界を、いいかえれば自我を、論理化するための格闘を欠いていた擬ローマン的な屈曲をみるのである。いま、多くを論じている余裕はないが、壺井については、ある程度あきらかにするだろう。

『新日本文学』創刊号、創立大会の報告中の中野重治署名の「新日本文学会創立準備会の活動経過報告」に、つぎのような個処がある。

発起人としては、帝国主義戦争に協力せず、これに抵抗した文学者のみがその資格を有するという結論となった。秋田雨雀、江口渙、蔵原惟人、窪川鶴次郎、壺井繁治、徳永直、中野重治、藤森成吉、宮本百合子が決定した。

このうち、すくなくとも三分の一の文学者は、文学的表現によって「帝国主義戦争に協力」したことはあきらかである。では、なぜ明らかな許容が、虚しい決定をうらづけたのか。

わたしは、内部事情もしらず、しることに関心をもたないが、この決定が、平和革命論的な背景をタテにして、なされたであろうことに問題をみるのだ。

平和革命論がふりまいた害毒は、もともとれい属下において平和的に革命が成就するという理論にあったのではない。（平和的に革命が成遂するなら、そんないいことがあるものか。）それは、連合軍によって敗戦をむかえたのであるにもかかわらず、自力で戦争を終結させたように錯覚し、自慰した民主主義勢力が、自己陣営の虚偽を許容し、それとうらはらに、威猛高に、他の陣営をおとしめることで、人民の不信をかったところにあった。ようするに乞食根性であり、自己陣営に乞食のように近よってくれば、とたんにエビス顔をし、手ひどい批判をうければ反動よばわりを加え、ほとんど手のつけられない気狂いざたであった（そしていまもいくらかある）ことは記憶にあたらしいところだ。

このような民主主義的狂燥を背景にして、壺井繁治は「高村光太郎」論をかいている。それは、高村の詩に戦闘的韻律をみつけ出し、そこから必然的に戦争詩へはいっていったという論旨で、現在、岡本潤などが、盗賊よばわりしているわたしの「高村光太郎ノート」に比較してさえ、はるかにくだらない幼稚なものである。

そのなかで壺井はかいている。

しかも戦争が終って、日本の進歩的な部分が、民主革命への道に向って必死の戦を続けている今日、今度の戦争を通じて自分の果した反動的な役割に対して、いささかの自己批判を試みようとはしない。彼の詩人として受けた自己の悲劇と誤謬をなお悟らず、相変らずの詩（『週刊朝日』および『潮流』）を発表しているが、それらの詩には最早詩人としての高村光太郎の代りに、一人の反動的な俗物に成り下った高村光太郎以外の何者をも見出すことが出来ぬ。

「盗賊の手口」とは、こういう批判をさしていうのだが、もちろんここで、自己批判しなかったのは高村ではなく（高村はその後「暗愚小伝」をかいた）壺井であり（壺井は抵抗詩人づらをやり通した）、

「自己の悲劇と誤謬」を悟らず、相変らずの詩をかいたのは壺井であるというところに、民主主義的喜劇の典型があった。当時、日本人民は、敗戦の荒廃と虚脱と悲しみと、生活的惨苦にあえいでおり、そのような情況をまえにして、壺井は、そして平和革命論者は、天につばして踊ったのである。壺井はさらに、これに拍車をかけて、『新日本文学』昭和二十二年七月号の「民衆と詩人」において、かいている。

民衆からはなれて「孤高」を誇った詩人が、かえって手放しで民衆に追随し、民衆を深々と包む沈黙の中から自分の詩の言葉を創造する代りに、支配者が民衆に与えた「奴隷の言葉」を安易に自分の詩の言葉にすりかえることによって詩人でなくなった最も好い例を私たちは高村光太郎に見る。

まったく、岡本潤が「日本庶民のひとり」として抗議するなら、こういうチャチな見解に抗議したほうがいいのだが、この壺井の「高村光太郎」論は、これまた、頬かぶりの名手岩上順一によって、「さらにますます強化されつつある文学反動との闘争にもすくなからぬ努力がはらわれた。（中略）詩についても、壺井繁治氏の『高村光太郎論』その他がある。」（『新日本文学』昭和二十四年一月号）と評価されたのだから、ほとんどそこには希望はなかったといわねばならない。わたしは当時、こういう手合いが民主主義者づらをしていることを、断じて許容しまいと、こころにちかったのをおぼえている。

壺井のこの「悲劇と誤謬」は、小田切が、記念碑的な抵抗の姿だとして感動した戦争期からはじまっている。

いま、これをあきらかにするため、また比較の便のため、戦争期にかかれた詩「鉄瓶に寄せる歌」（『辻詩集』）と、戦後にかかれた詩「鉄瓶の歌」（『戦争の眼』）とを対比しよう。

（前略）お前は至つて頑固で、無口であるが、真赤な炭火で尻を温められると、唄を歌ひ出す。ああ、その唄を聞きながら、厳しい冬の夜を過したこと、幾歳《いくとせ》だらう。だが、時代は更に厳しさを加へて来た。俺の茶の間にも戦争の騒音が聞えて来た。（中略）さあ、わが愛する南部鉄瓶よ。さやうなら。行け！　あの真赤に燃ゆる熔鉱炉の中へ！　そして新しく熔かされ、叩き直されて、われらの軍艦のため、不壊の鋼鉄鈑となれ！　お前の肌に落下する無数の敵弾を悉くはじき返せ！

まったく、記念碑的な愛国詩である。しかし、壺井の「悲劇と誤謬」を、喜劇にまで高めているのは、戦後の詩「鉄瓶のうた」と比較することによってである。

まっ黒で、無愛想で、頑固なやつ。
古道具屋に売れれば、
二足三文の値うちしかないのに、
みんなに可愛がられる南部生れの鉄瓶よ。
お前は立派な、うちの家族の一員だ。
（中略）
長い日本の冬の夜ばなしは
なかなかつきず、
まっ赤な火に尻をあぶられて
沸騰する湯気の中から、
木々をゆすぶる木枯しの中から、
ぼくらの長い冬の夜ばなしの中から、

やがて春がやってくる。
わか者にも、年寄りにも、
みんなの胸に、こころに。

戦時中にもっていた南部鉄瓶は、くず鉄として献納したはずだから、新しく買ったのかもしれないし、あるいは献納する詩だけかいて、しまっておいたのかもしれぬ。（おお、庶民的抵抗よ！）わたしの関心は、この二つの詩が、意識的にか無意識的にか、おなじ発想でかかれ、その間に戦争がはさまっているという事実だ。この事実をもとにして、二つの詩のちがいをあげれば、一方は、擬ファシスム的煽動におわり、一方は、擬民主主義的情緒におわっていることだけだ。わたしは、詩人というものが、こういうものなら、第一に感ずるのは、羞恥であり、屈辱であり、絶望である。戦争体験を主体的にどううけとめたか、という蓄積感と内部的格闘のあとがないのだ。極論すれば、壺井には、転向の問題も、戦争責任の問題もなく、いわば、時代とともに流れてゆく一個の庶民の姿があるだけである。また、もしこういう詩人が、民主主義的であるなら、第一に感ずるのは、真暗な日本人民の運命である。

じじつ、現在の民主主義文学は、ほとんどわたしに希望をもたらさない。そこに自己偽まんと、自慰と、徒党（党派ではない）と、戦術的誤謬との、いくらかを見出すだけだ。すでに、時代は、わたしたち、ひとりひとりが、後退してゆく歴史の動向にたいして、ひとりで手探りをし、抵抗しなければならない情勢に立至ったのか。壺井の戦争期の詩を、わたしとまったくちがって評価している小田切秀雄などが、思想の平和的共存などを理論化している現状を、わたしは、見るにたえないとおもっている。

壺井繁治という詩人は、宿命的に、喜劇的である。

『文芸』昭和十七年七月号にかかれた詩「指の旅」は、国民学校一年生のようにこころをおどらせて、侵略のあとを地図でたどるという、「鉄瓶に寄せる歌」以上の記念碑的な愛国詩だが、壺井の詩がのった『文芸』には、東条英機の「日本文学の使命」という、文学報国会での講演の要旨がのっている。東条の講演の要旨は、この大いなる歴史的時代には、天才がうまれて日本文学を高めねばならぬという、ゲッベルスばりのものだが、壺井の「指の旅」よりは、いくらか筋がとおっている。

これだけでも、記念碑的だが、さらに戦後壺井は、「絞首刑を言渡された東条英機ら七人の戦争犯罪人に」と副題された「七つの首」という詩をかいたとき、悲惨なまでに喜劇的であった。「七つの首」はすでに関根弘によって、首まつりの意識だと批判されているが、どうして、そんなことでおさまりがつくものか。

朝日新聞法廷記者団著『東京裁判』第八輯に、壺井の詩「七つの首」をうらづける情況が活写されているが、東条のくだりは、つぎのようなものだ。

いよ〳〵最後に東条被告が立つ、軍服、両手を後ろに組んでゆつくりと入つてきた。三十余人のカメラマンがいつせいに立ち上つた。左に軽く首をまげて天井を見あげた、数年前にはかれ自身が全国民に号令したこの場所で——日本語に通訳される言葉をいち〳〵うなずいて聞き、絞首刑——にも大きくニヤリと左の口角を崩した。そしてイヤホーンをはずしてチラリと傍聴席へ眼を走らせた。家族にわかれをつげたのであらう。

東条がニヤリと嗤ったのは、連合軍をか？　日本人民をか？　あるいは、壺井をか？　わたしをか？　わたしは、この情況から、ふるえるような自罰をうけとった。それは、わたしたちの世代的宿命である。ここから、むらがり起ってくる問題、戦争について、転向について、革命について、わたしは、論ずる能力と準備をもたない。だが、いつかは、きっとやるだろう、やらねばならないのだ。壺井は、ダダイストとして出発したとき、すでに崩壊すべき運命にあった。なぜならば、壺井のダダイスムとは、内部的危機の爆発的表現ではなく、庶民的、盲目的叫喚の詩的表現にすぎなかった。それゆえ、時代の動向とともに、そのままコミュニスムに移行し、時代の衰退とともに、庶民的抒情へ退行し、庶民的擬ファシスムへ転換したのは当然である。もし若干の抵抗的要素を、小田切や平野のように認めうるとするなら、それさえも庶民的抵抗である。現在、壺井が、ときに民謡的要素を云々するのもまた、当然である。思想を内部的にうけとめないところに、転向の問題も、責任の問題もない。たとえ、かれが、前衛党の党員であろうとも、なかろうとも。わたしは、壺井に、昭和十九年一月号『蠟人形』に壺井がかいた勇ましくも沈痛な戦争詩「自らを戒むる歌」の終節をおくろう。

進みゆくとき
生命の数を数ふるなかれ
汝の勇敢も臆病も
戦ひの後はじめて定まる
戦ひのさ中にありて功名を争ふは
一匹の騾馬のみ

わたしは、他の喜劇的詩人、岡本潤について、かこうとおもう。『現代詩』昭和三十年八月号の「プロクルステスの寝台」に答礼しなければならないからだ。『現代日本詩人全集』の「自伝」で、岡本はかいている。

　戦争中、中野秀人や花田清輝らと『文化組織』をだしたが、それが私の思想的転機でもあった。そこからだした『夜の機関車』ごろから、私の詩風もおのずから変っていった。戦後の私の思想転換は、戦争中にひそかに培われたものといってもいいと思う。かつて理論的というより気分的に対立したコミュニズムに、しだいに接近するようになった。戦後にだした『襤褸《らんる》の旗』は、その転換の詩的ドキュメントともいうべきものである。

戦後の私の思想転換は、戦争中にひそかに培われたものといってもいいと思う？　これは、まったく奇異といわねばならない。花田清輝が、勇敢な抵抗者であることは、あきらかだが、わたしには、中野秀人も、岡本潤も、「うしろめたそうな戦争詩人」そういう記憶しかないのだ。

昭和十七年三月号の『蠟人形』の詩論「時代の韻律」で、岡本はかいている。

昭和十六年十二月八日の感激は、凡そ日本国民である者のこれを等しくしたことはいふまでもあるまい。その感激が深く精神の奥底を揺すぶりかへしたものであればあるだけ、それは在りあはせの言葉などに飜訳することはむつかしいのである。僕も詩人であるかぎり、その日の感激を一篇の詩として表現したい慾求を感じたことはたしかだが、それを表はすに適確な言葉を見出すことができなかつたといふことを告白せざるを得ない。

岡本は、神保の詩論「国民詩の進撃」を引用しながら、神保が国民的感激の翼にのって、歌の奪回を主張できるのは、すばらしいことであるが、と前おきして、

僕の場合は、あの日の感激を形晶化するようなどんな「言葉」も見出し得なかつた。精神の充溢にくらべて「言葉」の貧しさ空しさが痛感された。僕のなかの詩人は、時代の一大飛躍に即応するだけに豊饒で神速な言葉を持ち合はしてゐなかつたのである。あの日の僕は、皇軍の勇烈、神速、

果敢にただただ感歎し、荘重にして悲壮なひびきさへつたへる宣戦布告の放送の一語一語に胸を圧され、凝つとうなだれるばかりであつた。

といい、「文字通り詩歌翼賛が実行される為には、詩人の内部で、肯定さるべきものと、否定さるべきものとの烈しい相剋が極点にまで突きつめられなければならない。」とした。かくて、「自己否定」によって飛躍する時代に即応せねばならないという擬ファシスム的結論に到達するのである。『文芸』昭和十七年二月号「国民詩特輯」にかいた詩論「生活詩」の発想もこれとおなじで、「詩精神の頽廃やマンネリズムのために、われわれの日本語を死語にしてはならない。こんにち要請される国民精神の高揚としての詩は、純粋派とか生活派とかいふ名目にとらはれず、熾烈な探求と革新への意慾に充満したものであるべきだらう。」と結んでいる。岡本の「革新」が、コミュニスム的なものではなく、ファシスム的なものを意味したのは明らかだから、もし思想的な転換が戦争期に準備されたとするなら、戦後の岡本は、ひそかなるファシストでなければ、つじつまが合わないではないか。もっとも、「日本庶民のひとり」といったり、「素朴の強さ」(『アカハタ』)などをいいだしたりして、その徴候が、まんざらないとはいえない。

戦争期の国民文学論を、擬ローマン的なものと、擬ファシスム的なものとに大別すれば、岡本の論旨は、典型的な擬ファシスム文学論であり、それは、プロレタリア文学系の転向理論の、ひとつのタイプをなしていた。

岡本の詩「路」は、この詩論の発想からみちびかれたものであり、「本当を言へば地上にはもともと路はあるものではない、行き交ふ人が多くなれば万路はそのとき出来てくるのだ。」という魯迅の言葉は、「おほみいくさ」が路なき路というイメージに融合された。岡本は、二葉亭が戦争期の国民文学論者によって擬ファシスム的にねじ曲げられたこと、岡本自らがそれを踏襲していることを、おもいみるべきではないか。わたしが、高村の「東方の倫理」に関連して、「路」の第二聯を引用したことの、どこに誤りがあるか指摘してみるがいい。

岡本の戦争期におけるアナキスム的な立場は、その骨格をかえずに、ただちにファシスム理論へ移行できるところに特徴があった。それは、岡本が、内部世界を、外部の現実と相わたらせ、たたかわせることによって成熟させ、その成熟させた内部世界を、外部の現実とたたかわせる相互作用によって思想を把握したのではなく、内部的未成熟のうちにイデオロギイを接木したため、現実の動向によって密通的に動揺できるものだったためである。したがって、岡本の立場は、永久に、「日本庶民」プラス「イデオロギイ」であり、確立され、論理化された内部世界が、現実と思想との間を、実践的に媒介することはないのだ。

戦争詩「世界地図を見つめてゐると」は、あきらかにそれを立証している。

世界地図を見つめてゐると
黒潮はわが胸に高鳴り
大洋は眼前にひろがり
わが少年の日の夢が蘇つてくる。
われ海に生き海に死なんと
海軍兵学校を志願し
近視の宣告で空しくやぶれ去つた
わが少年の日の夢が——。
万里、波濤を蹴り
わが鋼の艦は行く。

夜を日につぎ
われら民族の血と運命を賭ける
海の闘ひは陸の闘ひにつづく。
わが少年の日の夢が
新しい世紀を創る、刻々の
壮烈な現実となつてかへつてきた——。

戦争期に岡本のような「少年の日の夢」を蘇らせたことは、「日本庶民のひとり」として、もっともなことであった。

しかし、いままた、「日本庶民のひとりとして、人権侵害の抗議をせずにはいられぬのだ。」と居直るとき、岡本の内部世界は、とうていわたしのいう「半封建的」という規定をまぬがれえない。なぜなら、はじめから岡本は、自己の内部にある「半封建的」なものとたたかうことを放棄すると、宣言しているにひとしいからだ。

わたしが、「高村光太郎ノート」で「日本的庶民意識」とかいたとき、もともと定式化されない庶民の意識構造を総括するコトバとしてつかった。だが庶民にたいするわたしの定義は、あの「ノート」をすこし注意してよめば、一貫しているのだ。

わたしは日本の社会的なヒエラルキイにたいして、論理化された批判や反抗をもたない層の意識という程の意味で、「日本的庶民意識」というコトバをつかった。

このような層の意識構造は、原則的にいえば、社会構造を、そのまま反映している。すくなくとも、社会と、そこに生活する人民とを対立的にかんがえるとき、そうである。

さまざまな要素が、庶民の意識にあらわれるのは、まったく、社会構造と庶民の意識構造との同型性によるのであり、岡本がどのようにアイマイにしようとも、このさまざまな要素は、原則として分析可能なのだ。

戦争権力の残忍さ、非人間さが、庶民の意識に反映してあらわれるのも、えん戦的サボタージュや、ラクガキで、「面従腹背」的抵抗があらわれるのも、岡本がいうような相反する要素ではなく、わたしのいう「庶民意識」から発したものに外ならない。

したがって、「こういう日本の庶民の抵抗要素は、吉本の『日本的庶民意識』ではスッパリ切りすてられているのだ」などとは、コッケイな云いがかりにすぎない。

抵抗的な要素には、革命的なものもあれば、岡本のように、革命的だとおもっていたら、あにはからんや「日本庶民的」なものもあり、ニセ革命的で、戦術的なミスばかりして、頬かぶりしているのもある。

だが、不可解なのは、戦争権力のメカニスムの怖ろしさ、なだれのようにそこへ傾斜してゆく庶民の動向の巨大な力を、身にしみてしっているはずの岡本が、こういうラクガキまでを動員して、戦争をしらない読者さえいるまえで、芝居じみた大ミエをきってみせる根性である。空トボケルのも、いいかげんにしたらいいのだ。

岡本は、戦後、ぬけぬけと抵抗詩人づらをしてきたが、おもうに、わたしのような、名もない学生ほどにも、権力の動向を反映した庶民から、いじめられはしなかったにちがいない。むしろ、盲目的に迎合する意識構造の持主にちがいない。

わたしのかんがえでは、庶民的抵抗の要素はそのままでは、どんなにはなばなしくても、現実を変革する力とはならない。

したがって、変革の課題は、あくまでも、庶民たることをやめて、人民たる過程のなかに追求されなければならない。

わたしたちは、いつ庶民であることをやめて人民でありうるか。わたしたちのかんがえでは、自己の内部の世界を現実とぶつけ、検討し、論理化してゆく過程によってである。この過程は、一見すると、庶民の生活意識から背離し、孤立してゆく過程である。だが、この過程には、逆過程がある。

論理化された内部世界から、逆に外部世界へと相わたるとき、はじめて、外部世界を論理化する欲求が、生じなければならぬ。いいかえれば、自分の庶民の生活意識からの背離感を、社会的な現実を変革する欲求として、逆に社会秩序にむかって投げかえす過程である。正当な意味での変革（革命）の課題は、こういう過程のほかから生れないのだ。

岡本のような「日本庶民のひとり」として居直ったり、戦争期の再版にすぎない国民文学論者のように、種々のニュアンスと、民族の独立という最大テーゼにかくれて、日本的庶民意識の「半封建性」を許容するところには、何も実るわけがない。

岡本潤は、昭和二十一年四月、『コスモス』の創刊号の「雑記」では、「消極的な抵抗線」をまもったことになっており、北川冬彦に嚙みつかれたあと、『新日本文学』昭和二十四年二月号では、「侵略戦争に協力したとみられうる不始末をしでかした」ことになっており、『現代日本詩人全集』の「自伝」では、戦争中から現在の思想的転換を用意したことになっており、わたしが、たった二三行、戦争詩を引用したのにロウバイして、「高村光太郎ノート」にケチをつけたあげく、責任は絶対に回避しないが、「日本庶民のひとり」として、わたしを「人権侵害」のカドで告発し、あげくのはてに、「盗賊」だとか「検事」だとか、バカバカしいことを書きちらしている。十年間、責任を回避してきながら、何が絶対に回避しないだ。

岡本が、思想的転換の詩的ドキュメントと自称する『檻褸の旗』のなかに、「後光」という詩がある。その一節に、

国をあげて
君たちの「忠烈」をほめたたえた。
政治家も詩人も、
金持も貧乏人も、
教育者も詐偽師も、
国をあげてのセンチメンタリズムが
君たちを桜の花にたとえ、
君たちを神にまつりあげ、
君たちの死に後光を添えた。

というのがあるが、岡本が「君たち」の「忠烈」をほめたたえた一人であることは、わたしの引例によってあきらかである。では、岡本は、じぶんを批判するつもりで、これをかいているのかというと、決してそうではない。壺井の「七つの首」とおなじように、ここには、内部的世界は、まったく関与していないのだ。

内部的世界が関与していないところで、岡本の詩にあらわれているのは、わたしのいう「日本的庶民意識」のなかの、残忍さ、非人間さ、ニヒリズムの表現である。民主主義文学は、戦後、そのことで人民の不信をかってきた。しかし、よく分析してみると、このような残忍さ、非人間さ、ニヒリズムは、「民主主義」に固有なものではなく、日本庶民に固有なものであることがわかる。

戦後の岡本の抵抗詩、たとえば「神の声」、「エデンの島」なども、まったく同じものであり、内部世界と外部的現実との対決は、捨象されているのだ。わたしは、これらの詩の技術的拙劣さを指摘しようとは、おもわぬ。また、あまりに公式的なイデオロギイ詩であることを、ことさら、あげつらうつもりも、意欲もない。だが、この詩は、残忍な、非人間的な点において、岡本が抵抗している相手と優に匹敵するものであることを、丁寧に読んだ読者は、理解するであろう。

一九五五年詩壇　小雑言集

一九五五年十一月十二日の『アカハタ』に雑誌『多喜二と百合子』第十二号の評があるが、その中にこう書いてある。「長い間良心的に戦って来た百合子を『人民の敵』『帝国主義者の手先』などと呼んだことが常識ある人々をあきれさせ、そのことが党への信頼を弱めたことははかり知れないマイナスであった。」いまごろ、空々しいことをいうな！　という外はないが、この評をかいたMという男も「多喜二・百合子研究会」の連中も、どうして且て宮本百合子のために「人道の戦士宮本百合子」をかいた胡風を、一言でも弁護してやろうとしないのだ。可哀そうな胡風よ！　わたしは一介の日本人にすぎないが、あなたが中国共産党の文学官僚どもに浴びせた批判を信ずる。ほんとうの弱者が救い出されるまでは、たたかうことをやめてはならないことを信ずる。階級的正義と個人的野心とを理性的に調合したような文学者を、うたねばならないことを信ずる。これはかならずしも現代詩に関係ないかも知れないが、関係ある現代詩人もいるのでかいておく。

「民主主義文学」批判

——二段階転向論——

驢馬か、
英雄か、
わからぬ不安。　（壺井繁治「仮面」より）

一九四五年（昭和二十年）敗戦のすぐあとで、いわゆる「民主主義文学」は、昭和初年のプロレタリア文学運動と、どういう関係にたつかという困難な問題にぶつかっている。

それは中野重治（『日本文学の諸問題』新生社刊）によって、「民主主義文学」運動は、プロレタリア文学運動からの前進か後退かという問題として提出されたものである。中野は、おおざっぱにいえば平和革命論的な展望をふまえて、「民主主義」文学運動は、プロレタリア文学運動からの正規の発展だと結論した。

この結論は重要な問題点になる。

昭和九年のナルプ（作家同盟）解散から、昭和二十年の太平洋戦争の敗北までの、プロレタリア文学運動をどう評価するかで、この結論はひっくりかえらねばならぬ。この転向につぐ転落（戦争の積極合理化）の期間をどうふまえるかで、戦後「民主主義文学」運動はその出発点を転倒せねばならぬ。また、この期間をどう評価するかで、戦後のいわゆる「民主革命」の展望は転倒せねばならぬ。どれをとってみても、まかりまちがえば落ち込むさきは真暗だ、という問題だった。

この問題は、「民主主義文学」陣営によって、検討しつくされるべきものだった。それは、充分に検討されたか、それは、されなかった。平野、荒たち「近代文学」の批評家が、この問題を照し出そうとしてしかけたいわゆる「主体性論争」は、足蹴にされて宙にまよったまま、論争はうち切られ、「民主主義文学」は「近代文学」の論客を抱きかかえた。

そのとき、ゆく先は決ったのである。

それは、昭和二十一年、徳田球一の「一般報告」にあらわれた次のような政治的展望、すなわち、

従来から聯合軍はわれわれにとりまして、日本の人民大衆にとりまして、民主主義革命の解放軍としての役割をすすめてきたのでありますが、四国管理委員会の成立は、この役割をして一層向上せしめるであらうと信じられるのであります。そしてわれわれは、世界民主主義の政策が着々進行せられてゐるのを見るのであります。すなはち、平和的民主主義的方法によつてブルジョア民主主義的革命を遂行することはわれわれの目的である。また人民諸君に対してできうるかぎり苦痛をおよぼさない方法をとらなければならない。しかも、社会的情勢はこの平和的民主主義的方法をもつてこれを遂行する可能性を含んでゐるのですから、われわれがこの方法をとるのは至当であるのであります。(『前衛』昭和二十一年四月一・一五日合併号二～十三頁)

この無惨な、局視的な展望とともに、ながく記憶されるべきものである。かくして「民主主義」文学は、戦後日本「民主革命」の敗退へむかって、文学の車輪をおしはじめたのである。このことはいまもわたしを苛立たしめる。わたしが「前世代の詩人たち」で八つ当り的に、小田切、平野、中野の壺井評価にこだわらざるをえなかった所以である。

問題の禍根は、たとえば小田切秀雄の「民主主義文学の根拠」(『諷刺文学』創刊号)によって典型的にうち出された。小田切は、中野の問題提起のあとをうけ、プロレタリア文学の転向と転落の過程を、強引に発展だといいくるめるため、「暗い谷間」の十年間のプロレタリア文学者のふるまいを目撃し、皮膚で感じ、いやしがたい傷痕をうけた、という荒の見解を反論しながら、つぎのようにかいている。

そのことで、極く少数ではあつたが「インテリゲンチヤ出身のプロレタリア文学者たち」のうちの若干が、——宮本百合子はもとより、例えば中野重治が「村の家」「一つの小さい記録」等のなかで示した独自なたたかい（それは『斎藤茂吉ノート』に続く）、『壺井繁治詩集』の詩人の詩的な抵抗、『現代文学論』から『再説現代文学論』に至る窪川鶴次郎の理論的な発展の努力、すべてこれらのものの存在があつさり切り捨てられるのであつてはならぬ。中野の「村の家」には中野自身の転向ということがでてくる。窪川の『現代文学思潮』はしらじらしいことばで装われている。壺井は北川冬彦の攻撃には値いしなかつたが、北川が攻撃するに当つて手がかりをつかむことから免れることができなかつた。ここにその一端が示されているような、「目撃」者たちの魂を「うづ」かしめるような事実があつたことは否定することができぬ。だが、その同じ目撃者にとつて、これらの極く少数のひとびとが同時にまた、なんと胸奥からの力強い支えとなつていたことだろう！

小田切は、ここでプロレタリア文学者の殆んどすべてが、〈中野、宮本〈百〉以外の〉たんに権力の弾圧によって転向をよぎなくされたばかりにとどまらず、戦争期において積極的に権力に協力し、理論的、実作的に戦争を合理化した、いわば第二段階の転向過程をふんだことを、うすものようにぼかしている。そのうえ、「民主主義」文学がプロレタリア文学からの発展だというため、プロレタリア文学者が、一歩一歩後退することによって、かえってそのために民衆の生活のなかに巾広く奥深く根をおろした実体を見きわめ、つかみ、どれほどかの限度においてそれを明らかにしたと述べ、この転向と転落の過程を合理化し、積極的に意味づけたのである。

おお、「屈折した仕方のうちでの一つの発展」！

小田切は、こんなアクロバットにひとしい評価を、こころを「うづ」かせずにしたわけではあるまい。

だが、これで、戦争期のプロレタリア文学、ひいては日本文学全般を検討するいと口は断ち切られ、小田切自身も、現在の「平和共存論」にいたる理論的な根拠をつかんだのである。

なるほど宮本百合子の「冬を越す蕾」「一九三四年度におけるブルジョア文学の動向」「ジイドとそのソヴェト旅行記」……とつづく後退戦は、みごとにたたかわれたものであった。

また、中野重治の「一つの小さい記録」「小説の書けぬ小説家」「村の家」などの作品は、転向からの転向をものがたる、孤独な、デスペレートな、うつくしい、みごとな後退戦であった。だが、「空想家とシナリオ」や「街あるき」の平明さ、『斎藤茂吉ノオト』の分析力は、後退から敗北の段階へ向ったことを意味するのではないか。そう評価することが、中野の「困難な困難な困難なたたかい」を意義あらしめる所以ではないか。

これに対して、窪川、壺井について、小田切のような評価は、ゆるされぬ。そして、窪川、壺井にあらわれた二段階転向の過程こそ、すべてのプロレタリア文学者のたどった過程に外ならぬ。

窪川の文学理論（壺井については「前世代の詩人たち」『詩学』昭和三十年十一月号参照）は、昭和十三年ごろから、戦争肯定理論へといわば、第二段階の転向過程へ向っていった。

戦争期の窪川理論の最大の特色は、かつての蔵原理論にならって、テーマや題材や意図の中に作者の文学についてのイデーがもっとも如実に体現されるとし、（主題の積極性と対比せよ——論者）戦争期の文学を、作者の自我とイデーとが対立し、分裂している状態としてとらえた点にあった。窪川がひそかにかんがえていたことは、あきらかである。かつてのプロレタリア文学理論をうらかえしていけば、主題の積極性（いいかえれば戦争肯定）は、至上の要請としてかんがえられなければならぬ。戦争にともなう主題を、えらべば、えらぶほど、作者の自我は、その企図と対立的にならざるをえない、こういう戦争期の文学の状況は、窪川自身がかつてのプロレタリア文学理論を、うらかえしてみて、うらかえしきれない（つまり戦争を全面肯定するところに踏み切れない）そういう内部の地点からことさらはっきり見えたにちがいない。

それは、かつて平林初之輔らによって、「芸術的価値と政治的価値」の分裂として提起された問題が、思想をぬきにしたところで、窪川によって作者の自我と、作者のイデーとが、主題をめぐって対立している、という見解となってあらわれたといいうる。このような問題が、「断るまでもなく文学が他の芸術部門と共に戦時下における国民の啓発指導にあたるべき重大な使命を担つてゐることは強調されねばならぬであらう」(「新たなる展望に就いての覚書」)という政治の優位性にまで、ひきのばされたとき、窪川理論は、はっきりと蔵原理論の裏かえしとしての性格をきめたのである。

このような地点にたって、窪川が意図しうるのは、文学が「常に当面の戦時態勢の中に吸収されてゆく」ことを前提にして(政治の優位性——論者)そのなかに、かろうじて文学の相対的自立性ともいうべきものを擁護することだけであった。たとえば、窪川はそのことを、藤村の『破戒』が、日露戦役を背景にしてかかれていて、人生の従軍記者という藤村の決意は、『破戒』のなかに直接的な戦時体制の描写としてえがかれていないが、日露戦役からうけた衝激と激しい心の動きは、『破戒』の中に、内包されている、とかいている。

よくかんがえれば、プロレタリア芸術は、必ずしも直接に一定の社会行動に向って大衆をアジるとは限らず、長期にわたって大衆の思想と感情と意志を結合し高める芸術も必要だ、というルナチャールスキーをかりた蔵原理論は、ほとんど原型のまま再現されている。窪川が、蔵原理論をうらかえしているのをみると、プロレタリア文学理論が、その誤った部分で、いかに堅固に残され、戦争合理化に役立っているかが判って、おどろかされるが、この過程をたどるかぎり、かつての「共産主義芸術の確立」「前衛の観点」への移行、という主張が、窪川において「皇国への帰一」の「世界観」への移行にまで、すべり込むことは必然であった。

ついに、窪川が「過去十年間には、文学など止さうと思つて、といふのは自分の才分に絶望して、

（この弁解の痛ましさに注目せよ―論者）一週間くらゐ不貞寝をしてゐたこともある。が今後の十年間の文学に対する想像の上では、私はたゞ、輝しき日本国家の偉業に応へて、日本文学の発展のためにひたすら挺身努力したいと希ふのみである。」（『現代文学思潮』）と書いたのは昭和十七年である。

もちろん、窪川が、そして窪川に典型されるほとんど全プロレタリア文学者がたどった二段階目の転向の過程が、かならずしも良心的でなかったとはいえない。いなむしろ良心的であろうとすればするほど、かつて習いおぼえたプロレタリア文学理論の欠陥によって、理論と実作は、そこへ転回していった、というところに重大な問題があった。

いわば、この「良心的」な転向は、「良心的」という名分だけで、小田切のようなアクロバット的な評価を根拠づけた。いや、転向じゃない、立派な抵抗だった（「ふたつの論争」）という平野謙の逆むき評価さえ、可能になったのだ。

平野は主体性論争のはじめから、「政治と文学」の問題を軸として、昭和文学史は、十一年ごろを境に二つにわけられ、前期はマルクス主義文学側からの「政治と文学」の問題提起がその中心にすえられ、後期は軍閥、官僚、それをとりまく「革新的」文学者側からの「政治と文学」が重心になることを主張し、小林多喜二と火野葦平を、ひとしく政治のギセイ者として表裏一体と眺め得る「成熟した文学的肉眼」が必要だと力説したが、同じ成熟した文学的肉眼を強調するなら、小林多喜二が生きていたら、火野葦平になったかもしれない可能性を指摘して、プロレタリア文学の転向過程の二段階説を唱えるべきであった。

わたしのかんがえるところでは、この転向の過程を、あいまいにぼやかした度合に比例して、主体性論争自体は、不毛におわらざるをえなかったものである。

平野、荒にたいして、いわゆる「民主革命」（いわゆる「平和革命論」）を擁護し、それを背景にした「民主主義文学」運動を正当化するためにたった中野重治は、文学者の戦争責任の問題を、自己陣営の戦争責任の検討をキソにすえることなく、もっぱら「文学反動」との戦いの一つの集中点とするために提出した。(「批評の人間性・二」)

したがって、それはまちがっていた。それは、「文化反動は全体として成功の見込みなく、かつ一時的性質のものである。」という中野の見透しといっしょにまちがっていた。それは、「日本政府は戦争責任者を保護防衛して日本文学者は我から戦争責任者を追求した。日本政府は聯合軍総司令部に叩かれて追放者を小出し発表にしぶしぶ出し、日本文学者はすすんで責任者のリストをつくり、個々の文学者が責任の座にすわった。」というコトバの空虚さといっしょにまちがっていた。(たとえば、『新日本文学』一九四六年六月　小田切秀雄「文学における戦争責任者の追求」のリストを参照)

中野はかいている。

追求するものは責めたてた。追求されるものの弱さを責めたて、彼らが軍国主義と戦い、せめて、あらがつた面を無視して、もつぱらその屈服した面の摘発に力を集めた。それは完全な良心の仮定に立つてそれに足りぬことを相手に責めた。それを責めるもの自身仮定された良心に乗つて甘えていたことでなした。すべてを良心に帰するこの観念論は、そのため最も悪質な戦争責任者をもとと良心のなかつたものとして追求から自由にし、弱点を持ちつつそれぞれに戦つた作家たちを無限に倫理的に責めることとなつた。

この中野の論理はうつくしい。しかしそのうつくしさ自体、中野の屈折した後退戦のうつくしさを実証するようにうつくしい。しかも、それによって論理自体は虚偽におちいったのである。

「民主革命」と「民主主義」文学とは、この場に限って最低の倫理的水準まで頬かぶりされ、それによって、プロレタリア文学系の文学者のみが、ほとんど完全に、完全な「良心の仮定」にたった戦争責任の追求からまぬかれたのである。まぬかれたばかりか、逆に居直ったのである。疑うものは、岩上順一「戦時下の文学」（『現代日本文学論』真光社）の盗人たけだけしさを見よ。壺井繁治「高村光太郎」（『文春』昭和二十一年四月）のそらぞらしさを見よ。

このまぬかれかた、この居直りは当時の「民主革命」の政治的展望と相まって、二つの点で重大な誤謬を意味した。

その一つは、解放の幻影——平和革命論的な見透しにあまえ、すくなくとも日本人民が、戦争ギセイ者が、戦争権力の強制した視野にはばまれて、もがきながら戦闘に参加した青年が、これらもろもろの被支配大衆が、連合軍によって敗戦をむかえたという認識で、戦禍の中の荒廃した現実の前で、虚脱し「意気沮喪」している状態が、何を意味するかの分析、その打開の道を封じたのである。

このときから、かれら（「民主主義」者）が大衆のこころを見透し得ず、架空の情勢をデッチ上げて自慰する習慣がはじまったのである。

名分のない戦争といえど、日本の人民は多くの人命を損した。虚脱も、ニヒリズムも当然である。しかるに、うしろめたそうに、また積極的に戦争をおう歌したかれら（「民主主義」者）は、解放の幻影に酔っぱらって、自己の戦争責任を含まぬリストなどを、とくとくと作って踊っているではないか。

一方、「民主主義」者は考えた。なるほど、自分達はよろめき、組織的な抵抗もできなかった。戦争に協力もした。しかし、いつも、権力につきまとわれて、苦労してきたんだ。いまこそ、解放され、平和的なブルジョア民主主義革命を遂行するのだ。連合軍は、解放軍なんだ。

このようなギャップのみじめな喜劇性に、いみじくも眼をすえたものは立ちすくみ、むなしく沈黙し、あるいはくびすをかえして、かれら（「民主主義」者）から遠ざかっていった。（たとえば三好十郎がそうである。）

わたしは、バカな「民主主義」文学者と、バカな文壇文学者とが、その光景を一度みたものはけっして文学者など信じられぬ、とおもわれるような厚顔無惨な復活をとげた当時をおもいおこし、こころがふるえる。

このデスペレートな復活によってプロレタリア文学の挫折と転回の追及はおし流され、それが「戦後民主革命の挫折の文学的責任」(そういうものは、あるのだ。)にまで、禍根をひいたのである。

いわゆる「戦後転向」の問題、民主革命の分裂問題、タイハイ的「国民文学」論の問題、現在、たれにむかってなされているか、了解にくるしむ「平和共存」論の問題、これら、低能者が革命的な仮面をかぶっているために生じた問題の原因は、とおくここに発しているのである。

このような中野の視点は、おもむきをかえて、おなじく平野、荒に応酬した宮本顕治の「新しい政治と文学」のなかにもあらわれた。宮本は、日本共産党の文芸政策の基本線は、歴史的経過によってもその正しさを立証されたという見地から、

日本の専制主義は、戦争の進行につれて、自由主義者、キリスト教的平和論者にまではげしい弾圧を加へた。その動向の中で、プロレタリア文学運動がいかに巧妙にふるまつてもそのまゝの形で存続することは想像されない。しかしこの運動の末期にも革命的左翼が検挙されず健在であり、敗北主義者の跳梁がなかつたら、その新しい条件への適応はもつと整然と合理的に移行しえて、もつと潰走的状態をすくなくすることができたであらう。


とかいて、蔵原、宮本理論をヒエラルキイの頂点とするプロレタリア文学運動を肯定したのである。この宮本の見解は、宮本が「戦後革命」の戦略を三二テーゼそのままの延長戦でかんがえた政治的展望と表裏一体をなしている。

それによって、宮本はプロレタリア文学者が、理論と実作体験の必然的な過程によって、専制主義の

戦争遂行と文芸政策を合理化した、第二段階の転向を解明するカギをすてたのである。

主体性論争は、このように、プロレタリア文学者が「またぞろ喉元すぐればあつさを忘れて、戦争中生産文学とか農民文学とか開拓移民文学などの領域で大真面目に国策に協力した所以」（平野謙「女房文学論」）を文学的に究め、それによって戦後の出発点を正位置におく仕事を解明しえなかった。

けだし、論者たちがただちにプロレタリア文学運動の運動史的な究明におもむき、文学論的究明をなおざりにしたことは、当然であった。

かれらが、プロレタリア文学理論と作品とを文学論的に検討する意欲をもつためには、転向が二段階をもち、第二段階目は、プロレタリア文学理論と実作体験の欠陥が、そのまま再現されたのだとする徹底した見解が必要だったのだ。

わたしのかんがえでは、（まだ充分な資料が発掘されないが）プロレタリア文学運動の挫折は、昭和十二年～十五年を境にして、二つの段階にわかれる。

前期は、いわば弾圧によって、運動史的な欠陥をつかれ、孤立し、後退し、転向していった過程であり、後期は、かつてプロレタリア文学最盛期に習いおぼえた腕っぷしと理論をつかって権力に迎合し、その文芸政策を合理化した積極転向の過程である。

前期の転向は、小林多喜二の専制主義による虐殺に象徴されるように、弾圧がその主要原因であり、後期は、これを権力の弾圧にきすることができず、いわばプロレタリア文学運動自体がもっていた文学理論、実作、組織論、の欠陥が自己転回して再生産されていった過程である。

したがって、前期転向は「良心に反して」おこなわれ、後期転向は「良心に従って」おこなわれた、等々。

このような二段階の転回をみとめれば、過去のプロレタリア文学運動は、その理論と作品についてあたらしく文学論的に見なおされねばならず、そのことは必然的にかつて主体性論争が空しく放棄した戦後「民主主義」文学の出発点の批判へつながらざるをえない。

昭和二年から昭和七年の間、いいかえれば二七テーゼと三二テーゼにはさまれた一般的危機の第三期において、プロレタリア文学運動の理論上の問題は、「芸術大衆化」をめぐる論争と、作品の「芸術的価値と政治的価値」をめぐる論争とに集中された。最盛期にふさわしく、この二つの論争をめぐって、プロレタリア文学の理論的な問題点は、まず、出つくしたということができる。

「芸術大衆化」論は、現在の俗流大衆路線のはしりだが、中野重治の「いわゆる芸術の大衆化論の誤りについて」の要約するところでは、つぎのような形ででてきた。

第一は、作者の身辺雑記など綴って高級芸術家面をしてもはじまらない。復活やレ・ミゼラブルの大衆性と通俗性をみよ。明日は大衆のものだ。大衆は通俗を喜ぶ。我々は明日へ、通俗へとむかうべきだ、という類のものである。(現在でも、すこし足りない「民主主義文学」者がそういう。)

中野は、ほとんど完全に答案をかいてこたえた。大衆芸術のまわりに大衆がそんなにも群れてくるなら、それは大衆の中にそんなにも笑いが殺され、その代りにはそんなにも沢山の泪が溜っているからで、なにも大衆芸術の大衆性、通俗性を大衆が尊重しているからではない。「今日大衆はその生活がまことの姿で描かれることを求めて居る。生活のまことの姿は、階級関係の上に現われる。生活をまことの姿で描くことは芸術にとつて最後の言葉だ。大衆の求めて居るのは芸術の芸術、諸王の王なのだ。」

第二の「大衆化」論はつぎのようにでてきた。

我々はプロレタリア芸術家だから、作品がひろく大衆にむかえられることをねがう。ところで、いくら頑張っても、大衆はそっぽをむいて、探偵小説と宮本武蔵をよむ。一体プロレタリア芸術は、大衆から、モーリス・ルブランや三上於菟吉を逐い出した時、レーニンの遺言を守ったことになるんだが、そのためにはブルジョア大衆芸術を面白さで凌駕しなければならない。その外のものは全部そろっているのだ。

中野はこれに対して、つぎのように反論した。どんな場合にでも、芸術上のプログラムと、政治上のプログラムとは、とりちがえてはならない。大衆からモーリス・ルブランや三上於菟吉を逐い出す問題は、政治上のプログラム、いいかえれば、プロレット・クルトの問題だ。

芸術家がその小さな成心で対象に臨むなら対象はその客観性において捕えようがない。そこに生れるものは捻じ曲げられた芸術であり、そこに示された道は袋小路である。

芸術にとってその面白さは芸術的価値そのままの中にある。芸術的価値は、その芸術の人間生活の真への喰い込みの深浅（生活の真は階級関係から離れてはない）、その表現の素朴さとこちたさによって決定される。だから面白さをさぐるには、芸術の源泉である大衆の生活を探るよりないのだ。

中野の、芸術上のプログラムと政治上のプログラムとはとりちがえてはならぬ、という見解は、プロレタリア文学理論上、画期的なもので、いまも検討するに価するのは、この理論だけであろう。そして、この中野のかんがえは、平林初之輔らによって提出された「芸術的価値と政治的価値」論争における「芸術に政治的価値なんてものはない」とともに、中野の文学観の核心をなしている。

中野は、平林の、ある芸術の芸術的価値が、どれほど大きくても、政治的価値が小さければ、その芸術の全体的価値は小としなければならぬのではないか、という問題提起にたいして、芸術に政治的価値なんてものはない、芸術評価の軸は芸術的価値だけだと結論した。この中野のいう芸術評価の軸のなかには、アプリオリにマルクス主義的な視点が予定されている。それゆえ、この中野理論によれば、マルクスが経済学批判の序で提起したギリシャ芸術についての問題、いいかえれば、古典をどう評価するかについて、まったく無力にならざるをえず、それはつぎのようなトルストイ評価のなかにはっきりとあらわれた。中野はかいている。

トルストイが偉大な芸術家だつたと言うのは、彼が人間生活の真実を優れた手わざで表現したということであること、しかし彼は遂に神さまに縋りついて地主階級の階級感情を擁護しなければならなかつたこと、そしてそれは芸術家トルストイの政治的マイナス価値ではなくて芸術的マイナス価値であつたこと、

この中野のかんがえは、平林が「芸術的価値と政治的価値」との分裂ということで、いいたかった疑問を、ただ一元的な疑問になおしたにすぎないといえる。中野はトルストイの芸術的マイナス価値を、トルストイが神さまに縋りついて、地主階級の感情を擁護したという政治的（?）な理由からもとめているのだ。

わたしのかんがえでは、この問題はつぎのように解かれねばならなかったはずである。

芸術評価の軸は、たしかに芸術的価値だけである。ところで、ある芸術を、政治的、イデオロギー的な評価の軸から評価することは可能であり、芸術評価の軸を照し出すために必要でさえある。そして、芸術評価の軸も政治的評価の軸も、作品のなかにあるのではなく、評価するものの内部の現実意識の中にある。したがって、ある評価者にとって、芸術的評価の軸と政治的評価の軸とは一致せねばならず、ただこの二つの軸は、それぞれ別個の価値体系をつくっている。

それゆえ、トルストイが遂に神さまに縋りついて地主階級の感情を擁護しなければならなかったことが、芸術家トルストイの政治的マイナス価値であるならば、それは同時に芸術的マイナス価値でなければならず、また、それが政治的プラス価値であるという視点からは、同時にそれが芸術的プラス価値として映らねばならぬ。

もし、マイナス価値としてこれを評価する視点へ、プラス価値として評価する視点を移そうとするなら、それは現実意識を移さねばならず、したがって、それは、政治的、現実的プログラムの問題であっ

て、芸術的プログラムの問題ではない。芸術はその価値体系のなかに、そういう機能をもたず、ただ、うごかされるべく用意された現実意識をうごかすことがあるにすぎない。

このような徹底した見解によって、中野は、論敵蔵原の理論的支柱であるルナチャールスキーのつぎのような不徹底な政治主義、いまも「民主主義」文学からたえず日本の文学にふりまかれている毒素のような見解を、完膚なきまで粉砕すべきであった。

批評家、マルクス主義者は全く実際的な問題を課した作品のみを意義あるものと考へてはいけない。当面の問題の提出の特殊な重要性を否定するものではないが、一見余りに一般的或ひはかけ離れたやうに見えても、実際は注意深く検討すれば社会生活に影響を及ぼす所の問題の提出の、巨大なる意義を否定することは絶対に不可である。(「マルクス主義文芸批評の任務に関するテーゼ」)

だが、中野は、政治的価値がいかにして芸術的評価のなかにはいりうるかの理論的解明に失敗し、それをアプリオリに前提するところからくる欠陥を、蔵原につかれ、蔵原の誤った理論がプロレタリア文学運動を支配することを、許したのである。

中野に反論した蔵原の理論的視点は、つぎのようなものであった。(「芸術運動における左翼清算主義」)

私は以前から、すべての芸術は常に必然的にアジテーションであり、そしてプロレタリア芸術はそのアジテーションを意識的に遂行する、ということを主張してきたし、現在もまた主張している。

だからプロレタリアートの芸術は常に言葉の広い解釈に於ける政治運動であり、この意味に於て「芸術的プログラム」は常に「政治的プログラム」である。ここまでは「イロハ」だ。

現在でも、こういう理論を信じているものがいるかも知れないから、強調しなければならないが、これは「イロハ」でも、誤謬の「イロハ」である。

蔵原は、ルナチャールスキーにならって、過去のプロレタリア芸術運動の最大の欠陥が、プロレタリア芸術確立のための運動と大衆の直接的アジ・プロとを混同したことにあるとした。いわば、中野が芸術的プログラムと政治的プログラムとを、とりちがえてはならぬと説いたのにたいして、蔵原は、政治の優位性の観点から、芸術的プログラムが、広義の政治的プログラムに包まれることを是認し、それによっておこるプロレタリア芸術確立の問題と大衆の直接アジ・プロの問題との混乱を、ルナチャールスキーの謬見によりかかって、指摘したのに外ならない。

「主題の積極性」の主張といい、「前衛の観点」への移行の要請といい、蔵原理論をおしつめてゆけば、そうなるのは必至だったのだ。

いわゆる主体性論争の中心点となった小林多喜二の「党生活者」のなかの「笠原」という女性の取扱い方の問題は、この蔵原の理論から、でてきたものである。蔵原は、「芸術的方法についての感想」(同前)のなかで「愛情の問題」の取扱いかたについて、つぎのようにかいている。

また我々がこの問題(愛情の問題)を取りあげるのはただ階級闘争の必要の観点から、その必要のかぎりにおいてであって、プロレタリアの恋愛一般を我々は問題にするのではない。だからそれを作品に描きだす場合にも、作家はプロレタリアの恋愛一般から出発して、それを作品の中心的主題とするのではなくて、あくまで政治的、経済的、文化的、日常生活的——あらゆる場面におけるプロレタリアートの階級闘争を作品の主要主題とし、そこから出発して、そのあいだにプロレタリアートの「愛情の問題」(をも)取りあげられ、描きだされなければならない。

プロレタリアートにとっては家庭や恋愛の問題はその関心の一部ではあるが中心的問題ではない。彼にとっては最大の関心事は階級闘争であり、したがって彼が家庭や恋愛を取りあつかう場合にも、それは作品の中心的主題として取りあげられるのではなくて、全体的階級闘争の一部として取りあげられて取りあつかわなければならないのである。

こういうバカ気た見解を文学的に実践すれば、一作家が作中の一女性を、政治的必要からどう取り扱うかはわかりきっているのだ。片岡鉄兵の「愛情の問題」を、ディテールで、どんな妥当に批評しても、原理的な謬見からは、謬見しか、うまれるはずがない。

被支配者階級にとって、愛情の問題も、階級的なたたかいも、生活も、家庭も、人間性の全面的な開花につながるものは、ひとしなみに中心的課題に外ならぬ。蔵原の理論は、「イロハ」の点で、バカ気た政治主義にたっていた。なぜ、作家が、作中の人物を取りあつかうあつかい方を、作家の内部の問題から照し出そうとしなかったのだ。もしその労をとっていたら、作家の政治的視点は、作品のなかに、作家の現実意識の反映として作品を内部から、構造的にささえるものとしてあらわれるはずだ、という洞察をうることは容易であった。芸術的なプログラムが、広義の政治的プログラムに含まれているという蔵原の理論的な視点は、いうまでもなくうわつらをなでた俗見にすぎなかった。問題は、はじめから、現実と現実意識と表現との基本的な関係のなかにあったのである。

わたしは、いくらかくどく「芸術大衆化」論の問題、「芸術的価値と政治的価値」の問題をめぐって、中野、蔵原の所見にふれてきた。プロレタリア文学運動の問題は、この両者の見解に集中されていると信じたからである。そして、ここにプロレタリア文学者の二段階転向の原因が集中されていた。つまるところ、中野は、政治的プログラムと芸術的プログラムとをとりちがえてはならぬということで、辛うじて文学理論的には芸術の問題が、内部世界と外部的現実とのかかわりあいに存在することを暗示したが、なお、芸術的プログラムのなかにアプリオリに政治的プログラムを前提することで、いかにして作品のなかに階級的視点があらわれるかの解明に失敗したといいうる。蔵原にいたっては、芸術法則の体系を政治的法則の体系と差別する点で、すでにつまずいたにすぎない。

ナルプ（作家同盟）解散以後の、プロレタリア文学者のたどった過程は、おおざっぱにいって、蔵原、宮本のコース、中野、宮本（百）のコース、窪川、壺井、徳永……のコースにわけることができる。すべてのプロレタリア文学者は、この最後にふくまれる。

蔵原、宮本は、政治的プログラムのなかに芸術的プログラムが包まれているという理論の必然にしたがって、政治的プログラムが弾圧されたとき、非転向のまま権力の捕獲するところとなった。

中野、宮本（百）は芸術上のプログラムと政治上のプログラムとは区別されなければならぬ。だが芸術的評価の窓はアプリオリにマルクス主義的視点をもつ、という理論の必然によって、政治的プログラムが弾圧されたのち、芸術的プログラムによってあたうかぎり正当な後退戦を展開した。しかし、芸術上のプログラムも、政治上のプログラムも、これを決定するのは、内部の現実意識だ、ということを徹底して洞察しきれなかったため、その後退戦は、よろめかざるをえなかった。

たとえば、中野は、『斎藤茂吉ノオト』のなかの「戦争吟」のようなのをかかずに、内部の現実意識の構造的な表現にまで後退することが、理論的には可能だったはずである。

いわば、中野のよろめきは、蔵原理論に屈した度合に比例していた。

窪川、壺井らのコースは、すべてのプロレタリア文学者がたどった過程に外ならぬ。

かれらは、弾圧による第一段階の転向において、蔵原、宮本理論にそむく形で、あるいは修正する形で、理論と実作を屈曲した。かれらが、「良心に反して」というのは、蔵原、宮本理論に反してということに外ならなかった。なぜなら、蔵原、宮本理論は、かれらにとって超自我のような役割をもっていたのだから。

　それゆえ、戦争期にはいって、「革新的」な文芸政策が編成されると、あたかも、蔵原、宮本理論をこころみる時期が再来したかのように、「良心に従って」擬ファシズム的（素材主義的）に、擬ローマン的（芸術派的）に、その理論と実作とを転回させたのである。

　この転回の果てに、敗戦をむかえた。戦後の「民主主義」文学（政治）の出発点が、中野や小田切の見解に反して、この転回の果てに位置づけられねばならなかったのは、自明である。かれらは、少数の例外者の視点と展望にまでつま立ちし、つま立ちを甘えさせる平和革命論にのって、ばか気た笛をふき、いわば、戦後革命敗北の文学的、政治的原因を担ったのである。

不毛な論争

たとえどんなに資質があっても、「支配と服従の死滅した世界」についての理想をいっぺんも描いたこともないような文学者をわたしは信ずる気になれない。だが、この種の理想は、はじめに自分のこころが、じかにとらえられるような小さな現実を足がかりにするのでなくては、具体的に描いてみせるわけにはいかないのだ。そうでなくては、自分のこころと理想とのあいだの隔絶を、空しく語るよりほかない。

埴谷雄高の「永久革命者の悲哀」（『群像』五月号）は、膨大な理想をえがくことによって、いつも自分の貧弱さをいやというほど思い知らされ、それによってかえって自己を認識する手段をみつけ出してきたこの作家の隔絶感を、独特な焦燥をこめて語っている。五月号の雑誌にあらわれた作品のうち第一の力作であったが、わたしはここに埴谷が『死霊』以来、しつように繰返してきた発想のある疲労感のようなものをみないわけにはいかなかった。埴谷は、おそらく、戦後の十年を、しだいに現在の社会を許容しつつ、その代償としてしだいに理想の方を苛酷に膨ませるという過程をたどって歩んできたのだが、この道は、ついに永久革命者の悲哀におわるよりほかないものであった。自分を何らかの革命者と認めるものは、現在の現実社会にたいしてますます苛酷に、未来の世界にたいして寛大に、という道をえらぶより仕方がない。

わたしは、花田清輝の「モラリスト批判」（『群像』三月号）にはじまる荒、大井、埴谷をまじえた論争が、論者たちにさえも気付かれずに、現在の日本の政治と文学と現実とのかかわりあいについて深刻な象徴を浮び上らせるにちがいないと信じたが、それは空しかった。論者たちは埴谷とおなじように、現在の現実社会にたいする苛酷さを失い、表現についての苛酷な心情をとうの昔に忘れてしまっていた。花田は、単純な原則の徹底した理解と実践を、荒は、倫理的な平等主義と科学的モダニズムとの独特な混融を、大井は、栗栖フチーク出版問題をはじめとする民主主義文学と政治との腐敗のヤジ馬的な暴露を、埴谷は「たとえそれが現在如何に激烈に思われようと、それらが未来から見て愚劣と看做されるものは、すべて、必ず変革されると、私は断言する」という独言を、それぞれ示してみせたに過ぎなかった。

六全協以後の日本の前衛党の動き、第二十回大会以後のソヴェト共産党の動きなどは、日本の文学者に明るい印象を与えたらしい。そこには、奇妙な安堵感のようなものがただよっていて、わたしは逆に、日本の文学者の政治にたいする萎縮した心情の根深さといったようなものを測らないではおられなかった。

たとえば、『近代文学』五月号「ドストエフスキーの再評価」という座談会など、その典型である。そこでは、ドストエフスキーの作品をたち入って再評価することよりも、ソヴェトでドストエフスキーが毛嫌いされてきたかどうか、スターリン死後の政治的情勢の変化が、ドストエフスキー評価にどういう変化をもたらしたか、もたらさなかったか、というような床屋政談めいたやりとりに多くのスペースがさかれている。

井上満の愚劣さは論外としても、何となく重石を取払われて、さて胸のもたもたを吐き出しているといった印象は、寂しい気がした。かれらは、政治と文学との関係について一個の見識ももたないような幼稚な表情にかえってしまっている。どんな社会制度のもとでも文学者は自己の思想を披れきし、主張し、表現する自由と権利と義務とをもっているというような原則を、あらためて鼓吹してやらねばならないような危惧さえ感じさせる。

そんなことで「雪どけ」もへったくれもない。わたしの目にした範囲でも、関根弘「野間村長の幸福」(『文学界』五月号）野間宏「狼は消えた」(『文学界』五月号）西田勝「想像力の問題」(『新日本文学』五月号）などは、どこかにそういう腑抜けた表情がかくされていた。

わたしは、六全協やソヴェト第二十回大会の諸決定をみて、暗い容易ならぬ印象しか与えられなかった。いま、このことを、つまびらかにする余裕をもたないが、進歩的な文学者があまりにも痴呆に似た政治へのもたれかかりをしめし、保守的な文学者（例えば、福田、山本、遠藤、村松、服部、進藤、「新しい文学史のために」(『文学界』五月号））が、文学技術者としての自分のワクと表情に何の疑いももっていない地点で自足しているのをみて、こういうことをいっておきたかった。

戦後詩人論

ああ　それが何の「はじめ」かわからぬうちに
たちまち去った警告の時代よ
（鮎川信夫「もしも　明日があるなら」）

昭和二十年（一九四五）八月、日本は降伏し、第二次世界大戦は終った。

戦後という場合、いうまでもなく太平洋戦争を含めた第二次大戦が終った後ということを意味しているが、この戦争の世界史的な意味と、日本の社会史の上から考えられる意味とは重大であり、日本の戦後の文学は、その意味をどのように量り、その破壊と荒廃とを日本の戦後現実のなかでどのように受感するか、という課題を創造の問題としてまず出発せねばならないものであった。

昭和二十一年には、『純粋詩』、『コスモス』などの主な詩誌が創刊されているように、戦前から詩の活動をつづけていた詩人も、それよりも若い世代の詩人も、敗戦後、いちはやく詩を発表しはじめている。

しかし、戦争がもたらした破壊と、生命を剝奪される実感に耐えて生き、そのまま敗戦後の荒廃した現実を体験せざるをえなかった意味を、内部の問題としてつきつめることの無かった詩人に、戦後詩人という名を冠することはできないであろう。単に復活した詩人も、惰性的な詩人も、戦後詩人ではない。いわば、日本の戦後詩は、戦争と戦後の現実体験を、内部の問題として罪業のように耐えながら、とにかく未来にむかって歩みはじめねばならなかった詩人たちによって、推進されねばならなかったものであった。

現在、結果的に考えれば、この時、まるで手さぐりでもするように、自己の受感性だけを信じて苦しげな表情をして歩みはじめた詩人達は、ほぼ確実に正統的な道を歩いてきたことが判る。これに反し、戦後の日本の社会を、単に帝国主義戦争からの解放として考え、戦前と戦争期の体験を、内部的に断絶して出発しようとした民主主義文学運動は、はやく出発点において誤算をまぬかれなかったのは当然である。

『荒地』の主動的な詩人鮎川信夫は、この間のデリケートな現実の情況を、つぎのように正当に表現している。

　「何百万の死者の霊とともに
敗戦がぼくの魂を解放する」
たえまなく出血している内部の世界で
おろかにもぼくはながいことそう信じてきたのだ
（「もしも　明日があるなら」）

戦前、戦争期を通じて、強烈な個我意識をとおして極限情況を体験してきた世代の詩人たちは、敗戦とともに精神が解放されるという幻影を、いたましくも破られねばならなかった。そこには、依然として天皇制が温存され、支配者は支配をつづけ、偽ものははびこり、挫折した戦士が、傷手をかくして解放の戦士のように登場していた。完膚なきまでに荒廃し、疲へいした社会的な現実のほかに、希望は一片も残されてはいなかったし、曙光はどこからも現われなかった。

詩的態度において、いちじるしく内面的であり、現実態度において倫理的であり、技法において古典主義的である「荒地」グループの詩人たちが、戦後、日本現代詩の主軸をになったのは、このような現実的な情況に照して当然であった。

わたしの視るところでは、日本の戦後詩は、まず、戦前のモダニスム詩とプロレタリア詩の欠陥を、どう克服するかという課題を技術と内容の両面から解決することを強いられたのである。

たとえば、戦前のモダニスム詩は、詩の技術を詩人の内部世界から切り離したところでフォルム化していったために、内面性の欠如、表現の平板さ、におちいり、遊戯化せざるをえなかったのであるが、この欠陥は戦争期にはいると忽ち拡大され、北園克衛のような超モダニストが日本の障子紙のような風景に美を見出したり、村野四郎は「挙りたて神の裔」のような作品をかき、安西冬衛は「相模太郎胆カメの如し」という表現を試みるなど、たちまち、そのモダニスムが衣裳にすぎず、内部世界を確立するための内面的な努力が不充分であることを露呈したのである。いいかえれば、衣裳はモダニスムであっても、その肉体は古い日本の庶民の意識から一歩も出ていないことを明らかにしたのである。

プロレタリア詩人が、これと丁度うら返しに、戦争期にはいって、ファッショ的な詩をかきまくって、その社会意識が、内部意識の深化ということに裏うちされていない衣裳にすぎず、社会的な関心、現実への傾斜ということを軸にして、コミュニスムへもファシズムへも、ただちに移行できる精神構造の未成熟さを露呈した。

現代詩の特長的な流派である戦前のモダニスム詩とプロレタリア詩のこのような欠陥は、いうまでもなく、近代詩以後の日本の詩にかかわる本質的な、宿命的な課題を、これらの流派もまた克服できていなかったということに帰せられる。そして、この課題は、おし拡げれば、日本の近代化の不完全さ、社会構造の非論理性、後進性ということにもつながり、その面から、明治以後の日本の近代文学全般の問題にもつながるものであった。

戦後の詩は、現実的な破壊と、幾多の戦争ギセイと、精神的な傷手を代償として、いわば近代詩以後の日本の詩にまつわる宿命的な課題を一挙に解決すべき運命を負わねばならなかった。そしてこのことは深刻な戦争体験を経て戦後の荒廃を受感することを強いられてきたより若い世代の詩人たちにとって、当然の責任であるかのように受け入れられたのである。

戦後「荒地」グループが直面した問題は、だから自我意識を現実体験によって深めながら、そこに詩の態度をすえ、しかも如何にして日本の詩の表現にまつわる非論理性、平板性、無思想性を超えうるかという点にあったことは疑いをいれない。このことは、「荒地」の詩人たちによって、技術より態度へ、意味の尊重へ、モダニスムを継承することによって反モダニスムへ、というように幾通りものいい方をされてきたが、帰するところは、この点にあった。

わたしの見るところでは、黒田三郎のような例外的な詩人を除いて、この問題は「荒地」グループにおいては、西欧の同時代詩の論理的な発想と、現実意識と、主体性とを原型としながら、如何にして詩をかくことによって、日本の社会的な現実に対応する感性の秩序の深層にまで変革の力をもたらしうるかという課題としてあらわれたのである。結論風に云えば、「荒地」グループの現在までの詩業は、この課題を充分に解決しえているとは云えない。詩の表現を、技術として取り出し、適用することに成功した詩には、どこかに西欧的な発想を模写したところからくる安定性と異質性があり、日本的な社会現実や現実意識と、どこで接触するかが不明瞭になっている。しかし、この問題の本質的な解決は、日本の詩のコトバが論理性をもたない限り不可能でありまたそのためには、日本の社会構造が論理化されなければ不可能である。

「荒地」グループが、戦後の現代詩にもたらした最大の功績は、内部世界と現実との接触する地点で、未だ、無限に詩の表現の領域が存在していることを啓示してみせた点にあるというように総括できそうな気がする。このグループの出現によって、日本の現代詩は、いちじるしく内面性を拡大したことは疑いを容れない。このことは、即物的な形象によるのでなければ、詩を成立させることが不可能であると考えているかに錯覚されるほど平板な戦前の詩と比較するとき明瞭である。

ここで任意な事例をあげて具体的に証明してみると、

十月の詩

危機はわたしの属性である
わたしのなめらかな皮膚の下には
はげしい感情の暴風雨があり　十月の
淋しい海岸にうちあげられる
あたらしい屍体がある

十月はわたしの帝国だ
わたしのやさしい手は失われるものを支配する
わたしのちいさな瞳は消えさるものを監視する
わたしのやわらかい耳は死にゆくものの沈黙を聴く

（田村隆一）

死

追われとおしに　追われて来た
蹄も割れ　眼球も渇いた
空と森が遠くに後退しはじめた

わたしの屍体が
さみしい茨のなかにころがっていると

やがて　誰かが近づいてきた
愛と恐怖の面もちで
血に濡れている獲物を
そっと見とどけにきた猟人のように
魂が　わたしを探しに来た　　　　（村野四郎）

前者は、田村隆一の秀作「十月の詩」の一、二連、後者は村野四郎の秀作「死」の全部である。ここで、問題となるのは詩の優劣ではなく特長であるが、田村の詩をつらぬいているのは、まず何よりも動かすことのできない内部世界の垂直性と論理性であり、詩の表現は、内部世界が確乎と位置づけられてあってそこからはじめて成立するというようにかかれている。村野の詩では、まず表現が前面にあり、内部世界はその表現に依存してはじめて存在するというようにかかれている。

いうまでもなく、このかかれているという問題は、かならずしも作者の内部世界が、実際にそうであるか、どうかということと同一ではないであろう。だが、田村の詩では、表現はそのまま内部世界の様相としてあらわれ、メタフォアは一義的に確定しているが、村野の場合、このようなアレゴリカルな表現では、必然的に内部世界は変形し、位置を動かさねばならない。この差異は微妙であるが、戦後詩人の特色を、戦前派の詩人と区別する決定的なポイントとなっている。

田村のこの詩に代表されるような「荒地」の詩人たちの戦後の詩業の価値は、いわば自己の内部世界と表現との関係について明晰な省察と位置づけが行われているというような点に微妙だが決定的な差異としてあらわれた。これは、戦前のモダニスム詩にもプロレタリア詩にも、不完全なあいまいな気分としてしか現われなかったものである。日本の現代詩が、衣裳やイデオロギーの転写ではない、真の意味の思想性を獲得するためには、内部世界と、外部現実と、表現との関係についての明晰な自覚が必要であった。そして、日本の後期象徴詩運動以後の近代詩の歴史は、詩のコトバの面と、詩人の内部世界のあり方と、社会構造の発達の特質の面から、この問題を本質的なテーマとして、展開されてきたといいうるのである。後期象徴詩運動以来、日本の詩が、日本の文学の全般から孤立していった事情も、この問題を、コトバの面からの格闘によって解こうとした日本の詩人たちの態度に、その大半の原因があり、それは、現在もつづいている。たとえば、「荒地」グループの詩運動は、小説の領域では、初期の第一次戦後派、野間宏、椎名麟三、埴谷雄高、島尾敏雄、安部公房らの文学的特質と同一なものであり、同一の課題を担って戦後日本文学のなかに登場したのであるが、「荒地」の詩人たち自体は、おそらく小説の世界との間に相互影響の関係もなく、個別的に、小説の領域と独立して同一の課題を追及したのであり、極端な云い方をすれば、日本の文学全般の情況に無関心でも、詩の課題を追及するのに不自由はないという地点で、詩がかかれて来たとも云いうる。そして、詩の批評も、小説の批評も、それを怪しまない常識の上で、存在しているといいうる。

「荒地」グループは、主体的な態度の尊重、現実体験の内面化、表現領域の拡大によって、いわば小説の世界と独立に、戦後文学の課題を共通に担ったといいうる。鮎川信夫、北村太郎、田村隆一、中桐雅夫、三好豊一郎らは、ほぼこのグループの主調音とみなされている暗い倫理性と、強い現実体験の内面化を詩のモチーフとし、それによって絶望的なまでに荒廃した戦後現実はこれらの詩人たちによって、くみとられた。

黒田三郎、木原孝一、加島祥造は、それぞれの個性的な詩業を呈出し、野田理一、衣更着信、伊藤尚志らは、特異な優れた詩で、それぞれこの主調音に協和した。

昭和二十五年（一九五〇）六月、朝鮮戦争が勃発した。朝鮮は南北にわかれて内戦に入り、中国軍と米軍とが、この内戦に投じて戦火をまじえたのである。

この戦乱は、日本の戦後現実を転換させる重要な契機となった。いわゆる特需ブームをテコ入れとして、日本の戦後資本主義は相対安定期にはいったのである。一方、昭和二十一年（一九四六）、二・一ゼネストの米軍による弾圧を契機として退潮期にむかった日本の戦後革命勢力は、分裂と混乱におちいり、その後高揚した学生運動を中枢とする反帝、反戦の戦線を積極的に突きくずして自ら墓穴を掘るにいたった。いわば朝鮮戦争の前後から日本の戦後民主革命は決定的に挫折の徴候をあらわしはじめたのである。

この時期に、「荒地」グループは、鮎川信夫「繋船ホテルの朝の歌」、北村太郎「地の人」、田村隆一「立棺」、黒田三郎「妻の歌える」のような、戦後現代詩の代表的な作品をうみ出している。

鮎川の「繋船ホテルの朝の歌」は、女と二人で絶望的な現実から逃れようとしてさ迷うが、結局は安ホテルで一夜をあかすほどのことしか出来ないという個人的体験を内面化しながら、この時期のデスペレートな日本の戦後現実のワクを鮮やかに啓示することに成功している。北村太郎の「地の人」は、一失業者の立場からブルジョワの私有生産手段の蜘蛛の巣から離れた内面的な解放感と自意識とをモメントにして、戦後社会の虚偽と、そこに仮面をかぶって従属せざるをえない無気力な人々の現実を鋭くえぐり出している。田村隆一「立棺」は、

価値も信仰も
革命も希望も　また生でさえも
おまえたちの屋根の下から追い出されて
おまえたちのように失業者になるのだ

というような地点から、戦争によって、膨大なギセイと荒廃を支払って、日本のあがない得たものが、

空無にひとしく、そこには依然として根柢のないものが現実の表面を横行し、われわれには死に価いする職も、死に価いする国も、愛も毒もないという絶望感によって、この時期の現実感を内面化した。黒田の「妻の歌える」は、市民の妻という立場を設定して、小さな幸福、小さな平和、小さな希望をまもるという地点から、この時期に次第に高まっていった反動的な再軍備政策への詩的な抵抗感を定着させた。

これらの個性的な詩人たちは、それぞれの詩法と現実感から、いわば一九五〇年前後の日本の現実を、主体的に鮮やかにえぐり出すことが出来た。

ここで、少し注意しておく必要を感ずることは、黒田を除いた「荒地」の詩人たちが、ほとんど等しなみにいたずらに不安と絶望感をふりまく詩人たちという評価を、この時期の「民主主義」詩人たちから受け、その追従者たちから攻撃をうけつつあったということである。しかし、現在、検討してみれば明らかであるが、この時期の日本の現実は、これらの詩人たちによってのみ深層からえぐり取られている。民主主義詩人の多くは、ただ、誤った政治的展望のもとに踊ったにすぎない。わたしは、その原因を、基本的には、「荒地」グループの詩人たちが、醒めきった眼で戦争体験を内部的にうけとめながら、その眼を戦後のデスペレートな悲喜劇の渦中で、持続したというところに求めたいと思う。

総体的にいえば、「荒地」グループが、戦後の出発にあたってもっていた課題の意味は、朝鮮戦争を契機として戦後日本の資本主義が相対安定期にはいった時期に、解消したといいうる。後続する詩の世代があらわれてからは、それぞれ独立した個性的な詩人として、成熟していったといいうるので、いわばこの時期以後、「荒地」の詩人たちは個別的に再評価されなければならない。

「荒地」が、戦後社会の相対安定性によって、運動としての役割を終ったといいうる根拠は、いくつか考えられる。

第一次戦後派に共通した傾向であるといいうるが、その主題のいちじるしい観念性、非日常性、倫理性、表現の論理性、といった「荒地」グループの特質は、社会の表面的な安定性からくる日常的な安定感によって、変化をうけざるを得なくなって来た。表現の面から云えば、日本の日常語格にたいする反逆性は、この安定感によって、幾分かずつ反逆性を薄められざるをえなくなってくる。余程の持続力と強固な内面性をもたないかぎり、いわば、内部世界と現実との接触する地点で、無限に表現の領域を拡大しようとする「荒地」運動の主要テーマは、存続することが困難になったといいうる。

鮎川、田村などを除いては、この傾向は一般的にあらわれた。北村は、現実意識を内閉した個処で内部世界の深化へむかい、中桐は技法的な成熟によって、現実意識の拡大、成熟を超えられて、その表現に安定したワクをかけられ、黒田の社会的現実への意欲と反抗は、その深部で日常的な安定意識をみせはじめ、三好は、いちじるしく観念的な上昇をとげた。木原は技術的な進境を、持てあましはじめた。等々のことが、一般論としていいうるかもしれない。

秋山清らの『コスモス』の創刊は、昭和二十一年（一九四六）であり、向井孝らの『ＩＯＭ』の創刊は、昭和二十二年（一九四七）である。

戦後における民主主義的な詩運動は、もっとも強力に、これらの雑誌によって推進された。しかし、たとえば『コスモス』は戦争責任の問題を正当に取あげながら、同陣営内の責任の相互検討をなしくずしにすることで、この問題を中途で横流しにせざるを得なくなり、戦前のプロレタリア詩運動と、戦争期の挫折の問題と、戦後の出発との継ぎ目を明瞭にすることに成功せず、金子光晴を除いては、戦前派の単なる出発という印象をおおいがたく与えた。向井孝らの「ＩＯＭ」同盟の運動は、その主観的なリアリズムの描写が、詩の方法上の問題では、プロレタリア詩運動の時代から何ほどの進展のあとも示さなかったといいうるが、正当な評価さえうけることなく、熱烈に持続的に展開された。

民主主義詩運動の戦後派は、関根弘、木島始、瀬木慎一らの「列島」グループの出現によって、はじめて明確な形をとりはじめた。

『列島』の創刊は、昭和二十七年（一九五二）であり、ここには、野間宏、長谷川龍生、井手則雄、安東次男などを含めて、民主主義陣営の新世代の詩人はほとんど結集した。

しかし、このグループが、真に方法的な自覚の上に立って方向を決定したのは、関根弘が『新日本文学』一九五四年三月号に「狼がきた」を発表して、民主主義詩運動の方法的な無自覚と、それと共通な根柢につながる運動上の欠陥、政治的なタイハイの根源を鋭くついて、野間宏、岡本潤、その他『詩運動』の一派と激しい論争をくりひろげてからであった。

この論争を契機として、関根弘らは、はっきりとアヴァンギャルドとリアリズムとの統一という方法上の立場を打ち出し、プロレタリア詩運動の内在的な欠陥をこの方向に克服すべき方針を立てた。『列島』昭和二十九年（一九五四）七月号は、「日本プロレタリア詩の歩んだ道」という特集を行って、アヴァンギャルドとリアリズムの統一の立場から、過去のプロレタリア詩を再評価したが、そこに掲載された瀬木慎一の「アヴァンギャルドとリアリズム」という評論は、戦後民主主義詩運動のなかで特異な意義をもつ力作であった。瀬木は『赤と黒』の運動のような、詩運動として論ずるに耐えない貧弱な運動を、真正面から嫌わず取りあげ、それを拡大、再評価することによって、アヴァンギャルドの系譜を追尋した。このような貧弱な詩運動を再評価せねばならないところに、戦後のアヴァンギャルド世代の同情すべき負い目があらわれざるをえなかったといいうるであろう。

「荒地」グループが戦後、自我主体と現実との接触する体験と態度と意味を重んじ、そこに詩の表現の領域を拡大してみせたのに対し、「列島」グループは、自我主体を意識化することによって、情緒的な屈曲を克服する方向に、戦前の現代詩の特徴的な欠陥を克服しようと試みた。「列島」グループの生んだ代表的な作品といえば、関根弘「霧」「なんでも一番」「絵の宿題」、長谷川龍生「理髪店にて」「特許局にて」「パウロウの鶴」「新テロリスト」、木島始「恋歌」などを挙げられるであろう。たとえば、関根の「なんでも一番」は、凄い！
こいつはまったくたまらない
せっかくきたのに
魔天楼もみえぬ
なにがなんだか五里霧中
その筈！
アメリカはなんでも一番
霧もロンドンより深い
嘘だと思う？
職業安定所へ
行って
試してみろ！
紐育では
霧を
シャベルで
運んでいる！

この最後の「紐育では　霧を　シャベルで　運んでいる！」というような表現を考えてみると、霧というものを物質として捉えながら、寓喩として同時に成立させ、それをシャベルで運ぶというような表現角度でとりあげるということは、一見、何でもないようでありながら、戦前のプロレタリア詩運動の実作では思いも及ばないことであることが判る。

ここには、新しい視角からする日本現代詩の新しい表現領域の可能性が垣間見られる。関根の詩は、大部分、失敗作であるが、この表現の摸索が実を結んだ時を考えるのは愉しい。長谷川もまた、小野十三郎の自然主義的リアリズムの影響下に出発しながら、小野が切り拓いたリアリズムの領域をいちじるしく拡大した。浜田知章、長谷川龍生、井上俊夫等は、大阪で『山河』を刊行して、「列島」グループに呼応して、社会主義リアリズムの確立を目指し、実験的な運動を行っている。

「荒地」グループといい、「列島」グループといい、いわば戦争の体験の意味を、内部から検討することによって、戦後の詩的な出発をはじめた。これらの詩人たちは、どのような主題を撰んでも、戦前の現代詩の欠陥をどう克服するか、戦争体験と戦後現実とをどう受けとめて出発するかという課題を、たえず引ずって来ざるを得ない世代であると云うことが出来る。

ところで、一九五〇年代に、自己表現を確立して登場した新しい世代の詩人は、多く戦争の体験を内面化し、反すうするという課題を強いられずに出発した詩人である。

中村稔、大岡信、谷川俊太郎、山本太郎、飯島耕一、高野喜久雄、牟礼慶子、中江俊夫、清岡卓行、谷川雁、茨木のり子などは、この詩的世代に属する。

わたしは、以前にこの詩的世代の一部をあげ、その特長を「詩意識のなかに実存的関心も社会的関心ももたない」という風に概括し、相対的安定期の社会的現実に対応することを述べた。いまも、この規定は、改める必要がないとおもう。これら第三期以後の詩人の特長は、社会的主題をえらんでも、個的な体験を主題に撰んでも、詩の表現意識自体のなかに、内部世界と社会的現実との接触する際の格闘があらわれないことである。これは、谷川雁のようにはっきりとコミュニズムの立場を打出している詩人でも、茨木のり子のように意欲的な現実批判の意識をもっている詩人でも、大体において当てはまる。一見しただけでは、これら第三期の戦後派詩人は、「荒地」、「列島」グループに比較して、問題意識、現実に対する意欲も稀薄であり、戦前の抒情派や、モダニスム派の詩人と著しい差異がみとめられないようにも考えられる。しかし、本質的には、「荒地」、「列島」グループの担った課題にひとしい問題を担っている。それは、一口に総括すれば、日本のコトバを論理的に使用することによって、詩的表現を論理化しようとする態度であると考えられる。この問題は、大岡、飯島、清岡などのように、どちらかといえば西欧の同時代詩を発想の原型にして、いかにして日本の詩的な土壌の深部にまで下降しうるかという課題を背負っているように思われる場合も、中村、谷川俊太郎、山本太郎などのように、どちらかといえば、日本の詩の表現法の土壌に立って、如何にして表現を論理化し、普遍性と内部の主体性とを確立しうるかという課題を担っているように思われる場合も、同質な問題であり、近代詩以後の日本の詩の基本的な欠陥を、戦後的に打開すべき課題を強いられているということができる。中村稔の秀作「凧」を例にとってみると、

夜明けの空は風がふいて乾いていた
風がふきつけて凧がうごかなかった
うごかないのではなかった　空の高みに
たえず舞い颺ろうとしているのだった

じじつたえず舞い颺っているのだった
ほそい紐で地上に繫がれていたから
風をこらえながら風にのって
こまかに平均をたもっているのだった

このイメージは鮮やかで、その捕捉法は論理的である。もし、作者の内部に強い主体性と論理性がなければ、この詩自体は、意識の盲点を綴りあわせて一種の空白感、怠惰感を表現するという戦前の「四季」派の常套的な抒情詩の情緒に陥いる筈であるが、ここでは、内部世界の論理性と、表現法の論理性とが、緊密にむすびついていることを啓示する強固な構造があり、その構造が、古典的ではあるが、強い倫理的な作者の態度を暗喩することに成功している。中村にたいして、大岡、飯島、清岡などの詩は、西欧の現代詩の表現法を考えに入れなければ、理解することは割合に難かしい。そしてこの理解の難かしさは、近代詩以後の日本の詩が、本質的にもっている不安定さと根柢で繋っている。そして、そのことによって、これらの詩人たちの実験的な試みを意義あらしめていると云える。

第三期の詩人たちを概括するのに、谷川雁、茨木のり子の特異さにふれる必要があるかも知れない。両者は、前記の詩人たちに比較すれば、より思想的であり、現実批判的である。谷川では、その思想性は、ナショナリズムとコミュニズムとの独特な直観的な接合であり、茨木では、ナショナリズムの戦後的な発展であり、ともに戦前のどのような詩人にも類型を求めることはできない。谷川では、時にメタフォアがあいまいで一義的でなく、情緒や、よく滑る韻律に流されて古風な内部世界の地金を露出するが、その内部の強い意想と、優れた技法がこれらの欠陥を補っている。

しかし、詩自体の内包している思想は単純で貧しいように思われ、この詩人の詩から判じもの的な面白さを除いて、何が残るかというところに今後の課題があると思う。茨木の詩は、その思想性と現実批判が、何処へゆくかが問題であるが、いずれにせよ、この骨格の太い二人の詩人は、第三期の詩人たちのうちで、特異な存在であることを失わない。

わたしは、いままで、以前に試みた、「荒地」、「列島」、「第三期の詩人」という基本的な分類と区分けによって、戦後詩人の見取図を取ってみた。このような粗雑な概括によっては、個々の詩人は勿論、戦後詩全体の展望すら覚束ないが、戦後詩と詩人の特質は、単純な規定によって、一応挙げつらってみた。戦後十年を経った現在、戦後詩と詩人の特質は、個々の詩人に則して深く追尋すべき段階にあると思われる。

挫折することなく成長を

現在のところ、サークル詩運動の最大のガンは、その運動が、文化運動としての課題と、詩の創作上の芸術的な課題の、二つを同時に担《にな》っているのだということが、徹底して理解されていない点にある。しかも、この二つの別個な課題が、集団としての活動、話し合い、創作、を通じて相互に影響し、成長し合う点に、おそらく同人雑誌運動とも、単なる文化的な啓蒙運動とも質のちがったサークル詩運動の特長があるというべきである。

このレポートを読んでゆくと、「詩を通じて全ての人々の幸福のためにつくしたい」という、未熟で、善意で、から怖ろしい「私たちの綱領」にぶつかり、熔岩詩人集団もやはり、文化運動上のプログラムと芸術上のプログラムとを区別できていないことに、危惧を感ずるのである。この集団を、もすこし注意して見ると、「詩の創作方法上の問題」では、「ただ生活を書いたら詩や」「心の中の不満をブチまけた」ら詩だ、ということに疑問を感じ、生活や環境の問題を、内部の問題とからめて追求しようとする段階にあり、一方、「運動」内部では、何とか話し合いの技術を身につけて、職業も生活環境もちがった会員や読者の意志を疎通させようとする段階にあるらしい。そこから、財政的な困難も、でてきているようだ。

わたしは、次の段階では、「詩の創作方法上の問題」と「運動」の内部的、外部的問題とを、はっきりと区別して、この二つの課題を、相互にけんせいし合うことなく、徹底的に追求して欲しいとおもう。

そうすることによってしか、「運動」と「創作方法」とがどう結びつくかが、把握できないのだということを肚に銘じて欲しいのだ。

現在も、これからも、古いプロレタリア文学運動の誤った理論から抜けきらない文学者が、サークル詩運動にはまったく新しい詩の芽生えがあるといって甘やかしたり、また、政治上の課題と文学上の課題とを、ごちゃまぜにして押しつけたりするかも知れないが、宜《よろ》しく拒否すべきであるとおもう。

創作上で出されている、あづま・みちこ、江口峻の正しい意見、運動内部の問題として出ている「今後の方向」の正しい意見、それに運動外部の問題として過去に体験した近江絹糸の闘争との結びつき、から考えて、この集団が挫折することなく成長してゆくことを、期待したいと思う。

文学者の戦争責任

戦後十一年たった。昨年来、詩人、文学者の戦争責任の問題が論議されてきている。それと同時に、この問題は知識人の戦争責任という形で、いわば知識人と庶民との結びつき、関係という点からも論議されている。問題は重要でありながら、展開すべき糸口はなかなか複雑であり、難しくもあり、ゆき悩んでいる。そのうえこの問題を横流しにして葬ろうとする動きさえでてきている。たれもが、傷口をかかえたまま吐き出せないでいる個処に触れなければ、問題は一歩も進めてゆくことができないようにおもわれる。

わたしは、詩人の戦争責任にかかわる最初の批評をかいたときの孤独なデスペレートな気持をおもいおこし交通整理者に堕ちてはいけないとおもうのだ。論敵はすべてうたなければならぬ。

岡本潤は、「詩人の対立」（『詩学』昭和三十一年二月号）のなかで、わたしが岡本の詩「神の声」や「エデンの島」を「残忍な、非人間的な点において、岡本が抵抗している相手と優に匹敵するものである」とかいた個処を逆手にとりながら、「ぼくの詩の最大の弱点は、そういうナマジッカな人間性や、それにともなう感傷性などを払拭しきれないでいるところにある。」などとかいている。

わたしはその点が岡本の内部にある庶民意識に原因するものであることをすでに指摘した。

いま、詩の創作方法と関連させてすこしはっきりさせておきたい。岡本は、理論的にも実作品としても、いかにして詩の表現からナマジッカの人間性や、それにともなう感傷性などが払拭できるかの端緒すらつかんでいないようにおもわれる。

〈自由〉の星の旗をかざす紳士
世界を漫遊　エデンの島へ着陸する
エデンの島は　国賓を出迎え
大臣が犬のように尻尾をふる

きのうの鬼畜　きょうの国賓
エデンの島は親方まかせ
法律も予算も　知らぬまにできる軍隊も
〈自由〉の親方の胸三寸

〈自由〉の星の旗　ひらめくところ
エデンの島もバクチばやり
選挙もバクチ　スポーツもバクチ
男は女に賭け　女は男に賭ける

引用は、岡本の詩「エデンの島」の四・五・六連であるが、岡本は、「芸術運動の今日的課題」のなかで、アホダラ経の現代版を試みたのであって、現代詩のまっとうな作品として評価することで、実験的な意義を無視されるのは不服であるといっている。しかし、どんな実験的作品であっても、正当な評価をまぬがれるものではないし、作者の本質的な傾向と離れて存在するものでもない。引用した連は、日本がアメリカの植民地的地位に堕していることを岡本なりに諷刺したつもりであろうが、当然成功していない。あざとい俗流コミュニストなみに新聞記事を逆手にとっているにすぎないからだ。もちろん、残忍で非人間的である。「大臣が犬のように尻尾をふる」「〈自由〉の親方の胸三寸」「男は女に賭け　女は男に賭ける」こういう表現のなかには、人間の内部の動きにたいする一片の省察もないからだ。支配者の内部にあるものは「犬のように尻尾をふる」ような単純なものではあるまいし、従属的なメカニズムの内部もまた「〈自由〉の親方の胸三寸」というわけにはまいらぬ。いわゆる「太陽族」といえども「男は女に賭け　女は男に賭ける」というようなものではない。岡本は、いやいや表現を単純化して、ナマジッカの人間性を表現から疎外した実験的な試みであると主張しようというのだろうが、その主張は成り立たない。情況を外部からしか捉えることのできない詩人が書く典型的なスローガン詩にすぎぬ。ここで岡本が書きまくった概念的な戦争詩との類似性を想起しないとすれば、余程どうかしているといわねばならない。

理解の便宜のための図式化されたいい方をかりれば、作者の内部世界と外部的現実とがかかわりあう過程で、諷刺詩が成立する必須の条件は、作者の内部世界が現実とぶつかりあって論理化されてゆく部分が創作過程を支配するということに外ならない。作者の内部世界には、混沌とした心理的な部分と論理化されたイデオロギー的部分があり、イデオロギー的部分は外部的現実とかかわることによって、また、あたらしい心理的な部分を生み、この過程はあきらかに循環する。創作に関与するものは、いうまでもなくこの全過程だが、諷刺詩はこの心理的な過程が内部において現実とぶつかって論理化されてゆく方向に成立するであろう。そして、このことが是認されるためには、作者の内部世界と外部世界とのあいだの照応が信じられていなければならない。岡本は、ここで、内部世界を論理化することによってではなく、放棄し、疎外することによって諷刺を成立させようとしているため「エデンの島」のような無惨な作品をつくってしまうのだ。

このような岡本の誤謬は、庶民意識にイデオロギーを接ぎ木をすることによって成立している岡本の内部世界そのもののなかに原因を求めなければならない。いいかえれば、岡本の政治イデオロギーは、内部世界を現実とぶつけて論理化してゆく過程において捉えられたのではなく、論理化されていない内部世界を、政治イデオロギーをもって包装しているのに外ならない。このように、イデオロギーを外部から持ってくるとき、そのイデオロギーは現実的な情況に応じて、内部世界とかかわりなく変動することを余儀なくされる。岡本だけではなく、ほとんどすべてのマルクス主義文学者の戦争期の作品と、戦前の作品と戦後の作品の驚くべき類似性と内部的一貫性の無さは、おそらくここに原因があるといわねばならない。

岡本のいう「ナマジッカな人間性やそれにともなう感傷性」は内部世界の論理化を経ないで温存されている心理的な過程によって発生する。いいかえれば、わたしのいう庶民意識によって成立するのだ。しかし、詩の創作過程からただ単にそれを追放し、疎外することによって、政治イデオロギーを代置しようとする岡本をはじめ民主主義詩人の俗見を、完膚なきまで粉砕するのでなければ、わたしたちは一歩も前進することはできない。

岡本は「詩人の対立」のなかで、鮎川やわたしの見解を反論しながら書いている。

> そこに、政策的に「海ゆかば」をうたわせる支配階級と、実感をもってうたう被支配階級との隔絶を見ることのできない、あるいは見ようとしない、鮎川氏や吉本氏のような「インテリゲンチャ」の見解こそが、浅薄でもあり、非科学的でもあり、もしかすると非人間的でさえもあるのではないか。

庶民が軍部や翼賛議員を圧倒的に支持していたなどとは、歴史の偽造者だけがいうことである。

庶民は戦争指導者の指図に従っているようにみせながら、ソッポを向いていた。

このような見解は、現在俗流コミュニストがロウする典型的、盲目的言辞であり、戦後民主革命を敗退に導いた重要な原因の一つが、かれらのこの盲目性にあったことをおもえば問題とするに価するであろう。岡本が鮮烈な素朴の結晶と賞讃する谷川雁もまた次のように書いている。

民衆の〝軍国主義〟とは民衆の素朴な夢のゆがめられた表現である。その押しひしがれ、ねじ曲げられた願望のうちに発展の芽があることを知らない者に革命を語る資格はない。この願望の本体ははるかに遠い古代から民衆を横につないできた共同体の思想、平和と安息と平等への思想であって、この思想の狭い限界をうち破り、その歪曲と闘って、より広々とした国際的な階級連帯への出口をみつけることが自覚した日本人の任務だった。（『アカハタ』一九五六年四月三日）

これは又、プロレタリアートにたいして利益であったか、有害であったかに戦争責任の判断規準を設けなければならぬとして戦争責任の問題を横流しにしようとする「芸術運動の今日的課題」（『現代詩』八月号）における花田清輝においても同断である。

何が問題なのかはっきりしている。戦後日本の民主革命が決定的に挫折した現在、こういう言辞によってかれらの前衛的部分が、自己の戦後責任を横流しにしようとしていることが問題なのだ。いいかえれば、かれらの言辞のなかには、戦争によって膨大なギセイを支払いながら、わたしたちが購いえたものが、戦後十年で空無に帰したことにたいする痛切な実感がどこにもないのだ。かれらは、いつも大衆にたいして名目的な、抗弁の余地のない愛撫を加えながら、実践的にバカなことを仕出かして、大衆からソッポを向かれてきた。大衆のなかにある支配ヒエラルキイにたいする脆弱点を正当にみつめ、いわばその脆弱点を論理化してゆく方向に変革のすべての過程が横たわっていることを見ようとしないからだ。そこに民衆の軍国主義とは民衆の素朴な夢のゆがめられた表現だとか、庶民は戦争指導者の指図に従っているようにみせながら、ソッポを向いてきたとかいう発言がうまれ、自己の実践的思い上りを覆いかくそうとする意図が生れる。わたしたちは、こういう名分にかくれて、批判者に傍観者という名をかぶせて抑圧し、だが、自らは何もしないよりもなお悪いような実践を戦後十年つづけ、誤謬につぐ誤謬のはてに自慰的集団と化した前衛的部分のタイハイを完膚なきまでに、あばき出さねばならないとおもうのだ。

庶民が軍部や翼賛議員を圧倒的に支持していたというのは、岡本のいうような歴史の偽造ではない。厳たる事実である。庶民が支配者にたいしてソッポを向いたのは、その内部における心理的部分においてであり、混沌とした動きにおいてである。庶民の内部にあるイデオロギー的部分は、あきらかに軍部や翼賛議員を支持し、そう動いたのだった。わたしが、庶民意識を問題にした場合、その意識構造のイデオロギー的部分を云々するのは当然であり、一面だけを見ない偏見ではない。岡本などの発言の周囲には、現在、前世代の民主主義文学者の見解があつまっている。『新日本文学』七月号「知識人の戦争体験と挫折」における中島健蔵から中野重治にいたる知識人の発言の根柢には、戦争期の自己の内部世界の問題を、経験によっておし流そうとする傾向と、戦争期においては全き仮面によるのでなければ表現自体が不可能だったという強弁がかくされている。そして、この強弁をひきはがしたとき、戦争期における知識人と庶民とに共通な、膨大な暗さが露出してくるのだ。

この点についてわたしは、わたしの他の傾向の論敵たちのいうところに耳を傾けなければならないだろう。それは、次のようなものである。

もう一つ、ぼくには奇妙な疑問がある。それは、批判者の側に立つ、関根弘、鮎川信夫、吉本隆明、武井昭夫が、自分たちの戦争中の体験をどう思っているか、ということである。もちろん、この若い世代は、その青春のいくらかを、またはすべてを、戦争によって埋没させられたひとびとにちがいない。その多くは、まだ学生であっただろうし、自分の考えというものをはっきりとはもつに至っていなかったはずである。かれらは、自分を無垢であると考え、その汚れていない白い手に自信をもっているのだろうか？（『現代詩』一九五六年四月号　清岡卓行「奇妙な幕間の告白」）

数百万の民族の生命をうばいとった戦争に、子供はいざ知らず、一点の責任もない人間がいるだろうか。問題はそれぞれの責任の質が違い、とるべき償いのあり方が違うということではないか。（『アカハタ』一九五六年四月三日　谷川雁）

秀才をうたわれる告発者は、当時きっと戦争に反対し、はっきりと歴史の方向を認識し、国賊少年囚として投獄でもされながら、戦争詩などというものは全然知りもしなかったろう。彼がたぶん特高や憲兵に焼ゴテをあてられながら耐えている時に、悲しいかな今日の被告となった老詩人は、「もうすこし生かしてくれ……」とだらしない悲鳴をあげてしまったのだろう。（中略）僕が知りたいことは、かの告発者がジュウ！　と焼ゴテをあてられながら何と叫んだろうか、ということである。（『今日』一九五六年四月号　平林敏彦）

この傾向には、『詩学』昭和三十一年七月号「詩論批評」における中村稔を加えてもいいとおもう。これらの発言は、要するに批判者に戦争責任を追及する資格があるか、わたしたちはすべて戦争にたいして共犯者だったのではないかという点にある。もし、わたしが、十代から二十代はじめにかけての自分の戦争観と体験を記述することに公共的な意味があると考えるならばそれを記述することは雑作ないが、そんな自己告白に何の意味があるのだ。わたしは、わたしなりに戦争期の自己の内部的、現実的な体験を生涯にわたって重要なポイントをなす体験と考え、その考えの下に「高村光太郎ノート」（戦争期について）をかいたのだが、自己の体験を単に告白することによって公共的な問題を引出しうるなどと自惚れたおぼえはない。しかし、わたしの奇妙な論敵達が指摘するほど、それに触れていないわけではない。まずこれらの論者たちは、自ら誇る文学批評的眼力によって、わたしの詩人文学者の戦争責任にかかわる批評を読み通すべきではないか。そこに、わたしの戦争期と戦後にかけての内的格闘のあとが読みとれないようでは文学を語る資格はない。

戦争期の日本の詩、文学の問題を論ずる場合に、その挫折が、文学の方法上の欠陥、それと関連して日本の社会構造の欠陥と密接不可分の問題であるという認識が必須の条件なのだ。それと共に、戦争期の体験を、どのように咀嚼して自己の内部の問題としながら戦後十年余を歩んできたか、そしてその戦争期の内部的体験を戦後十年余の間にいかにして実践の問題（これは文学的表現の意味にとっても、社会的実践の意味にとってもよい）としてきたか、いわば戦後責任をどう踏まえてきたかということが、この問題を論ずる場合に不可欠の条件である。わたしは、一連の戦争責任にかかわる批評のなかで、この二つの条件を一度も手離してはおらぬ。わたしの奇妙な論敵たちは、たんに戦争詩をかいたとか、かかなかったとかいうことで、わたしが前世代の詩人たちを批判しているかのように故意に誤読している。このような誤読は、論者たちの文学青年的心情、典型的な日本の文学者根性からして当然なのだ。かれらは、戦後十年余、自分が戦争期の体験をどう踏まえてきたのかに申し合わせたように触れておらぬ。もともと、戦争期の自己の体験などケロリと忘れておきながら、またそれを内部の問題として強いられずに過してきながら、ただヤジ馬的批評を加えているにすぎないからだ。かれらは戦後十年余、わたしたちが内部的にも現実的にも、戦争期の体験をふまえて、孤独な、分の悪いたたかいをやってきたことを見ようとはしない。わたしは、平和のしたでも血がながされていること、たたかいの死者はいまも声なき声をあげて消えていることを忘れることができぬ。

文学者の戦争責任という問題が、やっと端緒についた現在、わたし自身が当面した主な批判の傾向を概観してみた。俗流政治主義と俗流芸術主義とは表裏一体をなしているから、いいかえればここで摘出した二つの傾向は一つであるといってよいかも知れない。そして、この二つが事実一つになって進歩的名目を占有しているのであることに注目しなければならない。

文学者の戦争責任の問題を軸として、昭和十年代の文学と、戦後の文学を照し出す仕事は、やっと緒についたばかりである。わたし自身にとってこの課題が必然的であるかぎり、わたしの探求はつづくであろうし、だれも阻止することができないだろう。ジャーナリズムがどう取扱かおうとも、現在、批判の対象となっているのが老いさらばえた世代であり、批判しているのが興隆する世代であるというのは、ちがっている。批判されているのは進歩的名分と、多数者に擁護されてびくともしない文学者であり、批判するものは、ほとんど独力でこの重くるしい壁にぶつかっている少数者であることをわたしは忘れてもらいたくないとおもう。

民主主義文学者の謬見

1

「芸術運動の今日的課題」（『現代詩』八月号）という座談会で、花田清輝が、きみは大きな反共の流れの一つと見做されているから、ここらでひとつ居直ってコミュニズムと徹底的に対決したらどうか、と忠告をされていた。花田は憤然たる語調で（速記録では遺憾なことに、その口調が出ていない）、きみのような共産主義者をなめ切った奴に対してまで、善意をもって統一戦線に加わろうとしている者を批判してはじき出してならないなどという口実をもうけて、黙って許容するのはコミュニストの恥だとか何とか息まいていた。わたしは花田の説に深く同感する。もしも、わたしが反共主義者ならばだ。

わたしは残念なことに日本にはコミュニストなど一人もいないと思っているから、もちろん反共主義者でもなければ、善意をもって統一戦線に加わろうとしたおぼえもない。まさか、花田は共産党といえばただひたすら劣等感を抱いて身を擦り寄せてゆく日本の進歩的自由人とわたしを間違えたわけではあるまい。どだい、革命的インテリゲンチャが日本共産党や、「民主主義」文学などを、革命的だとか、進歩的だとか評価していると独りよがりに自惚れたとしたら大それた話である。それは、戦後十年すこしはましな運動をやってきたもののいうことだ。

もちろん、わたしは自分の主体的責任をかけて日本プロレタリアートの運命に相渉ってきた。また悪

郵　便　は　が　き

恐れ入りますが、52円切手をお貼りください

101-0051

東京都千代田区
神田神保町1-11

晶文社行

◇購入申込書◇

ご注文がある場合にのみご記入下さい。

■お近くの書店にご注文下さい。
■お近くに書店がない場合は、この申込書に
直接小社へお申込み下さい。
送料は代金引き換えで、1500円(税込)以上の
お買い上げで一回210円になります。
宅配ですので、電話番号は必ずご記入下さい
※1500円(税込)以下の場合は、送料300円
(税込)がかかります。

(書名)	¥	(　　)部
(書名)	¥	(　　)部
(書名)	¥	(　　)部

ご氏名　　　　　印　　TEL.

ご住所 〒

晶文社『吉本隆明全集』愛読者カード

お名前《ふりがな》　（　　歳）　ご職業

ご住所　〒

Eメールアドレス

本書に関するご感想、今後の小社出版物についてのご希望などお聞かせください。

ホームページなどでご紹介させていただく場合があります。(諾・否)

お求めの書店名		ご購読新聞名	

お求めの動機	広告を見て（新聞・雑誌名）	書評を見て（新聞・雑誌名）	書店で実物を見て／晶文社ホームページを見て	その他

お買い上げの巻数		他に購入予定の巻数		全巻予約の有無	

ご購読、およびアンケートのご協力ありがとうございます。今後の参考にさせていただきます。

意をもって統一戦線の形成に力をいたさなければならないとも考えている。だが、ただに戦後版「文学報国会」と化しつつ、後退につぐ後退、腐敗につぐ腐敗をもって自ら墓穴を掘っている「民主主義」文学者の関知する所ならんやだ。

現在の日本の社会情勢は、昭和八、九年のそれに似ていないことはない。戦後日本資本主義は、相対安定期から一般的危機の深化へむかう過渡期にあるとかんがえられる。文学的には戦後文学の特長的な翼はもぎ取られ、「民主主義」文学運動は、その政治運動とともに戦後十年の失敗を露呈し、もはや、将来の見通しと主体性を失っている。昭和八、九年頃、プロレタリア文学運動が潰走状態におちいり、モダニスム文学が手法的な衣裳をはぎ取られて、自然主義的、日本的芸術派が文学の主流をなしていった時期をほうふつとさせるものがある。

わたしたちは、他国の光に照されて「雪どけ」だとか、「思想の平和的共存」だとか、「平和革命論」だとかに浮き身をやつすくらいならば、この日本の暗い現実と革命状勢に眼をすえて、自力で政治と文学のタイハイ、反動化に抵抗してゆくべきではないか。

わたしは、ペシミストだがペシミストなみに「政治と文学」とを内部的に統一して捉える視点をもっていると信じている。それゆえ、伊藤整流に「組織と人間」とを対立的にかんがえ、第三の傍観者の正義をとなえることにも、平野謙流に組織の必然悪を諦観して、組織内の人間内部の苦悩に眼をすえて評価することにも、コミュニズムとヒューマニズムの統一をとなえて非共産党左翼の立場を積極的に主張する井上光晴にも同ずることができない。

総じて、これらの論者たちの眼は、感傷で汚れているからだ。政治をみすえる眼と、文学をみすえる眼とは、内部において同一でなければならぬ。いいかえれば、政治を実践する原理と、文学を表現する原理とは内部で統一されていなければならない。したがって政治的な実践の構造と、文学の表現の構造とは同型であって、これは内部の現実意識の構造にひとしいものだ。

政治と文学とのちがいは、いわば政治の問題が、内部世界を論理化してゆく方向に成立するのに反して、文学の問題が、内部の心理的な要素も、論理化された要素が外部の現実とぶつかって生みだす異質の心理的な要素をも、表現のなかに含むということだけである。ここまでくれば、わたしたちは直ちに社会的実践に身を投ずることも、文学の創作に従うことも内部的、主体的に可能である。事実それは可能なのだ。

わたしは、伊藤や平野の「組織と人間」とを対立させざるを得ない考え方が、如何に観念的であり、感傷的であるかを身をもってしっている。伊藤や平野がみているのは、組織の必然悪ではなく、人間の弱さの必然悪でなければならぬ。したがって、人間の弱さを論理的に追求することなく、人間の弱さの必然悪を組織の必然悪にすり代えることは、一種の謬見たるを免れまい。

先号本紙に掲載された井上光晴の「査問の方法について」もその意味で興味深かった。映画「ベルリン陥落」の悪口をたたいただけで五時間に亘って特高的方法で査問をうけたなどというのは、一種の風てん病院の出来事であり、査問委員を精神病院に収容するとか横っ面をはり倒すとかすればいい。革命組織の必然悪ではないかなどと、どうして悩む必要があるのだ。そういう風てんどもを摘発したからとて、反革命になるわけではない。井上の革命性を保証するものは依然として井上の内部と現実とのかかわりあいのなかにあり、エセ共産主義者のレッテルの如何にあるのではないからだ。

2

察するところ花田清輝のような「職域奉公」論者は、わたしが「民主主義」文学者をむきになって批判するのが不満で、どうしても反共のレッテルを貼りたくてしようがないらしい。そんなことでびくともするものではないが、馬鹿な奴が花田の発言に勢づいてせせり出してきてまたぞろとんでもないことを仕出かしたときは責任をもってもらいたいものだ。

実害がないから被害者根性をだしていうわけではないが、花田の発言に刺戟されたらしい「俗流大衆路線」論者から最近「若者よ、からだを鍛えておけ」というような低劣きわまる歌を「歌ごえ」運動から追放しなければならないと座談会で喋ったというのでわたしは文部省の役人呼ばわりをされた。ちょっと以前に、「多喜二・百合子」研究会のへどが出るような文学青年から近代主義的主体性論者にさせられたのも花田の発言がきっかけだったと記憶している。

何がかれらを進歩的だとか革命的だとか自惚れさせているのか。こういう手合を相手取ってもはじまらないが、その病根が深く遠い点は、是非とも一度は衝いておかなくてはならない。

現在、よほど頑迷な「俗流大衆路線」論者を別にすれば、「民主主義」文学運動を支配している理論は、かつて、蔵原、中野論争で一敗地にまみれた中野理論であり、おおざっぱにいえば政治上のプログラムと芸術上のプログラムをとりちがえてはならぬという政治・文学二元論と、芸術には芸術的価値しかないという一元論を根幹としている。

中野のいう芸術的価値のなかにはもともとアプリオリにマルクス主義的な視点が予定されていたため、政治と文学（芸術）とが、どこでどのようにかかわるかということの解明が現在でもほとんど未開のまま放棄されていることは指摘されねばならない。

だから、戦後革命の展望を三十二年テーゼそのままの延長線におく宮本らの政治運動にどっかりとあぐらをかいた文学青年が、看板だけは「民主主義」的な文学団体に所属しているというだけで進歩的だとか革命的だと自惚れる珍現象が発生するのだ。

また、政治と文学（芸術）とを二元的に分離するため、政治は革命家の仕事であり、文学者は文学の領域で文学運動を推進すればいいとする一個の「職域奉公」論がどうしても発生せざるをえないのである。

現在、文壇文学者から話がわかる「民主主義」文学者だなどといわれているのは大抵この手合いで、どだい、話がわかるもへったくれもない。政治にたいして無智と無関心なのを身上としている点で保守的芸術派とえらぶところはないのだ。この種の「民主主義」文学者は、自己の主体的な責任をかけて日本の社会的現実に相渉ろうとはせず、いつも、政治的展望のかげにかくれ、踊っている。現実の重たい風は肩からすりぬけてゆくから「雪どけ」か何かあると最先におどり出してくるのだ。

わたしは、べつにかれらを進歩的だとも革命的だともおもっていないから何と自称しようと勝手だが、「わが進歩的陣営では……」などというセリフは口が腐るといけないからやめてもらいたいとおもっている。

政治を内部的、主体的に視すええないところに進歩的な政治運動も革命運動もありえない。そこには、保守的な政治一般とえらぶところのない技術の問題がのこるだけだ。同時に、政治を視すえる視点が、そのまま文学を視すえる視点と内部において統一されていないかぎり進歩的な文学の問題はありえない。わたしたちは現在、「民主主義」文学運動の主流をなしている「職域奉公」論が「俗流大衆路線」論と表裏一体をなす謬見にすぎないこと、たとえば、太宰治や田中英光などを自裁にいたらしめた原因の一つがこの謬見にあったということに注目しなければならない。

現在の「民主主義」文学運動を支配している「俗流大衆路線」論と「職域奉公」論のはしりである「芸術大衆化」論と「蔵原・宮本理論」は、昭和十年代と二十年代にきびしい試練にさらされた。

この二つの理論は、日本の特殊な社会構造のなかで、弾圧下に生きのびることが出来なかったばかりでなく、戦時下ファッショ体制が強化されるにしたがって理論的な構造の近似性を手がかりにして絶対主義讃美の理論に移行することをあきらかに立証した。

花田清輝のように、わたしの「二段階転向論」を、当時の歴史的、現実的な条件をかんがえない機械論だと断ずることは手易い。また粗雑だとか幼稚だとかいう批判をべつに不服ともおもわない。

だが、「俗流大衆路線」論や蔵原・宮本理論を分解した政治・文学二元論をそのままにして、やりすごすかぎり現在の「民主主義」文学は日本の現実的な試練に耐ええないだろうというわたしの主意だけは、避けてとおることはできないのだ。

現代詩の問題

昭和八年（一説に九年）詩誌『四季』が創刊された。三好達治、立原道造、丸山薫、神保光太郎をはじめ、現代詩抒情派の主な詩人は、たいていこの周辺に結集した。

わたしの考えでは、『四季』の創刊は戦前の現代詩を論じようとする場合、重要な意味をもつものであった。たとえば、「四季」派は、同人、神保光太郎、蔵原伸二郎、保田与重郎などを通じて、「日本浪曼派」、「コギト」に接続し、三好達治、堀辰雄、横光利一などを通じて、第二次「文学界」「文学」、「詩と詩論」に接続するものであった。いいかえれば、「詩と詩論」が、社会的な情勢の変化にしたがってモダニズムの衣裳をひき剝されたのち、村野四郎、近藤東など「新領土」に継承されて行った部分をのぞいて、屈折してたどり着いた場所が「四季」であり、新感覚派、新興芸術派が、おなじようにモダニズムの衣裳をひき剝されて屈折していった場所と、落ちあう合流点をなしていた。そのうえ、田中（克）、蔵原（伸）、保田（与）など、転向者的な右翼もまた、「四季」の性格を支える一支柱をなしたことは疑いをいれない。

このようにして、「四季」派の抒情詩は、手法的なモダニズムの余燼と、主体的な近代性と思想的な民族主義的ロマンチシズムとが混合され、複雑にからみあって独特な性格を形成するに至ったのである。そして、ここには、日本の現代詩が、思想的な反逆性と語格のうえでの新しい試みをすべて喪失したあとで残った核のようなものが集中した。

わたしは、この「四季」派の抒情の性格を検討することは、とりもなおさず戦前の日本現代詩の特質の一つをはっきりさせることに外ならないのではないかとおもう。

『四季』の創刊された昭和八年（または九年）（一九三三、三四）は、日本の資本主義が決定的に帝国主義化してゆこうとする危機徴候をあらわしはじめた年である。この徴候は、世界恐慌の安定化ということを支点にしてあらわれたのだが、主な事件を拾ってみても、この年、日本は満州（現在の東北地区）問題を理由に国際聯盟を脱退している。日本ファシズムは、前年の血盟団事件につづいて、いわゆる「神兵隊」事件を起こしている。三木清、谷川徹三らは文化擁護を目的として、反ファシズム的な「学芸自由同盟」を結成し、これとほぼ並行して「反ファッショ自由同盟」が結成されている。小林多喜二が虐殺され、野呂栄太郎が逮捕され、佐野学、鍋山貞親が転向を声明したのもこの年である。

いわば、社会的に見れば、日本資本主義が帝国主義化へのコースを急旋回しようとし、革命勢力が決定的な弾圧をうけ、自由主義勢力が反ファッショ的な文化擁護へと消極的な抵抗を構えざるをえなかった情勢のなかに、「四季」派の抒情詩の成立する基礎があった。もはや、わたしが云おうとするところはあきらかである。

現代詩の特長的な手法であるシュル・レアリスムとプロレタリア・レアリスムとが、その衣裳と翼とを、社会的な情況から奪われざるをえなかった所に「四季」派の抒情詩が成立する基盤があった。

当時、プロレタリア文学運動は、小林多喜二の「党生活者」、「右翼的偏向の諸問題」を最後の夕映えとして解体の危機に瀕していた。徳永直の「創作方法上の新転換」、林房雄「プロレタリア文学再出発の方法」にはすでにこの解体の徴候があらわれている。ナルプ（作家同盟）編集の一九三三年『戦列』には、郡山弘史の「同志カルミコフにおくる」のような戦闘的なプロレタリア詩がなお掲載されているが、潜在的には運動自体は崩壊に瀕していたのであり、たとえばプロレタリア詩運動の理論的な指導者の一人森山啓は、前年（昭和七年）すでに「私の街よ、さらば」を書いて、いわばこの崩壊の運命を如実になぞっている。

なほ私は労働者の一介の詩人であつたことを誇りに感じてゐる
そのために飢ゑた、悔いは残らない、――この感傷は私の最後の慰めである
戦線は乱れてゐる、私は一個の廃兵だ――これは私の最後の歎きだ

ナルプ（作家同盟）が「我が同盟の絶対的多数の作家は現在の組織事業を事実上放棄し、合法圏内に於ける必要な活動の自主的な展開に向っている」ことを内因の一つにして解散したのは昭和九年（一九三四）である。

この年、軍部ファシストは「国防強化パンフレット」を発行して、ファシズム的な立場からする日本資本主義批判を明かにした。

一方日本のモダニズム詩派は、その手法と詩意識の必然的な結果としてこのような社会的な危機の様相をまったく受感することができなかった。北川冬彦の詩集『戦争』から『氷』に至る若干の詩業を除いて、この派は、現実社会の動向にたいして、空の空をうつ詩作を羅列したのであり、むしろ、内部的には社会の危機的な様相を表面的に安定感として受感したところに日本のモダニズム詩の喜劇的な特長があらわれた。このことは、戦前のモダニズム詩の性格を論ずる場合、見落してはならない点の一つである。昭和八年にはモダニズム派の代表的な詩人北園克衛の『円錐詩集』が発刊されている。その中の「水晶の釦の下つた少年のステッキまたは眼鏡」はつぎのようなものである。

踊れ。軽金属の眼球の流行児よ。そのとき私はLaibnitii opera philosophicaといふ書物を抱へ、水晶のパラシウトに乗つて、たちまち透明になつた空前のなかを純白の立体市街に向つて垂直に落ち

てゆく。

この北園の詩には、まだ単純な無意識心理に形象をあたえようとする企意がうかがわれる。しかし、『白のアルバム』のもっていた実験的な衣裳は、もはや剥れ落ちかかっているのだ。北園の詩業は、これ以後、昭和十一年の『鯤』、昭和十二年の『夏の手紙』、昭和十四年の『火の菫』、昭和十八年の『風土』へと次第に情緒的に屈折してゆく。たとえば『風土』のなかの「送行」という詩はつぎのようなものである。

落日のなかに
黍の葉が
ざはめいてゐた

径は
みな細く
曲つてゐた

芒のなかに
小鳥もなく
風もなかつた

胡麻の畑をすぎ

石にのぼり
西にむかへば

すでに
木木は黒く
野は暗かつた

人も
家畜も
みえなかつた

落莫として
言葉もなく
なにもなかつた

もはや、ここまでくれば、超モダニストである北園の衣裳は全部ひきはがされていて、一個の日本の庶民的抒情詩人に外ならなくなっている。そして、ここに日本のモダニズム詩のたどった典型的な道行きが暗示されていた。それゆえ、

日本人は太古《むかし》より
太刀の形に艦を造つた

仇なす敵を屠るために
百錬の太刀のごとくこれを操つた

今や一大事の秋
民族の生命の軍艦《ふね》を思ふ

という戦争期の「軍艦を思ふ」という北園の詩など、決して意外な作品ではない。このような、庶民的な抒情への屈折は、日本のプロレタリア詩でもモダニズム派に共通したものであった。たとえば、プロレタリア詩系（厳密に云えばダダイズム―アナキズム系）の代表的詩人岡本潤が刊行した、昭和三年の詩集『夜から朝へ』のなかの「都会の疲労」という作品をあげてみると、

壊れた心臓をおきざりにして
動乱は遠く去つていつた
手をのばして
手をのばして
やつとつかんだものは
からつぽのコップか
目もない　耳もない　鼻もない
つんつるてんの女の顔か――

ガタン！　と
ドアが内側へひらいて
風が――
空から吹き落した星と一緒に
都会の疲労を背負つた半纒着を
石ころのやうに投げこんでいつた。

この第二聯に特長的にあらわれているように、ここにはダダイズムからシュル・レアリズムに移行する西欧前衛詩の手法の特徴がうかがわれるのだが、昭和八年『罰当りは生きてゐる』のなかの「おれら」などになると、

おれら　ゴロツキといはれ　ヌスビトといはれ　コツジキといはれ　ヒトデナシといはれ、ムチム
　ノウといはれ　コウガンムチといはれ　クヅといはれ　カスといはれ　ヒトゴロシといはれ　コ
　　クゾクといはれ
つまはじきされ
おつたてられ
しばりあげられ
つるされ
ひつぱたかれ
けられ
ふみにじられ

されど　おれら
悔なし
怖るるなし
天下に恥づるなし

というように、自然主義的なイデアリズムに完全に退行しており、昭和十六年の『夜の機関車』のなかの代表作「夢の戦場」は、もはや概念的な抒情詩の典型に外ならなくなっている。ここからは、岡本の戦争詩の諸作品は地続きであったということができよう。

いわば、この庶民的な情緒への退行は、手法的なモダニズムの衣裳を薄絹のようにかぶっていた「四季」派の典型的な抒情詩人においても変らなかった。たとえば、詩集『測量船』から詩集『捷報いたる』にたどりつく三好達治の詩業がそれであり、『愛する神の歌』『父のゐる庭』『或る遍歴から』の詩人津村信夫が、

面影にたちくる父に
語らまほし
今日の日のみいくさ
湧きあがる
日の本の勝鬨

という「起臥」にたどりつく過程がそうであった。

すくなくとも、当初においては、現代詩の特徴的な流派であるモダニズム詩派とプロレタリア詩派が、

「感情」詩派と「民衆」詩派との自然主義的な手法を、徹底的に否定しようとして出発したことは疑いをいれない。モダニズム詩派もプロレタリア詩派も、第一次大戦後の西欧ダダイズムからシュル・レアリズムに移行する詩の手法的な革命性と破壊性を移入することによって、近代詩以後の日本の詩にまつわる自然主義的な抒情と現実意識とを克服しようと試みたのである。大正末から昭和初年の時期は、あたかも、日本の資本主義が一般的な危機の第二期に入り、相対安定を保ちながら、危機化の段階にうつりつつあった時期にあたっていた。階級分裂は鋭くなり、社会的な情況をどう受感するかによって、日本の詩は分裂を余儀なくされたのである。下層庶民の情緒と反抗をそのまま反映していた詩人たち（たとえば、野村吉哉、林芙美子）と、ダダイズムの洗礼をうけていた詩人たち（たとえば、萩原恭次郎、岡本潤、壺井繁治）と、下層農民、下層都市労働者の意識を反映していた詩人たち（たとえば渋谷定輔、渡辺信義）とは、このような社会情況と階級闘争の組織化にともなって、詩意識を下降せざるをえなくなっていった。もともと自然発生的な下層庶民（農民）の情緒的な反抗と抒情が、目的意識をもつためには、社会的現実にむかう反抗の意識化と、内部の詩意識の論理化とが対応して同時におこなわれなければならなかった筈である。けれど、プロレタリア系詩人は殆んどすべて（たとえば、中野重治、小熊秀雄を除いて）内部の詩意識を庶民的、自然主義的現実感の位相においたままで、急速に一般的危機の第三期に入ってゆく社会情勢に追尾しなければならず、一方に運動全体が要請する文学テーゼにも応じてゆかなければならなかったのである。

「プロレタリア詩人」、「新興詩学の旗の下に」、「工場」が合併して「プロレタリア詩戦線統一協議会」が出来、『前衛詩人』が発刊され、またナルプ（作家同盟）内にプロレタリア詩人会が発足したのは昭和五年であったが、ハリコフ市会議日本委員会の決議や、ナルプの芸術大衆化に関する決議に応じてゆく大勢のなかに、詩意識の論理化という必須の課題は吹きとばされ、昭和七年（一九三二）ナルプ中央委が「プロレタリア詩人会解消に関するテーゼ草案」を発表した時期には、すでに実質的な退潮期にむかわざるをえないものであった。

　プロレタリア詩系が、内部の詩意識を論理化する課題をなおざりにしたことは、情況の悪化、弾圧の強化とともに、この系統の詩人たちがたどる運命をおのずから規定してしまったといいうる。先ず、組織の解体、弾圧の強化とともに素材が打撃をうけ、戦闘的なプロレタリア詩は閉塞せざるをえなくなった。日常語格に対する手法的な反逆性が薄められざるをえなくなり、マルクス主義的（またはアナキズム的）な世界観が顕在することができなくなったとき、プロレタリア詩系の詩人たちが、手にもったのは、わずかに庶民的な情緒と、庶民的な現実意識とにすぎなかったのである。ほぼ、この地点まで追いつめられた時、たとえば、戦闘的な「拷問を耐へる歌」の詩人、田木繁が、戦争詩「島々動く」を書く条件は出そろったということができる。

　一方モダニズム詩系は、プロレタリア詩系とほぼ逆に、「感情」詩派の自然主義的な手法を徹底的に否定しながら、日本資本主義の膨脹と相対安定性とを現象的に模倣していったのである。機械美が強調され、シュル・レアリズムの手法と素材が模写されたが、そこに日本資本主義の危機にたいする一片の受感すらないのを特色とした。いいかえれば、彼等もまた中下層都市庶民のブルジョワジイに対する憧れのごときものを情緒的な基底として、舶来の手法を盲目的にふりまわしたにすぎなかったのである。

　新感覚派の機関誌ともいうべき、『文芸時代』の創刊は大正十三年であり、これらは、詩壇のダダイズムとシュル・レアリズムの移入と歩調をあわせ、形式主義文学理論と感覚の優位性を強調しながら、自然主義的な文学主流に対立し、同時にマルクス主義文学運動とも分裂した。『詩と詩論』は、昭和三年にモダニズム派の中核として創刊され、新感覚派、新興芸術派と深い連けいの下に運動をすすめたのである。

　この派の理論的な主動者、春山行夫は萩原朔太郎ら「感情」詩派と激しい論戦をまじえ、西脇順三郎、安西冬衛、北川冬彦、北園克衛、三好達治、滝口武士、近藤東らの実験的作品をあつめて、前世代との決定的な対立点を示したが、モダニズム派の運命は春山の詩論一つをとってきてもはっきりとたどることができる。

春山は、新感覚派の形式主義文学理論に歩調をあわせて先ず、詩が音楽や絵画などと共に発達した文字の芸術であって、意味の文学でないと主張し、詩自体をほとんど文学から切り離した。「散文詩の展開」のなかで、春山はつぎのように云っている。

目的としてポエジイを表現したものに於ては、如何なる意味が書かれてゐるかに対する注意は当然いかなる方法によつて書かれてゐるかに進められねばならない。何となれば、如何なる方法によつて書かれてゐるかがポエジイの問題であつて、如何なる意味が書かれてゐるかは文学の問題に過ぎないからである。

ここには、日本のモダニズム詩の本質的な性格がよく描破されており、文学理論的に検討するとき重要な意味を帯びてくる。

詩から意味を切り離すことは、いうまでもなく内部世界と社会的現実とのかかわりあいを断絶することを意味する。一般的に云って、内部世界と外部の現実とを断絶したところに詩の表現の問題は成り立たない。形式と効果の約束しか、あとに残らないからである。しかしながら、内部世界と外部の現実とを、意識的に断絶しようとする意欲によっては、詩の表現は成り立つといわなければならない。第一次大戦後の、西欧のダダイストからシュル・レアリストの選んだ道はこれであった。そこには、社会的現実の混乱が、いやおうなく彼等の受感性のなかに入りこみ、撩乱と動揺をうけざるをえなかった理由があった。しかしながら、春山の詩論は、ただ、単に内部世界と外部の現実とのかかわりあいを放棄して、日本資本主義の高度化してゆく上層安定感のうえにあぐらをかいたのにすぎなかった。

「フォルマリスムはスティルを奪はれたレアリスムのポエジイである」という春山の言葉は、日本のモダニストたちが、内部世界と外部現実とのかかわりあいを奪われた形式主義者にすぎないことをよく暗示している。たとえば、こういう詩がその典型である。

Logique de l'objet　　上田敏雄

脳髄は青い　脳髄は余りに青い。余りに青い脳髄は贅沢で軟いタホルを避ける
oh　偽造の容器
oh　偽造の容器

このような表現は、内部世界と外部の社会的現実とのかかわりあいを、断絶しようとする意想によって成立っているのではなく、脳髄にたいする形式的な安易なイメージを、観念の尖端でペンキ絵のように通俗的になぞっているにすぎない。いわば、内部世界の問題を喪失した風俗モダニズムの典型的な詩というべきものであった。

一般的にいって、内部世界と外部の社会的な現実とのかかわりあいを断絶する方法は一つしかない。それは、作者が、すでに内部世界の意識化、論理化を完全になしとげていることを必須の条件とするのだ。このときにおいてのみ、即物的な描写は、直ちに内部世界の描写を意味するだろうし、西欧の前衛的な詩人がえらんだ道もこれに外ならなかった。

こう考えてくると、日本のモダニズム詩が、社会的な情況の悪化とともに、その衣裳と風俗描写を喪って、庶民的な情緒と現実喪失にまで屈折していったのは当然だった。それは、如何にして内部世界と外部の社会的現実とのかかわりあいを断絶しうるかの方法を、理論的にも実作品でもきわめえなかった

モダニズム派のうけるべき当然の報酬に外ならなかった。『詩と詩論』は昭和八年に廃刊された。

村野四郎、近藤東らは「新領土」に拠り、三好達治らは「四季」に近づき、わずか、楠田一郎を除いて、モダニズム派もまた戦争詩への解体への道を、一歩一歩後退していったのである。

『詩と詩論』の廃刊と、『四季』の創刊とが、殆んど、くびすを接し、ここにプロレタリア詩運動の解体期が重なったということは、いうまでもなく偶然ではない。

日本資本主義の急速な帝国主義化、軍事体制化は、その強権によって、モダニズム詩の特徴的な衣裳とプロレタリア詩の反抗的な衣裳とをもぎとっていった。モダニズム派とプロレタリア派という日本現代詩の二つの特徴的な流派の詩人たちは、もともと、内部世界と外部の社会的現実とのかかわりあい、対応について洞察力を欠いていたため、この強権にたいして正当に後退するすべを知らなかったのである。

そして、この両派が、ほぼ、庶民的な情緒と、庶民的な社会意識にまで転落したとき、典型的な庶民的抒情派である「四季」派が現代詩の主流を形成するような条件は、自らかもし出されていったことは疑いをいれない。

「四季」派の抒情詩の性格とは何か。この派の代表的な詩人三好達治を例にとってみよう。昭和九年発行の『閒花集』から次の任意の一篇を引用してみる。

椎の蔭

椎の蔭　苔むした土蔵の屋根に　鶺鴒がきて
なぞへを歩む　ステッキを振りながら

吉本隆明全集 4

月報3
2014年9月
晶文社

吉本隆明、一本の樹の出発

小林康夫

吉本隆明さんをはじめて見て、聴いたのは、68年10月、東京大学教養学部駒場キャンパス、すでに全学ストライキに突入していて騒然たる空気のなかで行われた、共同体についての講演。４月に入学したばかりのわたしは、９００番教室のなぜか右側最前列に座っていた。内容の記憶はいっさいないが、顔を少し前に出すようにしながら、ゆっくりと澱みなく語る話し方に《詩人》を感じたことを鮮明に覚えている。直後に出版された『共同幻想論』は、授業のない激動のキャンパスにおける、わたしの非常の〈教科書〉の一冊となった。

もっと近くでお目にかかったのは、ただ一度、1988年のこと。中央公論社のエディター・安原顯さんの仕掛けだったが、雑誌『マリ・クレール』[*1]が吉本さんと、パリでのわたしの恩師とも言うべき哲学者ジャン＝フランソワ・リオタールとの対談を企画して、通訳の役がわたしにまわってきた。芸術と資本主義の問題をめぐって行われた、豊かな、なごやかな対談だったが、吉本さんがリオタールに、フランスの核保有についてどういう態度をとるのか、と斬りこんだことが記憶にある。二人の応答を訳しながら、吉本さんの思考・思想をこのようにもっと直接的に、海外の同時代の知の担い手にぶつけることがあってもいい、とつくづく思った。わたしの知る限り、吉本さんはけっして海外には出なかった人。すでに初期詩篇冒頭の「異神」のなかで宣言されている通り、生涯、断固として「絶えず風が寂しくすさんでいる東方の岸辺」に佇み続ける決意から出発した人であることはよくわかっているが、それでもこの「東方の思想」をさまざまな「西方の思想」と直接的につきあわせる場がもっとあってよかった。

*

このように直接の接点はごくわずかである。しかも、どう考えても、わたしは吉本隆明のよき読者とは言い難い。にもかかわらず、わたしのあまりにも狭い歴史世界の透視法の遠景には、いつも、わたしが脚を置いているのと同じ「東方の岸辺」の土壌から生え育った、どこか奇妙な、分類不能の、しかし巨大な一本の樹が、まるで忘れてはいけないものの目印のように、まっすぐに伸びていたのではなかったか。

　それは樹であった。すなわち、上から降りてくるのではなく、下から上へとたゆみなく上昇する言葉の運動体であった。ミシェル・フーコーの1975〜76年の講義のなかの言葉を使わせてもらえば、底辺からの上昇軸――「この上昇軸は、(…)底辺には、根底的で恒常的な非合理性、つまり生で剥き出しだが、そこにおいてこそ真理が閃光のように射し込む非合理性がある」(*2)。この上昇軸の反対が、理性あるいは合理性という上から降りてくる、フーコーがはっきりとそう言っているわけではないが、知＝権力の運動。この下降軸に対抗して、「原初的な凶暴性」から出発して、つまり「シニカルで露骨な動作、行為、情動、欲望の総体」を引き受けつつ、知＝権力を解体するような、もうひとつの知、もうひとつの自立する「権」として、激しく、伸びていく――そのような一本の樹で、吉本隆明はあった、とわたしは思う。

　とすれば、最大の問いは、この希有な樹は、いったいどのように芽を出し、伸長しえたのか、つまり吉本隆明はいかにして出発できたのか、ということにならないか。

　2012年の秋、パリのコレージュ・ド・フランスで数回にわたって日本の戦後文化論を講義する機会を得たとき、戦争によって焼かれ、剥き出しになった土壌から、どのように言葉がまた可能になるのか、と問うて、わたしはその答えを、まずは吉本隆明の、「異神」からはじまる初期詩篇に探ってみるしかなかった。はじめて、わたしは、ラディカルな樹の「根」がどう根づいているのかを直視しようとしたのだ。

同じ土壌から同じ草の数々が至るところに芽吹いているのだが、その後、一本の樹へと育っていく強靭な幹でありえたのは、やはり『固有時との対話』という前代未聞の根底的で恒常的な、まさしく狂暴なエクリチュールであった。それを書くことによって、草が樹となった。工事現場に投げだされた「赤いカンテラ」の意味のない分散配置、その「固定されてしまつた記憶」の上に、「現在」という時間の風が吹きすぎていく。この固有性の上に「睡りこむ」のではなく、その場所を逃れようとはせずに、まさしくそこで覚醒する。そしてそこから、この「わたしの形態」を「ひとびとの倫理のむかふ側へ」と「転位」させる、ああ、それは、なんという目覚ましい倫理的転回であったことか。

それは、かの「西方の岸辺」にあって、ステファヌ・マラルメの「トゥルノンの危機」やポール・ヴァレリーの「ジェノバの夜」と呼ばれる、そこから真にオーセンティックな言葉が芽生えてくる若き詩人たちの実存的な危機とその突破の経験にまさしく匹敵するものだとわたしには思われた。

「如何なるものも自らの理由によつて存在することはない　しかもわたしはわたし自らの理由によつて存在しなければならない」——なんと明晰なアポリアだろう。「しかも」、この接続の一モメントに、わたしは、後に巨大な一本の樹となるであろう《言葉》の晴れやかな「意志」を読むのだ。

その秋、はからずも「西方の岸辺」の知の殿堂のひとつで、そのことを語れたことが、わたしにとっては、小さな負債をひとつ返したという「妙にメロンの匂いのような」安らぎではあったのだ。


（こばやし・やすお　現代哲学／表象文化論）

＊1　「スピード時代の芸術」『マリ・クレール』1988年9月号、中央公論社
＊2　ミシェル・フーコー『ミシェル・フーコー講義集成〈6〉社会は防衛しなければならない』、石田英敬・小野正嗣訳、筑摩書房、2007年、57頁

空の座

ハルノ宵子

ヘンな話、うちの家族は全員が、ちょっとした〝サイキック〟だ。

母と妹は特に、シンクロニシティーや予知夢など、分かりやすい能力に長けていた。妹も

エッセイなどに書いているので、ご存知の方も多いと思うが、妹と私の間には〝食べ物テレパシー〟がある。妹一家が来るというので、グリーンカレーを作っていると、「あ！今日ちょうどタイ料理食べたかったんだ」といった具合だ。これは不思議でも何でもない。我々の祖先、あるいは今もジャングルに暮らす部族の女達が、「あ〜もういい加減トカゲ以外の物食べたいな〜」と思っていると、男たちがサルを仕留めて帰って来るというような太古の能力だ。しかし、これにはビミョ〜な誤差が生じるのを避けられない。「今日は鴨南蛮作ったよ！」と言うと、「あ〜…お昼に鴨南蛮食べなきゃよかった〜」と、3食豊富な選択肢がある現代では、むしろ逆効果だったりする。

父の場合は、ちょっと特殊だった。簡単に言ってしまえば、〝中間〟をすっ飛ばして「結論」が視える人だったのだ。本人は自覚していなかったにしろ、無意識下で明確に見えている「結論」に向けて論理を構築していくのだから〝吉本理論〟は強いに決まっている。けっこうズルイ。

しかしこれも、現代の脳科学ではある程度解明できる。バラッと撒いたおはじきの数を一瞬で「124個」とか、2千年後の今日の曜日は？「火曜日」などと答えられる人が、確かに存在する。〝高機能自閉症（サヴァン症候群）〟などと呼ばれる人達だ。それに近い脳の働きを父は持っていたのだと思う（もちろん他の様々な要素もあるには決まっているが）。おそらくこういう人達は、あらゆる時代・世界各地で、特別な存在として高僧や長老、ある時は予言者などと呼ばれてきたのだろう。

父の最後のインタビューとなった、『フランシス子へ』という本がある。父の愛したフランシス子という猫の話がほとんどだし、行間スカスカの、童話のような詩のような本だ。ホトトギスは実在するのか？浄土ってあるのか？などと、とりとめもなく話は流れていく。昔ながらの読者や吉本研究家の方々などは、「あ〜あ…吉本もついにボケちゃったか」と、読み飛ばされたことだろう。

しかしこれは、かなり特異な本だと思っている。すべてが削ぎ落とされ〝素〟になってきた時期なので、父の考え方の構造が透けて見えるのだ。本を作ったのは、たたずまいも美しい女性編集者と女性ライターの2人だった。「私たち吉本さんのミーハーファンなんです」と言い切る。いい本・売れる本を作ってやる！などという野心も欲も邪心も無く、ただただ父の次の言葉を聞きたい一心で、問いを投げかけていた。父も心を開いて語りを楽しんだ。疑っていたホトトギスの声を彼女達にスマホで聴かせてもらい興奮気味の父の様子は、本のラストにも書かれている。

父が亡くなった後も、彼女達とは時々我が家で集まる。「ホトトギスがいるって分かっていただいて、本当に良かったです！」と、話は盛り上がる。

では、果たして〝浄土〟はあったのだろうか——「今はもう、吉本さんはお分かりなんですよね」と、彼女達は空になった父の座椅子を見つめながらつぶやく。

（はるの・よいこ　漫画家）

編集部より

＊第7巻解題の「〝終焉〟以後」と「〝対偶〟的原理について」の項に、再録の記載漏れがありました。それぞれの三行め『吉本隆明全著作集13』のあとに〈、『「情況への発言」全集成1　1962〜1975』（二〇〇八年一月二三日、洋泉社MC新書、洋泉社刊）、『完本　情況への発言』（二〇一一年一一月一八日、洋泉社刊）〉と補足訂正します。

＊次回配本（第5巻）は、2014年12月を予定しております。

右に二歩　左に三歩
落し物を　さがしてゐる

この詩の本質が、鶺鴒の屋根うつりを落し物をさがしているという比喩によって表現した面白さにかかっていることはあきらかである。「ステッキを振りながら」と鶺鴒の尾をふる様子を暗比喩したところに、モダニズムの手法的な残渣をとどめている。一篇の情緒は心理的な空白感である。卓抜な技術の詩であるが、それに何かを加えて批評するほどのものではあるまい。問題は、いうまでもなく三好の内部世界が心理的な空白感としてしかあらわれえないところにある。一口にいえば、内面性の欠如、それに対応する即物的な現実感の欠如である。内部世界と外部世界との対応がつきつめられずに、内部的な情緒とモダニズム的な技法と、素材の自然とが、あいまいに抱き合って一篇の詩が構成されているのだ。たとえば、今中楓渓の、ほぼ同期に中、下層庶民のあいだに流行した次のような歌謡との差異をどこにもとめるか。

野崎小唄

野崎参りは　屋形船でまゐろ
どこを向いても　菜の花ざかり
意気な日傘にや　蝶々もとまる
呼んで見ようか　土堤の人

もし、三好の詩からモダニズムが残した知性構成力と素材を除いたとき、一篇の主調音は、本質的にこの流行歌謡と同じでなければならぬ。今中の小唄から「屋形船」とか「意気な日傘」という固定した素材感覚を奪ったとき、本質的に「四季」派の抒情詩の薄められた形体と変らぬものとなることはあきらかである。

三好の詩業は、いうまでもなくこのことを立証した。昭和十四年の『艸千里』から任意の一篇を選んでみよう。

涙

とある朝《あした》　一つの花の花心から
昨夜《ゆうべ》の雨がこぼれるほど

小さきもの
小さきものよ

お前の眼から　お前の睫毛の間から
この朝《あした》　お前の小さな悲しみから

父の手に
こぼれて落ちる

今この父の手の上に　しばしの間暖かい

ああこれは　これは何か

いわば、モダニズムが僅かにのこした手法的遺産を失ったとき、三好の詩がたどりついた情緒は、庶民の流行小唄の情緒と変らなかった。ここに、内部世界を庶民的な位相にとどめて衣裳を学んだ、日本現代詩の欠陥は集中してあらわれた。ここから、戦争期の『捷報いたる』にたどりつく過程は、三好において必然のコースだった。

わたしは、日本独特の自然主義的な私小説の性格を、「四季」派の抒情詩の性格と対比したい誘惑を感ずるが、もともと、この対比はあきらめなければならないらしい。「四季」派の抒情詩には、はじめから自我を即物的なレンズに化するだけの非情な冷眼もなければ、形象を無視して、自我の醜悪さをあばきたてるほどの意欲もなかった。春山の詩は文学ではないとする考え方は、脈々として生きていて、この派の抒情詩から内実性を奪ったのである。いわば、随筆的な写実と随筆的な情緒のあいだを振幅するにとどまった。

神保光太郎、蔵原伸二郎などが担当し、他の「四季」派の同人たちが追尾した民族主義的なロマンチシズムの問題は、「四季」派の抒情が、ほぼ庶民的な情緒の位相にまで屈折したとき、外から排外的、帝国主義的な民族主義意識を自然にうけいれる基盤をもったということを意味している。この事情は、プロレタリア詩派が、庶民的な現実意識にまで屈折したとき、ドキュメンタルな素材に惑わされ、拡大し、動乱する現実にこころを躍らせて、ファシズム的な社会政策に乗じたこととと、ほとんど表裏一体をなしている。

いわば、「四季」派の抒情詩を、上、中層庶民の意識の忠実な反映としてかんがえるとき、プロレタリア詩の社会性は下層庶民のそれを忠実に反映したということができる。もともと、そこには近代的自我を確立するための苦闘もなかった。

「四季」派の抒情詩自体は、現代詩の詩概念を固定化するうえに大きな役割を果したことは否定できない。それと共に、その庶民的なロマンチシズムによって、現代詩崩壊を積極的におしすすめたことも否定できない。いわば、これらの役割は、安易につく場合の安定感と、空虚に上昇する感性によって果されたのであり、ほぼ、日本の庶民的インテリゲンチャが目指す「高級」さの概念、「純粋」さの概念、「ロマンチシズム」の概念をもっとも通俗的に布教したことによって、帝国主義的な段階へ急速に入ってゆく時期の倦怠感にさいなまれた庶民的インテリゲンチャの感性に投じたのである。

わたしは、ここまできて、いくつかの重要な問題を論じ残したような気がする。

たとえば、モダニズム派が、外部の社会的現実を安定感として受感した時期に、プロレタリア詩派はそれを桎梏として、重圧として受感せざるをえなかったのはなぜか。そこに同一の社会的現実をふまえているという共通な感覚が全くみられないことは、単に、詩人たちの出身階級とか、生活意識とかの差異や手法上の差異に帰せられるか、というような問題がそれである。

また、「四季」派の抒情詩が、あたかも詩概念のオーソドックスのように考えられた原因が、社会的情勢にともなって、モダニズム詩派とプロレタリア詩派とがおなじように衰退していったこと、また、「四季」派の感性自体が、庶民的な文学インテリゲンチャの感性の忠実な反映に外ならなかったこと、などによって完全に理解しうるかどうかという問題である。これらの問題のなかには、現代詩が戦後もなお引きずって来ている特色と欠陥を解くかぎが含まれているのだが、その解明はおぼつかない。

現代詩批評の問題

小説を批評する手つきで詩を批評することができるか、また逆に詩を批評するとおなじ手つきで小説を批評することができるか。

わたしはできるとおもう。

こういう問いと断定には、詩と小説にまたがるたくさんの問題が含まれるのだが、現代詩の批評の、混乱というより根本的といった方がいいような分裂を解きほぐすために、まずわたしは、詩と小説の批評の現状を、羅列的に対比してみることから入ってゆかねばならない、とかんがえるものだ。

現在、文芸批評家は、月々に生産される雑誌の小説の月評に手をつけ、またどう転ぶかわからぬような作家を、まともに大真面目に論じている。明治以後の文学史上の主な作家についてなら、いうまでもなく克明な体系的な評価が、すでに幾重にも積みかさねられている。

まったく善意に解釈して、こういった現象は、批評家が、小説批評によってなら、批評的な主体の諸問題をさぐりうるとかんがえているから、はじめて成立つのであって、批評家の内部には批評の仕事と小説創作との機能のちがいが、はっきりと自覚されているか、または無意識に判断されているのだ、とかんがえることができる。

では、批評家はどうして詩人論や詩論によって、批評的な主体の問題を体系づけようとしないのか。

明治、大正、昭和の文学史をながめわたして、たとえば永井荷風や志賀直哉や谷崎潤一郎や徳田秋声が占める重要さにくらべて、北原白秋や高村光太郎や萩原朔太郎や西脇順三郎の重要さが劣るというようなことは、決してありえないのだ。また、現存している詩人たちの文学的な業績が、作家たちに劣るということもまずない、とみなければならぬ。日本には現在ろくな作家も詩人もいないといってしまえば、問題はおのずから別だが、その時でさえ、現代作家のつまらなさと、現代詩人のつまらなさとは、同等であり同質であるということは、疑いをいれない。

それにもかかわらず、現代詩はいわずもがな、明治以降の近代詩史で、はっきりとした批評的な自覚のうえに立って照し出された詩や詩人はまったく無い、といっても過言ではないのだ。せいぜい、感想か流派にだけ通用するような孤独語で、内わな評価がなされてきたにすぎない。

ここには、おそらく、日本の現代詩評価にまつわる特殊な困難さが、よこたわっている。まずその点に触れてみなければ問題はすすみえないとおもう。

文芸批評家が詩や詩人を論じたがらないのは、詩の表現には、どうも形式と内容にかかわる特殊な事情があるようにおもわれてならない、という先見にこだわっているためにちがいない（批評家が詩にいだいている理由のない侮蔑感や偏見や喰わず嫌いは論外にしておく）。詩にまつわるこういった特殊性は、日本の場合、蒲原有明や、薄田泣菫などによって、主にすすめられた後期象徴詩運動、いいかえれば、詩の思想性をコトバの格闘の面から獲得しようとした時期からはじまって、昭和初年、ダダイズムやシュル・レアリズムの影響下に、現代詩が手法的な試みをつきすすめた時期に決定的になったのであって、まったく文学史的な事情にかかわるものだということを第一に云っておかなくてはならない。

いいかえれば、詩が表現上でコトバの格闘を余儀なくされて、形式と内容とが分裂の危機にさらされたとき、はじめて詩と小説の概念が分裂し、和解しがたくなったのだとかんがえられる。

だから現在、文芸批評家や詩人がかんがえているほどには、詩と小説との分裂は、絶対的なものとはいいがたい。後期象徴詩運動以後でも、詩の表現の問題を、詩人の内部的な世界と外部的な現実、環境、自然、生活とのかかわりあいの問題にひきもどそうとして、内容や意味を主にした詩をかんがえた若干の詩人たち、たとえば、高村光太郎、石川啄木、萩原朔太郎などの詩は、形式にまつわる特殊な事情にこだわらなくても、一個の文学作品として評価することに、さして困難や支障をきたさないということができる。

これらの詩人たちの場合でも、詩の表現にまつわる特殊なコトバの格闘はもちろんなかったわけではない。批評といえば、それは小説批評だという常識の下で、批評家が立ち入った詩の評価をするのが困難だ、という事情はすこしもかわってはいない。

だから、詩の批評が、詩の形式の特殊性からくる表現上の格闘を、自明の前提とかんがえたうえで、一個の文学作品として小説に対するとおなじ手つきで批評するか、または、小説と同質に批評することを諦めて、特殊世界で独自の批評と創作を発展させてゆくか、この何れかの場合によってしか成立しえないことはあきらかであろう。

わたしが小説を批評するように詩を批評することが可能だという場合、すでにそれは一個の批評の立場を意味している。いいかえれば小説と詩の分野を同質に論じたい欲求をもち、そこに批評の規準を定めたいとかんがえているのだが、同時に、詩を文学として論じながら、詩の表現にまつわる特殊なコトバの格闘をもあわせて評価したいという批評の立場を主張していることに外ならない。

詩の概念を、小説の概念からもっとも遠くまで引離したのは、昭和初年のモダニズムの詩運動であり、詩の批評と小説の批評を近づけようとする場合、まず、モダニズム詩が提出した詩概念の本質を、詩と小説の両方の分野に共通する概念にホンヤクしてみせることが、必須の前提であるとおもう。

第一次大戦後の西欧のダダイズムからシュル・レアリズムへいたる手法の影響下に出発した日本のモダニズム詩運動は、春山行夫と萩原朔太郎との激しい論争に象徴されるように、日本近代詩の詩的土壌に根をはった自然主義的な抒情に対する徹底的な反逆をめざしてはじめられた。

この反逆はほとんど文学的な意味の否定、破壊というところまでゆきついたといいうる。

モダニズム詩運動の理論家春山行夫は、たとえば、その詩論「散文詩の展開」のなかで次のようにかいている。


韻文詩は芸術として音楽や絵画などと共に発達してきたことを第一に知らねばならぬ。文字の芸術 Arts du langage であつて、意味の文学ではない。ポエジイを芸術として扱ふ場合と、文学として扱ふ場合とは殆んど対象的に観るべき部分が異つてくる。従つてポエジイは同時にこの二つの方向から観られねば、不完全であるとすれば、韻律を中心とするポエジイの研究は当然その根柢として、芸術と文学との限界を明瞭に定めねばならない。


春山がここで使っている「意味」というコトバを、わたしなりに拡張してうけとりたいとおもうが、いわゆる詩の第一義的な概念を、音楽や絵画などと同列において、コトバの芸術であって意味の文学ではないとしている見解に、注目してみなければならない。ここに日本のモダニズム詩の中心軸がよく指定されており、わたしは、詩が小説とおなじように意味の文学を主体とするか、あるいは絵画や音楽とおなじようにコトバの芸術であり、コトバのもつ音楽的な持続と交響によって、意味をもつこと以前にすでに芸術的な条件をもっているものだ、とかんがえるかによって、現代詩の性格がほぼ二分されるものだということを指摘しなければならぬ。

春山の見解のあとには、すぐ詩の形式と音韻の問題がつきまとってくるのだが、ここでそこまで立ち入ることはおそらく不可能だろうから、モダニズム詩がコトバの芸術性をまず主体として展開されたことの文学理論的な意味をたずねておきたいとかんがえる。

昭和三年、『詩と詩論』の創刊から、昭和八年、その廃刊までにおける最盛期の日本のモダニズム詩運動は、たとえば、西脇順三郎や北園克衛と、村野四郎や近藤東のあいだに、また北川冬彦や安西冬衛のあいだに、詩概念の種々な差異があり、また手法的な対立があったにもかかわらず、ほぼ、詩はコトバの芸術性を主体にするという春山行夫がしいた軌道をたどったとみることができる。

詩から意味、思想というような内容をきり棄てることは、創作過程で詩人の内部世界と社会、生活、政治、環境というような外部の現実との内面的なかかわりあいをきり棄てるということを意味している。意味の文学というものは、そういうかかわりあいのなかにうまれ、死に、再生するものであるし、シュル・レアリズムが主張した精神のオートマチズムというようなものも、無意識を、たえず現実体験の内部的なパターンとしての現実意識によってたしかめながら、表現するのでなければ意味を構成しないからである。

だから、詩をコトバの芸術だとする考えをおしすすめてゆけば、現実体験の意味は詩の表現からきり捨てられ、現実はただ素材とか風俗感覚としてしか詩のなかに入りこみえなくなる。

ここに、日本のモダニズム詩運動の発生と衰退を、社会的な情勢の変化に対応させて考えてみる根拠をみつけることができる。

社会的な現実は、詩にとって単に素材や風俗感覚の材料であるか、または内部意識によって再構成されるべき意味であるかによって、社会的な現実の変化が詩運動にあたえる影響の仕方はちがってこなければならぬ。日本のモダニズム詩が前者の道をたどったかぎりにおいて、次のような事情は必然的な意義をもつものだ。『詩と詩論』が創刊された昭和三年は、日本の資本主義が一般的危機の第三期にはいり、日本の疑似近代社会の構造が、崩壊にむかう寸前のもっとも成熟度をしめしたときにあたっている。そして運動が一応おわった昭和八年は、危機が深まりファシズム的な体制が強化される徴候が、はっきりとあらわれた時期にあたっている。この間に、モダニズム詩派は、日本の資本主義メカニズム美の讃美者としてあらわれ、資本主義の危機とともに美学的な衣裳をはぎとられ、裸の都会庶民の情緒的な表現にまで衰退していったのである。

まず、内部世界のつよい裏付けがないために、超現実的な手法が、メッキをはがされて、春山のいわゆる「コトバの芸術性」が第一義的な意義をうしなった。つぎに社会的な情勢が、統制された倫理のワクをかけられた結果、素材としてあった都会の風俗が、感覚として色あせてみえるにいたる。あとには詩の表現によって検証されなかった中層庶民インテリゲンチャの内部風景の情緒的な意味しかのこらなかったのである。

たとえば、昭和四年『白のアルバム』から昭和七年『若いコロニイ』をへて、昭和八年『円錐詩集』にいたる北園克衛の詩業が、また、昭和五年『測量船』から、昭和七年『閒花集』にいたる三好達治の詩業が、典型的にそのことを示している。

西洋のダダイズムからシュル・レアリズムに移行するモダニストたちといえども、詩をコトバの芸術として、意味や思想性を追放することによって、内部世界と外部現実とのかかわりあいの問題を詩の表現から追放した。しかし、そこに一定の方法があり、その超現実には、あきらかに内部の現実意識による裏うちがあったため、社会的危機の表現でありえた。詩の表現から、意味や思想性を追放するためには、内部世界と現実世界との対応性がはっきりと前提されていることが必須の条件であった。日本のモダニズム詩の評価が提出する問題は、その対応性の意味をいかに解釈するかに集中することができる。

わたしはおなじ観点からモダニズム詩とまったく対照的であったプロレタリア詩の問題をかんがえてみよう。

日本のモダニストたちが、詩をコトバの芸術の面からかんがえたとすれば、プロレタリア詩運動は、まったく詩を意味の文学とかんがえたといいうる。

プロレタリア詩の傾向も多岐であり、たとえば「赤と黒」の詩人、壺井繁治、岡本潤、萩原恭次郎などのように、民衆詩派の自然主義的な生活意識と観念性と平板さにあきたらず、ダダイズムの手法的な影響をとり入れて、プロレタリア・レアリズム、イデアリズムにちかづいた詩人と、生粋の下層庶民詩人（野村吉哉、木山捷平）と、中野重治のような革命的インテリゲンチャの詩人と、渋谷定輔や郡山弘史のような、農村や工場の労働者的詩人とでは、かなりの相違がみとめられる。しかし、この詩派が、詩を意味の文学として徹底的にかんがえたところに、原則的な問題点をつかまえても、さして困難な事情はあらわれないとおもう。そして、モダニズム詩のコトバの芸術性と、プロレタリア詩の意味の文学性とのあいだにある構造的な差異、近似、対応などの関係が、はっきり解明できれば、ほぼ、現代詩批評の原則的な問題はあきらかにされるはずである。

時代的にみてプロレタリア詩運動の最盛期もモダニズム詩とおなじで、青野季吉の「自然成長と目的意識」（大正十五年）、同じく「再論」（昭和二年）から、作家同盟中央委「プロレタリア詩人会解消に関するテーゼ草案」（昭和二年）の決議までの時期を頂点とかんがえることができる。

この時代的な一致は、モダニズム詩とプロレタリア詩を対比する場合に、重要な足がかりをなすものである。これにより、両者を詩の主体的な空白の双生児として、取あつかいうるいくつかの条件をつかみ出すことができるといえる。わたしは、まずプロレタリア詩の評価の基本的な問題を概観してみたい。

昭和二年から昭和七年は、コミンターン二七テーゼと三二テーゼとにはさまれた革命運動の最盛期にあたっている。

そして、政治運動の側からする早急な要請によって、プロレタリア詩の意味の文学性は、政治的意味と芸術的意味との二元性をはらまざるをえないものであった。ことの当否の論議はとにかくとして、日本のプロレタリア詩が、その文学的意味を政治的と芸術的との二元性の問題として提出したことによって、現代詩の評価にあたらしい混乱と特殊性をひき入れたことはあきらかである。現代詩はコトバの芸術性と、意味の文学性との分裂にくわえて、政治的意味と芸術的意味の分裂、混乱という第二の問題点をひきずらざるをえなくなったのである。

もちろん、この第二の問題は、プロレタリア文学運動の理論家たちによって、はげしく追求された。平林初之輔の政治的価値と芸術的価値との分裂についての問題提起、中野重治の「芸術大衆化論」批判、それにつづく芸術的価値の一元論、蔵原惟人、宮本顕治の政治の優位性論にまたがるプロレタリア文学運動最大の論争は、こういった事情を背後にふまえておこなわれたものであった。

わたしはいま、この問題をわたしなりに要約しておきたい。

プロレタリア詩（文学）が、モダニズム詩と対照的に意味の文学性をつきすすめたことは、内部的な世界が現実の世界とかかわる過程を、詩のモチーフとしてえらんだことを意味するものであった。ところで政治運動からの要請が加わったとき、この派の詩人たちは一方で「主題の積極性」の方向へ血路をもとめ、メーデーを描くとか、ストライキをうたうとか、政治闘争をアジテートするとか、いわば外部現実を限定して、素材自体のなかに、詩の政治的な意味を解消させようと試みたといいうる。そして他方では、詩人が組織の要員に化することで、内部世界と外部の現実世界との対応性をつきつめる課題は、未決のまま放棄されたのである。

したがって、詩人が、内部世界を未熟なままに疎外して、積極的な、闘争的な主題にとりくむという現象が、必然的におこらざるをえなかった。素材は政治的、革命的であり、形式と内容は未熟なまま放置される。自然主義的な抒情と生活意識が、闘争的な素材にくるまれて提出される。等々。これらが、プロレタリア詩運動が、政治的意味と芸術的意味を調節しようとしておちいった、一般的な陥穽であった。詩の文学的意味と政治的意味とが、如何にかかわりをもち、如何に異っているかを解明する試みは、理論的にも作品的にもほとんどなされなかったということができる。

もしも、詩人が内部的な主体を確立し、論理化してゆく過程が、外部的な現実を論理化してゆく過程と対応するとかんがえうるならば、詩の文学的意味と政治的な意味とは、内部において統一的につかまえられる可能性があったとみなければならない。

その場合には、「何を如何に」という当時プロレタリア詩運動で称えられた課題は、蔵原、宮本理論のような政治の優位性論に圧殺されることもなく、中野理論のように芸術的価値のなかに文学と政治のかかわりあいをあいまいに封じこめることもなく、文学的な意味と政治的な意味とは別個にそれぞれの価値と体系をもちながら、構造的に内部で同型につかまえられることができたはずである。

しかし、この課題は緒端もふまえられないままに、昭和六年「ナップ」は、詩のための「職場の歌」欄をもうけ、作家同盟第三回大会は「プロレタリア文学運動の基礎を工場農村へ」という決議をかかげる有様であった。そこにはサークル運動の意味がつかまれておらず、シュプレッヒ・コールの運動も「大衆芸術」についての明瞭な考察があったわけではなかった。

日本のシュル・レアリズム運動が、詩人の内部的世界と現実世界のかかわりあいの意味をすてて、コトバの芸術の線にそって一個の形式主義文学論によって主動されたものとすれば、プロレタリア・レアリズム運動は、詩人の内部世界の論理化と外部現実の論理化との対応を、はっきりと追求しきれない政治の優位性論にひきまわされ、主題の積極性と政治的情緒とのあいまいな混合物を、文学的意味と政治的な意味との未分化な矛盾、同居のまま、呈出したということができる。

だからこのような視点から、モダニズム詩とプロレタリア詩というまったく異質な詩概念を、串ざしにすることが可能になる。現実意識の面からかんがえれば、モダニズム詩は中・上層庶民の生活、社会的態度をそのまま象徴し、プロレタリア詩は下層庶民のそれを、そのまま象徴しているにすぎなかったから昭和八・九年の社会情勢の危機をうけて衰退にむかったとき、その衰退の仕方は、モダニズム詩では、コトバの芸術性という外延的な衣裳を剝奪され、プロレタリア詩は主題にかけられた政治的意味をまず剝奪されるという具合であった。

いわば、モダニズム詩は、コトバの芸術性を内部の現実意識によって裏づけえなかったため、社会情勢の変化するにつれて色褪せて、都市庶民の生活情緒の意味づけにまで退化し、プロレタリア詩は政治的な弾圧をこうむって組織が解体すると、もともと内部世界と外部的な現実世界との対応性がつきつめられていなかったから、詩意識の内部的なリアリティを表現するところに血路をもとめる術をしらなかった。そこに下層庶民の生活意識を情緒的に表現する道がのこされただけであった。

詩史的にみると、モダニズム詩とプロレタリア詩の衰退のあと、『四季』が創刊され、いわゆる「四季」派の抒情詩が現代詩の主流を占めてゆく事情が成立している。

社会的な考察をくわえれば、「四季」派の抒情詩は、たんにこの派の詩人たちに固有な詩意識の所産だというよりも、衰退したモダニズム詩と、プロレタリア詩が陥ちこんだ集中点とかんがえるほうがより適切である。それは、昭和十年代を前後する社会的な現実の構造に、過不足なく従属する感性秩序の所産であって、そこで示された「純粋さ」の概念は、西欧の近代詩が示しえた意識の原型と、似ても似つかぬ孤立した情緒に外ならないものであった。だから、現代詩がコトバの芸術性と、意味の文学性を適度に削り取られたあとの、混合された内部世界と現実世界が、消極的にあらわれたものだと理解することができる。

モダニズム詩、プロレタリア詩、「四季」派の抒情詩を、ここでは現代詩の三つの詩概念の典型としてあつかってみたので、結社とか流派とかにおもきをおいているのではないことを断っておかなくてはならない。

こういうとりあつかいかたでは、たいせつな詩派や詩人をいくらも逸してしまうから、批評の規準をめぐるものとしては発展的だとはいえないが、原理的であろうとするとどうしてもここへたちかえらざるをえないのだ。

戦後の「荒地」グループ、「列島」グループ、いわゆる「第三期の詩人群」は、戦前の「モダニズム詩」、「プロレタリア詩」、「四季派の抒情詩」にそれぞれ対応を示しており、この戦前と戦後の三つの典型を対立させてみることによって、現代詩批評の戦後における特殊性はほぼあきらかにされるのではないかとおもう。

戦後詩は、いまも動きつつあって、はっきりした評価を下すことは難しいが、戦争の悲惨な体験を内部の課題としてうけとめた世代の詩人たちによって、戦前の現代詩の欠陥を、コトバの芸術性と意味の文学性の両面から克服すべき課題を強いられて、出発したということができる。

系譜からみれば、「詩と詩論」、「新領土」とひきつがれてかろうじて昭和十年代をくぐったモダニズム詩派から、戦後の「荒地」はうまれ、また、中野重治、小熊秀雄、小野十三郎、岡本潤、壺井繁治などの影響下に戦争をくぐった世代から、戦後の「列島」はうまれ、一九五〇年、朝鮮戦争後、戦後資本主義が相対安定期にはいり、戦後革命運動が敗北の徴候をはっきりさせた時期を前後して「四季」派の抒情概念の影響下に、「第三期の詩人群」が自己形成をとげてあらわれた。

わたしはまず、絶望的な戦後現実を背景にして、詩の文学的意味を回復し、おそらく日本の近代詩史上、もっとも詩概念を小説概念の近くまで引寄せた「荒地」グループの詩業の意味を検討しなければならない。

「荒地」グループのなかでも、鮎川信夫、田村隆一、中桐雅夫、三好豊一郎、木原孝一などの倫理的な意想と極度に内部的な現実批判と、たとえば北村太郎、黒田三郎などの内閉的な詩意識と、野田理一などの特異なレトリックのあいだに差異があるが、全体としてモダニズム詩のコトバの芸術性を転倒して、詩を意味の文学として再生させたところに、特長をみとめることができる。いいかえれば、モダニズム詩がかえりみなかった内部世界と現実とのかかわる領域を、詩の表現のなかに徹底的にみちびいたということができよう。

このグループによって技術よりも態度を、形式よりも内容をということが主張されたのは、詩をコトバの芸術から、意味の文学へ移し変えようとする意企のあらわれであった。モダニズム詩が陥った内面性の欠如、無思想性を克服する方法的な血路をここに求めたものであった。メタファーを極度に使用して、抽象的な観念の告白におちいることを防ぎながら、即物的な表現でなければ詩ではない、というような従来の詩概念からすれば、詩の領域を逸脱するのではないかとおもわれるほど、表現領域は拡大されている。「日本の詩が如何にして思想性をもちうるか」という後期象徴詩運動以来の課題は、ここではじめて一歩をふみ出している。

たぶん、日本のコトバの非論理性と多義性によるのだが、日本の近代詩の表現は、ポエジイを成立させようとすれば、具体的な形象にたくして内部世界を移入させてゆくより外なく、そこでは詩の創作といえば外部の形象にたいして感覚をとぎすますとか、物珍らしいレトリックを案出するとか、視覚をみがくとか……等々の「芸」の特殊な追及の別名に外ならざるをえない。そして、詩人が全人間的な意味で、内部世界の問題を詩の表現によってつきつめようとすれば、観念的な空語におわらざるをえない。(有明や泣菫の詩業がその典型である。)こういう日本近代詩の根本的な空白は、昭和初年に克服されるべき機会をもったのだが、モダニズム詩とプロレタリア詩は、詩人の主体的な世界の意味を無視することによって、詩のもっているコトバの芸術性と意味の文学性を極端に引裂いておわったのである。

「荒地」グループが、モダニズムを継承しながら、もっとも反モダニズム的な態度にかたむいたのは、一方で、日本の日常語格をさけ、コトバを論理的、一義的に使って、モダニズム詩のコトバの芸術性に内面的な意味をあたえ、他方で、内部世界と外部の現実世界のかかわりあいを、現実批判、文明批判として詩の表現に繰り込もうとしたからであった。

プロレタリア詩が提起した政治的意味と芸術的意味との二元性の問題は、「荒地」グループにおいては、コトバの芸術性と意味の文学性の両面から、内部世界の現実批判性に一元化されているとかんがえることができよう。

一九五〇年以後に、このグループの主動的な詩人鮎川信夫が、旧態依然とした「主題の積極性」論者や、俗流政治主義者と論戦を交え、また戦前派の現代詩人にたいして、『死の灰詩集』や戦争詩をめぐって批判を加える一方、「第三期の詩人」の批判に応酬したのは、そういう地点に立脚したものだということができる。

「列島」グループは、関根弘、長谷川龍生、瀬木慎一、木島始、井手則雄などによって推進されたが、一九五四年三月に、関根弘が「狼がきた」を発表して、プロレタリア詩の「主題の積極性」論と、政治の優位性論の誤謬を、戦後にひきずってきた野間宏、岡本潤、大島博光、赤木健介らを、徹底的に批判して、アヴァンガルトとレアリズムの綜合を説いたとき、ほぼ、方法的な自覚にたっしている。

わたしなりにその主張を要約すれば、プロレタリア詩が下層庶民の生活意識と情緒のままにあいまいにのこしておいた内部世界を意識化し、論理化することと、外部の現実世界を意識的に再構成することとが、同義でなければならないとして、その対応性をつきつめているようにおもわれる。

そして、プロレタリア・レアリズム運動から、特にダダイズムの影響下にあった「赤と黒」の運動を再評価している。この派の詩人たちは、西欧のモダニストたちのように、手法上のシュル・レアリズムを、内部の現実意識によってたしかめることで、日本のモダニズム詩のコトバの芸術性とプロレタリア詩の意味の文学性とを綜合できるとかんがえている。

だが、かつて、プロレタリア詩運動がつきあたった最大の課題、詩が政治的意味と芸術的意味との二元性をはらまざるをえないという問題は、ほとんど文学的に未解決であるといわなければならない。「サークル詩」を基盤にし、「サークル詩」を現代詩として位置づけるという「列島」グループの主張は、いうまでもなく詩の政治的な意味を、文学の大衆運動のなかにもとめ、大衆運動を意識化することによって、芸術的な意味をもたせることができるというところに、政治的意味と芸術的意味との混乱、分裂の問題を解決しようとしていることに外ならない。

しかし、この観点をつきつめてゆけば、依然として、詩の政治的意味と芸術的意味とを分離するかつての中野重治の文学観にゆきつかざるをえない。その結果は、かならずあいまいに芸術的意味と政治的意味とが混合されて提出されるか、現実的な問題を含まないモダニズム詩の再版に陥らざるをえないといいうる。

このような「列島」グループの未解決の課題は、この派の詩人たちが、意識化された内部世界と再構成された外部世界との対応を追求しているにもかかわらず、意識化されない内部世界と再構成されない現実世界との矛盾にみちた対応性を、詩として呈出できないでいる現状と、ふかくつながっているとみなければならない。いいかえれば、詩をコトバの芸術としてみる視点と、意味の文学としてみる視点とが、内部できわめられないままに、あいまいに同居している。

昭和十年を前後して「四季」派の抒情詩が現代詩の主流として登場したように、昭和二十五年（一九五〇）を前後して、いわゆる「第三期の詩人群」が登場している。

わたしは、この詩人たちの詩概念を、「四季」派の抒情詩の概念とおなじものだとかんがえ、またその登場すべき社会的な必然性を、かつてモダニズム詩とプロレタリア詩の潰走状態のあとに「四季」派が登場した社会的な情勢とアナロジイをもつものだと見做すことに、幾分かためらいを感じないわけにはいかない。

しかし、予測が批評の機能としてゆるされるならば、昭和十年前後と昭和二十五年前後とのあいだには若干の類似性が成立ち、「四季」派と「第三期」の詩人たちのあいだには類型があり、「荒地」グループと「列島」グループとは、この派の詩概念に集中的に陥ちこむ可能性があることを指摘しておくことは興味があるとおもう。

もちろん、谷川雁、茨木のり子などのような意欲的な現実批判をもっている詩人と、中村稔、谷川俊太郎、山本太郎、高野喜久雄、牟礼慶子、中江俊夫など内部世界の問題を内閉的に表現している詩人と、飯島耕一、大岡信、清岡卓行などシュル・レアリズムの手法的な影響下にある詩人たちとを、同列に一括することは不可能にちかいかもしれないが、総体的にみれば内部世界と外部の社会的現実とのかかわりあいが、内的な格闘や葛藤として詩に表現されないという点に、「第三期」の詩人たちの特質をみても大過はあるまいとおもわれる。

この意味では、あきらかに「四季」派の抒情詩の概念に一致しているが、「四季」派にあっては、コトバの芸術性と意味の文学性とが、自然主義的な情緒によって包装されていたにすぎなかった。「第三期」の詩人たちでは、すくなくとも内部世界を主体的に論理化することと、コトバを論理的、一義的に使用することとが、内部で明晰に対応され、関係づけられている。その詩は「四季」派のあいまいな気分的な抒情とちがって、強固な構造を確立している。これによって、モダニズム詩とプロレタリア詩が陥った詩の主体的な空白は、克服されているといえよう。

しかし、「第三期」の詩人たちは、いくらか例外を設けなければならないとしても、プロレタリア詩運動が、革命運動と結ぶことによって提起した詩の政治的意味と芸術的意味との二元性の課題を完全に切り捨てている。これは内部世界が外部の現実世界と相渉る過程を、詩の表現としてかんがえなかったこの傾向の詩人たちの態度から、必然的にみちびかれたもので、ここに「第三期の詩人群」を、日本の戦後資本主義の相対安定性に消極的に対応するものとして位置づけざるをえない根拠がある。もっと極論すれば、相対安定期から危機の深化にむかいつつある現在の社会的情勢にてらして、資本主義的風俗感覚とオートマチズムとの詩的な模倣者に転化する可能性を、はらむものといわなければなるまい。

わたしの総括的なかんがえでは、戦前のモダニズム詩、プロレタリア詩、「四季」派の抒情詩という詩概念の典型は、戦後においてその戦後的な継承者である「荒地」、「列島」、「第三期」の詩人たちによって、ほとんど逆転されている。そして、逆転の軸となって動かないのは依然として自然主義的な抒情の土壌であることに問題をみなければならない。一般的には、戦後詩は、内部の主体を獲得し、コトバが論理的に使われているから、この発展を足がかりにして、詩概念と小説概念とを綜合して批評すべき足場は、増大しているということができる。

現代詩の発展のために

現代詩が発展してゆくために、ほぼ、二つの側面からその条件が探求されてゆく必要がある。その第一は、現代詩が日本の現在の文学全体のなかでおかれている封鎖的な、孤立した位置を打開してゆく方向を探すことであり、第二は現代詩と大衆の意識とのつながり、断絶の意味と機能とを追求してゆくことであろう。

かつて、宮沢賢治は「チェホフの短篇など三行で書ける」という意味の放言をしたということが知人によって伝えられているが、こういう自負は、最上の詩人たちがいつも詩にたいして抱いている希望に外ならない。いわば、詩を小説とおなじように文学として考えるかぎり、チェホフの短篇もドストエフスキイの長篇も、その文学的内容を一篇の詩のなかに圧縮することが可能でなければならないし、必ず可能になるところまで、詩の技術的な制約は打開されなければならない。

いま、このことを具体的な例をもって示してみよう。

井上光晴の『書かれざる一章』という著書のなかに「重いS港」という小説がある。S港の占領軍に雇われて働く労働者たちが、屈辱と内部的な腐敗と生活的な惨苦と抵抗とのからみあう無類の情況のなかで、葛藤する主題をあつかった可成りの力作なのだが、同じく、井上光晴の近刊の詩集『すばらしき人間群』のなかに「重いS港」というおなじ主題の詩がおなじ発想でかかれている。引用してみると、

重いS港

うちかえす穴、うちかえす穴
またうちかえすうねりの穴
穴にしかみえぬ
ただ底しれずまきかえしくずれる
暗い穴にしかみえぬ
〈穴は腐れ、穴は腐れ〉

穴は腐れ、私の眼も腐れ
うちかえしうちかえす
狂った穴とともに
私の眼も腐れ
眼に入るすべての風景――埠頭、力車
――ヘーイ、プリーズ、リキシャ
瓦斯タンク、教会、貨車、魚市場

港が腐れ
港がだんだんと腐れ
街もだんだんと腐れ
女も腐れ

暗い穴、暗い穴、暗い穴
女もだんだんと腐れ
ゆがんだ唇――〈穴は腐れ、穴は腐れ〉

ふたたびうちかえす穴
ききかえす穴
穴は腐れ、私の眼も、足も
足は大地とともに腐れ
大地はだんだんと腐れ
星も
うちかえしきらめく穴の夜
夜
夜は呻き、呻きも腐れ
〈穴と波、穴の波〉

穴はだんだんと、穴はだんだんと
腐れ、腐れ、腐れ、腐れ、
かくて私の弱いものひびく何かも
祖国も
祖国も自らを嘲笑しながら
だんだんと腐れてゆく

おそらく小説「重いS港」と、この詩とは前後してかかれている。詩人井上光晴の力量（井上は戦後『コスモス』に詩を発表していた詩人）と小説家井上光晴の力量とは同等であることは断定してまちがいない。しかし、小説「重いS港」と詩「重いS港」を比較すると、同じ発想で同じ主題をあつかいながら、小説の方が圧倒的に優れている。何故か、という問題は、現代詩の今後の動向にたいして重要な意味を帯びてくるから、すこし立入ってかんがえてみたいとおもう。

井上の詩と小説の「重いS港」を対比するとき、井上がここで内部的なモチーフを同じくしながら「詩を小説の骨組」としてかんがえて表現していることはあきらかである。この考え方は、詩を現代文学としてかんがえる場合に正当なのだが、そのためには、詩のコトバの具象性とは何か、という要素を巧くつかまえていることが必須の条件なのだ。井上のように詩と小説とを自己の内部で区別していない文学者の場合には、「重いS港」に明らかなように、小説から会話とか叙景とか説明とかを除外した内味をとり出してくれば、詩になると考えるのは当然である。そのために詩「重いS港」は、いわば説明ぬきの小説というようになり、客観的な詩作品として読者に訴える力は小説「重いS港」に及ばないのである。

たとえば、井上は詩「重いS港」で、「穴」、「腐る」という暗喩に、小説「重いS港」に登場する人物間の内的な葛藤と具体的な事件とを、殆んどすべて封じこめてしまっている。

しかし、詩「重いS港」を通読すればあきらかだがこの「穴」、「腐る」というコトバは、情緒的なものとしては客観的に訴える効果をもっているが、機能として暗喩の役割を果していないのである。

いいかえれば、井上が小説「重いS港」と詩「重いS港」を作品として成功させようとし、詩のコトバを、コトバの意味として小説のコトバと同じ内容をもたせるには、詩のコトバ自体が、いわば「物質的」に果す役割について考察する必要があったのである。

ここには、おそらく現代詩が、現在、文芸批評家から疎外され、文学全般から孤立し、一方、いわゆる詩論家が、詩のテクノロジーしか語れず、詩から文学的内容を引出せないでいる事情を解くカギのようなものが秘されている。また、別の意味では、現代詩が、テクノロジーとしては優れていても、内容は子供だましで、意味を見つけることは困難であるような詩作品しかもたないか、また、たまたま井上光晴のような内容主義者が詩をかくと、コトバ自体が一つ一つもっている具体性がこわされて、観念の筋書きのようになってしまうか、その何れかに外ならなくなる事情がかくされている。

詩人が、詩の文学的内容とコトバの芸術性との関係を徹底的に統一し、綜合できたとき現代詩は、かつて近代詩が発生の当初にもっていたような文学全般の前駆的な役割を回復するとおもう。

昭和初年、モダニズム詩とプロレタリア詩によって、現代詩が、コトバの形式主義と、意味の文学性とに引裂かれた状態を、ふたたび検討し綜合する方法を見出さないかぎり、現代詩の孤立性はさけられないであろうとかんがえられる。

それとともに、現代詩が大衆のなかに共感の基礎をすえるためにも、この問題が検討される必要があるとおもう。

昭和三十一年十一月二十三日の『朝日新聞』学芸欄に「現代詩の難しさ」と題して、鮎川信夫が、「詩人の反省を望む」という新聞の投書に関連して、この問題を論じている。その論旨は疑問の余地ない正論なのだが、わたしは、また別個の問題を引出してみたい誘惑をかんじた。鮎川によれば、その投書の内容は、あらまし次のようなものである。

中共を視察して帰った江間章子さんの文章を読んで驚かされた。それによると、愛情、建設、戦争反対が詩人の主題で、あらゆる文章の形式を発展させるのが詩における百花斉放であり、また詩が、だれにでもわかりいいことが第一条件だとあった。しかるに、わが国では、いぜん難解なる、虚無退廃のにおいの強い詩が幅をきかせているのは、どうしたことか。これは、孤高を好むのが詩人と錯覚している詩人たちの独善的態度によるものだが、わが国の詩壇も、この際中共の意欲的詩活動を謙虚に見直す必要がありはしないか。詩が一部特定の人たちの雲上のニジであるかぎり、われわれ国民大衆とは遠い無縁のものとなり、ひいてはこれからの文学的存在価値を薄弱なものとする恐れがある。

もしも、中共における詩の現状が、こういうものであったならば、それは、芸術的な見地からも、政治的な見地からも徹底的に否定されるべきものであるが、おそらく、投書者の誤読か、視察者の皮相な観察によるのであろう。

たとえば、毛沢東の「文芸講話」は、解放地区という別個の共産地区を設定できた中国の社会現実に通用する理論で、到底日本に直輸入できないような文学理論だが、それにおいてさえ、政治と文学との関係は、投書者のいうような外面的なものでなく徹底して論じられている。そのことからも、わたしは断言できるようにおもう。

しかし、投書者のような見解は、それに追従することで指導者的に振舞った俗流民主主義詩人たちの主張した謬見であり、現在も、完全に解明されていない問題なので、追求しておく必要があるとおもう。

この投書から、現代詩と大衆とのかかわりあいについて引出しうる問題の第一は、詩の主題ということである。

かつて、昭和初年にプロレタリア文学運動が強力におしすすめられたとき、その組織である作家同盟は「主題の積極性」ということをスローガンにかかげ、ストライキとか、政治闘争とか、階級運動とかのテーマをえがいて政治運動のアジテーションとしての機能を文学（詩）に要求した。プロレタリア詩人たちは、こぞってそのような積極的なテーマを唱えあげてそれに応じた。その内面的な動機をさぐれば様々で、自分は実際の政治運動にたずさわっていないからせめて宣伝、煽動でもして一役演じようというのもあれば、政治運動のなかでぶつかった問題をテーマに詩をかくことで、味気もない政治運動にたいして、安息を感じようとして詩作をしたものもあったろうが、とにかく一様に云いうることは、詩とはどういう働きをするか、政治運動とどこでつながるのか、どこで別問題なのか……というような点が詩人たちによってはっきりつきつめられていなかったことである。そして、このことは現在もプロレタリア文学運動の後継者である「民主主義文学」運動のなかでもはっきりと判っていないのである。たとえば、赤木健介、林尚男というような、コミュニストというよりも社会ファシストといってよい人たちを指導者とするサークル詩運動が、どんな気狂いじみた詩をかいて自然消滅したかは記憶にあたらしい。

また、プロレタリア文学運動の理論的な指導者、蔵原惟人がラップ直輸入の理論をふりまわしたということも昭和初年の文学運動を検討すればあきらかである。

『朝日新聞』「声」欄の投書者は、中共では「愛情、建設、戦争反対」が詩人の主題だとかいているが、このことは何の特別の意味もない。愛情、建設、戦争反対を主題にして詩をかいてはならない理由もなければ、それ以外のテーマで詩をかいて悪い理由もない。いいかえれば、もしこの投書者の云うところが信頼できるとすれば、中共で「愛情、建設、戦争反対」を主題にして多くの詩がかかれているとすれば、この問題が比較的多くの人の関心をもつ主題なのだろうということ以外の、どんな意味もない。どんな意味も与えるわけにはいかない。わたしのこういう考え方は、毛沢東の文芸理論や、その直輸入者である俗流大衆路線論者と背離する。だから、中共においては、或はいくらかスローガンとしてこの主題が提唱されているかも知れないということは、毛沢東の理論からも考えられなくはない、ということをことわっておかなくてはならない。

しかし、上部構造のちがい、下部構造のちがい、ヒエラルキイが日本では狭く直立している、等の条件から、詩の主題に政治的な意味を含めようとする考え方は成立しえないし、それは戦前、戦争期、戦後にかけて誤謬をあきらかにしてきた。

詩人の主題は、外部から強制できるようなお題目ではない。それは、いかなる専制的な政府をもってしても、また国民大衆の世論をもってしても、どうすることもできないものである。それは、詩人の感情生活の内部において生れ、育ち、表現行為を通して、はじめて外部に実現されるものである。（鮎川信夫「現代詩の難しさ」）

ところで、鮎川信夫はこれにつづいて、「こういったからといって、詩があくまで個人的なものだと言っているのではない。ただ、詩が国民大衆のものとなるまでの道程とか手順について、もうすこし冷静に考えてみたいとおもっているだけである。」と述べている。

わたしもまた、詩の主題のなかに、政治的意味をもとめ、それを手がかりに、政治的大衆運動に結びつけようとすることは、徹底的に誤りであるとかいてきた手前、この問題をもうすこしつき進めて考えてみよう。

詩人は、詩をかくとき、現実の生活や事件や、体験を内部に受感したり、反すうしたり、それを理論的にかんがえてみたり、感情的にあたためたりしたところを表現する。これはどんな主題をえらんでもかわらない。

ところで、大衆もまた、内部において生活や事件や体験について思いめぐらし、そしてまたそれを糧として、実生活や事件にぶつかり活動している。大衆を内部からとらえるとき、そこには論理もあり、イデオロギーもあり、心理的な動きもあり、それは個々の人々によって異ると共に、共通の意識的な動きもあるはずである。

現代詩が大衆とつながろうとすれば、この詩人の内部にあるものと、大衆の内部にあるものとの共通点を、また相違点を手がかりにするより外にない。

それゆえ、第一に、主題に特定の政治的なテーマをえらび、それを手がかりに大衆のイデオロギーに働きかけようとする考え方は、表っ面をなでた現象的な考え方にすぎない。

第二に、「声」の投書や、赤木健介、林尚男のような社会ファシストのように、詩人がやさしい詩をかけば大衆に通ずるのだという考え方がある。いいかえれば、詩を大衆化するということである。この考え方の根柢には、大衆は愚かであり、無智であり、またいつまでもそうであるという偏見がよこたわっている。いわば、大衆のマイナス面にコビヘツラウいやしい根性と、思い上りとがあるといえる。わたしは、この連中に以前、反動よばわりをされたことがあるから云うのではないが、赤木のような戦争期のファシスト歌人がその歌そのままのような、白痴的な、無理論な、サークル詩指導をやった責任は、追求される必要があるとおもっている。

現代詩と大衆とのつながりは、詩人の内部と大衆の内部とのつながりあいによってしか、実現しえない。詩人と大衆の内部には多くの共通点がある。そのかぎりでは、詩人の詩は表面的にどんなに難解であり、専門的であるとしても、かならず共感の基礎があるといわなければならない。

俗流大衆路線詩人は、大衆の内部世界が、インテリゲンチャの内部世界よりも単純で、やさしくわかりやすいという抜き難い偏見をもっている。しかし、事実はまったく逆で、大衆の内部世界の方が混沌として難かしい。かれらが大衆にわかりやすい詩を、と主張したとき、第一に大衆を愚昧なものとしてきめてかかり、第二に大衆の内部的な成長をはぐらかす役割を、無意識のうちに助長したのである。

現代詩が、いまの規模と構成をもっているかぎり、大衆とのつながりやコミュニケーションを求める方法は一つしかありえない。それは、現代詩人が、自己の内部世界と、大衆の内部世界との相違点と、共通点を意識的につかみ出して、それを手がかりにして大衆とつながることである。現代詩が、やさしいコトバでわかりやすくというような、大衆の内部をも、詩人の内部をも小馬鹿にしたような通路をたどるかぎり、ますます大衆との真のつながりも、芸術性をも一緒に喪う外はない。それは、俗流民主主義詩人の詩作品と、その指導の下でのサークル詩運動が、どんな作品を生んだかをあわせて考えることによって自明である。

わたしは、ここで「大衆芸術」という概念について考えるべき段階にきたらしい。

現代詩人と大衆とのつながりあいをすすめてゆくうえで、現在、詩人と大衆との内部世界のちがいをどのように埋めるべきであろうか。わたしはすでに詩人がやさしく解りやすい詩をかけというような主張と、大衆的な主題を描けという主張、が虚偽にしかすぎない所以を述べた。

現在、この未解決の問題は、鮎川信夫の指示するように「唱歌」、「歌謡」、「流行歌」、「民謡」などによって埋められ、一方では「歌ごえ」運動によって埋められている。

「歌ごえ」運動も、その理論的な誤謬と、歌詞歌曲の低劣さのため酒場や喫茶店で「流行歌」なみに堕ちているから、わたしがケチをつけると否とにかかわらず、自然消滅することは疑いない。

理論的な誤謬によって「芸術」運動がさかえた例はないのだ。

この現代詩と歌謡の問題は、わたしのような資質的に不得手なものが論ずるのはよろしくないかも知れない。

たとえば、谷川俊太郎のような詩人は、歌謡の試みをやっており、それは作曲されている。これらの実験的詩人によって論ぜられる必要があるとかんがえられる。

現在、大衆が詩とつながり、生活感情のなかにさえ溶け込んでいるのは「流行歌」においてであろう。あるいは、「歌謡」、「唱歌」においてであろう。「歌ごえ」運動でうたわれている「若者よからだを鍛えておけ」とか「しあわせの歌」などは、もちろん大衆の内部に喰込む力は、流行歌以下で取るに足りない。こういう大衆の内部世界の問題を無視した、進歩的仮面をかぶった社会ファシスト的なロマンチシズムを、根こそぎ叩き出さなければならない。そして、「歌ごえ」運動の進歩的な名分にひかれて近寄った、善意の気弱なインテリゲンチャ作曲家は、自己の芸術家的な資質を、大衆にではなく、誤った大衆の指導者に、無視せられることを、我慢してはならないはずである。

「流行歌」は、これを現代詩の水準からかんがえるとき、ほとんど論ずるに足りない程、技術的にも内容的にも低い。それこそ、「男の涙」とか「女の涙」とか「純情」、「ロマンス」、「別れ」、「なつかしい」、「かなしい」といったような常套語の連続である。いいかえれば、大衆の内部にある暗黒面、弱点を「固定化」する言葉に充ちている。

しかし、「大衆詩」(これは詩人が大衆のためにやさしくかいた詩という意味ではなく、大衆の内部を典型化するという意味である)の問題をかんがえる場合、あきらかにそこから引出すに価するプラス面とマイナス面を具備している。中央合唱団編の『青年歌集』などは、流行歌の強じんさに比較したら問題外の外である。

流行歌は、第一に大衆の意識を内部からつかまえている。外から、あるいは上から与えているのではない。大衆なみの作詞家や作曲家がかいているからであろう。

しかも、大衆の内部の混沌面、暗黒面、弱点をつかまえている。「大衆芸術」をかんがえる場合、いうまでもなく大衆のマイナス面、混沌面、暗黒面をつかまえることが必須の条件である。つまり、大衆内部の否定面と正面から取り組むことが条件である。「からだを鍛えておけ」などと白痴的な言葉をロウしていては駄目なのだ。

もちろん、流行歌が、大衆の内部にある暗黒面をつかまえている方法は、けっして正当であるということができない。それは、暗黒面をぐるぐるめぐって出口をつけられないまま「固定化」しているということができよう。

わたしが、日本の現在の社会状態において、現代詩の状態をかんがえに入れながら、現代詩と大衆のつながりを打開してゆくことをかんがえるとすれば、いわば、両者のあいまいな野合や、政治的強制をしりぞけて、大衆詩の問題ととりくむこと以外に方法はないとかんがえる。

鮎川信夫は、前掲の詩時評で「しかし、あらゆる詩が、唱歌や歌謡の言葉のようになったらよいとは考えることができない」と述べているが、現代詩人が、その近代詩の歴史的な業績の上に詩業をすすめながら、同時に大衆詩の問題を馬鹿にしたり、ただ、否定したり、することなく追及することが希ましいと考えざるをえない。

日本の近代詩の歴史をたどって、現在の唱歌、歌謡、流行歌の系譜を追及してゆくと、興味ある共通の事実にぶつかる。

第一に、明治十年代から三十年代にかけての新体詩抒情派、たとえば、落合直文、山田美妙、島崎藤村などの詩の一部は、そのまま唱歌または歌謡である。

第二に、後期象徴詩の崩壊期、たとえば北原白秋、三木露風の詩は、そのまま一部は唱歌または歌謡である。

第三に、その後継者、西条八十、蕗谷虹児、などの詩は一部、歌謡または流行歌である。

第四に、「四季」の抒情詩は、一部、歌謡である。

第五に、プロレタリア詩の一部は、歌謡ないし応援歌である。

いいかえれば、日本の近代詩は、その崩壊した内容において、かならず、唱歌、歌謡、流行歌と地続きであるということができる。

この詩史的現実は、欠陥にすぎないのであって、現代詩の正統な発展は、かならず唱歌、歌謡、流行歌を否定的に媒介するところにしかありえず、したがって、同時に「大衆詩」の問題は、必須の課題として別個にすすめられなければならないとかんがえられる。わたしたちは、次のような現代詩を大衆と結びつける事実を知っている。

たとえば、ラジオで詩の朗読がおこなわれる。新聞、文芸雑誌に、以前より詩が掲載されることが目立ってきている。また、政治運動や基地反対闘争やにおいて、シュプレッヒ・コールがおこなわれる。酒場や喫茶店で合唱が客によっておこなわれる。等々。

しかし、もし現代詩人として自覚的な創造をつづけている者なら、こういう現象から詩が尊重されているると判断するものはあるまい。かえって、詩がアクセサリーか調味料として馬鹿にされているかもしれないのである。現代詩人の専門的な詩作の追及と、明晰な「大衆詩」の問題との対決が、両方とも徹底的にすすめられないかぎり、現代詩と大衆とのつながりは発展しないのだ。

わたしは、いままで、現代詩を社会的な立場からみて、いわば外部的にその発展の二つの大きな条件をかんがえてきた。

最後に、現代詩が、内部的に当面しているとおもわれる課題にふれてみなければならない。現在、詩人が詩を作るということは、巧みなレトリックをつくり出すとか、ある時間、ある場所におけるある感覚をどんなにピタリと表現できたかというような、「芸」の特殊な追及とかんがえられている。たとえば、現在もっとも優れた詩論家であり、現代詩の鑑賞家である中桐雅夫は、その時評（『詩学年鑑』「詩壇・一九五五年」）のなかで、

神無月の楕円の空の端で
繊い秤がさらと傾くのがみえた。
（安西均「天の網島」）

という二行を、「この秤は実は『神無月の楕円の空の端』にかかる細い三日月である。それを秤とみた作者の想像力によって、われわれの認識の領土は拡大された。作者がなぜ『秤』とみたか、それは三日月の細さのためばかりではなく、この詩の舞台が商人の都だからであることは間違いないが、読者は

この詩を読んだことによって、いつの夜にか、繊い秤を空に見ることができるようになったわけである」と述べている。

もちろん、現代詩も、外のすべての「芸」とおなじように、三日月を繊い秤として暗比喩することに成功したときの、シメタ！　という快感を、創造と鑑賞の原則とするであろう。しかし、もし、詩人も読者も、このような表現上の追及の必要さを知りながら、意識的にこの原則を否定したときはどうなるだろうか。そのとき、現代詩は、コトバの芸術としての性格を第二義とする、別個の文学となる可能性があるといわなければならない。

現代詩は、それが特殊な「芸」としての性格を第一義とするかぎり、詩人が内部的な世界の全問題を詩の表現として定着する道は、かならずある制約をうけざるをえない。もちろん、小説にも、評論にも表現上の固有の制約と約束ごとめいたものがあるが、それは詩の制約とはおのずからちがっている。

したがって、詩を「芸」の追及であるとする考え方を否定して、他の文学ジャンルとおなじように、詩人の内部世界がもっている全土壌を表現する形式であるとかんがえた場合、唯一つ、詩のコトバがすべてコトバとしての意味と、コトバの音響、イメージとしての内容を同時にもっているという制約の外は形式的にも内容的にも何らの制約がなくなるとかんがえられる。

現代詩は、このように一個の文学であると考え、コトバをたとえば絵画における絵具、映画におけるフィルムとおなじように考えることを否定した場合、現在の段階では、おそらく詩の概念は成立せずに、観念の独白、内部的な対話になってしまうかもしれない。

しかし、最近、若い世代の詩人たちの一部が、西欧のモダニズム詩の手法をとり入れ、無原則にドキュメンタリー論をとなえ、記録性を問題にしている動向に照して、その極端な対立物としての詩の文学化をかんがえることは重要な意味をもっている、とかんがえるものだ。

戦後詩は、現在さまざまな試みをやってきているが、いずれにせよ、かつて現代詩が出発の最初にもってしまった詩の文学的意味とコトバの芸術性との分裂を綜合する課題を荷っていることはたしかである。

中桐雅夫が、現代詩における想像力の意義を強調する場合、それは詩をコトバの芸術という面でとり出していることにほかならない。しかし、想像力の型は時代的であり、ある場合には流行的でさえあるということができる。わたしは、ほとんど断言してもはばからないが、「三日月」を「繊い秤がさらと傾く」というように暗比喩した場合、その暗比喩は、今日、読者に新しい認識の領土を拡張しているようにみえたとしても、明日は、それが少しも認識の領土を拡大していないことがあきらかになるだろう。過去において白秋の『邪宗門』や露風の『白き手の猟人』がそのとき新しい認識の領土を拡大したように見えたが、現在、ほとんど読むにたえない程、空虚な想像力の働きであることによっても理解される。たとえば、藤村の『若菜集』が当時において新しい認識を読者にあたえ、現在もなお生命をもっている部分は、もちろん想像力にあるのではなく、コトバの「芸」にあるのでもなく、藤村が自己の内部世界の問題を、当時の詩の表現制約のなかで突き出しているからに外ならない。いいかえれば、『若菜集』の文学的意味が古びないのであって、コトバの芸術性が古びないのではない。

わたしは、どうやら一つの理解の契機に達したような気がする。

現代詩は、その文学的意味を深めることによって、現在の表現技術上のワクを破り、そのことによって、詩人の内部世界の全面的な表現形式にまで到達できる可能性がある。そして、そのような詩は「少数の人に深く熟読される」ことによって、やがて多数の人に理解されるという運命をもつような気がする。

それと同時に、現代詩は「大衆詩」としての機能を正確につかむことで、コトバの芸術性という側面を拡大されていくだろう。たとえば、谷川俊太郎、飯島耕一、山本太郎などの詩人は「大衆詩」人（これはわたしの論旨から明らかなように優れた意味で）であり、関根弘のような詩人は、マヤコフスキーにならって、労働者階級をアジテートする（これはわたしの論旨から明らかなように優れた意味で）アヴァンガルト詩人の名を恥しめないだろう。めでたし。めでたし。といわざるをえない。

鮎川信夫論

鮎川信夫の、戦後の秀作「アメリカ」は、つぎのような一節からはじまっている。

それは一九四二年の秋であった
「御機嫌よう!
僕らはもう会うこともないだろう
生きているにしても　倒れているにしても
僕らの行手は暗いのだ」
そして銃を担ったおたがいの姿を嘲けりながら
ひとりづつ夜の街から消えていった

一九四二年（昭和十七年）は、二月に日本軍がシンガポールを占領した年であり、六月には、ミッドウェー沖で最初の決定的な敗北をきっした年である。

そのころの、内省的な青年たちは、典型的につぎのようにかんがえていた。

たとえ、この戦争が勝利でおわっても、敗北でおわっても、自我の運命はくらく、のたれ死にしてしまうだろう、と。

勝利となれば、日本ファシズムの思想的なあらしの下で、あのばかばかしい説教と統制にくるしめられて生きねばならないことは、わかりきっていた。敗北すれば、荒廃のなかで、破壊されて死ぬよりほかないとおもわれた。青年たちは、戦争権力に反抗することによって、自我を現実のほうへおしひらき、深化することができるかもしれないということを、まったく洞察することができなかった。「銃を担ったおたがいの姿を嘲けりながら」という鮎川の詩句は、くらい、ぬけみちのない、当時の知的な青年たちの心情を、たしかな眼でうつしとっている。そして、こういう世代的な体験を無視しては、鮎川を論ずることはできないらしいのである。

注意ぶかい読者ならば、鮎川の「アメリカ」ぼう頭の訣れの挨拶が、つぎのような、トオマス・マンの『魔の山』の一節に照応していることをしっている。

御機嫌よう!——生きているにしても倒れているにしても、お前の行手は暗い。お前が巻き込まれた血腥い乱舞はまだ何年も続くだろうが、私たちはお前が無事で帰ることは覚束ないのではないかと思っている。

ここから、鮎川の個人的な体験にまで、ふみ込まねばならないのだが、そのまえに、ぼくたちの「血腥い乱舞」は、一九四五年に、日本の敗北でおわったことだけは、いっておかねばならぬ。勝っていたら、日本ファシズムの主動的なイデオローグになっていたにちがいない転向者は、コミュニスムへと再転向する。ほんとうのファシストは、かすりきずも負わず、社会民主主義者として再生する。ローマン的なナショナリストは、口をぬぐって抒情詩人にうまれかわる。モダニストは、また愚にもつかない超現実を構成しはじめる。

敗戦後の、こういうみじめな喜劇のなかで、死にそこなって戦場からかえってきた鮎川は、「眼をうしろにつけて前へ歩いてゆく」ことを主張せねばならなかった。

鮎川のうしろにつけられた眼は、一九四二年秋、戦場へたつとき、詩人森川義信がのこした訣れの挨拶――マンの『魔の山』の一節まで、たちかえってゆく。「暗い構図」で、鮎川は、こういう事情についてつぎのようにかいている。

一九三九年の『荒地』に発表された森川義信の「勾配」は、我々の暗い青春の最も記念的作品であると共に、今なお我々の脳裏になまなましく刻み込まれ、我々と共に生きている。彼は戦争の血と硝煙の匂いのなかで死んだが、「勾配」は現在に至るまで我々と共に成長することをやめない。そして私は彼が戦地へ赴く時に簡単な走書きで、長い手紙は書けないからトオマス・マンの『魔の山』の最後の頁を自分の手紙だと思ってもう一度読み返してくれ、と言ってきたことを忘れ得ない。

鮎川は、この忘れ得ない思い出と、じぶんの戦争体験とを、荒廃し、混乱した戦後の現実のまえで照しだしてみて、それをじぶんの資質とからみあわせて、つよく論理化し、いわば思想的なよりどころをかためる必要があった。わたしの推定では、「死と生の論理」というトオマス・マン論は、ほぼ、そういう意企でかかれている。

鮎川にとって、戦前の、破局をひかえた日本資本主義の最盛期に、自我形成のときをむかえた、ということはたいせつなことであった。戦前の『新領土』、『荒地』、『Le Bal』その他に発表された詩をみると、下降期特有の、没落的な感性と、まるでそれとはうらはらな奇妙な明るさ、行手のわからないままの安定感、幸福感、孤独感、とがいりまじった鮎川の内部世界のすがたが、当時のモダニスムの影響下にあった青年に独特な受感の仕方で、はっきりとあらわれているが、鮎川はいわばこの「活字の置き換えや神さまごっこ」に熱中した青春の黄金時代、日本資本主義の黄金時代に、戦後的な逆光線をあてることによって、出発する。

『ブッデンブロオク』から『魔の山』にいたるマンの、ブルジョワ社会にたいする愛着と嫌悪、そこからマンの文学のライト・モチーフになっている死への近親感、を論じながら、鮎川が、感じているのは、じぶんの自我形成期にたいする郷愁のようなものである。

マンの背後に「滅びゆくブルジョワ社会があり、古い芸術家の貴族主義を置き去りにして、新しい近代勤労人民階級が興りつつあり、革命の血の叫びを挙げている。」とかくとき、ほんとうは、鮎川はじぶんが傾いてゆく戦前の黄金時代の思い出と、戦後の日本の革命運動にたいして愛着と嫌悪にはさまれて立ちどまっている現在とを、ひきくらべようとしている。このとき、鮎川の内部には、あまりにつよく戦前に執着しすぎ、戦後の革命運動に単純に同調してゆけない自分にたいする焦躁があって、そこからマンにおける「死への近親感」へ通ずるみちをみつけだそうとした。

「橋上の人」にでてくるのだが、鮎川が森川義信の思い出にたすけられて、マンを論じたころは、「妻もなく子もなく、この広い都会の片隅で、固いパンを嚙じって」生きていたし、「わたしは貧しいわたしは病んでいる貴方（父）がわたしに下さったのはこれだけですか」といわずにおられない精神状態にあった。

このような地点から、「生きてゆくことが死に外ならぬというような状態、生を問うことが、どうしても死に帰着してゆく悩める意識はどこでも問題にならぬであろうか。」というように、マンを擁護するとき、鮎川の内部には、戦前の自我形成期の思い出、戦争体験、戦後の荒廃した苦しい生活、をつらぬいてながれこんでくるある辛いかんがえがあったに相違ない。

それゆえ、

埋葬の日は、言葉もなく

立会う者もなかった、
憤激も、悲哀も、不平の柔弱な椅子もなかった。
君はただ重たい靴の中に足をつっ込んで静かに横たわったのだ。
「さよなら、太陽も海も信ずるに足りない」

（「死んだ男」）

予感はあらしをおびていた
あらしは冷気をふくんでいた
冷気は死の滴り……
死の滴りは生命の小さな灯をひとつづつ消してゆく

（「アメリカ」）

誰も見ていない。
溺死人の行列が手足を藻でしばられて、
ぼんやり眼を水面にむけてとおるのを——

（「橋上の人」Ⅳ）

生と死の影が重なり、
生ける死人たちが空中を歩きまわる夜がきた。
あなたの内にも、
あなたの外にも灯がともる。
生と死の予感におののく魂のように、
そのひとつひとつが瞬いて、
死人の侵入を防ぐのだ。

（「橋上の人」Ⅷ）

このような、現実的な関心のつよい鮎川の作品をくまどっている死の観念は、いわば、戦前の自我形成期における日本資本主義文化の運命をひきずった死であり、僕らの行手は暗いという意識のままに生死もわからぬ戦場にたたねばならなかった戦争体験をふまえた死であり、また「戦争の犠牲、政治的背信、失業問題そしてその一切の暗澹たる社会環境」(「幻滅について」)を受感し、それを無意味な時代がしずかに腐敗してゆくとかんがえずにはおられなかった戦後の、現実をふまえた死であった。

この時期の鮎川の代表作であり、戦後日本現代詩の屈指の秀作である「繋船ホテルの朝の歌」は、一九四九年十月の『詩学』に発表されたが、これは、鮎川の内部にぬきがたくただよっている死への傾斜が、具体的な事件にぶつかったときしめした鋭い反応であるといえる。それは、荒廃した現実、希望のない未来、とじこめられた敗戦日本のいきぐるしさ、こういう一切から逃れたくて、死につかれた女と、どこか遠い世界へゆきたいと憧れながら、けっきょくは安ホテルで一夜をあかし、女とむかいあって白けきった朝食をとる、そういう個人的な体験をとおして、戦後日本革命の敗北してゆく現実へ、内部世界をおしひらいてみせた記念碑的な作品である。

ああ　おれは雨と街路と夜が欲しいのだ
夜にならなければ
この倦怠の街の全景を
うまく抱擁することは出来ないのだ
西と東の二つの大戦の間で生れ
恋にも革命にも失敗し
急転直下堕落していったあの

イデオロギストの顰め面を窓からつきだしてみる
街は死んでいる
さわやかな朝の風が
おれの咽喉に冷たい剃刃をあてる
濁った堀割のそばに立っている人影が
おれには胸をえぐられ
永遠に吠えることのない孤独な狼に見えてくる

たれもこのように、戦後現実を内面化したものは当時いなかった。

戦後革命は、一九四七年二月の二・一ゼネストの弾圧、敗北と、つづいて高揚した学生の反帝、反戦闘争が、日本共産党の分裂によって崩壊したとき、敗北にむかったが、平和革命論者とその下僕である民主主義詩人のたれひとり、それを洞察し、受感するものなく、鮎川によって、こういう作品がつくられつつあったことは注目に価する。

その前後から、鮎川は、「詩人の条件」、「幻滅について」、「祖国なき精神」などの評論で、ひろい意味での転向者的な立場をうち出し、日本コミュニスムとの対決へとすすみでたが、結果的にみれば、解放の幻影――平和革命論の図式のうえにたった擬似コミュニスムにたいするむなしい反撥におわっているのは当然であった。

一九四四年から五二年のあいだに、鮎川は「死んだ男」、「アメリカ」、「繫船ホテルの朝の歌」、「橋上の人」のような、戦前の記憶をひきずり、戦場の体験をふまえ、戦後の荒廃した日本の現実を全体的に綜合しようとした詩のほかに、ちょっとかんがえるとまったく異質ではないかとおもわれるような一系列の抒情詩「秋のオード」、「波と雲と少女のオード」、「行人」、「あなたの死を超えて」などをかいている。

鮎川の内部のメカニスムは、多価的《ポリヴァレント》で、ある一要素を引きだせば、一つの詩や詩論がうまれ、他の一要素を引っぱれば、他の傾向の詩や詩論がうまれる。といったような同時性があるのだが、これらの純粋な抒情詩は、かならずしも、そんなゆとりをもってかかれたものではなく、鮎川の内的な資質と、現実にたいする思想的な態度を、むすびつけている通路をみつけるためには、決して無視することができない作品である。

「秋のオード」は、見知らぬ美しい少年が、母を奪ってボートへつれさってしまうというテーマの抒情詩だが、それは、鮎川のつよすぎる母子相姦の願望をうったえているようにおもえる。

あの美しい少年は何処へいったか
卑しい心に問うてはならぬ
淋しい睫毛と
ちいさな赤い唇とは
この世のそとでも離れがたいことを信じよう
海岸に捨てられたボートを眺めていると
美しい少年を失った母が
なんだか迷っていそうにも思えてくる

安楽死的な願いと、母子相姦の願いとが、こういう詩句をささえている情感だが、このテーマは、「あなたの死を超えて」では、姉弟相姦に転化され、「死んだ姉」にたいする性的な思慕におきかえられている。
その特徴をあげてみると、

影になったあなたの子供らしい微笑が
情慾に飢えたわたしの魂をやさしく愛撫する
純潔だった姉さん！　（Ⅰ）

落ちてゆくわたしの身体を宙に支えてくれるのは
淋しい飛行の夢だけだ
二十年もむかしに死んで
いまでも空中をさまよっている姉さん！　（Ⅱ）

あなたはそっと白い屍衣を脱ぎ
かすかにしめった灰の匂いを覆いかける
「もし身体にも魂にも属さない掟があるなら
わたしたちの交りには
魂も身体も不用です」
あなたのほそい指が
思い乱れたわたしの頭髪にさし込まれ
わたしはこの世ならぬ冷たい喜びに慄えている　（Ⅱ）

いずれの場合も、鮎川の意識下の構造を、はっきりと図式化して表現している。それは、いくらかつよく執着しすぎる近親相姦の願望であり、それをうらかえした童姦性の傾向であり、たとえば、「秋のオード」では「波にさらわれた母と美しい少年」というように、「あなたの死を超えて」では、「死者の国の　いちばん美しい使いである姉さん」との性交の夢であるように、かならず死への傾斜となっておわっている。

姉さん!
飢え渇き卑しい顔をして
生きねばならぬこの賭はわたしの負けだ
死にそこないのわたしは　明日の夕陽を背にしてどうしたらよいのだろう

という現実嫌悪と、死への近親感の表現は、ほとんど、鮎川のトオマス・マン論のモチーフを、べつのかたちでくりかえしたともいえるものだ。
したがって、「行人」のなかの

すべては過ぎさる
しかし黙ってすれちがう一瞬にも
なんという美しさを見出すことだろう
黒い喪服をつけた男の
悲しみにあおざめた額のうえに
たとえば小さな捲毛の渦をみつけるような!

という「黒い喪服をつけた男」は、トオマス・マン論のなかの「気難かしく、謹直な顔をして考え込んだまま動こうとしないマン」とおなじように、ナルシスムの眼でみられた鮎川自身の影にほかならない。

無意識のもつ社会的な意味をもちださなくても、現実批判にむけられた鮎川の詩「死んだ男」、「アメリカ」、「繋船ホテルの朝の歌」、「橋上の人」の系列と、純粋の抒情詩「秋のオード」、「波と雲と少女のオード」、「行人」、「あなたの死を超えて」の系列をむすびつけている内部のメカニズムはあきらかである。

たとえば、「死への願望」という意識下を軸にとってみれば、現実的な上辺に、自我形成の黄金時代である戦前の下降期文化にたいする郷愁のようなものがあり、戦場の体験があり、戦後革命勢力にたいするアムビヴァレントな反応があり、下辺には、母や姉にたいする近親相姦的な執着があり、異性にたいする童姦性の愛憎が、ふかく埋没されていて、それが鮎川の内部世界の性格を決定している。

一九五〇年六月、朝鮮戦争後、日本の戦後資本主義は、いわゆる特需生産をテコ入れとして、相対安定期にはいった。

鮎川をはじめ「荒地」グループの主動的な詩人が、日本近代詩のうえにみちびき入れた「詩的体験をとおして『一つの中心』を持ち、しかも聯想や形象が重層加されてゆくような、綜合的な現実観の上に立つ」（「アメリカ覚書」）詩法は、すぐれた後継者もなく、解体期にさしかかろうとした。

そこには、「荒地グループの詩自体、彼らが意識するとしないに拘らず、革命意識を攪乱し、特権階級の利益のために、すべての人間を孤立化させる役割を果しているのであって、この規定から逃れようはないのである」（関根弘「夢のない夜」）というような、喜劇的な反撥と、現代が荒地であるとか、ないとかいう衣裳の模倣が、鮎川の発言を中心にして、わきおこり、あぶくのように消えたにすぎない。

そして、現実意識を詩意識のなかにみちびき入れようとする内的な格闘をへない第三期の詩人があらわれはじめ、一方では、平和革命論的な民主主義詩人は、非革命的な地点へ解体しはじめた。

この戦後資本主義の相対安定性は、とうぜん、いままで極限情況を描写するところで、そこに内部的な体験をたくしてきた鮎川をはじめ、荒地の主動的な詩人たちにも影響をあたえ、詩意識のゆるみとなってあらわれた。

戦後革命勢力のささえをうしない、その誤謬をまのあたりみせつけられ、そのうえ、再建された戦後の日本資本主義の安定感にひたされて、なお正当な現実把握をもちこたえるためには、孤立にたえる至難の洞察力と、それを持続させる意志がいる。

鮎川にあって、これをさまたげたのは、おそらく、戦前の自我形成の黄金時代にたいする一種のノスタルジアのようなものであった。この時期の鮎川のすぐれた詩の一つ「競馬場にて」は、たとえば、つぎのようにはじまる。

——どんな国際ニューズよりも
　天気予報が気がかりだった日曜日
いま評判のサラブレッド四歳馬を見ようとして
十万にのぼる人々が
せまい競馬場の入口に殺到してくる

秀作「アメリカ」のぼう頭と比較すれば、はっきりとわかるが、鮎川はもし戦後出発の頭初だったら、「どんな国際ニューズよりも天気予報が気がかりだった日曜日」というような表現は、詩にたいする倫理的な態度からも、とらなかったはずだ。たとえ、この表現が政治にたいする不信をこめた反語であるにしても、だ。

「今日のなかの昨日と明日」の結びのコトバのように、鮎川は、片々たる日常性をつなぎあわせることに嫌悪をかんじながら、「われわれは何をしようというのかこれから何をしようというのか」という混迷におちている。ここで、鮎川の綜合的な詩意識は、個々の要素に解体しはじめる。

抒情的な資質は、かつてのように純粋な無意識像をとりあげて、うたいあげることがなくなり、色こい生活的なかげに、くまどられる。

この少女のように
かれもまた　あるところに
帰らなければならない
暗くて　さむい
あるところに

（「天国の話」）

これが、かつて近親にたいしてむけられた性的な願望が変形したものであり、死にたいする傾斜であり、生活意識のかげである。

女にたいしても、うまれる以前からあった無意識的な、汚れをしらぬ微笑を、ほりおこすのだが、そこには

ぼくがあなたを信じないように
あなたはぼくを信じない

という人間関係の二重の構造がみえてくるだけだ。ひとびとの家はすべて閉され、鮎川の帰巣願望を拒絶する。そして眠れない部屋のあかりが、ひとつ最後にうけいれるだけだ。

注意してよむと、長詩「小さいマリの歌」は、父性失格者がうたった父性のうたである。

母や姉にテーマをとった近親相姦的な夢から、女にたいするアンビヴァレントな愛憎へ、そして帰巣と作巣へのあこがれと拒絶へ、こういう鮎川の性格劇を構成する要素が、「小さいマリの歌」のような父性願望へとゆきつくところには、青年期から壮年期へうつってゆく歳月の暗さがかくされている。

「木枯の町にて」、「明るいキャフェーの椅子」、「バルセロナ」、「この街に生れて」などの風俗詩は、これに反して、戦前の黄金時代にたいする鮎川の執着を表現している。

たとえば、「木枯の町にて」のなかの、安レコードのみじかい針の溝からうまれるマリリン・モンロウのせつない性のささやきも、明るいアナウンサーの声も、「今夜あたしあのギャングにうんと愛をあたえてやるわ」という女も、すべて、感覚的に、戦後の風俗ではなく、戦前の風俗である。

鮎川の内部世界には、じつに深い戦前の自我形成期の痕跡がのこっていて、それが相対安定期の現実意識とのアナロジーに触発されて、あらわれてくる。この要素は、戦争期の半ばに、自我形成の時期をむかえ、戦後の荒廃のさ中に、それを育てねばならなかった世代とも、また戦前の日本資本主義の黄金期に、すでに世俗的狡智をみにつけ、そこから戦争にいいかげん便乗し、戦後に生きのこった世代にもないもので、鮎川の詩を、独特な色彩で、くまどっている。

わたしの判定では、いわゆる相対安定期にはいってからの、鮎川の内部世界の全重量は、連作「病院船日誌」における、戦争期の体験の、ねばりのつよい追及にかけられている。

この作品の、すぐれた技法と、内的体験の正確さと、叙景の生彩と、テーマの本質性とをかんがえあわせると、鮎川の最もすぐれた詩の一つであるとともに、戦後現代詩の記念碑的な作品の一つであることを、うしなわないとおもえる。
それは、

フランスの悩みは
かれら民衆の悩みだったが
ぼくら兵士の苦しみは
ぼくら祖国の苦しみだったろうか
（「サイゴンにて」）

とかんがえる鮎川が、自殺用のカミソリの刃を「細い咽喉にあてたまま」祖国にかえってくる内的な体験を追っている。

カミソリ自殺をした若い軍属の白布につつまれた死体が、ゆらゆらとハッチから担ぎ出されてゆく光景がある。

戦争を呪いながら、あらゆる神の報酬を拒み、東支那海の夜を走る病院船の一室で死んでゆく兵士がいる。「（ああ人間性よ……　この美しい兵士は　再び生きかえることはないだろう）」たとえ、どこかとおい国では、兵士の死が聖書で祈られ、やさしい女の手が、そのうえにおかれても、名分のない戦いに敗れて死んだ、日本の兵士は、ふたたび生きかえることはないのだ。

鮎川はここで、「むごたらしい歴史のそとに　灰いろの海と　灰いろの空があって　ぼくらをしっかり抱きしめている」遠い未来の祖国の霧をおもいえがく。

病院船は、何万という生きた水兵と、一連合艦隊が沈んでいる海底――苦い塩を口にふくみ歴史の終りを永遠に待ちこがれている水兵たちから逃れさる。どうしても、遠い記憶のはての眼に見えない島影を望まなければならない。生きるためよりも死ぬために、水平線をこえなければならない。

たれも、鮎川のように戦争体験を内面化しようとしたものはいない。重たい主題を、やくざな根性で追いまわし、やがてけろりと忘れる詩人は、あとをたたないが、あの無名の大戦の体験を、十年ちかくのあいだ、にぎりしめ、反すうしようとする苦渋な詩人は、鮎川の外にはいない。「病院船日誌」は、おわってはならぬ。おわらせてはならぬ。世評のそとで、こういう詩をかきつづけることを強いられているこの孤独な強い詩人のためにも。また、日本現代詩の歴史のためにも。「病院船日誌」は、どこへゆくかわからないが、鮎川の詩業の本質的な部分が、この作品の延長線上に展開されるのは、たしかだとおもわれる。

「出さずにしまつた手紙の一束」のこと

昨年十二月、平野謙が『図書新聞』で佐藤春夫の『小説高村光太郎像』を書評しながら高村光太郎を「『和霊』をうちにひそめた巨大なる『ばけもの』」とかいつまんでいた。わたしはこの平野の評言をすこしも誇張なく正当とかんがえている。だが、わたしがそれに気付いたのは、残念なことに敗戦後であった。やくたいもない話で、高村の決定的な影響下に過した青春前期には、わたしもまた『道程』や、『智恵子抄』の熱狂的なファンであり、ファン特有の心理から高村の詩業と精神史と生活史を検討しようと考えもしなかったのである。

戦後、絶望と虚脱のなかで、自己と現実との関係を回復しなければ生きてゆくことは出来ないと思いはじめたとき、はじめて、高村が自分に与えた影響の意味を再検討することが、わたしの内部的な日程にのぼったのである。わたしとおなじように高村のファンであった高村研究家北川太一は、敗戦後も高村の影響下に労作『高村光太郎年譜』をつくり、その後も優れた調査を成し遂げていた。おそらく北川君の業蹟は今後、高村の詩業を検討する際に基礎文献の一つとして無くてはならないものとなるだろうと信じている。

全集の刊行はおそらく、高村が世評とはうらはらな恐るべき詩人であったことを明らかにするだろうが、何れにせよわたしたちは『道程』一巻の文学史的位置づけすら満足になされていないという事実から出直さなければならないのだ。他愛もない讃歌と他愛もない否定とは消えなくてはなるまい。『道程』一巻も恐るべき詩集である。『智恵子抄』も恐るべき詩集である。前者は、その背後に父光雲の芸術と人間にたいするぞっとするような憎悪と排反を秘しているからであり、後者は、夫人の自殺未遂、狂死という生活史の陰惨な破滅を支払って高村があがない得たものだからだ。

わたしは、『道程』をヒューマニズムの詩と評価することにも、『智恵子抄』を比類ない相聞と評価することにも無条件に賛成できない。わたしが、そういうことを信ずるようになったのは「出さずにしまつた手紙の一束」を読み得、「珈琲店《カフエ》より」を見つけてからであった。

今泉篤男は高村の「回想録」のあとがきで「例へば欧米滞留時代のことは、多く語られてゐない。先生自らも、人間の生涯の伝記の中にはどこか一と所位朦朧とした不明の部分があつてもよいなどと話された。」とかいているが、いうまでもなく高村がヨーロッパ留学から持ちかえったのは、口にするには少しばかり恐ろしすぎる父光雲の芸術と人間にたいする父子相剋の心理と、西欧にたいする人種的、文化的な劣等感の煮つめられた破壊的な内部世界であった。「出さずにしまつた手紙の一束」はそれを立証しているとおもう。

二年ばかりまえ、『スバル』を読みたくて鮎川信夫から新庄嘉章氏あての紹介状をもらって早大図書館へゆき「出さずにしまつた手紙の一束」にぶつかったときの驚きをおもい起す。高村が生涯かたくなな孤立にたてこもった内面的なモチーフがすべて氷解するように合点されたのである。

つぎに「珈琲店《カフエ》より」という短篇をよんでわたしは高村の生涯の内部的な骨組がはっきりつかめたようにおもった。高村は強烈な意志でこの内部の問題を埋めたまま生活し、詩をかいて七十何歳まで歩いた。人間はたれでもその心の底に、一度口に出せば世界が凍ってしまうかも知れぬコトバを秘しているかもしれぬが、大抵は解毒作用を施してそのコトバをなしくずしに表現しておわるのである。だが、高村は、その詩のなかにも、散文のなかにも内的な告白らしいものを何ひとつせずに死んだ。もちろん、芸術とはまさにそうしたものだと高村は考えていた。高村の詩に古典主義的な整合をあたえ、高村の彫刻に抑制を与えているものはそれである。わたしは、『道程』一巻も、『智恵子抄』一巻も読みようによっては恐るべき詩集にかわり、高村光太郎も探求によっては肯定的なヒューマニズムの詩人という単純な評価をはみだすことがあると信じている。このことは別に論じたからここでは触れない。わたしが「『和霊』をうちにひそめた巨大なる『ばけもの』」という平野謙の評価を肯う所以も、「出さずにしまつた手紙の一束」を高村の唯一の自己告白として特記する所以もそこにかかっている。

昭和17年から19年のこと

米沢時代に、わたしは学問に身を入れなかった。第一にこれは徹底的に駄目であった。また、酒を飲んだり、映画をみたり、駄本を読んだりすることに熱中した。これもまた徹底的に駄目であった。何ひとつ身になってその後のわたしの悪戦苦闘をたすけたものはない。

これからもあるまいとおもう。

わたしが、米沢ときくと後めたい思いに襲われ、誠実な小山田教授、佐藤教授、畏友大沢俊行君、山沢みの女史が未だおられるという噂を耳にしながら、米沢へ行こうという気持を起さない（卒業後、汽車で通ったことはある）のは、全くこの後めたさのためである。

当時、馬鹿な（その時はそう思わなかった）英雄豪傑がいて、学問なぞは何だ、おおいに遊び談じて青春を謳歌することにこそ学生時代の意義があるのだ、という風潮がおう溢していた。馬鹿な話である。そんな根性では、卒業してからも、群がる朋輩を蹴落して、会社の重役にでもなるのがおちである。こういうことが、みみっちく空しいと考える学生諸君は、徹頭徹尾、勉強した方がいいとおもうがどんなものか。

これに反して、米沢の自然の印象はそのあともわたしを随分たすけた。都会で育ったせいもあるかも知れぬが、色々な苦しいときに、日に幾度も色どりを変える吾妻連峯の山肌を鮮やかにおもいうかべた。人間と人間との入りくんだ心の関係、人間と社会との矛盾の奥深くのめり込んでどうにもならないとき、その風景の印象はわたしの思考を正常さにもどしてくれた。これからもそうであろう。

少数の親友たちとの友情と葛藤も印象にのこって、この体験は何も信じられないとおもうとき、人間関係のウルグルントとしてわたしをたすけた。はじめに書いたように、米沢時代学問に背を向けたため、勉強にうち込んだ体験が、米沢時代の印象と重ならず、教授諸先生に後めたさの印象が先に立つのが何としても残念である。

所詮、それがわたしを駆って未来へむかわせ過去をふりかえらせない原動力かもしれない。

日本の詩と外国の詩

明治以来、日本の近代詩は、ヨーロッパの近代詩の影響をたくさんうけてきました。むしろ、ヨーロッパをはじめとする外国の詩の影響なしには、日本の近代詩の歴史はかんがえられないといってよいとおもいます。

明治十年代の新体詩運動にたいするテニソンやロングフェローの影響、讃美歌の影響、明治二十年代のローマン詩運動にたいする鷗外、小金井君子らの訳詩集『於母影』の影響、明治三十年代の象徴詩運動にたいする上田敏の『海潮音』の影響、大正時代の民衆詩運動にたいするホイットマンやヴェルハーランの影響、昭和初年のモダニズム詩運動にたいする第一次大戦後のヨーロッパ前衛詩の影響、戦後の詩における英米のイマジズムの影響、第二次大戦後のフランスの抵抗詩の影響、などあげてみても、日本の詩が、おもな時代的な転機にたったとき、かならずその源流をたどってゆくと、外国の詩の影響ということにぶつかります。

この日本近代詩における外国の詩の影響ということは、それ自体、比較文学のテーマをなす重大な問題ですが、わたしは、いまそのようなテーマについて触れようとするものではありません。

明治十年代からの日本の詩にたいする外国詩の影響の仕方、いいかえれば日本における外国の詩の受け入れ方には、ひとつの発展のあとがみられます。

先ず新体詩の創始者たちは、自分の好みにしたがって二三の訳詩を系統も立てず、詩人もテニソンがあるかとおもうとロングフェローがありシェークピアがありという乱雑さで平気で集めたりしました(例1)。『於母影』(例2)や『海潮音』(例3)になると詩人の例も次第に系統的になり、訳も七・五調にもとづく定型で日本の詩として外国の詩を消化しようと試みています。

しかし、ここでは、外国の詩が成立した時代的な背景も感性の必然性もまったく訳詩者たちの念頭になかったようにおもわれるのです。

これが昭和の年代における、ヨーロッパ前衛詩や戦後の外国の詩の移植の仕方になると、それらの詩が生み出された時代的な背景と社会的基盤とが一体のものとして考えられるにいたっています。

これらは、一般的に言って、外国の詩が日本に受け入れられる方法が、発展してきたあととみることができます。

しかし、問題は、ここで終るものではありません。外国の詩に、その時代的背景や歴史や社会的な基礎があるように、日本の詩にもそれがあります。そして、外国の詩の条件と、日本の詩の条件とを、はっきりと意識し、その異質さと、同質さを、詩の歴史と社会の歴史とにまたがって自覚した上で、外国の詩が日本に受け入れられ、日本の詩に影響を与えるという事情は、まだ成立していないのです。

近い例をあげれば、戦後、フランスの抵抗詩が日本に迎えられたときがそうでした。

日本に第二次大戦中抵抗がなかったことを知っている詩人は、そこに憧れを見出したり、また少し位は抵抗したような気持になってみたりし、また、戦争期のことを知らない詩人は、占領下の戦後日本を、ひそかに第二次大戦中の占領下のフランスと同じように錯覚して、自慰を見出したりしたのです。何れも愚かな受け入れ方ということができます。

このように考えてくると、外国の詩から影響をうけるための受けとり方が、どんなに微妙で難しいことかがわかるのです。

つい十年程前まで、日本の文学は、ランボーだとかボードレールだとかを、ヨーロッパ社会からも時代からも切り離して、歯の浮くように担ぎまわっていた批評家たちの影響下にありました。そして、若年のわたしは、しこたま、これらの影響の毒をうけて育ったのです。その解毒作用のためか、戦後、抵抗詩などがフランスから輸入されたとき、可成り正確にうけとることができたようにおもいます。

外国の詩を受けとるのが、どんなに難しいかを示す例は、まだ、たくさん存在しています。

たとえば現代詩の多くは、国籍不明です。

いいかえれば、ヨーロッパの詩なみの感覚や手法を使って詩をかくと、実生活から得た思考や発想と著しく異ってしまうし、実生活から得た思考や感覚で詩をかくと、著しく俳句や短歌の発想に近づいてしまうのです。

そして、現代詩人は、すべて、この両極をごちゃまぜにした手法で詩をかいているということができます。

もしも、外国の詩の影響の受け入れ方が、正当な意味で判ったならば、このような現代詩の状態はなくなるでしょう。

しかし、この問題は、やっかいなことに詩だけの問題として片付けられません。

第一がコトバの相異です。コトバの相異ということは、コトバの語源のちがいよりも、伝達の機能のちがいと考えた方がいいとおもいます。日本のコトバは論理的でなく、幾様にもとれるような表現がおおいのに反しヨーロッパのコトバの使い方は論理的です。

このような相異は、ヨーロッパの社会構造と日本の社会構造との相異と関係しています。社会が論理的であり、生活が論理的であるところではコトバは論理的に使われます。日本とヨーロッパの社会のちがいは、使われるコトバの機能のちがいとしてあらわれてくるのです。このように考えてくると、外国の詩を訳したり読んだりして何の役に立つだろうかという疑問が当然でてくるでしょう。

わたしは、この疑問を正当なことだと考え、この疑問を感じたことのない詩人をほとんど信用することができません。

しかし、依然として、このような疑問を解決するように外国の詩が受け取られ、日本の詩がかかれたり、読まれたりしなければならないということが、日本の近代詩の大きな課題の一つであることは確かです。だから、先の言い方をすれば、外国の詩の影響を無視する詩人もまたほとんど信用することができないということができるのです。

この、外国の詩など読んで何の役に立つかという疑問と、外国の詩を手本にせよ、という傾向との中間に、日本の詩の行くべき道があるのでしょう。

このような事情は社会の問題にも成立します。日本の社会は、ヨーロッパの社会に比べて後れているという考え方があります。これに対して、ヨーロッパと比較せずにアジア諸国と比較すれば、先進国であるということも考えるべきだという論議も起っています。しかし、この二つの考え方が、共に集中してくるところに日本の社会の特殊な性格があることは確かです。

この特殊な性格は、何れか一方を無視することによっては発展せしめられないでしょう。日本の詩人程、外国の詩の動向に対して敏感であり、日本の詩の読者程、外国の詩に関心をもっている、ものはないでしょう。

そして、この関心ということも、戦後は、ヨーロッパだけではなく、アジア、アフリカ、その他にもおよんでいます。一面では、何と目まぐるしく、せわしないことだとおもわざるをえないのですが、これは、どうやら日本の詩と詩に関心をもつ人々の使命であり宿命であると考えた方がよさそうです。そして、日本の文化の宿命も、大凡こういう性格のなかにあるとおもわれるのです。

(1)

そも霊魂の眠るのは　　死ぬといふへきものぞかし
人の一生夢なりと　　あはれなふしでうたふなよ
眠らにや夢は見ぬものぞ　　此世の事は何事も
夢とおもへどさにあらず

（ロングフエルロー氏人生の詩）

死ぬるが増か生くるが増か　思案をするはこゝぞかし
つたなき運の情なく　うきめからきめ重なるも
堪《こら》へ忍ぶが男児《をとこ》ぞよ

（シエーキスピール氏ハムレット中の一段）

(2)

レモンの木は花さきくらき林の中に
こがね色したる柑子は枝もたわゝにみのり
青く晴れし空よりしづやかに風吹き
ミルテの木はしづかにラウレルの木は高く
くもにそびえて立てる国をしるやかなたへ
君と共にゆかまし

（ミニヨンの歌）

(3)

ほのぐらき黄金隠沼《こがねこもりぬ》、
骨蓬《かうほね》の白くさけるに、

静かなる鷺《さぎ》の羽風《はかぜ》は
徐《おもむろ》に影を落しぬ。（エミイル・ヴェルハアレン　鷺の歌）

夕日の国は野も山も、その「平安」や「寂寥《せきれう》」の
鼹《ねずみ》の色の毛布《けぬの》もて掩《おほ》へる如く、物寂《さ》びぬ。
万物凡《ばんぶつなべ》て整《と、の》ふり、折りめ正しく、ぬめらかに、
物の象《かたち》も筋めよく、ピザンチン絵《ゑ》の式《かた》の如《ごと》。

（エミイル・ヴェルハアレン　法の夕）

註(1)　大正一四年に出版された高村光太郎訳のエミイル・ヴェルハアランの『天上の炎』になると、その訳文体は次のようになります。

ゆふぐれ時たちこめる靄の下に
おぼろの空も色あせて静かにねむる頃、
私は思を潜めて、しかも徒らに悲しむ事をせず、
死者に満ちた地の上をゆく。

（死者）

註(2)　戦後の外国の詩の訳文については、本書を参照して下さい。

前衛的な問題

花田清輝が『群像』に今度は三橋美智也の流行歌、お次は競馬競輪といった具合にばかに愉し気にほっつき歩きながら「大衆のエネルギー」を論じている。

わたしは花田という思想家を日本のサン・シモンともいうべき北一輝の衣鉢をつぐ当代まれな体系的な思想家だとおもって高く評価してきたが、この連載物はいささかいただきかねた。日本のマルクスはまだ生れない段階だから、別段高のぞみをしているわけではない。また、おれが飢えているのに花田の奴はミイチャン・ハアチャンと一緒になって流行歌にうつつをぬかしたり、馬券など買って悦に入った話をかきとばして稼いでやがると憤慨して云うわけでもない。また、花田が若い批評家や詩人に「彼奴をやっつけねばならん」などとけしかけたおかげで、武井昭夫とか長谷川龍生とかいったまんざら同類でないことはない青年が何をおもってかからみ出し、杉本春生などというどこから眺めても保守的反動といった舌足らずまでが「花田清輝もいっているように」などとせせり出たりするのが情けなかったためでもない。

花田がファシスト北一輝とおなじように大衆を内部からとらえようとしないところがむかむかしてならなかった。

そもそも、編集者と一緒にたまたま三橋美智也をきいて「流行歌」を論じたり、損しても得してもかすり傷もおわぬような馬券をかって大衆とおなじことをやって見なくてはならないなどと説教する根性が大それているのだ。

わたしはパチンコやスマートボールの景品を街角でそしらぬ風をして立っているオカミサンと交換して飢えを充したことがあるが、そのときいつも「取引所の投機は賭博の性質をおびている。が、この賭博は、その道の人にとっては、『きっと』あたる賭博となる」というルドルフ・ヒルファディングの『金融資本論』の一節が頭にこびりついて離れなかった。オカミサンはわたしの景品でわたしとおなじように飢えを充すだろう。だが、結局損する点では同類じゃないか。ちぇっ。「きっと」あたるのは何処かにいるのだ。

こういうわたしには、馬券でもうけて子供を喰わしてやろうという必死な大衆の表情や、三橋美智也をきいて生活の抑圧を吹きはらおうとしている大衆の内部の秘め事がすぐにちらちらしてくる。何が「勝ったものがみな貰う」だ。

大衆のエネルギーはいつも生活の所産から発生してくる。大衆はそれ以外のときは自分のエネルギーをかくしている。その表情は複雑である。そのこころは暗い。楽天的になりおわった大衆のエネルギーなどは絶対に組織化できないものである。

ところで、今日花田のような「前衛」を自称する政治家、思想家、文学者は、大衆を幼稚で楽天的で単純であると誤認している。幼稚で楽天的で単純なのは夫子たちの幼稚な表情にかぶれた政治的ミイチャン・ハアチャンだけであり、要するに彼等は夫子自身を鏡に写して論じているにすぎない。

ところで、わたしはここで花田清輝のような「大衆のエネルギー」論者を批評するのではなく、赤木健介のような「民族のエネルギー」論者をこきおろすはずであった。しかし、昭和十七年ごろまでさかのぼれば、花田にしろ赤木にしろそんなにけじめがついたわけではない。

昭和十六年、十二月八日の、朝だつた、

ラジオは告げた、
世紀の決戦を。
＊
その一日、胸は湧き立ち、
生活の軸は、ことごとく、
揺りうごかされた。
＊
沈痛に、その日一日、考へてゐた、
世界歴史の、
新しい発足を。
＊
言葉に出づる、
愛国の詩に、物足らず、
湧き返るこころを、抑へかねてゐた。
＊
大君の、みことのまにまに、
戦ひ進む、
丈夫のこころ、胸に湧き立つ。

花田清輝に「出版について種々尽力を煩はした」赤木健介の歌集『意欲』の巻頭にかかげた「決戦」という連作から最初の五首をとった。

要するに短歌になっていない短歌だが、問題は赤木自身が頑固にこの発想を固執しているところにある。昭和三十二年一・二月の『新日本歌人』の赤木の「ドライな挽歌(1)」から最後の三首をあげてみよう。

ハンガリア問題で説得できない友のことなど、
　考えている、
　通夜の冷えに居て。

*

形見分けのシャツ、靴下から
　鳥打ちまで、
　一式すぐ着る、物もたぬぼくは。

*

骨壺を、重い重いと
　かかえ持つ、
　火葬場を出る、一団の先頭に。

十五年間、赤木の作品はかわらない。こういう作品をまえにして、「ハンガリア問題で」というコトバを、「大君のみことのまにまに」というコトバで置きかえてみた方がいいなどという必要はない。戦後十年にわたる赤木のサークル指導が「大君のみことのまにまに」を「民族の独立」におきかえたものにすぎなかったことはその実績によって立証ずみである。

わたしは、ここで赤木の頑固な作品から短歌創作上のいくらかの問題を引き出したいとおもうばかりだ。

赤木の作品が短歌として完結した作品となりえないのは一首の文学的な内容が口語脈の破調についてゆけないでいる中途半端さ加減によるのだが、赤木が十五年一日のようにこういう作品をかきつづけ、現在の歌壇で通用しているのもまったくおなじ理由によるのである。わたしは、赤木の作品などべつに通用なんかしていないという説には反対する。この程度の貧弱な文学的内容でも赤木がもし音数律のワクをつけてかいたら結構短歌作品としてみられるものになるだろうと想像するからである。

反対に、現在、俊敏な前衛的歌人の、どんな作品をとってきても、五・七音数律のワクに内部世界をぶっつけているからはじめてポエジイをなしているので、ワクを外したらポエジイをなさないこともまたはっきりと指摘される。いいかえれば音数律のワクが今日の歌人たちの内部世界の自由と主体性を保証しているのであって、ここに定型短詩としての「短歌」の生命があることもまたあきらかなことである。

赤木のような口語、破調のこころみが短歌の世界で続けられている根拠は、五・七の基本律のワクが、日本の社会的なヒエラルキイのワクと構造をおなじくし、五・七律の感性の秩序と現実の秩序とが対立関係にあるという発生史的な考察にある。そして、元良勇次郎などの明治における五・七律の実験心理学的な分析などがこれを側面から支持するような関係にあるということができよう。

ここで、歌人の内部の感性の秩序が変革されたとき、五・七の音数律のワクは破壊を余儀なくされるという考えがおこるのは当然であって、わたしはこういう考え方にきわめて同情的である。

しかし、こういう考え方は、たとえば「食ふべき詩」における啄木のように、形式を自由に拡張したら詩は滅亡してしまい、散文（小説）にゆかざるをえなくなるというところまで徹底しなければ何の役にもたたないのだ。

啄木はあきらかにそこに徹底し、詩の発想を放棄して、散文（小説）の発想から短歌をかいたのである。啄木の口語短歌のもつ優れた文学的内容と、当時においてはほとんど比類のない微妙な心理性は、啄木が短歌を小説的発想から作り、小説のショットをちぎって投げ出すつもりであの短歌をかきつづったところからきている。

ところで、赤木などの作品は、詩的な発想などは絶滅しても一向さしつかえないという内部的な必然も意欲もなく、形骸だけの破調と短歌的な発想（詩の発想にまでも踏み切れない！）を小手先で妥協させているにすぎない。そのため、音数律のワクからくる「短歌」の象徴としての機能も薄められ、文学的内容も貧弱であるといった中途半端な作品が生産されることになるのである。

わたしは、短歌はいまの段階ではどんなにがんばっても思想や文学的内容を第一義とすることはできないだろうとかんがえている。そうするためには必然的に破調が必要である。徹底すれば歌人は短歌を捨てて詩や散文（小説）におもむくほかはない。それで一向さしつかえないのだ。このことは短歌のもっている五・七の音数律のワクは、歌人が詩人に比較してもっている貴重な遺産であって、この定型のワクのなかで、どんなヴァリエーションも可能であるということと少しも矛盾するものではない。もしも短歌的発想を固執するならば、短歌の表現の自由と複雑さを保証する最後の武器は逆に音数律のワクにかかってくる。

この点では、現代詩は短歌にくらべてはるかに不安定で不自由であり、定型への誘惑と散文（小説・劇）への誘惑にさいなまれていることは歌謡の試みをみれば直ぐに感知されよう。

赤木などの口語自由短歌の試みは、短歌における音数律のワクと文学的な内容とが分ちにくい関係にあり、みだりに切りはなして新しがるなという警告の材料としては好都合である。そして現在の段階では、短歌的発想を徹底的に否定して小説的なショットを提出するつもりでなければ、この種の試みは成功できないであろうと考えられる。

わたしは、現在の歌壇の内容をつまびらかにしないが、「前衛」的と目されている歌人たちの作品を二三例証してみてわたしなりの問題点を提出してみたいとおもう。もしも、「赤木などは問題外である」というような偏見と、「赤木のような試みこそ本来的な意義をもつ」という偏見とを打開する緒口でもみつけられれば、この雑文の使命はおわるのである。

＊＊＊

塚本　邦雄

外より覗くわが夜の室に発光し安逸の口裂けし無花果
空費せし〈今日〉の結末、わが皿に累々と黄の眼球の枇杷
徒労つづけつつすでに雨季、野良犬の死骸記憶のごとくに光る

岡井　隆

どの論理も〈戦後〉を生きて肉厚き故しずかなる党をあなどる
わが内の霧に相搏ちヘッド・ライトを砕きあう暁の論理たちよ
純白の内部をひらく核ひとつ卓上に見てひき返し来ぬ

塚本や岡井などは比較的若い世代に属している。この世代ではおそらく最も意欲的であり力量もあるらしい歌人であることを、わたしは他の歌人に比較して推定した。

ここに例をあげた作品の効果が「象徴」と「暗比喩」にあり、しかも、「安逸の口裂けし無花果」とか「純白の内部をひらく核」とかいう「観念」と「物象」との「擬人法」がその骨格になっていることは明らかである。

近代詩の歴史では、こういう象徴と比喩とは明治四十年代、有明・泣菫が音数律のワクと徹底的に格闘をした後をうけて、口語自由詩の洗礼をうけた詩人たちが、音数律の破調と内部世界の主体の表現と

を如何に調節するかに苦慮した時期に慣用された手法である。疑うものは、人見東明ら自由詩社系の詩人たちの一九一〇年代の詩や、川路柳虹の『路傍の花』、白秋の『邪宗門』、露風の『廃園』や、光太郎の『道程』初期作品に、塚本や岡井の語法との近似性を発見しておどろくはずである。

いわば、日本の詩歌の五・七音数律のワクのなかで、内部世界の主体的な表現を確立したいという試みの段階では、このような「観念」と「物象」との「擬人法」ともいうべき語法が必然的にあらわれざるをえないのだ。

わたしは、必ずしも塚本や岡井の語格上の格調の意義をなみしようとするものではないが、もしも、短歌の古典以来の歴史と徹底的に対決することなく、現代詩の表現に眼をひらくのがモダンであるという固定観念にさらわれれば、日本の近代詩が明治以来たどってきた悪闘のあとを模倣することになるのはわかりきっていることを指摘しなければならないとおもう。

塚本や岡井の作品から、故意にしているとおもわれる固い「漢語」音による乱調の魅力を除いたら、詩人にとっては古い手法にしかすぎなくなる。いいかえれば、五・七の音数律のワクがあって、そのワクを語格上の試みによって撩乱させているところに依然としてこれらの作品の生命があるということができる。

塚本や岡井などの当面している方法上の問題は、音数律のワクの内で、複雑な内部世界を如何に表現するかにかかっていることが、理解される。そして、これらの歌人たちは、音数律のワクを、語格のワクに転化することによって、短歌的「象徴」をいちじるしく詩的「象徴」に近くしているということができよう。

＊＊＊

塚本や岡井より前世代に属する歌人たちの作品はどうか。

近藤　芳美

怖れつつ今も思はむ犠牲の数一つの真実を言ふ事のため
独裁を疑ふことを許さぬ日青年期として吾ら生き来ぬ
疎外者の思ひはひとり早く知り見て来ぬ果なき狂信の眼を

信夫　澄子

砂丘一つつづけざまにえぐられる着弾地点。見て、さむざむしい
演習地よりじわじわとついに煙幕は、隣家におよぶくらい乳色
枯山に、刻々に沈みゆく余光、浴びてうれしく手をふりあげる

山田　あき

墨くろく穿つが如くわれは書く光よぶ世界の母の宣言
キリストを説きつつ持ちこむロケット砲撃つべきはまづ何と何か
仏眼のひかりふくみてわれを見る常に無言の浮浪者のとも

近藤の作品は、音数律のワクのなかに文学的内容をはめこむための著しい観念化を、信夫の作品は「事実描写」による主観の象徴を、山田の作品は観念的な事実のイデオロギー的な主観描写をそれぞれ示している。

わたしは、塚本、岡井、近藤、信夫、山田などの近作を読みながら、これら「前衛」的な歌人たちが内部世界と現実世界との交錯する場を表現の場としてえらぶとき、文学的意味を確立しようとして観念的な傾向にさまよいつつある情況を確認した。

厳密な自然描写や、現実描写に徹することで内部世界を「象徴」的に浮び上らせようとする古典的レ

アリスムの安定感からは遠く離れてしまっているらしい。近藤や信夫や山田の作品には、塚本や岡井のように詩の発想にふみ込もうとする冒険はないが、それも不安定であることには変りはない。

そして、例えば、「怖れつつ」とか「疑ふこと」とか「狂信」とか「さむざむしい」とか「まづ何と何か」というコトバが一首の作品をおおいつくす程の役割を果しているのに驚くのである。これらのコトバは短歌の世界では物珍らしいかも知れないが、詩や散文の世界では固定した「死語」に近いものである。

そして、これらの固定語を強引に三十字位の音数律のワクにみちびく不協和によってこれらの作品の魅力は成立っている。

もちろん、これらの作者の内部世界や思想によって作品の魅力は成立っているのだとする見解もありうるわけだが、だいたい一首ずつに含まれるそういうものはたかが知れているから、わたしは、はじめから作者の内部のことを問題にしないできた。それは、一冊の歌集によってしか吟味しがたいものだ。

⁂

最後に、『新日本歌人』の短歌にふれなければ点睛を欠くであろう。

金丸　辰雄

日金山の頂上は一面の青い草原、妻のパラソルの影に二人寄る
犬が一匹草原の山を下りてきて、霧湧く谷の道に入ってゆく
眼の前の白いペンキの道標が霧にかくれるのを、二人で見ている

大江喜一郎

世の濁りのほか何も我に教えざる職場より夜々疲れて帰る

生きるためというお定まりの弁解を繰り返しつつ彼等の幇間的生きざま
精一杯の反抗に口つぐみ仕事して結局は虫けらのごとうとまれて
　　牧野　里子
何のとりえもない男と
いいながら、ひかされてゆく
女の姿に　泣く。
＊
男の身勝手に泣く女を
はがゆく思い、
思いながら、
いつか一しょに泣いている。
＊
つまらぬ映画に泣かされたと
くいつつやはり　わびしくなり
夜の街をかえる。

わたしは、この金丸、大江、牧野らの作品を、塚本や岡井、近藤、信夫、山田らの作品にくらべて、特につまらないとも、駄目だとも考えない。しかし、赤木についてかいたことは完全にここでもあてはまるのだ。

金丸の作品は、事実の主観描写におわり、大江の作品では内心の直接的な表現になり、牧野の作品では文学的内容が散漫である。ここには破調をおおうだけの語格上の格闘がない。それをしないかぎり、「象徴」を得ようとして事実の主観的な継ぎ合わせにおわり、内部に渦巻く問題を定着しようとして、主観の吐き出しにおわるほかない。

おそらく、この作者たちによって短歌は感情の吐け口にはなるだろうが、表現することによって内部の問題が論理化され、深められるということはないだろう。惜しいことである。内部の問題が表現により形をもち、逆に表現により内部の問題が影響されるという、文学とか芸術とかの基本的な原則については、金丸、大江、牧野らは片道切符しかもたない。

しかし、わたしは、ここにある大江、牧野らの作品に同情的である。素材をあつかう手つきに同情的なのではない。その点では、大江も牧野も投げやりで、徹底的に駄目だと思う。

わたしが、大江や牧野の作品に同情的なのは、その発想が散文（小説）的だからだ。わたしは、短歌がこういう発想で現代的な作品となる可能性を信じている。

いままで、わたしは「前衛」的とおもわれる作品の三つの型をあげてきた。おそらく、現在、進歩的な歌人やサークルの短歌はこの三つの典型の間のどこかにおちてくるものとおもわれる。

これらの「前衛」的な歌人は、内部の世界を短詩型のなかに盛り込もうとして観念的にならざるをえないという問題に当面しているらしい。塚本や岡井では、それが短歌的発想にたいする疑念からくる詩的発想への不安定な傾斜になり、その詩的発想なるものが音数律のワクのため象徴詩運動末期の試みに近似するという運命的な事実となってあらわれている。近藤や信夫や山田では、一首を文学的に完結したい欲求からくる観念化と疑似レアリスム化の問題となり、金丸、大江、牧野、赤木らでは散文的発想と口語脈からくる象徴の散漫さ、主観的事実のつなぎあわせという問題になっている。

依然として、問題を解決する鍵は、これらの歌人たちが、短歌におけるコトバの芸術としての機能と文学的な内容性との関係を明晰に把握すること以外にはありえまい。つまり、塚本や岡井のように、語格上の格闘に執着すれば、短歌的な発想と内容は危くなり、近藤のように文学的内容に執着すれば、

「狂信」とか「疎外者」とかいうことばの短歌的物珍らしさに頼らざるをえなくなり、大江や牧野のように口語、破調に執着すれば、文学的内容と象徴性とが二つとも危くされる。

わたしは、「政治と文学」の問題という「前衛」的課題は、短歌の場合、この「文学的内容とコトバの芸術性」の課題におきかえていいとおもう。この場合「政治」の問題は「文学的内容性」に転化され、「文学」の問題は「コトバの芸術性」に転化される。

だから、例えば、塚本、岡井らはより芸術主義的であり、大江、牧野らはより政治主義的であろうことは容易にその作品から想像されるようにおもわれる。

主題、または素材のなかに「政治と文学」問題の積極性を転化しようとする考え方は、短歌の場合ことに成り立たないだろう。これは、口語破調のなかに「前衛」性を解消することができないのと同様である。ただ、この場合でも短歌の記録的側面といういわば、現在「前衛的」歌人がもっている観念的傾向にたいする極端な対立点について、考察することが必要であるような気がするし、その価値もあるようにおもわれる。

わたしは、はじめ「前衛」的な歌人の作品をめぐって、作者の内部世界と現実世界とのかかわりあいを明らかにし、そこから「政治と文学」という前衛的課題のカギをみつけようとした。しかし、現在の段階では、一首の短歌作者の内部世界の問題を引き出すのが不可能であることに気がつかざるをえなかった。そして、このことを不可能にしているのは、音数律のワクであり、そして、短歌を文学というよりも「芸」の特殊な別名にしているのもこのワクであるということができる。

したがって、「政治と文学」の問題は、短歌においてこの音数律のワクによって屈折し、「文学的内容性とコトバの芸術性」の問題に転化せられざるをえないのだ。（例えば、俳句では余りに短詩型のためかえってこのワクは意識的なワクとはならないとおもう。）

いままでみてきたとおり、現在、「前衛」的な歌人の作品は、「文学的内容とコトバの芸術性」とを内部で綜合する手がかりをみつけて「政治と文学」の前衛的な課題を解きうる段階からは遠いようにおもわれる。しかし、わたしが無いものねだりをしているのかも知れない。

定型と非定型

——岡井隆に応える——

まだ発表されないわたしの評論にけちをつけて、同時に発表したヒステリイがいたのには驚いた。岡井隆という歌人である。

おもうにこの歌人は、自分の作品を客観的に批評されたことのない温室育ちなため、わたしが「前衛的な問題」を論ずるため典型として挙げた自作の批評に引っかかり、あたかも被害者みたいに錯覚して、論争のルールもしらぬ暴挙に出たのであろう。いやはや、おそれ入った次第である。

わたしは、短歌論にかけては経験豊富な久保田正文の「歌人などにはよく、『新万葉集』一首級の何某の作歌経験と実力で、短歌の批評などとはオコがましいという式のスゴミかたがある。」(『近代文学』五月号)という教訓をまざまざと思い起さずにはおられなかった。

この番犬気取りの歌人は、よせばいいのに「なまじ、戦争責任問題なんどという荒ごとで名を掲げると、むしょうに腰の業ものをひねくりながらものが言いたくなるものらしい。」などと、バカなことまで口走っている。おさとのしれた俗物歌人め！　岡井は、自分が舌足らずの歌集を出版して「名を掲げ」たからとて、他人がみな自分とおなじだなどと錯覚しないがいい。

岡井のような、序文だけで著書の内容を論じたり、読みもしない元良勇次郎の労作(この詩論は明治以後のものでは屈指の優れた詩論である)を幼稚なものだなどと早合点するのぼせ上りがいるため、なるほどわたしの戦争責任にかかわる評論は、誤読にみちたヤジ馬騒ぎの対象にはなった。だが、断っておくが、わたしはじぶんが公表した評論にはあくまで責任をもつが、ヤジ馬騒ぎに責任はもたぬのである。

岡井のような歌壇天狗の鼻は、久保田正文の指摘をまつまでもなく、なかなかへし折れないものである。しかし、眼から鱗の一枚や二枚、落してやれないことはあるまい。岡井は、論争においては眼には眼を、歯には歯を、というコトワザが適用されることを覚悟して、わたしの反論をよむがよい。

＊＊＊

まず、岡井は、わたしが赤木健介の作品を引用しながら、赤木の作品が短歌になっていないのは、一首の文学的内容が口語破調の形式についてゆけないためであり、同時に赤木の作品が歌壇に通用しているのも、おなじ理由によるのだ、とかいたところを故意に（あるいはのぼせ上ったため）誤読して、矛盾だなどと騒ぎ立てている。

わたしが赤木の作品を例にして論じた個処は、読み通せば誤解の余地はないのだ。わたしの主意は、赤木の作品の「中途半端」さは、文学的内容が口語破調についてゆけないためだが、それでも歌壇に通用するのはその「中途半端」さが短歌的発想にある改訂を加えているためだ、という単純、明快なことなのだ。

この主意を、誤解の余地のないように岡井の作品を例にくりかえそう。

どの論理も〈戦後〉を生きて肉厚き故しずかなる党をあなどる

（「思想兵の手記」）

この岡井の作品は、舌足らずではあるが短歌作品として完結している。いま、この作品の文学的内容をそのままにして、わたしが口語破調に作りかえてみよう。

どの論理も〈戦後〉を生きてきて
肉が厚いから
しずかな党をあなどっている

これが短歌作品として、ばかばかしくて読めるか。わたしの主意の第一はここにある。即ち岡井の短歌作品のような貧弱な文学的内容でも、定型のワク（このコトバが気に喰わぬなどと生意気をいうな）のなかで表現を模索すれば、結構短歌として完結した作品となりうるのだ。
では、岡井が頭から否定している赤木の作品を、岡井の作品と並べてみよう。

赤木

誰も泣かぬ、
それがいい、おれも泣かぬと、
自分に言いつつ、死の深い影。

（「ドライな挽歌」）

岡井（口語破調）

どの論理も〈戦後〉を生きてきて
肉が厚いから
しずかな党をあなどっている

これでも、岡井は赤木の作品を嗤えるか。誰が読んでも、赤木の作品の方が上等なのだ。文学的内容としてみるとき、両方ともそれぞれの上出来の近作をあげているから、わたしの引用に不公平はない。わたしの主意の第二はここにある。即ち、赤木は、赤木なりに口語破調に適する表現方法を模索していることが感知できて、そこに赤木の作品が歌壇に通用する理由があり、また岡井の定型作品も定型のワクを外し、口語に書き直しただけで、短歌になっていない短歌に堕することがわかるということである。わたしは、赤木の作品を例にして、あの評論でこういう主意を述べた。岡井などが、いいいいんねんをつける余地はないのだ。

わたしは、ここから、定型と非定型とは、決して岡井のいうような、五・七律や三十一文字だけの問題ではなく、必然的に発想上の断絶を強いるものであり、それには、赤木のような不徹底な発想ではだめだから、徹底的に散文（小説）の発想から非定型の短歌をかくことが問題となってくると主張しているのだ。岡井のように、肝要な点は、吉本理論におんぶしているくせに、病的な単語のセンサク癖（あとで分析してあげよう）をもっている歌人には、具体的な実例をあげた方がよかろう。

短歌的発想の例

どの論理も〈戦後〉を生きて肉厚き故しずかなる党をあなどる

中途半端（詩の発想に近い）な発想の例

誰も泣かぬ、
それがいい、おれも泣かぬと、
自分に言いつつ、死の深い影。

散文（小説）的発想の例

誰が見てもとりどころなき男来て
威張りて帰りぬ
かなしくもあるか

岡井は、この発想上の断絶が短歌にとってどんなに重要な意味をもつか、ということが心の底から判っているのか。

現在のような過渡的な段階で、定型短歌と非定型短歌とは、共存するのが当然である。「定型か非定型か」という岡井の問題提起の如きはナンセンスに過ぎぬ。

問題は、依然として、定型短歌の場合は、短歌的な発想でかくかぎり、定型そのものが表現の自由を保証する武器となるだろうし、非定型短歌の場合は、散文（小説）的発想でかくことが非定型を「生きもの」たらしめる所以であろうという、わたしの主張のなかにある。わたしは、この論旨を若干おしすすめて岡井の他の反論にこたえよう。

岡井は、「定型という生きもの」といっているように、わたしが、短歌の生命も、表現の自由を保証しているのも定型のワクにあるという論旨は、これを無条件にうけいれたらしい。当然のことである。「定型という生きもの」を意識しなければ、いくら岡井でもわざわざ苦労して舌足らずな短歌などをつくらずに、非定型短歌でも、詩でも、小説でも、「定型」を意識しないですむジャンルに移動するはずだ。

しかし、定型詩から非定型詩へと展開した近代詩の歴史を自覚しながら詩をかいているわたしが、口語破調の試みに同情的であり、口語破調を試みるなら散文（小説）の発想から徹底してかかなければ成功はおぼつかないと考えるのも当然である。どこに矛盾や混乱があるのか。思い上らずに冷静によめ。

岡井は、短歌を作りもしないのに短歌を論ずるな、というような排他感情マル出しの反論など試みるまえに、現代詩も現代短歌も明治以前にさかのぼれば、短歌を共通の詩的遺産とすることに思い到れ。わたしは、既に古典詩人としての「蕪村」や「西行」を論じてこれら俳人や歌人の作品を現代詩への遺産として照明している。岡井ごときの幼稚な短歌を論ずるのにマトを外すとおもうか。また、わたしにはナワ張り根性がないから、岡井のような歌人が現代詩や小説や評論を批評することをカンゲイする。素人のくせに、などと金輪際云わぬから安心せい。詩人や歌人には、ときどき岡井のようにスゴンでみせるのがいるため、現在、文芸批評家は「詩や歌はわかりません」と云ってみせ、短歌雑誌に寄稿すると随筆みたいのものを書くのが例になっている。岡井などは、短歌はわかりません、などと云われると悦に入るかもしらぬが、どだい、専門の批評家が短歌ぐらい判らぬ筈がない。彼等は、岡井のような歌人を敬して遠ざかり陰で苦笑しているのだ。

岡井は、読みもしない元良勇次郎の詩論（「精神物理学」（九・十）『哲学雑誌』明治二十三年七・八月）を「多分幼稚なものだったろうと想像する」などと云っているが、今後はこういう文学青年じみたはったりは云わぬようにせよ。そんな根性ではロクな歌人にはなれまい。

元良の論文は、岡井のような無学な歌人が逆立ちしてもできない方法と論理で、何故、日本の詩歌が、五・七律を主体とするかを「精神物理学」的に考察している。わたしが、五・七律に表現される感性の秩序と、現実の秩序を対応させて考えようとするとき、元良勇次郎の労作を思い浮べるのは、当然なのだ。「お供につれて」などとふざけたことをいうな。

一首の短歌を、感性の側面からみるとき、作品のなかに一つの感性の秩序が完結しているという統一感がある。ところで、内部世界の構造が外部の現実と相互に規定しあうものだ、ということを信ずるかぎり、もし、歌人が現実社会にたいして何も反抗をもたないならば、その歌人の内部世界の構造は、現実の構造と型をおなじくするであろう。

これを感性の側面から云って、歌人が現実社会の秩序に何の異和感をもたずに作った短歌作品の感性の秩序は、現実社会の秩序と構造を同じくするであろう。

しかも、歌人が、現実社会の秩序に異和感をもたないばかりでなく、社会の歴史的な発展過程にたいして意識的な批判をもたないならば、彼は、日本の詩歌の原始律である五・七律のワクのなかで、しかも現実の秩序とおなじ感性の秩序で短歌を作るであろう。

だから、現在の社会秩序に反抗をもち、社会の歴史的段階を意識する歌人は、当然、日本詩歌の原始律五・七調と、そこに表現される感性の秩序とにたいして、変革の意識をもつはずだ、という主張が成立するのだ。

岡井は、「それで古代社会の秩序と、古典短歌が近代短歌としてよみがえった明治中期の社会秩序とを、どう一貫させようとするのだろう。」などと云って、わたしに喰い下ったつもりでいるが、笑止のきわみである。

わたしは、明治以後の近代においては、短歌が真の意味で蘇ったとはおもっていないのだ。もし、そう思っていたら、詩などかかずに短歌をかくに定っているではないか。わたしは、近代の短歌が、明治以来蘇ろうとして、苦悶し、今なお岡井のような舌足らずの試みや、赤木のような中途半端な口語短歌の試みがなされているのを知っているだけだ。

短歌は、古代社会から存在している。そして、俳句は、分権的封建社会から集権的封建社会にかけての町人ブルジョワジイの発生、興隆に対応して生れている。近代詩は、長歌や俳句的長詩とヨーロッパ詩歌の影響下に、明治以後の近代社会に生れている。もちろんこういう発生史的考察を密にしてゆけば、近代社会に対応する詩型は、近代詩であって近代短歌ではない。わたしは、この考察を本質的には肯定する。しかし、公式的にこの考察をふりまわしたくないのは、わたしたち昭和時代の人間の感性の秩序といえども、原始的な感性の秩序を反すうしたり、これと対決したりしながら発展し、感性の変革の原理をつかむものであり、社会的にも、古代社会からの日本型の秩序の構造を反すうしたり、これと対決したり、いいかえれば、これとかかわりあいながら発展し、また変革の原理を獲得してゆくものだからだ。

もちろん、定型短歌は、必ず滅亡するにきまっている。けれど、岡井のような早合点がいるかも知れないから断っておかなくてはならないが、この滅亡は、一人の歌人の一代でかんがえるようなものではあるまいし、どうせ滅亡するなら非定型でかけというものでもない。定型でかいても非定型でかいても、短歌自体は、その過渡的な問題を現代的に引ずることに変りない。また、もちろん、カブキや能が滅亡しないとおなじ意味でいえば、定型短歌は永久に滅亡しないのも当然である。

岡井自身も、何れ、定型を突破するか、カブキ・能的な定型短歌をかくか、短歌があほらしくなって止めるか、するに定っているのだ。

わたしは、いまこれを立証するため、岡井の短歌理論にメスを入れよう。岡井は、歌壇の番犬よろしく矢鱈に噛みついてはいるが、その理論は他愛ない。岡井が、短歌定型の長所を充分に生かしながら、内部世界を完結した形で表現するとき可能な方法として個条書きにしているのは、次の二つである。

(1) 高次の認識次元から、逆過程をたどって感性的な認識次元に下降し、感性言語を一つ高い次元から新しい秩序にまで再組織することによる、感性的な表現方法。これが、知的な抒情歌とか叙景歌とかいわれるものの創作のメカニズムだ。

(2) 論理化された内部世界を、同次元ではあるが、全く異った系列の世界に転化することにより、定型のもっている外からの形式的な言葉の組織化方式に最適の状況を作り出すこと。これが、暗喩や擬人法の使用と対応すること言うまでもない。

まったく、舌足らずの歌人にふさわしい舌足らずの理論だ。頼むから「高次の認識次元から、逆過程

（何の？）をたどって感性的な認識次元に下降」してみせてくれ。どんなことだか実演してみせてくれ。また、「論理化された内部世界を、同次元ではあるが、全く異った系列の世界（どんな世界？）に転化」してみせてくれ。まるで、日本語の散文になっていないではないか。岡井は、じぶんの文章がとうてい他人に通ずる代物ではなく、概念を病的にせんさくしている空虚なものにすぎないように、じぶんの短歌が読者の推理直感式の協力なしには読めない不安定な、舌足らずな代物であることを一度も自省したことはないのだろうか。自惚れも度がすぎると見苦しいから、やめるがいい。

岡井が、自分の理論として云いたいところを、わたしが、日本語の散文にホン訳して上げよう。

(1) 歌人は、表現すべき対象を論理的に認識した上で、感性的に認識し直す努力によって完結した短歌作品を生むものである。知的な抒情歌とか叙景歌とかいうのは、論理的に認識した対象を感覚的に表現することにより成立する。

(2) 論理的につかまえた対象を、定型の長所を最大限に発揮できるように、暗喩や擬人法をつかって独立した作品世界を構成するようにすること。

まったく、こけおどしとはこれを云うのだ。岡井の短歌理論を、他人にわかるようにホン訳してみれば、毒にも薬にもならぬ。ただ定型の機能を巧く利用して、情緒的にならぬように短歌を作れ、といっているだけではないか。天狗にならずに、みっちり勉強しなさい。

わたしは、岡井らの実験的な模索が、日本近代詩が、定型から非定型にいたる過渡期に当面した問題と、問題としては同じだと指摘した。もちろん、これは、岡井らの努力を証しこそすれ、恥辱ではないはずだ。定型のなかで、現代的課題を模索するかぎり、この過渡期の問題に当面するのは、あたりまえである。

いいかえれば、内部世界を短歌的定型のなかで表現する方法を見出せないため、「観念」でも「具象物」でも、主観的イメージによって連結しようとする「擬人法」がうまれるのだ。もちろん、内部世界の主体的な表現ではなく、主観的な表現にすぎない。しかし、現代詩も依然としてこの問題の痕跡を引ずっており、日本の現代詩歌の重要な問題の一つであることを失わない。

岡井に屈辱感を与えたとしたら失敗であった。明治のものは古くて、昭和のものは新しいなどということはない。わたしは、現代詩の問題から発して、古典歌集を調べたりしているが、屈辱だなどとおもったことはない。

岡井は、よかったら、わたしが年代も詩人名もあげたのだから、自ら明治の詩人の仕事を調べてみるがよかろう。

わたしは、最後に、短歌における「政治と文学」の問題、いいかえれば、歌人にとって、政治的プログラムと芸術的プログラムとをどう綜合するかということについて再論しなければならないのだが、岡井は、「政治と文学」の問題が、何故、文学の方法上の問題として出てくるか、という問題の所在自体がよくわかっていないらしい。わたしのあの所論は枚数の関係で結論だけみたいだったが、わたしの文学方法論の体系から出てくるもので、それほどつまらぬものではない。岡井は、問題の所在自体を把握したあとで、出直すがいい。

異論があれば、いつでも答えよう。

番犬の尻尾
——再び岡井隆に応える——

去月、わたしは番犬の飼い主である『短歌研究』の編集部にたいし、お宅の玄関には「狂犬に注意」というハリ紙もなかったようだが、訪問したわたしにいきなり噛みついた番犬がいたようだ、この番犬には狂犬病のうたがいがあるから動物実験をしてみたい、どうか、かくまわないでくれ、と申し入れた。さすがに、一応、飼い主ともなれば公衆衛生くらい心得ているとみえ、次回は、番犬をクサリから放すから、ひとつその直後に、同時に勝手に実験してみてくれとのことであった。そこで、わたしの動物実験は少々手荒い、場合によっては頓死するかもしれないから、いくら何でも同時にやるのは可哀そうだ、一カ月くらい番犬をのらのらさせてから実験にかかりましょうとこたえた。本来ならば、矢鱈に人に噛みつくのは、番犬であろうが、クサリを解かれた野良犬であろうが、直ぐに撲殺されるのが当然なのだ。しかるにわたしの慈悲心もしらずに、この番犬は一カ月ものらのらしたあげく「二十日鼠と野良犬」というワラ屑みたいな作文をかいて、図々しくも他人の前に恥をさらしているのである。

わたしが、ちょっと番犬の方に向き直ってニランでみせただけなのに、余程こたえたのか、カラ元気もなくなっているし、おまけに内容は前回に輪をかけたような空ッポである。それに尚悪いことは短歌至上主義者らしい口振りをロウして少しは骨あり気に虚勢をはっていたこの男は、いつのまにかろくに文章もかけぬくせに散文至上主義者に変節しているのだ。もみ手をしながら、わたしはその、短歌はもう古代社会で滅びてしまったと思っているのですが、チンピラを集めて威張ってみたいものですから、そのミソヒトモジを大事にして作品をかいているのでごぜえます……などと第二芸術家らしく卑屈につぶやいているのである。ちえっ。ろくすっぽ文章もかけないくせに、何が現代は散文の時代だ！　それ程、下らないとおもっているなら下手な短歌を活字にするのは、やめたらどうだ。この男は、「次回から、吉本の再批判にこだわらず、書くことにしたい」などと、いけ図々しくも、最後に断り書きをしているが、どだい、はじめからお前などを眼中にしてかいたわけではない。わたしの理論におんぶして、やっとよちよち歩きをしている分際で、矢鱈に嚙みついて一旗あげようなどと、さもしい根性を出すからこういうことになるのだ。これにこりたら、今後は、おとなしく野良犬でも集めている方がいい。番犬も見かけだけは野良犬より上手にみえるから、さぞかしぞくぞく集まって来るだろう。

岡井という歌人は、わたしが予言した通り、まったく手のつけられない自惚れ野郎である。相手は、はじめから無学低能で、はったりだけを身上とした奴だとおもうから、嚙んで含めるように教えてやれば、形式論理だといい、同じ主張を別の側面から説いてやれば論点移動だという。その実、わたしの主張点を理解しないふりをして、ちゃっかりと自説のように活用しているのである。わたしは、これほどの馬鹿と論争するのははじめてだが、おそらく、この男は、じぶんの馬鹿さ加減を知ってはいまい。だから、明治時代のとびきり生のいい啄木も、「誰が見てもとりどころなき男来て、威張りて帰りぬかなしくもあるか」という短歌を、散文的発想からかいているのである。どだい、こんな歌人を自惚れさせて泳がせておく歌壇の周辺がどうかしているのだ。わたしは、もう一度根気をだして、この歌人の作文から、辛うじて取上げる価値ありとおもわれる個処に答えながら、いくらか、その延長線上に普遍的な問題を展開してみよう。

わたしが、岡井の作品をそのまま口語に改めて改行してみせ、何のことはないこうしてみればナンセンスじゃあないか、と云ったのが余程口惜しかったのか、思わず本音を吐いて、わたしの主張に無条件降伏している。作品のサンプルは次の通り。

原　作

どの論理も〈戦後〉を生きて肉厚き故しずかなる党をあなどる

わたしの改作

どの論理も〈戦後〉を生きてきて
肉が厚いから
しずかな党をあなどっている

岡井のいい分は、こうである。

たとえば、わたしが、もし、この歌に表現しようとした内容を、自由律にしたがって書こうとしたならば（そういうことは、現実には、あり得ない。何故なら、わたしは、すでに、定型をえらんで、作品として定着したのだから）まったく異った語句の選択をし、（その際、この歌に現在使われているどの単語も姿を消してしまうかも知れない。）全体の構成も、全く別の意識に立って行うことになるだろう。

間抜め。あたりまえじゃあないか。岡井はぬけぬけとこういうことを、かいているが、それは、わたしが二回にわたって口を酸っぱくして説いてやった主張への完全な無条件降伏だということに気付かぬのか。

わたしは、定型と非定型のちがいは、岡井のいうように五・七律や三十一文字のちがいではなく、必然的に発想上の断絶を強いるものだから、岡井のように、定型の立場から赤木の非定型短歌をタルンデイルというのはナンセンスにすぎず、少くとも非定型の発想を前提として赤木の作品がタルンデイルかどうかを批判しなければならないと主張している。そして、この非定型の発想の基礎は、散文（小説）の発想にあることを実例をもって指摘したのだ。よもや、知りませんなどとはいえまい。そんなことをぬけぬけと云えば、この男は、散文の書き方ばかりか、散文の読み方もしらないのではないかと疑われるからな。

　わたしが、岡井の作品を、口語破調にかき直して、赤木の作品と並べてみせたのは、もちろんそれを別の側面から指摘してみせたに外ならない。この男の石頭には、諷刺などは通じまいが、それは、どうでもいい。わたしは、せめて、非定型短歌を定型からみてタルンデイルというのは、岡井の作品を非定型からみて、寸足らずだ、ナンセンスだというのと同じだよ、という主意は通ずるものとばかりおもっていた。つまり、非定型歌人が、定型作品を口語に改作したものをイメージの原型にして、岡井の作品をナンセンスだというのと同じことを、岡井は非定型短歌に対してやっているのだ、と云うために、岡井の作品を口語に直してみせたのだ。だが、この歌人は定型だ、定型という生きものだ、などとミソヒトモジのワクに頭をあっちぶつけ、こっちぶつけして寸足らずの短歌をひねってきたせいかしらぬが、頑迷にもわたしの主張がわからぬ風をよそおい、その実、わたしの主張を無意識のうちに承認し、おまけに二段とびして散文主義者にまで飛躍してみせ、わたしが、よくも改宗してくれたと賞めるとでもおもっているのである。どっこい、そうはいかないのだ。それは、先っ走りというものだ。

　この辺りから、わたしは、日本の詩歌の普遍的な問題にまで、「定型と非定型」の課題を引き延ばそう。（岡井のようなおっちょこちょいが論点移動だなどと云わないため断っておくのである。）そして、この過程で、岡井の他の一つの疑問、短歌の感性の秩序と現実の秩序との対応関係、にひとりでに触れてゆこう。

岡井を口惜しがらせたように、定型短歌作品を、そのまま口語自由律に書き直してみると、短歌になっていない短歌が出来上り、そのうえ文学的内容の貧弱さも、さらけ出されてしまう。ところが、定型近代詩、たとえば藤村や透谷の作品を口語自由律にかき改めてみると、タルンデはくるが、決して短歌の場合のように、詩になっていない詩というほどには、ならない。同じ、五・七律を基本としながら、定型短歌と定型近代詩とに、このちがいがあるのはなぜだろうか。これは、わたしが岡井の短歌を口語自由律に直訳してみせ、岡井が、自作が口語に直っただけで余りにみじめになってしまうのを見て、憤慨してみせたことから、引き出しうる普遍的な課題の一つである。

定型短歌の場合、定型という形式と文学的内容とは、わかちがたくからみあっていて、何れか一方を無視すれば、他の要素は、まったくゼロになってしまう。ところが、定型近代詩の場合、形式と内容とは、もちろん密接にからみあっているが、その関係は短歌ほど絶対的ではないのである。こういうと、岡井のような劣等感の固まりは、だから詩の方が優秀だというのか、現代は散文の時代だぞ、なぞと云わずもがなのあらぬセリフをつぶやいて色めき立つかもしれぬが、わたしが、いいたいのは、この形式と内容との関係の異質さに、近代詩の発想と短歌の発想との相違があらわれているということなのである。

岡井は、口惜しまぎれに中学校の教科書で習い覚えた俳句を口語にして、わたしを皮肉ったつもりで悦に入っているから、丁度いいサカナだ。短歌的発想と俳句的発想とも、また、まったくちがうのである。岡井は、そんなハッタリでわたしをへこませようなどと、おおそれた考えをもたずに、自分の短歌作品を口語に直し蕪村の俳句を口語に直し、比較研究してごらん。(但し、口語に直すというのは口語詩型に直すということだよ。) 野良犬みたいに雑誌社に顔を出すひまがあったらその位のことは出来るだろう。そうすれば、短歌的発想と俳句的発想との相違もまた自得出来よう。

この日本の詩歌の三種、近代詩、短歌、俳句の発想の異質さは、何によるのだろうか。第一は、発生史的な相違による。古代社会に古代人の意識の産物として生れた短歌と、封建社会に町人ブルジョワジイの意識の産物として生れた俳句と、近代社会に近代的インテリゲンチャの意識の産物として生れた近代詩の、意識（主として感性と漠然と呼ばれている要素が関係する）と下部構造との関係の相違によるのである。第二に、第一の問題から派生する定型と非定型が文学的内容とかかわる、かかわりかたがちがうのである。

この二つの日本詩型の発想上の異質さは、ヨーロッパ近代詩における、自由詩と押韻詩との相違と同日に論ぜられない、断層があるのである。この断層を、本質的に規定しているのは、わたしの理論では、下部構造によって規定され、下部構造を規定し返すところの詩型に含まれる感性の構造の断層である。もし詩に関することでなければ、もちろん「感性」というコトバの代りに「意識」というコトバを用いるべきである。

わたしが、この理論をもとにするかぎり、日本の現代詩歌の課題は、この近代詩と短歌と俳句との間にある発想上の断層を、解消する条件を見出すことにかかってくる。この条件が見つかれば、詩と短歌と俳句とは、たんに非定型長詩と定型短詞との相違にすぎなくなるのである。

なるほど、岡井のような卑屈になった第二芸術歌人は、野良犬をかり集めて悦に入って、他人に突込まれれば、へっ、現代は散文の時代だ、どうせおいらはすたれ者だ、などとうそぶいていればよいかも知れないが、ほんとうに日本の詩の問題を考えようとするわたしは、残念ながらそういうわけにはいかないのである。

日本の詩歌が、そういう段階になれば、もちろん、岡井のようなチンピラ歌人が、おれの定型短歌を口語自由律に書き直さないでくれ！　などと泣き言をいう必要はなくなるのである。

わたしが、日本の詩歌の現状を基にするかぎり、このような段階における日本の詩歌の発想を統一する原型は、文学的内容、いいかえれば、詩歌におけるコトバの文学性に求めざるをえないのだ。そして、この文学性は、散文〈小説〉的発想からする文学性とまったく同一なものを指している。実例をもっていいかえれば、短歌の将来は岡井の作品を口語自由律に直した、

どの論理も〈戦後〉を生きてきて
肉が厚いから
しずかな党をあなどっている

このもの自体が優れた文学的内容をもち、コトバの芸術性をあわせもつ、そういう方向に行くべきなのだ。わたしの理論が、必然的に指向する日本詩歌の未来の統一図のイメージのなかでは、岡井が固執する意味での定型短歌は滅亡してしまう。しかし、短歌的発想ではなく、散文〈小説〉的発想からする定型詩は滅亡しない。また能、カブキ式短歌は遺物として残る。

わたしは、岡井の作文から、意味のありそうなところを取りあげながら、詩、短歌、俳句の発想上の断層を、散文〈小説〉的発想をもとにする意味の文学性によって統一的に考察すべき必要を概説してきた。岡井などが、いくら説いてもわからない非定型短歌を散文小説的発想から批判し直すことの必要な理由にもおのずから触れたつもりであるし、一篇の詩歌を構成する感性の秩序の構造が、下部構造と対応し、相互に規定しあう関係にあることにも自ら触れてきた。もっとも、人間の意識の構造が現実の構造を反映し、また逆に反映しかえすものだという自明の理を、実感できない低能ならば、また何をか云わんやである。そういう歌人は、犬殺しにでも撲殺された方がいいのである。

岡井は、詩歌の時代は、古代社会でおわった、現代は散文の時代だなどという珍説をおくめんもなく、述べたてている。その馬鹿さ加減は、噴飯ものである。この男が、いかに実践的認識をもたぬ夜郎自大であるかを証明する好個の材料だが、いくら第二芸術家にしろ、もうすこし胸を張って歩いたらどうだ。

そんな、岡井の珍説に、現代詩まで仲間入りさせられるのはお断りする。転落するなら岡井独りで行くがいいのだ。もちろん、野良犬をかき集めてゆくのは岡井の自由である。

日本の近代詩が、日本文学全体への影響を失って分裂したのは、わたしの実証的な考察によれば、有明、泣菫らの象徴詩運動以後である。すくなくとも、新体詩から藤村までは、日本の文学において詩の問題はいつも文学全般の問題にさきがけて提起され、さきがけて新たな課題を解決してきたのだ。では、何故に、有明、泣菫らを主導者とする象徴詩において、近代詩は日本の文学における主導性を失ったのだろうか。それは、象徴詩が、詩の思想性というものをコトバの格闘によって表現しようとし、形式上の格闘と文学的内容上の格闘を分裂せしめたからであった。詩における文学的内容上の格闘は、いうまでもなく、詩人の内部の世界と現実との格闘によってしか生れない。ところが、象徴詩人たちは、漢語の視覚と音感効果および七・五調の複雑化によって詩の思想性の複雑化を企てようとした。象徴詩は、第一に形式と内容との分裂によって、第二に文学的内容を軽視してコトバの格闘におもむくことによって、日本文学全般の主導的な位置を転落したのである。

コッケイなことに、岡井などの舌足らず短歌は、この転落した象徴詩と、これの反動としておこった俗流口語自由詩とを折衷した時期の日本の近代詩の試みと同類である。そんなことでは、第一芸術になりっこないのはあたりまえである。

象徴詩の転落した時期は、おそらく、子規、左千夫、節、赤彦らに荷われたアララギ派の古典的レアリズムが、おおきな意味を日本の文学全体に対してもった唯一の時期であった。彼らは、岡井のように新しがらずに、古代社会に発生した短歌形式と発想をそのまま守ることによって、つまり自然物を相手にして生活した時代の古代人が、当然、自然と面し、そこに内部の世界をかかわらせることによって作りあげた方法を、そのまま延長するという逆手によって短歌的発想の効果を最大限に発揮したのである。即ち、かれらは、短歌的感性を変革しようとする企図によってではなく、短歌的発想を逆用することによって、短歌形式を復活せしめたのである。

わたしは、岡井のような歌人にふさわしい卑屈感と、垣根の内につながれた番犬特有のはったりや自惚れには、縁がない。だから、もちろん現代詩は、そのコトバの上の格闘と文学的内容性とを綜合することによって日本文学全般を主導することができると確信し、そのために奮闘してきた。今後もそうするであろう。この男は、何という馬鹿者だ。日本の詩歌を、日本の文学全般とかかわらせるには、先ず、第一段階として、詩人や歌人が小説や評論を論じ、文芸批評家が、詩や短歌や俳句を、本格的に批評する風潮をつくることが大切なのだ。わたしは、批評家たちが「短歌」をまともに論じないのを不満とし、歌人や詩人が、垣根の内に野良犬を集めて悦に入っているのを皮肉ったつもりであった。ところが、この男には、それが通じないのだ。専門の批評家といったとき、わたしは、自分をそこにふくめるだけの余裕をもって云ったのがわからないのである。花田清輝もへったくれもあるものか。近づいてきたのも、離れたのも花田の方だ。まだ、まだ、将来、離れたりくっついたりするだろう。野良犬とちがってわたしにも花田にも確乎とした「文学と政治」のプログラムがあるのである。そのプログラムが時代の風圧をうけて屈折して分裂するときは対立し、一致するときはくっつく。岡井のような野良犬は、いてもいなくても大局には影響はないが、いつも現実に面して立っているものは堂々と対立し、堂々と統一するのだ。それがルールというものである。

岡井は、わたしの「文学者の戦争責任」をよんだ気配を匂わせたり、「文学と政治」とを論じようとする意志を匂わせたりするから、歌人にしては、珍らしく他の文学ジャンルものぞいてみようとして近頃殊勝な心がけをもっているとおもって、もっとやれ、やれと激励したつもりでいたら、よっぽど根性がひねこびているとみえて、ハシにも棒にもかからない代物である。わたしは、いままで随分にくまれ口もたたいたし論争もやってきたが、こういう馬鹿馬鹿しい論争をするのは、はじめてである。無学はもちろん恥じる必要はない。しかし、無学は自慢にならないのである。岡井は、生きのいいのが好きだとか何とか云うが、本当に生きのいいのが今時ミソヒトモジなど作って悦に入っているとおもうか！

岡井よ。こんどわたしに嚙みついてくるときは、すくなくとも、わたしの理論を借用して作った短歌理論を、もうすこし何とか独り歩きができるくらいに体系づけてからするがよい。いつでも、応じてあげよう。

戦後文学は何処へ行ったか

敗戦の翌年、昭和二十一年に埴谷雄高の「死霊」、野間宏の「暗い絵」、梅崎春生の「桜島」など、いわゆる戦後派作家たちの第一作がつぎつぎに発表されたとき、日本の庶民文学の風土に、始めてあらわれた異質の文学だとして、熱っぽく推す批評家たちや若い世代の共感をよそにして、わたしは、これらの作品を手にとって確めようともしなかった。もしかしたら、仇花にすぎまいとかんがえたからではなかった。はなばなしく出発し始めた戦後革命運動のかもし出す政治風景や、平和的な文化国家到来を福音のようにかつぎまわる便乗文化人の騒音から、かれらの文学を撰りわけることができなかったのである。

わたしは、まだその頃、敗戦の傷手からも、青春前期の生活をまるごとあずけてたたかった戦争の悪夢からも脱出する出口がみつからなかった。憤怒と絶望とあらゆるものにたいする不信とで、どす黒く燃えくすぶっている胸の炎を、どうやってしずめるかが、そのころのわたしの課題であった。

戦後派作家たちの作品をとりあげて論じようとするまえに、どうしても、ちがった戦争体験からくるかれらの世代とわたしたちの世代との時間的断層を、はっきりと云っておく必要がある。おそらくどんな思想的な共感をもってしても、まだ、この断層を埋めるにはいたっていないとおもわれるからである。戦後十一年の暗い平和にたたかれて変形されたとは云え、わたしのなかには、当時からくすぶっている胸の炎がまだ消えずにのこっている。決して「戦後」はおわっておらず、戦争さえも過ぎてはゆかないのである。わたしはそれを信ずる。

戦後文学は、わたし流のことば遣いで、ひとくちに云ってしまえば、転向者または戦争傍観者の文学である。

かれらは、おそらく転向者、傍観者、ニヒリストの心情をもって戦争を通過したのであって、戦争を通過してはじめて転向者、傍観者、ニヒリストになったのではなかった。転向者も傍観者もニヒリストも、いやおうなしに戦争の巨大な暴力沙汰と破壊にひきずりこまれて、いやおうなしに幾百万の戦争犠牲者の死と、いつか、どこかで内面的に対面しなければならなかったはずであった。もちろん、これらの死者の意味を、ごう然と拒否しようがしまいがわたしの問うところではない。だが、かれらは、戦争犠牲者の死を足蹴にして出発したファシストまがいの転向理論や、自己批判など考えもつかなかった獄中十何年の理論がかもしだす政治風景や、文化国家建設の福音をときまわる詐欺師らの騒音にけんせいされて、一応は、被害者づらをしてみせなければならなかった。

「暗い絵」をかいた野間宏、「重き流れのなかに」をかいた椎名麟三、「死霊」をかいた埴谷雄高は、出発点で転向体験を内部的に検証してみせ、たとえば「桜島」をかいた梅崎春生やいくらかおくれて「蝮のするゑ」をかいた武田泰淳、「祖国喪失」をかいた堀田善衛などは、戦争体験を吐きだすことから出発している。このちがいは、もちろん偶然でもなければ、嗜好のちがいでもなく、戦争と革命にたいする理念のちがいであった。野間や椎名や埴谷にとっては、戦争よりも転向体験のほうがたいせつな意味をもっていたし、梅崎や武田や堀田にとっては戦争体験がたいせつな意味をもっていたのだ。

もしも、野間や椎名や埴谷らが、戦後の急ごしらえの革命運動を、やりすごしてもかまわずに、あの動乱のなかで慴伏していた戦争期の自己の内部の風景をえぐり出すことから出発していたら、いや、えぐり出すに価するような内面の世界を戦争に対置しえていたら、戦後文学はまた別個の道をたどったであろう。だが、野間、椎名、埴谷らと、梅崎、武田、堀田らの一見すると何でもないような出発点の断層は、おそらく、革命の敗北、戦争、敗戦とめまぐるしく転回した十五年のあいだに、日本の革命運動と大衆のあいだにできてしまった、どうしようもない歴史的な断層を暗示していたのである。

たとえば、「暗い絵」で出発した野間宏は、昭和二十七年「真空地帯」ではじめて戦争期のじぶんと真正面からとりくんでみせた。野間はこの作品で、分身である曾田一等兵をひとりの反戦的な社会主義思想をもったインテリ兵として印象づけようとして、とってつけたような細工を施しているが、曾田は軍隊機構のなかをうろちょろと特権的にうごきまわり、けっこう面白おかしくやっている狡猾な人物にしかかけていない。「真空地帯」の性格は、反戦思想を軍服の下にちらちらと匂わせながら、その実、巧みに軍隊内部をわたり歩いている曾田一等兵の性格にひとしいのだ。この作品は、当時、左右両翼の批評家から出された種々の意味づけにもかかわらず、「上官ノ命令ハ朕ノ命令」という毛色の変ったヒエラルキイのなかの、風変りな生活描写の面白さにしか取柄がなかったのである。もちろん、刑務所あがりの木谷一等兵が、ごろつきまがいの復讐をたくらんだり、木谷の前歴を洗おうとして探偵的な行動をやらかす曾田に、反軍思想やレジスタントをよみとることはできないのだ。野間が、分身曾田一等兵を、あからさまなレジスタントとして描ききれなかったのは、たぶん、野間の軍隊体験が、ぎりぎりのところ曾田の限界を出なかったからである。

ここで、「暗い絵」の深見進介、「二つの肉体」の由木修、「顔の中の赤い月」の木原始、「崩解感覚」の及川隆一といった、精神上の鬱屈や戦争の惨痕を生理的感覚にまでしみこませてしまったような、野間の初期作品の印象派油絵風の自画像と、「真空地帯」のカメラで映しとった自画像、曾田一等兵の演ずる狡猾なインテリ兵隊ぶりとのあいだにある驚くべき断層に注意をはらってみなければならない。おそらく、野間は、「暗い絵」で描いた学生時代の自画像を、そのまま戦後に延長して「顔の中の赤い月」の北山年夫や、「崩解感覚」の及川隆一を描いてみせたのである。

しかし、この矛盾にみちた作業は、ながくつづくはずがなかった。野間は実際には「真空地帯」の曾田一等兵とおなじように、思想をうしない（だが痕跡だけはひきずり）、たくみに軍隊機構のなかを泳いだ戦争期の体験をへていたのである。おそらく野間の初期作品の、晦渋でねばっこいにもかかわらず、すこしも現実的な衝激をあたえない観念的な手法は、自己の意識内部のわずかな痕跡を、無理に拡大してリアライズしようとしたところから生れている。野間は、「暗い絵」のような戦後革命運動にたいして自己合理化をくわだてたような作品などかかずに、「真空地帯」の曾田一等兵のように、意識せずして軍隊機構をたくみに泳いだ自己のインテリ兵ぶりを、「暗い絵」の手法で、まずえぐり出して出発すべきだったのである。

「崩解感覚」から「真空地帯」への転換は政治性のうえからみるならば、戦後革命運動のはね上りと、戦争の破壊にあえぐ大衆との断層を、眼をつぶってとびこえたこととひとしいものであった。それ以後、野間は手なれたテクニックと、おし着せの革命運動の戦術とをつなぎあわせて、まやかしの政治風景が社会のさまざまな断面にえがいた波紋を浅くとりあげて、「雪の下の声が……」、「夜学」、「志津子の行方」、「急流」などの短篇をかき、ついに「地の翼」まで転回（一八〇度）していったのである。

「地の翼」は、「上官ノ命令ハ朕ノ命令」のかわりに、民主的集権を鉄則として社会から観念の柵で隔離された革命組織内の真空地帯をまったく「真空地帯」とおなじ通俗的な外面描写によって、おもしろおかしくかいてみせた作品である。「真空地帯」の曾田一等兵を共産党員にしたら斯くやとおもわれる崎山という細胞員が主要人物として登場し、探偵的な興味で女スパイ党員を追いまわしたり、警察網を探ったりするところに、この作品のテーマはおかれている。しかも、野間は、六全協以降の共産党の方向転換に金しばりされて政治的モチーフを失っているのである。「真空地帯」と「地の翼」との表裏一体性こそは、戦後作家が、戦争体験を内部に検証することを怠った盲点をしめす、まことに好個のエクザンプルに外ならない。

おなじ、転向体験を造型することから出発したとしても、椎名の場合は、いくらか野間とちがっていた。だいいち、椎名は、はじめから戦後革命運動にとびこむには、あまりに傷められすぎ、疲れすぎていた。だからかれの転向体験の描写には自己合理化がすこしもなく、また作品のウエイトをそこにかけようともしていない。

「深夜の酒宴」、「重き流れのなかに」、「深尾正治の手記」、「永遠なる序章」、「病院裏の人々」などの初期作品で、椎名は、ごろつき、宿無し、廃頽者、行商人などがうごめく、無気力、タイハイ、コッケイ、悲惨がいりくんだ下層庶民社会を局部的に設定して、転向者の心理でその世界をえがき出してみせた。もともと、これらの作品の価値は、作中にちりばめられた転向者の理念的な独白のなかにはなかった。転向心理のひだをカメラのひだに変えてしまったような内面的な弾力性で、リアルにヴィヴィッドに下層庶民社会のアナキイな人間関係や生活の実体をえぐり出したところに価値があった。椎名の存在理由は、かれが戦後作家のなかでは、日本の下層社会を内部的にえがきうる唯一の作家であるところにあったのである。この椎名の特長は、そのまま拡大されてゆけば、必然的に、不況、戦争、敗戦とつづく時代的な転換の底に、うごめいて生きてきた下層庶民の生活や心理の二十年にわたる推移を、微視的にえぐり出しうるはずであった。

ところが、椎名自身は、これとまったく反対に、「赤い孤独者」あたりから、転向心理を観念化する作業にとりつかれはじめ、実存だとか自由だとかいう独断的な、無智な観念をふりまわしはじめたのである。たとえば、「赤い孤独者」に登場するガリ版印刷屋に巣くった人物たちの、観念的な問答などは、作者が大まじめでなかったとしたら、諷刺的なパロディとしかよめないていの無惨なしろものである。椎名の小説に、しばしばあらわれる主人公の性的なアナキイズムは、たしかに転向心理のシムボルとしての意味をもっているのだが、出遇った女とゆきあたりばったり関係を結んだあげく、こうするより外ないのだとか、これが自由だとかいった類のせりふを、意味あり気にうそぶくにいたって唖然とするほかなくなるのである。椎名の自由という観念は、おそらく少年時代から転向後までの前生活を、下層庶民社会のあいだを職をもとめて彷徨しているうちに、抜けみちのない苛酷な現実に、穴をあけようとして編みだした意識のはぐらかし、とぼけにほかならず、いわば、処世術の理窟づけとしての意味をもっている。椎名は、下層社会のあいだを悶えあるいた体験を内奥からえぐり出すかわりに、その間に身につけた処世術を観念化する方向へそれてゆき、コミュニズムのかわりにキリスト教的な観念へと昇華していったのである。「自由の彼方へ」、「美しい女」、「運河」などの作品は、処世術を観念的な体系にまとめあげるめどを把んだのち、あらためて自己の放浪生活を拡大した視野のうちに見直そうと試みたのであった。

「美しい女」で、椎名は戦争期の現実をとりあげた。うすのろな私鉄労働者「私」のなかにあらわれる美しい女の幻影は、いうまでもなく椎名の意識のはぐらかし、とぼけによってつくりあげた虚体のようなものである。あるときは、ぼんやりと全協に加盟させられ、またあるときは、それによって戦時の理不尽な現実に奇妙な反抗をおこなう。椎名は、いうならばこの作品ではじめて、自分が大まじめなとぼけによって革命組織にくみ入れられ転向し、また戦争期を通過したことをあきらかにした。しかし、野間宏の場合とおなじように、時すでにおそかったのである。このとき、椎名は、じぶんが半年かかって身につけた処世術を観念化するめどはつかんでいたかもしれないが、初期の作品の貴重な存在理由であった下層社会の人間関係や生活のくまぐまを内奥からえぐり出す苦渋にみちた作業を放棄してしまっていたのである。

もしも、野間や椎名が戦後ただちに「真空地帯」や「美しい女」をえがかねばならなかったことに気付くだけ器量があったら（才能の問題ではない）、かれらの転回はありえなかったのだ。しかしそのためには、戦争自体が、かれらにとって内部的にとりくむべき何かだ、といいうるような戦争体験を必要としたのである。おそらく、かれらは、思想的な前歴を歯痛のように内にこもらせていたため、戦争の実体と正面からとりくむ余裕もなく、うやむやの鬱屈のうちに戦争期をおくりだしてしまったのである。

このような事情は、埴谷の場合にもさしてかわりあるまい。埴谷は、「死霊」のなかで、津田康造の茫洋とした許容性にアジア的思考の典型をあたえ、わずかに日本の現実がもつ特性との接触部を匂わせているにすぎない。この「自己意識の延長外に出てみたい」欲求の権化たちの世界は、現実性をまったく断切っていることで埴谷の転向心理の構造を暗示しているが、埴谷が、あの殺りくの世界をどう通過したかを暗示する屈折は、どこにもないのだ。「死霊」の登場人物は、首猛夫も津田康造も三輪与志も黒川建吉も調和した現実世界に住み、観念の世界でだけ対立する。この図式は、いわば埴谷の転向の図式であり、埴谷の転向心理は、ぎりぎりのところで三輪や矢場や黒川の分裂性性格のなかに与えられている。しかし、この性格は観念の世界でしかあらわれていないのだ。もしも、埴谷がじぶんの転向心理の限界を、戦争期の現実の実体とたえずかかわらせながらも拡大しえていたとしたら、「死霊」の登場人物たちの精神病理学的な性格像は、あたかも新約の世界のように、またドストエフスキイの作品世界のように、現実世界のなかであたえることができ、「死霊」の世界は、反逆思想としての意味をもちえたはずであった。「死霊」は、なるほど未完の一巻で他の戦後作家に優に拮抗している。しかし、埴谷が戦争を内部に通過させせないできずいた「死霊」の世界の弱点は、ながい沈黙のあとで昭和三十一年、花田清輝との論争のためにかいた「永久革命者の悲哀」のなかに尾をひいているのである。

一にも理論、二にも理論。「革命家は法則の把握者でなければならない。私は百も千も繰り返して言うが、理論をもたぬ革命家なるものを、絶対に認めない。そして、さらに言うが、自己の理論的無能及び理論的不足を補うに権力をもってする革命家なるものを、私は、革命家と認めないのだ。」

この永久革命者埴谷の語り口のなかに、転向心理を限界までひっぱっていったものの苦渋と成果とを感じとることができても、日本的現実におしつぶされたものの屈折と成果とを感じとることができない。スターリンの元帥服も革命組織の大ピラミッドも「この二十年のあいだに私の知り合っている幾たりかはすでに死んでしまった。その裡のひとりは、自殺し、ひとりは、気が狂った。」日本革命運動の組織内の人々の問題も、すべて同質にしか把まれていないのだ。なぜ、埴谷の永久革命論のなかには、転向期、戦争期、戦後期の革命組織の断層が鮮やかなイメージとなってあらわれてこないのか。おそらくは、埴谷の永久革命が、時間的には永遠革命にすぎず、空間的にはエスペラント語的革命にほかならないからである。この盲点は、丸山真男、江口朴郎、竹内好らとの座談会、「現代革命の展望」、「革命の論理と平和の論理」のなかでもしめされている。埴谷はそこで「共産主義が最も強まったときには共産党の組織など要らない」という歴史の逆説と、「現代は社会主義と帝国主義が、まだ殺戮についての最後的な答案をもたない苦悩のなかで、暴力のバランスをとっている時代である」こと、とを指摘して永久革命者の面目をしめしたが、暴力のバランスからも、革命組織からも、現代革命の展望からも、見はなされて危機にひんした日本の階級社会の構造はつかまれようともしていないのである。「死霊」の世界は、その観念世界の対立を消滅させるとともに、具体的世界の対立と構造のイメージが必然的に浮び上ってくるというようには、描かれていない。埴谷は戦争期を絶対静止で通過することによって、「死霊」の世界を静止させたのである。

わたしは、野間、椎名、埴谷らにくらべて、「桜島」、「蜆のすゑ」、「祖国喪失」などで自己形成をとげて出発した梅崎、武田、堀田らに政治上の優位をみとめざるをえない。べつに、ポピュリズム風の観念から云うのでもなければ、わたし自身の戦争体験との親近性をたてにとるわけでもない。野間、椎名、埴谷らと、梅崎、武田、堀田らのちがいが、戦後の革命運動と戦争の惨苦にあえいだ大衆との断層を、多角的に照しだす関係にあるとかんがえたうえで、後者の文学的指南力をよしとしたいのである。

あるいは、梅崎と、ややおくれて自己の文学形成をとげた武田、堀田らとを同質のカテゴリイでとらえるのは無理であるかもしれない。梅崎はこの三人のうちでは、いちばん都市庶民の意識にちかくて、終始政治的な動向に微弱な反応しかしめさなかった。

「桜島」以後、「日の果て」や「ルネタの市民兵」など、戦場を舞台にとったフィクションで梅崎が展開してみせたのは、戦争期に骨身に刻んで手に入れた、人間は自分の利益とか快楽にしか奉仕できない、犠牲とか献身とか言うのは、その苦痛を補って余りある自己満足があって始めて成立しうる、という受身のニヒリズムであった。なるほど、舞台をフィリッピンの敗戦場にとって、混乱や生死の境で、こういうニヒリズムがめまぐるしくふりまわされると、異常な迫力をもってせまってくるが、べつだん、ものの珍しい思想ではなくて、日本の庶民が肉体化してもっている行動原理の変種にすぎないのだ。だから初期の代表作「飢えの季節」で、この受身のニヒリズムを、敗戦直後の混乱した日常社会で展開してみせたとき、他愛ない本性をさらけだしてしまったのである。作中の主人公が、大まじめで、つぎのように云うのをみよ。「生唾をのみこみながら現代にはふたつの階級しかない、というようなことを私は苦しまぎれに考えたりするのだ。それは、充分に喰べている階級と充分に食べていない階級とであった。そして、それは外見や身分からでは絶対に判らないのだ。」ようするに、戦後のたれも空腹をかかえてうろつきまわった世相のなかで、つぶやかれた一個の床屋政見にすぎない。

すでに、戦争と戦後の混乱のなかで、人間のエゴイズム、監視しあい、けんせいの心理を受身にきざみこんでしまった梅崎は、案外ストイックにそこからでてゆこうとしないのである。戦後庶民社会が安定していった昭和二十九年ごろは、この安定感に入りびたって、受身のニヒリズムにも、いやおうなしにひっかかってくる庶民社会の日常のメカニスムを嘲笑してみせるほかなかったのである。「ボロ家の春秋」、「砂時計」などの作品は、この典型であった。注意してよめば、「ボロ家の春秋」は「飢えの季節」の安定版にすぎず、「砂時計」は「日の果て」の平和版にすぎないことに気がつくはずである。可笑味と投げやり、深刻さとバカ笑いの混合や対比や重ねあわせが、これらの作品の主調音だが、おそらく、これは梅崎のストイックなニヒリズムの表情が、いつも受身なため、すぐにコッケイ感に風穴をあけられてしまうところからきている。梅崎が、ここからなしうる政治批判の射程は、たえずひょろひょろと短い範囲にかぎられざるをえないのである。たとえば「砂時計」では、養老院の老人たちが待遇改善の団体交渉をやる可笑しさと、カレー粉工場附近の青年たちが、カレー粉害毒反対の乱闘事件をやらかす可笑しさを対比させ、作品の受身の小悪党たちをシンパッシイをもって描きながら、養老院経営の積極的な小悪党たちが犬に吠えつかれて逃げてゆく結末にひっぱっていった床屋的諷刺のなかにしか実らなかったのである。

わたしは、戦後革命運動と大衆とのあいだにある断層をイメージにえがいて、梅崎、武田、堀田をおなじ系列においてみた。しかし、梅崎が、その都市庶民的なニヒリズムをどれだけ受身のまま拡大していっても、武田や堀田の作品世界とはかさなるまい。武田や堀田には、梅崎ともちがい、また野間や椎名や埴谷のように何らかのかたちで日本の前衛党にたいして信仰告白をしたり、ざんげしたり、自己を対置させたりすることを強いられている作家ともちがった、独自の政治性があるとみなければならない。わたしは、たしかなコトバでそれをいうことができないが、中国革命にたいするかれらの独自な理解とか、日本の中国にたいする侵略、残虐行動にたいする目撃者兼加担者としての独自な屈折とが原動力である。「同じ黄色の皮膚をした隣国人の血潮と悲鳴と呪いにどろどろと渦巻く、その巨大な事実が、彼等の出発点であった。」(「風媒花」)

武田の代表作「風媒花」は、武田、堀田という文学的同族の独自の政治性をとく有力な作品である。また、武田にとっても、「蝮のすゑ」、「非革命者」、「悪らしきもの」、「審判」など、中国での戦争体験と敗戦体験とをモチーフにした作品と、『愛』のかたち」、「未来の淫女」、「続未来の淫女」などのいりこんだ男女関係をえがいた作品と、「黒旗」、「異形の者」など、出身にしみついた仏教風の宿念をとりあげた作品とを、集大成してでっちあげた作品である。武田は、初期作品の前系列で、青年期から憧憬のまとであった中国にたいして戦争期に勝利者の一人としてふるまい、秘められた残虐をも敢えてしたというモチーフを罪障感をこめてくりかえし描いた。この勝利者は、はじめ「世間知らずのインテリの例にもれず、上陸したら死ぬ覚悟だった。私欲を棄て、身を投げうって働く、犠牲をしのぶ。体力の不足は精神力でおぎない、誰にもまけまい。」（「悪らしきもの」）とかんがえて大陸に渡ったのだが、軍隊機構になれてくると、ひとりでに残忍さと狡猾さを身につけていったのである。この自分にたいする不信は、二度目の兵隊としてではなく渡中して遭遇した敗戦のさ中、敗者に転落して身に刻みこんだ「最初は恥を忍んで生きている気でいた。だがフト気がつくと、恥も何もないのであった。私の無表情や私の苦笑は、恥も何もなく、只生きているだけの一枚看板であった」（「蝮のすゑ」）という自己の節操への嫌悪感とからみあった。不幸や不安定のほうがかえって安心できるという武田のどろどろした乱世意識は、おそらくここからでてきている。また、一方、「『愛』のかたち」の女、女の夫、友人、自分のやりきれない男女関係や、「未来の淫女」のジェラシイのない奇態な女との関係から、人間についての投げやりな、気まぐれな宿念のようなものを身につけていった。「風媒花」は、この武田の意識的特質を政治的なテーマのなかに結晶させたものである。結晶化の核は作中の主人公「中国文化研究会」の中国革命にたいするあこがれと劣等感にあり、作品の触媒は、「未来の淫女」の変身蜜枝の無軌道と優しさである。この作品で、コミュニスト守が、太陽族と共産主義とを混血したチンピラとして戯画化されていることに注意すべきである。武田は、コミュニスト守を、ファシズムとコミュニズムを混血したチンピラとして戯画化したほうが、戦後革命運動への諷刺としては、理にかなったものだということを知らぬのか。そうではあるまい。北一輝をモデルにした細谷源之助をかりて日本ファシズムにたいする劣等感を暗示しているところに明らかなように、武田の政治的プログラムには日本ファシズムへの劣等感が中国革命への劣等感とかさなってあるため、擬似ファシスト（現実には「人民文学」によった）を戯画化してみせることができなかったのである。「風媒花」をたんなる風俗思想小説とするのは、かならずしもあたっていまい。残念なことにコミュニズム系の作家にたいして、戦後革命の政治上の問題を独自に提出した唯一の作品なのだ。もちろん、照れかくしの表情の下で、小毛・武田の表情は真剣である。「流人島にて」、「ひかりごけ」以後、武田はしだいに戦後社会の安定感に喰われはじめた。そしてこの時期の風俗化した小彷徨をささえた武田のモチーフは、わずかに現代社会のメカニスムのなかでは、人間と人間は、おもわぬところで接点をもち、おもわぬ形でスパークするという、初期の乱世意識の安定版にすぎなかったのである。近作（未完）「森と湖のまつり」は、武田がはじめて眼を日本人対中国人の問題から、日本における少数民族であるアイヌ民族にむけた長篇だが、この転換がうまくゆくかどうかは疑わしい。もしも、アイヌ民族の問題が、現代政治上の課題の底にすでに沈没してしまった死題にすぎないならば、アイヌと和人のからみあいは、風俗として作品を飾るほか道はないのだ。「風媒花」で提出した武田の異風なナショナリズムとポピュリズムへの傾斜が、どう処理されるか、武田は、おそらく「森と湖のまつり」で政治上のプログラムを試されているのである。

武田と堀田とは、政治上の課題からながめたとき、文学上の族籍をおなじくしている。しかし堀田の理念は、武田よりはるかに単純で、はるかに明快である。たぶん、西欧風の思考を身につけたインテリゲンチャが、中国での敗戦体験と、日本の中国侵略の目撃者または加担者としてふるまった体験とから体得した「イデオロギーという所詮人間のつくったものが何故人間にはつきものの曖昧さを許さず、そんなにも人間を追い詰めてゆく運命的な力をもつようになるのか、わたしにはわかりませんが、いまの世の中はそんな風にできているようです」（「歯車」）という理念にすぎまい。いわば、メカニスムに捉えられた人間の無力、メカニスムに捉えられてしか存在できない現代人の運命という図式である。

堀田は、この図式をつかって、「広場の孤独」以後、「時間」では日本軍の南京虐殺事件を中国人のインテリゲンチャの眼を設定してえがき、「夜の森」では、シベリア出兵中の日本軍の行動を無智な一兵士の眼を設定してえがき、「記念碑」、「奇妙な青春」では、康子という上層インテリ女性の不変の眼を設定して、権力にちかい人物と上層インテリゲンチャと転向者との思想的な有為転変を、太平洋戦争から戦後の二・一ゼネストまでの動乱を背景に描いた。どれも造型力がたらず、小説でかかれた評論にしかすぎない。また、政治メカニスムに捉えられた人間という図式は探偵小説じみた通俗的な誇張でひどくちゃちなものになっている。また、いつも作中の不変の眼が、ブルジョア・インテリに設定されるか、さもなければ「夜の森」のように注意ぶかく、政治的に無智な一兵隊に設定されて、動乱にもまれる民衆が、民衆の視点からえがかれようとはしない。うまく、階級的な視点が必要となることを避けているのだ。これらの弱点は、よせ集めれば、堀田の作品の価値を致命的に貶しめる。しかし、革命的陣営の作家たちが、絶対にさけてとおることができないにもかかわらず、えがく可能性は当分なく、だが、頬かぶりされる可能性がありすぎる問題を堀田だけがとりあげていることには間違いない。ここでは、「決定的な瞬間に身を退く、身を避ける」日本のインテリゲンチャの不可解な特性も、「革命の前衛」のなかにさえ生きているミリタリズムの異様なかたちも、どんな思想や対立をも中和せずにはいないくせに、異常な残虐行為を平然とやってのける日本人の感性にたいする恐怖も、持続的な時代を背景に追及されているのだ。

「奇妙な青春」をかきおわったとき、堀田は、政治上の課題を費い果たしたのである。それは、堀田が階級的な眼を設定することを逃げまわったまま、日本と日本人の問題に偏執するかぎり当然といわねばならない。わたしには、近作「鬼無鬼島」は、窮余の作品としかおもえない。「鬼無鬼島」のクロの宗徒が、サカヤと御透視役のキモ入りで、死にかかった病人から「生き肝」を切りとろうとする儀式を暗示的に描写するとき、堀田は、日本の土着の伝習と思考のなかにある日本人の、暗黒な感性を戦慄しながらえぐり出そうとしている。しかし、このクロの遺習に、青年友則をどんな形で対置しても、日本の辺疆の土着風俗との対決からは、現実上のプログラムを引きだしえないことは、はじめからわかりきっているのだ。堀田の政治上の課題自体が、すでにどうにもならない局所的な場所にのめりこんでしまっているのである。

わたしは、いままで、戦後作家たちの分布を、政治と文学との内在的な関係をとおして概観してきた。すでにあきらかなように、野間は「真空地帯」で、椎名は「赤い孤独者」で、梅崎は「ボロ家の春秋」

で決定的な転回をとげ、武田や堀田は、しだいに戦後社会の安定感から喰いこまれながら拡散と後退とをくりかえし「森と湖のまつり」、「鬼無鬼島」で転回のきざしをみせているし、埴谷の永久革命理論は、かわらず虚空をうちつづけている。もともと、かれらの文学は、敗戦後の混乱と破壊と疲へいとにごったかえした社会の特産文学であった。いってみれば、横光利一、小林秀雄、河上徹太郎ら「文学界」系の文学者たちが、戦争を文学理念としてうけいれたため、敗戦によって決定的な打撃をうけて退場したあとの空間と、中野重治、徳永直、窪川鶴次郎ら旧プロレタリア文学系の文学者たちが、自己の戦争責任を検討しえないままに、戦後民主主義文学運動をはね上って主導したために生じた空間とのあいだが戦後作家たちの足場であった。

　戦後革命運動は昭和二十二年（一九四七）二・一ゼネストが弾圧されたとき、指導理論の擬制と、大衆内部との断層をあきらかに露呈し、昭和二十五年（一九五〇）のコミンホルム批判、占領軍による幹部追放のあとをうけて、内部対立を激化し退潮にむかわざるをえなかった。そして、かえってこの時期から戦後資本制は、朝鮮戦争をてこ入れとして相対安定期にはいったのである。おそらく、庶民文学が復活の兆をみせ、擬制的なコミュニスト文学者が国民文学論と結托して自己主張をしはじめたのはこの時期以後であった。戦後作家たちは、社会の相対安定性にさらされてたえず風俗化作用をうけ、また、擬制的なコミュニズム文学からもおびやかされざるをえなくなったのである。梅崎春生の右には、「第三の新人」とよばれる安岡章太郎、庄野潤三、吉行淳之介、小島信夫、曾野綾子らの文学があらわれ、野間宏の左には「人民文学」による江馬修、藤森成吉、岩上順一、徳永直ら、擬制的なコミュニスト文学者が自己主張しはじめて、戦後作家たちの足場を左右からひっぱってみせたのである。野間・椎名・埴谷・梅崎・武田・堀田らの転回は、いずれにせよこの左右両翼からの牽引力と社会の安定化の結果にほかならないといいうる。

　戦後社会は、現在ようやく相対的な安定期を脱して危機を深めつつある。この危機は、現象としては、いわば安定感の無軌道な拡大としてあらわれているため、庶民的情緒の文学とモダニスム(アヴァンガルト?)風の仇花文学とが、マス・コミュニケーション機構にのってジャーナリズムを賑わせつづけるだろうが、この皮相な社会の拡大安定化を、危機として認識しうる戦後作家だけが風化をまぬかれるだろうし、また擬制的コミュニスト作家へ転落することをまぬかれるだろうことは確実である。

芸術運動とは何か

1

芸術運動とは何か。こういう問題をことさららしくとりあげて論じたりするのは、いくらか、にがにがしい感じがしないではない。戦争期に、わたしたちは、日本の芸術運動家たちが惨憺たる潰走状態におちいり、もっともらしい理由をつけて一八〇度転回してみせたり、芸術的な屈従をしてみせたりしたぶざまな醜状を、つぶさに目撃することができた。そのおり、かつて芸術運動家として一人前であるかのようにみえたかれらは、じつに運動家としても半人前であり、芸術家としても半人前にすぎないことをあきらかにした。戦争は、かれら芸術運動家の内部世界に、あいまいに同居していた運動家と芸術家の正体を、ふたつに引き裂いてみせた。予定された死人であったわたしたちの世代の末期の眼にうつったこの「芸術家の見せもの」の光景は鮮やかで、それが末期の眼に焼き付けられたがために、なかなかに忘れがたいのである。おなじように、戦争は、わたしたちの世代の内部世界と実行世界とを、死に至るまで追いつめ、ふたつに引き裂いた。それが全世界であるかのように思いなして、わたしたちの世代は、帝国主義戦争のまっただ中に突っ込んでゆきながら、内部の世界を孤独に隠微にはぐくまなければならなかったのである。

わたしたちには、芸術運動にたいする不信があるらしいが、それは、おそらく戦争がわたしたちに芸術自体と実行自体を徹底的に尊重する習慣をうえつけるとともに、政治家からは芸術家の仲間と思われ、芸術家からは政治家の仲間とみなされる態のオールド・ジェネレーション好みの不徹底な人物を、徹底的に侮蔑する術をも体得させたためなのである。

いま、わたしたちが芸術運動とは何ぞや、という問題をとりあげるのは、現在、戦後社会がようやく相対安定の時期を脱して危機を深めつつあるというわたしたちの洞察に照してみて、芸術の現状は、これをとらえることができないでいるばかりか、かえって仮装の安定感に浸透されて風俗化してゆき、また、一方では擬制的な芸術運動が、その理論と実作の擬制、停滞を検討することができないでいるような情況にたいして、いささか異なった見解にもとづく異なった運動のプログラムを提出したいとかんがえるからにほかならない。わたしたちの判断では、すでに、芸術家と政治家とが統一して、時代の動向にたいして異質の創造と異質の芸術運動とを構想してしかるべき段階にきているようにおもわれる。芸術家のもっている「芸術」概念が政治家と統一することによって変革をうけ、政治家のもっている「政治」概念が、芸術家と統一することによって変革をうけるような性格の芸術運動が展開されねばならないことを、今日、時代は要請しているのである。

過去の日本の芸術運動で、はっきりした目的意識をもってなされた運動は、マルクス主義芸術運動であった。マルクス主義芸術運動の主体であったマルクス主義文学運動は、昭和九年、作家同盟の解散によって実質上解体した。運動の解体から昭和二十年、太平洋戦争の敗北までに、これらの芸術（文学）運動家たちがたどった転回の道行きについて、かつて、わたしたちのひとりは、つぎのように分類している。

すなわち、ナルプ（作家同盟）解散以後の、プロレタリア文学者のたどった過程は、おおざっぱにいって、蔵原・宮本のコース、中野・宮本（百）のコース、窪川（鶴）・壺井（繁）・徳永らのコースにわけることができる。すべてのプロレタリア文学者は、この最後にふくまれる。蔵原・宮本は、政治的プログラムのなかに芸術的プログラムが包まれているという理論の必然にしたがって、政治的プログラムが弾圧されたとき、非転向のまま権力の捕獲するところとなった。

中野・宮本（百）は芸術上のプログラムと政治上のプログラムとは区別されなければならぬ、だが、芸術的評価の窓はアプリオリにマルクス主義的視点をもつ、という理論の必然によって、政治上のプログラムが弾圧されたのち、芸術的プログラムによってあとうかぎり正当な後退戦を展開した。しかし、芸術上のプログラムも、政治上のプログラムも、これを決定するのは、内部の現実意識だ、ということを徹底して洞察しきれなかったため、その後退戦は、よろめかざるをえなかった。

窪川・壺井らのコースは、すべてのプロレタリア文学者がたどった過程にほかならぬ。かれらは、弾圧による第一段階の転向において、蔵原・宮本理論にそむく形で、あるいは修正する形で、理論と実作を屈曲した。戦争期にはいって、「革新的」な文芸政策が編成されると、あたかも、蔵原・宮本理論をこころみる時期が再来したかのように、擬ファシスム的（素材主義的）に、擬ローマン的（芸術派的）に、その理論と実作とを転回させたのである。

日本のマルクス主義文学運動の解体期から敗戦までの十年間に、文学運動家たちがたどった転回の過程を素描してみれば、おそらく、ここにつきている。しかし、わたしたちが、芸術運動の問題をとりあげようとするとき、過去の芸術運動は、もれなく検討される必要があることはいうまでもない。ここに、わたしたちは、花田清輝・岡本潤・小野十三郎・中野秀人ら、いわば、ダダイスム―アナキスム系の芸術運動家がたどった転回のコースをとりあげて、その問題点をあきらかにしなければならぬ。これら「文化組織」によった批評家、詩人たちのうち、もっとも体系的な理論をもって、戦争を通過したのは、花田清輝であった。『自明の理』、『復興期の精神』で戦争期を通過した花田の理論的な中核は、たとえば、『復興期の精神』のなかのつぎのような箇所に集中してあらわれたのである。

我々の時代におけるユートピアは、経済的には、単純再生産の表式によって正確に表現されるでもあろう。周知のように、単純再生産の正常な進行のためには、生産手段の生産部門（Ⅰ）における可変資本（Ｖ）と剰余価値（ｍ）との和が消費資料の生産部門（Ⅱ）における不変資本（Ｃ）にひとしくなければならず、——したがって、Ⅰ. 1000V+1000m＝Ⅱ. 2000Cなる表式の成立が、不変の諸事情の下におけるユートピア社会の誕生のためには欠くべからざるものであろう。この単純な表式は、ピランデルロの聖母子像よりも、はるかに我々にたいして切実であり、このような非情な数字によって、その存在の前提条件が示されるならば、ユートピアはかならずしも時代遅れな感じを我々にあたえないですむのではなかろうか。いまもなお我々は、たしかにユートピアの実現をねがっているにちがいない。現代の課題は、資本制社会の枠内において、まず、いかにしてこの単純再生産の基礎を確立するかにあるのだ。（「ユートピアの誕生―モーア」）

花田は、ここで資本論の単純再生産過程の表式をかりて、「搾取なき」ユートピア社会を科学的につかまえてみせた。戦争期のファナチックなユートピア論であった大東亜共栄圏論や八紘一宇論にくらべると花田のユートピアはたしかに科学的であった。しかし、このようなユートピア社会表式を資本制社会のわく内において確立するのが現代の課題であると注釈したとき、花田の理論はただちにマルクス主義の典型的なファシスム化である生産力理論に転落したのである。ある種の転向者が天皇制のわくにぶつかって砕けたように、花田は資本制社会のわくにぶつかって砕けた。もちろん、このような花田の社会理論は、その芸術理論の構造とまったくおなじである。『復興期の精神』では、ダンテ、レオナルド、ポオ、ルッテル、スピノザ、ヴィヨン等々がとりあげられているが、これらの主題は、人物論または思想論としての意味をもってはいない。自己の図式的な理念を、日本の現実を捨象して展開するために仮託された主題にすぎない。だからたとえば、道元や親鸞や蕃山や宣長や梅園をとりあげて上部構造論で切ってみせたならば、花田の理論的な屈折はもっとはっきりとしめされたにちがいない。秀作レオナルド論は、マルクス主義上部構造論を中核にしてレオナルドの多角的な才能のよってくるゆえんを、下部構造の手工業的な段階の産物として理由づけ、レオナルドの思考構造のなかにやがてマニファクチュア期に通ずるべき近代的思考の萌芽をみとめたものであった。ところで『復興期の精神』を一貫してながれる花田の上部構造論は、たとえば「群論――ガロア」のなかの組織論と結びつくとき、その欠陥を露呈するのである。ここで代数学の群の定義をかりて展開している組織には加法のばあいに零であり、さらにまた乗法の場合に一であるような組織者が必要であり、さらにまた逆元素がひつようであるという組織論の骨組をみよ。おそらく花田は、「闘争をもって唯一無二の信条」とする内部世界の構造をすてかねたため、こういうファシスム組織論のなかに、自己のマルクス主義的図式を展開する場所をみつけねばならなかったのである。「群論――ガロア」のなかで花田はかいている。「すでに魂は関係それ自身になり、肉体は物それ自身になり、心臓は犬にくれてやった私ではないか。(否、もはや『私』という『人間』はいないのである。)」

わたしたちは、このガロア論のなかに展開されたコム・ファシスム組織論が、現在まで一貫して花田の理論をながれていることを指摘せざるをえないのを遺憾とする。たとえば、『文学』昭和三十二年七月号「ヤンガー・ゼネレーションへ」のなかで、花田が、芸術運動はイムパーソナルな人間関係によって成立するとか、運動の観点をぬきにした批評の規準など考えられないとかいうような左翼小児病的な言辞をろうするとき、いまも戦争期の転向理論がそのままひきずられているのを痛ましくおもうのである。封鎖的な日本の社会では、そのなかの政治組織であれ、芸術運動組織であれ、ほかの部分社会であれ、そこにイムパーソナルな人間関係を確立する方法は、たえずパーソナルな人間関係と対決しながらイムパーソナルに転化すべき契機をつかみだしてくるほかはないのだ。花田が、芸術運動はイムパーソナルでなければならないというとき、一側で日本の芸術運動の封鎖性にたいする批判を含みながら、一側で花田自身の行動が理念を裏切らざるをえないのは当然である。花田はパーソナルな人間関係との対立を誇張することによってイムパーソナルな人間関係をつかみとる契機をも放棄し、一個のユダと化するのである。わたしたちはここに、孤独のうちに日本的現実を捨象してつくりあげねばならなかった戦争期の花田の生産力理論の刻印をよみとり、悲劇をおもわざるをえない。「市井のファウスト」(『群像』八月号)のなかで花田はかいている。

そこでわたしは、運動は、すでに完全に消滅してしまっていたので、一人の女と結婚して、子供をうみ、家庭という名のちっぽけな蛸壺を起点にして、徐々に人間と人間のイムパーソナルなむすびつきをひろげていこうと決心した。それから二十年。現在、わたしは、確信をもって、わたしの家庭が主として人間と人間のイムパーソナルなむすびつきによって成立していると断言することができるが——しかし、そいつを拡大していく一件のほうは、事、志に反し、依然として、いっこう、はかどっていない。

おろかなことを断言してはならぬ。わたしたちも、花田とおなじように近代数学の比喩をつかうが、日本の庶民社会では「家」は無媒介のまま、親・子・夫婦の点集合となりえない。親と子と夫婦が、個々の点としてイムパーソナルに結びつくためには、「家」自体が隔絶した物質的基礎と人間関係のうえにきずかれていなければならない。小児病患者は、花田の「家」や「運動」の理念のなかに未来をみるかもしれない。しかし、そこに花田の実行と理念との分裂しかおこりえないのは自明の理である。また、このような理念は花田の生産力理論の当然の帰結である。日本の現実社会に対決するかぎり、「家」や「運動」は、パーソナルな関係を否定的に媒介するイムパーソナルな「領域」(代数学でいうBereich の概念である)としてしか成立しえない。花田の批評が、イムパーソナルを主張しながら、ゴシップや床屋政客的な仲間ぼめと謀略にデコレーションされたしろものにすぎぬなどとヤボなことはいうまい。ただ、そこに貫通しているコム・ファシスム組織論の欠陥を指摘すれば足りる。

花田の戦後の労作『アヴァンギャルド芸術』は、いわば、花田が戦争期の転向理論を修正しようとする過程にうまれたものであった。ここに、体系的な思想家としての労苦が秘められてあったのだが、もとより花田のエピゴーネンの芸術青年たちは、それを理解しようともしなかったのである。超現実主義と抽象芸術、社会主義リアリスムとアヴァンギャルド芸術の関係を対応させることで、アヴァンギャルドを否定的に媒介しながら社会主義リアリスムへ向かうという理論的図式の内面的なモチーフは、自己の転向理論を修正しつつ社会主義へ向かうという思想的な図式にほかならないことはあきらかである。花田によって、ダダイスム―アナキスム系の「芸術運動」が、戦争期の転落からおきあがって戦後へ向かうべき理論的な道すじが示されたのである。しかし、ここには依然として、書物から図式を――いいかえれば日本的現実からフォルムを――拾いあげ、その代償として過度の理論的緊張をよぎなくされて、現実と理念とを分裂させざるをえない戦争期の転向理論がひきずられている。

「文化組織」の詩人・文学者の戦争期の転回は、いわば、花田の理論的転回を、すこしずつ分担したものにほかならなかった。たとえば、中野秀人や小野十三郎の戦争詩の構造は、次のようなものである。

小さい街よ
お前の横顔は　脂粉を落し
お前を護る戦士達の　鉄兜に決意の色で答えている
お前は　十字に結び　一条に走る　民族の心の羅針盤だ
僕等は　忘れやしない
一切の不義に抗して起った世界の嵐を――そのなかを　僕等は進む

（中野秀人「街角で」）

時はいま。
再び天を摩す鬱然たる巨木を挽きてもって
鉄と鋼に代えんとす。
ああ、われらの木造標準船、
山霧たちこめるあたりから
巷塵の街頭から
薫高い古い日本の樹叢はきたり
いたるところの入江に
鮮やかに白い竜骨を組みあげる。

（小野十三郎「木と鉄と鋼」）

前者は、ファシスム理念の何たるかを示し、後者は、記録芸術における主体の解体の何たるかをしめして、ともにわたしたちの芸術運動にたいする好個の教訓たるを失わない。中野は花田のファッショ的部分を、小野は生産力理論部分を分担しているのである。

過去のマルクス主義芸術（文学）運動とならんで、ダダイスム—アナキスム系の文学運動の転回過程からも、わたしたちは汲めども尽きぬ教訓をつかみとることができる。そしてその教訓の第一は「絶望」である。わたしたちの社会的な諸相は、なまなかなことではどうすることもできない暗黒面をはらんでいるのだ、という自覚である。戦争謳歌の作品もかいた一方に、戦争に無関係な作品もかいた文学者の仕事から、戦争に無関係な作品をあつめて『日本抵抗文学選』などを編んだ文学者は、幾百万の戦争犠牲者の死のまえに、小乗的な自己合理化を恥じなければならないことは当然である。（注・わたしたちのひとりは『日本抵抗文学選』の編者から間接的に協力を依頼されたとき、むしろ戦争詩を編んで正確な解説をつけるほうが望ましいと主張して断わった。)

わたしたちは、過去の芸術運動を支配してきた理念が、(1)政治運動からくる要請を至上のものとして考え、芸術をそれに服従させようとする安易な考えと、(2)芸術にマルクス主義的な理念(その内的構造でなしに)をアプリオリにはめこもうとする考えと、(3)芸術運動のなかに芸術と政治の内在的な関係を解消しようとする考えと、(4)これに盲従して生身を芸術運動の組織にあずければ、芸術の進歩性を保証され、また保証するという考えとにすぎないことをみてきた。ここから創造される芸術は、「主題の積極性」によりかかった素材作品と、作品のなかにあいまいに政治理念と職人的芸術性を同居させた作品と、日本的現実から図式として湿地帯を抽象して、そのアンチ・テーゼとして乾燥帯を空想的にこしらえあげる作品としかありえないことは当然である。また、ここからうまれる大衆の芸術が、いつも実生活と芸術創造との悪循環を脱出する出口をみつけられない混迷にさらされるのも当然である。

わたしたちのかんがえでは、芸術創造の原動力は、芸術家の内部世界と外部の現実とのかかわりあいのなかからうまれてくる、という古典的な本質論は前提として承認せざるをえない。しかし、わたしたちが、多くの芸術上部構造論者とちがうのは、このようなかかわりあいが二重の対応関係のうちにあると主張する点にある。いうまでもなく認識された外部の現実と、実際の外部の社会的現実とを混同してはならない。芸術創造の原動力となるのは、このような混同をさけていえば、認識された外部の現実が、内部の世界のイデオロギー部分と心理部分とにあたえる反映と、逆に内部の世界が認識された外部の現実にあたえる反映とのあいだに起こる循環にほかならない。芸術作品の政治的価値と芸術的価値を、現在的な意味で決定するのは、認識された現実が内部世界に反映して形成された現実意識のイデオロギー部分と心理的部分とにほかなるまい。

このような関係は、実際の現実と内部世界とのあいだにも成立することはあきらかである。わたしたちの主張を、おおくの上部構造論者と区別するのは、認識された現実と内部世界のあいだの循環と、生のままの現実と内部世界とのあいだの循環とは、混同されてはならないばかりではなく、この二つの循環には対応関係が存在するという点にある。いいかえれば、芸術家は、芸術創造のさいには前者の循環の過程にあり、実行（実生活から芸術運動にわたるすべてを含む）の場合には、後者の循環の過程にあり、そのあいだに対応関係が成立するということである。わたしたちのみるところでは、芸術の上部構造論者のおおくは、この二つの循環を混同したまま一元的に行使しているようにおもわれる。芸術が上部構造であり、芸術家が上部構造の担い手であるという意味は、生のままの現実と芸術および芸術家のあいだの関係をさしている。しかし、芸術家の内部世界と芸術作品のあいだにも、いわば内部的上部構造論ともいうべき関係が成立する。芸術作品は、認識された現実が芸術家の内部世界にあたえた反映の具体的なひとつの形体にほかならないということができる。

　過去の芸術運動において、芸術作品の芸術的価値と政治的価値とは何か、という問題が提起されたとき、論者たちはすべて、芸術的価値ということで、内部価値の問題を、政治的価値ということで効用価値の問題をかんがえてきた。この問題が、けっして解決しえなかったのは、当然である。論者たちの価値のいたちごっこは、認識された現実と生のままの現実とをはじめに混同したためにうまれた。わたしたちの理論からは、芸術の政治的価値にも芸術的価値にも、二重の構造があることがただちに指摘される。すなわち、認識された現実が芸術家の内部のイデオロギー部分に反映したものが芸術の内在的な政治的価値を決定し、心理的部分に反映したものが芸術の内在的な芸術的価値を決定することが一つと、他の一つは、何のために役だつものを芸術的価値ありとし、政治的価値ありとするか、という外在的な効用価値の問題である。わたしたちの理論からあきらかなように、この内在的な芸術的価値と政治的価値は、効用的なそれと対応しているのである。

　おなじように、近年、反マルクス主義批評家からなされた芸術の芸術であるゆえんは、その上部構造性にはないという問題提起や、古典作品が時代をこえて永遠の芸術的価値をもつのはなぜかという地点から出された上部構造論否定にたいして、上部構造論者が、いずれも、各時代はその時代をになう階級にとって善である芸術を価値ありとしてえらぶ、とか、古典も歴史的な制約のなかにあるとかいったたぐいの、いつはてるともわからない効用的な俗流マルクス主義芸術理論でしかこたえられなかったのは当然であった。かれらは、芸術が生のままの現実と認識された現実とによっていわば二重の上部構造性をもつものであることを洞察しなかったのである。

すでにあきらかなように、芸術家は内部の世界を認識された現実とかかわらせることによって芸術作品を創造し、生のままの現実とかかわらせることによって実行（実生活から芸術運動にわたる）するものである。すくなくとも、実行によって政治理論をつかみ、つかみとった政治理論をもって実行し、この過程を内部の世界に循環せしめる態の政治家が、芸術家とおなじように内部世界を認識された現実と生のままの現実とにかかわらせる過程をもつものであることは、いうまでもない。このとき、芸術家と政治家とを内部的に区別するのは、かれが内部の心理部分にたいする現実の反映に着眼するか、イデオロギー部分にたいする現実の反映に着眼するかのちがいであるにすぎない。花田清輝は、前述の「ヤンガー・ゼネレーションへ」のなかで、「わたしは、今日、芸術というものは、芸術運動のなかからうまれるものであり、しかもその芸術運動は、政治運動ときってもきれない関係にあると考えています。したがって運動という観点をぬきにした批評の規準など、わたしにとっては、まったく無意味です」とかいているが、花田が床屋政客くずれの芸術家であることを遺憾なく暴露したコトバだ。花田は、ここで政治運動と芸術運動とのあいだに対応関係があることをみながら、政治運動家と芸術運動家との内部世界にも対応関係があることをみようとしないのである。しかも、運動の観点をぬきにした批評の規準などまったく無意味だというような小児病的な言辞をロウすることによって、花田もまた、芸術作品の価値が二重の構造をもつものであることを洞察しきれていないことをあきらかにしている。もちろん、花田の「政治のアヴァンギャルドは、即座に、芸術家のアヴァンギャルドに変貌するであろう。──もしもかれが、いままで、外部の世界にそそいできたような視線を、内部の世界にむかってそそぎはじめるならば」という理論は、政治運動家も芸術運動家も、おなじように内部世界に反映した現実と外部世界に反映した内部世界をもつものであり、しかもこの外部世界は、認識されたそれと生のままのそれとの二重構造をもっていることを無視した謬見にすぎない。このような謬見からうまれる芸術のアヴァンギャルドのイメージは作品の創造をしているばかりで実行（実生活から芸術運動にわたるすべての）をしない空気のような架空人物であり、政治のアヴァンギャルドは、のべつまくなしに手足を動かしている機械人間である。花田の理論を一貫して流れている図式的な誇張の結果はここにきわまっている。

わたしたちは、もはや、あらたまって芸術運動の組織論にふれる必要はあるまい。すなわち、いままでイデオロギー部分に着眼していた眼を心理部分に転ずることにより、ただちに芸術家と対応しうる内部世界をもっている政治運動家と、いままで、心理部分に着眼していた眼をイデオロギー部分に転ずることにより、ただちに政治運動家に対応しうる内部世界をもっている芸術運動家とが、わたしたちの組織を構成するのである。そして、この対応がどんな構造をもつかは、わたしたちがいままで展開してきた芸術理論によって決定されることはあきらかである。

過去における日本の芸術運動がしめした「絶望的」な教訓のひとつは、それが大衆と結びつくことなしには「絶望的」な日本の社会構造の暗黒面に対決しえないということであった。

わたしたちの芸術と芸術運動の理論からは、たんに芸術作品と理論によって大衆に結びつくばかりでなく――いいかえれば認識された現実を媒介にすることで大衆と結びつくばかりでなく、生のままの現実を媒介にして――いいかえれば芸術家はただちにイデオロギー部分に着眼し、政治家はただちに心理部分に着眼を転じて、大衆と結びつくことが可能であり、それによって、大衆の内部に反映した現実と現実に反映した大衆の内部に働きかけうるのはあきらかである。

問題は、おそらくただひとつ残されている。わたしたちの内部世界と大衆の内部世界とのあいだに、現にはさまっている断層や異質さをどうとりあげるべきかという問題がこれである。過去の芸術と芸術運動は、すべてこの問題をあいまいにしか処理してこなかったため、そこで結びつきえた大衆は、いわば、芸術家候補者、芸術運動家候補者またはその周辺の芸術愛好者にすぎなかった。そしていわゆる純芸術といわゆる大衆芸術とのあいだの断層と異質は、芸術家がジャーナリズムまたは政治運動からの要請によって芸術作品を風俗化、中間化することによって埋めてきたのである。わたしたちは、必然的にこの傾向に反対せざるをえない。現に存在している芸術家と大衆との内部世界にあるさまざまな断層と異質さとは、すべて理論的にあきらかにされ、意識化することによってしか、芸術運動と大衆との結びつきの積極的な契機に転化することができないことはあきらかである。

　わたしたちの希望は、もしも芸術家が自己の内部を典型化することができ、大衆が自己の内部を典型化することができたときは、大衆芸術と芸術家の芸術とは、ちがった質をもちながら、しかも内部的な構造をおなじくするだろうということにかかっている。そして、この典型化の方向は、現に存在する大衆と芸術家の内部世界の断層と異質さを、意識的にとり出してみることによって、暗示されるにちがいなく、そこでもとめられる典型化の方向の一致性によって、わたしたちの芸術運動は大衆に結びつくほかにありえない。わたしたちは、わたしたちの芸術運動と、大衆とのあいだにある断層と異質さについて語りすぎたであろうか。そうはかんがえないのである。いわば、この断層と異質さを意識化したとき、すでにわたしたちは、大衆の方向に顔をむけて歩いているのであり、たとえば、大衆芸術こそ芸術の最高形式にほかならぬというような体系的理論は、逆に大衆と隔絶してはじめて可能なのである。

2

昭和六年（一九三一）、作家同盟第三回大会は、「プロレタリア文学運動の基礎を工場農村へ」という決議をかかげ、同年八月、『ナップ』は、詩のための「職場の欄」を設けている。決定が、大衆の求めているのは芸術の芸術、諸王の王なのだという中野の論点にしたがったものか、ルナチャルスキーをかりて、プロレタリア芸術の確立のための努力と、芸術を利用して大衆を直接アジプロする努力とを混同することなく行使せねばならぬとする蔵原の理論をふまえたものか、いま、つまびらかにすることができないが、この決議の背景のひとつに、一九二八年以降におこなわれたいわゆる「芸術大衆化」論争があったことを疑うことができない。したがってプロレタリア文学運動以来、赤い尻尾をひきずっているサークル組織論の誤謬をただしくするために、「芸術大衆化論争」の結論のひとつを、俎上にのせるのは便利である。一九二八年八月の『戦旗』で、蔵原惟人は、「芸術運動当面の緊急問題」について、つぎのようにかいている。

我々は今まで機関誌『戦旗』を、「大衆化」せんとし、それを広く工場、農村の広汎なる未組織大衆の中に「持込」まんとして、失敗した。失敗は当然である。我々が誤つてゐたのだ。我々は過去に於いて、『戦旗』は同時に芸術運動の指導機関であり、また広汎なる大衆のアヂ・プロの機関であり得ると考へてゐた。それは間違ひである。我々は今、この芸術運動の指導機関と大衆のアヂ・プロの機関とを断然区別しなければならない。

このことから生れて来る実践的結論は何か? それは極めて簡単である。我々は我々の機関誌『戦旗』を真に芸術運動の指導機関たらしむべく努力すると共に、広く工場、職場、農村等に持込み得べき大衆的絵入雑誌の創刊に向つてあらゆる努力をなさなければならない。

ここでは、大衆自身の自主的な文学(芸術)運動であるサークル文学(芸術)運動の問題が、とりあつかわれているというよりも、中央機関紙に拠るいわゆる「専門家」の政治的・芸術的な方針を、いかにして上から（中央から）大衆のなかにもちこむかが論議されているのだが、蔵原の論点の背後には、大衆絵入雑誌を購入する読者グループが、「受け手」サークルを組織し、政治的芸術的な支持層を形成することが潜在的に期待されているということができる。他愛もない考えかたというべきである。もしも、大衆にたいして、いくらかでも反体制的なアジ・プロを（文学運動を）なしうる芸術運動機関がありうるとすれば、いわゆる反体制的な「分配カルテル」としての性格をもった労働組合組織を背景とする芸術運動以外にありえないのだ。蔵原のこの論点は、戦後も一九五〇年前後においていわゆる新日本文学と人民文学との対立のなかにむしかえされたことがあるから、今日、民主主義文学者の運動意識のなかにも、その痕跡を認めうるにちがいないことは明らかである。錯覚は、はやくさめた方がいいのだ。一切の政治的幻想を排して、わたしたちはよくみるべきものをみなければならぬ。芸術運動は、それがどのような立場において組織されようとも、共通の芸術上の目標をかかげて、そこに創造的、理論的努力を集中してゆくことに本質があるのであって、それ以外の機能と意味をもつことができない。芸術運動が、反体制的な抵抗素をもちうるとすれば、それは個々の成員のもつ抵抗素の加算としてであって、このような意味でいえば、どこにいようがよく抵抗するものは抵抗し、抵抗しないものは、抵抗しないだけである。芸術運動が、反体制的な抵抗素をもつためには、反体制的な分配カルテルの文化的プログラムと結びつかねばならない。

わたしたちは、芸術運動は何か政治的に価値があるとかんがえるような、プロレタリア文学運動以来の政治的幻想の一切を否定しなければならない。このような政治的幻想によってもたらされる害毒は、はかり知れないものがあるが、その一、二をあげれば、芸術運動の本来の目的である芸術上の目的意識にむかってなされる創造的、理論的な努力が不当に軽視され、あいまいな政治的欲求との妥協がおこることであり、また、芸術運動に政治的抵抗素があるという過信や独善から、反体制的な分配カルテルの文化運動との吻合があいまいにせられ、いわゆる専門家といわゆるサークル芸術家とが、客観的にはナンセンスにひとしい封鎖的な穴のなかで、仲間ぼめや仲間もめに忙殺され、社会総体の情況や文学総体の情況にむかって自己の表現を解放しようともしない今日的状態が出現することである。

最近、花田清輝は、「マス・コミュニケイションにおける相互交通の問題」（一九五八年一月『思想』）という論文をかいて、政治運動と大衆運動の後退期における大衆社会化現象に即応する本格的なサークル組織論を展開している。その要旨は、現在、マス・メディアを通しておこなわれている支配体制からの漏斗状の文化攻勢にたいして、マス・コミの受け手を組織することによってサイフォン状の下からの文化攻勢を展開しなければならないというところにおかれている。わたしは、花田が自己の理論的な体系からもたらしたこの労作を、順応主義的エピゴーネンと一緒くたにして論断しようとはおもわないが、唯一箇処花田の誤解を、正しておいた方がいいとおもう。花田は、どうやら「マス・コミの受け手」を組織すれば、政治的抵抗素を獲取すると誤解しているらしいのである。花田が、芸術エピゴーネンを組織して芸術運動をでっちあげれば、何か抵抗運動でもやっていると錯覚するのも、また、当然であるといわなければならない。もちろん、そんなものに反体制的な抵抗素などあるはずがないのだ。

サークルが、読書サークル、鑑賞サークル、話し合いサークルの段階にあるかぎり、それは成員と成員との人間的関係を媒介として、半ば実用的であり、半ば政治的有効性もあり、半ば芸術愛好者的であり、といったような雑多な効用が未分化のままにサークル運動のなかに存在している。しかし、このような「受け手」サークルが、一瞬といえども、その未分化な実用的可能性をはらんだまま固定化することができないのは、あきらかである。「受け手」サークルは、趣味サークルとして体制的なカテゴリーに繰込まれるか、反体制的な創造サークルに進化するほかはないことは、花田が大衆社会論を援用するため故意に見おとしている現在の支配体制と大衆とのバランス・オブ・パウァーの情況を考察にくわえれば容易に了解できる。

サークルが、「受け手」サークルの段階から、表現という間接的な手段をえらんだ場合、たとえばそれが生活記録や人生記録の段階にとどまったとしても、生活体験や人生体験を話し合い批判しあうという直接性をすてて、表現という間接手段をえらんだために本質的な変化をうけることは疑いない。このような変化は、直接的な話し合いが、自己と他者との関係であるにたいして、表現が、自己と自己との関係をも媒介してサークル運動の性格にもたらさずにはおかないからである。

このような考察を無視して、生活記録運動自体を固定化しようとこころみたり、話し合いサークル自体を目的意識化しようとすれば、破綻をあらわすよりほかはない。この破綻はいうまでもなく、体制的な趣味サークルにくりこまれるか、反体制的な記録芸術サークルに転化するか、という形でうまれてくるのは云うまでもないことである。いいかえれば、支配体制と大衆とのバランス・オブ・パウァーの如何が、必然的に、サークル運動に、サークル文学（芸術）運動の目的意識を追及することを強い、サークルのもっている文化運動的な性格を反体制的な分配カルテルの責務に転化するまで、分業化させずにはおかないのである。花田のように、マス・コミの「受け手」を組織してそこに文化運動的な有効性をあたえようとするのは、たとえば、「話し合い」サークルや生活記録運動を未分化な性分のままで固定しようとするおおくの俗流の見解とえらぶところのない謬見にしかすぎない。

サークル文学（芸術）運動は、こういう俗流の見解のなかでは崩壊と無力化の途をたどるほかありえないのだ。サークル文学（芸術）運動は、はっきりと大衆によって推進される文学（芸術）運動とかんがえるべきであって、それ以外の機能（たとえば反体制的な抵抗素）をもたせようとするのは誤謬である。もちろんいわゆる専門家とサークル芸術家との差別などは本質的には何も存在しないのは当然である。そこに存在する差別は、社会的な制約、すなわち、日本の近代文学（芸術）が、歴史的にギルド社会的な純文学（芸術）界と、大衆社会的な通俗文学（芸術）界とにわかれて発達してきたという制約だけであり、芸術意識上の制約とは、おのずから別途のものであることは論をまたないのである。

今日、いわゆる専門文学者が、ギルド社会的な通念のような意味で純文学を目指そうとするのがおかしいとおなじように、サークル文学者が、大衆社会的な意味で、職場文学を目指したり、主題の積極性ということを、大衆運動の政策を援助する文化的な手段としての役割に限定しようとするのはコッケイなことだといわなければならない。いわゆる専門文学者が、ギルド社会からの物質的な、あるいは創造上の制約とたたかいながら非ギルド社会的な文学を目指さねばならないとおなじように、サークル文学者もまた、職場で大衆社会的な制約や矛盾や圧力やらとたたかいながら、非局所的な文学を目指すことが必要であろう。

わたしの考えでは、サークル運動が、すくなくとも自然発生的な段階でもっているような文化運動的な性格は、それが反体制的なサークル運動であるかぎり、支配体制の文化政策に抗しうる唯一の実力をもっている反体制的な大衆運動（例えば労働運動）の文化政策の手中に移行しなければならないし、かならず、そうなってゆくであろうとおもう。

今日、労働運動家諸君が、労働運動内に組織されたサークル文学（芸術）運動を、たんに分配闘争を側面からたすける文化的アジ・プロの手段とかんがえているにすぎないならば、あるいは分配闘争に何の益もない無用の長物とかんがえているにすぎないならば、かつて文学にたいする政治の優位性を主張し、芸術を広義の政治的アジテーションとかんがえたプロレタリア文学運動の指導理論とおなじように決定的な誤謬に陥るほかはないのだ。未組織大衆によるサークル文学（芸術）運動であろうが、組織大衆によるサークル文学（芸術）運動であろうが、それは一定の芸術的共通目標をたててすすめられる芸術運動であることにはかわりない。サークル文学（芸術）運動にたいして、文化運動としての反体制的な性格を与えうるか否かは、もとより、反体制的な分配カルテルである労働運動の文化政策の如何にかかっている。労働運動の文化政策が、現在のように分配闘争の優位性という原則のうえに低迷しているかぎり、組織大衆によって推進されるサークル文学（芸術）運動は、たえず、本来の目的を見失い芸術的水準の上昇をはばまれ、そのうえ今日あきらかにあらわれているような自己満足に淫した封鎖的なサークル文学（芸術）者を輩出させるほかはないのだ。

現在、マス・メディアを媒介にしておこなわれている芸術の大衆社会化現象にたいして、大衆の芸術を確立しうる可能性をもっているのは、反体制的な分配カルテルとしての実質力をもっている大衆運動（例えば労働運動）にささえられたサークル文学（芸術）運動以外にはありえない。

このようなサークル文学（芸術）運動にとって、芸術運動としての障害などは、まったくありうるはずがなく、これと同時に反体制的な文化運動としての性格を獲取することも可能である。支配体制からたえず有形の圧力をこうむらざるを得ないという現実上の制約は、組織大衆であれ未組織大衆であれ、反体制的な大衆がひとしく負っているものにほかならないからこれを組織大衆サークルが誇張してかんがえたり、自己の運動の社会的位置にたいして過大な自己評価を下したりするのは無意味である。おそらく、階層により、また、現実的な基礎によって、それぞれ異質の芸術的目標をかかげることを必要としているサークル文学（芸術）運動が、究極において一致しうる芸術的目標があるとすれば、現在、芸術のすべての分野に存在しているギルド社会的な純芸術の大衆社会化現象と、大衆社会的な通俗芸術の支配体制順応化現象に抗して、大衆芸術の芸術化を目指すことのほかにありえないだろう。もちろんこのことは、社会的変革と対応している。

西行小論

西行が生涯をかけて生きたのは、ちょうど崇徳、後白河両派が、政権と愛慾の問題をからめてあらそった保元、平治の内乱をへて、平氏を中心とする貴族、武家の合体時代がしばらくつづき、やがて束の間のうちに反平氏勢力による鹿谷の陰謀事件となり、それが治承四年の頼政、頼朝、義仲の挙兵にまで発展し、ふたたび源氏内部の争いをへて鎌倉政府の成立となるというような、貴族社会の没落と武士階級の興隆を象徴するあわただしい過渡期の動乱であった。

出家以前の西行は、鳥羽院北面の武士だったとされている。

当時、いくらかでも西行といんねんのあった堀河、鳥羽、近衛などの天皇は、売官によってかろうじて生活をささえるほどに衰弱しており、貴族や武士たちの勢力に浮き草のようにかつがれて「あさましき」政争をくりかえしていた。

保延六年（一一四〇）、西行は、貴族社会の家人であることを嫌って、武士をすて、動乱の外にたっている。個人的な理由があったにしろ、なかったにしろ、西行の出家が、剃髪して坊主をよそおうことで、現実の圧力にたいする安心感のささえにしたり、世間の風当りをちいさくしておいて、かえって、世俗的な執着を露骨にむきだすというような、当時流行の出家とほぼ逆のことを意味したのはあきらかである。

かれが、そむき果てたのは、政争と愛慾の葛藤で、盲目的にいがみあった崩壊期の貴族社会だったが、もちろん、武門権力に率いられて、山野に死闘していた単純な野人たちとおなじように、なぜともわからずに動乱にくわわってゆくためには、あまりに自意識がつよすぎたようである。こういう人物は、いつの時代でも、思想詩人としての役割を負わなければならない。たとえ、かれがねがってもねがわなくても、過渡期の時代的な苦悩は、かれの一身に集中して受感されてくる。かれの自意識がつくりだす苦しみとか、あはれとかは、生粋に内部からやってくるようにみえるが、そこにどうしても時代の苦しみやあはれが、形にそう影のように離れないでつきまとってくる。西行は、きっと、どこをほっつき歩いても、何処の山岳にこもっても、権力の交替する首都を逃れることができなかったのである。

世の中をすててすてえぬここちして都はなれぬわが身なりけり

こういう西行の素直な詩には、時代のほうで、かれを都から離そうとしないという意味が、複雑なかたちで象徴されているとみなければならない。西行にとって、出家は、たいせつな意味をもっていた。西行自身も、その意味をきわめてみたくて、何度もじぶんのこころに問いかけるような詩をかいているが、うまくゆかなかった。ようするに、現実社会に未練がありすぎるから、かえって厭世的にもなるのだ、というような逆説的なところまで、じぶんのこころを追いつめてはみたのだが、かれの社会への関心とか執着とかが、思想詩人としての過敏な現実洞察力から直接にやってくるので、現実のほうでかれを捨ててはくれないのだ、ということをさとりうべくもなかったのである。

雲雀あがる大野の茅原夏くれば涼む木かげを願ひてぞゆく
心なき身にもあはれはしられけり鴫立沢《しぎたつさわ》の秋の夕ぐれ
風さえてよすればやがて氷りつつかへる波なき志賀のから崎

駒なづむ木曾のかけ路の呼子鳥たれともわかぬ声きこゆなり
鈴鹿山うき世をよそにふり捨てていかになりゆくわが身なるらん
年たけてまた越ゆべしと思ひきや命なりけり小夜の中山

Wander geselleのように各地を行脚しては、そのあいだに、とまり木にとまるように山岳に住居をすえるという生活をおくったため、西行が自然をテーマにしてたくさん詩をかいたのは当然だったが、これらの詩は、自然のなかをとおりすぎるこころの矛盾が、詩的な本質をつくっているというように表現されている。もとより、叙景と抒情のあいだに境界などかんがえてないのだ。自然は西行にとって観念のスィステムとなりえないで、あたかもこころの世界に映っている社会そのもののようであった。西行は、おしいところで幽玄からも有心からも外れているといった風な、失敗作をたくさんつくっているが、もちろん、それがおしいというのは、当時の詩論の美学的な規準によるのであり、西行にすれば、そんなことは問題ではなかったろう。ただ、かれが問題としなければならなかったのは、自然をテーマにしても、苦しげな内心の矛盾がひとりでに吐き出されてしまう理由が、どうしてもわからないため、思想的な体系をつくりえなかったことであったにちがいない。

中世の浄土思想は、もう戸口のところまでやってきていたはずであった。西行が予感したのも、それにちかいものだったろうが、たずねる、もとめる、ねがふ、というような願望のコトバを、詩のなかにいくら吐き出してみても、際限なくあとには、なにかはっきりわからないものがのこっているように思われたにちがいない。西行の「墓地」詠が独特の象徴的な意味をもってせまってくるのは、そういう点についてである。

鳥部野《とりべの》を心のなかにわけゆけばいまきの露に袖ぞそぼつる

亡きあとをたれと知らねど鳥部山おのおのすごき塚の夕ぐれ
かぎりなく悲しかりけり鳥部山亡きをおくりてかへる心は
舟岡のすそ野の塚の数そへてむかしの人に君をなしつる

ほんとうは、西行のこころを占めていたのは鳥部野の墓地に葬られて、しずかに眠っている死霊でもなければ、むかしの亡き人でもなくて、内乱に加わって、山野に現にごろごろと打捨てられた死人武者や、飢餓のために悶死したり、さまよったりしている兵火のギセイ者の庶民たちのことだったかもしれない。しかし、現実の動乱に眼をこらしているかぎり、かれの思想は体系をとりえなかったのである。かれが、どこかに、じぶんの思想が成熟してゆく道すじをもとめようとすれば、動乱の死者ではなくて、墓地に眠った死霊について思いをこらさなければならなかったのかもしれない。墓地をとおって地獄や浄土へゆくみちを思い描くほうが、こころが定まったのかもしれない。「鳥部野を心のなかにわけゆけば」というのはそういうことではなかったのだろうか。西行の思想は、あきらかに、中世の浄土イデオロギーにたいして、先駆的な意義をもっているとおもわれるのだが、そのためには、じぶんのこころのなかで、地獄のような矛盾の性格をおしひろげ、時代にたいしても徹底的な洞察をつけくわえることがひつようであった。いずれにしても、過渡期の内乱と政争を否定して、詩人として生きることを思いきめたときから、かれがゆくべきみちは、いかにして、じぶんのこころに映った現実の動乱に、体系を与えて安心立命をえるかということのほかにはなかったはずであった。もちろん、西行には安心立命はやってこなかったのだが、柄にもなく外観だけは当時の山岳仏教の流行にへつらって出家し、詩壇の流行にならって古今集を粉本にして詩をつくっても、たどっていった必然の道は、平地仏教思想のみちであり、幽玄の詩論に異をたてるみちだったのはあきらかである。

西行を浄土イデオロギーのちかくまで駆りたてるには、たぶんかれの独特なこころの世界があずかって力あった。

うなゐ児がすさみに鳴らす麦笛のこゑにおどろく夏の昼臥
昔かないり粉かけとかせしことよあこめの袖に玉襷《たまだすき》して
篠ためて雀弓張る男のわらは額烏帽子のほしげなるかな
いたきかな菖蒲かぶりの茅巻馬《ちまきうま》はうなゐ童のしわざとおぼへて
竹馬を杖にも今日はたのむかなわらは遊びを思ひいでつつ
我もさぞ庭のいさごの土遊びさて生ひ立てる身にこそありけれ

『聞書集』が発見されたために知ることができる、これらの子供を詠んだ作品について、川田順は「作年不明なるも、晩年なるは疑無し」と断言している。技巧の成熟度からいっても、そう信ぜざるをえないであろう。わたしのこころを惹くのは、西行がなぜ老年になってからこんなに鮮やかに子供の姿をうつしとらねばならなかったのだろうか、ということである。前詞には「たはぶれ歌」とかいてあるところをみると、西行が貴族などの子弟とちがったじぶんの幼時の遊戯を想い出したり、路傍にあそびほけている庶民の子供たちをうたったりするのは、当時では「たはぶれ」の仮面をかぶるひつようがあったのかもしれぬ。しかし、ほんとうは異様な老人が、異様にあざやかに少年の自分を想い出しているのだ。涼風がわたる夏のま昼間、子供たちが鳴らす麦笛のこえに、愕然として昼寝のゆめからさめて起きあがる西行の姿を想像すれば、論理と観念とをからめて、いまもなおどこへも出口をみつけることができないでいる自分を、ふとふりかえっている六十歳の老人がたしかにいることがわかる。西行は、べつに苦しまなくても済んだものを、何処からやってくるともしらず、何につながるかも予見できず、はっきりと体系をとれないままに、こころにたまっている矛盾のすがたを、子供たちの遊びの姿から思いおこさねばならなかった。二十三歳のとき出家してから、崇徳、後白河両派の政争である保元、平治の乱にも、鹿谷の事件にも、治承四年（一一八〇）の頼政、頼朝、義仲の挙兵にも加わらなかった。過渡期の混乱をひとりの詩人として眺めてきた。だから、西行は、ひとりの人間さえも殺してはいない。けれど、この「たはぶれ」歌は、老いた罪人のうたのようである。西行は、純粋な詩人だったろうが、けっして素朴な詩人ではない。ただの無邪気な人間は、幼時を思い出したり、子供の遊びをこころに描いたりできないものだ。かれは日常にまぎれていれば結構やっていける。単純な感情的な表現ではなく、複雑な論理的なこれらの子供詠の調べは、西行の純粋さが負っている罪障感が錬りに錬られていることを意味している。西行をとらえたのは、過渡期の詩人の悩みであった。出家とは、勃興する武士階級にも、没落してゆく貴族階級にもなじめず、しかも、その何れの社会にも足をふみ入れ、関心をもたずにいられなかった彼のこころの象徴である。かれの内部にはアムビヴァレントな性格があり、おそらく、ひとととちぐはぐなところで素直で純粋だったため、人間関係でずいぶん苦痛をなめたにちがいない。かれのつよい倫理性と孤独とはそこからきているし、「たはぶれ」歌の独特な陰えいもおなじところから、発している。たとえば、西行の「恋歌」の性格をとってみれば、子供をよんだ「たはぶれ」歌と驚くほど近似している。

いとほしやさらに心のをさなびてたまきれらるる恋もするかな
君したふ心のうちは稚児めきて涙もろにもなるわが身かな
心から心にものを思はせて身をくるしむるわが身なりけり
人しれぬなみだにむせぶ夕ぐれは引被ぎてぞうち臥されける
かつすすぐ沢の小芹の根を白み清げにものを思はするかな
あはれみし乳房のことも忘れけり我悲しみの苦のみおぼえて

女と恋をして幼児がえりをしてしまう西行と、子供の遊び姿をみて「いたきかな」とかんがえずにはおられない西行と、動乱の過渡期の時代的な悩みを悩みぬいた西行とは、もともと別ものではありえなかったのだ。とりすがる妻子を蹴とばして出家したという西行伝説は、もちろん、西行の心理構造をさす場合は、事実であることを、この「たはぶれ」歌と「恋歌」の性格的な一致は証明している。「いづくにか眠り眠りて倒れ臥さん」というおもいは、出家以来のかれのこころを占めてはなれなかったのである。こういう人間が、畳の上で平おんにくらしたり、貴族社会の家人などにおさまっていられたりできるはずがなかったのである。

源空が浄土宗をひらいたのは、安元元年（一一七五）であり、西行、五十八歳のときである。ここに中世思想の主流が、体系的なかたちをとりはじめたのだが、すでに、出家した以後の西行の、詩人としての独自な悩みのなかに、それははっきりとした形でつかまれていたということができる。源空から親鸞へと発展していった封建イデオロギーとしての浄土思想は、西行の子供うたや、恋うたや、生活歌のなかに、現実上の基盤と思想上の骨組をはっきりとあらわしていた。日本の中世思想は、けっしてヨーロッパのように、教会と神学と理想の聖女のえい像をたどってつかまえられたのではなく、動乱と厭世と幼児がえりのこころをとおって、親鸞の逆説的な単純な信仰へゆきついたのである。『梁塵秘抄』のなかの有名な

あそびをせんとや生れけん
たはぶれせんとや生れけん
遊ぶ子供の声きけば
我身さへこそゆるがるれ

こういう俗謡には、かなり正確な中世思想への導入口がかくされていたのではなかろうか。西行の子供をよんだ「たはぶれ」歌は、もちろんこの俗謡にくらべれば、はるかに苦がく、はるかに論理的で、いっさいの気分的な情緒や、空想力を排除した強じんさをもっている。西行は、矛盾にみちた倫理感をきたえて、『往生要集』の著者が、異常なまでにしつように描いてみせた罪のイメージとおなじイメージを描いてみせたのである。

あはれあはれかかる憂き目をみるみるは何とて誰も世にまぎるらん
憂かるべきつひの思ひを置きながら仮初の世にまどふ儚さ
一つ身をあまたにかぜの吹き切りてほむらになすも悲しかりけり
なべてなき黒きほむらの苦しみは夜の思ひの報ひなりけり
ゆくほどに縄のくさりにつながれて思へば悲し手かし首かし

『西行上人談抄』が記しているのを信用するなら、西行は詩について二つの極端な典型をかんがえていた。ひとつは、紀貫之の九歳の娘がつくったもので

鶯よ　などさは鳴くぞ　乳やほしき　小鍋やほしき　母や恋しき

この自然発生的な調べのなかにあるおよびがたい規範であった。しかし、もちろん、西行は、大人の感傷から子供の詩はすばらしい、などといっているでたらめな詩人とおなじような意味でこれをあげているのではない。もうひとつは、藤原頼実がいい作品ができたら死んでもかまわないという具合に苦吟

して作った

木の葉ちる宿はききわくことぞなき時雨する夜も時雨せぬ夜も

この幽玄の詩論を背景にした巧まれた佳作である。現在みれば、頼実の作品は、幼稚な理詰めの作品で、木の葉のおちる音で時雨の音がわからなくなるという思いつきをもとにしてできあがった駄作にしかみえない。しかし、もちろん、これは当時の専門詩人が、イメージと観念とをほそくほそく追いつめることによって生みだしたものであり、幽玄論の指向したところを典型的にさしている。この二つの作品をならべてみせずにはいられなかった西行の詩意識は、『談抄』の著者蓮阿が、かんがえているよりも、ずっと重要な意味をもっていたにちがいない。すくなくとも、「歌のことを談ずとても其隙には、一生幾ばくならず、来世近きにありといふ文を口ずさみにいはれし、哀に貴くておぼえし。」というような西行像を描いている蓮阿には、その真意がわからなかったのではなかろうか。たとえば、西行の子供詠の「たはぶれ」歌と、紀貫之の娘の単純な自然発生的なしらべとを、比較してみると、西行の苦渋をなめつくしたような論理的な詩のなかにある純粋さは、とうていこの九歳の娘の作品とつながりようはないのである。また、頼実のメタフィジカルな詩と、たとえば西行の次のような生活歌とをくらべてみよう。

おなじくはカキをぞさして乾しもすべき蛤よりは名もたよりあり
さだえすむせとの岩つぼもとめてていそぎし海士の気色なるかな
海士人《あまびと》のいそしくかえるひじきものは小螺《こにし》蛤かうなしたたみ
磯菜摘んと思ひはじむるわかふのりみるめきはさひじきこころぶと

こういう生々しい独特な生活歌と、白い浄衣をうちかけて、桐火桶を抱いて、苦吟するところに描かれた詩人の理想像を、ほうふつとさせる頼実の詩とのあいだにも、どうすることもできない断層がある。紀貫之の九歳の娘の作品と、専門詩人頼実の作品のあいだには、極端な対立はあっても、けっして断絶もなければ異質もないのだ。しかし、じぶんの詩はちがう、まったくちがうという思いが西行をとらえなかったろうか。当時、生活のあらあらしいいぶきは、武士階級と商、漁民のなかにあったが、詩はすくなくとも貴族階級の手の中にあった。西行は、九歳の貴族詩人の娘の自然発生的な作品と、幽玄の理論に武装された頼実の作品とを、規範としてあげたとき、こころのなかは孤独だったであろう。

俊成が、すぐれた詩には、コトバのほかに景気がそうものだ（『慈鎮和尚自歌合』）としたとき、いわゆる幽玄の詩論は、はじめて形をもちはじめたということができる。わたしのみたところでは、幽玄論をいちばん理論化してみせたのは『無名抄』の著者鴨長明だが、長明にしてからが、コトバにあらわれぬ余情とか、すがたにみえぬ景気とかを、つたない比喩を引用して強調したにとどまっている。それゆえ、幽玄論の本質は、コトバとココロということをめぐって（つまり表現と内部的世界ということ）、俊成から定家にいたる理論家たちが、精密な思考をきずいていった点にある。そしてコトバの効果を重くみるか、ココロを重くみるかによって、かれらの見解には、微妙な差異があらわれる。たとえば、『八雲御抄』の著者は、幽玄を旨とすべきだが、近頃は、やさばむことを考えて、心ない歌をつくるのがあるが、宜しくないことを強調した。理論家長明は、音韻の効果を強調してコトバに傾いた。そして、『毎月抄』の著者定家に至って、詩の創作の心理的な過程が言及され、わたしの粗雑な見方では、コトバがココロを象徴するのを有心とし、ココロがコトバを象徴するのを幽玄、いわば、幽玄から有心にいたる理論的なすじ道をたてたのである。

このような動乱期から中世にかけての、詩壇の理論的な変遷につれて、西行の詩にたいするかれらの評価は、いくらかずつかわってきた。西行は、いうまでもなく新古今第一の詩人であり、当時、すでに実力第一人者と目されていたことは疑いをいれない。ただ、暗喩を重んずる幽玄論下の詩壇では、直喩型の詩人である西行は、生得の天才詩人だというよりほかなかった。そういう評価は、西行の詩意識が、貴族詩壇の詩意識からはかりがたいところで、興隆する武士階級の生活意識を反映していたからに外ならないといえる。『八雲御抄』の著者、順徳院は、西行の最大の理解者だったかも知れないが、それは、かれが幽玄理論の発展の過程で、コトバよりもココロを重くみたことと、深く繋っている。長明は、ほとんど西行を無視して理論をたてたが、定家は、さすがに西行を多面的にとらえようとした。

しかし定家が西行を「事可然」体、「面白」体の詩人としてもっとも重くとらえた(『定家十体』)のは注意すべきであって、このことは、西行の詩意識が比較をこえて論理的であったことを物語ると共に、幽玄体、事可然体、麗体、有心体のなかに、自己の詩論の中心をたてた定家が、微妙にずれたところで西行を評価したことを暗に象徴している。たとえば、定家が幽玄体、有心体の典型としてあげた西行の作品は、わずかに次のものにすぎない。

幽玄体

きり〳〵す夜ざむに秋のなるままによはるか声のとほざかりゆく
芳野山やがて出でじと思ふ身を花ちりなばと人やまつらん
ながむとて花にもいたくなれぬればちる別れこそ悲しかりけれ

有心体

津の国のなにはの春は夢なれや芦の枯葉に風渡るなり
おのづからいはぬをしたふ人やあるとやすらふ程に年のくれぬる

駄作ではないが、西行にとって不得手な、しかも当時の貴族詩壇に調子をあわせた作品のようにおもわれてならない。西行は、当時の理論の美的規準にのっかりながらも、なお、西行以外のたれもつくりえなかった詩のいくつかをのこしているのだ。

ませにさく花にむつれてとぶ蝶の羨しきもはかなかりけり
有明におもひ出あれやよこ雲のただよはれつるしののめの空
高尾寺あはれなりけるつとめかなやすらひ花と鼓うつなり
弓はりの月にはつれてみし影のやさしかりしはいつか忘れん
年へたる浦の海士びとこととはん浪をかつきていくよすぎにき

治承四年、源三位頼政は、宇治平等院に、源頼朝は伊豆に、貴族階級、平氏の合体政権打倒の兵をあげた。西行は、すでに、晩年にたっしていたが、貴族社会の没落と封建階級の興隆とを、まのあたりにみながらいくつかのいくさのうたをつくっている。そのなかの一つ。

世の中に武者おこりて、にしひんがし北南、いくさならぬところなし、打ち続き人の死ぬる数きく夥し。まこととも覚えぬほどなり。こは何事の争ひぞや。あはれなることの様かなとおぼえて

死手の山こゆる絶間はあらじかし亡くなる人の数つづきつつ

かれは、この動乱が、封建社会成立にいたる過渡期の動乱であることを洞察したわけではない。これは何事の争ひぞや、あはれなることの様かな、というのは西行の本心であったろう。もちろん、なぜ、武者がおこらねばならなかったかを知っていたわけではない。だが、青年期に、すでに貴族社会の家人として、そのあさましい政権争いと売官生活とをみていたにちがいない西行が、出家というかたちで、かれらからはなれ、動乱からもはなれたとき、もはや自分の生涯をどこへむかって走らせるかの目的を失ったといえる。そして、かれの詩は、思想詩人の宿命によって、過渡期の現実的な悩みを反映せずにはいなかったのである。

短歌命数論

短歌滅亡論、否定論、第二芸術論など、詩の表現形式の一つとしての短歌にたいする何らかの意味での否定的な見解は、これを大別して、短歌をささえている感性の秩序にたいする否定と、短歌の形式的な定型にたいする否定と、短歌の基盤となっている社会的な封鎖性（結社意識）にたいする否定とにわけることができよう。注意しなければならないのは、これら戦後において行われた短歌否定論の根拠は、そのまま、短歌存続論の根拠となりうるものであり、わたしは、この問題が対立的な見地から激しく争われたという事実を不幸にして知らない。

たとえば、小野十三郎の見解のように、短歌をささえている感性の秩序を問題とするならば、すべて伝統的なるもの、または、伝統的な詩なるものは、現代において如何なる見地から否定されるべきかという課題につながらざるを得ず、その場合には、かならずしも小野の見解の正当性は保証しえないことは、いうまでもない。小野の見解にたいするアンチ・テーゼは、たとえば、中野重治の「短歌は本来軍国主義的なものだとか、短歌は元来皇国の道（忠君愛国主義）だとか、あるひはやがて滅びるとかいふことをいきなりいふことは出来ぬと思ふ。五・七・五・七・七といふ形、あのリズム（?）は日本語の性質とむすびついてゐる語の性格に密接に関係してゐるものだ。」（「短歌について」）という見解のなかに、かなり強固な意味で存在しているということができる。

また、桑原武夫のような近代主義者の見解は、短歌が現在、大衆詩（民俗詩）としての機能と芸術

(詩)としての独立性とを分離して考えるべき過渡的な段階にあり、結社意識の問題が、一にかかって歌人たちが、短歌の芸術性と大衆詩としての機能を混合したまま歩んできたことにかかっていることを、洞察しようとしない俗論にすぎない。

また、小田切秀雄流の短歌形式矮小論は、けっして日本の現代詩歌(現代詩、短歌、俳句)全般の考察ときり離すことができないのであって、短歌における形式と内容との関係を、現代詩歌の条件のなかで相対的にかんがえることなしには、一歩もすすめることは出来ないのである。

このようにかんがえてくるとき、戦後となえられた短歌否定論は、いずれも、戦後の混乱期において、先ず何よりも日本の封鎖的な伝統を、否定しなければならない、という風潮に乗じて行われた現象論であり、また、現象論として重要な意義をもちながら、本質的に、短歌自体に致命傷を与えることもできなかったし、日本の現代詩歌にたいする本質的な問題点を、提起することもできなかった、ということができよう。

わたしは、ここで、ふたたび短歌の命数をかぞえてみたいとおもう。短歌は滅びるか、滅ぼさねばならぬか、変形するか、どのように変形するか。もとより、わたしがいくらか展開した論議を、もうすこし密にしておきたいためであり、また、すべての短歌否定論者とおなじように、予言的断定を愛好するからであって、短歌を嫌悪するためではない。

元良勇次郎は、その労作、「精神物理学(第九回)」の中の「『リズム』ノ事」のなかで、日本詩歌のリズムの発展形態について、つぎのようにかいている。

日本邦語ノ発達モ亦其ノ始メハ韻文ニアリ。而シテ韻文ハ彼ノ言語ノ音節(アクセント)ニ基クモノナリ。然リト雖トモ日本語ニハ音節甚ダ少ナシ。少シク音節ナキニシモ非スト雖トモ其ノ音節ハ地方ニ由テ異ナリ。又一個人ノ習慣ニ由テ異ナルモノナレバ之ヲ以テ日本韻文ノ基礎トスル能ハザルナリ。「カキ」ト云ヘバ柿モアリ、蠣モアリ、垣モアリ東京人ニハ火気モ同音ニテ呼フモノナリ。然リト雖トモ余ノ考フル所ニ由レバ言葉ノ始マリト終リニハ必ズ少シノ音節ヲ以テ区別サルヽガ如シ。俗ニ之ヲ句切リト云フ、即チ一ト言葉終リテ其ノ次ノ言葉ヲ始ムルニハ多少音節ノ句切リヲ表ハスナリ。故ニ此句切リハ即チ日本韻文ノ基礎ナラント信ズ。

たとえば、山田美妙は、日本語のアクセントがとぼしいことを、かえって奇貨として「日本韻文論」のなかで、精密な韻文制定の方針をうちたててみせた。しかし、元良勇次郎は、アクセントをもって日本の韻文の基礎とすることは、不可能であって、ただ、コトバの句切りごとに若干のアクセントがあるから、これが日本韻文の基礎をなすということを主張している。元良の見解によれば、古事記の歌では、五・七の句切りは、すでに萌芽の状態にあったが甚だしく不完全で、格外れ二文字から十一文字までが現われており、五文字のあらわれるべき所に二文字から八文字までの句があらわれ、七文字のあらわれるべきところに三文字から十一文字までがあらわれている。即ち、日本詩歌も、発生史的には、不完全な句切りから始まり、五・七調が他の区切りを駆逐したというのが、元良の見解である。

このような見地からするとき、短歌の定型である五・七・五・七・七という詩型は、何を意味しているのか。音韻的には、どうやら不完全だが、全く無視するわけにはいかない日本語のアクセントと、どうやら必然的にあるらしい区切りとが、もっとも日本語の性格的に調和した形で五・七律の定型であるということができるであろう。しかし、三十一文字という長さには、おそらく必然的な意味を与えることはできないと考えられる。

元良は触れようとしていないが、事実において、短歌におけるアリターレーション（頭韻）の効果は、区切りとは別に無視することはできないのであって、このことは、短歌形態のなかで、連音効果の及ぼす影響が、可成り重要であることを意味している。わたしのここでいう頭韻は、ヨーロッパ定型詩のそれとは、意味がちがうかもしれないが、たとえば

うちなびく春きたるらし山のまのとほき木ぬれの咲きゆくみれば（尾張　連）

この一首のなかの、ハ行音、ラ行音、ナ行音、マ行音、などの何回かの反復の効果をさしており、詩形が短かければ短かい程、この連音の効果は大きな意味をもつだろうということである。

日本の詩歌が、不完全な区切りから、次第に五・七律の区切りを撰択していった事情と、古代社会が次第に統一的な秩序を構成し、古代人が共通の意識構造を形成していった事情とは、おそらく対応している。わたしの読みえた範囲でも、この間の事情を、日本詩歌が自然発生的な声調から芸術的自覚に至った過程と結びつける見解があったが、このような見解はあまり正当であるとはおもわれない。短歌の芸術的成立は、やはり俊成の『古来風体抄』以後とでもしておいた方がよさそうな気がする。五・七律の成立は、古代人が共通の生産、生活形態を確立していったことと結びつけるより外ないとおもわれる。

***

短歌を、ここで一転して内容的な面から考察してみなければならない。現在、わたしたちの間には、三十一文字の短詩型のうちには、現代の複雑きわまる社会的事象に対応する内部の世界を表現することはできない、という一つの俗見がある。しかし、この俗見は、短歌が三十一文字であらねばならなかったことに必然的な理由がなかった（五・七律に必然がある）とおなじように、何の根拠もありえまい。だいいちに、このような見解は、封建社会に町人ブルジョワジイが、なぜ更に短小な俳句形式をえらんだのか、の理由すら示すことができないだろう。古代人が、自然や男女の恋情や近親の情をテーマにし

て短歌をつくったのは、かれらが、単純な生産形態と社会機構のなかにあって、最大の関心事をそこにかけざるをえなかったからであった。いわば、歌うべき内容の方から、短歌形式を規定する要素は何もないことは、現代短歌がテーマを自然や恋愛や近親感情に限らねばならない理由がないことと同じである。

短歌の命数は如何に、という問題の最大の難問は、五・七律定型と、その組合わせの必然形態としての五・七・五・七・七の区切りのなかにあるということができる。これを一般的にいいかえれば、詩の形式は上部構造であるか、どうかということに帰着する。即ち、詩の形式は、上部構造の属性であって、下部構造とともに変化するものであるか、または、下部構造とともに変化することなく不変でありうるかということに帰着する。

注意しなければならないのは、短歌の形式という場合、五・七基本律と、その組合わせの形態である五・七・五・七・七の区切りの二つを意味するのであって、その区切りの結果としての三十一文字の長さを意味するものではないことである。繰返していうが、三十一文字という長さには、結果としての意味はあっても、必然的な意味はない。

この短歌形式の二つの要素のうち、おそらく五・七基本律は、ヨーロッパ語におけるアクセントと同じように、日本語の性格的な本性にもとづく音数律であり、詩というものを韻律と結びつけてかんがえるかぎり、日本詩歌の定型としての基礎は、時代とともに緩慢にしか変化しないから、殆んど不変とかんがえて大過あるまいとおもわれる。しかし、短歌形式のうち、五・七・五・七・七の区切りの組合わせは、五・七基本律と、日本語のアクセントとの調和した組合わせであり、日本語格が、社会構造の進化とともに論理化され、変化するにつれて、変化してゆくことは疑いをいれないとおもわれる。そしてこの短歌の区切りの組合わせの変化につれて、五・七基本律ははげしい影響をうけるものとかんがえられる。

おおざっぱにいって、わたしの短歌形式にたいする考え方の基礎は、五・七律が殆んど非上部構造的な属性であるにもかかわらず、五・七・五・七・七の区切りの組合わせは上部構造的に時代とともに変化せざるをえないだろうという点にある。そして、五・七律が変化をうけるのは、区切りの組合わせである五・七・五・七・七が変化することに媒介されて、云わば間接的に変化する場合にかぎると主張したいのだ。

たとえば、俳句は、五・七・五の区切りの組合わせであり、七・五調定型の近代詩は、七・五の区切りの組合わせの無限の反覆である。そして、これだけの区切りの組合わせの相違は、殆んど全く発想自体を異質のものにしてしまうだけの力があるのは、この日本の詩歌における区切りの組合わせが、上部構造的な性質をもち、詩人（歌人）の内部世界の構造と下部構造とから規定されずにはいないからであるとおもわれる。ここで、現代詩のように、定型によらない詩の形式というものは、どういう意味をもつものなのかという疑問が、当然うまれてくるはずである。しかし、この自由詩の形式的な問題は、日本語格の上からはきわめて簡単であり、おそらく、区切りの組合わせが、乱　調《アト・ランダム》になっており、そのために五・七基本律がまたアト・ランダムになっている形式に外ならないのだ。

わたしたちは、日本の詩歌の特性を、極限までつきつめたところで、五・七基本律だけから成る詩形を想像することができるし、また、日本語の散文を極限までつきつめたところで、区切りの皆無な無限に自由な発想から成る散文形を想像することができる。

⁂

日本の短歌形式の詩の具体的な歴史は、わたしたちに、短歌形式における五・七基本律と五・七・五・七・七の区切りの組合わせについて重要な暗示をあたえる。次に例示するのは、Ａが八世紀に成立した万葉集からとった任意の歌であり、Ｂが十二世紀の歌人西行の任意の歌であり、Ｃは二十世紀の歌人斎藤茂吉の任意の歌である。（仮名漢字改め）

A　あわ雪のほどろほどろに降りしけば奈良の都し思ほゆるかも
　ともしびの影にかがよううつせみの妹が笑まいしおもかげに見ゆ
　わが宿のいささ群竹吹く風の音のかそけきこの夕べかも

B　ませに咲く花にむつれてとぶ蝶のうらやましきもはかなかりけり
　高尾寺あわれなりけるつとめかなやすらい花と鼓うつなり
　なき跡を誰としらねど鳥部山おのおのすごき塚の夕ぐれ

C　ほのぼのと諸国修業に行くこころ遠松かぜも聞くべかりけり
　酒の糟あぶりて室に食むこころ腎虚のくすり尋ねゆくこころ
　湯どころに二夜ねむりて蕁菜を食えばさらさらに悲しみにけり

これらの実作は、何を教えているのか。わたしは、第一に、短歌形式が、五・七律と、五・七・五・七・七の区切りの組合わせを固執するかぎり、千年の歳月の経過と社会の発展も、何程の感性の秩序の変化をも与えないことを教えているのだとおもう。この不変性は、決して内容からくるものではないことは、ここに、Dとして現代歌人近藤芳美の時事的な短歌をあげてみても、そこにある感性の秩序は何程の変化も感じられないことからも了解される。

D　まのあたり死を見し少年さまよいて戦い終るいずくかの街
　ある錯誤歴史の中に移る日の犠牲と流血とたわやすく言う

このDは、また、同時に短歌の五・七律と五・七・五・七・七の区切りの組合わせのなかでは、如何なる内容でも歌いうることをも暗示している。

わたしの主張したいのは、このA・B・C・Dの短歌にある感性の秩序の不変性が、厳密にいえば、五・七基本律からくるのではなくて（それは間接的なもので）、主として五・七・五・七・七の区切りの組合わせからくるものであるという点にかかっている。短歌的抒情といい、奴隷の韻律といい、短歌的感性というものは、じつは、この区切りの組合わせに外ならず、それが古代社会の構造と必然的に結びつき、従って、社会の発展とともに桎梏としてしか感ぜられない固定したものになっているという点である。

⁂

ここで、Dとして挙げた近藤芳美の作品が、A・B・Cの作品例とくらべて、いくらかでも現代性を感じさせる理由を、テーマの時事性と、それにかかわる作者の内部世界の現代的な視点に帰するのが一般的な考え方であろうが（事実それはある程度その通りである）、わたしが強調したいのは、近藤の作品の現代性が、おもに、「錯誤」とか「歴史」とか「犠牲」とか「流血」とかいう現代語に端的に象徴されているように、現代語脈を幾分か導入したため、区切りの組合わせが変化しているところからきているということである。表面的にはほとんど判らないようにみえて、近藤のこれらの作品が、文語脈と現代的な口語脈の混合した要素から成立っていることはあきらかである。

近藤芳美の作品に典型的にあらわれているように、時代意識を鋭敏にもって、現代的な詩としての自覚をもちながら「定型短歌」をつくっている歌人たちは、意識するとしないとにかかわらず、五・七・

五・七・七という短歌的な区切りの組合わせを墨守しながら、しかも、現代語脈をそのなかに導入することによって短歌形式に現代性をあたえようとする方向にむかっている。そして、この現代語脈を導入する度合につれて、区切りが五・七律から変化してくるから、結果的には区切りの組合わせである五・七・五・七・七は変形された効果を与えざるをえなくなる。

それならば、五・七・五・七・七の区切りの組合わせを墨守しながら、しかも、現代語脈を短歌に導入しようとしている現代の定型歌人の努力は、それ自体、矛盾ではないか。わたしは矛盾であるとおもう。このような矛盾は、定型歌人が、いくらかでも大胆な試みを行おうとするとき、正直に暴露されることは、おそらく現代の定型歌人が自身でよく知っているところで、わたしが実例をあげるまでもなかろうとおもう。

定型、すなわち五・七・五・七・七の区切りの組合わせを意識し、墨守しながら、短歌形式に詩としての現代性を与えようとしている現代歌人の努力は、やがてどの方向に行くであろうか。この問題は、極めて興味あるように見えながら、その将来を予見することは容易である。彼等は、現代語脈を定型とにらみ合わせながら徐々に導入してゆく結果、それが徐々に、五・七・五・七・七の区切りの組合わせを変化させ、区切りの組合わせの変化は、やがて基本律五・七を徐々に変化させ、この過程をきわめて緩慢に循環しながら長年月をかけて、一定の「定型短詩（短歌）」に到達するであろう。

このように考えてくると、現代の定型歌人の努力とまったく反対に、先ず最初に、短歌形式における五・七・五・七・七の区切りの組合わせを破壊した場合どのような結果が生れるか、という一つの問題が当然提起されるはずである。

⁂

このような実例を「まるめら」の歌人遠藤友介の作品から挙げてみよう（E）。

E　わかれてきた　とうとうきた　さかをのぼって　山《やま》みづで　いまの　かなしいなみだを　あらふ
はるかな　青田原《あをだはら》　かぜも　ひかりもない、地《ち》を　ひくく　ひくく　つばめまふばかり
もろ手に　ふたりはすがり　あそこへ行こ　といふ　そこには　虫が一ぴき　はってゐた

誤解をさけるため、わざわざ断らなければならないのは残念だが、わたしは、遠藤のこういう作品が、現代的主題をうたっていないとか、作品として優劣があるとかいう問題は、ここでは論じているのでないことを云っておかねばならぬ。そのような問題は、個人の資質と、クラシックかバロックかという問題で、短歌の命数とかかわりない。それは万葉調であろうが何調であろうが、優れた歌は滅亡しない、というような別次元の問題にすぎないからだ。

わたしは、比較的、短歌的な区切りの組合わせに近い作品を、遠藤友介の歌集から撰んでみたが、それにもかかわらず、これらの作品では、遠藤が五・七律を基本的に意識しながら、短歌独特の区切りの組合わせ、五・七・五・七・七を意識していないことはあきらかである。ここには、遠藤の内部世界の構造からくる封鎖的な抒情はあっても、短歌独特の感性的な秩序はない。もっとも、小野十三郎のように、日本語の区切りからくるアクセントさえも意識的に拒否しようとすれば、遠藤友介のこれらの作品は、すべて短歌的抒情として一括せられざるをえまい。

遠藤のこれらの試みは、現代の定型歌人の試みと全く反対に、先ず、短歌独特の区切りの組合わせである五・七・五・七・七を取はずしながら、五・七基本律を保存しようとする試みである。それならば、遠藤の試みは、定型近代詩と、長・短は異るとしても同じところへ行くのではないか。わたしは、ゆく

とおもうし、事実、行っているものもある。ただ、異る点は、遠藤が現代口語脈を導入しながら、五・七基本律を保存しようとしている点である。

しかし、依然として、短歌独特の区切りの組合わせ、五・七・五・七・七を取りはずしながら、現代語脈を導入し、しかも、五・七律を保とうとするのは、矛盾ではあるまいか。わたしは、矛盾であるとおもう。短歌的な区切りの組合わせを取はずし、その上、現代語脈を導入すれば、必然的に、五・七基本律に変化を及ぼさずにはおかないだろうことはあきらかである。

遠藤のような非定型歌人の試みの行きつく方向も、結局は、定型歌人の方向と一致せざるをえないだろうとおもう。定型歌人と非定型歌人の相違は、要するにクラシック建築の内部を現代化するか、バロック建築の内部を秩序立てるかのちがいに外ならない。

＊＊＊

結局、短歌は一定の定型短詩にゆきつくだろうが、この定型を基礎づけるものは、日本語の区切りにあるアクセントに外ならない。

わたしは、元良勇次郎の云う日本語の区切りの始めと終りにあるアクセントが、言葉と社会構造の進化にともなって変化しても、決して無くなることがないものかどうかを、言語学的に解明する力をもち合わせていない。しかし、日本語の区切りのアクセントが存在するかぎり、五・七律が如何に変化しても、定型詩は滅亡しないだろうし、したがって、現在の短歌形式の五・七律と五・七・五・七・七の区切りの組合わせは変化しても（変化するにきまっている）、定型短詩型文学としての短歌は滅亡しないだろう。

わたしのかんがえでは、先ず、第一に短歌の五・七・五・七・七の区切りの組合わせが疑われないところでは、結社（すなわち俗謡詩的な集団）は疑われることはあるまい。なぜならば、この短歌的な区切りの組合わせは、当然変化されるべきものであるからだ。それ故、短歌的な区切りの組合わせに、抵抗を感じている歌人ほど、原理的に云えば、結社にたいして批判的になるはずである。

短歌は、現在、おそらく、大衆詩（俗謡詩）としての機能と芸術としての独立性とを分離してかんがえるべき過渡期にあるにちがいない。それは、第一級の歌人たちの現在の作品における語脈と区切りの組合わせを眺めることによってほぼ推察することができる。そして、結社的意識の問題は、現代歌人が、自覚的に短歌の芸術性を確認したとき、芸術詩人の集団と大衆詩人の集団との問題に解消するであろう。わたしには、短歌が一元的に大衆詩の方向に統一される可能性はかんがえられない。

詳細に触れることが出来なかったが、定型短歌としての将来の短歌形式を、内容の面から規定するのは、日本の他の詩形の場合と同様に、散文的発想である。

日本近代詩の源流

1　美妙・魯庵・鷗外論争

明治六年（一八七三）の地租改正によって、明治政府は資本の原蓄の条件をとりそろえ、明治九年（一八七六）の公債制度によって、封建階級はそのまま貨幣資本家へ転化する道がひらかれた。これらの政策に含まれている明治革命の性格のなかに、あきらかな反動性をみとめた勢力と、明治革命にたいする反革命勢力とは、わかちがたく混合して明治十年の西南戦争にいたるまで、明治政府にたいする反抗をつづけた。西南役を鎮圧した政府は、それによってほぼ、反対勢力を一掃して日本の近代化のコースを軌道にのせることに成功したが、後にみるように、明治十年までの反革命勢力が、たちまち自由民権の闘士となって蘇ってくるのをどうすることもできなかったのである。

明治十五年、『新体詩抄』が発刊されて、日本の近代詩が出発する以前に、少くとも福沢諭吉の開化節「世界国尽」が、この素町人イデオローグのイデオロギイ節としてあらわれ、讃美歌集が、信教の自由の風潮にのってキリスト教のイデオロギイ詩としてあらわれ、小学唱歌もまた教化節としてつくられ、植木枝盛の「民権田舎歌」も反政府的なイデオロギイをもる器となってあらわれている。

これらの創生期の日本の詩は、効用と芸術性とがまだ分離せられないままにとらえられている。そして、この効用と芸術性ということを現在のコトバに直せば、政治と文学の問題ということになるだろうが、日本の近代化のコースが一定の型を定めはじめた明治十五年から二十年のあいだに、日本の近代詩は、効用性と芸術性を分離することによってそのコースを決定していった。明治十五年から二十年の間に、日本の近代詩が芸術詩として成立するにいたった事情は、この時期に、はじめて明治的なインテリゲンチャが階級的に成立していったことと関係している。日本近代詩の芸術的な成立は、湯浅半月の『十二の石塚』にもとめなければならないだろうが、この作品は、素材を旧約にとり五・七調の定型で物語を展開したものである。植村正久の序文のなかに、「美妙ヲ棄テヽ鄙俗ニ流ル倨然新詩体ト称スルモノヽ如キ是レナリ或ハ鄙俗ヲ厭ヒテ古雅ニ過キ博学ノ人ニ非サレハ童謡ヲモ解シ難カラシメントス俗歌改良家ト称スルモノ是ナリ論者或ハ官ニ依リテ詩歌ヲ改良シ官ニ依リテ詩人ヲ摸造セントス其妄想此ニ至リテ極マレリト云フベシ」とあるが、このところにキリスト教の影響下にあったインテリゲンチャの典型である湯浅の立っている場所がよく指定されており、同時に、日本近代詩の芸術上の出発点がよく云い当てられている。

明治十年代末期から、二十年代初期のあいだに、山田美妙『新体詞選』、大和田建樹『詩人の春』、落合直文「孝女白菊」、鷗外等「於母影」など芸術派の作品があらわれ、また、一方では植木枝盛の『自由詞林』のような効用派の作品もあらわれている。北村透谷の『楚囚之詩』は、この時期にはおどろくべき卓見といいうる「元とより是は吾国語の所謂歌でも詩でもありませぬ、寧ろ小説に似て居るのです。左れど是れでも詩です、余は此様にして余の詩を作り始めませふ。」という発想から、素材の効用性と、内容の芸術性とをつなぎあわせようとこころみたものであった。

おそらく、自由民権運動の衰退と無関係ではないのだが、日本の近代詩が出発当初にもっていた詩の効用性ということは、深くつきつめられることなしに、俗謡のなかに沈没していった。透谷自身も、この効用性を捨てて詩の内部生命のなかにこれを封じこめたのである。

近代詩が基礎をかためていった明治十年代末期から二十年代の初期にかけての詩型は、外から形式としてながめるとき、五・七調を基礎にした定型詩である。五・七調は、いわば日本の詩歌の基本律であり、基本律であることにおいて、日本型の感性、日本語の韻律構造自体ときりはなすことのできない対応関係をもっている。すくなくとも、定型をもとにして、物語や自然にたいする情緒をのべるかぎり、近代詩自体は、日本の近代社会のなかで折衷的な役割をはたす以外にはなにもなしえなかった。透谷もやはり、七・五調の定型を外すことよりも、発想自体を小説に近づけることによって詩のなかに思想をもることをかんがえたにすぎないのである。

近代詩は、三十年代に至っても、五・七調の定型のヴァリエーションを模索することに形式上の努力を集中した。そして、定型そのものは、殆んど疑われることはなかったのである。

山田美妙の「日本韻文論」(註1)は、日本詩歌の性格と韻律を分析して、五・七調の定型をヨーロッパ詩の韻律と同質に類型づけようとした最初の最大の試みであった。美妙の詩論によって、おそらく、新体詩から象徴詩にいたる定型内での形式上の模索は、はじめて可能とされたのである。

美妙は、まず、散文と韻文との区別はどこにあるかを定義している。美妙によればそれは節奏にある。「節奏に拠る語及び句、及び節奏に拠る句で出来た文が韻文で、節奏に拠らぬ語及び句、及び節奏に拠らぬ句で出来た文が散文です。」当然、ここで散文と韻文との区別は、発想上の相違にあるという反論が予期せられねばならない。しかし、美妙がここで展開したかったのは詩の形式上の問題であり、したがって、擬人法や喩法でさえ楽調をととのえるために韻文に多く添えられるのだと説明している。韻文の特徴が節奏にあると定義することによって、美妙のいう韻文のなかには、和歌・詩・長歌・俳諧・催馬楽・謡曲・浄瑠璃等はすべて含まれることになる。美妙は、長唄や浄瑠璃などは、節奏というものを可成り高度なところまでもっていったが、結局、中途半端な思想しか盛りえないで終ってしまっていることを力説し、和歌や俳諧や詩は、ほとんど節奏の問題を意識することを忘れていると述べている。美妙は、おそらく当時の定型近代詩の基礎を、ヨーロッパの押韻詩とおなじところに位置づけようとした。

美妙は、日本の在来の詩歌（和歌・俳諧・漢詩）の欠陥は、その「余情主義」にある。いわば、短詩型の利点を活用して、象徴的な余情の効果を出そうとする根性そのものが駄目なのであるとした。「日本韻文論（三）」のなかでかいている。

元来余情の考へは小で大を兼ねさせやうとの点からして起るもの、既に歌人が和歌に対して余情云々を説き出したのは、裏から言ツて、それら歌人が幾分か最早和歌の短をみとめた事の有つた故で、即ち何と言ツても此点には決して血路は開きません、よしや短篇の別、寸鉄殺人の花を言ふにしろ、もはや歌人が余情を口に言ふからにはそれが小を厭ふ心中の証拠です、日本韻文が長く発達せず、短かく固まり付いた原因は即ちこれで分かる事、そも〳〵歌人、宗匠などは之を外に延ばして進めるのを思ひ付かず、内にかためつけて終に小さくして仕舞つたのです。

美妙は、この余情主義によって、日本の詩歌は局部的になり、現実にたいしてもネガティヴになり、思想性を失ってしまっているから、新たに日本のコトバ自体の韻律を分析した上で、大局的な韻文の方法を「制定」しなければならないとした。そこから、美妙の精密な日本語の音韻論が展開されるのである。わたしは、それを概観してみよう。

第一に、日本語はヨーロッパ語にくらべて、コトバの音韻（アクセント）が厳密ではない。いいかえれば「音調によつて意味の変ずる事が少い」。例えば、「やなぎ」というコトバのアクセントは「ぎ」にあるが、このアクセントにはヨーロッパ語ほどの絶対性はない。しかし、「ユメ」、「コレラ」というコトバなどは、アクセントの置き方で、まったく異った意味になるが、このような例は日本語には少い。この日本語の特長は、ヨーロッパ定型詩よりも広範な音韻上の基礎の上に日本の韻文を「制定」できる利点に転化することができるものであると主張した。

美妙は、日本語の韻律を、（一）短長、（二）長短、（三）短短長、（四）長短短、（五）長長、（六）短短、（七）長長長、（八）短短短、（九）短長短、（十）長短長、（十一）短長長、（十二）長長短の十二種類にわけてみせた。ここで、長というのはアクセントの高調を、短というのはアクセントの低調を意味している。少しく実例をあげてみよう。

（一）短長――聞く（キク）、山（ヤマ）など。
（二）長短――見る（ミル）、鎌（カマ）など。
（三）短短長――柳（ヤナギ）、眠る（ネムル）
（四）長短短――嵐（アラシ）、わづか（ワヅカ）
（五）長長――左様？（サウ？）
（六）短短――筒（ツツ）

美妙の分析は、微細をきわめている。このアクセントの高低は、変化させて用いられるが、ある韻律で起した一つの完全な韻格の中に成るべく他の韻律を交えてはならない。たとえば

はるさめに　しっぽり濡るる　うぐひすの

この「はるさめに」のかわりに「淀の水」というコトバをかえると、四音の「め」が「長」である韻律は、一音の「よ」と五音の「づ」に「長」がある韻律にかわってしまって不可であると美妙は主張するのである。このような、音調にたいする美妙の考えからは、たとえば、和歌や俳諧は、一定の字数と音数とをもって意味を述べたものにすぎず、充分に韻律を考慮に入れたものとはいいにくくなってくる。いいかえれば、散文的韻文にすぎない、だから、韻文を作るには、あらかじめ言語の音調をよくかんがえに入れる必要がある、としたのである。

韻律には、八脚から一脚まである。たとえば、「短長」韻の八脚をあげてみると

カキ　ネニ　サク　ハナ　アス　マタ　キテ　ミン

一脚の例をあげてみると

カゼ　フク　ヘウ　ヘウ　タイコ　タイコ　ドン　ドン

美妙が数年を費してかいた「日本韻文論」は、結局、明治二十年代初期の近代詩にたいし何をつけ加えようとしたのだろうか。その第一は、乏しい日本語の音韻を掘り出して、ヨーロッパ定型詩と同質の問題を設定してみせ、すくなくとも日本の近代詩の基礎を、西欧とおなじ位置におこうとこころみたということができる。すでにあきらかなように、美妙のこの苦心の探求は、日本の近代詩のうえに実を結んでいない。美妙から戦後のマチネ・ポエティクにいたるまで、少数の好事家は、日本語から音韻の要素をとり出して、定型詩の基礎をうちたてようと試みたが、何れも試みに倒れている。そして、おそらく今後ともこの種の試みが実を結ぶことはあるまいとおもわれる。しかし、今後も試みられる可能性と理由とは失われないことはいうまでもあるまい。

美妙が、その「日本韻文論」を、韻律と脚の分析にまで展開したとき、反論が、おなじ『国民之友』にあらわれた。「詩弁――美妙斎に与ふ」(註2)という題で二回にわたって行われたこの反論は、K・U生という匿名によっている。わたしは、このK・U生が誰であるかを検証することが出来ないが、山宮允の、『日本現代詩大系』第一巻の解説と照合して、内田魯庵であることを知るのである。

魯庵は、美妙が散文と韻文とを区別するのは節奏であるといっているが、これは、文（コムポジション）の区別であって文学上の区別ではない。美妙は韻文を「メトリカル・コムポジション」の意味で云うのならまだしも、「韻文とはポエトリーの事だ」といっているのだ。これでは、単に「声調を以て詩を論ずるの大家」に過ぎないではないか。

おそらく、魯庵の不満は、美妙が、韻文を形式上から、しかも日本詩語の音韻の分析からはじめ、音

韻の効果を意識的に実作上に付け加えて「韻文制定」のプログラムを展開したところにあった。それが、余りに機械的な操作にみえたのである。

鲁庵は、詩の要素は声調とか節奏とかの外にある或る一種のものであって、これがなければどんなに声調節奏が美しくても詩ということはできないのだとしたのである。「此所謂或るものは詩経の序も古今の序も杜撰浅薄なりと一喝せし美妙が二年間研究せしも猶ほ悟る能はざりし或るものにして、プレトー以来諸〳〵の学術進歩せし中に『詩とは何ぞや』の疑問氷結して解けざりしも詩に此の或るもの即ち不言不説の妙想あるが故のみ。」といった具合であった。

一見してあきらかなように、美妙にたいする魯庵の反論は、形式よりも内容を重んずべしという主張にほかならない。しかし、この主張は、とうてい美妙の韻文論の本質にせまりうるものではなく、一種の揚足をとってみたものにすぎなかった。明治二十年代において、定型詩は、音数律のうえにコトバの音韻を加える必要があるのか、どうかという点をつかないかぎり、美妙の精緻な研究の価値は崩壊することはありえなかったのである。注目すべきは、美妙は「韻文と開化との関係」の項で、社会の発達とともに、韻文の美の規準も相対的に移ってゆくことを指摘し、「たゞ何が無しに従来の韻文を其儘にして保存し、また受け継がせやうと思ふのは大変な迷ひなので『オデッセイ』にあッた美も未来の美も天意ならば均しく同じもの、其帰する処が『自然』を恥かしめる点にさへ無い以上は即ちそれが絶世無双の韻文なのです。」とかいているのに対し、一見、内容第一主義者らしく装った魯庵は、プラトン以来、詩とは或る一種のものによって支えられてきたという通俗的な見解しか示しえなかったことである。魯庵は、美妙の節奏説に対抗する必要上、思想が既に音楽的であれば、文学は自然に音楽的になるから、詩として重んずべきは文字の音楽的なことではなく、思想の音楽的なことであると主張した。魯庵のこの主張からは、有調文でなくても詩でありうるし、極端に云えば、一篇の詩を作らなくても詩人は詩人、万句をはいても非詩人は非詩人であるという見解が当然でてくる。事実、「風調何かあらん節奏是れ技余のみ。」というのが魯庵の美妙批判の要めであった。

美妙、魯庵の所論は、いわば、詩の形式と内容論争である。そして、美妙の形式論は、日本語の音韻の問題をはじめて、西欧の詩を規準においてとり出してきた点で、当時におけるいわばモダニスム風の見解を代表し、魯庵の内容論は、これにたいする反措定の意味をもつものであった。

美妙は、魯庵の二回にわたる反論をそのまま放置して、脚と音との関係を分析した。たとえば、日本の詩歌の基本律である五・七音数律にたいして、美妙は、次のような「制定の方針」を立てている。

〔第十三項〕――二音、三音、其何れにも用ゐられる韻律の変体に「五」、といふ物が有り、そして是はどのやうな組織でも構ひません。

〔第十五項〕――二音、三音其何れにも用ゐられる韻律の変体に「七」といふ物が有り、それに「二と五」、「五と二」、「三と四」、及び「四と三」の四種類が有ります。

このような美妙の音数組織論は、その後、さまざまな日本韻歌の韻律論を誘い出した。そして、同時に、これらの韻律論を理論的な背景にして、日本の近代詩は、象徴詩までの実作を生み出していったのである。

透谷や藤村の定型詩をみると、あきらかに美妙の形式論にわざわいされないで、もっぱら定型の内で魯庵流の内容を摸索したようにうけとることができる。そして、透谷や藤村における定型詩の内容性は、いわば効用性と芸術性とを未分化のままに孕んで出発した近代詩における効用性の問題が、内部生命にまで転化してきたものであるということが出来るであろう。魯庵が、美妙のモダニスム風の形式論に反撥したのは、その文学上の立場からして当然であった。

ともあれ、美妙はその労作によってはじめて日本の詩語の音楽性を掘り出し、これを実作上に適用すべき方法を暗示してみせた。魯庵は、これに対し、内容論をもって対抗した。ここには、日本の近代詩における内容と形式との関係についての最初の重要な示唆があったのだが、近代詩の実作自体は、美妙らの形式論を複雑に引っぱって、象徴詩の難解性にたどりつき、透谷や藤村らの内容性は、形式上の七・五調をそれほど疑わずに過ぎていったのである。わたしたちは、この種の形式と内容論争が、いくども形をかえて現在まで行われてきているのを見る。そして、おそらく今後も日本の近代詩が形式と内容との決定的な関係を見出すまでは、この論議はおさまりようもないのである。

美妙の「日本韻文論」にたいして、徹底的な反論を加えたのは、『しがらみ草紙』によった森鷗外であった。

註

(1)山田美妙

日本韻文論（一）国民之友　明治二十三年七巻九十六号　二十一～二十六頁

日本韻文論（二）国民之友　明治二十三年七巻九十七号　十八～二十四頁

日本韻文論（三）国民之友　明治二十三年七巻九十八号　十八～二十三頁

日本韻文論（四）国民之友　明治二十三年七巻一〇〇号　十九～二十四頁

日本韻文論（五）国民之友　明治二十三年七巻一〇一号　二十～二十四頁

日本韻文論（六）国民之友　明治二十三年七巻一〇二号　十八～二十二頁

日本韻文論（七）国民之友　明治二十三年七巻一〇四号　二十二～二十六頁

日本韻文論（八）国民之友　明治二十四年八巻一〇七号　二十三～二十八頁

(2)K・U生

詩弁――美妙斎に与ふ　国民之友　明治二十四年八巻一〇五号　十七～十九頁

詩弁――美妙斎に与ふ（接前）　国民之友　明治二十四年八巻一〇六号　二十二～二十六頁

2　鷗外の反論

わたしは、美妙の「日本韻文論」に反論を加えたK・U生が、内田魯庵であることをいうために、山宮允の「解説」を参照した。鷗外は、美妙への反論「美妙斎主人が韻文論」(註)のなかで、「不知庵主人が評は美妙斎にあたふる詩弁となりて、国民之友（第百五乃至第百六号）に出でゝ」とかいて、K・U生が魯庵の匿名であることを指摘している。

美妙の「日本韻文論」は、日本語の音韻を細かく掘り出し、整理して、ヨーロッパの押韻詩なみのみかたから、日本の詩の問題をながめ、日本の近代詩の基礎をヨーロッパなみのところにおこうとする試みであった。小説において、山田美妙は言文一致の提唱者のひとりであったことからもあきらかなように、美妙には一種の鋭敏な時代的な感覚があったことが、あきらかにみてとれる。わたしは、ここで、美妙の音韻論のもつ意味を、いくらか別の視方からかんがえておこうとおもう。

周知のように日本の詩歌の基本律というのは、五・七調である。新体詩が、当時の青年子女から愛誦されたのは、五・七調といえば和歌・俳句・俗謡のたぐいしかかんがえられなかった当時において、五・七調がそういう古代的な、または封建的な発想とむすびついた形ではなくて、近代的な発想とむすびついた新鮮な感覚となって人々をとらえたためであった。いいかえれば、日本の詩歌の韻律と、ヨーロッパ風の感覚とが結びついた魅力が人々を捉えたのである。人々は、ちょうど日本詩歌の眠らせるような律調の快よさにひたりながら、同時に西欧風の開化感情をも味うことができた。しかし、五・七調というものは、その発生した源からかんがえてあきらかなように、日本型の感覚、日本型の社会構造の特長と対応した関係にあるということができる。だから、明治二十年代の日本の近代詩が、五・七調の定型によってヨーロッパ風の感覚をもろうとしたことは、ちょうど、日本型の専制政体のもとでヨーロッパなみの資本主義化のコースをとった当時の社会構造と対応する関係にあったということができる。また、詩人の意識の側からいえば、日本的な社会通念や家のなかに疑いもなく生活しながら、ヨーロッパ的な近代意識を手に入れようとする折衷的な感覚が、定型近代詩をうみ出したものであるということができる。

だから、北村透谷のように、自由民権運動から離脱したことを精神上の傷手として、文学の世界に近づいて、とう晦しなければならなかった詩人は、こういう傾向に大なり小なり異見をたてる形で、小説的な発想から、『楚囚之詩』や『蓬萊曲』をかかざるをえなかったものであるし、山田美妙のようなインテリゲンチャ中の達眼の士は、日本詩歌の音韻を分析し再構成して、新しい試みの基礎を定めなければならなかった。しかしながら、透谷は『楚囚之詩』をかいて出版するにあたって、当時の通念の詩との余りのちがいに思い悩んでおれの作品は詩といえるだろうか、これでいいのだろうか、と疑い、ためらわねばならなかった。美妙の「日本韻文論」も、さまざまの反論のなかで進められ、結果は明治二十年代から三十年代にかけての近代詩の実作におおきな影響をあたえたのである。

美妙は、「日本韻文論」を実験する形で、『新調韻文　青年唱歌集』をかいた。後で、鷗外らの詩作と比較してもらうため、そのなかの一、二節を引用しておこう。

可笑《をか》し　弱虫！　思ひ　知れ！
　思ひ知りなば　いざ　や　疾《と》く
此森　われ　に　明け　わたし、
　皆　打ち　連れて　跪《ひざまづ》け！

言はゞ　汝等　藪蚊ども、

まこと に 猛き ますらを は
かく言ふ 吾 の 如きなり、
及ばぬ 肱《ひぢ》 を 張り持ちて
荒かせぎ する 鈍《おそ》ましさ。
とく 正道 に 立ち かへり、
手 に は 慣れ たる 鍬いぢり、
百姓 の 身 に 立ち もどれ！

（「るウまにあ軍歌補訳」）

鷗外の反論は、まず、魯庵とおなじように、美妙の韻文論が、詩形の詮議であって、詩の本質とは、あまり、かかわりのないものだ、というところからはじめられた。鷗外の拠点は、ハルトマンの美学であった。

美妙斎が韻文論は、韻文をくみ立つる法を説きたるなり。韻文をくみ立つる法は純然たる詩形の詮議にして、能く詩の用をなすものなりとはいへども、畢竟詩の本質の外にあり。譬へば詩にあらざる教詩《ヂダクチツク》も亦能く此法を役する如し。（ハルトマンが審美学下の巻五八九及五九〇面）

いいかえれば、美妙は詩の形式を云々しているので、形式をいうかぎりは内容の如何を問わず、教詩のようなものさえ形式的に詩の形をとれば、美妙の韻文論の範囲に入ってきてしまうのではないかと云うのである。しかし、鷗外と魯庵とちがっているのは、魯庵が、美妙の形式論を徹底して無視したあげく、内容論から反論しているのにたいして、鷗外が美妙の試みの意義を充分了解したうえで、反論していることである。鷗外は、まず、美妙が韻文論を展開しているので、これは詩の本質論とは無関係なものであると、前おきした上で、美妙の機械論のアミの目を埋めていくために、粗雑な論点を否定していった。

第一に、美妙は韻律というものを定義する際に、コトバとか句とかが節奏をもつに至ったとき韻律をなすものだ、と云っているが、実際はコトバが句を成すとき（Versification）すでに韻律を成すのではないか。律文といえども精細になってくれば、おのずから読む人に節奏を感じさせるのではないか。

鷗外は、いわば、美妙は音韻を論じながら、しかも、コトバの構成とコトバの韻律とを別問題のようにわけてかんがえている。いいかえれば、音韻をコトバの本性として考えないで韻律を論じているにすぎない、と主張しているのである。この鷗外の指摘は、一見すると何でもないようにみえるが、美妙の韻文制定の方針がなぜ余りに機械的におもわれるか、という原因をよくついているし、昭和十年代の佐藤一英の新韻律論や、戦後のマチネ・ポエティクの試みにもみられる機械的な押韻に対する批判としても通用する意味をもっているとかんがえられる。鷗外によれば、美妙の韻文制定の新方針というのは、どんなに新しくみえようとも、コトバの抑揚と平仄の分析と構成にほかならない。このような、抑揚や平仄の試みならば、ギリシャにもローマにも漢詩にもあったもので、別段新しいものではない。鷗外は、次のように美妙を皮肉っている。

唯古詩人の知らざりしは、抑へむも揚げむも勝手なる日本語に応用したる抑揚韻律のみ。われは此新韻格の将来を看破する眼なきを以て、美妙子が遠謀宏図のために、その成敗をトすること能はざるを憾とす。

「抑へむも揚げむも勝手なる日本語」という鷗外の皮肉は、日本語がヨーロッパ語にくらべて、コトバのアクセントが厳密でなく、たとえば、「やなぎ」というコトバのアクセントを「や」においても、「ぎ」においても意味がとりちがえられることはなく、また、たとえば、「ゆめ」というコトバのように、アクセントを「ゆ」におくか、「め」におくかで意味がちがってくるような例は、数少いものであることについて、美妙が逆に日本語の方が広い範囲にわたって音韻の効果を出せるものだと主張したことにたいする皮肉であることは云うまでもない。結局、音韻論は、日本語では不可能なのではないか、という鷗外の見解がこのような陰微な形で提出されたのである。鷗外自身のコトバを借りれば、「われは唯所謂勝手《キルキユウル》（Willkür—ドイツ語の随意という意味の単語）の格律の敵なるを憂ふといひ置かむのみ、われは唯勝手の極処即是れ無格律なりといひ置かむのみ。」

鷗外は、次いで、美妙が日本の在来の詩歌（和歌・俳諧・漢詩）の余情主義に加えた批判に反批判を加えた。

理想をあらわそうとするのに、考思《ゲダンケン》をもってするのは詩人ではない。必ず心の相《アンシヤウウング》（Anschauung—現在の訳語では直感というような意味のドイツ語）の単語によって具体的なイメージを浮び上らせるものである。美妙は、余情というものが注釈だと主張するけれども、考思の結果である注釈を余情というコトバで表わすならば、その余情は、詩の外にあるのがいいということができる。注釈が詩の中に入っている方が詩とはいえないのだ。詩人が詩をつくる場合、理想と心相が一緒になって出てくるものだから、その理想がどんな考思に相当するかは詩人自身でさえも知りはしないのだ。詩の中にもし注釈があるとすれば、決して真の詩人ではない。真の詩人が殊更に詩形を小さくしようとするのは、大抵この注釈が詩の中に入ってくるのを防ごうとするためである。だから詩人が詩をつくって、哲理をひらこうとするのは的はずれであるし、詩人の詩に哲理があって、そのため学術の進歩発展に益があることを望むのも的はずれである。しかるに、美妙が韻文制定の新方針の原理としているのは、こういう俗論にすぎないではないか。

鷗外の所論を、ここまで追ってくると、美妙と鷗外の立場が、ある程度はっきりとしたイメージとなって浮び上ってくる。鷗外の眼には、美妙がいくらか機械的な進歩派にうつったろうし、美妙の眼には、鷗外が水ももらさぬ保守派に映ったろうことは疑いをいれない。

一般に、明治二十年代末期から三十年代にかけての日本の近代詩にたいする、鷗外ら新声社同人の「於母影」があたえた影響を云々するのは定説である。はたして、そうであろうか。藤村は、「於母影」の影響をうけながら、その影響については黙して語らず、透谷の影響については、くりかえし語った。この意味をたずねることは大切である。

鷗外らの「於母影」は、美妙に対する鷗外の反論にあらわれた主張を完全にうらづけるものに外ならず、それは西欧近代の詩を、すべて精妙な七・五調定型のなかに融かしこんでしまうような、いわば恐るべき手腕をもった飜案であった。たとえば、そのマンフレットの一節を引用してみる。

ともし火に油をばいまひとたびそへてむ
されど我いぬるまでたもたむとも思はず
我ねむるとはいへどまことのねむりならず
深き思ひのために絶えずくるしめられて
むねは時計の如くひまなくうちさわぎつ
わがふさぎし眼はうちにむかひてあけり
されどなほ世の常のすがたかたちをそなふ
なみだはすぐれ人の師とたのむ物ぞかし
世の中のかなしみは人々をさかしくす

（以下略）

また、マンフレットの漢訳は次のようなものである。

波上繊月光糾紛
蛍火明滅穿碧叢
宵暗燐碧生古墳
陽炬高下跳沢中
星墜如雨光疾於電
梟唱梟和孤客驚顫
（以下略）

この「於母影」のなかの訳詩を、先に引用した美妙の飜訳と比較してみれば、美妙の新韻文制定の理論が、如何に尊重すべき進歩性の面をもっていたかを了解することができるし、鷗外の保守性が、いかに強固な西欧と日本の詩にたいする素養にうらづけられていたかを知ることができよう。なる程、鷗外らの精妙な訳詩は、近代日本の資本主義化のコースが軌道をしきはじめた明治二十年代から三十年代にかけての詩人たちに、おおきな影響を与えた。そして、美妙の「日本韻文論」は、定型のワク内においてであるが、七・五調の基本調を破って種々なヴァリエーションを試みる機運をうながし、進歩的な役割をはたしたのである。

しかしながら、ここにバイロンのマンフレットを飜訳した鷗外らにくらべて、マンフレットにおける自我と観念との葛藤に影響され、「蓬萊曲」をかいた北村透谷は、はるかに意識上の優位に立つものであったといいうる。透谷は、いわば、美妙・魯庵・鷗外論争における形式と内容論よりもはるかに深刻な意味で、詩における文学的「内容」の問題をかんがえた最初の詩人であった。

何を楽しみて眠る？
憂悲《うきかなしみ》のひまにしばしの慰藉《なぐさめ》を求めて
うつくしき嬰児《みどりご》になる為ならで。
眠れる人よ、眠れる人よ、抑《そ》も誰がためぞ、
その快よげなる莞然《ほゝえめ》る顔容《おもて》は？
露姫か、あらぬか、抑もわが恋人か？
あらぬか？
わが暗《やみ》に求め、光に呼び、天《あめ》にあさり地に探れる露姫は、
このくるしき胸の、乱るる絃《いと》をおさむる者にはあらぬ。

（「蓬萊曲」の一節）

魯庵は、自然主義派の論客として、ドストエフスキイの『罪と罰』の最初の飜訳者として知られ、若い透谷は魯庵の飜訳した『罪と罰』から、ほぼ現在わたしたちの読みとる意味でこの作品をよみえた最初の詩人であった。

いわば、この美妙の「日本韻文論」をめぐって、最初の韻文論争を展開した、美妙・魯庵・鷗外と、ほとんどこれらと独立に小説的な発展から日本近代詩の文学的「内容」性に着目した透谷とは、二十年代から三十年代にかけて、それぞれ時代的な課題をになった詩人文学者であった。わたしは、それぞれの微妙な立場をおぼろ気にしか浮きあがらせる余裕しかもたなかったが、この論争によって象徴詩運動に至るまでの日本近代詩の傾向は定まったのである。

鷗外の美妙にたいする反論は、なかなか面白い展開をしていて、わたしには大いに参考になった。鷗外は、冒頭で匿名批評論を展開して、美妙に対して匿名で反論したもののうちK・U生は魯庵、何とか

は石橋忍月で、だいたい少しましな文学者なら匿名を使ったとて、文章の構成をみれば誰が誰だかすぐわかるものであるなどとかいて、あれは俺ではないなどと云わない方がいいなどと軽くひやかし、さて、美妙の方に向き直って、何々については、自分はこういう疑問を提出するのみである、などと云いながら段々に美妙の立場を追い込んでゆくのである。

前にふれたように、鷗外の詩論の拠点はハルトマンの美学である。この軍人たらんとして成り得ず、哲学に転向したドイツ十九世紀末の厭世哲学者は、よほど鷗外の気に入っていた。しかし、鷗外の厭世は、透谷のように現実上の錯乱としてあらわれることなく、世界の理想、人間の理想としてあらわれることもなく、人情の理想としてのみあらわれたのである。匿名論からはじまった鷗外の反論は、まことに鷗外にふさわしく、ハルトマンをかりて美妙の詩の本質論にとどめを刺して終った。もちろん、こんなことで美妙はくたばりはしなかったろうが。

大主観の産み出したる句には十七言の短きがうちにも、天晴一幅の小天地図ありて、寥廓として際なき大天地の影は、此図中にほの見ゆべし。詩眼ある人の目も枯れず見続けていよ〳〵久うして愈其妙を覚ゆるは、小天地の図に対して、大天地の影を望めばなり。余情とはこれをこそ謂へ。（ハルトマン審美学下の巻、七三五面以下参照）

註　『しがらみ草紙』第二十五号　一頁〜九頁　山房論文其六「美妙斎主人が韻文論」

3　透谷・愛山論争

わたしの胸中には、いま、山路愛山の俗流大衆路線論である「文章事業」説にたいして、生涯に最後の反撃を加えた北村透谷の「人生に相渉るとは何の謂ぞ」の一節が去来する。透谷は、かいている。

戦士陣に臨みて敵に勝ち、凱歌を唱へて家に帰る時、朋友は祝して勝利と言ひ、批評家は評して事業といふ、事業は尊ぶべし、勝利は尊ぶべし、然れども高大なる戦士は、斯の如く勝利を携へて帰らざることあるなり、彼の一生は勝利を目的として戦はず、別に大に企図するところあり、空を撃ち虚を狙ひ、空の空なる事業をなして、戦争の中途に何れへか去ることを常とするものあるなり。

斯の如き戦は、文士の好んで戦ふところのものなり。斯の如き文士は斯の如き戦に運命を委ねてあるなり。文士の前にある戦場は、一局部の原野にあらず、広大なる原野なり、彼は事業を齎らし帰らんとして戦場に赴かず、必死を期し、原頭の露となるを覚悟して家を出るなり。

透谷の文学史上の位置づけについては、小田切秀雄の精緻な研究をはじめとして数多の論文があり、その生涯の研究については、笹淵友一の労作をはじめとする幾つかの伝記がある。小田切は、透谷がその内部生命をあげて、明治二十年代の、まさに経済的、社会的基礎工事を完了しつつあった日本絶対主義権力に対決した文学者であるとし、笹淵は、透谷をキリスト教的な思想の側から掘りおこして、いわば対照的に透谷の側面をあきらかにした。

わたしはいま、小田切、笹淵両家の労作に何かをつけ加えようとする準備をもたないが、透谷をして自殺に追いやった一因となったとまで云われる愛山、透谷論争にいたるまでの経緯を、透谷のがわから素描してゆきたいとおもう。

透谷の短い生涯を、書簡、日記、作品活動からたどってゆくと、すくなくとも次のような、不完全だがはっきりした精神上の周期をみつけることができる。

明治十四年（十二歳）躁状態（Manischer Zustand）
明治十五年（十三歳）鬱状態（Depressiver Zustand）
明治十七年（十五歳）躁状態
明治十八年（十六歳）鬱状態
明治廿四年（廿二歳）躁状態
明治廿六年（廿四歳）鬱状態

透谷は、石坂美那子あての有名な告白書簡で、明治十五年の鬱状態については、「気鬱病」というコトバを、明治十八年の鬱状態については、「脳病」というコトバをつかっている。まえの場合、文字通りの鬱状態を、あとの場合は、鬱症候をさしているにちがいない。明治二十一年三月二十三日付の石坂昌孝（美那子父）あての書簡で、透谷は医師から「胃病より起りたる脳充血」と診断されたことを告げている。あるいは、周期的な神経症につきまとう間脳性刺戟による胃機能の障害であったのではあるまいか。そうだとすれば、明治十八年から明治二十四年のあいだに、すくなくともいま一回の躁鬱循環があったかもしれない。

藤村は、その最初の自伝的な小説「春」のなかで、国府津在住時代の透谷（青木）について、「耳が鳴って困るとか、頸窩のところが痛むとか」訴えたことを描破している。おなじように迷走神経系の障害として理解すべきだろうか。藤村がかいたこの症状は、諸家の注意をひいたのか、わたしが読みえたかぎりでも、斎藤清衛「透谷と『春』」、笹淵友一「北村透谷」などが、これについて言及している。もとより、本質的な症候のように理解しているが、あるいは、鬱状態にともなう二次的な症候にすぎないかもしれないとおもう。明治二十六年一月二十六日『平和』第十号に発表された「心の死活を論ず」の最後には、「透谷生脳を病みて、病床にありて筆を把る、此処まで筆し来りて心地殆、卒倒せんとす、未だ本題にも進まざるに筆を擱するは、此を以てなり、次号に入りて細論するところあらむ。」とかいている。これよりして、透谷最後の鬱状態は、国府津在住以前にも、徴候をみせたことを、この註はあきらかにしている。この最後の鬱状態において、透谷は、力つき矢折れて自殺した。

透谷は、内田魯庵の訳したドストエフスキイの『罪と罰』についての、短かい、だが注目すべき見識をしめした時評「『罪と罰』の殺人罪」のなかで、「作者は何が故にラスコーリニコフが気鬱病に罹りたるやを語らず、開巻第一に其下宿住居を点出せり」云々とかいている。おそらく透谷は、「ラスコーリニコフが気鬱病」とかいたとき、この気鬱病というコトバに万感のおもいをかけただろうことは、疑われない。透谷は、気鬱病にも大要ふたつのタイプがあり、ラスコーリニコフのそれと、自身のそれとは別であることは知らなかったろうが、「最暗黒の社会」にひそむ「おそろしき魔力」が、青年にそれを強いるのであることを、けっして見逃しはしなかった。

わたしは、ここで透谷が生涯のうちに、幾度も悩まされた気鬱病に、社会的な意味をあたえなければならない。

明治十五年、最初の鬱状態におちいった透谷は、後に石坂美那子（透谷夫人）あての告白書簡で、その原因を五つあげている。そのうち、最後の二つは、「其第四は、政府の挙動漸くをかしくなりて此神経質の少年をして憤慨に耐えざらしむる事少なからず、其第五は、生よりも一層甚しき神経家なる我家の女将軍（母ユキのこと―註）は生が活潑に粗暴を交へて動作するをいたく嫌ひて、種々の軍略を以て生を圧伏せんと企てたり、」

透谷の倫理感のタイプは、この小田原在住時代の少年期に、主として祖父や母の抑圧にたいする葛藤のくりかえしから決定された。そして、注目すべきは、透谷がそれを、支配権力の抑圧にたいする精神上の葛藤にまで深化している点であった。すでに、その前年の精神的高揚期に、「従来のアンビシヨンは悉く此一点に集合し、畏るべき勢力を以て」自由民権の政治家となり、「自由の犠牲にもならん」という執着にかられているのをみれば、透谷が「政府の挙動漸くをかしくなりて」ということを、鬱屈の原因としてあげている存念はあきらかである。思想はすべてその中枢のところに、抑圧感の客観化ともいうべき過程を秘めており、たえず、そこに垂鉛を下ろしてみることが必要なのだ。

透谷は、この最初の鬱状態で、「怯弱なる畏懼心をかもし、年来腹裡に蓄へたるアンビシヨンをして徒らにおそれをのゝく事を知らしむるに至」った。すなわち、精神上の両価性（Ambivalenz）が、はじめて萌したのである。

透谷の第二の鬱状態は、明治十八年、自由民権左派の政治運動から離れたのをきっかけにして、おとずれている。第一の鬱状態によって萌した精神上のアムビヴァレンツを脱して、「名利を貪らんとするの念慮」を排して一年ものあいだ、一分間も脳中からはなれないほど執着した「憐む可き東洋の衰運を恢復す可き一個の大政治家」となり、また、「一個の大哲学家となりて、欧洲に流行する優勝劣敗の新哲派を破砕す可し」という願望を、すてなければならなかった透谷が、鬱状態におちいらざるをえなかったのは、当然であった。

透谷は、「義友を失ふ悲しみ」というような言葉でしか、その間の苦悩をかたっていない。しかし、すくなくともここには、転向の問題と、同志であり親友である大矢蒼海（正夫）にたいする背信感にさいなまれた透谷があったことは疑われない。

明治十八年から二十一年まで、透谷は、この問題に執着したものと推定される。

なぜ、透谷は、朝鮮に革命を誘発しようとする自由民権左派の計画に、大矢と行をともにしなかったのか。「三日幻境」では、すでに政界の醜状を悪むこころがつよく、実践行動をする意志よりも世捨人となる気持のほうが強かったことをのべている。たとえば、民権左派の風潮とは、「大井（憲太郎）は更に朝鮮に対する陰謀を話して（奥宮健之に）、『甲州へ行つて二三百人の壮士を集めてくれないか、』といふ頼であつた。二人は杯を傾けて頻に朝鮮経営の計画を談じて、夜の更くるのを知らなかつた。」（田岡嶺雲『明治叛臣伝』というようなものであった。

明治二十一年一月二十一日付、石坂美那子あての書簡では、つぎのようにかいている。

彼等壮士の輩何をか成さんとする、余は既に彼等の放縦にして共に計るに足らざるを知り恍然として自ら其群を逃れたり、彼等の暴を制せんとするは好し、然れども暴を以て暴を制せんとするは、之れ果して何事ぞ、暴を撃つが為には兵器も提げて起る可し、然れども其兵器は暴の剣なる可からず、須らく真理の鎗なる可きなり、

情勢判断の上でも、透谷の意識は優位であった。明治十年代後半には、日本型の権力構造は、その経済社会的な布石をすべて了えており、これを、転覆するためには、めんみつな科学的な考察と、準備と、民衆的な基礎がなければ、とうてい不可能であった。田岡の『明治叛臣伝』の記載を信ずるならば、各地の自由民権左派の指導者たちは、でたらめなはったりと、粗暴な企画しかもたない志士気取りの末流にすぎなかった。

転向にも、いくつかの質のちがいがある。透谷は、愛山との論争「人生に相渉るとは何の謂ぞ」においても、権力との対立意識を、よくすてなかった。いかにも悲しそうに、空の空をうつその論調をひっさげて、愛山の文章事業の説に反撃せざるをえなかったのは、愛山の人生に相渉るの説のなかに、じつは、社会秩序を肯定し、そのうえにあぐらをかきながら、文学効用説を披瀝している意識を、するどく洞察したからにほかならなかった。

透谷は、政治から文学へうつってゆく過程で、まるで権力のまえに首をたれたときのように、はげしい傷手をおっている。この過敏な倫理感は、透谷にとって、生得にちかいものであったかもしれない。鬱状態からの回復によっても、かれが、何らかの欠損感をたえずいだきつづけねばならなかったのは、

そのためである。透谷は、自由民権の政治家であろうとする意図の挫折を、何によって補償しようとしたか。それは、小説家であろうとする望みによってである。しかし、芸術家として文学者になろうとするのではなくて、「政治上の運動を繊々たる筆の力を以て支配せんと」望むことによってである。

それならば、倫理感のうえの欠損と、大矢蒼海にたいする背信感をどのように超えたか。

明治二十一年、キリスト教の洗礼をうけ、石坂美那子との恋愛を成遂することによって、それを超えたのである。美那子への書簡、「独り吾等の腕を以て戦ふは非なり将さに神の力を借りて戦はざる可からず」。父快蔵あての書簡、「嬢は実に第二の大矢（蒼海）なり」。いささか、心理的ないいかたをすれば、透谷の意識下では、キリスト教への回心と、美那子との恋愛の成遂とは、同一視されている。「余は夙志の違ひしを知り飄然として社界を離れし時、神は吾が今日最も愛する所の一人の口と手を以て、余を招きて、其柔にして強き聖霊の傍に座せしめたり、」

自由民権の政治意識から、キリスト教へ移ってゆく過程で、母親、透谷、大矢の関係は、母親、透谷、美那子、の関係へと、その心理的な機制をうつしている。

二人の対照的な透谷研究家、小田切秀雄と笹淵友一が、前者は、透谷における近代的自我と絶対主義権力との対立に支点をおいて作品の位置づけを行い、後者が、いくらか強引に、透谷のキリスト教信仰の痕跡を、作品のなかに追求しているのは当然である。透谷の内的な世界は、この第二の鬱状態以後、権力と対立しようとする意志と、内部世界、想世界へ上昇しようとする意志とを、二重にうつしている。いいかえれば、第一の鬱状態でえた精神上のアンビヴァレンツが、第二の鬱状態で、拡大され、これが文学上の発想を決定したのである。

透谷の、最後の鬱状態は、明治二十六年九月四日の日記に、あらわれている。

それは、明治二十四年「蓬莱曲」以後の多産な作品活動をうらづけた精神上の高揚と倫理的な支柱の、全崩壊としてあらわれた。透谷が、明治二十四年、作品活動のなかで、もっとも固着してやまなかったのは「恋愛」である。何故か。自由民権運動からの離脱を契機とする透谷の鬱状態からの脱出は、美那子との恋愛を成遂することによって成就したが、たちまち社会的束縛、実生活上のはんさにとりかこまれねばならなかったとき、どうしても恋愛の自然性、純粋性に固着せざるをえなかったからである。

透谷の発想は、女性こそ秩序の束縛の代弁者であり、秩序そのものの象徴であるとするささやきと、恋愛こそ想世界の敗将をして立籠らせる牙城であり、それによって実世界にひきもどされ、実世界に乗入れる欲望を惹起すのだ、とするかんがえとのあいだをゆれている。

たとえば、劇詩「蓬莱曲」、小説「宿魂鏡」などは、現実の世界では、恋愛を自然さ、純粋さにおいて成遂するのは不可能であり、恋愛の純粋性をもとめるために、現世的な秩序を否定した世界に上昇せねばならないというモチーフが一貫している。「蓬莱曲」では、主人公柳田素雄は、マンフレット的なイデアを求めて狂死してのち、はじめて露姫と安穏な慈航湖をわたる。現実的な苦悩の停止、恋愛の成遂が、彼岸的な世界で結びつく。小説「宿魂鏡」では、主人公山名芳三は、狂死のさかいで、阿弓の幻影と結ばれる。

また、一方、「厭世詩家と女性」をはじめ、紅葉、露伴論である「伽羅枕及び新葉末集」、「粋を論じて伽羅枕に及ぶ」などでは、社会の構造が、恋愛をどのように歪めるかに着目して、恋愛というおそらくは生理と心理が多くの場を占める問題を、逆に現実社会の歪みから照し出そうと試みている。おそらくは、透谷の最優秀作である「徳川時代平民的理想」、「徳川時代平民的虚無思想」および「明治文学管見」と副題されたいくつかの評論は、この発想のヴァリエーションに外なるまい。

透谷の最後の鬱状態は、この発想の全崩壊であった。

九月四日の日記で、透谷は、多年の辛苦も水泡に帰し、少しの生活の資を蓄えることもできず、空しく独立もできないような事業に苦役した。このような状態では、精神が乱れるのも当然である。自分は自分の不安の原因を知っているが、どうすることもできない。自分は、多くの者に欺かれた。希望もライフ（生）も自分を苦しめる。妻、妻の家、我が家、仕事、これら自分を抑圧するものを打ち破って自由になりたい、という意味のことを述べている。

透谷の鬱状態は、一時間も書を読めば、大そう疲れて何も手がつかなくなり、評論（エマルソンのこと）を書こうとすれば、一文に四五日をついやす、というような、意欲の喪失と思考過程の制止としてあらわれた。透谷生涯の格闘が、現実社会の重圧におしつぶされたのである。

藤村は、「春」のなかで、明治二十六年、国府津時代から、二十七年の自殺にいたるまでの、最後の鬱状態の透谷の姿を、「青木」として刻明に描いている。藤村は、明治四十二年になって「私が『春』の中にかいた友人の面影――あの生涯を心に浮べる迄に私は長いことかかつた。種種な記憶が想ひ起されたり、友人の言つた言葉や残して置いた反古などが僅かのヒントに成つて、一つ解り二つ解りするうちに、自然と私は友人の死に想ひ到つた。『春』の中にある友人の面影は、要するに私一個の印象、私一個の解釈に過ぎないのである。云々」とかいた。

わたしは、「春」の中の藤村一個の印象、一個の解釈に、わたし一個の註釈を加えて透谷の素描をしめくくり、それから、透谷・愛山論争の内容に入ってゆこうとおもうのだ。

藤村は、透谷最後の鬱状態を、症候像的には、安息感の喪失、思考過程のカタレプシイ、被害妄想、追跡妄想の順をたどって、自殺にみちびいているが、おそらくこれは藤村自身の性格を多く投影していると臆断される。

藤村の描いた透谷の最後の鬱状態で、いちばん価値ある個処は、逆説的にみえるかもしれないが、「どうかすると彼（透谷）は自分の部屋から抜出して行つて、年少で節操の無いやうな白い腕の中に、戦き震へて居る自分を見出すこともあつた。」という、いかにも藤村流のもってまわった云い廻しで、透谷が娼婦のところへ行ったことを、かき流している点ではなかろうか。何故ならば、透谷が、最後の作品活動で固執した「恋愛」論の崩壊が暗示され、透谷の内部的な倫理図式が破壊されていることを、このことが示しているからである。

「春」のなかの透谷像は、藤村が生き生きと描いてみせれば、みせるほど、描かれない暗黒の半面を鮮やかに暗示するという逆説的な運命をもっている。藤村のリアリズムの限界でもあるし、また、透谷が、岸本（藤村）をはじめとする「文学界」の同人である文学青年に、うまく半面だけで交わっていたからかもしれない。それほど、「春」のなかで、青木（透谷）だけは異質である。もちろん藤村は、青木の過去をほのめかすような場面を設定することを忘れてはいないが、作中の青木の特異な印象は、作者の企図しないところから、むしろ作者の描かなかったところから、やってくるのである。藤村は、透谷の精神構造の底まで、垂鉛をおろすことはできなかった。

透谷が、最後の鬱状態で、おおいかぶさってくる屋根のように見做し、きりひらこうとして苦悩したところのものは、藤村が「理想」にあざむかれた、と云っているものとは、いくらか異っていた。藤村が、春とか、理想とか、苦闘とか、云うコトバで、漠然と受感し、くるしんだその事を、透谷はひとり目覚めている味気なさと孤独とのうちに、はっきりと具体的につかまえていたことを、疑うことはできない。透谷は、藤村に描かれなかった半面によって、自殺して果てたのである。明治二十七年五月十六日であった。透谷のくびれた死骸のうえで、日本のみるも無惨な近代は、その経済的、社会的な基礎工事を完了する。

透谷は傷心のうちに、すでに日本の近代詩（文学）のおもむく勢いが、何処をさしているかを予感することができる思いがした。日本の社会体制の格構もおおよそ見定めがついていた。透谷は、ほとんど自分が孤独のうちにそれを洞察しているのを、悟っていただろう。「人生に相渉るとは何の謂ぞ」が発表されたのは、明治二十六年二月『文学界』第二号である。署名は、透谷庵。おそらく、最後の鬱状態にさしかかっていたものと推定される。

論争は、透谷の方から口火をきったが、大体において、自己の論旨がうまく通るような文学的基盤は、ほとんどないことは知ってのうえで、必死を期し原頭の露となるを覚悟して論争に打って出たものであった。

すでに、明治二十五年、透谷は「伽羅枕及び新葉末集」において、紅葉、露伴の文学を新時代の自我意識確立以前の、むしろ元禄文学の系列の延長線上にあるものとして批評している。透谷の論点は、元禄文学がいわば遊廓内における恋愛至上主義をうたい、正路を歩む人間を愚物視し、恋愛を自然な位置からしりぞけて好色的恋愛をよしとした点にあるとし、紅葉、露伴の新作に、おなじ屈折があるのを指摘したものであった。透谷の目覚めた意識からは、かれらの文学が封建の遺風のなかにはらばうものとして映ったのである。

明治二十六年一月、山路愛山が、『国民新聞』に「頼襄を論ず」をかかげるや、透谷は、史論家愛山の一見すると硯友社風の文学と対照的なその論調のなかに、おなじような旧時代的な屈折をみとめ、俄然、反撃にでたのである。

山路愛山。名は弥吉。徳富蘇峰の民友社系の論客である。わたしは、愛山について論ずる資格をもたないが、『愛山文集』(註1)中の蘇峰の記するところによれば、「若し君にして、其の精力を、一個若しくは数個の題目に集注し、之を以て畢生の事業と做さん乎。其の成績の分量は半なるも其の品質は之に倍するものありしならん。乃ち頼襄以後の第一人たる史家として、千載不朽の名を、天地の間に留めたらんも未だ知る可らざりし也。」即ち、主題をせばめて深く追及していたら、頼山陽以後の史論家として第一人者だったろうと述べている。

透谷が捕捉したのは主として、頼襄論の冒頭にある次のような一節であった。

　文章即ち事業なり。文士筆を揮ふ猶英雄剣を揮ふが如し。共に空を撃つが為めに非ず為す所あるが為也。万の弾丸、千の剣芒、若し世を益せずんば空の空なるのみ。華麗の辞、美妙の文、幾百巻を遺して天地間に止るも、人生に相渉らずんば是も亦空の空なるのみ。文章は事業なるが故に崇むべし、吾人が頼襄を論ずる即ち渠の事業を論ずる也。

透谷は、愛山の史論のモチイフが、硯友社系の文学、宮崎湖処子流の抒情詩に代表される、当時の文学的風潮にたいする嫌悪にあることを認めた。透谷の詩業からいっても、経歴からいっても、愛山の主張の半面は、おそらく透谷の同感するところであったことは疑いない。しかし、透谷と愛山との相違は文学（文章）の機能を、ただちに現実上の機能と結びつける愛山の俗見にたいして、透谷が、いちはやく、文学（文章）の機能的な体系を、現実上の機能と別個のものとしてかんがえ、その上で、文学の人生に相渉る所以を考察している点にあった。ここには、いうまでもなく、幕末の志士論客の末流に系譜づけたほうが似合っているような愛山と、個我と社会的な現実との対立や矛盾について思いをひそめるところのあった透谷との、内部世界の相違がかくされていた。

透谷は、「彼は『史論』と名くる鉄槌を以て撃砕すべき目的を拡めて、頻りに純文学の領地を襲はんとす。反動をして反動の勢を縦にせしむるは余も異存なし、唯だ反動を載せて、他の反動を起さしむるまで遠く走らんとするを見る時に、反動より反動に漂ふの運命を我が文学に与ふるを悲しまざる能はず。」とかいて、純文学擁護の立場を、まず、あきらかにしている。もとより、透谷は、愛山の「文章事業」説をまえにして、忘れはてたかも知れなかった自由民権運動からはなれたときの傷がうずくのをおぼえたかも知れぬ。だから、透谷の純文学擁護は、いいかえれば、愛山君よ、きみは、文章が事業だなどといって悦に入っているが、事業なんてそんなものじゃあない。事業を競うつもりだったら文学は大した武器ではない。文学の事業である所以は、別途のところにある。別途の価値体系をつきすすむところにある。と云ってもおなじだったであろう。紅葉、露伴にたいする透谷の批判は、うらからそのことを証明している。

透谷は、もちろん愛山の頼襄論自体を批判しようとしたのではなかった。時流をはるかにぬいていた透谷の近代的な批判精神が、紅露二家の元禄文学調を切った刃を一閃して愛山の志士調の効用論を打ったのである。

そもそも、愛山は、文章は事業だなどというけれども、文学は、ニコライ堂をたてるようなわけにはいかないし、建てたものを誰もが見うるというわけにもいかない。人間の霊魂を建築する技師の仕事は、このようなものである。まして、極めて拙劣な生涯のうちに高大な事業を含むこともあり、極めて高大な事業のうちにもっとも拙劣な生涯を抱くこともある。「見ることを得る外部は、見ることを得ざる内部を語り難し。」

即ち、透谷の論点は、文学という事業を評価する規準は、かりに「世を益するかどうか」にあるとしても、その規準にはおのずから一個の内部的な体系があって、現実上にあらわれるべき効用をもって予想することができない、というところにあった。文章を事業であるというのはよろしい。しかし愛山は、文章と事業とを都会の家屋のように隣合せてかんがえているのだ。文学という女神は、ときとして老嬢《オールド・ミス》で世をおくることがあっても、卑野な神々にめあわされるのを嫌うこともあるのだ。文学は、山東京伝の小説みたいな意味で人生に相渉ることを必須とせず、山陽の勤王論みたいに敵を目掛けてうちかかることも必要としない。

このような透谷の論点には、自由民権の政治運動からはなれた傷手を背負い、生涯の終末の鬱状態にさしかかろうとした時期の内部世界のよろめきがかくされていたとみなければならない。透谷はかいている。

悲しきLimitは人間の四面に鉄壁を設けて、人間をして、或る卑野なる生涯を脱すること能はざらしむ。（中略）この憐れむべき自足を以て現象世界に処して、快楽と幸福とに欠然たるところなしと自信するものは、浅薄なる楽天家なり。彼は狭少なる家屋の中に物質的論客（愛山を指す――註）と共に坐を同くして、泰平を歌はんとす。歌へ、汝が泰平の歌を。（前略）この狭屋の内には、菅公は失敗せる経世家、桃青（芭蕉のこと――註）は意気地なき遁世家、馬琴は些々たる非写実文人、西行は無慾の閑人となりて、白石の如き、山陽の如き、足利尊氏の如き、仰向すべきはこれらの事業家の外なきに至らんこと必せり。（前略）嗚呼文士、何すれぞ局促として人生に相渉るを之れ求めむ。

透谷と愛山の論争は、厳密な意味では、詩論争ということも、文学論争ということもできないであろう。しかし、これを現実と文学に関する論争、現在のコトバでいえば、政治と文学論争ということはできるのである。そして、この近代文学史最初の現実と文学論争が、一人は「哀観的基督教文学」の集団と評された「文学界」の詩人北村透谷と、一人は平民的批評家といわれた民友社系の論客山路愛山との間に争われたことは注目すべきである。

この論争が、当然おこらざるをえなかった背景の一つは、いわば効用と芸術性を未分化のまま出発した新体詩以後の近代詩が、湯浅半月、山田美妙、落合直文、森鷗外、宮崎湖処子、北村透谷らによって芸術的に形成されたとき、その「芸術的」な意味の如何を、社会現実上の機能の面から問われねばならない最初の時期に当面していたことである。いわば、近代新体詩は、ここではじめて、近代詩の芸術性とは何かという設問を社会からうけるべき段階に達していたのである。散文の領域でも同様であった。「当世書生気質」から出発した近代小説が、「浮雲」の重要な暗示をなおざりにして、硯友社文学派の隆盛へそれていく過程で、散文の機能の意味を社会的に問われねばならない地点にきていた。

透谷は、近代意識によって硯友社文学を批判しながら、一方において、愛山の文章事業説にたいしては、純文学擁護の立場からたたかうという矛盾した二面作戦を強いられねばならなかった。透谷は、愛山にたいして、硯友社文学的な「芸術」の自律性を擁護したのではなく、もちろん、文学が効用性と芸術性とを分離して、芸術的な意味を、内在的に発展させる段階にある時代的背景を洞察して、その芸術性を擁護したのである。この透谷のたたかいは、近代的自我意識を確立しようとする社会的なたたかいと同義をなすものであったことはあきらかである。

透谷の「人生に相渉るとは何の謂ぞ」の論旨は、当然、さまざまな誤解にもとづく批判をまきおこし、これにたいして「人生の意義」、「賤事業弁」(註2)をかいて釈明せねばならなかった。この釈明には、前論文の勇躍した調子はなく、あまりの誤解にうんざりしながら、なお、弁明これつとめている透谷がほうふつと眼にみえるようである。

透谷はかいている。じぶんが「人生に相渉るとは何の謂ぞ」でつかった「人生」の一字は、愛山がつかった字をとってきたものだが、愛山にどういう意義をもたせて「人生」というコトバをつかったのか訊ねたところ、ファクト(事実)の事だと答えた。それだから、愛山は「人生」というコトバを、「人間現存の有様」という意味でつかっているので、じぶんのように「人生とか生命」とかの義ではつかっていない。

愛山にとっては、まさに「人生」とは、文章をもって現在の事実に相渉ることであった。透谷にとっては、はじめには「憐む可き東洋の衰運を恢復す可き一個の大政治家」となりまた、「一個の大哲学家となりて欧洲に流行する優勝劣敗の新哲派を破砕」することであったし、論争当時においては、内部生命のあとをたずねつくし、ある程度までは必ず服従せざるべからざる「運命」、然り、悲しき「運命」にたいして、内部世界をあげて抗うことであった。即ち透谷の「蝶のゆくへ」は

花の野山に舞ひし身は、
花なき野辺も元の宿。

前もなければ後もまた、
「運命《かみ》」の外には「我」もなし。
ひら〳〵と舞ひ行くは、
夢とまことの中間《なかば》なり。

論争は、透谷の必敗におわることを前提とせねばならなかった。愛山の文章をもって現在の事実に相渉る説は、人々の耳目にはいりやすいものだったが、透谷の内部生命に相渉る説が、完全に了解されるには、日本の近代詩の現状も、近代小説の現状も、芸術的な自律性を達しえられない未成熟段階にありすぎた。だから、透谷は、「世間には『人生』といふ字の誤り易きところから、往々にして吾人を以て、ライフといふものを軽んずる者の如く認めて、気早なる攻撃を試むる者あり。」というような馬鹿馬鹿しい弁解さえこころみなければならなかった。

さもあれ、透谷の一文をきっかけにして、「文学界」と透谷とは、双方とも攻撃にさらされた。これにたいする透谷の反論は、まことに弱々しく、すでに、自分は理想家でも何でもないが、愛山が、あまり酷しく文学を事実《ファクト》におしつけたがるから、一時の出来心で一撃を試みたのだが、おもえばつまらぬ喧嘩ではないか、とさえかかねばならなかったのである。

さらに、透谷は、「賤事業弁」において、文学を評価する規準は、文学であって、「事業」ではないが、決して「事業」それ自身を云々するものではない。しかるに、横槍を入れた人々は、じぶんの事業が侵されたかのようにしきりに此事に鋒先をそろえて攻戦するのは奇怪である。じぶんとても、いつまで、西行や芭蕉の名を繰返しているつもりはない。そのうちに白石や山陽のことも論ずるから安心せよ。但し、白石にせよ、山陽にせよ、その文学上の価値を論ずるので、決して事業を論ずるものではない、とかいて、文学評価の規準が文学にあることを明言した。

この愛山、透谷論争における透谷のたたかいの意義は、第一には、日本の近代詩（文学）が、芸術的な自律性を獲取する過程で、必然的にたたかわれねばならなかった近代意識確立のたたかいであったこと、第二には、文学の効用性というものを、ただちに現在の事実にユチリチーあるものとせず、想世界と実世界とを二元的に分離せねばならない急務を説いて、当時、すでに軌道をしきつつあった日本の支配構造にたいして、はじめて想世界を対立せしめるためのたたかいであった。そして、この意義ある先駆的なたたかいを、一見すると実世界を軽んずる空想的な詩人のような外貌をかぶってたたかわねばならなかったところに、透谷の苦衷があった。

おもうに、当時まだ平民主義的といわれた蘇峰傘下の、民友社の平民的論客山路愛山の「文章事業」説のなかに、いちはやく反動性をみとめたのは透谷の鋭敏な批評眼であった。なぜならば、愛山は、あきらかに透谷の一撃を勘定にいれてその数カ月後「詩人論」(註3)をかいて、はしなくも反動性を暴露したのである。愛山は、そこで詩人の詩人たる所以を、四カ条あげた。

（一）一は時代の最大必要を歌ひ、一は否なればなり。

愛山はこうかいている。

今日の日本が歌ふべき最大の題目は「占守島の郡司」なる乎。「西比利亜《シベリヤ》単騎旅行の福島」なる乎。「豊公の遠征」なる乎、「相模太郎の元寇」なる乎。「復古の感情」なる乎。「敵外の気」なる乎。抑も亦「西行」「頓阿」「芭蕉」なる乎。（中略）支那は眠れり而れども今や覚めたり、日本は覚めて既に三十年。詩人よ卿曹は日本の前途に何の希望をも見出さゞる乎。日本が有する最大必要は卿曹の眼に映ぜざる乎。卿曹は日本の予言者に非ずや、而して卿曹は大に歌ふべく大に叫ぶべき何者をも日本に於て見出さずと曰ふや。

（二）一は人心の最大必要を歌ひ、一は否なればなり。

愛山は云う。

今の純文学を以て自ら任ずる者、漫に高壮、美大を称して、而して其言雲煙の漠たるが如し。彼れ明かに何物をも見ずして、強ゐて辞句の間に人を瞞せんとする乎。

形と色と辞令とは人に満足を与ふる者に非ず、人は理想と教訓とを求む。

（三）非談理（詩のなかに理窟のないこと）

（四）詩形の標準

愛山曰く。

詩形を造る唯之を字を読むの眼に訴へて字を知らざる者の耳に訴へず、是豈に今の一大欠点に非ずや。（中略）

曰くオッペケペー、曰くトコトンヤレ、其音に意なくして、其声は即ち自ら人を動かすに足る。新体詩人の推敲百端、未だ世間に知られずして、堕落書生の舌に任じて発する者即ち早く都門を風靡す、然る所以の者は何ぞや、亦唯耳を尚ぶと目を尚ぶとに因る耳。

即ち、愛山の所論は、めんめんとしてつきない大衆芸術論者のはしりのようなものであった。そして、注意しなければならないのは、このような大衆詩効用論が、いつの時代もかならず、日本の資本主義的な膨脹に結びついていった事実である。

透谷の弱々しい弁明にくらべて、愛山の論調は、さっそうとしている。しかし、このさっそうのなかには、後年（明治三十六年）、「余は何故に帝国主義の信者たる乎」、「余が所謂帝国主義」、「起きよ反動の児」、「七博士に与ふる書」をかくべき愛山が、予定されてあったのである。

愛山が、「詩人論」をかいて、暗に透谷を反撃した一カ月後の日記に、透谷は、「われ此地に来りてより後も、常に自ら晏如たること能はざるを悲しむ、われつら〳〵近時の自己を顧みるに、危機にのぞめること久しと謂ふべし。」とかかねばならなかった。もちろん、愛山との論争とは、直接には何のかかわりもないというべきである。だが、透谷が久しい危機の中で、愛山の「文章事業」説を捕捉したことは、うたがうことができぬ。

島崎藤村は、「春」のなかで、この時期の透谷について、つぎのように描写している。

> 急に青木（透谷）は耳を澄ました。
> 「あ、誰か僕を呼ぶやうな声がする。」
> と言ひ乍ら、彼は両手を耳のところへ宛行《あてが》つて、すこし首を傾げて居たが、軈《やが》て高い声で斯《こん》様な歌を歌ひ出した。
>
> 「ひとつの枝に双《ふた》つの蝶、
> 羽を収めてやすらへり。
> 露の重荷に下垂る、

草は思に沈むめり、
秋の無情に身を責むる
花は愁に色褪めぬ。」

荒れ悄《しを》れたやうな青木（透谷）の眼は凄愴とした光を帯びて来た。寂《しん》とした本堂の方へ彼の声は響き渡つた。

「言はず語らぬ蝶ふたつ、
斉しく起ちて舞ひ行けり。
うしろを見れば野は寂《さび》し、
前に向へば風冷《さむ》し、
過ぎにし春は夢なれど、
迷ひ行方は何処ぞや。

藤村は、この詩を、『透谷集』に所収の「双蝶のわかれ」から引用している。この双蝶の意味を透谷夫妻になぞらえているのだが、おそらく藤村は、透谷の定型抒情詩から「意味」をもっとも鋭く把み、且つ継承しえた最初の詩人であった。

わたしは、『楚囚之詩』から出発した詩人透谷が、「蝶のゆくへ」、「双蝶のわかれ」、「眠れる蝶」のような、晩年の作品に傾いていった詩的な道行きを検討するとき感慨なきをえない。愛山との論争「人生に相渉るとは何の謂ぞ」において、「吾人は記憶す、人間は戦ふ為に生れたるを。」とかいた透谷にしてみれば、この生涯の詩的な道行きは、もとよりたたかいの跡にほかならなかったであろう。だから、こう一見すると敗北と後退のようにみえる過程のなかに、透谷の「空の空を撃つ」事実の勝利が秘されねばならなかったのである。

透谷の事業の勝利とは何か。それは、じつに七・五定型のなかに、芸術性と文学的意味とを結合しえた最初の詩人であるところにあった。透谷の敗北とは何か。『楚囚之詩』の律調を、七・五調にまで後退せしめたところで、想世界を現実世界に対決させざるをえない程、明治二十年代後半の日本の社会が、この詩人を追い詰めていったところにあった。

愛山の「詩人論」の理論的な意味が指さすところに、やがて与謝野鉄幹があらわれ、透谷の内部生命論が指さすところに、やがて島崎藤村があらわれる。

透谷、愛山論争は、形をかえいまに終ることはないのである。

註

(1)愛山文集　内山省三編　大正六年十一月　民友社発行
(2)文学界　明治二十六年五月　第五号
(3)国民新聞　明治二十六年八月

4　『若菜集』の評価

明治三十七年、『若菜集』、『一葉集』、『夏草』、『落梅集』を合わせて、『藤村詩集』を編んだとき、藤村は「自序」のなかで、つぎのようにかいている。

新しきうたびとの群の多くは、たゞ穆実なる青年なりき。その芸術は幼稚なりき、不完全なりき、されどまた偽りも飾りもなかりき。青春のいのちはかれらの口唇にあふれ、感激の涙はかれらの頬をつたひしなり。こゝろみに思へ、清新横溢なる思潮は幾多の青年をして殆ど寝食を忘れしめたるを。また思へ、近代の悲哀と煩悶とは幾多の青年をして狂せしめたるを。われも拙き身を忘れて、この新しきうたびとの声に和しぬ。

詩歌は静かなるところにて思ひ起したる感動なりとかや。げにわが歌ぞおぞき苦闘の告白なる。

（中略）

芸術はわが願ひなり。されどわれは芸術を軽く見たりき。むしろわれは芸術を第二の人生と見たりき。また第二の自然とも見たりき。

藤村の第一詩集である『若菜集』に対する評価は、この自序のなかの、歌は自分のおぞき苦闘であるというコトバと、芸術は、わが願いだが、自分は芸術を軽く見たというコトバとを、どう解釈するかによって決定的にわかれざるをえない。わたしは、『若菜集』にたいする一種の定説、例えば吉田精一の「それは性質としては封建的な制約の殻を破って、感情や感覚の自由な解放を要求したものだといえる。」という評価を、まったく逆倒させて、ここに明治二十年代末期から三十年代初期にかけて、畸型のまま固定化しつつあった日本の資本制社会の体制に頭うちされ、やむなくうめき声をあげているような、藤村の自我の鬱屈を見定めたいとおもうものである。

『若菜集』に収録された詩は、よく知られているように、仙台在住中にかかれている。藤村の仙台行きのモチイフは何であったか。当時、藤村の胸中には、「我事畢れり」と云って自裁した透谷の面影がはなれなかった。幾度か透谷の後を追って、懐剣を寝床の中にかくしておいて悶死しようとしたが、身体の壮健な藤村にはそれができなかった。絶望が藤村の重たい腰をあげさせる。

「親はもとより大切である。しかし自分の道を見出すといふことは猶大切だ。人は各自《めいめい》自分の道を見出すべきだ。何の為に斯うして生きて居るのか、それすら解らないやうなことで、何処に親孝行が有らう。」

斯う自分で自分に弁解して、苦しさのあまりに旅行を思ひ立つた。

小説「春」で、藤村は、こうかいて、東北学院赴任のモチイフが、透谷の自裁にはげまされての、「家」からの脱出にあったことをあきらかにしている。即ち、「自分のやうなものでも、どうかして生きたい」という思いが、藤村を仙台行きの汽車に上らせたのである。

藤村が、昭和二年「抄本を出すにつきて」のなかで、詩というものをもっともっと自分等の心に近づけようと試みた、とかいた後で『若菜集』のなかの「草枕」(註1)の数節

道なき今の身なればか
われは道なき野を慕ひ
思ひ乱れてみちのくの
宮城野にまで迷ひきぬ

心の宿の宮城野よ
乱れて熱き吾身には
日影も薄く草枯れて
荒れたる野こそうれしけれ

ひとりさみしき吾耳は

吹く北風を琴と聴き
悲しみ深き吾目には
色彩なき石も花と見き

これを「一生の曙」として引用したのは当然であった。

ここに、藤村の仙台行きのモチイフが秘められていたのである。日本的な「家」の重圧を遠く引きずりながら、あてどなく自我確立の方途をもとめてさまよっている藤村の内面は、このように表現されるより外なかったのである。云うまでもなく七・五定型のなかに、自我と現実との矛盾や対立を投入する方法は、はじめて北村透谷が藤村につたえたものであった。藤村は、透谷の終った道を、透谷よりも鈍く、のろのろと、そしてさらに透谷よりも焦点を結ばない現実洞察力をもってあるいていったのである。例えば、『若菜集』のなかの「強敵」、「別離」などの作品が、直接に透谷の「双蝶のわかれ」の影響をうけていることを、指摘するのは容易である。しかし、透谷の影響は外形的な詩の表現にとどまるものではなかった。

当時の近代詩の発展段階では、七・五定型のなかに、自我と現実との葛藤を投入しようとするとき、どうしても一種の「物語性」ともいうべきものを仮構し、そこに内面を仮託せざるをえなかった。そして、この問題を、もっとも徹底的につきつめて「楚囚之詩」をかき、ついに『透谷集』の試作品まで後退していったのは、透谷であった。藤村もまた、「花」とか、「旅人」とか、「落葉」とか、「風」とかいう、花鳥風月的な常套語を使って、近代的自我の葛藤を詩に表現しようとする矛盾にみちた作業を、透谷とおなじように、「物語性」に托しながらはじめていったのである。しかし、たとえば藤村の「強敵」の一節

一つの花に蝶と蜘蛛
小蜘蛛は花を守り顔
小蝶は花に酔ひ顔に
舞へども〳〵すべぞなき

透谷の「双蝶のわかれ」の一節

ひとつの枝に双つの蝶、
羽を収めてやすらへり。
露の重荷に下垂る、、
　草は思ひに沈むめり。
秋の無情に身を責むる、
　花は愁ひに色褪めぬ。

比較してあきらかなように、透谷の詩が、「蝶」とか「露の重荷」とか「秋の無情」とかいう、比喩にも暗喩にもなりきらない、未成熟な喩法をつかって表現してみせた近代意識の毒は、もはや藤村においては薄められてしまっている。透谷の「双蝶のわかれ」からは、いやおうなしに、直接、人生に相渉っている透谷の内面を受感できるにもかかわらず、藤村の「強敵」からは、たかだか「恋敵」という程の意味しか受けとることはできないのである。ここに、早く自裁して果てた透谷と、寿命を完うして、生涯をおえた藤村との差異があらわれざるを得なかった。

『若菜集』のなかの秀作は、「別離」、「草枕」のように、直接、藤村が自己の恋愛と仙台行きの動機を唱った作品を除けば「六人の処女」、「合唱」等のような女性感情の表現にあることは間違いない。このことは何を意味しているのだろうか。「六人の処女」は、「おえふ」、「おきぬ」、「おさよ」、「おくめ」、「おつた」、「おきく」の六篇から成り、それぞれの女が、自分の主情を唱うという形で創られている。「おえふ」には、宮仕えの女が、姉の死にあって、江戸川べりの我家へかえり、はじめて現実的な自己感情を蘇えらせるというテーマが描かれている。「おきぬ」は、盲目の女の感情を、「おさよ」は、老嬢《オールド・ミス》の自己感情を、「おくめ」は、情熱的な女を、「おつた」は、孤児の女と、それを養育する若い坊主の恋情を、「おきく」は、抽象的にナルチシズムの恋情を、唱いあげている。

「合唱」は、暗香、蓮花舟、葡萄の樹のかげ、高楼、の諸篇から成り、姉と妹との対話の形式で女性感情が描かれている。

藤村が、これらの作品でとった態度の特色は、第一に、変身、しかも処女への自己感情の変身ということであった。藤村は、自己の感情を、女性に変身させたうえで恋愛情緒をうたっている。おそらく、「六人の処女」、「合唱」などの恋愛詩が成功している理由の重要な一つは、この藤村がとりえた変身の性格にかかっていた。しかも、恋愛感情の未成熟な処女への変身という発想は、藤村詩の特長の最たるものというべきであった。

わたしは、この女性しかも処女の自己感情への変身という、手のこんだ恋愛詩の発想のなかに、藤村の鬱屈した自我の象徴をみないわけにはいかない。藤村の恋愛詩を目して、恋愛感情の封建性からの解放を表現しているという評家は、まったく、このところを誤解しているとおもえる。たとえば、「おくめ」のなかの

しりたまはずやわがこひは
雄々しき君の手に触れて

嗚呼口紅をその口に
君にうつさでやむべきや

これが、与謝野晶子のような女流詩人の作品であったとすれば、あるいはセックスの解放的な表現としての意味をもち得るかもしれない。しかし、自己の感情を女性に転化させてこの詩をかいている藤村に、官能や情緒の解放された意企を見つけることは困難である。このような『若菜集』の恋愛詩の特長は「六人の処女」が、女性の恋愛感情の表現、あるいは、広義に云えば、女性感情の表現を志しながら、いずれも対象のない漠然とした性的ナルチシズムしか表現しえていないことと、深くつながっている。いわば、ここには、対象に向って行ききれない変質された恋愛感情が鬱積された形で存在しているということができる。

このような特長は、「合唱」になると、もっとはっきりとあらわれてくる。「合唱」が、姉と妹との対唱の形式でかかれていることは、決して偶然ではない。全篇の情緒は、女性の官能的な情緒であるにもかかわらず、この女性感情は、男性を対象とするものではなく、自己自身を対象としながら「姉妹」即ち、近親の同性愛の表現に向っているのである。

妹

したへるひとの
　　もとにゆく
きみのうへこそ
　　たのしけれ

ふゆやまこえて
　きみゆかば
なにをひかりの
　わがみぞや

姉

あゝはなとりの
　いろにつけ
ねにつけわれを
　おもへかし

けふわかれては
　いつかまた
あひみるまでの
　いのちかも

妹

きみがさやけき
　めのいろも
きみくれなゐの
　くちびるも

きみがみどりの
　くろかみも
またいつかみん
　このわかれ

結婚する「姉」にたいする「妹」の感情として、ここに近代的恋愛感情の解放をみつけることも、近代的自我の解放された表情をみつけることも不可能である。ここには、女性の近親にたいする同性愛的感情の表現をかりて、鬱屈した自我を仮構している藤村の表情があり、また、日本的な「家」にまつわりついている情感に、うちあたってもがいている藤村の表情があり、またすでに、固定しつつあった明治三十年代の日本資本制社会の構造に頭うちされて、「おぞき苦闘」を、あてどなくくりかえしている藤村の近代的自我の表情がある、とみなければならない。

たとえば藤村の小説「春」のなかで、一つの大きな疑問は「勝子」との恋愛の描写である。「勝子」への恋愛で悶々としている藤村は、やりきれなくなって旅へ出たり、放浪したりするにもかかわらず、一度も、「勝子」にそれを打開けたり、意中をたずねたりする描写はなく、精々、友人が仲介にたったり、さり気ない手紙のやりとりがあったりする描写しかないのである。藤村のこの時期の苦悩に、「勝子」との恋愛問題が、重要な位置を占めているかぎり、この間の描写は、まったく説得力が不充分であり、根拠が薄弱であるといわなければならない。また、可成り忠実な事実描写にもとづく自伝的な作品のなかに、このような不充分な恋愛描写しかなかったということは、藤村の「勝子」との恋愛が、いわば、恋愛の端緒ともいうべき状態に、とどまってそれ以上に一歩も踏み出しえなかったものとかんがえざるをえない。

ここには、「家」の問題にうちひしがれて鬱屈した藤村の恋愛感情やセックスの特長があるはずなのだが、いうまでもなく、この小説「春」のなかの恋愛描写の特質は、そのまま『若菜集』のなかの恋愛詩の発想につながっているのだ。事実としても『若菜集』は、小説「春」の舞台が終って、仙台へ赴任した時期にかかれたものであった。

『若菜集』の恋愛詩のもっている、この特長は、非恋愛詩である「深林の逍遥」、「懐古」、「天馬」などの擬古的感情、いわば、自我意識を疎外した外面描写の特長とつながって表裏一体をなすものであった。日本の象徴詩運動は、この後者の特長を延長していったものということができ、また、藤村自体も後者の方法をたどっていったのである。

明治三十年、『若菜集』が、詩の愛好者を風靡していったとき、人々は、ここに近代恋愛詩の解放された感情を読みとったのであろうが、それは表面的なものにすぎなかった。『若菜集』を他の詩人たちと截然と区別するものは、これとはまったく逆に、藤村の鬱屈した性感情、恋愛感情、自我意識が、「朦朧体」といわれたその表現のなかにはっきりと投入されていることであり、人々は、深意識のなかでそれを読みわけて共感をよせたであろうことは疑いない。

をとこの気息《いき》のやはらかき
お夏の髪にかゝるとき
をとこの早きためいきの
霰《あられ》のごとくはしるとき

（「四つの袖」）

当時、評判の高かった「四つの袖」のこういうもどかしい変身感情の表現のなかに、藤村の鬱屈した性意識を読みとらないとすれば、楽書をよむにしかないのである。

『若菜集』は、明治三十年八月に刊行された。

刊行と同時に、いくつかの評価があらわれた。『帝国文学』十月号は、奥三州の匿名で「若菜集を読む」をかかげた。奥三州はかいている。(註2)

集中第一の作と見しは深林の逍遥、次に天馬、次に鶏、おえふまたあはれなり。(中略)全篇を通して叙情詩のみといふて可也、而して叙情は皆恋愛の外にいづるなし、余は藤村が情思のあまりに涙もろく、情詩のあまりに嘆辞多きには、涙の源泉、長息の狭霧いかに深からん、とおもひやる位にて、もらひ泣だに出来ざれば感動せむはおもひの外也。

ようするに、つまらぬ批評にすぎなかった。『若菜集』から、情思の涙もろさ、を読みとるような根性だから、「深林の逍遥」や「天馬」を佳作としてあげることになっている。奥三州は、つづいて藤村調の不可なるもの、よきもの、理屈づめなるものを指摘したのち、句調が繊弱に流れて雄渾の気がないのは、当今の新体詩の通弊で、藤村もまたこの弊を免れていない、これは藤村一派(文学界派)の特長であると指摘している。

当時、『帝国文学』には、土井晩翠が、しきりに詩をかいているのをみれば、奥三州の論点が、ここに向うのは当然であったといえる。たとえば、「傘のうち」のなかの

顔と顔とをうちよせて
あゆむとすればなつかしや
梅花の油黒髪の
乱れて匂ふ傘のうち

こういう個処を「これら二三篇のたはけさ加減を見たき人は、若菜集一冊を求むべし」ときめつけると云った具合であった。しかし、ここに藤村の鬱屈した性感情のよって来る由来をきわめることのできなかった批評が、当を射あてるはずがなかった。「藤村の作は、詩味津々掬すべく、句々清新、用語綿密なるは、その長所なるべけれども、また、詩句尚生硬にして、稍々流麗を欠きたると、欧州思想と御国文字との調和未だ全からざるを覚ふるは、其短処なるべし。」というのが奥三州のあたえた結論に近いものであった。

奥三州が、欧州思想と御国文字との調和未だし、と指摘している個処は、おそらく藤村が、透谷から継承した重要な特徴の一つであったことは疑いない。何故なれば、この評は、七・五調定型のなかで、自我意識と現実との矛盾、対立を表現していることが、藤村詩の特長であることを暗示しているからである。もちろん、それは、奥三州のいうような短所ではなく、藤村詩の長所であった。

これに対し、同じく明治三十年十月四日、『読売新聞』の匿名子は、「おえふ」、「おきぬ」、「おさよ」など、「六人の処女」の作品、「潮音」、「酔歌」、「天馬」、「鶏」、「傘のうち」などを、佳作としてあげ、恋の歌が多いと評するものがあるが、そんなことはなく、恋愛詩に秀作が多いから、そんな気がするのだろうとかいて、暗に奥三州を反論した。

おそらく、この匿名子の評価の方が、『帝国文学』の匿名子よりも正論であった。この正論は、『若菜集』の欠点をのべた、つぎのような個処にもあらわれたのである。

氏の詩体は必ずしも朦朧なるものにあらず、ただその思想に至りては時に誠に朦朧なるものあり、故に、氏が深く思考を費したるが如きものは、大方朦朧にして失敗なり、例へば「天馬」の如く「深林の逍遥」の如き然り、われ等はその意のある所を知るに苦しむ。

「天馬」、「深林の逍遥」などは、藤村が、いわば「物語性」なしに、思想を詩の表現にのせようとしてこころみた失敗であった。たとえば、透谷のような尖鋭な内部意識の持主でも、おなじこころみを遂げるのに『蓬萊曲』の形成を必要としたのである。

当時の近代詩の段階では、自我を投入するためには、七・五定型の固定した形式と素材感覚を、そっくり肯定しておいて、辛うじて「物語性」のなかにそれを托するより外なかった。藤村は、「深林の逍遥」や「天馬」をかくにあたって、透谷の劇詩を、おもいうかべたろうが、残念なことに、手腕も内部意識も、格段のちがいがあったのである。

『早稲田文学』明治三十年十二月号の匿名批評「新体詩評」は、雑誌『新国学』の白村が、藤村を評して、「少し和文を習ひ給うては如何に、今やうの新体詩人にて大胆なるは和文の修習なくて、切りに学者振ることに候」と評したことを紹介している。ここに和文というのは、古典語（擬古文）をさしている。この評は、ある意味では、『若菜集』に加えられた詩句が生硬で未熟だという欠点の指摘として、当時に共通なものであった。当時、まだ、天遊、天来、羽衣、雨江ら擬古派の詩人が活動していたのに対し、藤村ら西欧派と呼ばれたものは、藤村の外にわずかに鉄幹にしか素質をもとめられなかったのである。

しかし、この白村の批評は、まさに、藤村が、定型抒情のなかに、自己の内的な格闘を封じこめようとして、ある場合には理屈ばっていると評され、ある場合には朦朧体と評されねばならないような、表現上の格闘を試みたことを、逆に立証するものであった。

おなじく、『早稲田文学』明治三十一年一月号の匿名「昨年の新体詩壇」は、大学派が振わず、擬古派が衰え、民友社も頓挫し、井上哲次郎、正岡子規の試みも中絶した昨年（明治三十年）において、「相応の人気を繋ぎ、多少の模倣者を得て、殆ど昨年の詩壇を独占する観ありしは、藤村子なりき。」と評して『若菜集』を高く評価している。この匿名氏は、『若菜集』に収められた「四つの袖」を、明治三十年度におけるいくつかの佳作の一つに数えて「苦心の作なりしならめど評は好からず、されども非難の高かりしは世人の藤村に重きを置きし証拠なればまづ〳〵昨年の詩壇は藤村が名を知られし年として記憶すべなり。」とかいている。

総体的にみて、『若菜集』に加えられた当時の評価は、何を語っているのか。

それは、藤村が、恋愛詩のなかに、辛うじて投げ入れた日本的現実にたいする鬱屈した自我意識を、ほとんど当時の詩壇がとり出すことが出来なかったということであった。いわば透谷なきあと、一人の透谷もいなかったのである。

藤村自身も、『若菜集』の恋愛詩に表現したものを、次第に詩のなかに失って、いわば、「天馬」、「深林の逍遥」のようなコトバの彫刻に傾いていった。この傾向は、有明、泣菫によって象徴詩運動へと展開され、延長されていったのである。

しかし、藤村自身は、日本近代詩自体が、象徴詩のコトバの芸術性へ流れてゆく過程で、詩が、自我意識と現実との格闘を表現しえないという絶望のうちに、おそらく、散文へとおもむいたのである。やがて、藤村は、幾つかの最早、あまり苦痛も葛藤もない詩集を公けにし、散文のスケッチを試みた後で、『若菜集』の恋愛詩に籠めた苦闘を、小説「破戒」で、ふたたび力をこめてとりあげる。

『若菜集』の恋愛詩のなかで、藤村が表現しようとした「おぞき苦闘」と「芸術はわが願ひなり。されどわれは芸術を軽く見たりき」という確乎たる生活者の意識を、近代詩の表現に見出すために、わたしたちは、石川啄木と高村光太郎まで待たなければならない。

藤村と対照的に、明治三十年代の日本資本主義社会の膨脹に自我意識を追尾せしめた詩人は、「明星」の与謝野鉄幹であった。

註

(1)文学界　第五十号　明治三十年

(2)帝国文学　第三巻第十号　明治三十年

5　鉄幹の評価

明治三十三年九月、『明星』第六号の文芸雑俎のなかで、鉄幹はつぎのようにかいている。

われ夙に『東西南北』に序して「小生の詩は小生の詩に御座候」と云へり。われ及びわが同人の詩は皆この「自我」の上に立てるもの、われら何を好んで他人を崇拝し他の詩風を模擬せんや。われにはわれの詩境あり。こはわれ自らの開拓しつつあるところにして、内容より云はば新詩想の発明、形式より云はば新調の発明、こは仮りにも古人今人の口真似にあらず。断じてわれ及びわれらの創意に成れるものなるを公言せん。

わたしは、『東西南北』において、虎と剣の鉄幹と評された鉄幹が、すでに明治三十三年に、新詩想と新詩調の発明を、自らの使命に擬しているのを読むとき、おのずから、透谷、藤村にたいするとは反対の、苦々しくもまた痛い感慨におそわれる。

小田切秀雄らにより開拓され、最近、わたしの眼にふれた範囲では、鶴見俊輔（岩波講座『現代思想』XI）も言及しているように、近代日本文学における最初の典型的な「実行と芸術」の問題、「転向」の問題の原型は、もっとも俊敏な形で、北村透谷の生涯のなかに集中してあらわれている。しかしながら、まさに透谷、藤村と逆な意味で、「実行と芸術」の問題、「転向」の問題は、与謝野鉄幹の生涯と作品のなかにもあらわれたのである。わたしは、鉄幹を「負《マイナス》」（つまらないという意味ではない）の観点から、明治の詩人中、高く評価せざるをえない。当時、藤村と並んで晩翠が称されたが、まったくでたらめなもので、晩翠の詩意識は、とうてい鉄幹に及ばない。現在、読みなおして、藤村に優に匹敵しうる同時代の詩人は、鉄幹をおいてはないのである。

与謝野鉄幹は、年譜(註)によれば、明治二十九年(二十四歳)「二月朝鮮王の明礼宮に入つて露国公使の勢力下にあるを憤慨し、在京城の諸友と窃かに宮に放火して日本公使館に王を奪ひ来らんことを画策したるも、露国側の警戒周密なるを以て果さず。後年に至り当時の思想言動の粗野浅薄を悔ゆる所多し。」というように、いわば、日本のナショナリスム運動の激流から生れた詩人であった。鉄幹が、八歳で「兵児の社」の一員に入ったという事実を、重視する必要はないとしても、朝鮮における鉄幹の行動を除外して、その詩を、とくに『東西南北』を論ずることはできないであろう。

そして一つの問題は、透谷が弱年の頃に依った自由民権運動と、鉄幹を依らしめた西南役以後のナショナリスム運動とが、まさに背中を一つに合わせたものに外ならなかったという事実である。自由民権運動の渦中から生れた透谷＝藤村の詩業と、ナショナリスム運動の渦中から生れた鉄幹の詩業と、この二つの象徴する問題のなかに、いわば、日本近代文学における「実行と芸術」、「政治と文学」の課題のすべては集中的にあらわれている。

鉄幹には、鉄幹なりの実行からはなれた痛みがあった。朝鮮から帰国後、発刊した最初の詩集『東西南北』のなかで、鉄幹は、それを次のように表現している。

よし貧賤に身をおくも、
捨てぬ丈夫の意気一つ。
去年の夏のこのごろよ、
われ韓山に官を得て、

謀るところも多かりし、
それも今更夢なれや。
世は慨くまじ徒らに、
小吏の怒りを買ふばかり。
詩は廃せむか終にただ、
才子の名のみ残るらむ。

（「僑居偶題」）

すなわち、鉄幹もまた透谷、藤村とおなじように、確乎たる実行者の風貌をもって、詩界に近づいた詩人の一人であった。

しかしながら、鉄幹の嘆きのなかに、わたしたちは、透谷、藤村におけるような自我意識の鬱屈を見出すことができない。鉄幹は、ナショナリスム思潮の発展のなかに自我意識を解放しながら、明治ナショナリスムが変質して、支配権力と結合してゆく過程で、自己の意識をまた変質させていったのである。この日本資本制体制の膨脹してゆく過程に、たくみに内面の問題を追従させることができたところに、透谷、藤村らの苦闘と、鉄幹調の楽天的な詩業との決定的なちがいがあった。

明治二十九年の詩集『東西南北』と明治三十四年の詩集『鉄幹子』のあいだには、ひとつの顕著な差異を見出すことができる。

いまそれを鉄幹自身のコトバをかりて云えば、政治意識上の主張や感慨が、自我意識上のそれにかわったことであった。このような変化は、鉄幹の「転向」（逆転向！）の過程が、次第にこの時期に完了しつつ、「明星」のロマンチシスムの文学運動として、開花してゆく工程に外ならなかった。いわば『東西南北』における

風流男《みやびを》の、名だに恥ぢしを、歌よみて、
　世に誇る身と、いつなりにけむ。

という、ナショナリスム運動の実行から離れたことを恥とする意識を、逆に、詩歌上のロマンチシズム運動の主張へと積極化してゆく過程に外ならなかった。かくして、「明星」の文学運動のイデオロギイ上の系譜の一つは、明治ナショナリスム思想と、西欧的近代意識との微妙な吻合である。

周知のように、『鉄幹子』には、日本ナショナリスム＝ファシスムの詩的な源流ともいうべき「人を恋ふる歌」がある。この作品は、ただに、鉄幹の詩業のなかで、最秀作の一つであるばかりでなく、明治新体詩上の問題作であることを失わない。ここには、鉄幹の自我意識上の特質と、明治ナショナリスムの特質とが、見事に結合されているのだ。この作品の作年は、鉄幹の自註「三十年八月京城に於て作る」によって、あたかも、『若菜集』における藤村の恋愛詩と同時期につくられていることは、きわめて象徴的といわねばならない。

藤村の恋愛詩の特長は、女性感情への変身による女性の同性愛的なナルチシスムの表現にあった。これにたいして、鉄幹が「人を恋ふる」という場合、藤村とはまったく対照的に、男性の同性愛的なナルチシスムの表現にむかっている。いわば、壮士風の稚児さん趣味の表現は、鉄幹の自我意識の指向する思想的な特長と深くつながっている。「人を恋ふる歌」の冒頭は、先ず、女性に対する恋情と、同性の友人に対する感情との対比からはじまっているのは決して偶然ではない。

妻をめとらば才たけて
顔うるはしくなさけある
友をえらばば書を読んで

六分の俠気四分の熱
恋のいのちをたづぬれば
名を惜むかなをとこゆゑ
友のなさけをたづぬれば
義のあるところ火をも踏む

ここには、まことに男性流に都合のいい「妻」の理想像と、壮士風の「友人」の理想像が主張されている。これを、藤村の恋愛詩が近代的でないという意味と反対に、近代的でないことを肯定している自我意識があるという意味で、近代的であるということができない。恋愛の本質とは何か、それは「名」を惜しむことである。「友情」とはなにか、義のあるところには水火も辞しないことである。

言うならば、鉄幹の男女の関係にたいする理想は、男性に従属的な女性に出遇うことである。鉄幹の男性同志の友情はいわば、「恋愛」的友情である。この倒錯感情は、日本ファシスムの感情的な系譜のなかに一貫してながれているものであった。

家父長制度における男女関係と男性関係とを、そのまま、社会的な諸関係のなかに拡大するとき、わたしたちは、その典型的な感覚的ヒエラルキイが、この男女の関係にたいする男性的倒錯に対応することを理解することができる。

鉄幹の男女の感情の理想像から云えば、「くめやうま酒うたひめに　をとめの知らぬ意気地あり」というように、プロスティチュートの女性の方が、アマチュアの娘よりも良いということになるのだ。また、「妻子をわすれ家をすて」て、「義のため恥をしのぶとや」という理念に到達するのは必至であった。

おそらく鉄幹ほど、七・五調のなかにスムースに自我意識をのせて走らせえた詩人は、同時代にはいなかったろう。鉄幹流の自我意識とは、七・五調のうえを滑るに過不足なかったのである。この過不足ない自我意識が、鉄幹流のナショナリスムの政治意識と結びついたのである。

明治のナショナリスム運動を、資本制権力との結合を契機にしてのみ理解しようとすると、おそらく一面的であることを免れない。わたしたちは、それが権力に対する反抗の契機をも含むものとして考察しながら、しかもこれを否定的に媒介しなければならない。鉄幹は「人を恋ふる歌」のなかで、この吻合点を次のように表現している。

玉をかざれる大官は
みな北道の訛音あり
慷慨よく飲む三南の
健児は散じて影もなし

（中略）

口をひらけば嫉みあり
筆をにぎれば譏りあり
友を諫めに泣かせても
猶ゆくべきや絞首台

明治ナショナリスムと反権力意識との結合は、鉄幹の表現したところを頂点とするものであった。ここから、いくばくか外れても、それはファシスムへの転化の契機をはらむものだったということができる。

鉄幹門下には、啄木、光太郎、白秋、杢太郎等の詩人があつまる。かれらは、みな初期において、大なり小なり鉄幹調の模倣者であった。はじめに鉄幹のような意味で、ナショナリスム意識を抱いた詩人は、いなかったが、これらの詩人たちは、その詩的生涯のどこかで、近代意識とナショナリスム意識との矛盾、対立、融合を体験し、挫折せざるをえなかったのである。啄木もまたこの例外ではなかったのである。

かれらの内部で、近代意識が反権力と結びつくことなく、後進国ナショナリスム意識が反権力と結びついたため、ことごとく実行上と理念上の矛盾に、耐えられなかったのである。

最初の詩集『東西南北』に収めた詩において、鉄幹がうけた評価は、「露骨」と「生硬蕪雑」であった。鉄幹は、序文のなかでこのことを次のようにかいている。

曾て、小生の詩に「露骨」との評を賜ひしは、帝国文学記者、青年文記者の両君にして、「生硬蕪雑」との評を賜ひしは、六合雑誌記者、太陽雑誌記者の両君なりしかに覚え候ふ。

（中略）

小生は、詩を以て世に立つ者にあらず候へども、短歌にもあれ、新体詩にもあれ、世の専門詩人の諸君とは、大に反対の意見を抱き居る者に御座候ふ。

わたしは、この語り口のなかに、芸術はわが願いだが、自分は芸術を軽くみた、という藤村とのあまりの類似を見出し、眼をみはらざるをえない。かれらが、その詩的表現のなかに夢想したものは、花鳥風月的な素材をかりてつくりあげるべき現実そのものであった。かれらが打ち倒そうと願い、ついに融合しておわったものは日本資本制の特殊現実であった。

鉄幹の詩的な業績のうち、わたしたちが忘れてならないことは、短歌と詩のあいだに区別をもうけなかった発想そのものである。「明星」では、短歌という呼称を用いずに、短詩という表現を用いているが、これは単に呼び方の問題ではなく、鉄幹ならびに「明星」短歌が実際に証明しているように、短歌的表現に固有の芸の修練を問題とせず、ただちに「露骨」に、自我意識の表現そのものを目指した点にあった。『東西南北』にしろ、『鉄幹子』にしろ、『紫』にしろ、短歌と新体詩が雑然と混合されているが、鉄幹にしてみれば、ひとしく「小生の詩」そのものに外ならなかった。

たとえば、啄木の短歌が、まさに、自由口語詩運動を、否定的に克服した発想の地点で、鉄幹流の短詩的発想に近づいていることは、鉄幹および「明星」の短歌の示す方法上の一つの問題点である。また、啄木が、自然主義文学運動の幸徳事件を契機とする屈折を、批判的に克服しながら、晩年、いわゆる「帝国主義的社会主義」という表現で、『東西南北』における鉄幹の地点に、いちじるしく近づいた思想的地点にたどりついたことは、鉄幹の思想がはらんでいる、一つの問題点である。

透谷、藤村、鉄幹の詩業を総括してみながら、わたしの胸中にはただひとつの課題がうかんでくる。それは、透谷、藤村と、鉄幹という、まったく対照的な思想的問題をはらんだ詩人たちを、一つの地点から貫通して否定的に克服できうる方法は、どこにありうるか、ということである。事実、かれらは、おなじ一つの根からうまれ出たものであった。鉄幹は、『東西南北』のなかの「詩友北村透谷を悼む」において

世をばなど、いとひはてけむ。詩の上に、
　おなじこゝろの、友もありしを。

とかいている。「おなじこゝろ」とは、ただ、透谷も鉄幹も、実行世界から詩世界へ近づいたという点にあるのではない。また、詩のうえで、コトバの芸術を目指さず、ただちに自我意識上ありあまる現

実的問題を、詩のうえに投げいれたという点にあるのではない。透谷の指向した革命的近代意識と、鉄幹の指向した国権的革命意識とが、おなじ系譜のなかの双生児に外ならなかった点にあった。そして、もちろん、わたしたちが否定的に媒介すべきものは、このうちの一方ではなくして、双方であり、この双方が、おなじ一つの根底から発しているところの、そのものである。

註　『与謝野寛評伝』坂村真民　蒼穹社　昭和十二年八月発行

Ⅳ

ルカーチ『実存主義かマルクス主義か』

こういうおそるべき《著書》にぶつかった場合、いつもそうするより仕方がないのであるが、ぼくは本書を読むに際して、自身に課している思想的な課題のうち、少くともふたつがどのように納得せしめられるかによって、本書にたいするぼくの評価の基準にしようと考えた。そのふたつの課題というのは、一口にいうと、人間の実存を存在形式または存在規定とする立場から、現代のコミュニズムのもっている課題へつき抜ける道があるかということ、もうひとつはぼくたちの精神構造のなかに深く喰い入っている生きた現実との接触感の喪失、孤立感というものが、現代の具体的な現実の構造とどんな有機的なつながりをもっているのかということである。このふたつは、いわばぼくのマルクス主義者にたいする質問を集めたようなもので、従ってこのふたつの課題を素通りしているマルクス主義者を、心情においては忍びないが、ぼくはてんで認めないことにしているということである。ぼくのこういう願望は余程虫のいい実存主義的な願望らしく、ルカーチは、本書にあつめられた四つの論文で、そういう課題が無意味であることを力説している。

　だが決して素通りしている訳ではなく、ぼくが勝手な思考を働かせて補えば、実にはっきりした暗示を豊富に提供していることが判る。ルカーチは、本書のなかで、マルクス主義と種々なディテエルをもった実存主義（ルカーチは、ヤスパース、ハイデッガー、サルトル、ボーボォワール、メルロー＝ポンティを批判することで、このディテエルのちがいを明るみに出している）との対立を、思想と現実の問題、自由と決定論の問題という形で集約的に提出しているから、この集約と、ぼくの思想的な関心とがクロスする地点で、本書にあらわれたルカーチの思想的な独創性に二三ふれてみようと思う。

サルトルは『存在と虚無』のなかで、人間の実存はそれ自体、自由という刑を宣告されていると規定している。したがってわれわれの実存は撰択する自由そのものなのである。このような自由の規定によって、実存をとりまいているすべての質的な差異はなくなってしまい、われわれの実存は、どんな段階の射影《プロジェ》をも許されることになる。サルトルは、とにかく、ハイデッガーによってとことんまで精密に追及された実存の本質規定からも、歴史主義倫理学のあらゆる存在規定からも、人間の実存の意味づけを救い出したかったのだ。サルトルのこういう純粋な願望は、形こそちがえ、マルクスが経済的カテゴリーを存在形式と規定することによって、人間と現実との関係を、ハンサなドイツ観念論の体系から脱出させたのとよく似かよっているというようにぼくには思われる。だが、ルカーチにとって、このサルトルの願望こそ絶好な批判の対象でなければならぬ。マルクス主義者なら誰でもそういうにちがいないが、ルカーチは、サルトルの自由は、歴史性からも、倫理的な序列からも切りはなされた、わがままな、統御できない、幽霊であり、それ自体が無意味であると考える。もしあらゆる行為が自由であるならば、われわれの生きている世界は極端な決定論の世界へと転化せざるを得ないであろう。マルクス主義の規定では、自由とは認識された必然でなければならぬ。認識された必然が、どうして自由であり得るか。ルカーチはできるだけ、サルトルの自由に寄りそうような形で、次のように説明する。具体的な現実（社会）は、たしかに個人の行為、いいかえれば自由な撰択から成立っている。ただその際に、物質的な条件が具体的な現実を究極において決定するのだ。何となれば、個人の撰択の内部で、歴史的な必然が、その撰択を左右するだろうから。いまここで、歴史的な必然が、経済的カテゴリーからでてくることを、ルカーチに代って説明する必要はないであろう。だが、この歴史的必然なるものがいったいどんな構造をもつものであるかを、読者はルカーチに説明させる権利がある。ルカーチによれば、歴史的必然は内外の無数の偶然（傍点は書評者）によって自己を貫徹する。読者はこの問題を更に追いつめる必要がある。どうして無数の偶然が必然に転化しうるのか、と。少くとも、ぼくの考えでは、これはマルクス主義認識論の最大の難関のひとつなのだ。ルカーチは凡庸なマルクス主義者がやるように、《実践》の倫理的必然性をとつぜん引きいれることでこの難関を無造作にとびこえるようなへまなまねはしない。「全弁証法的過程における偶然の方法論的意義が、従来よりもずっと厳密に規定される必要がある」と述べているだけだ。（読者はここで、自然現象の確率論的意味づけが、現代物理学の難関のひとつであることと対比させてもよい。）《論戦的な素描》の悲しさでぼくたちがわがままな読み方をするとルカーチの見解は至るところでとだえてしまうのである。だが、丁度サルトルが撰択する自由によって実存を救済する地点で、ルカーチが、物質的条件の《究極規定性》（歴史的必然といってもよい）によって実存を、救済していることを読者ははっきりと把みとることができる。

実存主義とマルクス主義との倫理的要請はどこから導かれるか。サルトルは、『実存主義はヒューマニズムである』のなかで、歴史性からも倫理性からも切りはなした筈の自由の概念を蘇生させようとする。「わたくしは、わたくしの自由と同時に他人の自由も欲せざるを得ない。わたくしは、同様に他人の自由を目的とする時にのみ、わたくしの自由を目的とすることができる。」この場合、自由とは具体的には自由な国家における自由な市民であることを意味する。そして、「わたくし」の自由にとって、同胞たる市民の自由は不可欠の条件である。とサルトルはいう。サルトルには、あらゆる認識論と、倫理学のハンサな規定から解放された人間の実存が、このとき相互に絶対的な関係のなかに蘇えるのがみえたのである。文学的な表現をかりれば、人間の存在の《孤独の紐帯》がみえたのである。だがルカーチはそれをみないで考えてしまう。なるほど、サルトルは自由を倫理性に結びつけた。だが一旦拒否したはずのカントの公準との抱合わせではないか、カントが客観的に矛盾がないということを主体の道徳的公準としたのと、どこが異っているのか、とルカーチはいう。サルトルの自由の概念の客観化は、形式的に彼の全存在論と矛盾するというルカーチの批判は、おそらくは正確である。自由な行為の撰択のなかに道徳規準をみるかぎり、それは主観的道徳にすぎないので、結果の道徳は、本質的に別な法則に支配されなければならない。ところで行為の内容と意企とが、世界を完全に拒否したり、社会的現実への滲透を断念したりしないかぎり、何らかの形で心情の道徳と結果の道徳との結びつきは回復されなければならない。サルトルの存在論は認識論的な矛盾なしにはこれをなし得ないとルカーチは極めつけるのである。サルトルが裸になった実存と実存とのあいだに、絶対的な関係をみつけたように、マルクス主義は、具体的現実の物質的条件のなかに実存と実存とのあいだの絶対的な関係の射影《プロジェ》をみていると考えるぼくには、ルカーチが何故サルトルの実存の倫理性を、これほど拒絶するのか、よく判らない。ルカーチはつぎに、サルトルの『唯物論と革命』をテキストにして《サルトル対マルクス》を対決させる。ぼくの読みえた限りでもサルトルのこの論文は相当な弱点をもっているから、まるでホームグラウンドで戦うようにルカーチの論鋒は鋭さを極めている。ぼくは労働の概念に対するルカーチの所論から多くの暗示をうけた。サルトルは労働の概念をあいまいにしか理解していない。サルトルが労働者は労働のなかに自分の自由を発見するという場合、労働とは一体何をさすのか。階級社会における労働のなかに労働者は決して自分の自由を発見しない。刑罰を発見するだけだ。労働者が自由をみつけ出す労働というのは、自然との間の物質的な関係としての労働であり、人間と人間との関係が、物と物との間の関係であるかのようにみえる社会のある条件の下では労働は目的性を覆いかくされ、刑罰にしかみえない。したがって、労働者が労働の目的性を回復することと、人間の関係が、物と物との間の関係であるかのような社会的条件を消滅させることとは別のものではない。サルトルは、労働者にとって、人間のあいだの関係は、《暴君的な自由と屈辱的な服従》との関係であると考える。このような規定が誤りであることはいうまでもない。何となれば、このように把握された関係を消滅させて、労働者が自分の自由を回復することは、必ずしも人間の関係が物と物との関係によって覆われているような社会的条件を消滅させることを意味しないからである。逆に、物と物との関係の果しない普遍化によって、人間の関係を消滅させることによっても（読者は現代アメリカ社会がこの典型をなすと考える自由を有する。）《暴君的な自由と屈辱的な服従》との関係は消滅しうるものだ。即ちルカーチは、マルクス主義における物化の理論を存在論によって深化しようとするサルトルの意企が、社会変革の必然性と一義的に結びつかないということを、サルトルの労働の概念のあいまいさを指摘することによって、認識論的に結論したかったのだ。

おおよそ以上のような問題をめぐって、実存主義との基本的な対決を行ったのち、ルカーチはドゥ・ボーボォワール、メルロー＝ポンティらの実存主義とマルクス主義との折衷（和解）の試みを批判している。その批判は、「わたくしは社会主義には賛成であるが、ソヴィエト的社会主義には反対である。わたくしはただわたくしが頭に描いているものと一致する社会主義だけは賛成する。」というのは、わたくしは母性愛の化身であるが、わが子を愛せない、あの子の耳は突きでているから、という母親と同じだと述べるルカーチの比喩に要約することができよう。これはよくできた皮肉であるが、それと同時にマルクス主義認識論の可成り重要なつまずきの石をも暗示している。ルカーチが本書の第四の論文「レーニンの認識論と現代哲学の諸問題」のなかであきらかにしているように、弁証法的唯物論の基本的な性格は、それが現実に対して近似的な認識を与えると同時に、その近似性は、現実の絶対的な把握へと、無限に近接する可能性を絶えずもっているという点にあるのだろう。ここから認識された現実と、具体的な現実との混同がはじまる。そして「あの子の耳は突きでていない」といい張る連中もでてくる。ルカーチは、メルロー＝ポンティ批判のなかで述べる。「メルロー＝ポンティも熟知している通り、プロレタリア階級は共産党、ソヴィエト聯邦にどこまでも忠実である。」と。ルカーチが、プロレタリア階級という言葉を、認識された意味でなく、具体的な意味で用いているのなら次のようにいい直すべきだ。《メルロー＝ポンティも熟知している通り共産党、ソヴィエト聯邦はどこまでもプロレタリア階級に忠実でなければならぬ。》と。このことは、マルクス主義認識論が、《現実》との折衷論である限りにおいて、絶えず《歴史的必然》を味方に引き入れているにもかかわらず、つまずきの石を免れていないことを明らかにする。マルクス主義哲学者として能うかぎりの鋭さをもって、存在論の中核にメスを入れるルカーチの論鋒も《歴史的必然》に甘えて、自らの存在論的根底を震かんすることを怠ってきたマルクス主義認識論のひ弱さを幾分かは免れてはいないと思われるのである。

ルカーチは、本書で、「現代思想の危機は、弁証法的唯物論に何の影響もあたえない。」といい切っているが、果してそうであるか？　現代では、個人の存在とおなじく、集団の存在も絶えず危機に直面しているのである。

善意と現実

――金子光晴・安東次男『現代詩入門』、関根弘『現代詩の作法』――

ここ半年くらいの間に、現代詩の「話」とか「手帖」とか「実験」とか「読本」とか「入門」とか「作法」とかいう類いの入門書が詩人の手によって提出されてきた。これらに共通した特徴は、著者が、詩は推敲に推敲をかさねて作りあげるものだが、詩論はよた話を書くことだと誤解しているのではないかと疑いたくなるほど、散文的なきびしさに欠けていることだ。構想力とか、論理性とか、ちみつさとかの最小限すらなかなか見出しにくいのである。かれらの多くは、詩論を書くことが、詩を書くこととちょうど同じような問題にぶつかるものだ、ということを実感したこともないにちがいない。どの著書をもってきても、著者たちの思想と考察力と体験の最大限を行使しているらしいことから考えても、それらが、永久に「本論」へゆきつけないていの散漫な詩精神の所産であることを、鏡のように映しだしているのだ。かれらの精神構造の幾部分かは、現在でも前近代的な手職人の根性で汚れている。これをふっ切らないかぎり、日本の現代詩や詩論はまっとうな文芸批評の対象にはなりえないことを覚悟しなければならぬ。詩人が入門書を書きたいなら、文学論ないしは文学史論としての評価にたえるような独自の詩論を提供するか、または自己の詩作体験を忠実に、丁寧にあけひろげてみせるか以外にあるわけがなく、それ以外のものによって、読者を詩に入門させることができると考えたら、おめでたいと言わなければならない。夫々の入門書には、こういう条件を充たしている個処が無いわけではないのだが、著者たちは、はっきりした目的意識を措定せずに、まず書きはじめるらしいのである。金子光晴・安東次男『現代詩入門』（青木新書）もとうていこの例外ではない。「高慢先生」のよた話からはじまり、その若い共著者の「わたしには、ついに、商魂というものはあっても、高村（光太郎のこと）のようにそれ自体が筋肉運動のような、高みに昇る精神というものがなかった」という、袋叩きにでもしたいような腑抜けたせりふで幕になるこの入門書に、ぼくたちの批評にたえるような見解や立場は示されていない。よほどひまな詩壇時評家にたのむがいいのだ。ただ、幕外につけ加えたような、「詩の解説」と題する金子の、解説と体験談と感想をおりまぜた文章を、貴重な文献として特記しておこう。

詩に入門しようなどという野心をさらりとすてて、両詩人の精神構造を探求する資料としてこの著書を読めば、あたかも両詩人の詩を読むとおなじ問題がそこに提出されていることがわかる。ニヒリストづらをして、何もかもつまらないといった印象をあたえながら、机の下でこっそり万巻の書をよみ、進歩的な思想の持主と誤解されながら意外に保守的な思想の持主であり、人間など、どいつもこいつもあてにならぬというようなせりふをつぶやきながら、小心に人間や生活にかかずらっている。といったような金子の詩からうける印象が、文章のスタイルのなかに歴然と見てとれるのである。安東の場合もおなじだ。エゴと現実（対象）とのあいだに独自の遠近法をもたないため、現実（対象）がすべて等質に、おなじ距離に、おなじ重量でつかまえられているその詩の印象が、主体性のない文体、重要なこともトリヴィアルなこともおなじ密度でほじくる才能、詩の一行に百万語の解説をつける能力（抵抗詩論では学問的な価値にまで高められていた）などに、はっきりとあらわれていて、読者にこういう入門書の読み方もあるのだということをすすめずにはおられないのである。

関根弘『現代詩の作法』（春秋社）になると、ほぼ、おなじような問題をしめしながら、いくらか事情がちがってくる。

関根がレールモントフからエリュアールまで、十人近くの詩人の詩を、平板的に引用して、「詩とは何か」などと論じているのをみると、引用した詩人のたった一人についてさえ、その作品をその時代と風土のなかにおいて、現実の構造と詩人の感性のつよい結びつきを追求したことはないだろう、というような意地の悪い感想しか浮んでこない。もし関根にそういう把握力があるなら、夢と現実との綜合というような課題は、もっと具体性とディテエルをもって足元から論じられるはずなのだ。

これは、日本近代詩の歴史について感想をくりひろげた「いかに詩を読むか」という項にもはっきりとあらわれている。

もっともそこには鉄幹を重視している（関根はそれを後期の詩によって象徴詩人としてあげているのであるが）というような卓見がないわけではない。ぼくたちもまた、小山鼎浦のような当時の詩論家が、藤村に一項目を晩翠に二項目を捧げて新体詩家を論じているような俗見に抗して、鉄幹を藤村に対比できる詩人として位置づけたいと考える。『若菜集』で藤村が、膨脹してゆく明治三〇年代はじめの日本資本主義秩序についていけない庶民的エゴの苦悩を七五調のなかに封じこめたとき、鉄幹は、『東西南北』、『天地玄黄』で秩序の膨脹の方向にブルジョワジー的エゴを解放させる。そして藤村がその苦悩を詩のなかに模索することを放棄した軌道のあとを、明星・スバル系の詩人があゆんでゆく。このところに日本の近代詩の第一の屈折点がえがかれる。関根は、せっかく日本の近代詩の歴史をとりあげながら、ヨオロッパのほんやく詩をとりあげるのと同じ手つきで、「心の状態をとめるピン」ばかりを探しているのである。おそらく、関根の思考方法は、類音連想または類型連想によって感覚的に拡がってゆくていのものであるが、決して縦深的に下降することができないのである。この特徴は、最後の「いかに詩を作るか」のなかで、逆に優れた機能を発揮している。マックス・ウェーバー流の新歴史学派の影響と、コミュニスムの影響と、少年期の体験と感覚とに固着したチクロイド型の関根の感覚は、ここでは独自の領域をきり開いている。特に、「子供の唄」、「詩と生活綴方」、「サークルの詩」、「檻のなかの動物」に示された見識は、現在流行の綴方の諸先生などにとうてい求められないもので、この領域で関根が不可欠の詩人であることを立証している。最後に収録された詩論「狼がきた」をめぐって、さきに野間の反論があり、所謂「狼論争」が提起され、岡本潤「夢と現実」（『新日本文学』五月号）、入江亮太郎「論争者の所在」（『詩学』七月号）などが、それぞれの見解を提出した。

関根の感覚的にひろがる詩論から、論理的な欠陥や、不用意な言葉尻をつかまえて噛みつくことは易しい。ことに、「松川事件」について、階級的正義を手元にひきよせて、関根の誤解をうけやすい論旨をひっぱたくのは、なおやさしい。野間（「詩における自然と社会」）がもし、関根の不用意な言葉尻をつかまえて弁証法的な説教をくりひろげなかったならば、すくなくとも「狼論争」のうちの倫理的な部分は、成立しなかった筈だ。あとにのこるのは、関根と野間との思考方法のちがいと、そこにみちびかれる詩的（文学的）立場のちがいだけであり、それは、ほぼ、野間の詩「数知れぬ葉っぱをみがけ」にたいする関根の批判と野間のそれにたいする自己擁護に集中してあらわれているのである。読者は見ぬかねばならぬ。関根の詩論のうしろには、詩「君はもどってくる」があり、野間の詩論のうしろには、詩「数知れぬ葉っぱをみがけ」があり、ともに、マルクスやバルザックやアラゴンや、エリュアールを援用して、火花をちらしている両者の一般的正論の水準からは論ずるにたえぬ貧弱な詩にすぎないことを。そしてぼくたちが生きているのは、一九五四年の、みるも無残な社会、日本であることを。かれらは何故、自分たちの貧弱な現実と、詩の土壌を忘れて一般的正論を構築しようとするのだろうか。ぼくには、それが、思想にたいする本質的な態度を紛失した空しい術にみえるのである。関根が、野間の「数知れぬ葉っぱをみがけ」を引用して、「野間宏はサンボリズムからの脱け出し方が、結局は中途半端なのであり」と言っているのは正論であるが、それを、「狼であって帝国主義であるというのは、シュルレアリストが夢みた比喩以前の寓意であり」などと手前味噌なことを言わずに、野間の思想把握の根本的な疑義をつくべきであった。野間はじぶんのあまり上等でない詩に、上等なベンゴを行ったのちに言う。「彼等（シュルレアリスムからコミュニスムへすすんだ詩人）は人間の内部をも外部をも自然または社会として唯物弁証法によって追求する道にのりだして行くのである。」のりだしたのは誰か。野間以外には、こういうのりだしかたをしたものはいないのである。人間がひとつの思想を自己のものたらしめる場合、かならずその人間の内部で体験（実践）の客観化ともいうべき過程がおこる。これは、はじめに感動となり驚きとなり、あるいは衝撃となり葛藤となって自覚され、ふたたび体験（実践）へとすすんでゆく。そして思想をして真に思想たらしめるものは、この過程をのぞいてはないのである。この過程を「自然」として追求するとき何がおこるか。人間の内部的な体験の蓄積にたいする断絶がおこるのだ。人類の思想的遺産にたいする断絶がおこるのだ。

野間のこういう考えを、唯物弁証法を詩論に適用したものだなどと考えて、傍線をひっぱって「学習」するものがあるかも知れないから言っておくが、これは唯物弁証法でも何でもない。『暗い絵』以来の、『星座の痛み』以来の、自己の内部の葛藤にたいする自己嫌悪が投射された野間の弁証法にすぎないのだ。関根はむしろ、「数知れぬ葉っぱをみがけ」のなかに、思想把握の人間的な過程が除外されているために、暗喩のかたちをとったスローガン詩に堕したことを指摘すべきであった。ぼくは、野間が、ともすれば一般的正論を構築するように論理をはしらせるのをこれと無縁のことがらではないと考えている。

「狼論争」によって、どういう価値ある結果がうまれたか。それは今日の所謂民主主義詩人たちが、ほぼ、はっきりと野間に代表される詩の方法と、関根に代表される詩の方法とに、わかれたことである。『列島』七月号で、関根らは、アヴァンギャルドの旗幟を鮮明にうち出した。かれらの「アヴァンギャルドとリアリズムの統一」が仇花におわることは日本の現実の構造と感性の現段階から判断して予測することができるとしても、錆ついた鉄管のわれ目から咲き出すかぎり仇花もまた意義ある変革の問題を提起するかも知れぬ。

関根らのゆく手には、二つのわながよこたわっている。ひとつは、レモン色の作業衣をきて黒い襟飾りをつけてぷらぷらしているマヤコフスキー張りの詩。ひとつは、川柳、落語、漫才の方法につながる日本的戯作詩。野間らのゆくてに、スローガン詩、日本的象徴詩、浪曲的感傷詩、のわながあるのと同様である。そして、ここに共通したわなを克服して人間の内部の問題を社会的問題にまで貫徹させるみちだけが、社会変革の課題と一義的（アインドイッテッヒ）につながりうる日本現代詩の課題にほかならない。

新風への道

——歌集『広島』、武谷三男編『死の灰』、金子光晴・村野四郎選『銀行員の詩集』——

歌集「広島」編集委員会編『広島』（第二書房）は、九年前、広島で原爆下にさらされた受刑者、主婦、公務員、といった生活人である歌人の手によって唱われた、眼をおおわしめる惨禍の歌、鎮魂の歌、抗議の歌をあつめたものである。

読みすすんでゆくうち、ぼくの手はふるえ、心は苦渋に充ちてくる。こういう作品をまえにして、声をのんで凝視せねばならない瞬間にぺらぺらとしゃべりだし、叫ばねばならないときに沈黙する手合いの真似はしたくない。だから、まぬけづらをして、いちばんくだらぬことを言おうと思う。

ぼくたちは、原爆下のせいさんな極限情況をえがくためにも、ささやかな恋愛をえがく場合とおなじに、俳句、短歌、詩、小説、ルポルタージュ、といったような表現形式の何れかをもちいなければならぬ。この制約は、考えようによっては辛いことである。ぼくの、あてずっぽうの推定では、それぞれの表現形式は原則的にいって、えがくべき対象（現実）とそれにあずかる自我とのあいだに、それぞれ、固有な距離をもっていて、うごかすことのできないものだ。そして、これもあてずっぽうだが、俳句、短歌のような短詩型文学は、このうち対象（現実）と自我との距離が、もっとも短く、ほとんど密着して未分明な、表現形式にほかならぬ。では、原爆下の極限情況をえがきだそうとするとき、この形式は、はたしてふさわしいか。対象と自我との距離がもっとも短かい形式だという点で、もっともふさわしいと言えるし、対象と自我とのあいだに分析をゆるさぬ未分明さがあるという点で、かならず宿命的な欠陥につきまとわれるであろう。たとえば小説という形式で、原爆下の極限情況にまで到達しようとするなら、ぼくたちの自我は、ほとんど全文学史が歩んだみちを、とぼとぼと歩んで、そこに到らねばならない。そして、その過程における収獲もまた多様である筈だ。だが短詩型は、瞬間的に情況に到達し、かつ対象と自我とは未分明のままにのこされる。

歌集『広島』の提出している問題も、これにたがわぬ。この歌集は、全体として悲調とか哀調とかいった一種の屈曲したもどかしい主旋律につらぬかれているのであるが、それは、短詩型文学の宿命的な性格と、五、七の定型音からきているると思われるのである。おそらくは、この理由から原爆被害者である広島市民のなげきや、あてどないいかりや、平和への祈念のごときものは表現されながら、原爆元兇にせまる力は意外に弱いかまたはおおく外れ矢におわっている。この歌集すべてをあげても、「修羅場の如き広島過去にしてジャズとネオンの我が視野にあり」「日本人また痛められ還り来ぬビキニの海よりケロイド持ちて」という、ぼくたちの意志をふみにじり、またふみにじって迫ってくる現実のリアリティに対決することは、できていないのである。もちろん、歌人がどんな優れた歌をつくろうとも、直接的に、これらの情況を阻止することも、変革することもできない。だが、すべての文学作品は、ほんとうに実現された作品のリアリティによって、永久に、現実のリアリティに対決することをやめないのである。この歌集に短歌をよせた広島の民衆歌人は、情況の真実と、作品の真実とは、紙のうらおもてのようにつながっているようにみえてもじつは断絶があること、そしてこの断絶の距離をはっきりと測定することが創造にほかならぬこと、を意識して、悲調や哀調からつきぬけるみちをゆくべきではあるまいか。それは、専門の歌人になるためにではない。原爆のいたでや苦しい生活とたたかいながら、なお寸暇をもちいて表現をせずにはおられない人々が、表現をつうじて逆に現実と闘うたった一つの道を見出すためにである。

だが、今日、定型音を主体とする短詩型文学は、ぼくたちが考えている以上に、作者たちにとって複雑な問題をはらんでいるであろう。元良勇次郎の労作「精神物理学」における実験心理学的な追求以来、日本詩歌における五、七音と心理や感性との関係はきわめつくされた感があるが、そのような理論も当事者にはあまり助けにならないかも知れぬ。

おなじ問題を、ほぼ、歌集『広島』と対蹠的な視点からつかまえているのが、武谷三男編『死の灰』（岩波新書）であり、ここには、編者武谷が、気象学者、水産学者、ビキニ患者の治療にあたった医学者、物理学者（生物学者もふくめた）、化学者、などをたずねて交わした、かなり高度な専門的な意見が、問答体で編集されている。ルポルタージュというような表現形式のもつ一種のあいまいさに、あたまを傷つけられた人々も、ここに、その純化された一形式を見つけ出すにちがいない。武谷が、ここでめぐらしている工夫は、ぼくの考えではふたつある。

第一は、編者としての問題意識を、どこにすえているかということであるが、武谷はそれを各専門学者への質問のなかに完全に移入しつくしている。武谷の専門的な質問は、じつに鮮やかに「死の灰」の核心をぬってあるき、それに答える各専門学者の答えは、それぞれの学問的な領域の中心に、「死の灰」の問題を、武谷の問題意識を潜在的に反映しながら、鮮やかにうかび上らせる。すくなくともそれは成功している。ぼくの読んだかぎりでは、この本は、原水爆の残酷さと、それをささえる原爆帝国主義の巨大なメカニスムに対決できる、ゆいつの著書であるが、それは、おそらく武谷の深められた問題意識が、各専門学者のゆるぎない、だが淡々とした客観的な意見と、よくからみあった地点から生れてきているのである。

『死の灰』の提出している問題は、たんに原水爆という破壊力において比較を絶した殺りく兵器があらわれたということではなく、その持続性と滲蝕性において、まったく質を絶した殺りく兵器があらわれたことを意味している。ぼくたちが、「死の灰」の惨禍を平和への絶対的な願と結びつけると同時に、「死の灰」の問題がしめす社会的、経済的、科学的変革の構造をはっきりと分析しなければならない理由はそこになければならぬ。

湯川の中間子論建設期の共同研究者のひとりであり、ながく日本の素粒子論グループを指導してきた武谷が、それを見のがすはずがない。もちろん、他の学者も、それぞれの領域から、これを見のがしてはいない。武谷の第二の工夫は、この「死の灰」のしめす質的な変革の意味を、科学的に指摘することにかけられている。著者たちは、安直な、それゆえ力の弱い叫喚との結びつきを断乎としてしりぞけて、「死の灰」の問題を、ベーター線、ガムマー線の外部照射の影響と、核分裂生成物の内部滲蝕と持続との両面から、追求してゆくのである。

たとえば、ビキニ患者の検診をめぐる日米両国の、医学と政治、被害者と加害者、従属国と支配国、といった無類の屈辱と緊張のあつまった場面にいかりを禁じえない人々も、原爆は、「量的なスケールの大きさにおいておどろくべきものではあっても、作用の質からいえばこれまでの武器と同じものであろう。」と書いた竹山道雄のような文学者も、かならず、この本の著者たちが降りていった地点まで、降りてゆく必要があるのだ。

金子光晴・村野四郎選『銀行員の詩集』(全銀連文化部)。これは、現在の銀行組織労働者の後退と停滞の、いろいろな断面を、詩の主題やレトリックや、そのうしろに息づいている現実意識をとおして、なまなましくうつしだしている貴重な詩集である。選者、金子と村野は、この詩集のなかには、「詩壇の中毒や、先輩の追随詩や、おもいあがった観念の公式的展開などはみられないで」とか、「早くいえば詩壇のつまらぬ流行的スタイルの災厄からまぬかれている」とか書いているが、一読するものはたれも、これが血の通わない、でたらめな言いぐさであることがわかるにちがいない。

十篇くらいはある実質的な、うごかしようのない世界を表現した、職場や生活の詩をのぞけば、もうすこし技術的に上達したら、きっと詩壇の俗物詩人になり下るか、または、自己と現実との深層を、ほりさげるこころを失った俗流民主主義詩人になり下るほかないような詩ばかりである。(すでにその塁をする詩もある。）ぼくは、金子や村野のように、この詩集をよんで、「たのしかった」とも「うれしかった」とも思わなかった。それればかりか、今日の銀行組織労働者が、いつわりの安定感や、逃避や、さいなまれたどうすることもならない情況のなかで働き、生活していることを、更めて確認し、言いようのない危機感におそわれずにはおられなかった。

この詩集を基本的に特徴づけているのは、「現実からの逃亡」の意識である。一方に、「その亀裂の間で　おれは午前零時の不在が　苦悶の誕生に喘ぐのを見つめていた」というような、エセ詩的レトリックがごろごろ転っているかとおもうと、一方では、「祖国よ　ぼくたちは涙してこの祖国をいだく」というような白痴的なレトリックがごろごろしている。いずれも、自分の生きている生活や現実の情況から逃亡することなしには、つくりえない詩である。

おそらく、この詩集にあらわれた、技術と内容の両面にわたる停滞は、銀行詩人たちが、日本現代詩の歪みと、日本資本主義メカニスムのど真中で受感している停滞した現実とを、レトリックと感性の両面から、単純に再生産しているところからきている。

ぼくは、金子や村野が、ここで銀行詩人たちに送っているいいかげんな挨拶にことさらけちをつけようとはおもわぬ。だが、かれらのいいかげんさは、日本の詩史的な歪みと無関係ではないのであり、この歪みにたいして、つよい自我意識と、現実意識との両面から疑義をとなえて抵抗した詩人たちを、孤立のうちに窮死せしめた日本の近代詩の歴史を、忘れようとしても忘れることができない。けっして忘れてはならない。

また、ぼくは、銀行の職場詩人たちに、「現実からの逃亡」の意識を克服することは、イデオロギーのいかんにかかわらず、日本の現代詩の歪みを克服することにつながり、それは、かならず日本の現代社会の歪みを変革することにつながらざるをえないことを、ことさらに語ろうとは思わぬ。だが、たとえば、上役とか同僚とかの反目や友情や、職制の圧迫や、組合の組織にくわえられる圧力やを、ひとつひとつこころのひだに刻みこみ、そこから、そのひだをもとにして詩を表現すべきであること、また理不尽な圧力に、ただしく抗うことのできない組織や、自分の弱さ、おく病、無力を、空疎な強がりではぐらかしたり、または空想のなかに逃亡したりせずに、しっかりとかみしめ、それを、そのまま詩に表現せねばならないこと、を訴えずにはおられないのである。

関根弘『狼がきた』

贈られてきたこの詩論集は、たまたまわたしを訪ねてきた仲間の労働者にくれてしまった。そのとき、わたしは、くだんの労働者にいった。「サークル詩の指導者なんていうのは、たいてい戦術的なミスの責任をおってピストルで心臓ぶちぬいて、くたばったほうがいい奴ばかりだが、この人は例外かもしれないよ。」

関根の師匠すじにあたっているマヤコフスキイは、一九三〇年、ピストルで心臓をぶちぬいて自殺した。わたしは、都合のわるいことは頬かぶりする風習がないから、この自殺の原因を三つあげよう。

第一は、文学官僚とたたかい、敗れた。

第二は、愛のこと、女のこと、身辺の雑事のことに、さてつした。

第三は、性格の悲劇である。

この詩論集は、師匠マヤコフスキイにならわんとするように、民主主義のネクタイをつけた紳士、大衆のこころの動きをタテにせず、庶民とか国民とかの名儀をタテにしてじぶんを権威づけ、ひとを強迫するもの、チンピラのくせに敬老精神にとみ、徒党的反パツだけを悪模倣するもの、これら文学官僚（といえばまたぞろ盗賊の手口だとイキマクのもあるだろうが）的なものと、善戦している。

たたかうことで、自分をたしかめるというポレミークの本道をつらぬいている。

もちろん、この本にも愛のこと女のこと、身辺の雑事のこと、が語られていないわけではない。たとえば、愛のことは、「…これから坊やの仕事だ。お母さんとお父さんのところへお帰り。強く正直に育ってしっかり親の世話をするんだ……」というシェーンがボッブに語るコトバで、女のことも語られている。「一部のインテリ女性」とか「巷のベアトリチェ」とかいうコトバで、身辺の雑事のこともかかれている。貧乏な少年期の思い出として。この点では、関根は庶民的親孝行者であり、女には軽薄な社交家であり、少年時代の思い出ばなしは、哀愁にみち、しかもなにかたのしそうだ。関根は、マヤコフスキイのように、さてつすることはあるまい。

マヤコフスキイは、暗鬱な、悲劇的な、強烈な性格の詩人で、十三世紀にうまれていたら当然『神曲』をかいた人だ。わたしのかんがえでは、典型的な分裂性性格（シツオイド）で、それは自殺のひとつの原因だった。関根弘は、師匠と反対に、陽気で、うつり気で弱気で、外部世界にたえず好奇心をもってすべりこんでゆく、典型的な循環性性格（チクロイド）である。関根は、おそらくたたかいがどんな苦況におちいっても、自殺することもなくスリヌケてゆくだろう。『狼がきた』はそれを証している。かならずしも、師匠マヤコフスキイに忠実だとはいえず、わたしは、たいへん不満であった。

『浜田知章詩集』

詩集を贈って下さってありがとう存じました。

一気に読み切ったところで、粗雑な感想を述べて、御礼にかえたく存じます。ぼくが、詩の方法上で考えている血路が、貴方と全くちがった方向だということを前提として、他山の石として読んで下さるようお願いします。

第一に、貴方の詩の技法が、たんねんに蓄積された構成力と、ひろがりをもった、ちょっと動かしようのない優れたものであることに、せんぼうを禁じえませんでした。これは、ぼくのような思想的にも、詩の手法上でも、危ない綱渡りをやっているものにとっては、全くの実感です。いうまでもなく、このぼくの実感は、裏がえせば、直ぐに貴方の詩にたいする批判にかわりえます。

本質的な問題から入りましょう。

貴方の内部世界と、現実との関係、位置というものが、明瞭でないという印象をうけます。つまり、現実を視覚的に鋭く描写しているところでは、貴方の内部世界の様相は不明瞭で、ときどき内部的様相をみせる批判的な個処では、その批判は、一種の原始主義的な、屈折のないものとしてあらわれていま
す。

ぼくの考えでは、内部世界は、論理化され、検討されれば、されるほど、社会的な現実に対して、断絶感を増加します。それはいうまでもなく資本主義社会の構造が、日本では特に「論理的」でないから

です。ところで、現実と断絶された、つまり反自然主義的な、論理化された内部世界から、逆に社会的現実に対決するとき、はじめて正当な意味での変革（革命）の問題が、内部の問題として出てきます。プロレタリヤ詩の敗北は、この問題を内部の問題としてうけとめることができず、内部は非論理的（半封建的）なままに自己検討せず、もっぱら外部世界の問題として処理したところに、内在的な原因の一つをもっていたとおもいます。

貴方の内部世界は、徹底的な現実との断絶感まで突きすすめられず、したがって内部と現実との距離をはっきり自身で測定せずに、ふたたび社会的現実と対決しているのではないでしょうか。それゆえ、貴方の詩は、政治的な力、いいかえれば、現実を動かすように読者を動かす力が弱いように思います。ぼくが政治的なという場合、安っぽいプロ詩の「政治的な」ということを意味しません。微妙に政治的なという意味です。

貴方の詩では、たとえば、原水爆のテーマを書き、基地反対闘争をかく詩人は、少くとも民主主義的であり、虚無や絶望を描く詩人は、民主主義的でないという、且て関根弘が『列島』でやり、貴方の詩集の跋文で書いているような、そういう意味の区別はできるかもしれません。

しかし、「民主主義詩人」を名のりながら「エセ民主主義詩人」であり、「国民」の前衛を自称しながら「エセ前衛」であり「革命的」なつもりで、もっとも悪質な「反革命」である、というもの、逆に絶望や虚無を描きながら、それが真の希望につながっているもの、これらの区別、これらの批判は、貴方の詩では、できないのではないでしょうか。そして日本の戦後の革命を敗北に追いやったものを拒否するために、このような区別、このような批判が、権力にたいする批判、抵抗のなかに、同時に封じこめられることが、必要ではないでしょうか。

これは貴方の詩、また貴方達『山河』の運動にたいするぼくのもっとも大きな批判であり、またぼくがいつも危ない綱渡りをやっている所以です。

たとえば、貴方は『山河』で、奥野健男の同人雑誌評を批判し、(これは自由です)そこに、「『現代詩』の方でもこういう詩の判らぬひとに詩誌の批評を頼むことは間違っている。」と書いています。ぼくは真向から反対です。『現代詩』の間違っている部分を正すために、奥野のような批評家に、批評を書いてもらうことが必要なのです。むしろ菅原の鮎川にたいするバカげた「反論」のようなのを、貴方は批判してしかるべきなのです。ぼくのいう意味を、或は貴方は、うまく理解してくれないかも知れません。しかし、何処までもヌカルミがつづいて、いい筈はないのです。

そこで、貴方の詩の手法に、ぼくなりの注文をさせて下さい。

貴方は、内部世界を、外部の現実を描写するなかに反映させるという従来の貴方の方法を、一度、うたがってみていただきたいのです。そして、「現実と対決している内部世界の様相を、(内部世界を、ではありません)現実描写のなかに、そっくり投入する」ことを工夫してみて下さい。それは、いままで、どんな日本の詩人もなしえなかったことで、それが貴方の手法に則してなされねばならない課題の一つであることを、ぼくは確信します。

細かい点について感想を述べる余裕がありませんでした。否定的な批判になりましたが、貴方の詩が優れたものだという自明のことを、改めて言う気がしませんでした。

御健康を祈ります。

三谷晃一詩集『蝶の記憶』

小生の判定では、ここに集められた作品は極めて高い水準にあると存じます。これは貴方だけに言えることではなく『詩』のなかに発表されているすべての作品について、そう言えるように存じます。詩について、公正な批評の、できる人が詩人のなかにすくなくて、そこから助言や暗示をうることがない状態で詩をかくことは大変なことだとおもいます。したがって自己の内部世界の拡充、体系化ということを目標にして、詩作をつづけなければならない現状にたれもがおかれているとかんがえられます。これは日本の文学全体の局面から考えて詩のもっている不利な点であり、また逆手をつかえば有利な点にすることも出来るとおもいます。たとえば小説家などでは、ジャーナリズムに風穴をあけられ、自己の内的必然から作品を生んでいるものは、指おり数える程しかいない現状ですから。

貴方の作品について、慾を言わしていただけば、内部に一定の安定圏があって、そこから詩を生んでいるという点についてです。一篇の詩が生まれたとき、貴方の内部世界はもうそこにはいない、というよ風に詩が作られていないで、くりかえし、せん細な感受性で、自分の内部世界を愛撫しているというように作品がかかれています。それゆえ、小生には、この詩集の世界は、単一のパターンで、単一の詩に書かれなければならないように思われます。小生ならここに集められた作品を排列、再構成して一篇の詩を作りたい欲求にかられます。そして再構成する過程で自己の内部世界を、そこから脱出させたいとおもいます。でも、それも批判する側の慾深さで、これだけ静かで、鋭いイメージを持続的に提出された貴方に、敬意を表するのが至当であることは承知の上で、感想をのべさせていただきました。

奥野健男『太宰治論』

太宰治が自裁してはてたあとで、たしか『文芸』に、志賀直哉が「太宰治の死」という短い文章をかいていた。「如是我聞」にたいする志賀の特徴ある反応をさらけだした文章だったが、そのなかで、志賀が広津和郎にあったとき、なんだか断崖にたっている人間をつき落したようで、後味がよくないという意味のことを語ると、広津が、いや、そんなことはない、太宰はどうせながく生きてゆけなかった、かれは共産主義からの脱落意識で自殺したのだ、とこたえたという個処を、なぜか、あざやかに記憶している。

わたしは、当時、太宰の自殺の原因を共産主義からの脱落意識だと志賀に規定してみせた広津のコトバを、ほとんど了解することができなかった。広津の洞察の意味をいくばくかの実感をこめて理解するためにわたしには若干の現実体験が必要だった。

わたしは、はっきりといまでは太宰治の文学を特異な転向文学のひとつとして位置づけるべきだとかんがえている。

奥野の『太宰治論』の最大の価値は、だから、広津のテーゼを継承し、細部にわたって展開してみせた「生涯と作品」の部分にあると、わたしはみたいとおもう。

特に、広津のテーゼを検証するために、「晩年」以前の初期作品にまでさかのぼって分析し、作家としての太宰治が成立するために、政治的な活動からの脱落、転向意識が不可欠の条件であったと主張するための基礎工事をやった部分は、奥野のもっとも独創的な業績といわなければならない。

太宰の処女作「晩年」が成立したのは、ナルプ解散より二年前である。つまり、日本のマルクス主義文学運動の組織が崩壊し前期の文学的転向がはじまる前に、太宰は政治活動者として転向し、文学者として登場していたのである。この太宰の文学者としての特異な性格は、プロレタリア文学にたいする太宰の特異な反応の仕方を例として、奥野によって精密に追及されているが、奥野の追及の意義は、たとえば太宰を、労働運動から離脱し、それを跳躍台としてプロレタリア作家として登場した徳永直や、蔵原、宮本理論をヒエラルキーの頂点として展開されたマルクス主義文学運動のなかで、文学の自律的な価値、自律的な政治性をヨウゴした中野重治とならべてみると、はっきりするのではないかとおもう。

太宰治の文学をかんがえるとき、すぐに北村透谷のことが頭にうかんでくるが、両者は、「政治と文学」との関係について、古典的、倫理的、一元的な考えかたを固執し、すてきれなかったため、政治的な活動からの離脱を最大の屈辱とし、傷手とし、転向とし、罪悪感に悩んで、自裁にまでゆきつかざるをえなかった点で、ふかいアナロジーをもっていた。奥野は太宰の作品を中日戦争以前、中日戦争から太平洋戦争期、戦後、の三期にわけ、それぞれの時代的特徴と文学的潮流とに照しあわせながら、太宰が古典的、倫理的であったがために起した特異な文学的反応を、もれなく拾いあげて分析している。

ミンコフスキーや、フロイトや、伊藤整や、平野謙や、某の発想が使駆されているが、わたしはその鋭鋒が、たくまずして、プロレタリア文学運動から戦後の民主主義文学運動にいたる進歩的な文学運動の、文学理論的、組織論的な盲点をするどく衝いているかにおもわれて興味ぶかかった。

戦後民主主義文学は、太宰治の評価について、ほとんど為すすべを知らなかった。

文学によって政治に奉仕すべきだという俗論と、文学の自律性に徹することで、文学者は文学固有の領域で政治的でありうるとする俗論が支配しているかぎり、政治活動から離れたことに罪を感ずる文学者は、古くさい阿ほうであり、政治的な実践と文学的な実践とを自己の内部で統一しようとする文学者は、ガンコな判らず屋であるとされるのは当然である。

おそらくここに、太宰が民主主義文学陣営によって評価されない原因がひそんでいる。太宰治や田中英光の自裁の原因を、戦後「民主主義」革命運動と、文学運動との誤謬にきすることは納得されないかもしれないが、その責任を女や酒やデカダンスにおわせるよりは、はるかに正当であることはあきらかなのだ。奥野の『太宰治論』は、その点について重要な問題提起をおこなっている。

谷川雁詩集『天山』

谷川雁の詩業について、高い評価を与えた詩人は、わたしの知っているかぎりでは中桐雅夫であり、鮎川信夫である。中桐も、鮎川も自身が第一級の詩人であり、技術的に精密になされたその評価は、わたしを否応なしに納得させるものがあった。ところで、わたしは別に意識的にその評価に対立するつもりではないが、鮎川や中桐にたいし、終始谷川を低く評価してきた。わたしの評価には可成り政治的な謬見が、はいっているので参考になろうと思う。わたしの技術批評は幼稚なので到底その点で中桐、鮎川両家に拮抗できないが、政治的評価については、充分拮抗しうる筈である。谷川は、古いナショナリスムとコミュニスムとを肯定的に結合した詩人である。シュルレアリストであるよりも、サンボリストであり、コミュニストであるよりも、前近代的なナショナリストである。それは、かれの詩業のなかに、どのようにあらわれているのか。第一に、その滑りやすい内的リズムにあらわれている。内的リズムは、いうまでもなく詩人の内部における感性の秩序を象徴する。谷川の内的リズムは、読者をして、現実の方へ下降させずに、観念の方へ上昇させる。

読者の内部世界にレジストするよりも、それを眠らせる。第二に、そのメタフォアが一義的でなく、あいまいである。このあいまいさは、しばしば読者に難解さとして映るが、いうまでもなくそれは、谷川の思想の内実が難解なためではなく、非論理的であるがためである。内部意識にある単純で、陶酔的なリズムに釣られて、眼をつぶって表現するところから来るのである。

谷川は、本質的には「物語り手」であり、『天山』は、その成果である。この単純で、強じんな思想の持主は、ほとんど、一行か二行で、物語をつくりあげる優れた技法の持主でもある。わたしに、大阪以西の詩人には、谷川の影響が、どこかに現われているのが多いと語ってくれた詩人がいたが、確かにそういう影響力を秘めていることは納得される。

しかし、わたしは、あまり興味をもたない。わたしは、詩でないものの中から、詩を生む内部世界と現実世界との強い接触点だけを信ずる。谷川雁は生粋の詩人であり、それ以外のものではない。彼の政治的思想や実践など何ものでもない。わたしは、谷川の一九五六年四月三日のアカハタに掲載された「党員詩人の戦争責任」という文章を読んで、大そう呆れはて、次の瞬間に悲しい憤りを感じた。

谷川が、その非論理的なドグマとあやしい素朴な夢から脱却するのはいつか。

『天山』は優れた詩人の手になる詩集である。詩を愛して詩を書く読者はこれを評価し、詩を憎んで詩を書く読者はこれを評価せぬであろう。

服部達『われらにとって美は存在するか』

現在、批評家というものが作品批評というものに寄生せずに存在しうるか、また作品批評に寄生せず批評の主体を確立している批評家が存在しているのかどうか、余りつまびらかにしない。

服部達の遺著『われらにとって美は存在するか』を読んでわたしはこの才能ある批評家が作家論や作品批評に充たされぬ気持をふかめ「われらにとって美は存在するか」「現代人の疎外」などの評論をかくに至る内面的な経路を合点するおもいであった。

服部が死のわりあいに近づいたときにかいたような評論は、現在の文芸批評的な常識の中で書くには相当辛い仕事だったとおもう。だが、こういう辛い仕事を強いられるのは才能ある批評家の宿命のようなもので、先駆的な仕事はいつも既成のワクを破りながらすすむものだということは、批評でも詩でも別に変りがあるわけではない。

わたしはこの遺著のなかで「現代人の疎外」という文明批評をもっとも高く評価する。それは服部のような美学的な批評家が、現代の社会的現実にたいして、自己のポリティクを足固めすることに必死の努力をはらっていることがここであきらかに示されているからだ。服部は次のようにかく。

人間の疎外の程度を規定する条件として、わたしは、マルクスが直接選び出した経済的体制の種類という軸のほかに、彼の眼には間接的なもの、つまり経済的体制の如何に従属するものとしてしか映じなかった、社会のメカニズムにおける技術的な要素の発展ということを、前者と少くとも同じ程度に重要な、いま一つの独立した軸として考えたいと思う。そして、後者の軸の重要さの急速な増大に、わたしはじつは、近代とははっきり別の歴史時代である現代というもの——この二つの境界線を千九百何年に置くかはひとによって異なるにせよ——の、もっとも重要な固有性の一つを、見るのだ。

服部はマックス・ウェーバーに頼りながら「数発で日本全国を不毛の地と化し、一発でヨーロッパの数カ国を全滅させる可能性のある強力な爆弾の発明」を例にとってくる。これが経済的体制の如何の問題を、少くとも一時傍らへ退かせるだけの効果があるとし、ここに現代人疎外の極北をみるのだ。わたしは服部の意外に凡庸な結論をわらうまい。今日「思想の平和的共存」を馬鹿の一つおぼえで受け売りして生活しているマルクス主義批評家もいつかそんなことをいっていたはずだ。

いわゆる形式論理学的な服部の発想からかんがえてこの結論は当然である。技術はまるでマンモスのように独りで歩く。経済的な体制も政治的なメカニズムも独りで歩く。社会は単性生殖する一個の巨大な自働機械である。等々。

服部のこの種の不可知論は、いうまでもなくその論理自体から人間を疎外しているところから来ている。人間の内部世界と技術との相互規定性が捨象されている。また人間の内部世界と政治メカニズムのかかわりあいが、社会的メカニズムのかかわりあいが、論理自体からも、疎外されている。政治メカニスムも、制度メカニスムも、技術も上部構造であり、決して独りで歩くことが出来ない。それは下部構造と、人間の内部構造との両方から規定されて発展する。

服部はここで自己の論理的な達成の頂点を示すとともにその欠陥をも露呈している。「政治についてのノート」のなかにもその徴候があらわれていたのだが、服部の論理は内部の倦怠を外挿することによって構成されていた。そこには何とも云えぬ空白があった。倦怠はわたしたち戦争に青春の前期を費し、戦後の絶望的な現実のなかで青春の後期を費したものに共通かもしれない。ただ、わたしなら倦怠を斬り払い斬り払って残る現実を求めてゆく。その現実は細って無くなりそうな絶望に襲われないでもないが、そういう発想をもつ以外に道はないと考える。服部は倦怠を感ずれば感ずる程、対象をトリヴィアルに分析する論理を展開するのだ。

わたしは、服部のような原理的な批評家に親近感をもつが、その原理をケバ立たせるかわりに「われらにとって美は存在するか」のような精緻な、しかも心にもない論理を展開したのを惜しいとおもっている。

仮面の論理が空々しくなったとき服部は自裁した。それは必然であり誠実であった。

島尾敏雄『夢の中での日常』　井上光晴『書かれざる一章』

島尾敏雄と井上光晴。

この資質のちがう二人の作家が、どこでどういう具合でそうなったのか知らぬが一緒に論議の対象となった時期があった。日本の戦後革命運動が、もはや挫折の徴候をあらわにし、いわゆる「民主主義」文学運動が分裂と内部抗争を繰返えした時期である。手元に雑誌がないので、はっきりさせえないが、そのとき島尾の「ちっぽけなアヴァンチュール」と井上の「書かれざる一章」が、民主主義文学理論と政治的展望の擬制を検出するリトマス反応の役割を果したのだったとおもう。そして、そのときでさえ、島尾と井上の作品の擁護に立った中野重治や久保田正文たちの批評から、両者の作品に対する内在批評ははっきりきかれなかったものと記憶する。

いま検討してみれば、島尾と井上の作品を内在的に批評しえなかったところに、この作品を擁護した「新日本文学」派（としておこう）と、この作品を攻撃することで擁護派を攻撃した「人民文学」派（としておこう）との欠陥が集中的にあらわれたということができる。

島尾の「夢の中での日常」と井上光晴の「書かれざる一章」を並べて書評しようとするとき、当時、心からの侮蔑と苛立ちで、戦後革命勢力の破滅を賭けた分裂抗争を眺めていたわたし自身の気持をおもいおこす。

人は傍観する権利も、夢みる権利も、馬鹿は死ななきゃ直らないとうそぶく権利ももっている。しかし、島尾も井上も、あまり権利を主張する資質をもちあわせず、義務ばかりを行使する傾向があるのではないか、とわたしは新刊の両著を手にして痛ましい気がした。以下、ひとつずつ感想を申述べましょう。

『夢の中での日常』のあとがきで、島尾はこの短篇群は人間の夢の部分についての研究と言えなくもない、とひかえ目に語っているが、どうして研究などという悠長なものではない。かれはほとんど何の武装もせずに現実の事件にぶつかるように夢にぶつかる。いや、この言い方はよくない。たとえば、人がある現実上の事件にぶつかった場合、その事件と彼の内部とのあいだに様々なやりとりがおこなわれるわけだが、そのやりとりはやがて事件をいかに処理するか、現実社会とは何かをおしえる結果、彼は、そこから現実の方へひき返してゆく。いずれ、人はまた現実上の事件にぶつかり、同じ過程をくりかえし、あげくの果てはくたばるだろうが、たとえ、何も手に入れずにくたばったとしても、その繰返す事件から内部にひとつの精神の型を手に入れることは確実である。

だが、もし人が或る事件にぶつかったとき、その現実上の事件が内部に与えるさまざまな反応を、現実の事件を処理する手段にせずに、そのまま体験しようと試みたらどうなるか。もちろん、人は内部に起る反応を現実的に体験することはできない。内部に起る反応に実際に踏み込むことはできない。だが、表現という手段を用いるとき、現実的に体験することも、ずかずかと踏み込むことも可能だ。島尾の『夢の中での日常』に収められた短篇群はそれを立証している。

たとえば、沖縄の孤島で、戦闘艇の隊長であったという戦争期の体験があり、砂島が或る日、突然陥没して波に洗われ去るのではないか、という寂漠とした生存の不安感の体験が内部にあれば、作者は、任意の時間に一隻の小型の戦闘艇に乗り、或る孤島に着き、現実的な体験と内部の体験とを綜合した、或る一つの無限のように拡がる現実を確実に体験することが出来るのだ。(「孤島夢」)

また、平凡な小市民が夜ごとにきずく「奥深い邪智と設計と夢と大事業」の夢を、或る夜ふと内部に体験したと感じたとき、たちまち、その「奥深い邪智と設計と夢と大事業」が「摩天楼」となって現実にそば立ち、そこを探訪する作者の足音さえ聴くことができる。

もちろん、島尾の作品の特質が、こういうものであるかぎり、島尾は現実的な倫理をさし示すことができぬ。何故ならば、倫理的であるためには、作者の内部が現実を抑圧として受感し、その受感から現実の方へひきかえさなければならないはずだから。だが、島尾は現実を抑圧として受感したとき、現実の方へひき返さずに、抑圧の感覚を現実的に体験しようとするのだ。

島尾の作品から、倫理的な意味を引き出そうとすることは可能だが、そのためには、島尾が夢として解放している個処を、逆に抑圧の象徴として読み取る外はない。

たとえば、「石像歩き出す」でサカノウエタムラマロの石像が「つろおます」という個処に、戦争が作者に与えた傷みの痕跡を、「夢の中での日常」で〈わたし〉の母が混血児を生み、父と諍いをするという現実のような夢の表現から戦後社会に託する作者の倫理を、「鎮魂記」のなかで、〈わたし〉が出あう「飛行服を着て、頭に白い鉢巻をした自転車隊」から作者の戦争体験の恐怖を、桃花村の副委員長の第二夫人に言い寄られて、「妻のその固い身体の精神みたいな抽象されたものが光の矢となって私の胸に深くつきささった」と感ずる作者の夢のような現実（「現実のような夢」）の表現から、日本の家族構造の歪みのなかで悪戦苦闘している作者の体験を……といった具合にである。

いわば、島尾が日本の現実社会の歪みから受けた傷だけが、そのまま夢の領域にはいってゆく。島尾はまるで体験するようにそれを表現する。島尾の主題が、戦争の痕跡であり、妻子であり、家であり、父母であり、友人であり、それとのかかわりあいを離れがたく、また、外部の現実的体験の描写から、内部の体験の描写へずかずか踏みこんでゆく作者の足どりに境界がなく、変に生々しいのはそのために外なるまい。

だが、わたしには、単純なことで判らないことがある。こういう主題を、こういう手法と発想で表現しているときの島尾の表情が茫んやりとしか浮んでこないということだ。

それは、なぜか。それはなぜか。わたしが、島尾を傍流の作家とする評価に組しえないが特異な作家であるとする評価を幾分か肯わざるをえない所以である。

もしも島尾敏雄が、主題を身辺から戦後日本の社会的現実の諸相に拡大したならば、その発想と手法は現実の疾病部分の恐るべき断面を拡大してみせるにちがいないと、かつて島尾の作品を擁護し又は攻撃した「民主主義文学」者は想像さえもしなかった。島尾のような小市民作家も統一戦線からはじき出してはならぬかどうか、といった類の腐敗しきったセリフを並べたてたにすぎない。

「書かれざる一章」「病める部分」をかいた井上光晴に、二十一通に及ぶ脅迫状を送った（『書かれざる一章』あとがき）者たちは、おそらく島尾の作品を攻撃した部分と合致するにちがいない。

しかし、わたしが、そういう風てんどもを論外として、現在関心を抱かざるをえないのは、島尾や井上の作品を擁護した部分の行手である。

それは、なぜか。

たとえば、井上の「病める部分」「書かれざる一章」に何かふっきれない感じを抱くからだ。井上は不満かもしれぬが、この二つの作品は、前衛党の内部を主題にした私小説という感じをおおいがたい。「書かれざる一章」をひらくと次のような会話がある。

「態度のことを言ってるんだよ、もっとはっきり言えば、むろん常任費は二ヶ月もでていない。けれどもわれわれはそれをただブルジョア的に、単に苦しい苦しいと言っては、何事も解決できないんだ。敗北主義だよ」

「敗北主義?!」

鶴田にはさっぱり彼が何を言おうとしているのか分らなかった。

もちろん、読者にもわからないのである。草場の言うことも判らないのだが、鶴田の態度も判らないのだ。この会話は一篇のモチーフにつながる重要な会話なのだが、病妻をかかえ、生活は破滅の寸前にある鶴田が、二ヶ月も常任費を支給されず、情勢検討会議で給料のことを持ち出すと、草場のような発言に抑えられてしまうのではないかと思い悩み、〈革命に対する取りくみ方〉の問題にまで引き延ばし、それが一篇の作品のライト・モチーフを形成するということが判らないのだ。

資本主義株式機構の中でさえ、労働者は生活が破滅に瀕した時には、闘ってそれを獲得する。鶴田は前衛党の内部にあって、どうして常任費を要求し獲得するために闘わぬのか。

それだけの問題ではないのか、わたしは、そういう疑問を抱かざるをえない。井上は、そういう当然の要求を敗北主義だとか革命に対する取り組み方だとかいう遁辞で横流しにする腐敗部分を批判する積りだったろうが、鶴田の被害者的な悩み方を批判的に造形しようとはしておらぬ。

これは一例にすぎぬが、「書かれざる一章」や「病める部分」には、こういう外からは判らぬ、内閉的な独合点がいたるところに転っている。作者が肯定的に造型している人物もそれを免れていない。

わたしは、ニーチェが新約書の世界を、白痴のような神経病者と小人どもが密会でもしているような世界だと罵しったのを以前読んだことがあるが、「書かれざる一章」や「病める部分」の世界に、若干そういう感想を抱かざるを得ないのである。こんな連中に、プロレタリアートの前衛だなどという称号を与えてたまるものか、と。

井上は、この二作で前衛党の「病める部分」の腐敗をあばき出したかった。思い惑い遠慮しながら。だが読者は（わたしは）全部を「病める部分」としてしか読みえないのである。ひとりとしてまともな革命党員は出てこないのだ。ここに、恐らく井上の内部の問題があり、作品の内閉性の問題がある。読者は、作者の、作者が肯定的に描きたかったらしい人物の悩みを理解してやることが出来る。だが、作者の、その作中人物の悩みを自分の悩みのように読むことが出来ない。読者が（わたしが）傍観者だからか。決してそうではない。ここに描かれた前衛党内部の世界が、独りよがりに閉ざされているからだ。わたしは、以前、井上の「人間の条件」という評論を読んだとき、井上の苦悩を痛ましくおもいながら、どうしても合点のゆかぬ気持が残ったのをおぼえている。まったく、これらの作品に抱いたとおなじものだった。

井上の新刊書『書かれざる一章』のなかで、戦争期を主題にした「双頭の鷲」「長靴島」は、この戦後の井上の内部の問題を照し出す重要な作品であろう。

たとえば、「双頭の鷲」で、主人公、野木深吉は優れて造型され、右翼壮士左近東雄は可成り巧く描かれているにもかかわらず、転向者灰地順は殆んど架空の人物に近いのである。野木には、井上の戦争期の内部の問題がよく移入されているが、野木のような青年は、灰地のような転向者と出会うことはなかったのだ。もちろん、告発することもなかったのだ。あの戦争が野木のような世代の青年に与えた問題は、ここで井上が良心的転向者灰地順を連れてきて擦り抜けようとするほど単純でない問題を、戦後にひきずってきている。わたしは、この井上の手業に不満をもつ。「長靴島」でも同様である。たとえば、「長靴島」で井上が、陣田という労務課長を悪玉としてではなく、じっくりと批判的に描く強さをもっていたら、「書かれざる一章」「病める部分」は、前衛党の腐敗部分を摘出しながら、戦後社会の歪みをも同時に摘出しえたであろう。いや、この言い方は逆である。もし、井上が「書かれざる一章」「病める部分」で、もっと強靭な傷つき方をしていたら、「双頭の鷲」「長靴島」で、左近東雄や陣田をえげつない悪玉として類形化し、それと対称的に良心的な転向者を連れてくることで、戦争期のわたしたち世代の戦後的問題を単純化する弱さを露呈しなかったろう。

平野謙『政治と文学の間』

わたしは平野謙のかいたものでは河出書房『啄木全集』の中の「性急な思想」の解説文がすきだ。この「日本無政府主義者陰謀事件経過及び附帯現象」や"V Narod Series"の公刊に触発された前記文には傍観者を自認する平野に似つかわしくない心躍りが脈打っていた。わたしはおもわず「ふうむ」といった気持で考え込んだのをおぼえている。

その解説文で平野は幸徳事件の文学的反映の三つの典型を啄木、鷗外、荷風の三者にもとめ中野や唐木の啄木観をふまえながら観照的な自然派にくらべて鷗外と啄木をポールとするスバル派の文学史的優越、という結論をあたえていた。

新著『政治と文学の間』にはこの解説文は見当らないが、それよりも考証と行文を密にした「『種蒔く人』以前」という評論は収録されている。

じつは、この「『種蒔く人』以前」にはじまる平野の先駆的なプロレタリア文学史論を批判しなければこの書評はほとんど成立しないのだが、現在のわたしにはそれだけの力量がない。いくらか古雑誌をひんめくったことのある幸徳事件前後の文学的な情況について、平野謙の見解に註を入れさせてもらいましょう。

明治四十四年十二月の『早稲田文学』には「今年の文芸界に於て最も印象の深かつた事」というアンケートがあるが、戸川秋骨はそこで自然主義が衰えスバル、三田文学派が興隆する徴候の原因を「つまり前内閣が政府として持つてゐる全ゆる方法、所謂官憲の威力を濫用してたとへば自然主義と言ふ様な思想を一種の危険なものであるかのやうに考へ、それによつて折角発達しかかつた文芸を滅茶にした」と指摘している。わたしはこの秋骨の指摘を信じたい。いいかえれば、自然主義の衰退こそ幸徳事件の最大の文学的反映であり、スバル、三田派の興隆こそその反動的反映であるとかんがえたいのだ。だから、たとえば花袋は「描写論」（『早稲田文学』明治四十四年四月）で実行を敢てしない知識と忍耐との間にうまれた傍観的態度によって、はじめてライフが明らかに描かれるという結論を導き出すまえに「実行上、新しい道徳を提断し、旧い理想を排却するのは、それは好い。私などもさうした人間になりたいとは思つてゐる。しかし生命を賭してまでもといふ段になると大いに考へなければならない」という枕コトバが必要であった。天弦の「自然主義の主観的要素」も抱月の「宿命観」という持論も、おしなべて幸徳事件の直接的な文学的な反映に外ならない。

啄木がスバル派の文学者との訣別をきめたのは「九月の夜の不平」（『創作』明治四十三年十月）においてであり、そうだとすれば、啄木を一方のポールとして、スバル派の、自然主義派にたいする文学史的優越という結論をあたえることは尚更できにくいのではないか。

いま「『種蒔く人』以前」でこれだけニュアンスがちがえば、平野のプロレタリア文学史論と別個の軌道をたてられないことはないという予感がするが、前記理由によって敬意を平野の研究業績に払っておきたいとかんがえる。

わたしは、平野謙を現在、政治・文学二元論の最大の文学的イデオローグの一人と目している。その証拠は本書巻頭の「労働者作家の問題」「軌道的文学論」「職業革命家の問題」「革命家の道」などをひっくりかえしてみれば歴然としている。

たとえば、労働者作家に「労働者的な集団」と「小市民的な個人生活」の二律排反をみつけだしたり、井上光晴の『書かれざる一章』の読後感から「『給料をもらって革命をやろうなんて、どだい虫がよすぎるんだ』とそんじょそこらの俗人ばらにやっつけられる哀しい職業革命家の存在！」をみつけたりする平野の思考を、どうしても逆立ちしているとおもわないわけにはいかない。それは平野がアキレス腱に「日本共産党にたいするコムプレックス」という宿痾を病んでいるためである。

日本共産党の組織の問題を批判すべく近づいてゆく平野の論理と心理のアヤは、次第に怪しい熱線を放出し、それが面白いのだが、まるで「城」へゆこうとするカフカの小説の主人公のように神秘に近づく畏怖のようなものが面貌にあらわれ「その宮本の大人としての態度は私といえども是認せざるを得ない」とか「組織と指導者」とかいう臆測的な視点を口走って、批判しているのか弁護しているのかわからなくなってくるのだ。

よせやい。宮本・大西論争だろうが、何論争だろうが傍人にわからぬような論争を公表する文学者が、封鎖的、半封建的なトウヘンボクであることは自明の理である。たとえ、マルクス・レーニン主義を綱領にうたった政党があっても自国のプロレタリアートの革命的エネルギーを結集する理論と実行を模索しきれない思い上りどもが「革命的」でないことも自明の理である。三カ月の見習期間を経て政党に加入したからとて共産主義者でないことも、批判したから反共主義者でないことも自明の理である。

平野はそういう地点まで認識の陣地を徹底して進めた上で批判しようとしない。それならば政治に関与せぬ遠隔で保守文学者なみに念仏的文学論をものするかというとそうでもない。このもやもやした関係こそ平野謙や、平野の評価する井上光晴の独特な「政治と文学の間」に外ならない。

だが、平野はそんなことは先刻承知でおれはちゃんと「日和見主義者」だと断っているじゃないかというにちがいない。しかし、この「日和見主義」と「日本共産党の絶対不可侵」視とが表裏一体の関係にあることを案外徹底して内省してはいないのではあるまいかとおもわれる。真に革命的であるということは、いつも背中あわせに「反革命」のレッテルをつけてゆく道に外ならない。平野は何故、おれのことは、いつも背中あわせに「反革命」のレッテルをつけてゆく道に外ならない。平野は何故、おれの二律排反のみちが「民主主義文学」のゆくべき唯一の道程だと居直らないのか。みたところ、どうせ大した革命的文学者もいないじゃないか。

わたしは、現在、平野謙流の政治・文学二元論も、宮本流の政治優位性論も、毛沢東直伝の大衆路線も、原理的には誤謬をあきらかにしているとかんがえている。

しかし、これを実証的にたどってゆくためには、たくさんの研究者的な労苦が必要なのだ。

じつは平野の『政治と文学の間』をよめば二元論の誤謬がはっきりと腑分けできるはずだとかんがえていたが、平野の論理は無類の強靭さをもって政治と文学の間を毛細管のように稠密に結合していて、それをたどるのは容易な業ではない。わたしの駒よ、はやるな。

野間宏『地の翼』上巻

　未完の作品に決定的な評価をくだすことはさしひかえねばならないかも知れない。殊にこの作品のように上巻一冊をぶっ通しに読んでみても作者の意企がどこにあるか判断しかねる場合はなおのことだ。だが、野間はもともとはっきりした主張もモチーフも喪失していて、あと何千枚書いても結局おなじことではないかと疑われる節がないわけではない。わたしの書評は当然この疑いをもとにし、そこにとどまらざるをえない。

『地の翼』の登場人物は、福井という共産党の潜伏幹部から、その人物を地区にかくまっている崎山ら「K56」細胞員にいたるまでことごとく喜劇役者だとわたしは断定するが、野間がそれを悲劇役者として描こうが真の革命党員として描こうが文句をつける筋合いはない。しかし、おおよそ造型的主張もないままにこれら登場人物を動かしている野間の手つきは作家的弛緩と評するより外ないのである。

　わたしは野間が造型的主張をもたないといった。それは先ず、この小説の主要人物崎山が、借金の云い訳と就職の相談に出かけてくれとせがむ細君のコトバを振り切って、診療所の設立計画をもって街の商人のところへ無駄話をぶちに出かけ、そのあげく福井の処へ街の警察網の変化を報告する場面に極まっているとおもう。

　このあたりの野間の描写をもってしては、正常な読者に崎山の行動を納得させることができないのである。読者は、崎山という男はなんという低脳だ。細君の云うとおり借金のいい訳と就職運動へ出かけたらよかろうにと考えるだけだ。そして、崎山が谷口というシンパ的な商人を訪れる場面に至って、この主人物が、あれは共産党のシンパだとか警察とつながっているとかいう眼鏡に偏執しておおよそ他の判断力を脱落してしまった異常者であることに気付くのである。崎山は、谷口が防犯協会の役員になったときけば、警察の手に落ちたとかんがえ、谷口が近く一斉検挙があるかも知れぬといううわさ話を伝えてくれれば、まだシンパかも知れぬと考え直してみたりする。

だが、読者は谷口が平凡な庶民的生活人として青くさい崎山に偏見を示さずに接し、商人としての智恵から防犯協会の役員になっているだけなのを合点する。

崎山は観念的なワクをはめられて判断力と指南力を脱落させ、生きた現実との接触感を喪った分裂病者に外ならない。ここには、意識せずして人間的な危機に落込んでいる群像の典型があるのだが、それを追求する野間の手つきは安手の探偵小説にも及ばない浅い描写力と内部分析力しかないのである。

わたしは『地の翼』を読みながら、この崎山という主要人物は、いく分か野間宏の自画像ではないかと疑ってみた。なぜならば、

> 崎山と明子の間を遠くひきはなしてしまったものは何なのだろうか。昨日ルース台風のはこんできた異常な空気だろうか。サンフランシスコ条約の批准を順調にはこぶために、アメリカが日本全土に全力をつくして加えてきた圧迫だろうか。

と云った類のばかばかしい地の文章がいたるところに転っていて、ここに分裂病気質特有の精神の短絡現象をよみとることが出来るからである。

登場人物たちは何れも、生きた現実の底をえぐり取る革命的な眼を奪われて、ただ潜伏幹部をかくまうのが目的になり、非合法出版物を配布する任務が目的になり、地区の印刷工場にサンフランシスコ条

約反対のビラをまくのが目的になり、そのために精力をすりへらしながら、架空の判断力に偏執してゆくみじめな群像なのだが、それを描く野間は、これら青年たちの瞋りも、悲劇も、訴えもとり出してくる積極的な姿勢をもってはおらぬ。だから、登場人物たちは何れも自己満足に淫した腑抜けどもに描かれ、それを描く野間はいつ通俗スパイ小説家になったのかと疑われる破目に陥いるのだ。

わたしは読みすすんで、「もちろん確実なシンパは積極的にこの活動（非合法出版物の配布―書評者）に参加してもらって党員がどのような危険な活動に参加してたたかっているかを、実際に体験によって知ってもらい、党に対する信頼をより深いものにすることが必要なのである。」という生の文章にぶつかり思わずフキ出した。オカしいことは誰が何といってもオカしいのだ。この作品に描かれたような子供だましの実践と誤まった幼稚な判断力をもって革命運動など出来るはずがないということを確実なシンパに知ってもらうには、まだまだ長い年月の批判的な努力が必要だろうが、わたしは野間にそれを求めようとはおもわない。

しかし、野間は武井昭夫の好意的な「野間宏」論（「戦後文学とアヴァンギャルド」）などは参看してみた方がいいし、武井もこういう「運動内部者」に「微視的」な視点を働かせたらよかろうとおもう。

わたしのこの作品に対する書評は、主要な対象とトリヴィアルな対象を識別する能力を失った野間の平面描写の欠陥、モチーフの不明瞭さということにつきるが、或は、この作品の本質的な欠陥が「スパイの問題だけに頭をとられて、全体が見えなくなるのはよくないですよ。」という地点にあるかも知れぬということに幾分かこだわらざるをえなかった。

山田清三郎『転向記』

陰気な、ふっきれない記録だ。思想なんてものは観念でも経験でもなくて、いやおうなしに人間の生涯を引ずってゆく何かだ、ということもわからずに、思想的な政党や文学運動に加わって、弾圧、下獄、転向、宣撫班志願、満洲行き、と体験をほしいままにした記録を、まるで思想的な転回ででもあるかのように意味づけようとして、無理な姿勢でかいているからだ。

どだい、私生活と文学運動をごっちゃにした生活を誇ったり、『嵐の蔭に』をかいた動機を、食わんがため、といいなしたりする山田の神経は、ただの庶民のものだ。こういう人が無理して「前衛」を装ったりする風潮にわたしは反対なのだ。

こんな文学ともいえぬ事実記録をかいて、あらわな裸の自分の「居直った」姿や不逞な面魂を表現したつもりでいる著者を、いい気なものだと云う外ない。

埴谷雄高『鞭と独楽』『濠渠と風車』

ミンコフスキーが精神分裂病性格にあたえた定義は、生きた現実との接触感の喪失ということであった。ところで、わたしたちは体験から分裂病患者の余後の性格が、ひどく優しく善意になるということを知っている。埴谷の『死霊』の世界に登場する一群の人物たちには、この優しい善意の性格と観念世界での単離された対立意志があたえられていた。埴谷は、あきらかに『死霊』で、じぶんの転向心理の世界を描いてみせたのである。この未完の優れた観念小説は、埴谷の病臥のために展開せられずにおわっている。そして長い間の沈黙ののち、新著『鞭と独楽』、『濠渠と風車』は発版されたのである。よきにつけ悪しきにつけこの二著に『死霊』を除く埴谷の戦後の仕事があつめられている。転向ということをのぞいて埴谷を語ることはできない。それとおなじように病気ということを除いて埴谷を語ることができないことを、新著とくに『濠渠と風車』は証明している。病気とは何であろうか。この本をよんでゆくとそれは自己の臓器を意識することだ、と埴谷はいいたげである。

わたしは、じぶんの病気をかたる埴谷に、たくさんの健康な病人とおなじ匂いをかぎとらないわけにはいかないが、それでも、いわゆる「高所恐怖症」を軽度の分裂病ではないかと指摘した「断崖病」のところへきて、流石にこの病者の病者の眼力におどろかずにはおられなかった。

『濠渠と風車』のうちで、もっとも優れた文章は「断崖病」と「平和投票」の二篇だが、この二篇は埴谷の病者の光学を内部と外部に働かせたものに外ならず、密接につながっている。そしてこの内部と外部を媒介している光学は、現実との生きた接触を喪った分裂病性格の光学である。埴谷は、この光学を転向心理を追いつめることによって獲取した。

わたしは、埴谷雄高が、「汝は、逆に、いま渦動する背足らずの政治のかたちからすべてを透し眺めて、芸術も政治もそして歴史も小さな歪んだ鏡の前に置いて喜ぶという小人国の習慣を得るに至ってしまった」と「闇のなかの自己革命」で花田清輝を弾劾したとき、ざまあ見ろ、とおもったが、かえりみれば埴谷の永久革命論もまた、かれの転向ときりはなすことができず、したがってかれの病者の光学ともきりはなすことができないのである。日本の多くの転向者は、大体において理論をそのまま一八〇度転倒してファッショ理論にかたむいた。いわば、現実にたいする積極的な関心を捨てかねたのである。

しかし、埴谷は、現実世界をそっくり切断することによって転向の方法をあみだした。かれには、革命理論の変形はなく、だから革命理論の昇華（サブリメイション）がおこなわれたのである。

わたしは、埴谷が戦争期に何を考え、何をおいつめてきたかを明らさまに作品の世界で展開してみせるときがくることを信ずる。そのとき、彼の病者の光学を決定した現実的な要素はあきらかに照し出されるだろう。このことは埴谷などの世代の一つの使命ではなかろうかとかんがえる。花田清輝のように、二三人の仲間と同人雑誌をやって、たんに、その雑誌で戦争讃美の文章をかかなかった位で、あの大殺りくの世界に抵抗したなどと評価する者はいないのである。

それは、わたしなどのようにマグレ当りで生き残ったものを除いて、侵略戦争のために銃をとって浮ばれない死を遂げた世代には、金輪際納得のゆかないことである。埴谷の「平和投票」のなかの「私」と「彼」の問答によればそれはこうなる。

私——まあ、そうですね。死者はつねに見捨てられた歴史の彼方で、生者を呼んでいるのです。彼は生者に向って、ぐれーつ、と呼びかけているのです。

彼——なんと呼びかけているんですって。
私——ぐれーつ、です。
彼——そして、生者にはそれが聞えないのですね。
私——そうなのですよ。私にはそれが解ります。

どう解りますか、という質問はこの書評ではさしひかえよう。埴谷雄高は善意の人である。『鞭と独楽』巻頭の花田清輝との論争「永久革命者の悲哀」にしろ「闇のなかの自己革命」にしろ、すぐれた「武田泰淳論」にしろ、すべて善意の評論である。しかし、この善意は、あれもよし、これもよし、だが結局この現実をおれは信じていないという凄まじい病者の決断に裏うちされていることを忘れてはならない。

堀田善衛『記念碑』『奇妙な青春』批判

『記念碑』、『奇妙な青春』で堀田がとりあげてみせたのは、戦争とか革命とかを動かすおおきな理念が、どんなふうに日常生活の観念と引き裂かれてゆくかという問題であった、と解される。堀田がえらんだ太平洋戦争から戦後の二・一ゼネストにいたるまでの動乱の時代は、もちろん、だれの眼にもこの問題を展開してみせるにふさわしい背景であった。結局、だれかが、いつかとりあげなければならなかった問題を、『広場の孤独』以来、もっとも鋭敏なジャーナリストの感覚をもってあるいてきた堀田が、とりあげてみせたのである。埴谷雄高がいうとおり、もし主題の積極性というコトバがいまも通用するならば、その点に関するかぎり、この二作は戦後文学最大の問題作たるを失わないであろう。しかし、わたしはここで作品論を展開したり、構成を論じたりするつもりは毛頭なく、一二の作中人物の取扱いに触れながら、この小説を支配している堀田の理念に言及してみたいとおもう。

二作をつらぬいている堀田のモチーフは、わたしの眼からは、ひとつの時代思潮が転換するとき、無意識のうちに、または意識しつつも、便乗して転んでゆく日本人というのは、いったい何ものなのか、という根深い懐疑に集中されているようにおもわれる。しかし、こういう漠然とした（とわたしにはおもえる）モチーフは、はたしてはじめから解答可能なものであろうか。堀田は、時代にたいして転んでゆかない不変の眼を、外交官の未亡人である上層インテリ康子と、転向者の妻である下層庶民初江とにおいている。作中の登場人物は、この不変の眼によって批判的に描き出されるのである、「夜の森」でも、それを感ずるのだが、ここに堀田の詐術と限界とをみないわけにはいかない。わたしの解釈では、この種の女性が、戦争や革命や敗戦というような時代的転換にたいして、いくらかでも不変の態度をもちうるのは、現実社会にたいして理念上の責任を負っていない女性であるためと、その判断の座が「家」の周辺にただよった日常観念の上におかれているからにすぎない。申すまでもなく、日常観念の上に内面的な眼をすえるかぎり、人間は、どんな動乱の現実のなかでも、かなり不変の態度をとりうるし、また、現実社会にたいして理念上の責任を負わぬかぎり、かなり良心的な態度を保ちうることは、あきらかである。

堀田のモチーフのズレは、おそらく、ここにあった。問題は浮き草のように思想的に有為転変する日本人とは何ものか、というところに成立ちようがなくて、日常観念をとびこえて社会的な理念へ出てゆこうとするとき、日本人の思想と生活のなかに起る断層とは何か、というところにあったのである。もしも、作品のモチーフがここに移るならば、堀田が理想型にちかく設定した都合のいい庶民的良心派康子や初江の不変の眼は、たちまち固定した眼に転落せざるをえないのである。わたしは、この場合、理想型は、堀田の作品のなかでもっとも愚劣な人物たちとして登場する「特攻くずれ」石射菊夫か、「党員くずれ」安原克巳に移されねばならないとおもう。もちろん、わたしならば、「特攻くずれ」石射菊夫の戦中・戦後の転変のなかに理想型を追及してやまないであろう。この「特攻くずれ」は、戦争中は、日常生活のなかに戦争理念である「悠久の大義」や「陛下の赤子」をもちこんでしまうため、日常観念のほかなにもないような妻とうまく生活することができない。いわば非日常的な理念を全生活に適用しようとする早急さのためつまずくのである。かれは敗戦になっても、この非日常的な理念に律しられた全生活を転換することができないため降伏を肯じようとはしないで、機上から「軍ハ陸海軍トモニ健全ナリ、国民ノ後ニ続クヲ信ズ」というビラをまいたり、焦土抗戦派に加わったりするのである。ところで、敗戦は、この特攻くずれの非日常的な理念の腰をたたき折るかわりに、それ以外に日常生活を律している観念が必要なことを垣間見せるのである。彼は、庶民的良心派である母親の康子から「大義だの、栄光だの……。あなたはそれでも自前で戦って来たつもりなの、自前で、持出しで、生きて来たひとや死んだひとが、いっぱい、いる……」と説教されたり、病気の妻のことを持ち出されたりすると抗戦をあきらめて、ぐれた日常生活に入ってしまう。しかし、この母親は、日常観念をもって、特攻くずれが非日常観念を全生活にもちこんでしまった早急さに、水をぶっかけているにすぎない。この特攻くずれがみたものは遥かにちがっている。彼は戦争と敗戦の体験からはじめて死を賭けて、非日常的な理念と日常生活を律している観念のあいだには断層があるという一事を体得したのだ。もちろん、庶民的良心派の日常的な良心をもってしては、この特攻くずれが、垣間見た断層を否定することもできないし、この問題に結着を与えることもできない。

　わたしのかんがえでは、ここまできたとき問題は堀田善衛のモチーフを超えてしまうのだ。だから、堀田は、この特攻くずれを闇屋の手代に仕立てて、うまく料理してしまっているにすぎない。この特攻くずれの戦後の課題は、戦争とか革命を支配するおおきな理念と日常生活の観念との断層は、いかに解決されなければならないかにあるのは確実である。かれは、ひとたび現実社会を動かす巨大な理念を視てしまったために庶民的なとうかいにも浸りきれないし、また、どんな巨大な理念も、そのまま日常生活にもち込むことができないのをしってしまったために、低能だとわかりきっている連中の口車にのって火焔ビンを日常社会に向って投げることもできないのである。このような特攻くずれが、おのれの世代の課題をつきつめることによってしか、戦後革命の問題は解かれないだろうと信ぜられる。戦後革命は、「党員くずれ」とその追従者によって主導された。堀田はこれらの作品のなかで、戦争中満鉄の嘱託から参謀本部の奏任待遇の嘱託になり、戦後すぐに共産党の上層にのしあがる安原克巳という転向者を、疑わしい人物として描いているが、愚劣な人物としては描き切っていないのである。この党員くずれは「日本は必ず勝つのだ。勝って統制経済が維持されたままのかたちで、戦後に社会主義体制へと移ってゆくのだ」と抗弁する疑似ファシストにすぎない。かれは、戦時中もこの理念を捨てかねて、「家」の日常生活のなかでも、下層庶民的良心派である初江という妻と不和をつづけ、敗戦後も、自己の戦争責任はもちろん、日常観念と自己の理念との断層も検討しないままに、擬制的な革命運動にとびまわるのである。この党員くずれは、転向から戦争へ、戦争から革命へと、いわば非日常的な理念のあいだを綱渡りし、永久に革命と戦争のあいだを循環してゆく賭博師にほかならない。このような循環のなかにあるかぎり、戦争も革命もおなじように血湧き肉躍り、天地が動乱する賭博にすぎないのだ。堀田は、この党員くずれの問題から、思想的節操とか、革命の前衛のなかに巣くったミリタリズムの問題とかを抽きだしているのだが、こういう庶民的良心派の観点からは、どうしても日本人は暗い、救いがないという一種の詠嘆しかみちびき出せないようにおもわれる。問題は、うたがいもなく、この党員くずれの戦争と革命とを綱渡りする現実変革の理念のなかに、たとえば「家」とは何かというような日常生活を律する観念の問題が永久に入り込む余地のないようにみえる発想のなかにある。ここまできたとき、やはり堀田のモチーフは力を失ってしまうのである。結局、いつもおなじような問題がのこるのだが、日本には、まだ空想をもって庶民的良心派をこけおどかしして凄んでみせる革命家と、やたらにおどかされてへばりつきながらひとかどの進歩派ぶっている庶民的良心派しか、革命の周辺にいない。わたしは、『記念碑』や『奇妙な青春』のテーマがふたたびまだあらわれない第何番目かの新人によって真向うからとりあげられることを願わずにはおられない。

中村光夫『自分で考える』

中村光夫や福田恆存の系譜にはいる文学者は、庶民的インテリゲンチャと呼ばれるべきではあるまいか。もちろん、こういう概念が学問的に正当なのかどうかはしらない。庶民的インテリゲンチャというのは、庶民の意識を代弁してくれているインテリゲンチャという意味では毛頭なく、熊公や八公の言いそうなことを、インテリ風に言い廻わし、インテリゲンチャの言いそうなことを熊公や八公の生活感情で言い廻わす文学者という意味である。

かれらは日常の生活感情を練りに練ってちみつに体系化するが、そこから踏み出して、非日常的観念の地獄のなかに己れをつっこんでみようとはしないのである。なるほど、その生活感情を体系化する手腕には、滲透するような、ちみつな触感があるため、己れの日常生活的な観念と、非日常的な理念とのあいだの断層を埋めようとして、愚かに似た苦しみをなめたことのない似非進歩主義者の揚げ足をとって、あいつは反動だなどと狼狽させることはできるかもしれないが、己れの内部世界のくまぐまに注ぐ眼を、現実社会にむけて、この混沌とした時代に対決している文学者の進歩性と革命性を、くつがえすことはできないのである。

ここには、陶器や料理の話や、熊公八公的な感情でお伊勢参りをしたり、お水取りに出掛けたりして「自分で考えた」話もあれば、サルトルのスターリン主義批判や日本の保守政治家に触れた文章もある。

わたしは、中村光夫の自殺や陶器やお伊勢参りの話から、無数の刀傷や平和のなかの格闘の刃でつき刺され、すでに原形をみとめることができなくなっているわたしの「人生」を、愕然として思い出すことを強いられたし、政治談義や社会時評からは、かかる「庶民的インテリゲンチャ」が、近代的インテリゲンチャと誤認されている現代日本の社会的通念にたいするあてどない瞋りのようなのが、つきあがってくるのを、どうすることもできなかった。

『大菩薩峠』

映画『大菩薩峠』の興味深い主人公机竜之助は、現代精神病理学上からは、あきらかに分裂病性格のほとんど極端にちかいものだということができる。その素質は、半先天的というより仕方がない。彼には、家族感情がないから、父親の机弾正にむかっても冷然と反抗し、老巡礼と娘をみてもそこに肉親の情感をかんがえるよりさきに斬り殺し、江戸の生活では、お浜や子供の郁太郎の生活など少しもかえりみようとしない。映画のなかの最も優れた場面は、祇園の料亭のミスの間で、お松と一緒に酒をのんでいた竜之助の耳に、はじめ、自分の殺した老巡礼のふる鈴の音がリンリンリンと幻聴となってきこえ、つぎに幻視がやってきて老巡礼の幻があらわれ、発作に狂ったあげく、ワイド・スクリーン一ぱいに狂いまわる場面だが、あきらかにこの時竜之助は、仏教ふうの自己の罪業におびやかされているというよりも、分裂病の幻聴と幻視におびやかされているのである。しかし、分裂病は、あきらかに半先天的な素質によるとはいえ、また一種のモラル・スィクネス（道徳的な病）であり、竜之助にこういう発作的な狂乱があるかぎり、救いはいつかあるのだとも解釈しえないことはないのだ。介山が仏教ふうのリンネの思想を主人公に結びつけるのは、おそらくこの点においてである。事実、映画『大菩薩峠』は、これでもか、これでもか、というように冷酷な机竜之助の振舞いをみせつけながら、時々、ひょっとかれもまた善玉ではないか、善玉になれるのではないかと思わせるカットを挿しこんで、観客を一種の善・悪の対比するスリルのなかに惹き込んでゆくのである。

「剣客」というものは、もともと、戦争の方法が、個人対個人の刀技の如何で決せられる室町前期までにしか社会的な意味をもたなかった。町人ブルジョワジイが興隆し、鉄砲が伝来し、戦争の方法が一変してからは、刀技の達人である「剣客」は社会的な意味を失ってしまったのである。彼ら「剣客」はそれ以後、刀技を一種の型にまで形式化し、あるいは美学化して、秘伝をつくりあげ、諸侯に寄生して生活するか、門下に秘伝を伝えることによって自営生活をする外に道がなかった。そして封建社会の末期である幕末には、もはや「剣客」の如きは反社会的な代物以外には何ものでもなくなり、情実によって秘伝を売るあわれな存在にしかすぎなかったのである。

『大菩薩峠』の主人公机竜之助が、ニヒリストであるのは当然であった。彼は、自身が「剣客」であるにもかかわらず、秘伝などは何するものぞとおもっているから、甲源一刀流の宗匠からニラまれ、お茶坊主的な剣客宇津木文之丞を奉納仕合で叩き伏せ、審判に喰ってかかり、八百長を頼みにくるお浜に「剣の勝負と女の操」は同じだぞと謎をかけて、かどわかしたあげく駈け落ちしてしまうのである。ようするに机竜之助のニヒリズムは、彼が「剣客」という反時代的な存在であるにもかかわらず、「剣客」の保身術をも拒否してしまうような社会的な矛盾からきているのであって、決して仏教ふうの悪の類型としてニヒリストであるのではない。竜之助にとっては、自己の内部にあるこの矛盾にくらべれば、革命（勤皇）、反革命（佐幕）のごときは、何ものでもなかった。江戸に出た竜之助は、糊口をうるおすため反革命のテロリスト組織、新徴組に寄生して人斬りを商売にするのだが、女房のお浜から、この頃はまるで人殺しが商売みたいではないか、とせめられても、おれのやることに口を出すなと斥けてしまうし、後半で、天誅組という革命的少数派に加わって落ちてゆく際も、竜神の山小屋で天朝さまもへったくれもあるか、おれは自殺はご免だとうそぶいて、革命的チンピラ達を怒らせるのである。

しかし、中里介山は、机竜之助の狂乱と冷酷を分裂病として解釈しようとせず、また、そのニヒリズムや苦悩を彼自身の存在の社会的矛盾によるものだと理解しようとしなかった。だから、島田虎之助という時代錯誤の「剣客」に「剣は心である。心が正しくなければ剣もまた正しくない」と封建的な説教をさせたり、裏宿の七兵衛という善人ぶった盗賊を登場させたり、竜之助の悪の対立物として与八という白痴的な善人を登場させたりするのである。

そうはいうものの、わたしは、破局の果てに女房のお浜を殺害して京都に立ってしまう竜之助、これを追っておなじく京都へ向う宇津木兵馬の姿を、短いショットで描いたあとで、竜之助とお浜の遺児郁太郎を背負い、首にはお浜の骨壺をかけ、手には小さな風車をもった善人与八が——郁太郎をあやしながら大菩薩の峠道へさしかかり——これで机の家も跡とりができた、坊やは、お前のお父さんのような人間にならずに、おじいさんのように立派な侍になるんだよ——というようなせりふをつぶやくところへきて、おもわず、ほろりとしてやられた。わたしも、どうやらたいして悪党でもないらしい。岸井明の演ずる善人与八が故郷大菩薩へかえってゆくこの場面は、原作者介山の解釈に則していえば、映画『大菩薩峠』の前半の「因」と後半の「果」とを媒介する重要な場面であり、事実、この場面は後半の京都祇園料亭のミスの間における机竜之助の狂乱の場面と対立するものとして、作品のもっとも優れた見せ場になっている。

介山は、あきらかに原作において、封建的なモラルや法規をこえるものとして、仏教ふうの万物流転の思想をうち出してみせたのである。

わたしは『血槍富士』、『黒田騒動』以来、封建的なモラルと掟にからまれて生きる人間の運命というものを、いくらか現代的な視点をかりて照らし出そうとしてきた内田吐夢が、『大菩薩峠』を、どのように処理するかに、関心をもったが、観おわってまったく中里介山の理念を忠実に模写しているにすぎないことを知った。吐夢の時代劇映画にたいする新理念が敗北し、原作者の理念がおし出されることによって、この映画は成功しているのである。

『純愛物語』

今井正は、『また逢う日まで』の姉妹篇のような映画をつくってくれという会社の註文で……などとニヤけたことを云っているし、題名がまた題名なので、観ない前から相当へきえきしていたら、立ち上りは、なかなか見事であった。

冒頭、まず上野の山へ二年ぶりにやってくる主人公ダックボートの貫坊にすり寄ってきて、懐中から鮮やかに有り金をスリとってしまう五つか六つの女の子がでてくるのである。

わたしは、人間は喰えなくなったら、スリでも、強盗でも、サギでもやって生きるべき権利をもっていると、かねてからかたく信じたいと思っているが、この映画の主人公貫坊と恋人の不良少女ミツ子は、まさしく、そういうモラルの実践者なので、わたしが狂喜したのは云うまでもない。

二人は、商売のもとでを稼ぐため、べつに悪びれるところもなく、デパートの客の懐中を荒しに出かけ、あわやというところで捕ってしまう。おまけに、少年院に送られようとしても、さらに後悔する様子もなく列車から飛下りて逃げてしまう少年と、感化学園におくられても悔悛の色なく、良心派の女子教官を殴りつけて、脱走しようとする少女は、じつにいい。この辺りの描写を、一貫して持ちこたえていたら、この『純愛物語』は、可成り優れた映画になっていただろう。なぜならば、社会からほうり出され、つぶさに生活的苦労をなめた不良少年、少女が、社会秩序のなかに安住して良心派ぶっているモラリストよりも、はるかに人間心理に通暁し、男女の愛の機微に通じ、優れた判断力をもっていることが、見事に活写され、観客のこころにモラルの転倒を強いるだけの力をもっているからだ。

　今井正が描きたかったモチーフを、善意に解釈すれば、もしも、社会からほうり出された男と女が、生活の手段を奪われても、なお結びつこうとするとき、社会秩序の内側に安住しているかぎり人間は、善良な奴も同情する奴も、ことごとく敵対物にしかすぎなくなってしまう、という点にあったと考えられる。そうだとすれば、不良少女ミツ子に同情をよせる良心的な女子教官は、秩序の内から秩序の外にいる人間にへっぴり腰で同情している人物の典型であり、不良少年貫太郎を理解する観察官は、秩序の走狗でありながら、ほうり出された人間の心理に通じているふりをする人物の典型であり、彼等が主人公達に善意を持って接しながら、しかも、二人の仲を引裂く役割しか果しえない限界を、楠田薫と岡田英次は、よく演じていると云えよう。

　この二人と対照的に、少女の病院費をねじり出すために、至極当然のようにカッパライの片棒をかついだり、朋輩の金を無断で拝借したり、ドヤ街の少女を訪ねていって、きびきびとてれながら愛してみせる主人公や、少年に遇いたく、自力で稼ぎたく、何べんも良心的な女子教官をあざむいて逃亡する不良少女ミツ子の模範的な美質が、鮮やかに描かれるのである。

　この二種類の典型を対比的に描いている限りでは、この映画は不良少年、少女に真の美徳があることを匂わせて成功なのだが、今井正は、それを貫きとおすことができていないのである。おもうに、その原因は、今井が『また逢う日まで』の姉妹篇を作ってくれという商業映画政策に迎合したためでもなく、あわよくば文部大臣賞を、などという根性を出したからでもなく、今井自身が良心的なモラリストにすぎないからなのだ。しかし、安定したモラリストならば、たとえば、木下恵介のように、それなりに日本庶民の泣き処をおさえた間違いなく文部大臣賞という映画を制作するはずなのだが、じつに今井の作品の混乱は、良心的なモラリストのくせに、進歩派ぶってみせるために生れてくるのである。

　みたまえ。『純愛物語』は、いつしかフェイド・アウトして、またかとおもわれる「原爆物語」に変形してしまうのだ。またかとは何だ、などと怒るのは、見苦しいからよすがいい。わたしたちの「原爆映画」は、黒沢明にしろ、新藤兼人にしろ、原爆を不可避的な運命としてしか描きえなかった。冷厳に科学的に計画的に原爆と対決することをテーマにはとらなかったのだ。

映画の不良少女ミツ子は、刻々潜在的な原爆症に侵されながら、別段甘えようともせず、何とか稼ごうとしたり、何とか少年と一緒に生活しようとしたりして、懸命に努力しているのに、今井正は、それにひきかえ、原爆症に甘ったれて、この少女を殺してしまい、作品のライトモチーフを感傷によってねじまげて失敗のうちに映画を終らせてしまうのである。

V

戦後のアヴァンギャルド芸術をどう考えるか

戦後の「アヴァンギャルド」芸術の作品とは、具体的にどの芸術家のどの作品を指すのか、本当の意味では了解できません。「アヴァンギャルド」の上に贋とでも附けたらどんなものでしょう。彼らはすべてモダニスト乃至は「主体の解体者」であろうとおもわれます。唯一の創造的な理論家花田清輝は、多くの人の誤解にもかかわらず、頑強な古典主義者です。よって、そういうものは本当には存在しなかったというのが小生の意見です。

〈現代詩の情況〉〔断片〕

〔………〕日本の詩論がいままで、どのやうに書かれ、文学全体のなかでどのやうな視られ方をしてきたかについて、要するに日本の詩について、少しでも考へたことがあるならば、あの詩論で、不完全ながらわたしがとつた方法、わたしの述べた内容のなかで、一つや二つは、はつと驚くようなことが書かれてゐるのだ。林にはそれが判らない。だが、伊藤信吉にはそれが判るのだ。何故か、伊藤は、林などとちがつて、日本の詩と詩論のあり方について、はるかに深く考へてきてゐるからだ。それは昭和七年に書いた「詩の領域に於ける組織の問題」あるいは、「セルゲイ・エセーニンに関する断片」以来、明治大正文学研究第十二号「高村光太郎論」にいたるまで、伊藤の書いてきた詩論と、林の、「サークル詩の諸問題」(文学一九五三〔年〕第廿一巻第一号)、「民衆詩の方法」を比較して見ればよくわかる。林は、三十円のパンフレットに書いてあるようなことを得々として並べ、「唯物弁証法のプリミティヴな前提さえ、まつたく理解していないことを示してゐる。」などとおうむの口まねをしてゐるが、よくも口が曲らないものだ。いつたい、林の今まで書いてきた詩論のどこに、唯物弁証法の適用があるのか。あるのは、唯物弁証法についての、空疎な非実践的な説教があるだけではないか。大凡、ある方法を、表現にまで定着させるには、その方法を生々しい現実にぶつけ、確め、考へ、血肉化する長い過程が必要なのである。

それは、パンフレットによつて唯物弁証法を暗記しただけで、「民衆」のあひだをほつつき歩き、説教して歩るく、林ごときのよく知るところではない。林は、じぶんの詩論が、「民衆詩」を主題にしてゐるにもかかはらず、そこらのカストリ雑誌級の空疎な、無方法な雑文であることを考へてから、わたしの「素朴な反映論」を問題にするがいい。恥を知れとまでは言ふまい。だが林よ、きみが、「素朴でない」立派な反映論を、詩論において成し遂げるとき、はじめて日本の現代詩はその方向を与へられ、「民衆詩」は実践的課題と結びつき、わたしの「素朴な反映論」は捨て石のひとつとしての意義を果すのだ。本来ならば、あの種の詩論は、きみたち正統共産主義者が当然なすべきなのだ。併るに君たちのうち、誰がそれを成したか！　きみたちは、無内容な入門書を書き、自己の詩集に「天才的革命詩人」などといふ広告をぶらさげて売り、ひとりよがりの雑文を書き散らしてゐるのではないか！林よ！　きみが「社会党幹部と吉本ぐらい」などと、ロウレツな放言をしたから、わたしも答へよう。林は言ふ。「日本がいま、アメリカ帝国主義のまつたき支配をうけてゐる事実をヌキにして、どうして現実の社会構造をとらえることができるのか。」だが林よ、わたしがいつ、「アメリカ帝国主義のまつたき支配」に代る概念として、「安定恐慌期にはいり、ふたたび、日本プロレタリア階級が、完全に秩序からほうり出されつつあるというじじつ」を指摘したのか。どうして、アメリカ帝国主義の支配下にあることと、わたしの指摘したじじつとが矛盾するのか。林はここで誤りを侵してゐる。それは、ひとつには、林が、パンフレットの知識でしか、日本の現実の情況を理解してゐないため、支配権力の構造も、社会の経済的構造も、ごちゃまぜにして考へてゐることである。もうひとつは、林の発想の本質的な欠陥であるのだが、アメリカ帝国主義のまつたき支配が、日本の支配権力の構造を、どのやうに変えてゐるか、どのやうな方法によつてそれを支配してゐるか、また、それは、日本の社会経済構造を、どのやうな方法で支配してゐるのか、このやうな基本的な支配力が、日本の政治状勢をどのやうに動かし、それが社会現象としてどのやうにあらはれ、労働者階級にたいしてどのやうな作用を及ぼしてゐるか、といふことを具体的につきつめようとしないからである。

林にはこれだけでは判らないだらうから、もう少しやさしく説明してみると、労働者階級が、「アメリカ帝国主義のまつたき支配」を実感する場合、あるものは生活の苦況をとほして、あるものは資本家の職場における強圧と労働強化をとほして、あるいは中小企業労働者のやうに、倒産による失業といふじじつをとほして、或は基地群の実情をとほして、あるいは、水爆実験にたいする、日本支配階級の態度をとほして、或は……をとほして、といふように無数のじじつによつて知ることができる。そして、若しきみが、良心ある労働者階級の一員であり、優れた詩論家であるならば、実に、日本現代詩の新たな情況の変化、すなはち、ほうはいたる詩意識の安定感の横溢によつても、それを知ることができるのである。わたしは、それを、経済構造と、詩意識の面から、強調して指摘した。それは、わたしの詩論の態度と、キボからして、抽象的な言ひ方をもつてした。それを当然のことと考へるのだ。きみは、ぼくを、平和革命論者、第三勢力論者に仕立てあげるために、わたしが、故意に、「アメリカ帝国主義のまつたき支配」をヌキにしたごとく、でつちあげ、ついに「こんなラチもないことを考えるのは、社会党幹部と吉本ぐらいのものだ」といふロウレツな放言に到達したのである。

勿論、馬鹿の一つ覚えのやうに、「民族のたたかい」とか「解放闘争」とかいふスローガンだけを、かつぎまはり、具体的な、忍耐ずよい、苦況にさらされた労働者の日常闘争に参加しない、きみのやうな楽天指導者にたいするアンチ・テーゼのつもりはあつたのだ。そしてきみは、楽天指導者であることを実証したのである。林よ、わたしもまた、きみに放言を与へるときがきた。今日、われわれ組織労働者が、生活の苦況にさらされ、ダラ幹に支配され、資本家の監視下に、くるしい闘ひをつづけ、この闘ひをとほして「民族のたたかい」に、何とかしてつながらうとしてゐるのを理解せず、悪意のでつち上げによつて、人をおとしいれようとするものは、伊藤律ときみ位のものである。林は、林が共産党員であり、わたしが「ひとりの眼」であることが、林の言動の革命性、進歩性を保証し、詩論の優越性を保証し、わたしの反動性を立証するものと考へてゐるらしい。そして、「ひとりの眼」であるわたしに、悪意あるでつち上げを加へ、でたらめの批評を加へ、つひに社会党の幹部（幹部である！）に結びつければ、きみらの統一戦線は安泰であるらしい。

その判断は、林の自由であり、又なにをか言はんやである。

しかし、「ひとりの眼」であるわたしが、単に共産党員であることで、また、その男が「民衆詩」を語り、「サークル詩」を語ることで、その男の言動の革命性、進歩性を保証するとでも考へたら、大まちがいである。林は、そのことを覚えておくとよい。

また、林は、わたしが、現代詩の詩意識が現実の秩序に対して、基本的には、抒情詩型　意識詩型　民俗詩型にわけて考へることができると述べたのに対し、「詩の認識的意義をまつたく理解していないところからくる、機械的な考へ方といふことが出来る」と言つてゐる、これを馬鹿の思ひ上りといふのだ！

わたしは、時代詩の情況を、たんに印象批評にわたることをさけ、サークル詩から、詩学などの典型的な抒情詩にいたるまでを、統一的に理解する方法として、あの三つのわけ方をしてみた。わたしの、日本近代詩にたいする探求の限りでは、もつとも、歴史的にも、詩人の発想法の面からも、確実な根拠あるものとして、それを撰んだ。林よ、きみは、馬鹿なハツタリばかり言はずに、少しは、文学者として、自己を高める、思想をふかめる勉強（君には学習といつた方がいいだろう）をしたらどうか、そして労働者階級として困難な日常闘争に参加したらどうか。そうすれば、あまり馬鹿なことは言はなくなる。きみたちのうち誰が、きみのいふ「民主主義的な詩」から、いはゆる詩壇の詩までを、統一的に理解しようとしたか！　きみは勿論だが、きみたちは、常に内閉的な、自己陣営にだけしか通用しない詩論か、あるいは、自己の思想的立場に水をうめたり、隠蔽したりすることによつて、自己陣営に都合のいい勝手な認め方をしてきた。しかし、それで統一戦線が出来ると考へたら大まちがひである。きみたちは、きみたちの思想の把握の深化によつて、意識段階が質的にちがつてゐる民衆を包括できたとき、はじめて統一戦線が成立するのだ。それとおなじように、きみたちは、きみたちの詩論の深化によつて、詩壇の詩までを、統一的に理解出来たとき、はじめて統一的な詩運動を共感のうへにおくことが出来る。きみたちは、その試みさえしようとしない。都合がわるければ、悪罵を浴びせる。わたしは、その試みをやつてみた。もとより完全なものだなどと言はない。しかしきみは、わたしの試みの意義をどうして理解しようとしないのか、

且て、プロレタリヤ詩運動の理論家　森山啓は、「詩の形態に関する覚え書」のなかで、「流行歌作者としての西条八十に対するプチブルジョア的自由詩人た

ちの悪罵を、吾々は彼等の嫉妬以上のものとして評価することは出来ないのである。」と述べてゐる。きみの放言などよりは、余程ましであるが、わたしは、このやうな言ひ方が誤りであることを信ずる。プチブルジヨア的自由詩人たちと、流行歌作者としての西条八十とのあひだには、無数の質的な差異があり、その詩意識が反映してゐる現実も、投射してゐる現実も、現実に対する人間的な態度も、また無数の差異があり、単なる「嫉妬」以上のものとして評価することが出来るのである。情況の切迫は、しばしば、人を盲目にさせる。わたしにも、日常闘争において、しばしばそういふ経験があり、そのたびに内省をくりかえしてきた覚えがある。最近の例を引かう。荒地詩集一九五四年版で、鮎川信夫は「詩人への報告」といふエツセイを書き、そのなかで「観念の集団的背景について」と題して、所謂抵抗詩について、激しいアンチ・テーゼを提出してゐる。この論旨は、激しいにもかかはらず、鮎川らしくもない不徹底なもので、(こう言ふ議論は、徹底的にやらないと双方のために利益にならないと思ふ)三好豊一郎によれば、「思想的根底のあいまいなる抵抗派」である、わたくしにも、到るところで嚙みつくことの出来るていのものであつた。しかし、何故、鮎川が、こんな底の浅い論議で、抵抗詩にアンチ・テーゼを出すのかと、考へてみて、やつと理解した。それは、林のやうな男がゐて、鮎川を瞋らせたのである。わたしは鮎川に深く共感し、わたし自身も内省した。鮎川は、わたしなどとちがつて、優れた人格者であり、誠実な詩人である。わたしは、「繋船ホテルの朝の歌」の作者である鮎川を、詩人としても尊敬してゐる。鮎川に底の浅い瞋りをなさしめるようで、どうして詩人が共感の基礎のうへに、今日の日本の民族のおかれてゐる情況に対決するための統一を実現することが出来るか。鮎川は書いてゐる。「大阪の会で、『眼の前に銃口がつきつけられている時に……』というようなことを言われた人があつたが、何がつきつけられようと、詩において変らないものは変らないのである。」わたしは、いま鮎川のやうに、詩において変らないものは変らないと断言する勇気をもたないし、それほどの詩を書いた覚えもない。併し、鮎川ほどの真物の詩人に、「眼の前に銃口がつきつけられている時に……」といふ言ひ方をした男は、あきらかに誤つてゐると思ふ。詩人としての自覚をもつてゐる一流の詩人に共感を求めようとするならば、入口は、そこにはないのである。鮎川の思想的根底を揺ぶる道もそこにはないのである。ましてや、木島、関根、花岡らの如く、「しかし、かれらはヨーロツパ現代詩の達成したものに出資をあおぐ啓蒙教会の使徒としてたちあらわれたのであり、不必要な「不安」の毒素をふりまき、現代詩の植民地化に貢献したのである。」とは、何といふ大馬鹿者であるか、大凡、詩を理解し、詩人が、どのやうな現実を受感してゐるかを考へたことのある者の口にすべき言葉ではない、

林は、わたしの「ひとりの眼」を社会党幹部イデオローグに仕立てるまへに、きみの、「解放闘争」の大スローガンを、新日文の詩の寄稿家、中村稔、山本太郎、高野喜久雄らに向つて、ぶつて見るがいい。かれらは、大人しい人格者だから、わたしのやうに逆襲はしないだらうが、その日のうちに、そつぽを向くだらう。しかし、わたしは、そつぽをむかない。そしてきみのやうな、詩をも、現実をも小馬鹿にしたやうな男と闘ふのである。わたしの「ひとりの眼」は、怠惰な、つまらぬ人間の貧弱な眼にすぎないが、わたしの精神を現実にぶつけ、生活とたたかいと、絶望とをかぎりなく繰返すことによつて獲得したものであり、階級的良心と、歴史の未来にたいする責任とを、自己の実存の理由として持つものなのだ。わたしは君に、専門的な思想上の問題を説明しようとは思はないが、きみが、共感のキソのない批評を、わたしに加へる以上、論争によつて問題を発展させる余地はなく、闘争を行ふのみである。きみに、その意志があるならいつでもくるがいい。わたしは、それに応ずる用意がある。ゴシツプメーカーが何と言はうと、詩を書いたり、文章を書いたりするわたしは、いつも「ひとりの眼」だ。(組織労働者としてのわたしは、共産主義者とも社会党ともへだてなく日常闘争を行つてきたし、今後ともそうだ)それゆえ、きみは、わたしを社会党幹部に仕たてたりする小細工をする必要はない。わたしを、どんなに攻撃しようとも、きみはきみの信ずる統一戦線を破つたなどと言はれることはない。(実際上の労働者階級の政治的、経済的な闘争においては、きみなど問題にしてはゐない。)(わたしの組織労働者としての日常闘争の経験では、きみのやうな、大言壮語する大革命家はあまり役に立たない)

では、わたしがここで引用した森山にしても、林にしても、鮎川の言ふ「大阪の会」における某にしても、木島　関根　花岡らにしても、どうして自分はふところ手をして、共産主義詩人にあらずんば、詩人にあらずと言ふに類した言辞をろうするのであらうか。これは、意識段階の低い詩人を、意識の高い評価の規準で一足飛びに極めつけたといふ戦術上の問題を喚起してゐるのであらうか。わたしは、どうも、そうでは無いように思ふ。これらの人人が共産主義といふ思想を把

握してゐる仕方に問題があるのだと思ふ。つまり、思想と人間とのあひだの一般的な問題として言へば、一つの絶対的な思想を、相対的な人間が把握するときの、相対的な人間の側が必ずうける歪み（この歪みは或る場合は選民意識として、或る場合はコムプレックスとしてあらはれる）に問題があるのだと思ふ。言ひかへれば、絶対的な思想とその実践との問題は、必ず、人間の精神機制の一元性といふ制約をとほしてしかあらはれないといふ、わたしの考へでは可成り重要な問題をはらんでゐるのだと思ふ。ふところ手は、かれらが絶対的な思想の背にまたがつてゐるところからくる。高飛車な攻撃は、かれらの相対的な人間としての歪みからくる。それゆえ、わたしが、高飛車に、「楽天指導者」と呼べば、かれらは瞋るのである。何故か。それは、わたしの相対的な人間としての歪みが、かれらを瞋らせるのだ。それゆえ、わたしは、詩人の統一戦線の主観的な条件は、自己の思想的立場に水を薄めるといふ戦術上の問題にはなくて、自己の思想の把握を深化するといふ問題にあると思ふ。

林は知つてゐるかどうかわからぬが、新日文編輯部は、わたしに詩論を求めるまへに、その詩委員会の有力なメンバーが「不必要な「不安」の毒素をふりまき、現代詩の植民地化に貢献したのである」と規定した鮎川信夫に詩論を依頼した。いつたい、鮎川が、抵抗詩万〔……〕

〔……〕わたしは、林の発想の本質を分析する段階にきたようである。林は「民衆詩の方法」のなかで次のやうに書いてゐる。「私たちが、実践のなかで直面した現実を、具体性のなかで観察し、その現実をばらばらに分解し、そのなかから偶然的なものをすて本質的なものをえらびだし、虚構を加え、それを新しい現実として綜合する普遍化の努力が、民衆詩の運動にとつて、これからの切実な課題になるのではないかと思はれる。」林は、ここで一体何をしてゐるのか。「観念の完璧性」を求めるための言葉の、思考の遊戯をしてゐるのである。林のこう言ふ詩論を読んで、これが唯物弁証法的な考へ方だと誤解する、「民衆詩」人が居るといけないから、もう少し立ち入らう。「私たちが、実践のなかで直面した現実を、具体性のなかで観察し」までは、いやみつたらしい言ひ廻しだが、何とかわからないことはない。

だが、「その現実をばらばらに分解し」に至つては、観念的な亡者にしか判らない。林よ　実践的に直面してゐる現実を、具体的に観察することで、ばらばらに分解することが出来るなら、ひとつ模範を示してみて呉れ。ましてや、「そのなかから偶然的なものをすて本質的なものをえらびだし、虚構を加え、それを新しい現実として綜合する普遍化の努力」にいたつては、林自身でも出来さうもない観念の遊戯にすぎないのである。わたしがここで精々助け舟を出して林の言ひたいことを推察するならば、実践のあひだにぶつかつた現実の問題は、さけることなく直視し、体験として血肉化しつかみ、その体験のうち何が本質的なものであるかを考へてみて、その本質的なものを詩的な世界として再構成するといふことらしいのである。だが、このやうな林の提言が如何なる実践的な問題を喚起するか！　何もしないのである。「民衆詩」人は林のこの言葉によつて如何なる詩を作ることができるか。何もできないのである。では、林のこの提言は、詩論としての内在的価値をもつか。もたないのである。いま視てきたとほり、林は、現実といふ言葉ひとつすら、正確には使えていないのである。何故か。林は、現実といふものを観念像として捉え、そのなかで、思考を遊ばせてゐるのである。林が具体性といふ場合、ほんたうの具体性ではなく、観念像のなかでの具体性なのだ。わたしは、殊更に、意地の悪い言ひ方をしてゐるのではない。

これが、林の発想の本質なのである。「民衆詩の方法」といふ詩論自体が、空疎な無内容な詩論であり、林はそこで、人がこうと言へばああと言つてゐるだけだ。林の発想の本質を分析するために、もう一つ例を引かう。「サークル詩の諸問題」のなかで林は言ふ。「いまのいわゆる新しい詩は、先進的な労働者の感情はとらえても、おくれた、それゆえに一そう苦しんでいるふつう一般の労働者、とくに農民の心はとらえてはいないのである。そして、それを可能にするのは、先にものべたように、おくれ苦しんでいる大衆の、そのくるしみを自ら担い、その意識を改造してゆく、解放運動の組織者の観点にたつことである。」この例は、先の例とちがつて、サークル詩人のなかには、成程その通りだと考へるものもあるかも知れない。しかし、わたしはここに虚偽を見つける。人間の相対性を忘れて絶対的な思想の背にまたがつて、自己陶酔してゐる選民林君を見出す。若しわたしの現実認識にあやまりないとすれば、林の実生活は、みるみるうちに足元から、かれのこの言葉を裏切るにきまつてゐるのだ。わたしは、林にくらべれば、「おくれ苦しんでいる大衆」の一人だ。しかし林にわたしの苦しみを担へるか。担へる筈がない。大凡、思想と人間との契機さえも理解してゐない林ごときに、わたしの苦しみが担えてたまるものか。わたしは、かかる人物が、わたしの傍へ組織者として、わたしの意識を改造しに来たら、おそれおののいて帰つて貰ふ。かかる人物は、神棚か教会へでも祭つておいた方がいいと信ずるからだ。若し、わたしに出てゆけと言へば出てゆく。

何故、林のこのやうな発想が、どこから出てくるのだらうか。わたしの人間観察術と、文章解読術の全体験をあげて推論するならば、林が、文学者として自己の思想を深める努力もせず、労働者として、辛抱づよい日常闘争を行つた経験もないからだと思ふ。わたしの脳裏には、共産主義といふネクタイをした紳士が、鞄を小脇にかかえて、あちらの祭り、こちらの会合と、詩について、毒にも薬にもならぬ説教を、ぶつてあるく姿が思ひ浮ぶ。

では、林の書く詩論は、何のとりえもないだらうか。わたしは、そうは考へない。林には「善意」がある。わたしのやうな、古いもの、怠惰なものを引ずつてゐるものからみれば、うらやましい程の「善意」がある。わたしは、林が、自己に甘え、自己陣営に甘やかされて、何ら実践的な示唆もあたえない、毒にも薬にもならぬ詩論をかき、他人をくさすのを残〔……〕

北村透谷小論〔断片Ⅰ〕

Ⅰ

明治二十二年（一八八九）、透谷の処女作「楚囚之詩」は完成する。多年、思望したその発想と構想とは、遂に一詩となつて結実したのである。透谷は、印刷ができ上つてから、「余りに大胆に過ぎたるを慚愧」して、急ぎ書肆に走つてひとたびは、その中止を頼んだ。明治二四年四月十二日の日記から、眼を「楚囚之詩」の序文に転ずると、この躊躇はやや具体的に、まるで透谷後年の文学的宿命を予見するかのやうな被害感にいろどられて、告白されてゐる。ぼくは、透谷のこの告白から、二つのモメントを拾ひあげたいと思ふ。

そのひとつは、「好し此『楚囚之詩』が諸君の嗤笑を買ひ、諸君の心頭を傷くる事あらんとも、尚ほ余は他日是れが罪を償ひ得る事ある可しと思ひます。元とより是は吾国語の所謂歌でも詩でもありませぬ、寧ろ小説に似て居るのです。左れど、是れでも詩です、云々」といふ個所にかかつてをり、湯浅半月の「十二の石塚」を端緒として展開されつつあつた当時の、レイメイ期の近代抒情詩にたいする方法的な違和感に根ざしてゐる。他のひとつは、つぎのやうな個処である。

「然るに近頃文学社界に新体詩とか変体詩とかの議論が囂しく起りまして、勇気ある文学家は手に唾して此大革命をやつてのけんと奮発され数多の小詩歌が各種の紙上に出現するに至りました。是れが余を激励したのです、是れが余をして文学世界に歩み近よらしめた者です。」

透谷のこの言葉は、「楚囚之詩」制作の動機のなかに、大阪事件を離脱して彷徨をつづけてゐた自分のこころの行方を見さだめようとする努力がかくされてゐることを暗示せずにはおかない。「楚囚之詩」を踏み台にして、透谷は自由民権左派の政治運動からの意識上の転向を完結したのである。（実際上の転向は、その前年、キリスト教への回心と、石坂美那子との恋愛の成遂、結婚によつて完結してゐる。）この地点から逆に、「楚囚之詩」のなかに透谷が政治運動から離脱した際に体験しなければならなかつた精神的な苦悩、動揺、背棄意識のあとをたずねることが可能なのではないか。可能でないまでも、「楚囚之詩」の意義を、詩史的な面から、イデオロギー的な面から、また透谷の精神的な機制の面から照し出すことによつて、この問題に、すくなくともいままで書簡とか断片的な感想によつて知られてゐたこの問題に、明るさを加へることができるのではないか。ぼくは、そういふ考へを捨てることができない。ぼくのこの考へは、評論「我牢獄」[註1]を、「楚囚之詩」と同時期に構想し書かれたもの、と推定することによつてさらに拍車をかけられるものとなる。これだけの前提があれば、ぼくの妄想を形成するには、それほど不足ではない。だから、透谷が「楚囚之詩」の序で告白してゐる新体詩運動にたいする方法的な違和感も、被害感をまじえた読者への孤独な弁明も、つまりは同じものであり、自由民権左派イデオロギーから、都市プチインテリゲンチヤの意識の群へ亡命してゆく際の、透谷の処理しきれない精神の問題を象徴してゐるに外ならないと思はれるのだ。

「楚囚之詩」から「蓬萊曲」[註2]をへて、透谷集に収録された作品のうち後期に書かれた詩に至る透谷の詩業は、短いその文学的生涯にとつて、それぞれの結節点をなしてゐるが、透谷のこの個人的な軌跡が、日本近代詩の詩史的な軌道と交叉するところに、日本近代詩の最初の重要な結節点が描かれる。更に、日本型の社会秩序ができあがる最初の社会的な諸条件が、この地点に吻合する。透谷の生涯と詩業とにあつまつてゐる無類の諸契機、人間の内面の思想的、心理的な問題から社会的な問題までを必然の糸によつてしつかりと結びつけ、関連づけてゐる複雑なメカニスムを、ぼくは解きほぐしたいと思ふのだが、いまのぼくの力をもつては、到底できそうにないのである。

今日、近代詩の研究家たちは、半月の「十二の石塚」によつて、新体詩の芸術化の端緒がひらかれたことを認めてゐる。そうしてこの芸術化の意味は、詩の問題をはなれてやや遠くまで引づつてゆく必要があるように思ふ。言ふまでもなく「十二の石塚」は、主として官僚イデオローグの側から明治十五年（一八八二）に提出された「新体詩抄」の、俗悪な啓蒙者流のくさみにたいするキリスト教イデオローグの側からのはげしいアンチテーゼとしての自覚のもとに提出された。植村正久は、「十二の石塚」の序文でつぎのやうに指摘してゐる。「論者或ハ官ニ依リテ詩歌ヲ改良シ官ニ依リテ詩人ヲ模造セントス。其妄想此ニ至リテ極マレリト云フベシ。」この植村の反感は、もともと、明治六年の邪宗門禁止高札の撤廃、同十三年「六合雑誌」の発刊、同十四年官憲の干渉下におこなはれた、東京在住のキリスト教徒の示威集会……など、に示されるような政府との反目をつうじてなされたキリスト教の、リバイバル運動の実際を思ひ浮べることなしには理解できないだらう。

湯浅の「十二の石塚」は、このやうなキリスト教イデオロギーが、都市インテリゲンチヤへ滲透してゆく清新なエネルギーを背後に背負つてゐることがわかる。それゆえ、湯浅の詩業が、新体詩の芸術的な端緒をひらいたとき、それはほぼ確実に、明治六年の地租改正によつてひらかれた農民の土地収奪への軌道と、明治九年の公債制度の確立によつてみちびかれた資本の原蓄への軌道の上に、言ひかえれば、封建的な生産関係と、資本主義的な所有関係との矛盾のうへに、日本型の秩序がその基礎を確定し、それにともなつて、日本型都市インテリゲンチヤ意識が集団的に成立しつつあつたことを、暗示してゐるのだ。

湯浅は、日本的な長歌の方法をつかつて、旧約聖書の物語を叙事詩化してみせたのであるが、ここに至つては暗示は深刻であり、日本的な方法と感性を、西欧的な衣によつてかぶせるといふ日本近代詩の宿命的な事情が、ここに成立するのを、どうすることもできないのである。そうして、この事情をささえたのは、日本型資本主義社会秩序の成立、それにともなふ日本型インテリゲンチヤ意識の階級的成立であつた。〔註3〕

〔………〕

北村透谷小論〔断片Ⅱ〕

Ⅰ

石坂美那子（透谷夫人）あての著明な告白書簡のなかで、透谷がめんめんと語つてゐる自己の性格形成と抑圧形成のモメントを、アレンジして列挙してみれば、次のやうである。

i　遺伝的な因子について。「生の神経の過敏なる悪質は之を母より受け、傲慢不羈なる性は之を父よりもらひたり、」言ふまでもなく、遺伝的な素因をこんな具合に両親にふりわけて考へることはできない。だが透谷もまた、或日鏡にうつした自分の貌をつくづくと観察するように、おのれの性格悲劇について思ひ患つたのである。ぼくは、内部生命論の潜在的なライトモチーフである内部生命は自造のものではない、といふ言葉や、おなじく後期の詩（蝶を主題にした）のなかの「運命」とか「自然」とかいふ言葉の独特なつかひ方を連想することなしに、現代精神病理学の到達した科学的限界のはんゐで、透谷のこの言葉を承認しなければならぬ。

ii　四歳から九歳まで。透谷の父母は、弟を連れて上京し、その間、祖父母にそだてられた。「生の天性は不羈磊落我儘気儘なるに、此のやかましき祖父と我が利益には余り心配せぬ祖母との間に養育せられたるなれば、此に生が淡泊なる小児思想は或る奸曲なるむづかしき想像心にからまれて、物事に考へ深き性情を作りたるの事実は、決して蔽ふ可からざるあとなりとす、」透谷はこの時期、イクサゴツコの軍師となつて、棒切れをふりまはすことに「凡そ世にめづらしき厳格」な「祖父に対する不平を慰す可き」代償をみつけた。注意すべきは、この時期祖父にたいする葛藤から、うつうつ怏々として月日を過したために、何かにつけては涙をこぼすことが多く、考へつめてはなかなかおさまらず、又くやしくてたまらぬときは正体なく泣き狂うような激動的な性格が形成されたことを、透谷が自認してゐることである。

iii　九歳より十二歳まで。主な葛藤の対称は母に移される。「生の活潑なる心に仇する事は、生の母の神経質より甚しきはなし、又た生の母は普通のアンビシヨンを抱けり、則ち生をして功名を成さしめんと思ふの情切なりければ毎夜十二時頃までも窮屈なる書机に向はしめ、母自身は是れが看守人たり、」と述べ母が自分を束縛して頑童どもとの交通を絶たしめた苦痛をつけ加へてゐる。透谷は、主として歴史小説中の英雄豪傑を同一視の対象にえらぶことによつて、その代償をおこなつてゐる。また、父母祖父母がみな愛情にうすい人々であつて、自分を愛する者はひとりもゐないのだと思ひこむに至り、これが、後年の「気鬱病」の最大の要因ではないか、と述べてゐる。言ふまでもなく、これらの錯覚は、透谷が意識下で、父母祖父母を憎悪してゐたことの投射であると考へられる。

いままで、述べてきた時期に透谷の性格を形成する要因はすべて出そろつて居り、また透谷の生涯をつらぬく精神のメカニスムは確定してゐる。言ひかへれば、透谷の倫理感のタイプは決定してゐる。ぼくは、透谷の性格構造を循環病質（Zykloid）と推断したいと思ふ。したがつて、透谷が形成した倫理感は、循環病（Zyklophrenie）型でなければならない。

Ⅱ

人間の精神が抑圧と葛藤する場合、ほぼ二つの典型的な型をとつて防禦機制をはたらかせると考へることができる。その第一は、現実との生きた接触をたちきるように働くことによつて、精神は抑圧を防禦しようとするのである。第二は、抑圧対象の欠陥にたいして、固着するように働くことによつて、精神は抑圧を防禦するのである。この第一の型によつて、精神が抑圧と葛藤する能力をうしなつた場合、分裂病（Schizophrenie）、第二の型による場合、循環病（Zyklophrenie）と呼ばれてゐる症候像に一致するのである。抑圧と葛藤する過程で、精神のはたらきが、固定した機制（メカニスム）をつくり出した場合、それは、ふつう倫理（感）とよばれてゐるものと一致する。したがつて、すべての倫理（感）は、ほぼ二つの典型にわけられ、そのひとつは分裂病型、他のひとつは循環病型と呼ばれなければならない。ぼくたちが、思想と呼んでゐるものは、必ずその中核に、ここで言ふ意味の倫理（感）を客観化する過程を含んでゐる。したがつて、すべての思想は、典型的には、ほぼふたつの型にわけることができるであらう。この場合、種族的、あるいは風土的な因子は、遺伝因子として時間的にくりこまれ、また抑圧の特性、種類は、何れの型の思想をより多く形成するかといふ量の因子に転化するであらう。

透谷が、じぶんで分析してゐるところから、その遺伝的な因子、および幼年期の環境によつてつくられた抑圧の機制、そこから脱出しようとする精神のメカニスムの型から考へて、透谷が、この幼年期に循環病型の倫理感をつくりあげる条件をきざみこんだと考へることができる。そして、透谷の性格もまた、循環病質の素地をあらはしたと考へられる。

循環病質の本質は、ぼくが先にのべたように、抑圧対象の欠陥に精神が固着することであるが、その際、心的エネルギーが過剰に浪費される、躁状態(Manischer Zustand)とそれにつづく心的エネルギーをたくわえる、鬱状態(Depressiver Zustand)とが、波のやうに交替するものである。躁状態は、言はば抑圧対象の欠陥にたいして、精神が、ポジテイヴに固着する状態と考へ、鬱状態では逆に、ネガテイヴな固着の状態と考へることができよう。透谷の最初の躁状態は明治十四年、父母とともに上京して泰明小学校に入学した時期にあらはれた。何故であらうか。透谷が、幼時においてつくりあげた家庭内の抑圧を、そのとき形成した透谷の精神のメカニスムに適合する方向に代償をみつけ出すことができたからである。透谷自身が、述べてゐるところからしても、この時期、谷口校長はじめ、教師や、生徒の敬愛をあつめ、(高揚した弁論、や文章を使駆して、)透谷の躁機制は、その発火口をみつけたのである。

この年(明治十四年)自由党は結成せられ、自由民権左派の運動は、しだいに確定しようとしてゐた日本資本主義秩序を阻止しようとして、なかば、絶望的なたたかいを、盛んに展開しようとしてゐた。透谷は、従来、抑圧に固着し、葛藤することによつて心中にふくらました代償を(透谷の言葉で言へば、アンビシヨンを)自由民権の政治家にならうと決意することで、集中的にみいだしてゐる。透谷が、幼時期における抑圧対象としての「家」を、いま「社会秩序」に代置したメカニスムは、その形成した葛藤の様式からして明らかである。透谷のやうに、幼時期の抑圧にたいする葛藤を、現実と接触をうしなふようにではなく、現実の欠陥に固着するように代償した精神が、このやうに決意するのは当然である。透谷がもし、循環病質ではなくて、分裂病質であつたとしたら、すくなくとも「家」との葛藤からえた倫理感を、このやうに単純に、社会秩序の問題にまで、結びつけることができなかつたらう。透谷がとらへた社会秩序はどんなものだつたらうか。

[……….]

って証明した。

附記　報文の作成に当って支援を惜まれなかった，東京工業大学井上寿雄氏，また負う所の多かった東洋インキ製造株式会社常務取締役稲垣喜一氏，取締役工場長森鐘巳氏　その他の方々に感謝の意を表する。

文　献

(1) A. Payen ; Ann. Chim. Phys. 66 (3) 51 (1862)

(2) M. Pleissner ; (J.M.Mellor; A Comprehensive Treatise on Inorganic and Theoretical Chemistry)

(3) F. Breudecke ; Report. Pharm. 53, 155, (1835)

(4) J. Tünnermann ; Kastners Arch. 19, 338, (1890)

(5) 吉本；東工大特別研究生提出報告（補）(1951)

(6) J. Tünnermann ; Kastners Arch. 19, 338, (1890)

(7) T. Katz ; Ann. d. chimie 5, 1 ～ 65 (1950) 吉本；東工大特別研究生提出報告 (1951) 2月

(8) 同　上

(9) R. G. Dickinson, J. B. Friauf ; J. A. C. S. 2457, 46 (1924)

(10) R. N. Mathur, M. B. Navi ; Z. physik 100, 615—20 (1936)

(11) F. Halla v., F. Pawlek ; Z. f. Phisk chemie. 128, 49 (1927)

(12) Byström ; Ark. Chem. Min. Geol. (1945) 20A $n^0$11

態一酸化鉛が黄色を呈する理由は次のようにして定性的に説明することが出来る。α 態はR. G. Dickinson[9] 等及びR. N. Mathur[10] 等によって正方晶系に属することが確認されている。

又 β 態はF. Halla v., F. Pawlek[11] によって本格的に研究され，不確定であった空間群についてはその後Byström[12] によってC_{2v}^5が提出され，われわれも以前[7] にそれを支持する実験結果を粉末結晶法によって得ている。

一酸化鉛結晶の発色の機構を，原子軌道的に近似して分極率の大きなO^{--}イオンの２Ｐ電子が光吸収の過程で励起をうけ，近接したPb^{++}イオンの側に移動したとき可視部に吸収帯域をつくり，従って発色するものと考えれば，α 態と β 態との色相の差異は結晶型の差異に基く結合エネルギーの差異に帰せられる。今次のようにBorn—Haberの循環を考えてみる。

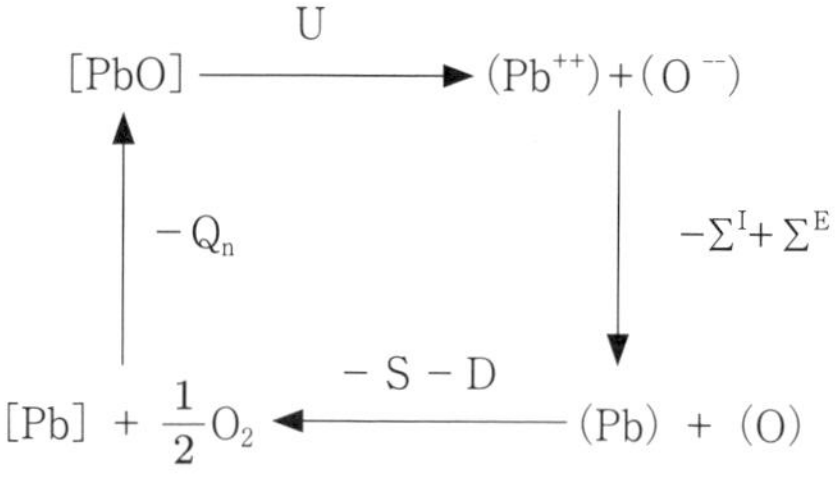

熱内容は変化が無いものであるから

$$U = Qn + S + \Sigma^{I} + D - \Sigma^{E}$$

ここで

U: 一酸化鉛の格子エネルギー

S: 鉛の昇華熱

Σ^{I}: 鉛のイオン化ポテンシャル

D: 酸素の解離熱

Σ^{E}: 酸素の電子親和力

Qn: 一酸化鉛の生成熱

α 態と β 態の格子エネルギーの差異は両者の生成熱Q_{α}，Q_{β} の差異であり，高温型の β 態の生成熱は α 態よりも大きいことが考えられるから，β 態の格子エネルギーは α 態の格子エネルギーよりも大であり，従って光吸収帯は α 態よりも紫外部に近く移動する。そのために α 態が赤色を示すのに対し，β 態は黄色を示すことが推論される。われわれの一酸化鉛試料の色相の差異は，α 態と β 態の色相の差異及び両者の混合，異質の相の存在による結晶の光学的性質の差異によって説明される。

結　　論

(1) 鉛塩と金属水酸化物との水溶液反応で結晶性一酸化鉛を製造し，その反応条件，α 態，β 態の転移条件を確定した。

(2) 各製法によって生成した色相を異にした一酸化鉛試料の色相の差異を

(a) 結晶構造を異にするために生ずる色相の差異。

(b) 結晶成長の方向性を異にするために生ずる色相の差異。

(c) 異質の相が存在するために生ずる色相の差異等によって実験的，理論的に説明した。

(3) 異質の相が一酸化鉛結晶格子に変化を与えない状態で存在していること。従ってそれが層間又は表面に吸着又は附着されているものであることをX線解析によ

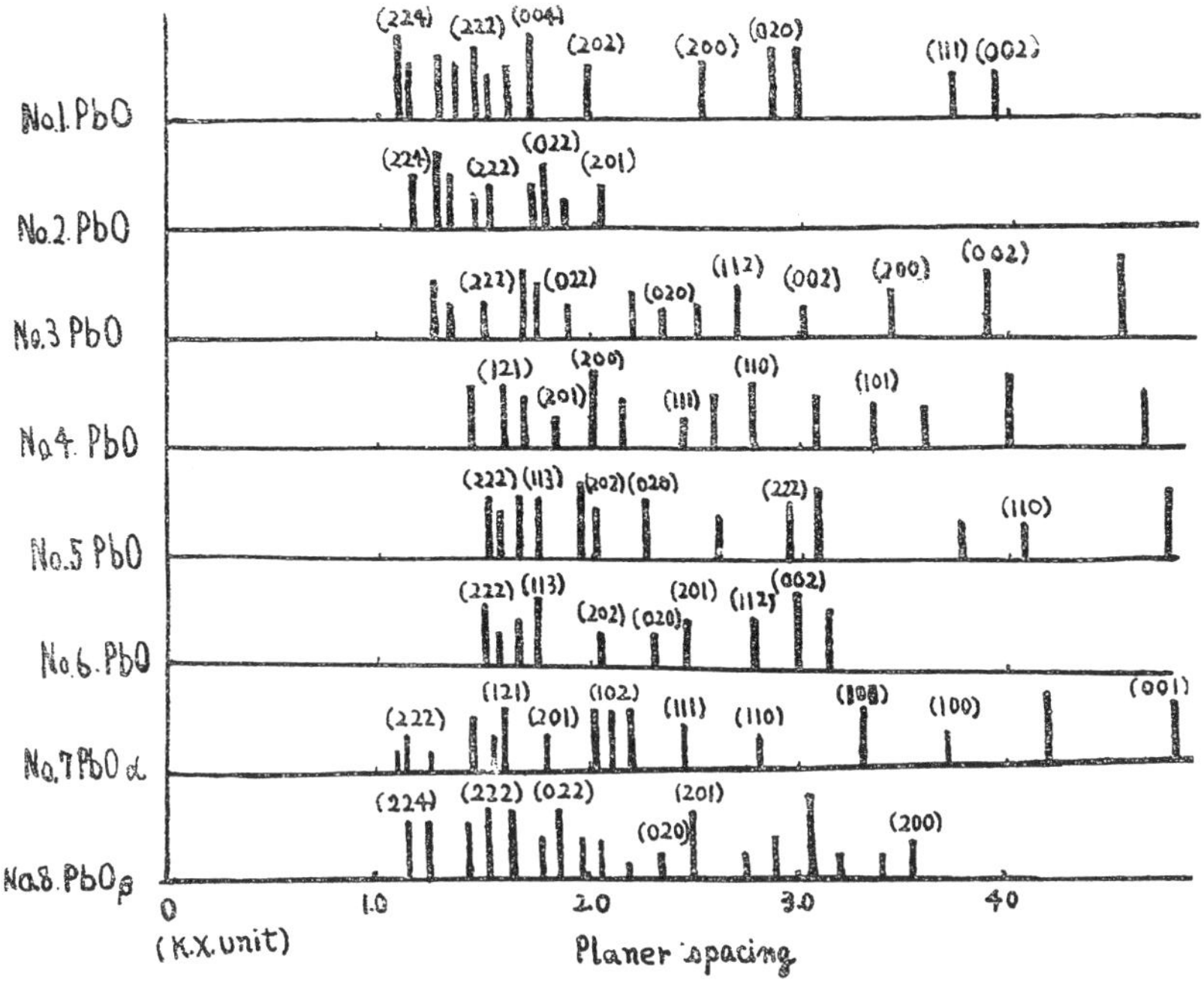

図.II. 一酸化鉛試料のX線廻折図

の差異，結晶成長の様相の差異，異質の相の存在，等によることは，いままでの実験及び考察によって明らかにされたが，異質の相の様相については，それが一酸化鉛結晶の格子間に存在している場合，換言すれば一酸化鉛結晶の格子配列に何らかの影響を与え，それが各試料の色相に差異を惹き起こす場合については，いままでの実験からは明らかにすることが出来ない。われわれは各試料を粉末結晶法によってX線解析に従わせ，この点を明らかにしようとした。

対陰極は銅及び鉄を用い，K_β は濾過しない。試料の露出時間は6～12時間である。各試料の廻折線の位置，指数，相対強度の比較結果を図IIに示す。

X線解析の結果はα態，β態，及び何れか少量の混在が確認される。異質の相が格子間に存在するために生ずる，擬似対称性或は，対称操作の低減に伴う廻折線の規則的な拡散現象は認められない。それ故各一酸化鉛試料は結晶構造に変化を及ぼす状態で異質の相を含んでいるのではないことが結論される。

α態一酸化鉛が赤色を示すのに対し，β

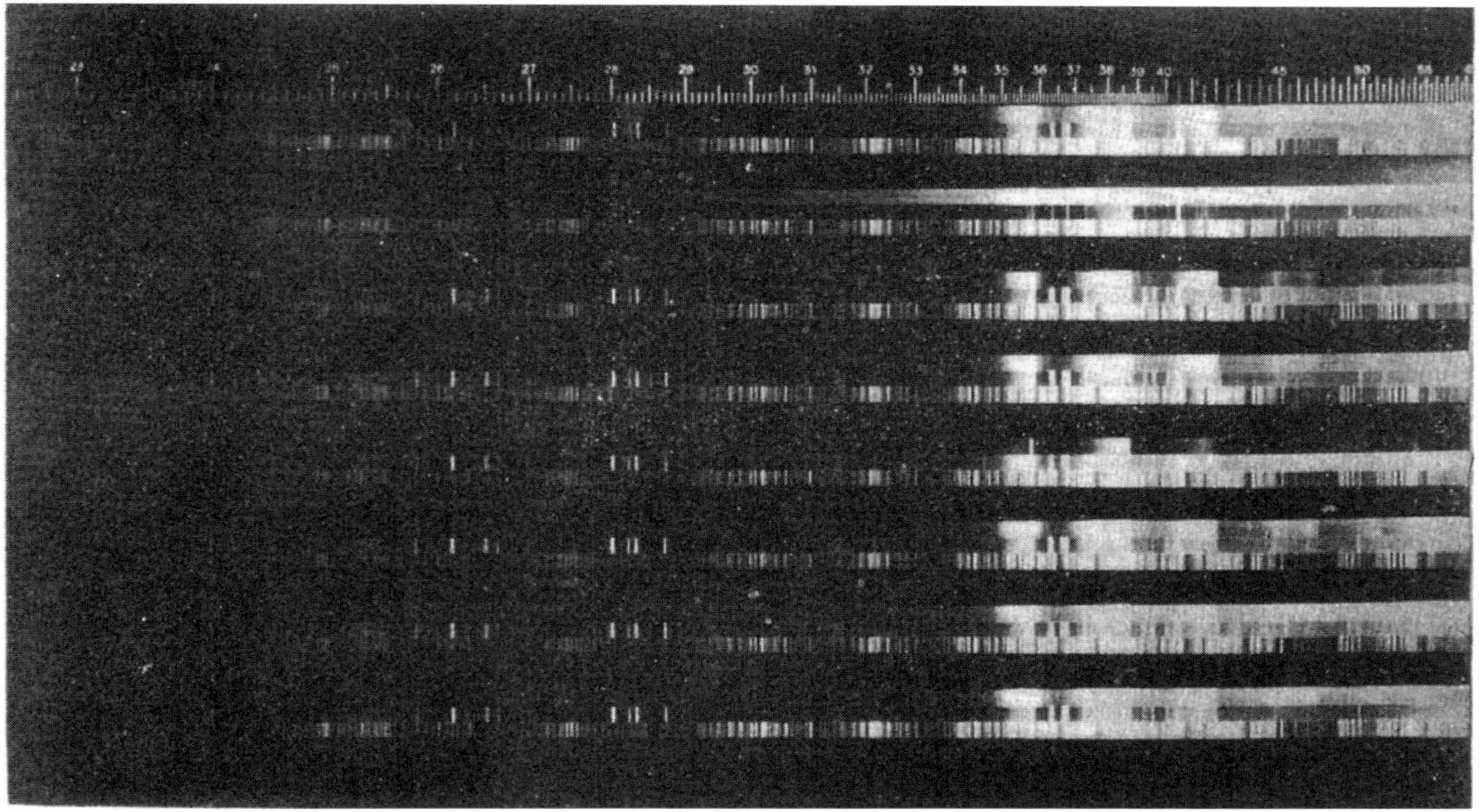

No. 1
No. 2
No. 3
No. 4
No. 5
No. 6
No. 7 α
No. 8 β

図　一酸化鉛の発光スペクトル写真

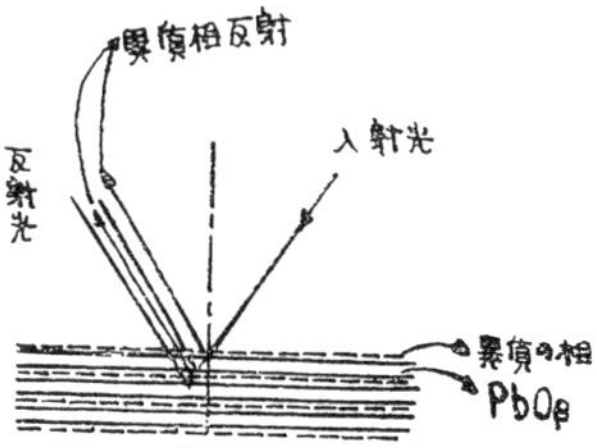

図.Ⅰa. 累積反射の様相

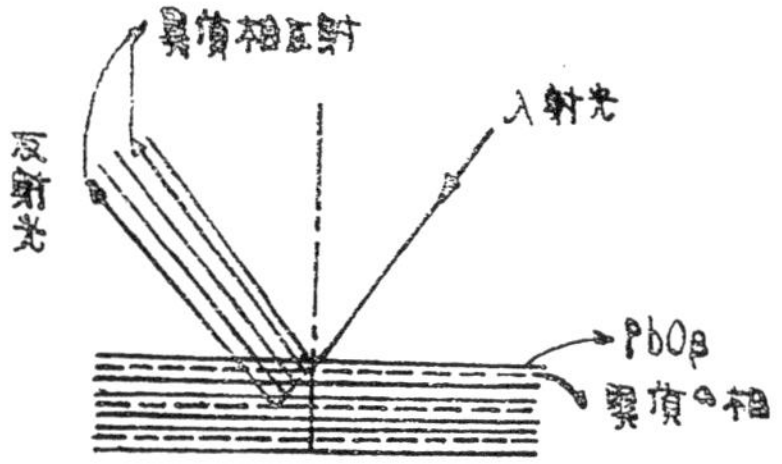

図Ⅰβ. 累積反射の様相

Table Ⅱ　一酸化鉛試料の発光スペクトル分析

試料	来雑成分	微量成分	痕　　跡	?
No. 1		Al　Si	Mg, Fe, Ca	
No. 2		Ca	Al, Mg, Si, Fe, Ba	
No. 3	Al, Mg, Si, Ca		Fe, Na	Ti
No. 4	Mg, Ca	Si	Al, Fe, Na	Ti
No. 5		Si	Al, Mg, Fe, Ca, Na	
No. 6			Al, Mg, Si, Fe, Ca	Ti
No. 7 α	Al, Ca	Mg, Si, Na	Fe, Ba	Ti, Sn
No. 8 β	Ca	Al, Mg	Si, Fe, Na, Bi	Ti, Sn

がこれに属する。

（Ⅲ）　α態に属する一酸化鉛（No. 4）においても，（Ⅱ）と同様の理由によって，典型的な赤色からの色相の偏倚を惹き起こす。

（Ⅳ）　β態に属する一酸化鉛において，結晶成長の方向性が崩れて無方向性成長を示す結果，典型的なβ態の正則な結晶成長を示す一酸化鉛の黄色から，色相の偏倚を示すようになる。

Ⅴ　一酸化鉛試料中の異質の相の検出

用いた８種の色相を異にした一酸化鉛の試料について，発光スペクトル分析によって，異質の相の検出を行った。その結果をTable Ⅱに示す。

表中の区分は大体の考察によるもので，限界は明らかではない。来雑成分中，反応系から由来するという可能性が考えられるのは，僅かにNo. ３のカルシウム塩のみであり，その他においては，試薬，蒸溜水等から来雑すると考えるより外ない。何れも微少量であり一酸化鉛の生成過程で結晶表面，層間に収着または挿入されたものであると推測される。

Ⅵ　一酸化鉛試料のＸ線解析について

一酸化鉛試料の色相の差異が，結晶構造

様相と色相との関係を，検討するために，倍率1200倍の光学顕微鏡を用いて各試料の観察を行った。試料は亜麻仁重合油中に分散させて用いた。各試料は肉眼で観察される程度の結晶成長度をもっているので，光学顕微鏡下で表面状態及び結晶成長形態の詳細を検討することが出来る。各試料について観察の結果は次のようである。

(i) 試料No. 1

結晶は薄板状で面（loo）又は（oho）によって層状をなしているが，その形状は一定ではなく成長にも方向性はない。表面に異質の相の存在が観察される。β態PbOが主体である。

(ii) 試料No. 2

No. 1と同じように薄板状の結晶であり，形状及び成長に方向性はない。表面又は層間に異質の相の存在が認められる。β態PbOが主体である。

(iii) 試料No. 3

形状及び成長性の不定な薄板状の結晶である。表面又は層間に異質の相の存在が認められる。これによってβ態PbOを主体とすることが判る。

(iv) 試料No. 4

α態一酸化鉛の正方晶系に属する典型的な結晶が表面に異質の相を伴って観察され，また正方晶系のα態が薄板状のβ態に囲まれて，異質の相を伴い観察される。

(v) 試料No. 5

形態と成長性の不定な薄板状の結晶で，他のβ態に属する結晶と何ら本質的な差異は観察されない。表面に微少量の異質の相を伴っている。

(vi) 試料No. 6

形態及び成長性の不定な薄板状結晶で，β態一酸化鉛を主体としている。

(vii) α態一酸化鉛試料

典型的な正方晶系のα態一酸化鉛と，やや成長性の不規則なα態が，微量の異質の相を伴って観察される。

(viii) β態一酸化鉛試料

少しく歪をうけた針状の正斜方晶型のβ態が，方向性を正則にもった結晶として観察される。

以上のような観察の結果，正方晶系に属するNo. 4を除いた各試料は本質的には同じ様相をもっている。No. 4一酸化鉛が典型的なα態試料と比較して差異をもっている点は，少量の異質な相をもっていることである。その他のβ態に属する一酸化鉛試料が，典型的なβ態試料と比較して異る点は，微少量の異質の相を結晶表面又は層間に伴っていること，結晶成長性に定形のないこと，の二つである。

この実験で結論される限りでは，われわれの製造した一酸化鉛が，製造条件によって色相を異にする機構は次のように要約される。

（Ⅰ） 典型的なα態（赤色）とβ態（黄色）との結晶構造を異にするための色相の差異。（No. 7及びNo. 8）

（Ⅱ） β態に属する一酸化鉛において，層状格子又は層間に，一酸化鉛結晶と異質の相とが随伴して累積されるために，系は光学的に黄色からの色相の偏倚を惹き起される。図 I_a 及び I_b 参照。試料No. 1，No. 2，No. 3，No. 5，No. 6

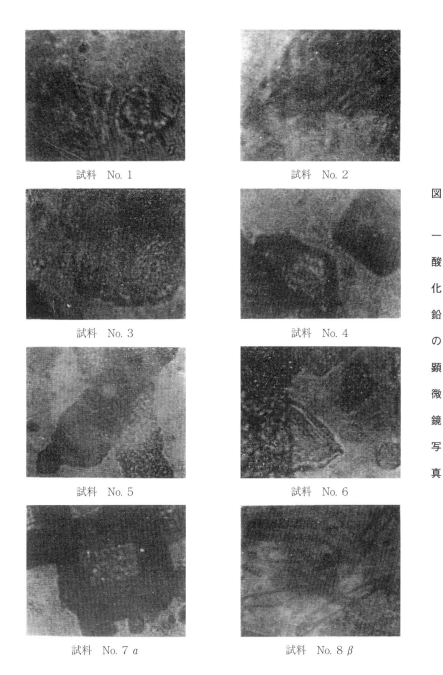

図　一酸化鉛の顕微鏡写真

試料　No. 1

試料　No. 2

試料　No. 3

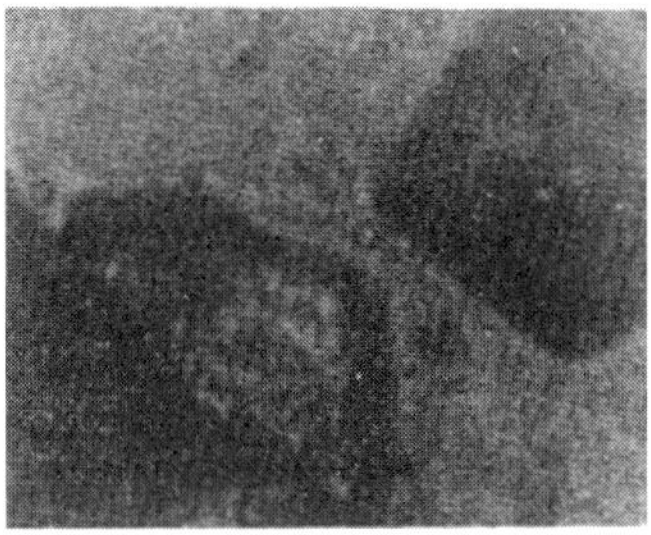

試料　No. 4

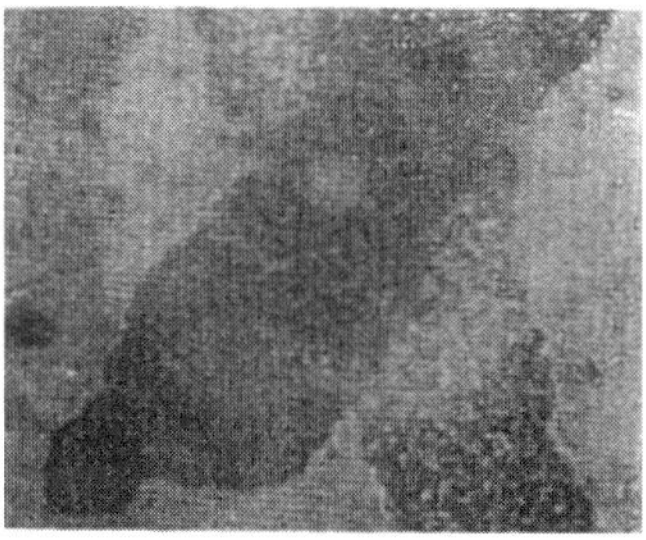

試料　No. 5

試料　No. 6

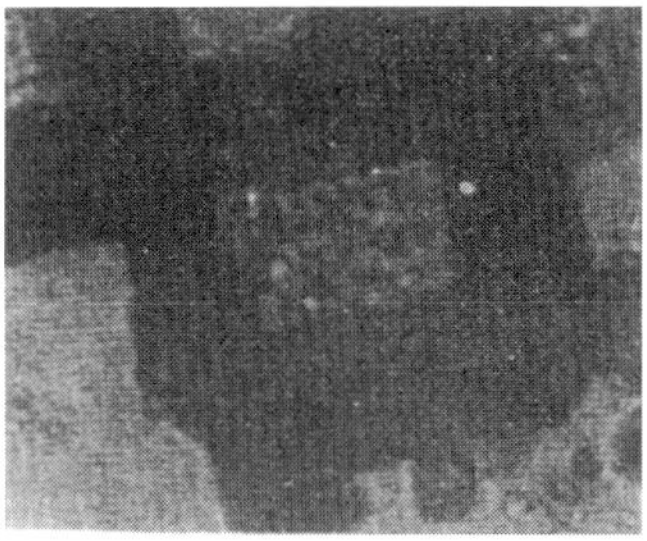

試料　No. 7 α

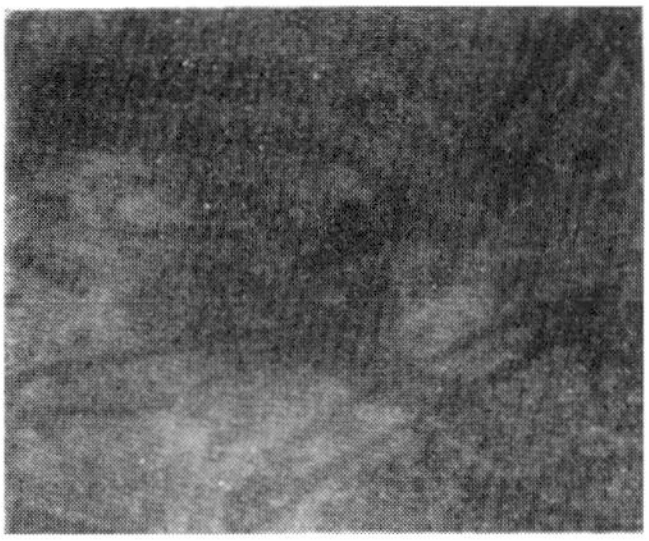

試料　No. 8 β

c．試料を800℃に保つと，色相は橙色に変化する。$PbO_\alpha \rightleftarrows PbO_\beta$という遷移過程に従って一部分が$\beta$態に転移したためと考えられる。

(v)　試料No. 5

a．試料を200℃に加熱する。色相は明澄になり黄変が起る。

b．試料を300℃に加熱して後，色相は黄変と共に少しく橙色を加えるが，a処理後と大差ない。

c．試料を500℃に加熱する。橙黄色。

(vi)　試料No. 6

a．試料を150℃に加熱する。色相は何ら変化をうけない。

b．試料を200℃に加熱する。色相は明澄化した緑黄色を呈する。

c．試料を250℃に加熱する。色相は黄色に変る。

d．試料を300℃に加熱する。c処理後と色相は変らない。

e．試料を350℃に加熱すると，色相は橙色に変化する。

以上のような定性的な色相―温度の関係の検討から試料No. 2と試料No. 4を除いては略々同じ挙動に従うβ態一酸化鉛系に属していることがわかる。今各試料の色相が典型的なα態及びβ態の色相と異っていることの原因が微少量の因子（Δと記号しておく）の存在によるものと仮定すると，以上の各試料の温度の変化による色相の変化は夫々次のように理解される。

(i)　試料No. 1

a．$(PbO_\beta + \Delta)$ 暗緑黄色

b．(PbO_β) + (Δ) 黄色

c．(PbO_β) + $(PbO_\beta \times \Delta)$ 橙黄色

(ii)　試料No. 2

a．$(PbO_\beta + PbO_\alpha)$ + (Δ) 赤灰澄色

b．$(PbO_\beta + PbO_\alpha)$ + (Δ)　同上

c．$(PbO_\beta + PbO_\alpha)$ + (Δ) 殆んど同上色

(iii)　試料No. 3

a．$(PbO_\beta + \Delta_1)$ + (Δ_2) 緑黄色

b．(PbO_β)+$(\Delta_1 + \Delta_2)$黄色（やや帯緑）

c．(PbO_β) + $(PbO_\beta \times \Delta)$ 橙黄色

(iv)　試料No. 4

a．(PbO_α) + $(PbO_\beta \times \Delta)$ 赤色

b．$\{(PbO_\alpha + PbO_\beta \times \Delta) + O_2\}$ 濃赤色

c．(PbO_α) + (PbO_β) + (Δ) 橙色

(v)　試料No. 5

a．$(PbO_\beta + \Delta_1)$ + (Δ_2) + (PbO_β) 黄色

b．(PbO_β) + (Δ_1) + $(PbO_\beta \times \Delta_2)$ 黄色

c. d.　(PbO_β)+$(PbO_\beta \times \Delta_1)$+$(PbO_\beta \times \Delta_2)$ 橙黄色

(vi)　試料No. 6

a．$(PbO_\beta + \Delta)$ 緑黄暗色

b．$(PbO_\beta + \Delta_1)$ + (Δ_2) 緑黄色

c. d.　(PbO_β) + (Δ_1) + (Δ_2) 黄色

e．(PbO_β)+$(PbO_\beta \times \Delta_1)$+$(\Delta_2)$黄橙色

f．$(PbO_\beta \times \Delta_2)$+$(PbO_\beta \times \Delta_1)$+$(PbO_\beta)$ 橙色

微少量の異質な因子Δが一酸化鉛の結晶格子間に存在するものであるか，結晶表面又は層状結晶界面に吸着または挿入されているか，或は単に附着または混入に過ぎないか，はこの実験では決定できない。

Ⅳ　一酸化鉛試料の光学顕微鏡による検討

一酸化鉛試料の結晶表面及び結晶成長の

それが冷却と共に自然に赤色のPbO_{α}に転移する現象も容易に観察される。従って苛性アルカリ溶液中におけるα態とβ態との転移は特定の濃度領域では可逆的であることが結論される。

Ⅲ　一酸化鉛試料の温度と色相との関係

Ⅰで製造した８種の一酸化鉛試料について温度と色相との関係を検討した。各試料は３ｇずつ採り，熱電対を具えた電気炉で所定温度に５分間保ち，自然放冷して後取出す。各試料は次のような類似または異った色相の変化を示す。

(i)　試料No. 1

ａ．試料を200℃に５分間保ち，放冷後取出す。色相は変化しない。

ｂ．試料を300℃に加熱し５分間保ち，放冷後取出す。試料は明澄な帯黄色の小結晶に変り，それがPbO_{β}の典型的な色相であることが判る。このことからNo. 1の試料が典型的なβ態の色相と異っている原因は200℃～300℃の間の熱作用により除去されることが判る。

ｃ．試料を400℃に加熱すれば赤味を帯びてくる。若しｂの過程で得られたPbO_{β}が異質の相を含まないとすると空気中で熱変化をうけない筈である。それ故ｂの操作で得たβ態は異質の相を含み300℃～400℃の間でβ態PbOと異質の相の間に化学的又は物理的変化が起ることを示している。

(ii)　試料No. 2

ａ．試料を200℃に加熱し５分間保つ。色相は変化なく明澄化する。外観上はβ態PbOに微量のPbO α態が混入している相を思わせる。

ｂ．試料を300℃に加熱すれば，色相はやや黄色を帯びてくる。

ｃ．試料を400℃に加熱しても，色相はｂ処理後と変化はない。

ｄ．試料を500℃に加熱して５分の後，色相はやや黄色を帯びてくる。附着または吸着されている微量のPbO_{α}がβ態に転移してゆくためと考えることが出来る。

(iii)　試料No. 3

ａ．試料を200℃に加熱すると，明澄化が起り，試料は明澄な緑黄色になる。

ｂ．試料を300℃に加熱すると，色相は殆んど黄色であり，典型的なβ態が存在していることを暗示する。

ｃ．試料を400℃に加熱する。試料は橙黄色に変化する。PbO_{β}の純粋な相は空気中での熱作用で変化をうけない筈であるから，含有している微量の異質の相がPbO_{β}に作用を及ぼしたと考えられる。

ｄ．試料を500℃に加熱する。ｃに比較して更に橙色を帯びてくる。この現象は少量のα態PbOの生成したことを推測させる。

(iv)　試料No. 4

ａ．試料を400℃に加熱する。試料は帯黄赤色から赤色に変化する。

ｂ．試料を500℃に加熱すると，ａ処理後より更に濃暗赤色に変化する。α態PbOが酸素を吸収するためと推測される。

Table Ia

NaOH濃度	1N	2N	4N	6N	8N	10N	12N	14N
反応温度	100.3℃	102℃	105℃	107℃	108℃	109.5℃	112℃	124℃
PbO変態	α, β	α, β	α, β	β	β	β α痕跡	β α痕跡	α
PbO色相	橙黄色	橙　色	橙黄色	暗緑黄色	暗緑黄色	黄橙色	黄橙色	赤暗色

Table Ib

KOH濃度	1N	2N	4N	6N	8N	10N	12N
反応温度	101℃	101.5℃	103℃	106.5℃	111.0℃	113℃	122℃
PbO変態	α, β	α, β	β α痕跡	β	β	α, β	α
PbO色相	橙黄色	橙　色	暗緑黄色	帯緑黄色	帯緑黄色	橙　色	赤橙色

ム，バリウムの水酸化物に限られ，水酸化マグネシウム，水酸化アルミニウム等は反応を起さない。これらの金属水酸化物と鉛塩の反応は水酸化ストロンチウムを除いては古くから知られているものばかりである。

以上の実験から一酸化鉛を鉛塩と金属水酸化物の反応によって製造する際，水酸化物の水溶液中のOHイオン濃度と，その鉛塩に対する反応の親和力が一定の範囲内にある場合にのみ一酸化鉛の生成が起ることが推定される。

次にわれわれは標準として醋酸鉛と苛性アルカリとの反応を択んで，製造条件による一酸化鉛の変態について検討した。その結果は表（Ia，Ib）の通りである。

醋酸鉛は飽和溶液を用い，各反応温度は各濃度における苛性アルカリの沸騰温度である。反応は醋酸鉛溶液を目盛ビュレットより苛性アルカリ液に滴下して行った。生成した一酸化鉛の変態は倍率1200倍の光学顕微鏡で観察した。尚ここで生成したα型のPbOはT. Katz(7)の擬立方晶形の一酸化鉛である。

以上の標準反応からα態及びβ態を単独に生成する濃度領域が決定され，また注目すべきことは，β態とα態との転移領域の外に，稀薄な濃度領域でα態及びβ態を共に生成するということである。又鉛塩と金属水酸化物との水溶液反応においては，苛性アルカリを除いては，α態の一酸化鉛を生成する金属水酸化物は存在しない。尚転移濃度領域における転移

$$PbO_\alpha \rightleftarrows PbO_\beta$$

は次のようにして簡単に観察される。即ち転移濃度の上限近くで苛性アルカリと鉛塩とを激しい条件で反応せしめ，生成した赤色のPbO_αを冷却しながら反応器壁を擦ることによってPbO_βに転移させることが出来る。T. Katzの指摘するように，この濃度領域では最初に黄色のPbO_βを生成し，

異は，結晶の光学的性質の差異に帰せられるけれど，われわれの実験及び考察からは，(i) 異質の相の収着。(ii) 結晶生長の方向性の差異。(iii) 結晶集合の際の異質の相の挿入。等によって説明される。

われわれはこの報文で鉛塩と種々の金属水酸化物との湿式反応によって色相を異にした一酸化鉛を製造し，その色相の差異の原因を，(i) 製造条件の検討。(ii) 一酸化鉛の温度一色相図表の定性的検討。(iii) 光学顕微鏡による観察。(iv) X線廻折図による考察。(v) 発光スペクトル分析による試料純度の検討。などによって考究した。この報文で得られた結論は，全ての無機化合物の結晶変態に基く色相の差異及び製造条件による色相の小差異に適用し得るものと考えられる。

実験および考察

I　一酸化鉛試料の作成

われわれは次のような製法で８種の色相を異にした一酸化鉛試料を造った。

(i)　試料No. 1 (1)

30℃で飽和させた醋酸鉛水溶液４容を100容の沸騰水と混合し，それに45容のアムモニヤ水を注加する。注加後しばらく煮沸して濾過する。沈澱は充分に熱水で洗滌し，130℃以下で乾燥する。生成した一酸化鉛は粒状または薄板状の暗緑黄色または灰緑黄色である。

(ii)　試料No. 2 (2)

４％の水酸化バリウムの沸騰溶液150c.c.を醋酸鉛（1：6）の沸騰溶液150c.c.と反応させる。反応後濾過し，洗滌する。生成した一酸化鉛は赤灰色である。板状。

(iii)　試料No. 3 (3)

醋酸鉛の常温における飽和溶液を水酸化カルシウムの濃厚溶液中へ88℃で滴加する。しばらくして一酸化鉛の灰暗黄色の結晶が析出して来る。濾過し，洗滌し，乾燥する。

(iv)　試料No. 4 (4)

沸騰した10規定の苛性ソーダ溶液中に水酸化鉛を加え煮沸する。はじめ水酸化鉛は黄赤色に変るが，しばらく煮沸を続ければ赤色の一酸化鉛PbO_αに変る。生成物は濾過し，洗滌し，乾燥する。

(v)　試料No. 5 (5)

50℃で飽和した醋酸鉛溶液を沸騰した水酸化ストロンチウムの懸油溶液中に滴加すると，灰緑黄色板状の一酸化鉛を得る。

(vi)　試料No. 6 (6)

沸騰した７規定の苛性カリ溶液中に水酸化鉛を加え煮沸すれば，緑黄色の薄板状の一酸化鉛を生成する。

(vii)　PbO_α (7)

市販の一酸化鉛を濃厚な苛性アルカリ溶液で処理することによって赤色のPbO_αを得る。

(viii)　PbO_β (8)

市販の一酸化鉛を比較的稀薄な苛性ソーダ溶液で処理することによって黄色の一酸化鉛PbO_βを得る。

II　一酸化鉛の製造条件の検討

われわれははじめに鉛塩と反応して一酸化鉛を生成する金属水酸化物の範囲を検討した。その結果，水酸化アムモニウムの外には第一族のナトリウム，カリウムの水酸化物，第二族のカルシウム，ストロンチウ

一酸化鉛結晶の生成過程における色の問題

Colour Problems
in Process of Formation of Lead Mono Oxide Crystal

東洋インキ製造株式会社　吉　本　隆　明
Toyo Ink MFG Co. Ltd.　*Takaaki Yosimoto*

Summary

Colour problems of lead mono oxide crystal were studied.

We confirmed at first the range of metal hydroxides to produce lead mono oxide on the reaction with lead salts, and the transformation conditions were investigated for lead mono oxide crystal in the process of the reactions.

Then lead mono oxide crystals thus produced were subjected to
(1) the examination of the relation of colour to temperature,
(2) the microscopic observation,
(3) the X ray analysis of the powder method,
(4) and the emission spectroscopic analysis.

The theoretical and experimental treatment in this paper verifies that the colour difference of lead mono oxide crystal, which is occured from the process of the formation, must be caused from
(1) the difference of the crystal structure,
(2) the difference of the direction of crystal growth,
(3) the adsorption or insertion of other phases,
(4) and the combination of (1), (2) and (3).

序　論

水酸化鉛醋酸鉛等を特定の金属の水酸化物と水溶液で反応させると，一般に一酸化鉛の比較的大きな結晶を生成するが，この際，生成した一酸化鉛が種々の色相を呈する原因は次の二つに分類することが出来る。

（Ⅰ）結晶構造の差異による色相の差異。

（Ⅱ）結晶生成過程を異にするために生ずる色相の差異。

一酸化鉛には常温で安定な赤色変態PbO_{α}と比較的高温で安定な黄色変態PbO_{β}が同質二形として存在していることはよく知られているから（Ⅰ）の原因による一酸化鉛の色相の差異は，発色の原因を原子軌道的に近似してみて分極率の大きな酸素イオンの 2p 電子の挙動によるものと考えれば，結晶型の差異による結晶場の結合エネルギーの差異から説明することが出来る。又（Ⅱ）の原因による一酸化鉛の色相の差

解題

解題凡例

一、解題は書誌に関する事項を中心に、必要に応じて校異もあわせて記した。

一、各項は、まず初出の紙誌ないし刊本名を記し、発行年月日および月号数（発行日が一日の月刊誌の場合は年月号数のみを記載）、通号数ないし巻号数、発行所名の順序で記した。次に初収録の刊本名、発行年月日、発行所名を記し、さらに再録の刊本を順次記した。著者の著書以外の再録については主要なものに限った。また初出、初収録の表題との異同がある場合はそれを記した。初出の表題や見出しが複数ある場合の言及は最小限にとどめた。

一、校異はまずページ数と行数、本文語句を表示し、そのあとに矢印で初出や底本などとの異同を示した。初出や底本は［初］［底］などの略号を使用した。

例　三七・3、三九・3　けつして←［初］永遠に

これは『転位のための十篇』に収録された「分裂病者」の本文三七ページ3行目と三九ページ3行目で、初出では「永遠に」となっているのを、私家版詩集以降の刊本では「けつして」と改めていることを示す。

この巻には、一九五二年から一九五七年までに発表されたすべての著作を収めた。ただし、「高村光太郎ノート——「のつぽの奴は黙つてゐる」について——」（一九五五年四月）、「高村光太郎ノート——戦争期について——」（一九五五年七月）、それらが収録された『高村光太郎』（一九五七年七月一日、飯塚書店刊）は除かれている。また「芸術運動とは何か」の第二節、「日本近代詩の源流」の第四、五節は一九五八年の発表である。

この期間は、前年（一九五一年）の東洋インキ製造株式会社入社による同社青戸工場への勤務、東洋インキ労働組合における賃金闘争と敗北（一九五三年）、配置転換による東京工業大学への長期出張（一九五四年）、東洋インキ製造株式会社退社による失職（一九五五年）、黒沢和子との同棲、長井・江崎特許事務所入所（一九五六年）、和子と入籍、長女誕生（一九五七年）を生活史的な背景としている。

全体を五部に分ち、Ⅰ部には、最初の著書である詩集二冊を、Ⅱ部には、それにつづく詩篇群を、Ⅲ部には、この期間の評論・エッセイと組合活動に関連する文章を、Ⅳ部には書評と映画評を、Ⅴ部には、アンケート回答、原稿断片、科学論文を収録した。

この巻に収録された著作は、断りのないものは『吉本隆明全著作集』を底本とし、他の刊本、初出を必要に応じて校合し本文を定めた。引用文についてもできうる限り原文に当って校訂した。また編者であった川上春雄旧

蔵『全著作集』訂正原本の、主として引用出典との照合赤字入れを参照し、反映させた。

I

著者にとって最初の著書である二冊の私家版詩集は、明らかに造本・装丁もあわせて対になるように作られていると思われる。その一端を再現するため化粧扉に該当する扉も再現させた。著者の校閲をへたとされているものも含めて既刊の刊本を校合し、初出の私家版詩集に遡って校訂して本文を定めた。これらの詩集で、旧仮名遣いと新仮名遣いが数多く混用されており、いずれでもない著者固有の仮名遣いも使われているが、すべて初出のままとした。

固有時との対話

一九五二年八月一日、著者自身を発行者として刊行された。長編詩「固有時との対話」、あとがきに該当する「少数の読者のための註」から構成されている。『吉本隆明詩集』（一九五八年一月一〇日、今日の詩人双書3、書肆ユリイカ刊）、『現代日本名詩集大成10』（一九六〇年一二月二〇日、東京創元社刊）、『吉本隆明詩集』（一九六三年一月一〇日、思潮社刊）、『吉本隆明詩集』（一九六八年四月一日、現代詩文庫8、思潮社刊）、『吉本隆明全著作集1』（一九六八年一二月二〇日、勁草書房刊）、『吉本隆明全集撰1』（一九八六年九月三〇日、大和書房刊）、『吉本隆明初期詩集』（一九九二年一〇月一〇日、講談社文芸文庫、講談社刊）、『吉本隆明全詩集』（二〇〇三年七月二五日、思潮社刊）、『吉本隆明詩全集5』（二〇〇六年一一月二五日、思潮社刊）にも再録された。

詩集末尾の「少数の読者のための註」において、著者は「詩〈固有時との対話〉は一九五〇年に書かれたもので、一九五〇年―一九五二年の間に形成された詩の最初の部分をなしてゐる。」と明記しており、題詞の日付「〈*1950.12*〉」もこの詩集がまとめ上げられた時期を指示していると思われる。同じ「註」で「ぼくの〈固有時との対話〉が如何にして〈歴史的現実との対話〉のほうへ移行したかは、この作品につづく〈転位〉によつて明らかにされなければならない。」とも記されており、『転位のための十篇』の制作を見据えて、『固有時との対話』がいわば待機されて刊行されたことを示唆しているものと思われる。

『固有時との対話』の原型をなす草稿詩篇『日時計篇（上）』についての川上春雄の綿密な調査によって（『全著作集2』解題）、本文とそれらの初期形となっている詩篇との具体的な対応関係を示すと以下のようになる。

五・題詞　〈抽象せられた史劇の序歌〉
九・1―12　〈風が睡る歌〉
九・13―一〇・5　〈建築の歌〉
一〇・7―一一・4　〈神のない真昼の歌〉

一二・1—9 〈雲が眠入る間の歌〉
一二・10—一三・2 〈並んでゆく蹄の音のやうに〉
一三・3—一四・4 〈光のうちとそとの歌〉
一四・8—14 〈午後〉
一四・15—一五・8 〈酸えた日差しのしたで〉
一五・9—13 〈死霊のうた〉
一八・1—8 〈暗い時圏〉
一八・9—一九・3 〈寂しい路〉
一九・13—二〇・8 〈鎮魂歌〉
二〇・16—二一・15 〈過去と現在の歌〉
二一・16—二二・3 〈晩禱の歌〉
二二・5—二三・6 〈寂かな光の集積層で〉
二五・6—二六・7 〈風と光と影の歌〉
二六・8—二七・8 〈規劃された時のなかで〉
二七・9—15 〈蒼馬のやうな雲〉
二七・16—二八・4 〈一九五〇年秋〉

「少数の読者のための註」の一節は、一九五〇年のノート「箴言Ⅱ」の「〈詩集序文のためのノート〉」のなかにある。

初期形を示す具体的な対応関係はないが、この長編詩のなかでわずかに色彩を指示・喚起する語句の一つである「赤いカンテラ」は、「〈亡失〉」や一九五〇年のノート「覚書Ⅰ」の「一九四四年晩夏」のなかにみられる。（なおこの語句は、この長編詩に一カ所だけ《 》でくくられているパート（一六・16—一七・17）のなかにある。）

「少数の読者のための註」の「附記」にも言及があるように、初期形「〈光のうちとそとの歌〉」にあたる節は、より初期形に近い形で「影の別離の歌」の表題で『大岡山文学』（一九五〇年一一月二五日　第八七号）に発表されている。

主要な校訂箇所・註記箇所を掲げておく。

九・7の二つめの字アキ＝全著作集版の行末の字アキを、以降の版は改行とみなしたが、初期形も参照し、初出私家版ほかの字アキに戻した。

一〇・4と5の間＝全著作集版から行詰めとなったが、初期形も参照し、初出私家版ほかの一行アキに戻した。

一一・12と13の間、一三・10と11の間、一四・7と8の間＝初出私家版はノドいっぱいで行アキがないが、初期形も参照し、ユリイカ版以降の行アキを踏襲した。

一二・9　行頭天ツキ＝初出私家版ほかは字下げだが、二五・5の天ツキに合わせ、ユリイカ版ほかを踏襲した。

一三・17と18の間、一四・14と15の間、二〇・7と8の間＝初出私家版は小口いっぱいで行アキがないが、初期形も参照し、ユリイカ版以降の行アキを踏襲した。

一三・18、一四・9、一五・5、9の一つめの字アキ＝初出私家版では行末だが、初期形も参照し、字アキを設けた。

一四・13、16、17　諸作＝思潮社版、現代詩文庫版では「所作」に校訂しているが、初期形でも「動作」、「諸作」

としているので初出私家版ほかのままとした。

一五・15　過ぎてた＝現代詩文庫版は「過ぎてきた」と校訂し、全著作集版以降は「過ぎてた《〔きた〕》」としているが、初出私家版ほかのままとした。

一五・15　〈結局〉と＝初出私家版では「〈結局〉」が行末で、ユリイカ版以降（東京創元社版以外）「と」の間に字アキをつくっているが、一七・3などの例を参照して字アキなしに校訂した。

一七・17の字アキ＝初出私家版では行末だが、全著作集版以降の字アキを踏襲した。

一八・2の字アキ＝初出私家版では行末だが、初期形も参照し、思潮社版以降の字アキを踏襲した。

一八・15　相《すがた》＝文芸文庫版においてそれ以前のルビなしを校訂。

二四・6　与件＝文芸文庫版においてそれ以前の「条件」を校訂。

二五・9の二つめの字アキ＝初期形も参照し、全著作集版以降の字アキを踏襲した。

二六・15の一つめの字アキ＝初出私家版では詰めているが、初期形も参照し、ユリイカ版以降の字アキを踏襲した。

二六・16の二つめの字アキ＝初出私家版では行末で、初期形では字アキの位置がちがうが、ユリイカ版以降の字アキを踏襲した。

転位のための十篇

一九五三年九月一日、著者自身を発行者として刊行された。「火の秋の物語」、「分裂病者」、「黙契」、「絶望から苛酷へ」、「その秋のために」、「ちひさな群への挨拶」、「廃人の歌」、「死者へ瀕死者から」、「一九五二年五月の悲歌」、「審判」の十篇とあとがきに該当する「註」で構成されている。（末尾に目次がある。）収録詩篇のうち「火の秋の物語」、「分裂病者」、「死者へ瀕死者から」、「一九五二年五月の悲歌」は雑誌に発表されているが、その他は私家版詩集が初出である。ノート「箴言Ⅱ」の末尾に「第二詩集の序詞」と題する短文があり、そこに「〈一九五二・一〇・〇七〉」という日付が含まれている。また『固有時との対話』末尾の「少数の読者のための註」の内容から、雑誌に発表されなかった詩篇も一九五二年のうちにほぼ書き上げられていたとおもわれる。

献辞が捧げられている「深尾修」は著者の東京工業大学の同期生である。

ユリイカ版、思潮社版、現代詩文庫版の『吉本隆明詩集』、『吉本隆明全著作集1』、『吉本隆明全集撰1』、『吉本隆明初期詩集』、『吉本隆明全詩集』、『吉本隆明詩全集5』にも再録された。また「審判」、「絶望から苛酷へ」、「火の秋の物語」の三篇は「火の秋の物語」の総題のもとに『荒地詩集１９５４』（一九五四年二月一五日、荒地出版社刊）に再録された。

「ちひさな群への挨拶」、「廃人の歌」、「死者へ瀕死者から」、「審判」には、初出私家版詩集にあるノドあるいは小口の一行アキがユリイカ版以降見落とされたまま経緯しており、いずれも私家版詩集に遡ってそれを生かすほうが妥当だと判断した。初出のある詩篇と校異を掲げる必要のある詩篇について記す。

火の秋の物語――あるユウラシア人に――

『大岡山文学』（一九五二年六月一日　第八八号、東京工業大学文芸部発行）に逸見明のペンネームで発表された。初出の末尾に「(1951.10)」の記載があったが、私家版詩集収録にあたって省かれた。収録形と初出形とでは、表題と副題は同一であるが、本文にかなりの異同がみられるので、初出の姿形を掲げておく。

ユージン　その未知なひと
いまは秋で暗く燃えてゐる風景がある
きみの胸の鼓動がそれを知つてゐるであらうと信ずる
　根拠がある
きみは廃人の眼をしてユウラシヤの文明を横切る
きみは到るところで銃床を土につけて佇ちどまる
きみは敗れ去るかも知れない兵士たちのひとりだ
ばかにあらゆるものは昏いではないか
すべての風景は秋ではないか
空を過ぎる影は候鳥の類ではない
鋪路（ペイヴメント）を歩むものはにんげんばかりで
　はない
ユージン　きみはソドムの地の最後の眼としてあらゆ
　る風景を
視つづけなければならない
そしてゴモラの地を記憶しなければならない
きみの眼が視たものをきみの女に産ませねばならない
きみの死がきみに安息をもたらすことは確かだが
それは暗い告知でわたしを傷つけるであらう
告知はそれを受けとる者の側からいつも無限の重荷で
　ある
この重荷を捨て去るために
黙んだ運河のほとりやかつこうの悪いビルデングの裏
　路を
わたしが歩んでゐると仮定せよ
その季節は秋である
暗く燃えてゐる風景のなかに来た秋である
わたしは愛の破片すら喪してしまつた
それでもやはり左右の脚を交互に踏んで歩まねばなら
　ない
ユージン　きみはこたえよ
荒廃した土地で悲惨な死をうけとるまへにきみはこた
　えよ

世界はやがて愚かな賭け事の了つた賭博場のやうに
焼けただれて寂かになる
きみは愚かであると信じたことのために死ぬのであら
う
きみの眼は小さな棘にひつかかつて乾く
きみの眼は太陽とその光を拒否しつづける
きみの眼は決して眠らない
ユージン　これはわたしの火の秋の物語である

この詩篇の初期形「〈火の秋のうた〉――あるユーラシヤ人に――」が『日時計篇（下）』にあり、初出はそれにより近いことがわかる。また二カ所ある行アキは初期形にもあり、初出に二つめの行アキがないのは組み間違いと思われる。

分裂病者

『近代文学』（一九五三年五月号　第八巻第五号、近代文学社発行）に発表された。初出の末尾に「（1952.11.）」の記載があったが、私家版詩集収録にあたって省かれた。初出との異同を掲げる。

三七・3、13、三九・3　もうひとりのきみ↑［初］もうひとりのきみ
三七・14、三九・4　かれ↑［初］かれ
三七・3、三九・3　けつして↑［初］永遠に
三八・2　やさしさ↑［初］優しさ
三八・9、三九・13　はて↑［初］果て
三八・9　わいせつ↑［初］わいせつ
三八・11　みてゐる↑［初］視てゐる
三八・12　しつてゐる↑［初］知つてゐる
三八・16　ひつよう↑［初］必要
三八・19　きみの↑［初］おう　きみの
三九・1　にんげん↑［初］人類
三九・2　救済↑［初］救さい
三九・4　衝げき器↑［初］衝げき器
三九・9、10　悽惨↑［初］せい惨
三九・13　風てん↓［初］風てん

ちひさな群への挨拶

四九・12と13の間＝ユリイカ版以降見落とされてきた初出私家版のノドにある行アキを採用した。
五一・4　すでにいらなくなつたものに＝全著作集版以降は「すでにいらなくなつたものは」だが、初出私家版ほかにより校訂した。

廃人の歌

五三・8と9の間＝ユリイカ版以降見落とされてきた初出私家版の小口にある行アキを採用した。私家版では奇数ページの末行の行末まで「……ころがつてゐる」がきていて、次の偶数ページ冒頭の一行アキのあと、天ツキで「たれがじぶんを……」と始まっている。ユリイカ版以降はその行アキを見落として、「……ころがつてゐる」

と「たれがじぶんを……」を一字アキで接続させている。

死者へ瀕死者から

五七・0の行アキ＝ユリイカ版以降見落とされてきた初出私家版のノドにある行アキを採用した。

一九五二年五月の悲歌

『斜面』（一九五二年一〇月二〇日　第二号、東京工業大学文芸部発行）に発表された。初出との異同を掲げる。

五八・5、8、五九・15　にんげん↑［初］にんげん
五八・11　破かい↑［初］破壊
五八・13＝初出にはこの一行はない
五八・14　ささげる↑［初］捧げる
五八・15　ゆいつ↑［初］ゆいつ
五九・1　そだてて↑［初］育てて
五九・4　したで↑［初］下で
五九・6　はじまつた↑［初］発祥した
五九・7　かたち↑［初］形＝この6と7の二行は初出では一字アキで一行になっている。
五九・10　みづから↑［初］自ら
五九・12　陰えい↑［初］陰影
六〇・1　フイナンツカピタリズム↑［初］フイナンツキヤピタリズム
六〇・2　あたへられた↑［初］与へられた
六〇・5　花々のさく↑［初］花々の
六〇・10　しらないひと↑［初］未知の友
六〇・14　かんがへる↑［初］考へる
六〇・15　かげ↑［初］影
六〇・17―六一・10　一字下げ↑［初］天ツキ
六〇・18　地球では↑［初］地球のうへで
六〇・19　ひかりに埋もれて↑［初］ひかりのなかで
六一・5と6の間の行アキ↑［初］ぼくは睡りを紡ぐために／薄いふとんのなかに身をよこたえる
六一・7、8　ゐないあひだに↑［初］不在のなかで
六一・11　むかふから↑［初］ぼくの前方で
六一・11　くる↑［初］ゐる
六一・12　とほい↑［初］遠い
六一・13　まもつて↑［初］まもつて
六一・14　をはる↑［初］終る
六一・14、六三・4　かれら↑［初］彼ら
六一・15　つないで↑［初］繋いで
六一・16　うつされる↑［初］移される
六一・17　そのとき↑［初］その時
六一・19　しづかな↑［初］寂かな
六三・4　草↑［初］草たち
六三・8　さびしげな↑［初］寂しげ
六三・9　つながれた↑［初］繋れた

審判

六六・6と7の間＝ユリイカ版以降見落とされてきた初出私家版の小口にある行アキを採用した。

二冊の詩集後の以下の発表詩のうち、「異数の世界へおりてゆく」までは旧仮名遣いと新仮名遣いが混用されており、「挽歌——服部達を惜しむ——」からは基本的に新仮名遣いが採用されている。

蹉跌の季節

『近代文学』（一九五三年一〇月号　第八巻第一〇号）に発表され、『自立の思想的拠点』（一九六六年一〇月二〇日、徳間書店刊）に収録され、『吉本隆明全著作集1』、『吉本隆明全詩集』、『吉本隆明詩全集5』に再録された。

昏い冬

『近代文学』（一九五四年三月号　第九巻第三号）に発表され、『自立の思想的拠点』に収録され、『吉本隆明全著作集1』、『吉本隆明全詩集』、『吉本隆明詩全集5』に再録された。

ぼくが罪を忘れないうちに

『詩と詩論2』（一九五四年七月五日、荒地出版社刊）に発表され、ユリイカ版『吉本隆明詩集』に収録され、思潮社版、現代詩文庫版『吉本隆明詩集』、『吉本隆明全著作集1』、『吉本隆明全集撰1』、『吉本隆明全詩集』、『吉本隆明詩全集5』に再録された。

涙が涸れる

『現代詩』（一九五四年八月号　第一巻第二号、百合出版発行）に発表され、ユリイカ版『吉本隆明詩集』に収録され、思潮社版『吉本隆明詩集』、『吉本隆明全著作集1』、『吉本隆明全集撰1』、『吉本隆明全詩集』、『吉本隆明詩全集5』に再録された。

抗訴

『近代文学』（一九五四年九月号　第九巻第九号）に発表され、『自立の思想的拠点』に収録され、『吉本隆明全著作集1』、『吉本隆明全集撰1』、『吉本隆明全詩集』、『吉本隆明詩全集5』に再録された。

破滅的な時代へ与へる歌

『近代文学』（一九五五年四月号　第一〇巻第四号）に発表され、『自立の思想的拠点』に収録され、『吉本隆明全著作集1』、『吉本隆明全詩集』、『吉本隆明詩全集5』に再録された。

少年期

『荒地詩集1955』（一九五五年四月一五日、荒地出版社刊）に、「少年期」の総題のもとに「きみの影を救うために」とともに発表され、ユリイカ版『吉本隆明詩集』に収録され、思潮社版、現代詩文庫版『吉本隆明詩集』、『吉本隆明全詩集』、『吉本隆明全著作集1』、『吉本隆明全集撰1』、『吉本隆明全詩集』、『吉本隆明詩全集5』に再録された。なお『荒地詩集1955』には、詩二篇のほかに「高村光太郎ノート——「のつぽの奴は黙つてゐる」について——」が発表された。

きみの影を救うために

『荒地詩集1955』に発表され、ユリイカ版『吉本隆明詩集』に収録され、思潮社版『吉本隆明詩集』、『吉本隆明全著作集1』、『吉本隆明全集撰1』、『吉本隆明全詩集』、『吉本隆明詩全集5』に再録された。

異数の世界へおりてゆく

『詩学』（一九五五年六月三〇日　六月号　第一〇巻第七号、詩学社発行）に発表され、ユリイカ版『吉本隆明詩集』に収録され、思潮社版、現代詩文庫版『吉本隆明詩集』、『吉本隆明全著作集1』、『吉本隆明全集撰1』、『吉本隆明全詩集』、『吉本隆明詩全集5』に再録された。

挽歌――服部達を惜しむ――

『近代文学』（一九五六年四月号　第一一巻第四号）に発表され、ユリイカ版『吉本隆明詩集』に収録され、思潮社版『吉本隆明詩集』、『吉本隆明全著作集1』、『吉本隆明全集撰1』、『吉本隆明全詩集』、『吉本隆明詩全集5』に再録された。初出にあった副題はユリイカ版、思潮社版では省かれていたが、全著作集から復元された。

少女
悲歌
反祈禱歌

この三篇は、『荒地詩集1956』（一九五六年四月一五日、荒地出版社刊）に、「反祈禱歌」の総題のもとに発表され、ユリイカ版『吉本隆明詩集』に収録され、思潮社版『吉本隆明詩集』、『吉本隆明全著作集1』、『吉本隆明全集撰1』、『吉本隆明全詩集』、『吉本隆明詩全集5』に再録された。なお『荒地詩集1956』には、詩三篇のほかに「「民主主義文学」批判――二段階転向論――」が発表された。「反祈禱歌」にある初出およびユリイカ版とそれ以降の版との間の異同を記す。

一〇二・9　一九五五年いまきみは↑〔初〕〔ユ〕けれど一九五五年いまきみは

戦いの手記

『現代詩』（一九五六年五月号　第三巻第五号）に発表され、ユリイカ版『吉本隆明詩集』に収録され、思潮社版『吉本隆明詩集』、『吉本隆明全著作集1』、『吉本隆明全集撰1』、『吉本隆明全詩集』、『吉本隆明詩全集5』に再録された。

明日になつたら

『詩学』（一九五六年六月三〇日　六月号　第一一巻第七号）に発表され、ユリイカ版『吉本隆明詩集』に収録され、思潮社版『吉本隆明詩集』、『吉本隆明全著作集1』、『吉本隆明全集撰1』『吉本隆明全詩集』、『吉本隆明詩全集5』に再録された。

日没

『ユリイカ』（一九五七年一月号　第二巻第一号、書肆ユリイカ発行）に発表され、ユリイカ版『吉本隆明詩集』に収録され、思潮社版『吉本隆明詩集』、『吉本隆明全著作集1』、『吉本隆明全集撰1』、『吉本隆明全詩集』、『吉本隆明詩全集5』に再録された。

崩壊と再生

『詩学』（一九五七年一月三〇日　一月号　第一二巻第一号）に発表され、『吉本隆明全著作集1』に収録され、『吉本隆明全詩集』、『吉本隆明詩全集5』に再録された。

贋アヴアンギヤルド

『詩学』（一九五七年八月三〇日　八月号　第一二巻第一〇号）に発表され、『自立の思想的拠点』に収録され、『吉本隆明全著作集1』、『吉本隆明全集撰1』、『吉本隆明全詩集』、『吉本隆明詩全集5』に再録された。

恋唄［ひととひとを……］

『荒地詩集1957』（一九五七年一〇月一五日、荒地出版社刊）に、「首都へ」の総題のもとに「恋唄」［理由もなく……］、「二月革命」、「首都へ」とともに発表され、ユリイカ版『吉本隆明詩集』に収録され、『抒情の論理』（一九五九年六月三〇日、未来社刊）、思潮社版、現代詩文庫版『吉本隆明詩集』、『吉本隆明全著作集1』、『吉本隆明全集撰1』、『マチウ書試論・転向論』（一九九〇年一〇月一〇日、講談社文芸文庫、講談社刊）、『吉本隆明全詩集』、『吉本隆明詩全集5』に再録された。『荒地詩集1957』には詩四篇のほかに、「西行小論」と「蕪村詩のイデオロギー」も収録された。

初出とユリイカ版以降との間に以下の異同がある。

三一・10、11、12　もしも　おれが↑［初］もしもおれが

恋唄［理由もなく……］

『荒地詩集1957』に発表され、ユリイカ版『吉本隆明詩集』に収録され、思潮社版『吉本隆明詩集』、『吉本隆明全著作集1』、『吉本隆明全集撰1』、『吉本隆明全詩集』、『吉本隆明詩全集5』に再録された。

二月革命

『荒地詩集1957』に発表され、ユリイカ版『吉本隆明詩集』に収録され、思潮社版『吉本隆明詩集』、『吉本隆明全著作集1』、『吉本隆明全集撰1』、『吉本隆明全詩集』、『吉本隆明詩全集5』に再録された。

初出とユリイカ版以降との間に以下の異同がある。

三四・11　日本の正常な労働者・農民諸君↑［初］日本の／正常な労働者・農民諸君

首都へ

『荒地詩集1957』に発表され、ユリイカ版『吉本隆明詩集』、『吉本隆明全著作集1』、『吉本隆明全集撰1』、『吉本隆明全詩集』、『吉本隆明詩全集5』に再録された。

初出その他との間に以下の異同がある。

三六・5　いんぎんを＝ユリイカ版、思潮社版は「いんぎんに」となっているが、初出ほかによった。

三六・7　死者さえ＝ユリイカ版以降「死者さへ」だが、

初出によって校訂した。
一二八・10　交して↑［初］交わして

恋唄［九月は……］

『現代詩』（一九五七年一一月号　第四巻第九号、書肆パトリア発行）に発表され、ユリイカ版『吉本隆明詩集』に収録された。初出原題は「わたしの九月の恋唄」であったが、収録にあたって表題のように改められた。思潮社版、現代詩文庫版『吉本隆明詩集』、『吉本隆明全著作集1』、『吉本隆明全集撰1』、『吉本隆明全詩集』、『吉本隆明詩全集5』に再録された。

　初出では第三連と第四連が逆になって行アキなしでつづけられており、その箇所とその他の異同を以下に記す。

あつちからこつちへ非難を運搬して
きみが口説を販つているあいだに
わたしは何扁も手斧をふりあげてこの世界を殺そうと
　していた
あつちとこつちと闘わせて
きみが客銭を掻き集めているとき
わたしはたつたひとりの人間も殺しかねていた
おう　わたしは死のちかくまで行つてしまつた
いつもの街路で行き遇うのに
きみが別の世界のように視えたものだ
言葉や眼ざしや非難が
ここまでは届かなかつたものだ

一二九・10　濃密ににじりよつて↑［初］濃密な表情でにじり寄つて
一三〇・10　被害者と加害者↑［初］被害者加害者
一三〇・12　みたいばつかり↑［初］視たいばかり
一三〇・14　きみに↑［初］すこしもきみに
一三〇・14　歩いて↑［初］あるいて

Ⅲ

アラゴンへの一視点

『大岡山文学』（一九五二年六月一日　第八八号）に発表され、『自立の思想的拠点』に収録され、『吉本隆明全著作集7』（一九六八年一一月二〇日、勁草書房刊）に再録された。初出誌には、同時に逸見明のペンネームで詩「火の秋の物語」と次項の「現代への発言　詩」が発表された。

　アラゴンの原詩はŒuvres poétiques complètes／Aragon, Gallimard, 2007ほかを参照し誤綴などを正したが、「Persiennes」の組み方は初出以来の形を生かした。本文にわずかに残っていた旧仮名遣いは新仮名遣いに統一したが、外国語表記の旧仮名はそのままとした。

　アラゴンと同時代の日本の詩として引用・論及されている秋山清「白い花」と金子光晴「業火」について。

著者は「白い花」を「はじめて知ったのは戦後『詩文化』に発表された」ものでだったと書いているが（「抵抗詩」一九五八年三月）、著者自身の「ラムボオ若くはカール・マルクスの方法に就ての諸註」も発表されたその『詩文化』（一九四九年八月二〇日　第一三号）掲載形と文中の引用との間には語句や表記に若干の異同がある（たとえば原詩では15行目冒頭が「心のこりなく」）。また金子光晴「業火」の原詩と文中の引用との間にも表記にわずかな異同がある。共通する点は、原詩の行末などの句読点がすべて省かれていることである。なお「業火」は『鬼の子の唄』（一九四九年一二月一五日、十字屋書店刊）以降の収録形ではなく、それ以前の井上光晴編『新日本プロレタリヤ詩集』（一九四六年八月一五日、九州評論社刊）の収録形で引用されている。また引用末尾四行は、「高村光太郎ノート――戦争期について――」の題詞にも掲げられた。

現代への発言　詩

『大岡山文学』（一九五二年六月一日　第八八号）に、逸見明のペンネームで発表され、『初期ノート』（一九六四年六月三〇日、試行叢刊第一集、試行出版部刊）に収録され、『吉本隆明全著作集5』（一九七〇年六月二五日、勁草書房刊）、『初期ノート増補版』（一九七〇年八月一日、試行出版部刊）、『初期ノート』（二〇〇六年七月二〇日、光文社文庫、光文社刊）に再録された。初出では「現代への発言」欄に「詩」の項として掲載されたが、単行本収録にあたって表題のように改められた。

労働組合運動の初歩的な段階から

東洋インキの労働組合活動に関連して書かれた文章をまとめた。表題は2〜5が『吉本隆明全著作集13』（一九六九年七月一五日、勁草書房刊）に収録された際につけられたものを踏襲した。表記は原文のままとした。

1　組合員各位へ　『青戸ニュース』（一九五三年四月二五日　第四号、東洋インキ青戸工場労組機関紙　第三分科委編集）に発表された。掲載された第一面の文章には、原稿用紙の順序を間違えてガリがきられたと思われる誤りがあり、その一面のみ第三分科委員会の名によるお詫びとともにプリントし直された。本全集ではじめて収録された。『青戸ニュース』の紙面の写真版が、石関善治郎「吉本隆明の就職と失職と結婚と」（『ドキュメント1』二〇〇二年一一月二五日、弓立社刊）に掲載されている。**2　組合員各位へ**　一九五三年五月三〇日の日付で、東洋インキ青戸労働組合組長として組合員に配布したガリ版刷のビラ。**3　理念的な課題として**　『青戸ニュース』（一九五三年八月三一日　第八号）に発表された。**4　「山麓の人々」の上演によせて**　『文化祭記念演劇公演プログラム』（主宰・東洋インキ青戸工場労働組合文化部演劇班　後援・日本製薬、葛飾工場労働組合文化部　日時・1953年12月20日P.M5.30　場所・

東洋インキ・新築クラブ）に発表された。Ｂ４サイズ二つ折り四ページのプログラムで、スタッフ・キャスト欄の後に無署名で掲載された。なおこの公演で著者は演出を務めた。５　前執行部に代つて　『青戸ニュース』（一九五四年一月二〇日　第一〇号）に発表された。

日本の現代詩史論をどうかくか

『新日本文学』（一九五四年三月号　第九巻第三号、新日本文学会発行）に発表され、『抒情の論理』に収録され、『吉本隆明全著作集5』に再録された。

マチウ書試論——反逆の倫理——

二一〇ページ17行目までは『現代評論』（一九五四年六月一日　第一号、現代文学社発行）に、二一〇ページ18行目から二二七ページ21行目までは『現代評論』（一九五四年一二月一日　第二号）に連載発表され、それ以降の第三節は未発表のまま、『芸術的抵抗と挫折』（一九五九年二月二五日、未来社刊）にまとめて収録された。初出原題は「反逆の倫理——マチウ書試論——」、「反逆の倫理（Ⅱ）——マチウ書試論——」であったが、単行本収録にあたって表題のように改められた。未発表部分の第三節について、単行本の「あとがき」で著者は「後三分の一の原稿は、長年、奥野健男が保管していてくれたため消滅をまぬかれた」と言及し、末尾の「初稿発表覚え書」には「54年〜55年稿」とある。また同じ「あとがき」で「キリスト教思想にたいする思想的批判としては、ニイチェの「道徳の系譜」を中心とする全主著が、圧倒的に優れているとおもう。わたしに、キリスト教思想にたいする批判の観点をおしえたのは、ニイチェとマルクスとであった。その影響は試論のなかにあらわれているのではないかとおもう。」と言及している。

『われらの文学22　江藤淳・吉本隆明』（一九六六年一一月一五日、講談社刊）、『吉本隆明全著作集4』（一九六九年四月二五日、勁草書房刊）、『現代の文学25　吉本隆明』（一九七二年九月一六日、講談社刊）、『吉本隆明全集撰5』（一九八七年一二月一〇日、大和書房刊）、『昭和文学全集27　福田恆存・花田清輝・江藤淳・吉本隆明・竹内好・林達夫』（一九八九年三月一日、小学館刊）、『マチウ書試論・転向論』に再録された。全集撰再録にあたって、外国語表記の変更などごくわずかな補訂がされた。この項は『全集撰5』を底本とした。文中の聖書の章・節の漢数字の表記はまちまちだが、統一はしなかった。

蕪村詩のイデオロギイ

『三田文学』（一九五五年一〇月号　第四五巻第一〇号、三田文学会発行）に発表され、『荒地詩集１９５７』に「古典詩人論」の総題のもとに「西行小論」とともに収録され、『抒情の論理』に収録された。『吉本隆明全著作集7』、『マチウ書試論・転向論』にも再録された。初出は「詩人の頁」欄に原題「蕪村詩のイデオロギーについて」で掲載されたが、『荒地詩集1957』で「蕪村詩のイデオロギー」と改められ、単行本収録にあたってさらに表題のように改められた。二六一ページ末尾の15～18行は、『荒地詩集1957』以降の収録にあたって省かれたが、全著作集で復元された。『荒地詩集1957』には、ほかに詩「恋唄」〔ひとひとを……〕、「恋唄」〔理由もなく……〕、「二月革命」、「首都へ」四篇が発表された。

前世代の詩人たち――壺井・岡本の評価について――

『詩学』（一九五五年一一月三〇日　一一月号　第一〇巻第一三号）に発表され、武井昭夫との共著『文学者の戦争責任』（一九五六年九月二〇日、淡路書房刊）に収録され、『抒情の論理』、『吉本隆明全著作集5』に再録された。『現代詩論大系』第二巻（一九六五年六月二五日、思潮社刊）、『戦後日本思想大系4　平和の思想』（一九六八年一〇月一五日、筑摩書房刊）にも再録された。

一九五五年詩壇　小雑言集

『詩学』（一九五六年一月二五日　第一一巻第二号、一九五六年版詩学年鑑）に発表され、単行本未収録のまま『吉本隆明全著作集5』に収録された。初出では「一九五五年詩壇　小雑言集」欄に他の三十三人の書き手とともに無署名・無題で掲載された。収録にあたって欄題が表題とされた。

「民主主義文学」批判――二段階転向論――

『荒地詩集1956』（一九五六年四月一五日）に発表され、『文学者の戦争責任』に収録され、『芸術的抵抗と挫折』、『吉本隆明全著作集4』に再録された。『荒地詩集1956』には、ほかに詩「少女」、「悲歌」、「反祈禱歌」三篇が発表された。

不毛な論争

『東京大学学生新聞』（一九五六年五月一四・二一日　第二五九・二六〇号、東京大学学生新聞会発行）に発表され、単行本未収録のまま『吉本隆明全著作集5』に収録された。初出では「文芸時評」の見出しに、副題「萎縮した心情の根深さ」を添えて掲載されたが、収録にあたって副題は省かれた。

戦後詩人論

『詩学』（一九五六年七月三〇日　七月号　第一一巻第八号）に発表され、『文学者の戦争責任』に収録され、『抒情の論理』、『吉本隆明全著作集7』、『マチウ書試論・転向論』に再録された。

挫折することなく成長を

『知性』（一九五六年七月号　第三巻第八号、河出書房発行）に発表され、単行本未収録のまま本全集に収録された。初出では「私たちのサークル活動《読者投稿》熔岩詩人集団」への「感想」として、多田道太郎、村野四郎と著者の文章がよせられた。『吉本隆明資料集44』（二〇〇五年三月二〇日、猫々堂刊）にも収録された。

文学者の戦争責任

『文学者の戦争責任』（一九五六年九月二〇日）に「まえがき」として発表され、『吉本隆明全著作集13』に収録された。収録にあたって初出の副題が表題とされた。

民主主義文学者の謬見

『東京大学学生新聞』（一九五六年一〇月一五、二二日第二七五、二七六号）に連載発表され、単行本未収録のまま『吉本隆明全著作集4』に収録された。初出では表題のほかに（上）、（下）の表示とそれぞれ大見出し「感傷で汚れた眼」、「職域奉公論と俗流大衆路線論」があったが、収録にあたって表題のように改められた。

現代詩の問題

『講座現代詩Ⅰ　詩の方法』（一九五六年一一月一五日、飯塚書店刊）に発表され、『抒情の論理』に収録され、『吉本隆明全著作集5』、『詩学叙説』（二〇〇六年一月三一日、思潮社刊）に再録された。単行本収録にあたって、末尾の一節が削除された。それを掲げておく。

「わたしは、『四季』の創刊を分水嶺にして、モダニスム詩派とプロレタリア詩派とが消長した原因のいくつかをここで論じてみた。もともと、詩史論は事実の羅列によって成立つものでもないが、資料を離れて勝手に成り立つものでもないから、わたしがここで、戦前の現代詩の特徴的な欠陥を庶民意識の一点にしぼり、その原因を内部世界と外部の現実とのかかわりあいを、いかにしてつき進め、または断絶するかの方法を知らなかった点にもとめても、現在の段階では許されるかも知れぬ。」

現代詩批評の問題

『文学』（一九五六年一二月一〇日　第二四巻第一二号、岩波書店発行）に発表され、『抒情の論理』に収録され、『吉本隆明全著作集5』に再録された。初出では特集「批評の基準」のもとに、その一篇として掲載された。単行本収録にあたって末尾の一節が削除された。それを掲げておく。

「わたしは、作品評価の規準をあらそうまえに詩に特有な表現上の格闘からくる了解不完全の問題を解きほぐさなければならないという現代詩批評の現状からかんがえて、現代詩の特長的な流派を概観しながら批評の問題点をあげつらってみたのだが、ここではただ現代詩にはコトバの芸術性という側面と意味の文学性という側面があり、意味の文学性は政治的意味と芸術的意味との二元性をひきずらざるをえないから、これらすべてを綜合的、統一的に批評しうる規準を設定できるならば、詩の批評と小説の批評を近づけることができるはずだという原則的な問題を指摘したにすぎないのだ。」

現代詩の発展のために

『講座現代詩Ⅲ　詩の展開』（一九五七年一月一五日、飯塚書店刊）に発表され、『抒情の論理』に収録され、『吉本隆明全著作集5』に再録された。

鮎川信夫論

『ユリイカ』（一九五七年二月号　第二巻第二号）に発表され、『抒情の論理』に収録され、『吉本隆明全著作集7』、鮎川信夫との共著『鮎川信夫論・吉本隆明論』（一九八二年一月二〇日、思潮社刊）、『マチウ書試論・転向論』に再録された。初出では「戦後詩人論　その二」の見出しがあり、それぞれ別の書き手による不定期連載の初回であった。

鮎川信夫の引用詩は、「繋船ホテルの朝の歌」は言及のある『詩学』一九四九年一〇月号によって校訂し、また他の詩篇も著者がその時点で引用したと思われる年次の『荒地詩集』などによって校訂した。ただなお不確かな点が残るのでそれを掲げておく。

三九一・4、5＝著者の引用では一行になっている。

三九一・6、7＝著者の引用では「落ちてゆくわたしの身体」と「飛行の夢」に傍点がある。

三九一・10＝『荒地詩集１９５２』（一九五二年六月二五日）では「大きすぎる白い屍衣を脱ぎ／あなたはそつとわたしの寝台に近よつて」と二行になっているが、ここは校訂しなかった。

「出さずにしまつた手紙の一束」のこと

『高村光太郎全集』第一巻（一九五七年三月二五日、筑摩書房刊）の「月報」に発表され、『高村光太郎』（一九五七年七月一日、飯塚書店刊）に収録され、『高村光太郎〈決定版〉』（一九六六年二月一〇日、春秋社刊）、『高村光太郎〈増補決定版〉』（一九七〇年八月一五日、春秋社刊）、『吉本隆明全著作集8』（一九七三年二月一五日、勁草書房刊）、『高村光太郎』（一九九一年二月一〇日、講談社文芸文庫、講談社刊）に再録された。表題にある促音は初出では小さかったが、『高村光太郎〈決定版〉』以降改められた。また中村光夫『志賀直哉』（一九五八年九月一〇日、現代作家論全集5、五月書房刊）の挾み込み「五月通信」第九号に、次回配本（著者の五月書房版『高村光太郎』）予告のかたちで、「高村光太郎について」と改題の上、全体的に手直しがされて再録された。

昭和17年から19年のこと

『親和会』（一九五七年四月一一日　第一四号、山形大学工学部応用化学科親和会発行）に発表され、単行本未収録のまま『吉本隆明全著作集5』に収録された。川上春雄によれば「『親和会』誌は、米沢高等工業学校（現在の山形大学工学部）応用化学科の科誌」である。

日本の詩と外国の詩

『詩の教室Ⅲ　外国の現代詩と詩人』（一九五七年五月三一日、飯塚書店刊）に発表され、単行本未収録のまま『吉本隆明全著作集5』に収録された。『詩の教室Ⅲ』は大岡信、関根弘、著者の三人が編者であった。

前衛的な問題

『短歌研究』（一九五七年五月号　第一四巻第五号、日

本短歌社発行）に発表され、単行本未収録のまま『吉本隆明全著作集5』に収録された。初出では「政治と文学　昭和史と短歌・第五集」の総題のもとに、「論争　政治と文学と前衛の課題」の囲み表示で、本論と岡井隆「定型という生きもの――吉本隆明に応える――」が同時に掲載された。

定型と非定型――岡井隆に応える――

『短歌研究』（一九五七年六月号　第一四巻第六号）に発表され、『抒情の論理』に収録され、『吉本隆明全著作集5』に再録された。初出の副題の表記は「答える」であったが、単行本収録にあたって改められた。

番犬の尻尾――再び岡井隆に応える――

『短歌研究』（一九五七年八月号　第一四巻第八号）に発表され、『抒情の論理』に収録され、『吉本隆明全著作集5』に再録された。

戦後文学は何処へ行ったか

『群像』（一九五七年八月号　第一二巻第八号、講談社発行）に発表され、『芸術的抵抗と挫折』に収録され、『吉本隆明全著作集4』、『昭和文学全集27　福田恆存・花田清輝・江藤淳・吉本隆明・竹内好・林達夫』、『マチウ書試論・転向論』に再録された。

芸術運動とは何か

1は『綜合』（一九五七年九月号　第五号、東洋経済新報社発行）に、**2**は『現代詩』（一九五八年七月号　第五巻第七号、飯塚書店発行）に発表され、『芸術的抵抗と挫折』に収録され、『吉本隆明全著作集4』に再録された。1の初出原題は「・芸術運動とは何か・原理論として　オールド・ジェネレーションへ」で、井上光晴・奥野健男・清岡卓行・武井昭夫・吉本隆明の共同署名で、文末に「（文責　吉本）」とあり、2の初出原題は「芸術運動とは何か――サークルの問題――」であったが、単行本収録にあたって、表題のようにまとめられた。

西行小論

『荒地詩集1957』（一九五七年一〇月一五日）に「古典詩人論」の総題のもとに「蕪村詩のイデオロギー」とともに収録され、『抒情の論理』に収録された。四八七ページ8行目から四八八ページ12行目の「……暗に象徴している。」までは、「三田文学」（一九五六年八月号　第四六巻第八号）に発表された「西行論補遺」が組み込まれており、この初出の冒頭に「こういう欄には、ふさはしくないかも知れぬが、西行を論じてみて、書きもらしたことを、ここで補っておきたいとおもう。」とあるので、「西行小論」にも初出があった可能性が高いとおもわれるが、不明である。『われらの文学22　江藤淳・吉本隆明』、『吉本隆明全著作集7』、『マチウ書試論・転向論』にも再録された。

短歌命数論

『短歌研究』（一九五七年一一月号　第一四巻第一一号）

に発表され、『抒情の論理』に収録され、『吉本隆明全著作集5』に再録された。

日本近代詩の源流

『現代詩』（一九五七年九月号　第四巻第九号、同年一〇月号　第四巻第一〇号、同年一一月号　第四巻第一一号、同年一二月号　第四巻第一二号、一九五八年一月号　第五巻第一号、同年二月号　第五巻第二号）に連載発表され、『抒情の論理』に収録され、『吉本隆明全著作集5』、『詩学叙説』に再録された。（初出の巻号数には誤表示があるが正した。）初出連載題は「日本現代詩論争史」であり、各節の表題が副題として表示されていたが、単行本収録にあたって表題のように改められた。単行本収録にあたって大幅な削除と若干の削除や手直しがなされた。大幅な削除の箇所と副題の異同などを記す。

1　美妙・魯庵・鷗外論争　単行本収録にあたり、五一・7と8の間にあった初出の以下の文章が削除された。

「わたしは、昨年、「現代詩批評の問題（文学十二月号）」のなかで、昭和初年のモダニスム詩とプロレタリア詩とを、コトバの芸術性と意味の文学性ということで腑別けしてみせたら、早速、花田清輝が、形式と内容というのと同じぢぁないか、などと難くせをつけている。あたりまえぢぁないか。形式と内容という漠然としたコトバを用いれば、詩における本質的な問題は、すべて形式と内容の関係からおこるのである。この奇態な芸術老年は、わたしが、現代詩評価の基準の問題を論じているのに、そこに文学運動論がかかれていないからけしからんというのである。ところで、この批評家の批評の規準はどこにあるかと云えば、「記録芸術の会」というのに入会している奴の書くものは芸術的価値があり、それに入会していない人間のかくものは芸術的価値がないという馬鹿らしいものであった。いづれ、この大衆運動ひとつ満足に出来ないくせに大衆のエネルギーを論じ、もっともパーソナルな批評をかき、パーソナルな組織行動をとるくせに、インパーソナルな運動論を展開する批評家の詩論に触れることもあろう。」

2　鷗外の反論　単行本収録にあたって、この節冒頭の五三・1と2との間にあった初出の以下の文章が削除された。

「わたしが、本誌編集委員会の依頼におうじて日本現代詩論争史というまことに悠長な文章をかきはじめている間に、雑誌「新日本文学」（九月号）には、近藤宏子という女子学生の「毒草と共に花をも摘みとるもの」という、おそらくは、「花ある毒草」という性教育エロ映画の題名からおもいついたらしい題名をつけた、わたしと武井昭夫の「文学者の戦争責任」論にたいする全面否定論があらわれた。わたしにしてロヂン先生の反骨と大衆にたいする生々ハツラツたる愛憎があるならば、敢然本稿を投げうって、「こんな女に誰がした」という流行歌の題名をつけた反論を物し、若い身空ではやすでに文学官僚精神に毒され、毒にも薬にもならない俗論を、もっともらしい「運動内部者」の名目をかぶってかいている近藤を足腰のたたないくらい叩きのめすべきであろう。しかして、わたしにロヂン先生の反骨と人民大衆にたいする生々ハツラツたる愛憎がないであろうか。あるのである。さればこそ、近藤のように学校を卒業するや「多喜二と百合子」という温室雑誌にへばりついて細々と仲間ぼめの作文を綴るようなことをせずに、追放につぐ追放の嵐のなかで敢然労働者組織の確立のため奮闘してきたのだ。いま、わたしは、職場復帰の方途をたたれ、糧道をもたたれ、わずかに筆先三寸に痛憤をのせ、生活の資を託しているにすぎないとはいえ、どうして近藤のような俗論が、大手をふって人民大衆の「前衛」づらをしてまかり通ることを看過できようか。しかしながら——

　しかしながら、近藤もまた、幼稚なブルジョア・デモクラットに過ぎないとはいえ、善意をもって人民大衆の側に投じようとしている若い女子学生であってみれば、ここしばらくはその自己脱皮を見まもることも情けを解する態度ではあるまいかとおもわれる。ましてわたしは、「ぼくは人間が嫌いです。したがって人間料理法にも興味がありません。とりわけ女の人間なんか、食えないやつばかりではありませんか。」（総合七月号）という花田清輝などとちがってフェミニストとして著名であるし、わたしの論争渡世を知っている人々から、あいつはとうとう喧嘩相手がなくなって女の子をいじめはじめた、などといわれるのも業腹である。しばらくは、自らロヂン先生に扮することを休止して、明治時代の山田美妙先生や森鷗外先生の業績を論じることにしたいと考えるのだ。」

3　透谷・愛山論争

五三九・15までが一一月号で（副題「—透谷・愛山論争—」）、五三九・16からが一二月号であった（副題「透谷、愛山論争　その二」）。単行本収録にあたって、この節冒頭の五三〇・16と17の間にあった以下の初出の文章が削除された。

「　戦ふ時は必らず敵を認めて戦ふなり（北村透谷）

　先般、記録芸術運動に加われば、たちどころに芸術的価値が生れてくるなどと、創価学会みたいなことをかいている人物がいたから、それはファッショ的というもので、芸術の政治的価値にも芸術的価値にも、内在的と外在的価値の二重構造があるのだと論証して、その人物の芸術理論には一貫してかかるファッショ的傾向があると指摘したら、早速、前にはおれを勇敢な抵抗者だと賞めそやしながら、こんどは、おれをファシストに仕立てた、こういう男が、表現の責任だとは、おこがましいなどと、かいているのがいた。何を云うのか、高見順との論争において、わたしは戦争中から一貫したマルクス主義者としてアヴァンガルド芸術理論を追及してきた、とかいたのは夫子自身であり、わたしは、ただ、あまり一貫したマルクス主義でない所以を、彼の戦争期の表現から、実証したにすぎないのだ。わたしがこの人物を勇敢な抵抗者だといったのは、仲間の他の文学者と比較して相対的な意味で云ったことはあきらかであり、もちろん、この人物も含めて、戦争期にほんとうに芸術的抵抗があったことは、ゆめゆめ、考えてはいないことを断言しておこう。
　花田清輝、近藤宏子と、わたしの見解との基本的な相違は、太平洋戦争期の「超」絶対主義権力を、どう評価するかにかかっていることはあきらかだが、かれらが、この「超」絶対主義権力を過少評価したまま、戦後芸術運動の問題をかんがえている誤りはさることながら、雀の涙ほどの泣き言まで動員して、抵抗した、抵抗したなどと云いくるめて、この課題を公衆の前面で討議しようとしないのはどういうわけなのだ。こういう人物が、運動の外なにものもないわれわれだとか、運動内部者だとか云うのをきくと、胸がむかつく。だからこそ、ろくに読書の習慣すらない詩人のくせに読みもしない戦争責任論を批判したり、俗流路線をふりまいた責任を「決算報告」せずに上京するや「どうぞよろしく」などと挨拶状をくばって何やら実践したつもりになったりする詩人が出てくるのである。」

　五二六·7　父快蔵あて↑［底］石坂昌孝あて

4　『若菜集』の評価　『現代文学講座Ⅰ』（一九五八年九月一五日、飯塚書店刊）に発表された話しコトバで書かれている「明治・大正の詩」は、この節とほぼ同内容である。

5　鉄幹の評価　初出の副題は「―鉄幹評価―」であった。この節末尾の五六二·4と5の間にあった以下の文章が削除された。
「透谷を日本社会主義の詩的源流とすれば、鉄幹は日本ファシスムの詩的源流に位している。日本近代詩の革命的な展開は、このいずれの系譜のなかにも存在せず、また、いずれの系譜のなかにも存在する。わたしには、それがわからないし外の誰にもわかっていない。わたしは、六回にわたってそれを探しもとめながら周辺をめぐってきた。外の誰が、それを探し求めているか。わたしの目に触れるのは、既製の商品を売込もうとする堕落した野師であり、真に革命的な詩人は、未だ、その声もあらわさないのである。」

Ⅳ

ルカーチ『実存主義かマルクス主義か』
『近代文学』（一九五四年一月号　第九巻第一号）に発表され、『異端と正系』（一九六〇年五月五日、現代思潮社刊）に収録され、『吉本隆明全著作集5』に再録された。初出では「書評」欄に、原題「ルカーチ著／城塚登生松敬三訳／『実存主義かマルクス主義か』」で掲載されたが、単行本収録にあたって表題のように改められた。

善意と現実――金子光晴・安東次男『現代詩入門』、関根弘『現代詩の作法』――

『新日本文学』（一九五四年九月号　第九巻第九号）に発表され、単行本未収録のまま『吉本隆明全著作集5』に収録された。初出では「読書ノート」欄に、総題「善意と現実」のもとに奥野健男、日野啓、著者の書評がその順序で掲載されたが、収録にあたって表題のように改められた。

新風への道――歌集『広島』、武谷三男編『死の灰』、金子光晴・村野四郎選『銀行員の詩集』――

『新日本文学』（一九五四年一〇月号　第九巻第一〇号）に発表され、単行本未収録のまま『吉本隆明全著作集5』に収録された。初出では「読書ノート」欄に、総題「新風への道」のもとに、著者、日野啓、奥野健男の書評がその順序で掲載されたが、収録にあたって表題のように改められた。

関根弘『狼がきた』

『現代詩』（一九五五年一〇月号　第二巻第一〇号）に発表され、単行本未収録のまま『吉本隆明全著作集5』に収録された。初出では「書評」欄に原題「関根弘著「狼が来た」」で掲載されたが、収録にあたって表題のように改められた。

『浜田知章詩集』

『山河』（一九五六年一月二五日　第二〇集、山河出版社発行）に発表され、単行本未収録のまま本全集に収録された。初出では「浜田知章研究」の特集に『浜田知章詩集』への感想として、無題で大岡信、著者、壺井繁治の三人の書簡が掲載された。末尾に「吉本拝／浜田知章様」の記載があったが収録にあたって省いた。『吉本隆明資料集128』（二〇一三年九月一五日、猫々堂刊）にも収録された。

三谷晃一詩集『蝶の記憶』

『詩』（一九五六年三月一〇日　第四号、詩の会発行）に発表され、単行本未収録のまま本全集に収録された。初出では『蝶の記憶』への感想として、堀川正美、杉本春生、伊藤信吉、中江俊夫、真壁仁、著者ら八人の書簡が掲載された。堀川以外は無題であった。『詩』は斎藤庸一、上野菊枝、三谷晃一、川上春雄ら福島県在住の詩人を同人とする雑誌であった。

奥野健男『太宰治論』

『近代文学』（一九五六年六月号　第一一巻第六号）に発表され、『芸術的抵抗と挫折』に収録され、『吉本隆明全著作集5』に再録された。初出では「書評・手帖」欄に原題「奥野健男著／『太宰治論』」で掲載されたが、単行本収録にあたって表題のように改められた。

谷川雁詩集『天山』

『現代詩』（一九五六年八月号　第三巻第七号、緑書房

発行）に発表され、単行本未収録のまま『吉本隆明全著作集7』に収録された。初出では「最近の詩集から」欄に原題「谷川雁詩集「天山」」で掲載されたが、収録にあたって表題のように改められた。『際限のない詩魂——わが出会いの詩人たち——』（二〇〇五年一月一日、詩の森文庫、思潮社刊）にも、「谷川雁」の項に「『天山』」の表題で再録された。

服部達『われらにとって美は存在するか』

『東京大学学生新聞』（一九五六年一一月五・一二日第二七八・二七九号）に発表され、『芸術的抵抗と挫折』に収録され、『吉本隆明全著作集5』に再録された。初出では「読書」欄に、著者名・書名のほかに原題「仮面の論理の空しさ」が掲出されたが、単行本収録にあたって表題のように改められた。

島尾敏雄『夢の中での日常』　井上光晴『書かれざる一章』

『近代文学』（一九五六年一二月号　第一一巻第一二号）に発表され、単行本未収録のまま『吉本隆明全著作集9』（一九七五年一二月二五日、勁草書房刊）に収録された。初出では「書評」欄に掲載された。『島尾敏雄』（一九九〇年一一月二〇日、筑摩叢書、筑摩書房刊）にも「『夢の中での日常』と『書かれざる一章』」の表題で再録された。

平野謙『政治と文学の間』

『近代文学』（一九五七年五月号　第一二巻第三号）に発表され、『芸術的抵抗と挫折』に収録され、『吉本隆明全著作集5』に再録された。初出では「書評」欄に原題「平野謙著『政治と文学の間』」で掲載されたが、単行本収録にあたって表題のように改められた。

野間宏『地の翼』上巻

『近代文学』（一九五七年五月号　第一二巻第三号）に発表され、『芸術的抵抗と挫折』に収録され、『吉本隆明全著作集5』に再録された。初出では「書評」欄に前項につづけて原題「野間宏著『地の翼』上巻」で掲載されたが、単行本収録にあたって表題のように改められた。

山田清三郎『転向記』

『図書新聞』（一九五七年五月二五日　第四〇〇号、図書新聞社発行）に発表され、単行本未収録のまま『吉本隆明全著作集5』に収録された。初出では「転向とその告白——山田清三郎氏の場合——」の総題のもとに、『転向記』を評する一篇として原題「ただの庶民の神経」で掲載されたが、収録にあたって表題のように改められた。

埴谷雄高『鞭と独楽』『濠渠と風車』

『図書新聞』（一九五七年七月二〇日　第四〇八号）に発表され、『芸術的抵抗と挫折』に収録され、『吉本隆明全著作集7』に再録された。初出では著者名・書名のほかに原題「病者の光学、病者の善意」が掲出されたが、単行本収録にあたって表題のように改められた。

堀田善衛『記念碑』『奇妙な青春』批判

『近代文学』（一九五七年九月号　第一二巻第六号）に発表され、『芸術的抵抗と挫折』に収録され、『吉本隆明全著作集5』に再録された。初出では「小特集・戦後文学批判（I）」の総題のもとに、その一篇として原題「「記念碑」・「奇妙な青春」批判――「特攻くずれ」と「党員くずれ」の問題――」で掲載されたが、単行本収録にあたって表題のように改められた。

中村光夫『自分で考える』

『図書新聞』（一九五七年一〇月五日　第四一九号）に発表され、単行本未収録のまま『吉本隆明全著作集5』に収録された。初出では著者名・書名のほかに原題「庶民の生活感情」が掲出されたが、収録にあたって表題のように改められた。

『大菩薩峠』

『映画評論』（一九五七年九月号　第一四巻第九号、映画出版社発行）に発表され、『模写と鏡』（一九六四年一二月五日、春秋社刊）に収録され、『模写と鏡〈増補版〉』（一九六八年一一月一五日、春秋社刊）、『吉本隆明全著作集5』、『夏を越した映画』（一九八七年六月一〇日、潮出版社刊）に再録された。初出では原題「大菩薩峠」で掲載されたが、単行本収録にあたって表題のように改められた。

『純愛物語』

『映画評論』（一九五七年一一月号　第一四巻第一一号）に発表され、単行本未収録のまま『吉本隆明全著作集5』に収録され、『夏を越した映画』に再録された。初出では原題「純愛物語」で掲載されたが、収録にあたって表題のように改められた。

V

戦後のアヴァンギャルド芸術をどう考えるか

『ユリイカ』（一九五七年一〇月号　第二巻第一〇号）に発表され、単行本未収録のまま『吉本隆明全著作集5』に収録された。初出では特集「詩と美術」のもとでアンケート「戦後のアヴァンギャルド芸術をどう考えるか」の欄に他の十六人の回答者とともに無題で掲載された。収録にあたってアンケート題が表題とされた。

〈現代詩の情況〉〈断片〉

未発表原稿の断片として『吉本隆明全著作集15』（一九七四年五月二〇日、勁草書房刊）に収録された。「日本の現代詩史論をどうかくか」を批判した林尚男の「民衆詩の方法」（『文学評論』一九五四年五月一〇日　季刊第六号）に対する反批判として一九五四年半ば頃に書かれたと推定される草稿である。「キンシ　10×20」という二百字詰原稿用紙四十二枚に書かれている。表記は原稿のままとし、全著作集の表題を踏襲した。

北村透谷小論（断片Ⅰ）
北村透谷小論（断片Ⅱ）
いずれも未発表原稿の断片として『吉本隆明全著作集15』に収録された。前項と同じ原稿用紙のそれぞれ十三枚、十五枚に書かれている。どちらも「北村透谷小論／吉本隆明／Ⅰ」と表示して書き出されている。表記は原稿のままとし、全著作集の表題を踏襲した。全著作集の解題で川上春雄が触れているように、「日本近代詩の源流」の第三節「透谷・愛山論争」の初出が『現代詩』一九五七年一一月、一二月号で、その内容と対応するところがあると同時に、主語の表記がこの原稿では「ぼく」になっていること、前項と同じ原稿用紙が使われていることから、一九五四―五六年頃に書かれたものと推定される。他に断片的な草稿二十七枚があるが全著作集の判断にならって収録の対象とはしなかった。

一酸化鉛結晶の生成過程における色の問題
『色材協会誌』（一九五三年二月一〇日　第二六巻第一号、社団法人色材協会発行）に発表され、本全集にはじめて収録された。初出では「―資料―」として掲載された。初出の組み方を参照し再現させた。『吉本隆明資料集60』（二〇〇六年一一月二五日）にも写真版で収録された。

（間宮幹彦）

吉本隆明全集《よしもとたかあきぜんしゅう》4　一九五二―一九五七

二〇一四年九月三〇日　初版

著　者　吉本隆明

発行者　株式会社晶文社
東京都千代田区神田神保町一‐一一
郵便番号一〇一‐〇〇五一
電話番号〇三‐三五一八‐四九四〇（代表）
〇三‐三五一八‐四九四二（編集）
URL http://www.shobunsha.co.jp

印刷　株式会社堀内印刷所
製本　ナショナル製本協同組合
用紙　池口洋紙株式会社

ISBN978-4-7949-7104-3　printed in Japan

落丁・乱丁本はお取替えいたします